U0910697

帝医风华

DIYI FENGHUA

③ 长生秘方现元凶

上

阿彩 著

青岛出版社
QINGDAO PUBLISHING HOUSE

图书在版编目（CIP）数据

帝医风华. 3，长生秘方现元凶 / 阿彩著. -- 青岛 :
青岛出版社，2017.8

ISBN 978-7-5552-4011-2

Ⅰ. ①帝… Ⅱ. ①阿… Ⅲ. ①长篇小说－中国－当代
Ⅳ. ①I247.5

中国版本图书馆CIP数据核字(2016)第106217号

书　　名　帝医风华. 3，长生秘方现元凶
著　　者　阿　彩
出版发行　青岛出版社
社　　址　青岛市海尔路182号（266061）
本社网址　http://www.qdpub.com
邮购电话　010-85787680-8015　13335059110
　　　　　0532-85814750（传真）　0532-68068026
责任编辑　郭林祥
责任校对　邓　旭
特约编辑　孙红彦
装帧设计　小　贾
照　　排　孙顾芳
印　　刷　三河市航远印刷有限公司
出版日期　2017年8月第1版　　2017年8月第1次印刷
开　　本　16开（700mm×980mm）
印　　张　30
字　　数　455千
书　　号　ISBN 978-7-5552-4011-2
定　　价　59.80元（全二册）

编校印装质量、盗版监督服务电话　4006532017　0532-68068638

建议陈列类别：畅销・古代言情

帝医风华

③长生秘方现元凶

DIYI FENGHUA

目录［上］

帝医风华

DIYI FENGHUA

③长生秘方现元凶

目录［下］

第一章
真心，不顾一切爱上你

喜欢一个人，就是把她放在心尖上，舍不得让她受一点儿委屈。

在外人眼中，现在的顾千城应该在城外的寺庙为亲人祈福，所以这个时候，绝不能让人看到她在城内出现。秦王殿下虽然不舍得与顾千城分开，更不舍得让顾千城为难，腻了一阵后，便亲自将顾千城送到城外。

第二天，早朝一结束，老皇帝就单独召见秦寂言："胡闹，简直是胡闹，你知不知道自己在做什么？堂堂皇长孙，有必要和一个商人之子较真儿吗？没的失了身份。"

秦寂言并不惊慌，等到老皇帝骂完，才道："皇爷爷，你看到供词就应该明白，杀害那三名孕妇的幕后主使者是季诺，我怀疑之前失踪的孕妇，也与季诺有关。"

"那你查出什么来了？"心中有百姓是很好，可是作为一国帝王，光盯着这些琐碎的事是不行的。

秦寂言道："季诺很狡猾，他将痕迹清除得干干净净，想要查到证据实在不容易。"之前的孕妇失踪，本就与季诺没有关系，他怎么查？

"明知查不到，你还把人关起来？"老皇帝没好气地白了秦寂言一眼。

秦寂言假装没有看到，一脸坦荡地说："没证据不要紧，先把人关个三五天，打草惊蛇，指不定就惊出证据了。"

老皇帝不由得笑了："你这法子也忒无耻了点儿。"

"好用就行。"秦寂言不认为自己有错，那副理所当然的样子，让老皇帝不由得想起皇后说的话：寂言这孩子，认定了的事就会一条路走到底。"你要查便查，只是别闹得太大，引起朝臣侧目，朕也不好帮你。"季家的势力在大秦不显，老皇帝却知道，西胡与北齐非常看重季诺。

西胡的皇帝比他年轻，却比他怕死，一心想长生不老，季诺就是西胡皇帝的希望。

北齐那个小皇帝身体不好，刚刚夺得政权，现在还离不开季诺的支持。

秦寂言见老皇帝这么说，就知道老皇帝是真的关心他，语气不由得软了几分："皇爷爷，我不会让你为难的。"

秦寂言的体贴让老皇帝高兴，然而他话中的意思却让老皇帝不满了："什么为难不为难，朕是皇帝，这天下还没有让朕觉得为难的事。”

“是，孙儿明白了。”秦寂言唇角轻扬，露出一抹极浅的笑。

出宫时，秦寂言遇到了刚回宫的五皇子。秦寂言没有上前打招呼，只是点头表示看到了。五皇子挑眉哼了一声，一脸得意。

秦寂言面无表情，出宫后立马对身后的人道：“去查一查，五皇子最近遇到了什么好事。”

“是。”侍卫领命，悄然退下。

五皇子的事情很好查，秦寂言刚到王府，暗卫就将消息送了上来。原来，五皇子负责筹办的国家钱庄已经步入正轨，不出意外的话，本月就能正式启动，到时候全国各地都会有大秦钱庄。

“果然是个好消息。”五皇子真以为钱庄开起来就成功了吗?

秦寂言轻敲桌面：“送景炎的消息上来。”

片刻后，景炎的消息送了上来。没有意外，大秦钱庄能在这么短的时间内办起来，全是景炎的功劳。

“在五皇子不断添乱的情况下，依旧能在一个月内协调完所有的事，景炎果然有才。”看到景炎这一个月来所办的事，秦寂言对他颇为欣赏。

景炎天生就是混官场的人，他放得下身段、使得了阴谋诡计，这样的人不可能不成功。

秦寂言轻叹了口气：“可惜了……”这个人却不能为他所用。

顾千城昨晚半夜出城，今天睡到中午方起身。为了演戏演到底，她真是从城外的庙里回来的，等她回到顾家已是傍晚。

顾千城上午就派人给顾家递了消息，说是今天要回来。她倒是没期待顾家上下全在门口等她，但只有一个二房夫人出来接她，会不会太冷清了?

“大小姐，你可回来了。”顾侯爷新娶的二房窦氏一见顾千城下了马车，便迎了上去。

窦氏是个聪明人，虽然还没有完全笼住顾侯爷，却让顾侯爷的心从顾夫人身上转到了她身上。窦氏得了顾侯爷的欢心，又握有管家大权，但她心里明白，在顾家能说了算的人，只有顾千城和老太爷。之前顾千城不在家，她就一门心思照顾老太爷，现在顾千城回来，她自然要刷顾千城的好感。

窦氏会做人，又是顾千城建议老太爷让顾侯爷娶她进门的，顾千城自然要给她面子：“二娘，家里这么冷清，是不是出了什么事?”

听到这一句“二娘”，窦氏激动得眼眶都红了。要知道，顾千城到现在，还只肯叫郑氏顾夫人，哪怕在人前也不叫一句“母亲”。

窦氏高兴坏了，转念想到家里的事，忙压下激动的心情，道：“是，是出了事，不过不是家里，而是赵王府。”

“赵王府?出什么事了?”顾千城手一顿，隐约猜到了一点儿，只是这才一个月，楚世子有这么差劲吗?这么快就上钩了?

窦氏不敢隐瞒，说道：“中午赵王府的人来报，说雪侧妃流产了。”

“又流产了？”顾千城眉头一皱，这是第二个了。

“老太爷在吗？”顾千城问道。

“在，在书房里。瞧我这记性，老太爷说了，让大小姐你回来了就去见他。”窦氏一拍脑门儿，故作恼怒地说。

“我这就过去，二娘去忙吧。”顾千城衣服都没换，就风尘仆仆地赶往书房。顾千城刚踏进院子，就看到了坐在大树下悠闲泡茶的老太爷。

顾千城上前福了福身道：“祖父。”

“千城回来了，坐。”老太爷抬头看了一眼，眼神平淡，看不出喜怒。

老太爷越发精明内敛，顾千城一时猜不透他的心思，只得乖乖落座。见老太爷给自己倒了一杯茶，顾千城谢了一声便捧起来喝。

一杯茶水完全解不了渴，顾千城一连喝了三杯才停下来，老太爷也不笑她牛嚼牡丹，只问她：“饿不饿？让人给你送些点心来。”

“祖父，我不饿，在马车上吃过了。”顾千城可不打算和老太爷久谈。

“那行，看你风尘仆仆的，想必急着回去休息，我也就长话短说。”老太爷知道顾千城的性子，放下茶杯，直言道，“千雪的事想必你也听说了，她这辈子撑死也就是楚世子的侧妃了，再无前进一步的可能。”

顾千城没有接话，老太爷继续道：“千雪的事你别插手，虽说嫁出去的女儿娘家要为她撑腰，但那是父兄的事。”

老太爷的话，让顾千城着实愣了一下，怔忡片刻才道：“祖父的意思是让我别管？”她还以为老太爷会要她看在顾家的面子上，为顾千雪出头呢。老太爷斩钉截铁道：“别管，谁找上你都别管，就说这是我的意思。”

“只是……这么一来，我们顾家的脸面往哪里摆？”家里的女儿小产，怎么也要给个说法。

老太爷叹了口气：“千雪是侧妃，赵王府的长孙本就不该由她所出。”

“我明白了。”正妻未进门，妾室怎么可能生下孩子？

连顾千城都知道的道理，顾千雪和顾夫人当然也知道。这个孩子不该有，可是她们的野心太大了，她们总想着孩子生下来，顾千雪能母凭子贵，就算赵王不会为这个庶长孙请封世孙，但有皇太长孙的名号在，顾千雪的地位也不可小觑，以后就是秦云楚娶了世子妃，也不敢拿她怎样。

然而，贪心的人都没有好下场。

刚刚小产完的顾千雪，一脸惨白地躺在床上，默默地流泪，一滴接一滴，没有停歇。

顾夫人也一样，坐在顾千雪床边，一边抹眼泪，一边给顾千雪擦眼泪。屋内只有她们母女二人，冷清得不像话。赵王府从上到下似乎都没有把她们母女当回事。

许久之后，顾夫人终于忍不住开口道：“千雪，你跟娘说说，到底是怎么回事？”为什么她的女儿小产，赵王府却连一个照顾的人都没有，她要为女儿出头，顾千雪却一再阻拦。

“娘，我说了你别问，是我自己瞎了眼看错了人，你带我回家好不好？我不想待在这里，一点儿也不想。”顾千雪说着说着就哭出声来，凹陷的脸颊与失神的眸子，无声地告诉顾夫人，她过得不好。

顾夫人心如刀割，一子一女，儿子被老太爷送走，至今不知在哪里，唯一的女儿却是这般模样，偏偏她一点儿办法都没有。

“千雪，嫁出去的女儿，就没有能回去的。你是赵王上了玉牒的侧妃，别说皇室不会同意你回去，就是顾家也不会接受。”现在的顾家，早已不是那个由她说了算的顾家了。

“娘，我不想待在这里，一刻也不想，你带我回去好不好？我求求你了。”顾千雪嘴里说着哀求的话，人却一动不动，就像一个木头人。

顾夫人心疼，咬咬牙道：“娘去求赵王妃，接你回家休养一段时日。”

顾夫人本以为，要赵王妃点头放顾千雪回去会很难，不想赵王妃一句客套话都没有说，当场就同意了：“我安排人送你们回去。”

顾夫人还没有弄清是怎么一回事就被赵王妃送了回来，顾千雪的脸上这才有了血色，只是提前收到消息的顾家人，面对突然被赵王府送回来的顾千雪，一点儿也不欢迎。

顾千雪在赵王府流产，赵王府只派一个普通下人前来通知，那下人还是一副倨傲的样子。赵王府不是普通人家，不说王府上下人人守礼，也不会无故给人脸色看，赵王府会如此做，那只有一个原因——顾千雪会流产错在本人，是她自己把赵王的第一个孩子折腾没了！

在这种情况下，老太爷绝不会为顾千雪出头。赵王府没有直接把人给顾家送回来，就已经给足了顾家面子。

老太爷听下人报顾千雪回来了，第一反应是赵王府把人送回来了，后来听到是顾夫人接顾千雪回来休养，脸立刻黑了。

顾夫人和顾千雪的马车都已经进了门，又在老太爷的强势阻拦下生生被赶了出去。顾夫人完全不能接受，从马车上跳下来，一路冲到老太爷的院子。

顾夫人跪在老太爷面前，哭着求老太爷：“老太爷，我求求您了，千雪刚刚小产，身子虚弱，实在不宜来来回回，求老太爷大发慈悲，让千雪进屋吧。”

“不行，你和千雪都出去。”老太爷半点情面都不讲，直接让管家把人拉出去，“没有我的命令，任何人都不许放二小姐进门。”

“是。”管家暗叫倒霉，可也不敢说什么，上前将顾夫人拉了起来。

“为什么？老太爷，这是为什么？是因为千雪小产，所以顾家就放弃她了吗？老太爷，千雪还会怀孕的，以后还会有孩子的……”顾夫人挣扎着大喊，她不是看不清，只是不愿意面对现实。

老太爷却不容她逃避：“问我原因之前，先问问你的女儿，楚世子的孩子是怎么没的。”

“千，千雪……”顾夫人哇的一声大哭起来，再也不敢求了。管家站在一旁，拉也不是，不拉也不是。

窦氏就是在这个时候过来的。她匆匆给老太爷行了个礼，请罪道："老太爷，都是我不好，没管好家，这才打扰了您的清净。"

窦氏是老太爷亲自挑的，老太爷知道她是一个精明能干的女人，挥了挥手道："把人带走。"说完，转身就往屋里走。

"老太爷……"顾夫人起身想要追过去，却被窦氏拦住："姐姐，老太爷的话你也听到了，姐姐就别让我为难了，快些带着千雪离开吧。"

"你这个贱人，你算什么东西，凭你也有资格管我的事。"顾夫人怒火中烧，抬手就朝窦氏打去。

按说窦氏完全能躲开，可当她看到顾侯爷出现时，愣是一动不动，生生受了顾夫人一巴掌。

"啊——"窦氏捂着脸摔倒在地，却不敢叫疼，而是连忙爬起来跪在顾夫人面前，"姐姐，我错了，求求你别打我。我也是没有办法，老太爷不让千雪进来，我真的不能让她进门，要是老太爷知道了，一定会生气的。姐姐，我求求你了，快带千雪离开吧……"

"你这个贱人，千雪也是你能糟践的。"顾夫人抬脚就朝窦氏踢去。就在此时，顾侯爷跑了过来，用力一拽，将顾夫人拽得后退数步，摔在地上："你这贱人，你要做什么？"

"老，老爷……"顾夫人摔蒙了，好半天才反应过来。

"你这泼妇，成天不是打就是骂，信不信我休了你。"顾侯爷见顾夫人双眼呆滞、一脸老态，不由得露出厌恶的神情。

顾夫人深受打击，跌在地上一动不动。窦氏见状，挣扎着从地上爬了起来，善解人意地劝说道："老爷，你别生气。姐姐也是为千雪的事担心，我就是挨了一巴掌，不疼的。"说话间不忘将自己红肿的左脸遮起来，可偏偏她越遮，露得越多。顾侯爷不由得心疼了："你呀，就是心软。算了，你也别理这个泼妇，让管家把人带下去。走，我扶你上药去。"

顾侯爷扶着窦氏离去，看也不看地上的顾夫人，管家一脸犹豫。就在这个时候，顾千城走了出来："你先下去，这里交给我就行了。"

"是。"管家忙不迭地跑了下去。

"顾千城，是你，是你……"顾夫人看到顾千城，情绪非常激动，恶狠狠地瞪着顾千城。

顾千城是来找老太爷的，刚好看到了这一幕。

顾千城一脸温柔地看着狼狈不堪的顾夫人："夫人，是不是觉得今天这一幕似曾相识？"

曾经，顾夫人用"温柔善良"在顾侯爷面前告了她不少状，当日她挨顾侯爷那一巴掌，就有顾夫人的功劳。

"都是你捣的鬼，是你把我害成这样的。"此刻，在顾夫人眼中，顾千城就是恶鬼。

"夫人，你太看得起自己了。我根本就不屑花心思害你。我要是想捏死你，和捏死一只蚂蚁一样容易。"曾经，顾夫人就对她说过类似的话，现在风水轮流转。

顾夫人歇斯底里地大喊："你少装模作样，要不是你，我怎么会无法在京中的贵人圈立足？老爷怎么会娶二房？我怎么会落到这个地步？"顾夫人扑向顾千城，顾千城后退一步，顾夫人扑了个空，摔倒在地。

顾千城笑了一声，弯腰握住顾夫人扑腾的双手，在她耳边温柔地说："夫人，你还记得吗？当日孙妈妈死时，我就告诉过你，我不会放过真凶。我没有你杀人的证据，但要玩死你也不是什么难事。"

"你，你，滚，顾千城你给我滚！"顾夫人吓坏了，猛地挥开顾千城的手，趴在地上大哭大叫。然而，不管她怎么哭求，老太爷都没有心软。

顾夫人没有办法，只得带着顾千雪去了她用嫁妆买下的一座小院。看到妻女如此凄惨，顾侯爷一句话都没有说，饶是顾千城见了也不得不说顾侯爷渣。

这个破家，顾千城越待越觉得乏味。与老太爷提了顾千梦的婚事，让老太爷帮着把关后，顾千城就出去了，本想去六扇门找秦寂言，不想刚出门就遇到了景炎。

"千城，这么巧？"景炎看到顾千城，着实感到意外，"正巧，我今天没事，一起坐坐？"

顾千城没有拒绝，正好她也有事找景炎帮忙。两人找了个酒楼，挑了一间靠窗的雅间坐下。

"之前的事办完了吗？"景炎一边泡茶，一边说道。

"该办的事都办了。"案子有了眉目，也救出了唐万斤，唯一可惜的是没有查出长生门的下落。

"看样子，这次殿下大获全胜。"景炎和顾千城相处久了，不管能不能说的，他都口无遮拦。

顾千城接过景炎递过来的茶，避重就轻道："你是指封了药王别院的事？"

"那园子的封条什么时候拆？有不少人都在关注这件事呢。如果我猜得没错，这两天就会有人上折子。"季家富甲天下，秦寂言不想拉拢季家，有的是人愿意拉拢，愿意为季诺说话。

"多谢提醒，我会告诉秦王殿下。"顾千城不明白景炎为什么不直接告诉秦寂言，但还是替秦寂言承了这个好。

"你呀……"景炎一脸郁闷地叹了口气，"还真是关心秦王，见不得他吃一点儿亏。"

"这不是你想看到的吗？"顾千城不愿与景炎多说秦寂言的事，转移话题道，"景炎，托你办件事。"

"什么事？你说。"景炎应得爽快。

"我知道你做海上生意，帮我盯盯海上有没有什么特殊的船只出没。"顾千城还是想查孕妇失踪案，不为长生门，只为让其他的孕妇能有一个安全的环境。

谈起正事，景炎的神色严肃了不少："具体指什么呢？"

"运送活物，比如孕妇。"顾千城相信景炎明白她的意思。

"我明白了。"景炎确实明白了，"我会让人盯着，有消息就告诉你。"

"谢谢。"顾千城举起茶杯致谢。

二人还来不及碰杯，就听到一阵脚步声，景炎与顾千城默契地放下杯子，不多时就响起了敲门声，还有小二的声音："两位客官——"

"进来。"

小二拉开门，手上端着一盘香气十足的爆炒牛肉："客官，给您上菜了。"

景炎皱眉："我们没有点菜。"

小二端着菜道："是楼下的一位客官送的。那位客官让我给姑娘带句话，说找他报仇的机会来了。"

顾千城想了一下，点头道："放下吧。"

"好咧。"小二放下菜，麻利地退了下去。

待到小二走远，景炎才道："你认识的人？"

顾千城道："是我救过的一个人。"如果她没有猜错，那人应该是风遥。除了他，她还真想不出第二个会说出这句话的人。

"哦……"景炎看顾千城不像见到仇人，只有无限的惆怅，聪明地没有多问。

顾千城奇怪风遥为什么突然来大秦，没心思多说，闻着桌上的菜香道："叫小二上菜吧，就这么一盘菜，我们怎么吃？"

很快，小二就上了满满一桌子菜。景炎本想与顾千城好好吃顿饭，但现在顾千城明显情绪不高，景炎也不好多说，饭后不久便与顾千城告辞了。

"每次与千城碰面，都能遇到这样或者那样的事，真不知是我太不走运，还是顾千城太幸运。"景炎一脸无奈地朝户部走去。

顾千城与景炎分开后，就去了六扇门。

"来了，先坐一下。"秦寂言此时正忙，见是顾千城，眼中闪过一抹喜悦。

顾千城在秦寂言对面坐下，等到他忙完，这才将景炎透露的消息说给他听。

秦寂言还真不知这件事，准备为季诺上书的都是一群不起眼的小角色，他压根儿就没有精力盯他们。

"先放不入流的小角色，试试皇爷爷的反应，着实是不错的选择。"秦寂言一脸讥讽，显然瞧不起使黑手的人。

"关他三天足够了，他毕竟是未来的药王。"顾千城知道秦寂言不忿，可现在不是意气用事的时候。

秦寂言冷笑一声，道："今晚就放人。"他会让明天上折子的人自打嘴巴，免得一个个没事天天闹腾。

说完此事，顾千城犹豫片刻，还是问了一句："风遥来了，是吗？"

秦寂言诧异地扬眉："风遥是说这两天会到，你怎么知道的？"

顾千城将酒楼的事说了，秦寂言不由得笑了："他那性子还真是一点儿没变，走到哪里都喜欢请人吃东西。"

"果然是他，他来大秦做什么？"想到秦寂言那天说的话，顾千城知道自己发现了一个了不得的秘密。

“祭拜他的父亲。”秦寂言既然在顾千城面前露了口风，就没有隐瞒她的打算。

顾千城问道：“他父亲是谁？”

“凤三郎。”秦寂言说出这个名字后，顾千城还心存侥幸，就听秦寂言又道，“按辈分取名，他应该叫凤于遥。”

“他，他是……凤家的孩子？”顾千城一脸呆滞，完全无法消化自己听到的消息。

敌国公主与大秦名将之子，风遥的身世她真是不敢想象。

“是。”秦寂言轻轻点头，“我和风遥一直怀疑他与凤家有关，甚至西胡也有人怀疑过。前不久西胡皇室曾悄悄拿风遥的血与凤家人的血验亲，发现无法相融，这才放下怀疑。”

“血不能相融，并不表示就不是父子。”顾千城弱弱地开口。秦寂言笑了：“你告诉过我，是我让他们的血无法相融的。事实上，风遥的血与凤家的血相融。”

“你真是……”顾千城生生将“阴险”两个字咽了下去。

秦寂言知道顾千城要说什么，却并不在意：“西胡皇室打消了对风遥的怀疑，并且越来越器重他。风遥的母亲得知这件事后，怕风遥日后会与凤家人自相残杀，便暗中说明了风遥的身世。”

听到自己的父亲是凤家三郎，风遥非常意外，因为凤三郎早在他出生前就死了！凤家的男子极少有寿终正寝的，大多是战死沙场，凤家三郎就是其中之一。他死的时候还未娶妻，而他自己也不知道，那个与他有过露水之情的女子是西胡的公主。

风遥对于自己的身世一点儿也不排斥，他们母子俩在西胡受尽欺辱，他和他母亲对西胡没有一丝归属感。一出生就没了父亲，风遥对父亲怨过、恨过，可知晓自己的父亲英年早逝，甚至根本不知道自己的存在，风遥就莫名地不恨了，只是觉得遗憾。遗憾没能亲眼见到他的父亲，见到他母亲口中那个横扫千军的凤三将军。

风遥没打算认祖归宗，他只想看看自己父亲生活的地方，想看看到底是什么样的家族，才能教养出让他母亲不顾一切的男人。

于是，风遥以打探消息为名悄悄潜入大秦，想去自己父亲的坟前祭拜，想去凤家看一眼。这个小小的要求，对秦寂言来说不算什么，风遥要来，他带风遥去一趟凤家就是。

顾千城见秦寂言桌上放着一大堆卷宗，知晓他很忙，就没有多待：“你忙吧，我回去了。”

“我让人送你。”秦寂言舍不得顾千城走，但又确实没有时间陪她。

“不用了，马车就在外面。”送到门口，顾千城就让秦寂言止步。见四周无人，顾千城上前给了秦寂言一个拥抱，很快又松开：“我走了。”

还来不及感受美人投怀送抱的幸福，美人就翩然离去，秦寂言站在门口郁闷得不行，一转身就看到他的位置被人占了，而占了他的位置的人正一脸戏谑地看着他……

明显，刚刚那一幕，被人看到了！

秦王殿下黑着脸道：“招呼也不打一声，就不怕本王把你当成刺客宰了？”

没有意外，占了秦寂言位置的人就是风遥。

“我打招呼了。”风遥起身，从桌上翻了过来，将位置还给秦寂言，“不是让顾千城给你带话了吗？”

“你就肯定她会告诉我？”秦寂言从风遥身边走过，走到自己的椅子前坐下。

“帮你试探一下，她很不错。”风遥也坐下，眼眸微垂，掩去了眼中的羡慕。

自己的女人得到好兄弟的夸赞，秦王殿下很高兴：“当然，本王的眼光一向极好。”

风遥点头：“可惜，你女人的眼光不好。”

秦寂言脸上的笑容僵了一下：“你千里迢迢从西胡过来，就是为了打击我？”

“不，我有重要的事告诉你，和十五年前的事有关。”风遥的脸色骤然变得严肃，秦寂言亦收起笑容，一脸慎重地说：“换个地方说话。”

风遥没有意见，随着秦寂言去了京中的一座小院，正是风遥上次住的地方。

“说吧。”小院里没有外人，凭秦寂言和风遥两人的本事，旁人就是想偷听也难。

“你上次让我查的事有眉目了。当年北齐与大秦那一战，确实有人出卖了太子，使得太子被困。当时太子被困在一个叫末村的地方。太子带去的人确实屠了末村，只是命令并不是太子下的，而是太子身边的亲卫假传的。而后，太子被末村的村民射杀，根本没有解释的机会，尸骨丢在山上被野兽分食，只留下几块残破的衣服。”

太子下令屠村，反被暴怒的村民杀死。这就是太子的死因。虽然老皇帝没有公布出来，但该知道的人都知情。也因此名满天下的太子殿下，被永远钉在了耻辱柱上，甚至没有人愿意提起他。

“你确定我父王是被野兽分食了？”这个消息秦寂言不是第一次听到，可他每一次都希望这个消息不是真的。

“如果被抛尸的人是你父王，就一定被野兽给分食了。当时有狼群路过的痕迹，还有人的骨头与毛发。至于到底是不是，我也不能确定。西胡虽然查了这件事，不过当年并没有参与，我能找到的消息有限。”风遥知道这样很残忍，可他仍旧实话实说。

“我知道了。”秦寂言深吸了口气，问道，“可曾查出我父王身边的亲卫是谁的人？”

风遥看了秦寂言一眼，说道：“是你父王的人，他当时也死了。”就因为如此，再也没有人知道，下命令的人不是太子。

秦寂言没有继续追问，而是问道：“墨村，是‘笔墨’的‘墨’吗？有没有幸存者？”

“不是‘笔墨’的‘墨’，是‘末代’的‘末’。据说末村住的是前朝大将军末征北的后人，而末将军手上有《夷国志》，你父王就是为了夺得《夷国志》才下令屠村的。”当初那些人，为太子屠村找了一个极好的理由。

“末将军的后人？《夷国志》？”秦寂言在桌上一笔一画地写出一个“末”字：“原来老谭留下来的不是符号，而是一个未写完的‘末’字。看样子，末村还有幸存者。”

“是吗？命真大。”风遥并不意外。末征北的后人怎么可能那么笨，总会给自己留下一丝血脉。

风遥见秦寂言并没有沉浸在悲伤中，便说道：“这些消息，是我从西胡皇室拿到的，准确性颇高。关于十五年前的事，西胡皇室还有一个猜测，你要不要听？”

“不想听。”秦寂言想也不想就摇头。他已经猜到了一些，正因为猜到了，他才不想听。

可是风遥却不肯放过他：“漠视并不表示不存在，你秦寂言什么时候这么孬，连面对的勇气都没有。”

秦寂言道：“换作是你，你试试看……”亲爷爷设计害死他的亲生父亲，这种事换作任何人都不愿意接受。

风遥道：“我没机会了，我爹早死了。不管你想不想听，我都要告诉你，西胡皇帝的猜测是，十五年前的事乃大秦皇上一手主导。他也许没想让太子尸骨无存，可中间有不少牛鬼蛇神加入，事情便变成这个样子了。”

秦寂言只是静静地听着，就好像在听别人的事。这个推断，北齐特务头子曾说过一次，那时候秦寂言只信三分；现在依旧只是推断，没有实际的证据，秦寂言却明白，事情应该八九不离十。除了皇爷爷，没有人能够调动那么多势力、布下天罗地网逼死父王；也没有人能在父王死后，迅速将他的势力打散，将他的外祖全族屠尽！

唇边逸出一声叹息，秦寂言闭上眼睛，掩去眼中的愤怒与恨意。

风遥想安慰秦寂言，却不知道自己该说什么，干巴巴道：“和我相比，你幸福多了。你至少见过你父亲，可我呢？我还没有出生，他就死了，我连怨他都做不到。还有，你的仇人还活着，只要你下得了狠手，杀了他不仅能报仇，还能登上皇位。”

听到风遥这么说，秦寂言只想揍他一顿：“你还是别开口的好，一开口能把人气死。”

不管听到父亲死亡的真相后，内心有多大的触动，秦寂言都没有忘记该做的事。半夜时分，秦寂言准时出现在六扇门地牢，让人打开牢房把季诺提了出来。

“送回药园，将药园的封条拆了，明面上的人撤回。”确定季诺无事后，秦寂言转身就走，步子比以往更沉稳有力。

第二天早朝，秦寂言准时出现，站在他该站的位置。

没有意外，大事谈完后，几个小御史上折子弹劾秦寂言无故扣押季诺、封锁药园一事。

面对御史接二连三的炮轰，秦寂言并没有辩解，甚至在皇上允秦王自辩时，秦寂言也只说了两句话。

第一句是：“不明真相，胡乱指责。”

第二句是：“六扇门的权力摆在那里，本王随时欢迎各位大人去接手六扇门。”

秦王殿下这两句话一出，生生打了许多人的脸，有几个不明所以的小御史还想说什么，就听到封大人说：“六扇门查证，季公子与杀害孕妇的凶手无关后，已经将人放了，药园的封条也拆了，几位大人还有何话要说？”

作为文官之首，封大人这句话绝对在打御史的脸。刚刚还义正词严地叫嚣个不停的御史立刻闭嘴，脸色通红，然而封大人并不会就此放过他们。

封大人黑着一张脸道：“御史的责任是监察百官不错，可却不是让你们胡乱弹劾、诬蔑朝中重臣。不经查证便上折子弹劾，简直是胡闹。”

几名上折子的御史同时跪下："皇上恕罪，皇上恕罪。"

皇上并不理会，高高坐在龙椅上，脸上没有一点儿表情。

封大人继续道："几位大人弹劾秦王时似乎忘了，秦王虽然统管六扇门，可他还是一品亲王、皇室子孙。你们诬蔑皇室，可知该当何罪？"

这个帽子扣下来，可是死罪。几位御史顿时吓慌了，不断地求饶，头咚咚咚地磕个不停，地上很快就有一摊血迹，可却没有人同情他们。

秦寂言关押季诺本就是老皇帝允许的事，现在有人跳出来指责秦寂言，老皇帝怎么可能高兴？直到那几个御史快撑不住了，老皇帝这才开口："拖出去斩了！"

"皇上恕罪，恕罪……"请罪的御史吓得魂不守舍，扯着嗓子大喊，可是只喊了一声就被拖了出去。

就在众人以为皇上杀了御史便会揭过此事时，皇上却赐下两把戒尺，命秦寂言给赵王和周王送去。

此言一出，整个大殿都安静下来，有不少人脸色惨白地愣在了大殿上，就连秦寂言也愣了一下，完全没想到皇上突然对赵王和周王下重手。

戒尺可不是什么好东西，戒尺是先生用来打不听话的学生的。皇上赐赵王和周王戒尺，就有废了二王之意。皇上这是将对赵王和周王的不满摆在明面上了？

众朝臣心有戚戚焉，尤其是赵王和周王派系的人，一个个惶恐不安，生怕皇上一不高兴就拿他们出气。

早朝散了后，以前三三两两围在一起说话的官员，今天一个比一个走得快。

秦寂言和往常一样，不疾不徐地往前走，丝毫不受早朝之事影响，更不会因为要去给赵王和周王送戒尺而激动。这份淡定与从容，让封大人与焦大人颇为欣赏。

"宠辱不惊，秦王很好。"封大人差不多看明白了。

这两把戒尺一出，就断了赵王与周王继位的可能，皇上心里已经选定秦王做继承人，现在正开始帮秦王建立威信。

焦大人亦点了点头："能走到今天，实属不易。"

作为皇帝的老臣，他们很清楚皇帝猜忌、多疑的性子。秦王殿下能干，皇上欣赏秦王才干的同时，又深深地防备他。

皇帝今天的决定虽然非常突然，封大人与焦大人却乐见其成。储君之位不定，大秦的内斗就不会停止。北齐与西胡在一旁虎视眈眈，大秦不能内乱……

第二章
狂妄，凤家的风遥

秦寂言出了大殿后，并没有急着去宣旨，而是朝凤将军走去。秦寂言的一举一动都被众大臣看在眼里，见他朝凤将军走去，有不少人都睁大眼睛，完全不可思议。

秦王一下朝就去找凤将军，是不是太急了？

封大人更是眉头紧皱，皇上虽然赏了戒尺给赵王与周王，可并没有把话说死，这事还有转圜的余地，秦王这个时候找上凤将军，无疑会让皇上厌恶。

旁观者都在皱眉，作为当事人的凤将军整个人都不好了。他真希望秦王是走错了，不是来找他，可偏偏他加快速度后，秦寂言突然开口：“凤将军，请留步！”

“殿下。”凤将军万般无奈，只能转身，给秦寂言行了个礼。

“凤将军客气了。”秦寂言直言相告，“本王想借《凤家兵法》一阅，明日辰时亲自登门拜读。”

凤将军愣了一下才道：“王爷，你要借我凤家的兵法？”他们凤家的兵法，只有凤家子弟才可以看。

“凤将军放心，本王只是借阅，不会带出凤府。”秦寂言说完这话便转身离去，完全不给凤将军拒绝的机会。

凤将军看着秦寂言离去的背影，气得咬牙切齿：果然是有其父必有其子，秦王和太子一样惹人讨厌！众人一看凤将军气得不轻，一个个别过脸，闷头偷笑。

“咳咳……”封大人也笑了，迈着官步不疾不徐地朝内阁走去。

秦王当众提起此事，不仅不会让皇上猜疑，还显得秦王坦荡。秦王深谙帝王之道，他们这些人都白为秦王担心了。

诚如封大人所想，老皇帝听到这事，当即就笑了：“寂言这孩子，真不知说他什么好，他想必早就打《凤家兵法》的主意了，只是知道凤家不会给他看，这才一直按捺着不提，能等到今天不容易呀。”

老皇帝满脸笑容，笑着笑着眼泪就流了出来。一旁的心腹太监见状，忙上前：“皇上……”

老皇帝却不理他，一个人坐在椅子上，浑浊的眸子无神地看着前方，自言自语道：“当年太子也对凤家的兵法极为好奇。得了朕的允许后，便迫不及待地去凤家借阅，回来后不断地跟朕说，凤家先祖用兵如神，有《凤家兵法》在，凤家代代能出良将。”

“皇上……”心腹太监听到老皇帝提起太子，鼻子也是一酸。

“当年那么小的孩子，朕看着他一点点长大，看着他娶妻生子，最后却……”说到这里，老皇帝已经说不下去了。对于太子，老皇帝是愧疚的，所以他从来不提。

“朕的皇后，朕的太子……”他全都辜负了，他对不起他们。

秦寂言和凤将军打过招呼后，才去给周王和赵王宣旨。

周王因为受不了这个打击，在秦寂言走后立刻吐了口血。赵王也好不到哪里去，摇摇晃晃回到室内，紧接着一头栽倒。当家的主子倒了，赵王府与周王府也乱了起来。

顾夫人知晓赵王府的事后，又一次回到顾家求老太爷接千雪回来，结果又遭到老太爷无情的拒绝。

顾千城对这些消息不怎么感兴趣，听过便丢在一旁。她感兴趣的是，秦寂言明天去凤家，会不会把风遥的事说给凤家人听？而得知风遥的身世，凤家人又会做何选择？

第二天是休沐的日子，秦王殿下和凤将军都不用上早朝，秦王殿下在约定的前一刻，带着护卫来到凤家。

凤家门房昨天就知秦寂言今日要上门，虽然他们家将军极度不欢迎秦王殿下，可却不敢失礼，早就交代下来，好好招呼秦王殿下。

“殿下，请——”凤家的管家殷勤地引着秦寂言往里走，将人安顿在花厅后，立刻奉上今年的新茶，处处客气，处处尊敬，只是主人半天都没有出现。

“殿下请稍候，我家将军很快就来了。”管家不断地祈祷凤将军快快出现，可半天仍不见凤将军的身影。

管家急得不行，秦寂言却很有耐心，进来后就捧着茶杯慢慢喝，没有半丝不耐烦。辰时很快就到，凤将军仍旧没有出现。又过了一刻钟，屋内终于响起脚步声，秦寂言的手指在桌上轻敲了一下，眼中闪过一抹算计。没关系，凤将军现在让他等得越久，回头他要得越多，他一向不喜欢吃亏。

“秦王殿下，实在抱歉，末将休沐的时候，习惯去武场锻炼，一时忘了时间，还请秦王殿下见谅。”凤将军走进来，爽朗地道歉。

“凤将军客气了。”秦寂言确实不生气，见他走进来，起身道，“凤将军，走吧。”

“殿下……”凤将军开口，虽然不抱希望，可还是想在最后一刻打消秦寂言的念头。可他一开口就被秦寂言打断了：“凤将军不必与本王客气，本王看完《凤家兵法》就走，不会耽误凤将军训练的时间。”

“秦王殿下，请——”凤将军放弃与秦寂言争执，咬牙切齿地为其引路。

凤将军将人带到一间小房间，屋子里除了桌椅什么都没有，摆明了是告诉秦寂言他只可以看，不能抄写。秦寂言没有意见，从容坐下。凤将军嘴角微抽，请秦寂言稍候，他去取《凤家兵法》。反正拒绝不了，索性干脆点儿，把书拿出来，尽快把人打发走……

秦王殿下似乎很满意，说了第一句客套话："劳烦凤将军了。"

两炷香后，凤将军将《凤家兵法》呈到秦寂言面前："殿下，这就是我凤家的精髓所在，请殿下小心。"

秦寂言道："本王会注意的。"虽然他今天的主要目的并非为了看凤家的兵法，现在既然拿到手了，总要认真看一看。不然暗中的探子拿什么去跟他皇爷爷汇报？

凤将军本以为现在没自己什么事了，正准备退出去，就听到秦寂言道："今天本王打扰了凤将军训练的计划，为表歉意，本王就让门外的侍卫陪凤将军好好过招。"

"殿下客气了，我府上多的是陪练的人，不需要动用殿下的侍卫。"凤将军想也不想就拒绝了。

"无妨，就当是本王看《凤家兵法》的报酬。"秦寂言不容拒绝地帮凤将军做了决定，"凤将军，带他们去内武场好了。本王看完了，会让人通知你们。"

去内武场是一个贴心的建议，因为凤家的内武场在室内，不管谁输谁赢，旁人都看不到。

秦王殿下把话说到这个份儿上，凤将军只好不情不愿地应了一句："是。"

凤将军极度憋屈，当下带着两个侍卫去了内武场。心里暗暗发誓，一定要好好教训这两个人，发泄心中的怒火。秦寂言看着凤将军杀气十足的身影，很不厚道地笑了。他很期待凤将军看到风遥时的表情。

凤将军的表情确实很精彩，他万万没想到，会在自己家里看到西胡的将军，而且这个人还是秦王殿下带来的！

饶是凤将军再稳重，在看到风遥的那一刻，还是变了脸，手中的长枪直指风遥，厉声问道："你是怎么混进来的？你跟在秦王殿下身边，有什么目的？"

风遥神色平静地看着凤将军，根本不将他手中的长枪放在眼里，认真打量了凤将军一眼，才道："我从来没有见过你。"

凤将军并没有因为风遥的不防备而放松戒备，手中的长枪离风遥又近了一分："我见过你的画像。"

"原来……"风遥摸了摸自己的脸，有点儿小遗憾。

"你有什么目的？不说清楚，就别怪我动手了。"凤将军看着秦王的另外一个侍卫，心里隐约明白，此事与秦王殿下有关。

勾结敌国不是小事，凤将军根本不敢闹大，就怕此事牵扯上秦寂言。

"我的目的？"风遥指了指自己这张脸，"真的看不出来吗？明明有那么多人怀疑。"

"你到底想说什么？"凤将军有一种不好的预感，他现在非常想把秦寂言的这两个侍卫丢出去。

和聪明人说话就是容易，风遥为了让凤将军安心，主动道："你放心，我不会说什么，也不会做什么，对凤家更没有企图，我只是来看看……那个人生活过的地方。"

"你是……"凤将军在脑子里找了一遍，也没有找出凤家有哪个人能与风遥有关系。

他们凤家最近一个去过西胡边境的人是他三弟，但他三弟不可能与西胡公主有接触，况且他三弟都死了十一个月风遥才出生，时间上根本对不上。

正因为有这个时间差在，两国皇帝对风遥虽有怀疑，却没有相信。

“就是你想的那个人。”风遥给了凤将军肯定的答案，可是凤将军不信：“不可能，时间上完全不对。”

风遥解释道：“我母亲怀我时，吃了推迟出生的药。我比正常人晚了二十六天出生。”差点儿拖死母体，一尸两命。

凤将军脸部不断抽搐，握枪的手也抖了一下：“你真的是我三弟的孩子？”

“是与不是并不重要，我只是来看一看凤家，我不会给凤家带来任何麻烦。”风遥再次重申自己的立场。

“怎么不重要？”凤将军自动忽略风遥后面的话，“你是我凤家的血脉。”虽然是敌国公主生的，可终归是三郎唯一的血脉，他即使不想接受，也不得不面对。

“我一直自责，三郎没有留下一个血脉就走了，现在看到你，我终于对得起他了。”凤将军丢开手中的长枪，上前一步，仔细打量风遥的长相，拍着他的肩膀道，“像，你像三弟，也像我凤家人。”

“你……不是不承认我吗？”风遥的心一酸。

凤将军矢口否认：“我什么时候说过不承认你了？你是我凤家的血脉，这还需要我承认吗？”

“你说得对，我身体里流着凤家人的血，我不需要你承认。”风遥的心结，因为凤将军的话而解开，他不必执着于西胡和大秦是否承认他，他就是他。

“你这小子说的是什么话，你怎么不需要我的承认？没有我的承认，你怎么上凤家的族谱？”虽然这事难办了一点儿，可考虑到他是三弟唯一的血脉，凤将军还是决定把风遥的名字写上去。

不承想风遥拒绝了：“不用为我冒险。我说了，我来大秦就是想看看他生活的地方，如果你能让我去祭拜他就更好了。”

“你是凤家的孩子，我怎么能让你流落在外？”凤将军知道，一旦认回风遥，自己势必要受老皇帝猜忌，可是他们凤家的下一代，只剩凤于谦一根独苗，每一个子弟对他们凤家来说都异常珍贵。

风遥道：“你肯让我祭拜他就可以了，再说你把我写上族谱，对你和我来说都是个危险。”

凤将军知道风遥说的是对的，长长地叹了口气：“你说得对，这样做确实很危险。你肯回来，就表示你心里有凤家，这就足够了。”

“要不是这样，秦王殿下怎么会带我来凤家？”风遥认完亲，也没有忘记谈正事。

原本他是不打算与凤家人相认的，但昨天早朝上发生的事，让秦寂言嗅到了危机。旁人只看到了老皇帝毁了赵王和周王继位的可能，秦寂言却能预想到这两位王爷在无路可走后，极有可能绝地反击——造反！

赵王有兵，周王有钱，秦寂言和风遥都认为这两人造反的可能性很大。为了以防万一，他们必须拉凤家下水，让凤家彻底倒向秦寂言。而没有什么比风遥的身世更容易让凤家倒向秦寂言了。

凤将军不是笨蛋，风遥一说秦寂言也知此事，他就明白了这二人的打算。虽然被人算计很恼火，但凤将军也明白，对凤家来说秦寂言是最好的选择。

风遥道："凤将军，秦王拿我当兄弟，他不会为难你。"不承想凤将军听到这话，突然放声大笑，爽朗大气地说道："你们两个人都算好了一切，我还能如何？你既然有心，做大伯的当然支持你。"

"凤将军，你同意了？"这么轻易就说服了凤将军，风遥很意外。

"不同意又如何？"凤家早晚要交到下一代手中，儿子、侄子都倒向秦王，他还有别的选择吗？

风遥道："多谢凤将军，请您放心，我一定不会让你失望。"

"好了，一家人不说两家话。还有，别凤将军凤将军地叫，你要叫我大伯。"虽然认下风遥有些别扭，可真正认可了风遥，凤将军就不会拿他当外人。

"现在还不是叫您大伯的时候，叫您凤将军最好。"风遥不想因为一些小事，而将自己与凤家暴露在危险中。

风遥和凤将军谈得很顺利，正事谈完，两人便席地而坐，聊起家常。

凤将军和风遥简单地说了一下凤家的事，见风遥对亲生父亲好奇，凤将军便重点说了他。风遥则告诉凤将军他们母子二人在西胡的生活，不过说的都是温馨的事，那些被人欺凌的事，风遥一句都没提。

虽说两个大男人没有那么多话说，不过风遥有心，凤将军有意，两人一打开话匣子就有说不完的话，直到管家来报："将军，秦王殿下看完了。"凤将军和风遥这才发现，他们居然说了一个时辰。

"秦王要离开了，我也得走了。"风遥立刻收拾好心情，恢复了冷漠的样子。

凤将军颇为不舍，可也知此时不是说亲情的时候，只道："秦王让你来陪练，那就陪我练两手。"总要弄点儿伤出来才好向老皇帝交代。风遥正有此意，当即摆开架势与凤将军打了起来……

凤府的事自然瞒不过老皇帝。老皇帝听锦衣卫说，凤将军让秦寂言等了两刻钟，不由得露出一抹笑："凤爱卿还是那副性子，一点儿也没变。"

听到秦寂言反将一军，丢了两个侍卫给凤将军做陪练，他笑得更欢了："寂言这孩子，做得不厚道。"

不过，皇上笑完后还不忘问了一句："那两个侍卫，可曾与凤将军说了什么？"

锦衣卫当时根本没有去听，皇上问起来他们却不敢这么说："没有。两个侍卫都被人抬了出来，凤将军也受了一点儿轻伤。"

姜还是老的辣，风遥的本事不错，却仍不是凤将军的对手。不过，和凤将军打一场，虽然伤得爬不起来，风遥心里却很高兴。

秦寂言和风遥都对此行的收获很满意，得偿夙愿的秦寂言看完《风家兵法》后心情非常好，听到老管家说，季诺给他送上一份大礼，感谢他“秉公办案”，秦王殿下都好脾气地没有丢出去。

季诺深知唐万斤对药王谷来说太重要了，而且唐万斤一旦落到长生门，药王谷绝对逃不掉长生门的报复。季诺出狱后，立刻将消息传回季家本家，让本家在外的弟子，注意各大港口，仔细盯着进出港的船只，他本人则以最快的速度赶回江南。

至于他和秦王的账，只能回头再算了。

季诺和来时一般，走得非常突然与低调。对于季诺的突然离去，秦寂言和顾千城只是咦了一声便没有再提，不过……两人在心底都把季诺记住了。

君亦安走了，季诺也走了，赵王和周王病了，整个京城似乎都安静下来了，而在这片安宁中，承欢的家书寄来了。

承欢的信有两封，一封是给顾家的，一封是给顾千城的。

顾千城拿到信后，和老太爷说了一声便提前回去了。承欢给顾千城的信，写的是途中的琐事，还有一路的见闻，处处都透着亲近与轻松。当然，承欢不会忘记正事，这件事在给老太爷的信中也曾提及。

顾承欢说得并不详细，只说了一些小细节。可顾千城也看出来西北大军有问题了。

赵王果然没有将宝全部押在老皇帝身上！

赵王绝对是要造反了。

西北危险了！

顾千城捏着信，眉头紧锁：承欢敢在信中写这些事，就表示这封信送来的渠道绝对安全。光凭承欢可做不到，这里面必然有言倾的手笔。

言倾把消息送到顾家，想必是希望她将事情传递出去，好让大秦提前做准备。就在顾千城想着要不要通过秦寂言把消息送到平西郡王府时，下人来报老太爷要见她。

承欢写的关于西北大军的事，是单独用一张纸写的，顾千城抽出来后，立刻将其泡在药水里捣烂，直到看不出那原本是纸，这才出去。

顾千城过来时，书房里只有老太爷一个人。老太爷的脸色很不好，顾千城却神色如常，甚至笑着问了一句：“祖父，是不是承欢说了什么事，惹你不高兴了？你别生气，等承欢回来，我帮你教训他。”

“你不知道？”顾老太爷审视地看着顾千城。顾千城一脸茫然地回视：“知道什么？”

“承欢给你写了什么？”老太爷收回目光，问道。

“写了他路上发生的事，还说我给他准备的银子派上了大用场。他们途中遇到暴雨，行李全被冲走了，银票湿了，银子也找不着了，亏得我用蜡纸包住他的银票，这才解了他们的燃眉之急。”顾千城挑了几件事说，声音轻快，没有一丝担心。

顾老太爷怀疑地看着顾千城：“信能给我看看吗？”

“当然可以，我让人去取。”为了表明那封信并不重要，顾千城没有带在身上。

“不必，我让人去取。”老太爷召来自己的心腹，让他去顾千城的房间取信。顾千城没有反对，在对方走后，神色凝重地问道：“祖父，出了什么事吗？”

老太爷点点头：“有些事我现在不能告诉你，不过祖父也是为了你好。”

顾千城却不听，问了一句：“和承欢的来信有关？”

“这件事你不必管。”老太爷摆明不会告诉顾千城，“千城，千雪的事你怎么看？”

“千雪？”顾千城心里明白，老太爷怕是要撇清他们顾家与赵王府的关系，只是当初费尽心思巴结赵王府，现在想要撇清，晚了！

顾千城道：“终归是我们顾家的孩子，即使有错，也不能太难看。给赵王府递个信，让楚世子来一趟吧。”当年也是真爱，这个时候楚世子怎么能不来接呢？

“不，我想让千雪回来，让楚世子写放妾书。”老太爷已经想好了，说给顾千城听，只是希望她有一个心理准备。

顾千城故作吃惊道：“这个时候？不好吧？”

赵王刚刚受了皇上斥责，他们顾家就与赵王府撇清关系，可真是冷情呢。

老太爷也想到了这件事，眉头一皱：“千雪在赵王府已经没有用处了，楚世子不会正眼瞧她。”

“接回来也没有用处呀。”顾千城一脸嫌弃地说。老太爷只当没听见：“你有没有办法，让千雪与赵王府分开？”

“祖父，你太高看我了。”顾千城神色一敛，嘲讽地笑了笑。

“千城，我是为了顾家。”老太爷也知自己是强人所难，可现在不是计较这些的时候。

顾千城笑了一声：“祖父把话说到这个份儿上，我还能如何？”

“既然有办法，说说……”老太爷知道顾千城失望了，却不后悔。

“楚世子最近不是经常往城外跑吗？祖父派人去查一查，应该能查到可用的东西。”顾千城说完这话，起身道，“祖父，要是没有别的事，我先走了。”

顾千城在出门时遇到取信回来的下人，看了一眼没有说什么，淡漠地离开。

“老太爷……”下人将信奉到老太爷面前，担忧地看了一眼。

“她会明白的。”老太爷挥了挥手，示意下人退下，自己拆开承欢写给顾千城的信。

诚如顾千城所说的那样，信里面的内容只有家常，和写给老太爷的完全不一样。

“人老了，果然心思就重了。”老太爷叹了口气，颇有些后悔将信取来，但不看到这封信，他又无法安心。

“去看看大小姐在做什么。”老太爷叩了叩身后的书架，立刻就有一道人影闪现，朝顾千城的院子奔去，速度快到让人看不清。

顾千城从老太爷的书房出来，并没有回院子，而是去马厩牵了一匹马，骑马出去了。

身后的探子一直跟着她，看着顾千城骑马去了东林书院，却在书院门口站了半天，没有进去；又看着顾千城骑马去了城郊，远远地看着京郊大营没有靠近。

尾随顾千城的人，不知道顾千城去这两个地方做什么，可是顾老太爷明白，听到探子的回报，顾老太爷闭上眼睛，才忍住眼中的酸意……

他知道，他伤了千城的心！

老太爷却不知道，顾千城去东林书院和京郊大营不过是做给他看罢了。老太爷看到她失落的样子，肯定会内疚，一旦内疚，就必然会给她更多的方便。

顾千城跑了一圈回来，直接躲进院子，老太爷派人送来承欢的信，她也没有见。

听到下人的回报，知晓顾千城态度不好，老太爷不仅没有生气，还让人从他的私库里挑了一个翡翠镯子给顾千城送去。老太爷的私房必然是好东西，顾千城不客气地笑纳了。

晚上秦寂言过来时，就看到顾千城倚在床头，手上把玩着一只碧绿的镯子。秦王殿下只看了一眼，就知道这是好东西："居然是帝王绿，可真是好东西。"

"老太爷给的，好看吗？"顾千城将玉镯戴在手上，皓腕在碧镯的映衬下越发地秀美。秦寂言握住顾千城的手，在上面落下一个吻："好看。"

"镯子好看？"顾千城抽回手，将玉镯褪了下来。

"不，是你的手好看。"秦寂言虽然不怎么说甜言蜜语，可并不代表他不会。

"油嘴滑舌。"话是这么说，顾千城的脸上却带着笑。没有哪个女人能抗拒得了好听的话，即使明知是假的。

"说的是实话。"为了证明自己的实诚，秦王殿下老老实实地坐下。

"心情这么好，是不是事情办得很顺利？"顾千城在他身侧坐下，随手将玉镯放进盒子里。

"很顺利。凤家子孙少，凤将军并不排斥凤遥。"

"有凤将军相助，事情就好办了。"顾千城真心觉得，连老天爷也在帮秦寂言。她刚得知西北有异动，秦寂言就摆平了凤将军。

"你就知道凤将军一定会帮我？"秦寂言卖了个关子，可顾千城不上当："你捏住了凤家这么大的把柄，凤将军能不答应吗？"

"乱说，本王从不用把柄要挟人。"秦寂言的话刚落下，顾千城就笑了："你这话说出去，凤将军都不信。"

秦寂言道："凤将军一定会信。本王并没有要挟他，顶多是商量。""商量也好，要挟也罢。总之摆平凤家就是一件好事。"顾千城收起嬉闹，神色凝重道："我今天收到承欢的来信，承欢说西北有异动，赵王他……"

"反！"秦寂言接道。

"是的，赵王似乎有造反的打算。"顾千城见秦寂言毫不惊讶，不由得问了一句，"你早就知道了？"

秦寂言道："没有，只是猜测。赵王和周王为了皇位，算计了大半辈子，他们不会甘心。"费了那么多心思，才把挡在他们前面的太子搬掉，赵王和周王怎么甘心皇位落到他身上？

“也是……换作是我，我也不甘心。”顾千城点头表示赞同，“西北那块的消息估计不好传出来，言倾不敢给平西郡王府报信，怕是赵王早就盯上了他，这次让承欢写信回来，也是冒了极大的风险。”

秦寂言道：“西北那块，探子早就进不去了。”

“对了，老太爷知晓了此事，正忙着与赵王府划清界限。我想他最迟明天就会进宫，将此事禀报给皇上知晓。”过了一个晚上，老太爷应该能查到楚世子的事才是。

“皇上知道了也好。”秦寂言垂眸，似有所思。顾千城问了一句：“你是不是还有什么没说？”

“什么都瞒不过你。我猜测，西胡会借此机会攻打大秦。风遥说，西胡为此一战准备了许久，而且……”秦寂言一顿，眼中闪过一抹杀意，“之前我查到周王与西胡人有来往，实际上真正勾结西胡的人是赵王。如果我没有猜错，赵王此次会引西胡人进入大秦，借西胡人攻打大秦。”

“什么？赵王这是引狼入室。”顾千城脸色大变，“这么说，他们在西北很危险？”

如果赵王只是单纯地造反，那么言倾、封似锦和承欢不一定有危险。赵王要是引西胡人入关，他们在西北随时就有“战死”的风险。

“如果真要动手，赵王不会放过他们。”他安排了人保护封似锦，必然不会有事，言倾与承欢就难说了。封似锦是文官，不用上战场，言倾和承欢都是要上战场的人，在战场上什么意外都会发生。

“该死！”顾千城忍不住低咒一声，“我要去西北。”

“不行，太危险了。”秦寂言想也不想就拒绝了。

“我不放心。他们要是死在西北，我一辈子都不会安心。”所以，她必须去。

“你一个弱女子，去了又有什么用？你不仅帮不上忙，反倒会成为他们的拖累。”秦寂言承认，西北的事他确实有疏漏之处。他没有想到赵王会与西胡人勾结，早知道他也不会让言倾过去，但除了言倾，他想不到还有谁能夺下西北的兵权。

“我是大夫，我在战场上能发挥的作用远比你想的强大。另外，我熟知西北的地形，有我在，言倾他们会事半功倍。”她并非一无是处，她曾经配合科研队参加过探险活动，并不是娇弱的大家闺秀。

秦寂言道：“本王可以派太医过去，不需要你去。至于地形，你画下来，本王让人送进去。”西北的消息出不来，并不表示进不去。

顾千城还要争取：“就不能让我去吗？”

“西北危险的不仅仅是前线，后方也很危险。”

“封似锦也在那里，他能平安回来，我肯定也能。”

“你和封似锦不一样，封似锦死了，封家还有一个封延宸。”你死了，我去哪儿找一个顾千城？

“封家不会放任继承人出事。”顾千城相信，封家肯定会有所准备。

秦寂言道：“你也知道封似锦是封家的继承人，那么封家的对手又怎么会放过封似锦？一个优秀的继承人对家族有多重要，我想你应该很清楚。”

顾千城顺着秦寂言的话说道：“你说得对，封家、言家和顾家的继承人都在西北，所以我更要去。”承欢虽不是顾家认定的继承人，可在顾千城眼中，承欢就是顾家的继承人。

“我是不会让你去的，西北的事……有风遥在，他们暂时不会有危险。”战场上的事，就是秦寂言也不敢保证。

“你确定西胡会派风遥出兵？”顾千城可不认为西胡皇帝完全信任风遥。

“就算刚开始是别人，最后也一定是风遥，这一点本王可以保证。只要言倾他们坚持到风遥过去，就不会有事。反之，他们要是坚持不到风遥过去，你去了也没用。”

“风……”

“好了，这个问题我们暂且不说。言倾能发现西北的异常，就表示他有自保的能力，你要相信他们。”

秦寂言不愿与顾千城过多纠缠这个问题，将顾千城带到书桌前，亲自研墨：“将西北的地形画下来，我让人带给言倾。”

顾千城没有吭声，而是默默地看着秦寂言，希望他能改变决定；秦寂言也不说话，将架子上的毛笔递到了顾千城面前。

两人就这么僵着，直到顾千城说：“我不会。”

“你觉得本王会信吗？”秦寂言将笔硬塞到顾千城手里：“画吧，本王不会让你去西北的。有了西北的地形图，言倾他们也会多一份保障。”

“我真的不会。”顾千城将笔放下，看秦寂言黑着脸，忍不住补了一句，“我不会用毛笔。”

秦寂言看了一眼，在桌上找到一截炭笔：“那就用这个画。”

顾千城默默地接过，然后默默地在纸上画了起来。

《夷国志》上并没有配图，只有文字记载。顾千城先将那段文字默写出来，递给秦王殿下，然后默默地画了起来。

顾千城没有绘图技巧，只能边画边改，而且为了让地图效果最佳，她还得将《夷国志》上所写的距离按比例缩放，这么一来就要用到尺子。

顾千城自己有一套手工的尺子，虽然计量单位不是那么准确，但是看图的人一眼就清楚，那短短的一小段代表五百里，半段就是两百五十里……

秦寂言看到顾千城拿着标尺在图纸上比画，不可避免地多问了几句。听到顾千城的解说后，秦王殿下没有惊为天人，只觉得顾千城找到了一个取巧的法子。军事地图本身就会标明尺寸，只是没有顾千城这么细致罢了，现在有了细致的方法，他只需要回去让人重画即可。

顾千城画好后，秦王殿下连图带标尺全部拿走：“回头送一份更好的给你。”

走之前，秦寂言不放心地又补了一句：“千万别妄想偷偷去西北，本王的暗卫不是吃素的。”顾千城抚额无语。

带着标尺与地图，秦寂言回到秦王府，把风遥召来：“这是西北的地图，你画一份，立刻回西胡。”

“出了什么事？”风遥担忧地问道。他还没有去祭拜生父，如果不是特别重要的事，秦寂言不会让他现在就回西胡。

“西北有异动，西胡短时间内就会出兵。”秦寂言没有多说，只简单点明西北的情况。

“这么快？西胡根本没有做好准备，怎么会这么快出兵？”虽然西胡皇帝处处防备风遥，可风遥对西胡的情况还是非常了解。

秦寂言道：“赵王等不及了，西胡只能应下。”赵王又不是傻子，等西胡准备好了才开战，引西胡大军入关的赵王，岂不是自掘坟墓。

风遥想明白后，当即点头道：“我今晚就走。”

风遥在秦寂言对面坐下，看到地图时眼前一亮：“你画的？”河流、山川、沼泽，全部标注得详详细细，凭这份地图，完全不用担心走错路。

“本王口述，顾千城画的。”哪怕是风遥，秦寂言也不敢冒险。顾千城曾看过《夷国志》的事，必须烂在肚子里。

“你的眼光不错。”风遥又夸了一句，当然也不忘再补一句，“顾千城的眼光真不是一般地差，怎么就看上你了？”

秦寂言冷哼一声，不予理会。

风遥画好地图，连夜离去，当然走之前不会忘记和凤将军打一声招呼。

西北的异动，秦寂言不好主动去找凤将军说，但他可以，而且由他去说，凤将军心中的排斥也会少一些。

凤将军虽然应下了帮秦寂言，心里还是会不舒服。他对老皇帝忠诚了大半辈子，虽说他现在做的事也不是叛国，可是心里多少会有一些别扭。见风遥离去前，还特意来帮秦寂言传话，凤将军不由得脸发黑……

他的儿子和侄子到底是什么眼光，居然一个个都认秦王为主！

第三章

皇宫，本王不屑住

老太爷的办事效率极高，听了顾千城的指点，第二天就派人查清了楚世子的事。

原来楚世子在城外的庵里养了一个姑娘。老太爷找来顾夫人，对她耳提面命一番，让她务必将此事办好。只要她和千雪将事情办成，千雪还是顾家的二小姐。

顾夫人不是蠢妇，知晓老太爷必有算计，可她现在根本没有别的选择，只能连连点头。她当天就去找顾千雪，打算尽快把事情办好，好把千雪接回家。

顾夫人将事情和顾千雪简单地说了一遍，顾千雪听到她能重新回顾家，眼前一亮，紧紧抓着顾夫人的手："娘，我们现在就去找他。我再也不想待在赵王府了。"

"好，好，我们回顾家，不回赵王府。"不管女儿有什么要求，顾夫人都会努力做到。

"娘，我好恨呀。云楚害了我的孩子，最后却成了我的错。赵王府根本容不下我，赵王妃讨厌我，云楚也有了别的女人。怀上孩子的那一次，他把我当成了千城。他恨我，恨我害他没有娶到千城，恨我害他的世子之位岌岌可危。"

"千雪，别哭了，都过去了。以后我们母女会好好的。等你弟弟继承了顾家，我们就熬出头了。"顾夫人想到被窦氏抢走的丈夫，又知秦云楚心里还惦记着顾千城，差点儿咬碎一口银牙。

"娘，这次我一定要让他身败名裂。"顾千雪想到她和秦云楚欢好时被人撞破的事，心里就恨得不行。

"好，都依你。娘都依你。"顾夫人现在只想让千雪高兴，哪怕再难她都会做到。

顾夫人立刻让人安排马车出城，不过她们的运气不好，并没有遇到秦云楚过去。顾夫人便在附近找了一个住处，暂时在那里住下，静等楚世子出现。

老太爷知道这两人的动作后，暗自点了点头，算是认可了她们的行为，打算在必要的时候为她们添一把火。

顾夫人与顾千雪等了两天，终于等到秦云楚出现了。顾夫人用重金买通了一个小尼姑，秦云楚一来，小尼姑便来报信。得了丰厚的赏银，小尼姑办事更加勤快，顾夫人让她往茶水里添东西，她也咬牙同意了，只求顾夫人到时候赎她出去。顾夫人满口应下，只说事情办妥不仅赎她出去，还让她做顾千雪的贴身丫鬟。

得了许诺，小尼姑在添茶水时把药加了进去，包药的纸则丢入灶头，没留下一点儿痕迹。顾老太爷派来的人待到小尼姑走后，才将落在地上的一点儿粉末清理干净，以免让人发现。

楚世子每隔两三天都会来庵里见那女子，只是至今也无肌肤之亲，那女子故作清高，并不让楚世子近身，偏偏楚世子就吃这一套。

楚世子又一次来到庵里，那女子一脸欢喜地相迎，见楚世子脸色不豫，便温柔地倚在秦云楚怀里，主动问道："公子，你是不是累了？奴家在家时常帮祖母按揉，公子要是不嫌弃，也让我替你按按可好？"

说话间，女子便从秦云楚怀里挣开，示意秦云楚躺在床上。秦云楚当然不愿意躺在硬邦邦的枕头上，他要枕在美人的大腿上。女子半推半就地从了，秦云楚享受着美人的按揉，又闻着美人身上的女儿香，再差的心情此时也好了，抱着美人轻声哄了起来。

"烟柔，你小叔一家的消息，我已经查到了一些，过两天就有消息传来了。"

女子自称烟柔，说是出自江南大家，只不过现在家道中落。此次进京是为了投靠自小脱离家族的小叔，只可惜还未到京城就出了意外，幸得秦云楚相救。

烟柔一脸惊喜地说："公子，真的有我小叔的消息吗？"

"当然，我要找的人，还没有找不到的。"秦云楚并非夸大，秦寂言当时帮烟柔准备的身份，确实可以查到，只不过真正的烟柔已经死在了路上。

"公子，你真是太好了，我太高兴了。"烟柔一脸欢喜，因为激动，脸颊染上了红晕，配上素净的装扮，更显得清丽绝伦。

秦云楚本就喜欢烟柔的身段与外貌，见状不由得心念一动，将人压在身下："既然高兴，要如何报答本公子呢？"

"公子，不要……"烟柔伸手去推，小手却柔弱无力，反倒更勾人。

脸埋在烟柔的胸前，感受着那软绵润滑的触感，秦云楚心中那团火烧得更旺……

"烟柔，你放心，你是我的人，我定不会负你。回头我就向家里禀明，我要娶你。"在拿下一个女人之前，秦云楚从不吝啬许诺，这话当初也和顾千雪说过。

"公子，奴家相信你。"因为这句话，烟柔将拒绝改为迎合……

很快，屋内就传出若有若无的娇吟声，烟柔是经过特殊训练的扬州瘦马，身体柔嫩到不可思议，完全能满足秦云楚的所有要求。

待到秦云楚尽兴，已是两刻钟后。秦云楚看着无力地趴在自己身上的女子，身体得到前所未有的满足，只不过他的心依旧是空空的。

"公子，人家累了。"烟柔是真正的吐气如兰，不管何时，只要她开口说话，必有淡淡的香气。

秦云楚闭上眼睛，压下心中那缕挥之不去的遗憾，抱着烟柔起来，为她擦拭。烟柔一边任秦云楚为所欲为，一边故作娇羞地闪躲，引得秦云楚又一次心猿意马，可惜他现在心有余而力不足。

为了压下心中的躁动，秦云楚给自己倒了一杯水。茶水早已凉透，喝下去后，心头那股火气立刻消散了不少，秦云楚只觉得心神舒畅。烟柔乖巧地穿好衣服，拾起地上的衣服服侍秦云楚换上。这个过程烟柔做得规规矩矩，不想秦云楚突然气息不稳、脸色潮红，看她的眼神都不对了。

“公子，公子，你怎么了？”烟柔脸色大变。

“你，你给我下药了？”秦云楚也算是花中高手，对这些事知之甚详。

烟柔不断地摇头：“没有，没有，我没有那么做。”

“你……这个贱人！”秦云楚很想推开烟柔，但药效实在太霸道了，他很快就顺从了身体的本能。

“啊……放开我，求你放开我。”烟柔失声大叫，这一次可不是装的，而是真的吓坏了。

秦云楚中了药后，举止非常粗暴，烟柔根本无法承受……

庵外，假装来上香的顾夫人和顾千雪算着时间往厢房走，突然听到一阵呼救声，顾夫人一脸惊讶道：“出什么事啦？快，快去叫人来……”

“不好了，出事了，出事了。”事先得了通知的丫鬟，当即大喊大叫，很快就引来了上香的人。听到有女子呼救，剽悍的妇人们举起木棍朝事发处冲去，顾夫人和顾千雪反倒落在了后面。

砰的一声，门被撞开，不堪入目的一幕暴露在人前。几个妇人脸色一红，随即强自镇定地骂道：“浑蛋，放开那个姑娘！”

“滚开！”秦云楚吓了一跳，当场就软了，脑子也清醒过来。

“你个采花贼，竟敢在庵里奸污女子，简直是丧尽天良。”一群妇人举起木棍就冲上前，这些妇人力气都不小，一棍子打下去，秦云楚就痛得直哼哼。

“住手！你们这群暴民，还不快住手！”秦云楚抱头鼠窜。

躺在床上的烟柔反应过来，本想叫这群人停下来，可是她还来不及开口，就被趁乱跑进来的顾夫人一棍子敲晕。顾夫人给下人使了个眼色，那人悄悄将桌上的茶水连同杯子一起带了出去。

“住手！我不是什么采花贼，你们这群粗妇。”秦云楚慌不择路地往外逃去。

“别让采花贼跑了，捆了他送官府去。”女人们当即追了出去。

说起来也是秦云楚倒霉，他逃出来的时候，正好遇到来乡下办差的官爷。官爷听说有采花贼，二话不说就准备拿下，好带回去立功。前有官差，后有拎着棍子打人的妇人，堂堂世子什么时候见过这阵仗，他惊恐不安，双腿一软，直接摔倒在地。

妇人们见到官差来了，纷纷丢下手中的木棍，一个个后退数步。

“怎么回事？”官差上前问道，手放在刀柄上，防备地看着众人。

“官爷，我们抓到了一个采花贼。”妇人们七嘴八舌地将情况说了一遍，把秦云楚说成十恶不赦、毫无人性的采花大盗。

“我不是采花贼。”秦云楚趴在地上爬不起来，也不敢抬头解释。

“好大的胆子，来人，把这贼人带回去。”为首的官差刀一扬，立刻就有两个小喽啰将秦云楚带起来。

顾千雪和顾夫人不知何时挤到人前，秦云楚看到她们二人，脸色大变，正欲警告顾千雪不要乱说话，就见顾千雪又是伤心又是绝望地看着他，不敢置信地摇头……

“云楚……怎么会是你？你怎么成了采花贼？”顾千雪似受不了这个打击，一连后退数步，倒在顾夫人怀里。

“云楚，你怎么对得起我？你怎么对得起我？！”顾千雪哭得伤心欲绝，本欲离去的官差和妇人们见状也不走了。

“这是怎么回事？难道你们认识？”妇人指了指秦云楚，又指了指顾千雪。

“他是我女婿。”顾夫人一脸愤怒地看着秦云楚。

秦云楚朝顾夫人怒吼：“闭嘴，谁是你女婿？”

顾夫人才不理他，抱着顾千雪大哭：“可怜我的女儿刚刚小产，身子还没恢复，女婿就在外面有了别人。我们本来不信，不想今天却是遇上了。”

“你们是来捉奸的？”领头的妇人终于明白了。

官差也傻眼了：“这人不是采花贼？”

“放开我，我不是采花贼。”秦云楚很恼火，狠狠地瞪了顾千雪一眼，顾千雪只是哭。

“这，小的这就放人。”官差见秦云楚虽然狼狈，可穿得着实不错，便猜到秦云楚是大户人家的公子，并不敢惹。

官差放了人，秦云楚不想在人前闹事，转身就往庵里走。可就在此时，顾千雪突然扑上前，抱着秦云楚的胳膊不让他走：“云楚，你不能走！你不把事情说清楚，我是不会让你走的。你做出这么丢人的事，不给我一个解释，你怎么对得起我？怎么对得起我们死去的孩子？怎么对得起父王？父王对你寄予厚望，早已立你为世子，你居然在庵里与女尼苟合，你怎么，你怎么能这么做……”

“什么？世子？”乡野村妇听不懂顾千雪的话，官差们却听得明白。

“疯女人，你放开我。”秦云楚想用力挣脱顾千雪的手，却发现自己全身无力，连推开顾千雪都做不到。

“不放，不放，我死也不放！我要去找王爷评理，我要让王爷和王妃为我做主。”顾千雪又哭又闹，抱着秦云楚不肯松手，“云楚，这已经不是第一次了，我没有办法再原谅你。就算我肯原谅你，我们死去的孩子也无法原谅你。”

秦云楚气得不行，发现无论是官差还是妇人，都一脸鄙夷地看他，不由得更加气愤：“顾千雪，你给我松手，有什么事我们回去再说。”

“好，回去，我们回去。娘，快去叫马车来，云楚肯跟我回去了。”顾千雪前言不搭后语，刚刚还说不肯原谅，现在听到秦云楚要回去，又是一脸欢喜。

可就是这副模样才叫人心疼，众人认定顾千雪是伤心过度才神志不清的，看向秦云楚的眼神更加不屑。

顾夫人早有准备，马车很快就来了。顾千雪像狗皮膏药一样贴在秦云楚身上，不让他离开半步。顾夫人命令下人去庵里给他找衣服的同时，又拿秦云楚的身份说事，邀请官差护送他们一程。

官差虽然不愿意，但只能乖乖护送马车里的大爷回城。

秦云楚这边刚闹起，顾千城和秦寂言就收到了消息。得知顾千雪给秦云楚下了药，让人当场撞破他的好事，顾千城不由得笑了出来："顾夫人永远是这么几招，真是没有新意。"

"招不在老，好用就行。这招用来对付云楚屡试不爽。"总算小小地帮顾千城出了口气，秦王殿下心情颇好，"算算时间，云楚他们还没有这么快进城。走，我们去占个位置，顺便看个热闹。"

"赵王府附近，可没有酒楼茶馆。"顾千城跟了上去，却不抱多大希望。

秦寂言道："谁说在赵王府对面了？跟着本王走就是。"顾老太爷出了这么大的力，他怎么也要帮一把才是。

秦寂言把顾千城带到天街上的一家茶楼。天街之所以叫天街，是因为穿过这条街，前面就是皇室宗亲住的地方。顾千城曾来过这里，但还真不知晓这条街的来历，听到秦王殿下这么说，不由得觉得好笑。

"这条街被百姓称为天街，除了指住在里面的人是皇亲贵族，还有就是这条街上的纨绔多。纵马京城的公子哥，这里最常见。"秦寂言话音刚落，就有一群锦衣少年打马而过，速度又快又猛，在街上横冲直撞。而不管是两旁的商家还是百姓都习以为常，灵活地避开。

不过还是有几个倒霉的，因为慢了一步，手上的东西被带翻了。而那些摔坏了东西的人也不难过，就站在原地等着，不多时就有一群仆人过来，凡是东西被撞翻的皆按原价赔偿。

"这些纨绔子弟虽然爱玩爱闹却不欺压百姓，这条街上的人基本上都知道，被撞了东西不用担心，会有人赔。至于人被撞到？经常来这条街的人，听到马蹄声就会躲开，如果有人被撞，那些纨绔少年也会赔偿，银子只多不少。甚至还有活不下去的穷苦百姓会来这里找撞，撞死了会有一大笔银子，足够一家老小生活。拿了银子，也就无人告官，民不举，官不究，官府也就不会干涉。"秦寂言说这话时，脸上带着笑，眼中却没有笑意。

"殿下，这个话题太严肃了。"顾千城无奈地叹了口气，她懂秦王殿下的意思，可是这种事情根本无法清除，因为你清了这一批，又有一批新贵出现。秦王殿下当然也懂这个道理。

在顾千城和秦寂言说话的时候，载着秦云楚的马车驶入视线。

"来了。"秦寂言轻敲桌面，提醒顾千城。

顾千城趴在窗边，耐心地等着看秦王殿下说的"好戏"。

没有让顾千城久等，当秦云楚的马车驶到街道中段时，迎面一群少年打马而来，这些少年又是一批，他们的速度比之前那些人更快。

"让开，让开！"少年们嚣张地大喊，街道两旁的人自觉地闪开。

坐在马车里的秦云楚，听到这个声音忙道："快，把马车赶到边上去。"

车夫根本没来过这条街，一遇到这种情况就慌了神，根本不知如何反应。

"蠢货。"秦云楚急得大骂。马蹄声越来越近，秦云楚越发着急，他现在只能祈祷那群纨绔大少骑术好些，能从他们身边过去，而不是直接撞上他们。

在天街，这样的情况也不是没有遇到过，只要马车停在中间不走，凭那群少年的技术，完全可以从两旁经过。偶然遇到一次这样的意外，少年们只觉得好玩。

“陈少，能不能过去就看你的了。”少年中，有人高声喊道。立刻有一个少年应道：“放心，交给我了。”

顾千城记得皇后的娘家姓陈，这批人出现，果然不是巧合。陈姓少年一马当先冲了过去，身后的少年纷纷叫好，也跟着冲过去。秦云楚看到这一幕，暗暗松了口气，他知道这些少年骑术尚可，不会出事。但楚世子高兴得太早了，就在少年们结伴冲过来时，拉车的马不知怎么了，突然发狂，扬起前蹄嘶吼一声，猛地就往前冲……

马拉着车朝那群少年撞去，有几个胆小的吓得哇哇大叫：“啊啊啊，不要过来，不要过来。”

发狂的马根本不听他的话，轰的一声，马车与迎面奔来的马相撞，马摔倒在地，马上的人则飞了出去。身后的少年没料到会发生这样的事，来不及拉缰绳，只能跟着撞成一团。

一瞬间，天街乱成一团，马车横倒，马车里的人全部摔了出来，纵马游街的少年们也一个个撞得飞了出去，听摔落的声音就知道伤得不轻。

“会不会觉得本王是在伤及无辜？”秦王殿下看着下面的混乱，脸上露出一抹笑。

“你不是说过他们罪有应得吗？”秦王殿下之前说了那么多，她就算开始不懂，现在也懂了。

“是呀，他们罪有应得。撞了那么多人，也该尝尝被撞飞的滋味了。”秦寂言不认为自己是在维护正义，他只做自己想做的事。

纵马的少年个个出身不凡，他们身后跟了一群下人，见此情景，下人纷纷上前，将自家少爷找出来。

“少爷你没事吧？”

“幸亏公子没事，您要是有个三长两短，小人就不用活了。”

……

不知是这群少年命大，还是他们骑术好，十几匹马撞成一团，马都撞死了好几匹，这些少年居然一个都没有死，不过有几个受了重伤。

“他们跳马跳得好快。”只是一刹那的混乱，顾千城却看得清楚。

“打小就有名师教导，要是连这点儿本事都没有，他们就不配在京城行走。”秦寂言很清楚这些少年的实力，并没打算取他们的命，只不过是想教训一顿云楚，同时也给他们一个教训……

纵马的少年们在家丁的帮助下从地上爬了起来，有几个伤势严重的直接被抬了出去，而伤势稍轻的坚决不肯走：“去看看是哪个王八蛋，竟敢让小爷落马，简直是胆大包天。”

“小的这就去。”跟在他们身后的下人，虽不屑欺压普通人，可对于惹上他们主子的人却不会留情。

几个家丁跑到路中央，把被马车压住的楚世子、顾夫人和顾千雪拖了出来。这三人命大，身上虽见了血，却只是晕了过去，并没有出人命。

“咦，这人好眼熟。”有几个家丁，看到只着里衣的秦云楚，不由得愣了一下，忙上前将他脸上的长发拂开，然后就露出楚世子的那张脸。

“啊，是赵王世子。”家丁看清了秦云楚的脸，手一松，楚世子又摔了下去。吧唧一声，脸磕在地上。家丁吓得一哆嗦，忙将人扶了起来，平放在地上。

“居然是楚世子？”看样子今天这一跤白摔了。

有气不过的少年，看到马车里还有两个女人，当即嘲讽道：“那另外两个女人是谁？楚世子这是在马车里一玩二？”

“哈哈哈，还真有可能，这衣服都脱了，我们耽误了人家的好事。”害得他们惊马的人是秦云楚，家里也不可能为他们出气，他们只能吃这个闷亏了。可少年们终归气不顺，嘴上岂肯放过秦云楚？

这个时候，顾夫人和顾千雪也被下人平放在地上了。受伤的少年指着两人评价道：“那个年轻的还好，虽然一张脸跟鬼似的，看着还算有几分姿色，另一个可就有意思了，那么大年纪，楚世子也下得了手？”

“谁知道呢，也许楚世子就好这口。”少年不屑地嗤笑一声。

“好了，好了，大家都散了吧，让人把路清出来，再去通知赵王府来领人。”陈姓少年没有受伤，见大家越说越过分，便出来维持秩序。

“遇到楚世子，真是倒了大霉。”几个少年很快就上了仆人抬来的软轿，准备回家疗伤，可就在此时……

街上突然出现一个白衣女子，那女子一路跑过来，看到躺在地上的秦云楚，扑通一声跪在他身边：“世子爷，你怎么了？你别吓烟柔，烟柔害怕。”

白衣女子就是秦云楚的真爱烟柔姑娘，她奉命进城来找秦云楚，顺便曝光她和秦云楚的事。

烟柔将秦云楚抱在怀里，撕心裂肺地喊着：“世子爷，你可千万不要出事啊，我有了你的孩子，你要是丢下我们母子二人，叫我们怎么活呀？”

这一声，叫得尖锐又婉转，刚准备走的少年们，听到这个声音，一个个怔住了，连忙叫住抬轿的下人：“等等。”

不知是秦云楚命大，还是烟柔“真爱”的力量感人，他居然在这个时候醒了。睁开眼，发现自己躺在女人柔软的身体上，一时间还没有反应过来，本能地露出一抹笑容：“烟柔，你怎么来了？”

“世子爷，你没事了？烟柔快吓死了。”烟柔又哭又叫，秦云楚有些蒙，一时也没有注意到烟柔的称呼。

“我这是怎么了？”秦云楚发现身上疼得厉害，静等了片刻，这才想起他和顾千雪回来时，在天街遇到了纵马的少年，然后马车翻了。

“该死的，我这是在哪里？”秦云楚猛地推开烟柔，抬头一看，发现四周全是打量的眼神，脸色瞬间涨红。

这一刻，饶是无耻如秦云楚，也不禁觉得丢人：“浑蛋！”

柔弱的烟柔摔倒后，连忙从地上爬起来，缠住秦云楚：“世子爷，你怎么了？是世子妃不肯接受我吗？没关系，只要世子爷喜欢烟柔，烟柔不在乎名分，为奴为婢都心甘情愿。”

“滚开……”这个时候，秦云楚可没心情听烟柔的情话，再次推开烟柔。看到躺在地上的顾千雪，秦云楚气不打一处来，抬腿就是一脚：“贱人！”

“唔……”顾千雪被秦云楚踢得在地上滚了几圈，后背撞上马车，疼得醒了过来。

刚醒来的顾千雪还有些眩晕，脑子晕沉沉的，完全不知发生了什么事。不过她看到秦云楚，就记起了老太爷的交代。老太爷说，要和楚世子把关系闹僵，越僵越好，这样顾家才会接她回去。

顾千雪看到秦云楚，又看到他身旁的烟柔，完全不顾这是什么地方，也不在乎身体的虚弱，猛地朝烟柔扑去：“贱人，你这个贱人，你抢走了云楚，拐得云楚和你在庵里苟合，你居然还有脸追过来，你不得好死，不得好死。”

“啊，啊……夫人饶命，夫人饶命。世子爷救我，世子爷……”烟柔这么“娇弱”的人，怎么可能是顾千雪的对手，完全处在挨打的状态。秦云楚有片刻的呆滞，无全无法相信自己看到的。他的女人，居然在大街上像个泼妇一样打了起来？

秦云楚呆在原地，直到烟柔抱着肚子大喊：“世子爷，孩子，我们的孩子……”鲜红的血从烟柔身下流出，瞬间染红了地面……

“小产？”顾千城脸色微变，说着就要起身。

“别去。”秦寂言按住顾千城的手，“没有怀孕，假的。”

“那就好。”不是真的怀孕，顾千城就没有救人的打算，左右两个女人打架也死不了人。

看热闹的人眼见闹出了人命，忙上前帮忙：“世子爷，我们先抬这位姑娘去找大夫。”

秦云楚看着地上的那摊血，怒上心头，跌跌撞撞地站起来，抬脚踢向顾千雪：“贱人，你怎么这么狠心。自己的孩子不放过，连烟柔的孩子也不放过。”

“啊——”顾千雪本就体弱，被秦云楚这一踢，直接吐血晕了过去。

“我们还是……”几个年轻的公子觉得这热闹不能再看下去了，再看下去就要出事了，忙催着下人抬他们离开。可他们现在想走也走不了，赵王府的亲卫来了！

简单地了解了事情的前因后果，知道错全在自家世子后，赵王府的亲卫朝几个受伤的少爷道：“请几位公子放心，回头我们王府必会备上重礼，给几位少爷压惊。”

几位少年刚才看了秦云楚的热闹，害怕赵王府生气，这个时候哪个敢收赵王的礼，连连摆手道：“不必了，只是一场意外，世子爷也不是故意的。再说了，我们只是受了点儿轻伤，不碍事。”

亲卫才不管这些，把话带到后，将现场清理干净，同时暗中调查事情的经过。

“热闹看完了，接下来就看顾家怎么做了。”秦寂言相信，顾老太爷绝不会让他失望。

顾老太爷确实没有让他失望，第二天就进宫请罪，以请罪为名，行告状之实。

顾老太爷在皇上面前老泪纵横，说他们顾家没有教好孙女，知道楚世子在外面养女人，不是劝世子把人接回去，居然带人去闹，简直丢尽了他们顾家的脸。认完错后，老太爷又道："世子爷当众殴打千雪，老臣能明白，是老臣没有教好孙女，愧对皇家，愧对世子爷。臣这就将孙女领回去，免得她再给皇家丢脸。"

顾千雪有很多错，可这些错都不是楚世子当众殴打她的理由，楚世子当街打顾千雪，就是打顾家的脸面，不将顾家当回事。顾贵妃昨天收到消息后就在老皇帝面前哭了一场，说楚世子作践顾家女。

顾老太爷愤怒、难堪，赵王比他还要愤怒、难堪。这一次丢脸、出丑的是他儿子，顾家还不依不饶，不就是见他失了帝心，不把他放在眼里嘛。

"顾家，本王绝不会放过你们。"赵王气得发狠，他自己病得在床上都爬不起来了，现在为了秦云楚的事，不得不撑着虚弱的身子进宫请罪。

赵王跪在殿外请罪，老皇帝没有理他，同样也驳了顾老太爷将顾千雪接回顾家的请求。老太爷也没有强求，皇上不允便不允。虽然这次顾家又一次丢尽脸面，到底与赵王府撕掳开了，以后赵王造反，怎么也牵扯不到顾家。

老太爷走出皇宫，长长地吐了口气：虽然失了名声，到底保全了顾家。

而此时，顾家也是鸡飞狗跳。顾夫人被抬了回来，醒来的第一件事就是寻千雪，得知千雪没有被接回来，就要去找老太爷。直到下人告诉她，老太爷进宫求皇上去了，顾夫人这才安心睡下。

除了顾夫人，顾二夫人与顾千梦也抱头痛哭。本来顾千梦的婚事说得差不多了，虽不是高门，可也是书香门第。那家的少年三年后就要参加大考，中举的可能性极高，偏偏出了这样的事，那家人听到后，托媒婆上门委婉地表达了取消婚约的事。

顾千城不用想也知道，发生这样的事顾家必定要大乱。她没办法阻止，但也不会留下来善后。事发当天，顾千城留了个口信，说自己要去城外住一段时间，便直接从京城消失了。

趁着楚世子之事，顾千城向秦寂言表明，她想去西北找言倾和承欢。不亲眼看到他们无事，她无法放心。

"非去不可？"秦王殿下知道，最后妥协的肯定是他。

"非去不可。"顾千城重重地点头，秦王殿下无奈地叹息了一声："千城，我虽然同意你去，但你得先参加一场训练，如果合格的话，我便准你去西北。"

"什么训练？"顾千城没有立马应下，怕是陷阱，跳进去爬不出来。

"和唐万斤一样的训练。"本想安排唐万斤到一个安静的地方生活，但是鉴于唐万斤在孕妇失踪案上的表现，秦王殿下给了他一个变强的机会，专门安排了一个可靠的人训练他。

"你应该知道，唐万斤的体质特殊，他几乎不会受伤，所以他的训练非常残酷，不是一般人可以承受的。"秦寂言希望顾千城打消念头，顾千城只是沉默片刻，就重重点头："我去，我坚持半个月，半个月后我去西北。"

“好，只要你能坚持半个月，本王就同意你去西北。”秦寂言虽然心疼顾千城，可他更希望顾千城有自保的本事。

秦寂言给顾千城安排的训练，别说她只是一个女子，就是男子亦很难做到。和顾千城一起训练的唐万斤，即使因为体质特殊不会受伤，但每天训练结束后都要哭上一场。

在潮湿、阴暗、冰冷的石洞里，结束了一天的训练，一脸惨白的唐万斤靠在石墙上，有气无力道：“为什么我要和你一起训练？我之前的训练明明不是这样的，我快要死了。”

对打、跳崖、下水、攀崖……一整天下来，连恢复力惊人的唐万斤都受不了，顾千城就更不用说了。

顾千城没有力气说话，连翻白眼的力气都没有。唐万斤继续哭诉：“我就算不死，也会累死的，我感觉我明天就要累死了。”

唐万斤会不会死顾千城不知道，但她知道自己快要累死了。短短十天，全身是伤。秦寂言安排的人极有分寸，下手狠，每一拳打在身上都疼，不过不会伤到筋骨。第二天就算全身酸痛到不行，依旧能爬起来。而且，这里有各种上好的药材，每天还要泡药浴，用来消除身上的暗伤。除非顾千城内脏破了，不然她伤得再重也能医好。

刚和训练的人对打了半个时辰，顾千城除了那张脸，全身上下没一块好肉，也无一处不疼，她现在一动不想动，可是她还要给自己上药、将受伤的地方揉开，不然明天会更疼。

“帮我揉揉。”顾千城将药酒丢给唐万斤。

唐万斤虽然已经学会控制力道了，可是他只用一根手指轻轻按一下，顾千城仍然疼得撕心裂肺。

“你不是嫌我力道太重吗？”唐万斤拿着药酒却不敢下手。他第一次就按断了顾千城的一根肋骨，前两天才好。

“你现在已经控制好力道了，动手吧。”顾千城趴在地上，让唐万斤赶紧的。

唐万斤道：“那你能不能别叫那么大声？”

“我尽量。”顾千城深深地吸了口气，咬住一块木头。

“我会轻点儿的。”唐万斤将药酒倒在手上，然后熟练地找到位置。

“我按了。”唐万斤搓了搓双手，然后按了下去。

“啊——”饶是早有准备，顾千城仍疼得大叫起来。

唐万斤一脸苦恼，不得不再度放轻力道：“你别叫了，我再轻点儿。”

顾千城道：“好……你快点儿。”要不是得知秦寂言当年就是这么过来的，顾千城都要怀疑，秦寂言这是要虐死她了。

训练顾千城的人是先太子留给秦寂言的人，深得秦寂言的信任。秦寂言和身边的暗卫全是他一手训练的，秦寂言那么高的武功也是他教的。据说，秦寂言当年只用了三个月，就学会了基本的自保本事。

那人不管顾千城有多狼狈，只要顾千城能爬起来就行。爬起来，今天的训练就可以继续，也必须完成；爬不起来，打包送回京城。当然，他也说了，顾千城随时可以喊停，只要她喊停，立刻就可以回京城。

秦寂言之所以提这个条件，一是想让顾千城学些自保的本事，二是想借此打消顾千城去西北的念头。谁知道十天过去了，顾千城还没有回来，这让秦王殿下颇为惊讶。

“她怎么样了？”秦寂言问暗卫。

“子车大人说，顾姑娘很有慧根，如果不是年纪太大，是暗卫的好苗子。”子车就是训练顾千城和唐万斤的人。子车是他的姓，至于他的名字，这世间无人知晓。

这么说，顾千城能撑过十五天？秦王殿下挑眉，思索片刻后，说道：“让他加大难度。”

“殿下？”暗一诧异地抬头，顾千城现在接受的训练强度，就连他们也撑不下来。

“怎么，你有意见？”秦寂言一个冷眼扫过去，暗一哆嗦了一下，忙摇头：“属下不敢。”

“不敢就好。”秦寂言淡漠地收回眼神。他相信子车不会让顾千城受伤，顶多就是吃点儿苦罢了，受不了正好回京。

暗一平定下心神，继续说道：“殿下，封家那边来口信了，询问顾姑娘的下落，还有西北的事。”

封家这是来示好了，谁让他们家的继承人在西北，封大人就是不想低头也得低头……

“告诉封大人，本王保他儿子不死。至于顾千城，六天后没有回京，便是去了西北。”秦寂言虽然不怎么与封大人打交道，却知道这位首辅的性格，与他说话从不藏着掖着。

平西郡王也暗中派人找秦寂言，希望秦寂言能尽快处理西北的事，他们言家无条件相助。在西北的可不仅仅是他们家的继承人，也是他们家唯一的儿子，他们可不想就此断了根。

西北的事一出，三股势力瞬间拧在一起。封大人得了秦寂言的准信，知晓顾千城也会去西北，瞬间就安心了。

“西北应该没有我们想象中那么危险，真要危险的话，秦王不会让千城去。”封大人对封老爷子说，这么大的事，他哪里敢瞒老爷子。

“不一定，你还不够了解千城。西北绝对是危险的，千城去西北，肯定是她自己的意思。”封老爷子淡淡地否定了封大人的话，接着道，“不过你也不用担心，千城去了西北，秦王必然会尽十二分的力，千城没事，似锦就不会有事。”

是夜，封大人、平西郡王和秦寂言在一处私宅碰头。

“当务之急，是要把消息透露给皇上的人马，好让皇上知道。”这种功劳，除了一心想要博出头的顾老太爷，封大人和平西郡王都不想沾。

“这件事，本王会办好。”秦寂言道。

封大人似笑非笑道：“殿下，你就不怕老臣告密吗？”

秦寂言连眉毛都不动一下，笑道：“封大人可以试试。”

“殿下深藏若虚，老臣不敢。”封大人双手作揖，一副惶恐的样子。

“封大人过誉了，皇爷爷对封大人一向赞誉有加，时时叮嘱本王要尊重封大人，切不可让为国尽忠的臣子寒心。”他不是用过就丢的人，只要封家好好办事，他自会厚待。

“龙恩浩荡，臣谢主隆恩。”封大人恭敬地朝皇宫的方向作了一个揖。

秦寂言笑而不语。

平西郡王看看封大人，又看看秦寂言，末了，摇头轻笑。有封大人在，他就不用再试探了。平西郡王乐得清闲，坐在那里听秦寂言和封大人你来我往，敲定对西北的计划。

封大人是首辅大臣，才干自是不用说，平西郡王很少服人，封大人是一个。见秦寂言在封大人这位首辅老臣面前依旧不落下风，平西郡王不得不说，秦王殿下比他们想象中要厉害许多。

待到秦寂言走后，封大人与平西郡王相视而笑。平西郡王感慨道：“满朝大臣一直以为秦王年纪轻，什么都不懂。殊不知秦王什么都看在眼里，心中自有算计，只是不说罢了。”

封大人笑着点头：“受得了挫折，忍得了误解，沉得住气，无论是赵王还是周王，皆不是秦王的对手。”

这天下必然是秦王的，这次合作，封家也算赚到了。

对这一晚的碰面，三个人都很满意。

秦王顺利拉拢了封大人与平西郡王，在朝堂上走得越来越顺利，顾千城的日子却越来越不好过了。

第十一天，顾千城发现她的任务变重，刚开始她还以为这是合理的提升，当一天的训练结束，顾千城连爬回去睡觉的力气也没有时，就知道事情不对劲了。

“被秦王耍了！”她就知道秦王那只狐狸不可信，“简直过分，最后五天给我增加难度，这不是逼我退缩吗？”

“殿下，你真是太狠了。”顾千城靠在石头上，头发上的水和血混着往下流，身边很快就积了一摊血水。她很想给自己包扎一下，可是根本没有力气，只得放弃：“等唐万斤来吧。”

“你还好吗？”久久等不到顾千城回去的唐万斤，终于记得出来找她了。

顾千城依旧仰望星空：“你看我的样子，像好吗？”

“好像不太好，需要我背你回去吗？”唐万斤围着顾千城转了一圈，想着从哪里下手。

顾千城道：“背就不用了，你抱我回去吧。”

回到阴暗潮湿的山洞，唐万斤给顾千城喂了药和水，又给她上了药，然后小声地问道：“要给你喂吃的吗？”

顾千城点点头：“要。”即使明天没有力气，今天也要吃饱。

唐万斤耐心地喂顾千城吃完，洗洗手就准备去睡，却被顾千城叫住了：“等一等，抱我去药泉。”

“啊？晚上去药泉？没人看着你会淹死的。”子车告诉唐万斤，曾经就有人在泡药泉时，因为太累而睡着，然后淹死了。

顾千城道：“你放心，我死不了。”

“那好吧，你要死了可不能怪我。”唐万斤把丑话说在前面，这才将顾千城丢进药泉。

药泉的水到顾千城的脖子那么深。顾千城让唐万斤给她劈了一块石头，打磨平滑后丢进药泉，然后坐在上面。为了防止自己睡着，顾千城还在自己身上绑了根绳子，绳子的另一头系在一块尖石上，只要她一往前栽，绳子就会拉住她。

唐万斤见顾千城没有别的要求，打了个哈欠就去睡了。

顾千城一脸羡慕地目送唐万斤离去，闭上眼睛泡在药泉里，想着如何解决明天的事。如果没有意外，明天的训练她肯定完成不了，而按照和秦王的约定，她要是完成不了就得回京，可是她不甘心……

顾千城最后还是在药泉睡着了。第二天，是唐万斤把她叫醒的，还把她抱了回去。

顾千城拿起馒头塞到嘴里，三两口吞下后，又灌了一口热汤，这才觉得自己总算活了过来。

有了点儿力气，她先将自己的伤口包扎好，然后拿着馒头边跑边吃，终于在最后一秒赶到山崖底下。

子车早已在等候，见到顾千城，眼中闪过一抹惊讶：这个女子果真有强大的潜能，不做暗卫真是可惜了。子车指着身后高达千余米的崖壁，不带任何感情地说："给你们一刻钟，爬上去。"

"什么？一刻钟？大人，你是不是说错了？"唐万斤第一个叫了出来。爬上这座崖壁，他们平时最快也要半个时辰，一刻钟根本就是开玩笑。

子车冷酷一笑："我没有说错，你们也没有听错，一刻钟，做不到就给我滚蛋。"这话，绝对是冲着顾千城说的。

"可是……"唐万斤快哭了，面对子车的凶狠样，他根本不敢反抗。

"没有可是，现在开始计时。"子车取出沙漏摆在石头上，"沙漏滴完，你们没有上去，就滚出去。"

这段时间，唐万斤早已领教了这位训练人的狠辣，他刚说完，唐万斤立刻就朝崖壁底下跑去，跑到一半突然发现顾千城没有动，又跑了回来："你不去吗？"

"不去。"顾千城冷冷地开口，话是对唐万斤说的，眼神却落在子车身上。

"怎么，你要放弃？"子车开口，唇角轻扯，露出一抹僵硬而怪异的笑，让人毛骨悚然，顾千城却一点儿也不惧，甚至露出一抹笑，挑衅道："为什么要放弃？"

"你做不到，就是放弃。"子车不容拒绝地说，周身散发着冷冽的杀气。唐万斤吓得一哆嗦，顾千城却一动不动："不是我做不到，而是你提的要求不合理，我有权拒绝。"

"不合理？在我这里没有什么合不合理。合理的要求是训练，不合理的要求是磨炼。殿下把你们丢给我，就是要我好好地磨炼你们。"平心而论，子车很欣赏顾千城，可秦王要顾千城主动放弃，他再欣赏也要逼顾千城放弃。

"你都知道不合理，凭什么要求我们做到？你这不是在磨炼我们，而是故意刁难，别拿什么磨炼当借口。"

"你在质疑我的命令？"子车很不高兴，不是因为完成不了秦王交代的任务，而是他的权威受到了挑战。

“是。”顾千城毫不犹豫地答道。

子车怒哼：“既然你不听从，那就从我的地方滚出去。”

“滚？凭什么要我们滚？是你在刁难我们，要滚也不是我们滚。”秦王殿下对她使阴的，就别怪她不客气了。

“好，很好……你们很有胆量。”子车一向喜怒不形于色，可他今天真是气狠了，“你以为有殿下护着你，我就不能拿你怎么样吗？”子车开口，双眼通红，似嗜血的恶魔。

顾千城摇摇头：“不，我的倚仗从来不是秦王。”远水救不了近火，别说秦王不一定会帮她，就是会帮她也来不及。

“哦，不倚仗秦王，你凭什么挑衅我？你信不信我把你杀了，再伪造成你在训练时摔死，秦王绝不会怪罪我。”子车上前，对着顾千城说道。

“我信。”顾千城是真的相信，可是，“你杀不了我。”

“是吗？要不要试试？”子车大笑，笑顾千城天真。

“不必试。”顾千城根本不将子车的威胁放在眼里，依旧神色淡漠，“大人，攀崖壁的时间改不改？一刻钟完全不合理，半个时辰我们可以接受。”

“谈条件？你们没有资格。”子车一甩衣袖，将顾千城抽倒在地。

“啪……”顾千城摔倒，磕在地上的左脸瞬间肿了起来。

顾千城没事人一样爬了起来，吐掉嘴里的血水，不带感情地说：“既然如此，我们谈判破裂。”

顾千城后退一步：“唐万斤——”

“在！”唐万斤立刻上前，站到顾千城身边。

“我们……”就在子车以为顾千城会说“我们走时”，顾千城却干脆利落地说：“揍他！”

“好！”唐万斤一拳挥了出去，没有防备的子车直接被拍飞了。

“啊——”唐万斤丝毫没控制力道，子车直接被拍到山谷的另一头，摔在石屋下。

唐万斤一拳重逾万斤，就是子车也受不住，当场吐血晕了过去。晕倒前，子车唯一的念头就是：殿下看上的女人是只母老虎……

放倒了魔鬼教练子车后，唐万斤一脸无辜地看向顾千城：“千城，我们现在怎么办？”

“先把人看管起来。”顾千城在昨天就做了决定，她也给过子车机会，是子车自己不配合，那就别怪她下手狠。

“哦，要把大人关起来吗？”唐万斤一脸茫然。

顾千城捋了捋滑向脸颊的碎发，笑得很甜：“不是关起来，是绑起来。子车大人是什么人物，凭我们两个可关不住。”

唐万斤立刻就去找绳子，把子车绑在石屋里面的大床上，只是：“大人好像受伤了，要不要给他喂一点儿药？”

“你放心，子车大人不会有事，我现在去给他配点儿药。”顾千城怕自己不在，唐万斤会被子车忽悠，再三叮嘱他，“不管子车大人说什么，你都不要动也不回话，等我回来。”

“好。”唐万斤乖乖应是，而早已醒过来却装晕的子车却气得差点儿吐血。

这十天的相处，足够让子车明白唐万斤有多听顾千城的话了。错失了让唐万斤放开他的机会，子车继续装死。

顾千城很快就回来了，她将迷药掺在伤药里，捏开子车的嘴，强灌下去：“知道大人早就醒了，不过没关系，你很快就会真正地昏迷不醒。”

“唔……”等到子车明白顾千城话中的意思时，他已经将药咽了下去，根本吐不出来。

可怜的子车大人，此时连反抗的力气都没有，冷硬的五官满是恼怒：“你最好现在杀了我，不然我绝不会放过你们两个。”

“好呀，前提是你能获得自由。”顾千城没将子车的威胁放在心上，“你败了，我们没有杀你已是仁慈。”

“你敢！”药已起效，子车眼前一片模糊，意识已无法集中。

“有什么不敢的。我完全可以把你绑上石头丢入河中，然后告诉秦王你跑了。”顾千城说这话时，脸上带着笑，子车却知道顾千城是认真的，不由得背脊一寒。

顾千城见子车已经撑不住，叫上唐万斤，转身就走：“走吧，我们还要训练。”

“啊……”唐万斤又一次以为自己听错了。

“你不会以为，没有子车大人，我们就不用训练了吧？”顾千城上下打量唐万斤，似乎在看笨蛋。

“虽然子车大人今天提的要求很不合理，但不可否认他为我们制订的计划非常好，我们只要按那个执行就好了，最后几天坚持住。”秦王殿下玩阴的她会见招拆招，她应下的事就一定会做到。

十五天，一天都不会少！

“可是……”唐万斤泪流满面，都冒险打晕了子车大人，居然还要训练。

“没有可是，你现在要么跟我训练，十五天后跟我一起走；要么留下，十五天后继续在这里陪子车大人。”顾千城看似给了唐万斤选择，实则根本不给唐万斤退路。

“我陪你去训练。”唐万斤委屈地跟在顾千城身后，单薄瘦弱的身子好似风一吹就会倒。任谁看到唐万斤这个样子，都不会相信他是个人形杀器。

顾千城今天的训练完成得非常轻松。吃完晚饭后，两人终于想起被他们丢在石屋里的子车大人，带着药和吃食来了。

进来时，发现子车大人身边有一只信鸽，顾千城非常淡定地上前将信鸽脚上的小竹筒取下，看到里面的内容后，轻笑一声，居高临下地看了子车一眼，转身朝屋内的桌子走去。

桌上只有简单的笔墨纸砚，顾千城将桌子上的纸和鸽子腿上的纸对比了一下，质地明显不同，甚至连墨也不一样，于是开始在石屋里翻找起来……

子车被唐万斤弄醒后，就看到顾千城正到处寻找东西。他知道顾千城要找什么，嘴角不由得一抽：殿下找了一个这么聪明的女人，他们这些属下的日子得多难过呀！

一路敲敲打打，顾千城在石桌下方发现一个暗格。没有意外，打开后里面有一套小的书写工具，还有裁成条的纸张，卷巴卷巴，正好可以放入信鸽的竹筒里。除了这一套工具，顾千城还找到了子车所写的训练计划。

顾千城模仿子车的字写了十份，然后从中挑了最像的一份，其他的则放回暗格。

顾千城刚刚拆消息时，就发现对方的来信卷得很特别，她也不问子车，只照着原样卷起来，塞进竹筒。然后抓着子车的手给信鸽喂了几粒米，训练有素的信鸽便带着顾千城仿造的信件回去了。

暗一收到信件，先检查一遍，确认无误后将信件展开——熟悉的字，熟悉的语气。暗一没有发现不对，看完后就收了起来。等到晚上秦寂言问起来时，暗一回道："子车大人说，顾姑娘撑了下来，今天照常训练。"

"什么？"秦寂言眉头紧皱，有些不可思议，"他放水了？"否则，顾千城不可能完成。

"没有，是唐万斤帮了姑娘。"暗一老实地回答。秦王殿下舒展眉头，没有再问，只道："让他看着办。"

"是。"暗一在心里为顾千城默哀。

训练的地方距离京城不远，不过为安全起见，暗卫只在晚上与子车联系，这么一来，又过了一天。顾千城又一次出现在子车的石屋，截下了子车的信件，似笑非笑地收了起来，然后模仿子车的口吻给秦寂言回复。

这一次，顾千城给了秦王殿下希望。

"子车大人说，顾姑娘撑不住了，最迟明天就会放弃。"暗一收到这个好消息，迫不及待地报告给秦寂言听。

"回头准备好，去接她。"秦寂言已经将西北的事透露给老皇帝听，现在听到这个消息，更高兴了。

第十三天，子车的信件回来了，顾千城撑不住，放弃了！

秦寂言不方便脱身，让暗一去接人。暗一当天夜里就出发了，一早来到荒无人烟的训练基地，刚踏进来，就被人打晕了。

"只有一个。"唐万斤单手拎起暗一，对顾千城道。

"把人丢去跟子车大人做伴，马留下来。"顾千城此时正在不戴安全绳索地攀爬。

一天的训练结束后，子车醒了，暗一从他嘴里得知了事情经过，顿时泪流满面。"这次死定了，等殿下知道出了差错，我们都不用活了。"

"栽在一个女人手里，是我们技不如人。只希望这两天，秦王殿下能发现异常。"子车这几天看顾千城行事周密、有条不紊，对她终于从厌恶到接受了。

秦王殿下当天没有见到暗一回来，就发现了异常，但他无法脱身，因为——赵王跑了！

一家七口，还有德妃，没有人知道他们是什么时候、怎么离开的。

老皇帝听到消息，怒火攻心，当即就栽倒了，一开始，他还有些怀疑，现在看来，赵王无疑是不打自招。

老皇帝醒来后的第一件事就是宣秦寂言进宫，同时关闭宫门与城门，不许任何人进出；并调禁军以保护为名，将周王“保护”在府内，不许进出；五皇子也被老皇帝请出宫，丢在宫外的一处空宅，让禁军“保护”他；后宫的女人早就被看管了，就连皇后也没有自由。

除了这些人，朝中重臣也被一一“保护”起来，只召了封大人与凤将军这一文一武两位大臣进宫。

老皇帝的命令一条接一条，看似急切却从容不迫。收到消息的大臣都明白，老皇帝这是怕自己过不了这个坎儿，提前做好给秦寂言传位的准备，老皇帝一旦驾崩，秦寂言就能顺利继位。

秦寂言和封大人、凤将军进宫后，老皇帝挣扎着起来，要写传位诏书，却被秦寂言制止了：“孙儿相信皇爷爷能长命百岁，请皇爷爷收回成命。”

老皇帝喘着气道：“你皇爷爷我，怕是……”撑不住了。

只是后面的话还没有说完，就被秦寂言截断了：“皇爷爷一定会没事的。”说完，就接过太医递来的药，亲自试药，亲自给老皇帝喂药，扮足了孝顺孙儿的模样。

老皇帝见秦寂言在这个时候依旧稳得住，眼中没有一丝对皇位的觊觎，就没有再提传位的事，安心地喝药养病。老皇帝喝下没有多久便睡着了，秦王殿下交代宫人照顾好老皇帝，便走到宫外。

宫外，封大人与凤将军见到秦寂言出来，忙道：“殿下，皇上怎么样了？”

“无事，两位大人安心。皇爷爷只是怒火攻心，休养两天就好了。”秦寂言说得慢条斯理，不见一丝急切。

“皇上没事就好，皇上没事就好呀。”封大人和凤将军同时松了口气。虽说老皇帝要是死了，秦寂言可以顺利继位，可这个时候却不是好时机。

“明日的早朝怎么办？”封大人又问道。

秦寂言略作思索便道：“取消早朝，众大臣内阁议事。事后将情况报予皇上知晓。”

“是。”这是最好的法子。

“今晚就麻烦两位大人，在偏殿委屈一晚。”封大人和凤将军进了宫，短时间内就无法出宫，秦王殿下说这话不过是客气。

简单地说完正事，封大人与凤将军立刻去了偏殿，而秦寂言则再次回到内殿照顾老皇帝。

秦寂言让人抬来一张矮榻，在老皇帝的殿内休息，只是躺在矮榻上的他却怎么也睡不着。他不是担心老皇帝，他进宫前就收到了消息，老皇帝现在还死不了。他之所以大张旗鼓地调兵掌控京城、要写传位诏书，不过是想借此机会让那些牛鬼蛇神全蹦出来，好一网打尽。

秦王殿下担心的是顾千城！本该在今天回来的顾千城，到现在还没有出现。

“唉……”轻轻地叹了口气，秦寂言有些头疼。

第四章
爆头，百鬼夜行

万丈深渊内云雾萦绕，山壁陡峭无路可行，与世隔绝。顾千城与唐万斤两人被隔绝在山谷里，根本不知外面发生了什么事。这两天，唐万斤放弃了训练在外面守着，就担心秦寂言带人来，不想到了第十五天也没见人来。

“怎么回事？不会是秦王殿下出事了吧？”顾千城有点儿担心，可偏偏他们在山谷里，要收到京城的消息非常难。

“姑娘，殿下一定是出事了，不然殿下见你没有回去，一定会亲自过来。”暗一比顾千城更担心。

“我知道，不需要你说。”顾千城一脸担忧，却没有解开暗一和子车大人的意思。

暗一心急如焚，挣扎着道：“姑娘，你快放了我和子车大人，让我们两个回京，我担心殿下有危险。”

顾千城道：“放心，我肯定会放了你们，但不是现在。”她要是现在把人放了，不管秦王殿下有没有事，她肯定是有事的。

顾千城心中已有决定，对子车说道：“子车大人，十五天的训练我做到了，回头你记得告诉秦王殿下，我遵守了约定。”

子车道：“我会如实告诉殿下，姑娘在山谷里的表现。”包括揍他、下药、伪造消息的事，一件也不会落下。

“无所谓。”顾千城并不在乎，她和秦寂言骨子里是同一类人，都是为达目的不择手段的人。她一向温和，只是偶尔粗暴一些，她相信秦王殿下能理解。

“唐万斤，给他们两位喂饭，我们收拾收拾离开。”顾千城把粗活儿丢给唐万斤，自己则去搜刮山谷里的伤药。

“好。”唐万斤听到顾千城的话，忙应下。

“姑娘，你不能再给我们喂药了，殿下还等着我们去救，万一我们去晚了，殿下有个三长两短怎么办？”暗一试着用秦寂言的安危做威胁，可是顾千城不上当。

“殿下要等到你去救，那也没必要了。”顾千城一点儿也不给暗一面子。这话忒毒了点儿，却也是事实。

半个时辰后，顾千城与唐万斤一人一骑离开了山谷。顾千城表面虽然冷静，到底还是担心秦王殿下的安危，离开山谷的第一件事，就是探听消息，可惜京城进不去。不过，从京城戒严、不许人进出的事，顾千城还是看出了苗头。

“看样子赵王造反了。还真是感谢赵王，在关键时刻帮我拖住了秦王。不过……”赵王旗帜鲜明地造反，那就表示西北危险了。至于秦王，这个时候怕是在宫里表孝心呢。

“唐小唐，我们快点儿去西北。”顾千城不敢再耽搁，拉着唐万斤就朝西北赶去。

为了抢时间，顾千城与唐万斤没有走官道和小道，而是在京城与西北之间画了一条线，直接走这条直线。一路上，两人遇山爬山、遇河过河、遇野兽打野兽，这时候，唐万斤这个人形杀器就派上用场了，顾千城基本没什么顾虑。

“以后出门我一定带上你。”这么吃苦耐劳的好孩子，顾千城真不明白，药王谷的人怎么就舍得对唐万斤下手。

这是唐万斤第一次感受到自己除药人以外的价值。得到顾千城的肯定后，他高兴得差点儿哭出来：“我还以为自己只能当药人，原来我还是很有用的。”

“你何止有用，简直是万能的。”顾千城拍了拍唐万斤的肩膀，豪气地说，“等我们从西北回来，就去灭了药王谷，以后你就不用担心你的秘密曝光了。”

“真的可以灭了药王谷？”唐万斤几乎不敢相信自己所听到的，在他心中，药王谷是非常强大的存在，他连逃离药王谷都做不到。

“有什么不能的，药王谷算什么，他就是再厉害，能厉害过千军万马吗？”

顾千城和唐万斤一路走直线，比赵王提前一个月赶到西北，可就算这样，他们仍然晚了！

西北是赵王的地盘，赵王刚从京城出发，这边就进入了戒严状态，百姓只许进不许出，而且还要严格检查户籍与路引，顾千城和唐万斤这两个流民根本进不去。

“我们怎么办？”唐万斤一脸是灰，经过大半个月的行程，唐万斤晒黑了，不像之前那么苍白，只是脸上依旧没什么血色，也许和他之前经常被放血有关。

顾千城漫不经心道：“晚上你把城门砸个洞，我们就可以进去了。”

唐万斤有点儿小担心：“会不会被人抓起来？会不会赔银子？你有银子赔吗？”

“放心，没人让你赔银子。”顾千城敲了唐万斤一记，“而且有我在，你还担心被人抓？”

唐万斤恍然大悟：“对哦，有你在，我什么都不用怕。”

“知道就好，我们现在去寻些东西，我要给西北大军送点儿礼，好方便我们晚上潜进去。”她要去寻找做炸药的材料，不需要杀伤力强大，只要看上去火力足、声音够响、能引人注意又能掩盖唐万斤砸墙的声音就行。

顾千城在离西北最近的一座城镇买到了他们需要的东西，这才回到城外的林子里。两人圈了块地，唐万斤负责望风，顾千城负责制造炸药包，一个白天的时间做了六十多个，分了一半给唐万斤，并告诉他怎么用，又再三叮嘱他别把自己炸伤了。两人怕生火会点燃炸药包，晚上也不敢吃热食，只吃了一些冷馒头，便静等黑夜的到来。

西北一片黄土，地广人稀，刚到傍晚，外面就见不到人影了。夜深时，顾千城和唐万斤从林子里走出来，耳边呼呼的风声如同鬼号，远处因狂风而交错拍打的树叶，看上去就像鬼影在舞动双手。

"嘘……"离城门不远，顾千城拉着唐万斤，猫着身子往前走，"正门不能走，我们从护城河游过去。"

"啊？我们游过去，炸药怎么办？你不是说不能沾水吗？"唐万斤捧着炸药，一副手足无措的样子。

"我不是让你用纸包起来了吗？你把外套脱了，把炸药包好，我们游过去的时候，把炸药举起来就行了。"单手游过护城河，在被变态子车训练后，顾千城就没有什么做不到的了。

"哦哦……好像是可以。"唐万斤迅速地将外套解下，把三十几个炸药包一包，绑在自己的头顶上。

顾千城赞道："真是聪明。"

唐万斤傻笑一声，很是得意。顾千城也飞快地将炸药包好，同时丢给唐万斤几个火折子："这东西你也带上几个，万一我的潮了，还能用你的。"

两人很快就到了护城河旁，轻巧地翻过栏杆，顺着光滑的石壁往下滑，悄无声息地落入河中，如同幽灵一般游到对岸，炸药包一点儿也没湿。

"你帮我拿着，我先上去再接你。"顾千城踩着唐万斤的肩膀爬了上去，然后放下绳子，将唐万斤和炸药包一起拽上岸。

两人全身都湿透了，被西北的寒风一吹，冷得瑟瑟发抖。"快，我们直接冲进城。"两人火速往城墙下跑。

"你在这里砸墙，我去前面点炸药。你别急着出手，等到爆炸声响起再砸，懂没？"顾千城再次重复一遍，唐万斤坚定地说："我懂。"

"好，分开行动。"顾千城走出百米远，她的动作已经非常小心了，可还是引起了守城人的注意。

"城下有人，快，出去看看。"城墙上的士兵拿火把一晃，看到城下有身影在动，当即通知城下的官兵出去查看。

听到咚咚咚的脚步声，顾千城飞速将炸药包打开，用火折子点燃手上的纸。

"人就在这里，快……"火光一闪，顾千城的身影就更明显了，守城小兵直接奔来。顾千城却没有动作，任手上的纸一点点燃烧。

"差不多了。"眼见官差就要到眼前了，顾千城将燃得只剩一半的纸丢入一堆炸药中，然后火速朝唐万斤跑去……

"快追，那人跑了。"官差加快速度去追，而此时，火已经将炸药包外面的那层蜡纸烧尽！

随着轰隆隆一阵巨响，没有防备的官差一走近就被炸飞了，而此时唐万斤也将城墙砸出了一个大洞。

“快燃烽火，有人攻城了。”守城的官兵以为皇上派兵打过来了，一个个紧张起来。

“我们快走。”顾千城和唐万斤趁乱进城，还不忘在城墙的洞里丢了几个炸药包。

两人进城后立刻被发现了，一群官差冲了过来，眼见就要被追上，顾千城大喊一声：“快，把身后的路打烂。”

“好！”有顾千城放话，唐万斤不需要顾忌，一拳打在地上。

轰的一声巨响，身后的路从中间裂开，官差一个接一个往下栽，等到他们反应过来，顾千城和唐万斤已不见踪影。

入城后，顾千城成功地与秦寂言在西北的探子接上头，经过一夜的商讨，制订出一个救人的计划。

次日，天还未亮，西北的街道上就出现许多纸片，上面只有一句话：今晚子时三刻，亲临城主府，迎接封大人！落款是一幅画，画的正是一个拳头打破城墙的图，这个落款是顾千城跟武家学的。唐万斤之前造成的轰动，西北普通百姓都知晓，看到这幅画就知道来者何人。

“好嚣张的贼子，他们居然敢！”西北的一干官员，看到这封嚣张至极的信，一个个气得吹胡子瞪眼，这简直就是不把他们放在眼里！

“今晚他们敢来，我就让他们有来无回。力气再大又如何，我就不信他敌得过千军万马。”

一干官员主张调重兵过来，不过也有微弱的声音持反对意见，说这有可能是调虎离山之计。但谁又能保证他们一定不会来?

今夜，注定无眠……

当夜，城主府层层戒严，可是西北大军营地的防御也没有减弱分毫。

子夜时分，顾千城与唐万斤以黑夜为遮掩，悄悄靠近西北大营，西北大营中有秦王殿下的探子，对方会在防备松懈时发出信号，通知他们什么时候可以闯进去。两人在外面等了许久也不见信号，就知他们今晚怕是闯不进去了。

不过，顾千城和唐万斤并不着急，两人慢慢地等，左右他们白天还能补眠，熬一两天一点儿事也没有。

子时三刻，顾千城通知的时间到了，城主府所有的士兵立刻进入高度戒备状态，眼睛连眨都不眨。

“打起精神，别让那两只臭虫溜了进来。”西北的官兵对顾千城和唐万斤恨之入骨。

一刻钟过去了，对方一点儿动静也没有；又过去了一刻钟，仍旧没有动静。有几个将领有些不耐烦了：“莫不是真被耍了？”

“出去看看。”负责今晚防御的将军脸色非常难看，白忙一场的感觉没人会喜欢。

没有意外，没人！

“浑蛋，竟敢耍老子。”一个脾气暴躁的大汉朝地上吐了口口水。可是他的话音刚落，就见一道火花从他头顶划过，落在城主府内。

“什——”暴躁大汉刚开口，就听到轰的一声巨响，一团火焰炸开了。

“来了，来了，对方动手了，快抄家伙。”副将们立刻行动起来。可是，只见越来越多的火花落入城主府中，却连那两个人的影子也没有看到。

“该死的，这是什么东西？”有位副将气得直跳脚。

“是那两个人，那天他们进城时，用的就是这种武器。”

“他们真的来了。快挡住他们，别让他们冲进来。”

士兵们将城主府团团围住，一个个都在等唐万斤和顾千城冲过来，可是近半个时辰过去了，城主府的士兵被左一个、右一个的炸药包弄得焦头烂额，却没有找到投掷炸药的人。

“这是什么东西？去寻一个未炸开的看看。”主将见识到炸药的威力，立刻动了心思，暗中的人却不投了。

“浑蛋，耍老子玩吗？”几个副将眼巴巴地想射一个炸药包下来，结果弓都拉开了，炸药包却没了。

果然，他们被耍了。

如果只是一天，那还没什么，可是天一亮，他们又收到同样的信，依旧是“今夜子时三刻……”。

“这次是真的还是假的？”西北的官员们面面相觑，谁也拿不准。

第二夜，依旧是高度戒备中。

子时三刻，准得不能再准，炸药包飞了过来，可是只有两三个。副将们倒是射中了一个，却在半空炸开了。

“下次射有火花的地方。”副将们总结经验，准备再度出手，结果炸药包却没了。

众人等了半个时辰，依旧没有等到下一轮进攻，不用想也知道人又跑了。

“浑蛋！”又一次被耍，主将生吞了顾千城与唐万斤的心都有了。

第三天，他们又收到了同样的消息，而他们还是不得不准备。

“全城搜索，把人给我抓出来。”再这么玩下去，真要被玩死了。

于是，官差们白天到处搜查可疑之人，晚上又高度戒备等着劫狱的人。这么一番折腾下来，就是铁打的人也受不了。在连着四天晚上既无人出现，也没有炸药出现之后，官差们就松懈了，只是例行巡视。

顾千城听到探子说的情况，便知事情差不多了：“我们今晚就动手。”

“先救封大人，还是先救言将军？”探子起先还能明白顾千城要做什么，现在却完全不懂了。

顾千城没回答探子的话，只道：“把明早的信换成‘今晚子时三刻，去西北大营救人’。”

探子不敢多问，立刻按顾千城的要求办事，于是西北官员收到的消息就变了，可是，没有人相信了，甚至众人更倾向于顾千城是在声东击西。

“西北大营有二十万大军，凭他们几个，就是再能干也闯不进去，他们的目标应该还是被关在城主府的封大人。”几个大佬碰头分析，觉得顾千城说西北大营不过是想麻痹他们。

“加强戒备，绝不能让他们把封大人劫走。王爷已经在路上，再有半个月就能到，要是在王爷来之前出了事，我们都不用活了。”主将一再警告众人不可掉以轻心。

今夜，城主府外松内紧，而西北大营表面上的兵力多了一倍，里面则和以前一样，看上去是真的信了信上的内容。

“这么多人，我们真要冲进去吗？”唐万斤有点儿心虚。他虽然力量惊人，可从来没有跟这么多人动过手。

顾千城道：“我们不是做好准备了嘛，不用怕，我不会让你再被关起来的。”他们这几天在城墙下挖了一个洞，正好够两人躲藏，顾千城和唐万斤每天就在守城小兵换岗时窝在这个洞里，然后等到天黑再潜进去。

唐万斤倒不是害怕，他是担心顾千城：“你一个人真的行吗？万一被抓起来了怎么办？”

“只要你在前面冲，就不会有人注意到我。”顾千城不认为，有唐万斤这个强悍的大杀器在，还会有人管她。

“那好吧，你小心一点儿，我过去了。”唐万斤不需要武器，他的拳头就是最好的兵器。顾千城则背了十几个炸药包，而这些炸药包是用来制造混乱的。

在唐万斤正面冲锋时，顾千城悄悄接近大营，不过她不敢离得太近，为安全起见，她必须等唐万斤把注意力引开再上前。

唐万斤的身影一靠近就被发现了：“来者何人？站住！”

唐万斤不回话也不停下，士兵们长枪直指唐万斤，又问一句：“再不说话，别怪我们不客气。”

唐万斤依旧不言不语。这是顾千城交代的，让唐万斤无论如何都不要说话，因为害怕他一开口就被别人利用了。

“站住！”长枪唰地挡在唐万斤面前，可唐万斤却像没看到一样，继续往前冲。

“莫非是个傻子？”持枪的士兵一怔，并没有将唐万斤放在眼里。眼看长枪就要刺穿唐万斤，却见他伸手一挥，握枪的小兵便不受控制地朝一边倒去……

“怎么回事？快，拿下此人！”众人当即明白，眼前这个单薄的少年不是普通人。

“呜——”号角声响起。只听见“拦下此人”和“咔嚓”声此起彼伏，唐万斤半点儿不惧。眼见人越聚越多，唐万斤突然挥拳狠砸，双拳所到之处，众人皆倒地不起。

长枪刺在他身上，抽出去时鲜血立刻凝固，伤口也以肉眼可见的速度愈合，只可惜天太黑，那些士兵看不到，只知道唐万斤一身是血。

“他受伤了，撑不了多久，大家一起上。”士兵知道唐万斤受伤了，一个个双眼放光，可是半天过去了，唐万斤依旧不见疲累，他身边倒下的人却越来越多。

“这是怎么回事？”有人不解。

“弓箭手准备！”士兵们正准备远程攻击，突然传来一连串巨大的爆炸声。西北大营的士兵们惊得不行，一个个朝事发地冲去：“快，对方这是声东击西，小心，别让人溜进大营。”

顾千城点燃所有的引线后，就立刻去和唐万斤会合，她扒了一件军装套在自己身上，又往脸上抹了两把血，将自己混入士兵当中。

爆炸声是制造混乱，也是提醒唐万斤冲到牢房的信号。听到这个信号后，唐万斤不再迟疑，提起身边一人就往人群里砸，把人砸退后就径直往前冲去。

“快拦住他，别让他冲到牢房去。”将领大喊，可惜他们根本就挡不住，只能傻傻地追在唐万斤身后。唐万斤嫌他们太烦，一拳砸过去，一排人逐个往外飞，一个叠一个，就像叠罗汉。

据秦王殿下的人查来的消息，言倾和承欢是分开关押的，有几个人关在地牢里，还有几个关在营帐中，只是还没有查出在哪个营帐，他们现在能做的就是先把关在牢里的人救出来。

唐万斤继续清理拦路的人，而顾千城则趁乱握着匕首溜下地牢。地牢下面摔进来好几个人，见顾千城出现，众人并没有防备，只当她也是因这一拳而摔下来的。顾千城挥动匕首朝身旁的守卫刺去。

“刺客，小心……”那人临死前大喊一声，立刻引来同伴的注意，十几个守卫瞬间盯上顾千城：“大胆，竟敢来西北大牢劫人。”

“承欢，有人来救我们了！”牢里的少年听到外面的动静，一个个高兴地跳了起来，“承欢，你坚持住，有人来救我们了，你不是说要活着回去见你姐姐吗？你可要撑住啊，只要我们出去了，你就没事了。”

少年的声音很大，即使隔着墙，顾千城也听得清清楚楚。顾千城不由得一愣：承欢病了？也就是这么一愣，顾千城左臂便带了一道伤。

“该死。”顾千城抹了一把血，不敢分心，继续与守卫搏斗。

顾千城擅长近身战，手上的匕首就像是她身体的一部分，在她手上收放自如，而她的身形也比一般人灵巧，每每都能在最危险的时候躲开，又能在最恰当的时机反击回去。几个守卫本以为拿下顾千城只是早晚的问题，可一连被顾千城放倒四五个人后，守卫就发现不妙了。

“快去叫人，这个小子不一般。”看着没有武功，却极其狡猾，出招阴狠毒辣。

守卫立刻放出信号，希望有人来支援他们，可是，就算收到了信号，外面的人也进不来，因为唐万斤堵在外面。

顾千城的爆发力很强，招式也很犀利，可她毕竟是个女子，耐力不够。一番打斗下来，她已有些气喘吁吁，头上的军帽也在打斗中掉了，露出塞在里面的长发。

“是个女人！”守卫一见，立刻来了火气，一个个战意更浓。

顾千城抬手将碍事的长发割掉，面对守卫猛烈的进攻不退反进，那双眸子染上杀意，看上去异常可怕。

地牢里的小伙伴们听说来者是个女人便猜到了：“一定是承欢的姐姐，除了承欢的姐姐，没有别的女人这么厉害。”

“承欢，你姐姐来救我们了，你快醒醒……”承欢的小伙伴们，天天听承欢说他姐姐多厉害，都认为是承欢夸大了。直到此刻，他们才相信承欢没有夸大，反而太谦虚了。

“千城姐姐？”烧得迷迷糊糊的承欢，听到小伙伴的话喃喃开口。其他人见顾承欢清醒过来，一个个都露出放松的表情：“承欢，你总算醒了，可担心死我们了。”

“我没事，你们说千城姐姐来了？”顾承欢眼中一片迷茫，他根本没有清醒，只是听到“姐姐”两个字，本能的反应罢了。

“是的，是的，守卫说来的是个女人，除了你姐姐，肯定没有别人。”

“真的是我姐姐？”顾承欢的眼中闪过一抹光彩，随即又黯淡下来：“不可能，就算她收到信立刻赶来，也没有这么快，西北与皇城相隔数千里。”

“是不是承欢的姐姐，我们叫一声就知道了。”一个少年率先反应过来，高声叫道，“承欢的姐姐，是你吗？如果是的话，你能不能应一声？”

“我是，承欢还好吗？”顾千城百忙之中答了一句。

“哇！承欢，真是你姐姐！”小伙伴们得到肯定的答复，一个个高兴地尖叫，“承欢，以后你姐姐就是我姐姐，我和你一起养她。”

顾千城虽然专心应敌，可是听见这些人越说越离谱，不由得笑了：这群孩子真有意思……

成功地解决了最后一个守卫之后，顾千城的右手已经酸得快要抬不起来了，她却不敢休息，摸出守卫身上的钥匙将门打开。

“承欢的姐姐……”大牢里关了十几个少年，见顾千城走进来，一个个高兴地大喊。

借着微弱的光线，顾千城看到了被他们护在中间的承欢，朝他们点了点头，便问道：“承欢怎么了？”

“承欢被打了军棍，伤口发炎，还烂了。可惜姐姐准备的药被我们用没了，承欢只能硬扛着。”

“等出去就好了，你们把承欢背起来，我们走。”顾千城看了承欢一眼，见承欢双眼明亮，知道他暂时没有生命危险，也就放心了。顾千城举起匕首朝铁链砍去。

“当当当……”一连砸了数十下，顾千城的右手都砸出血来，才把铁链弄断：“好了，快出来。”

“我们终于出来了，承欢，我们没事了！”背着承欢的少年，是他们当中力气最大的。

“承欢的姐姐，我们快走。”几个少年出来后自觉地去捡地上的刀，身体较好的几个将承欢和其他几个体弱的护在中间。

“你们小心点儿，跟在我身后。”顾千城走在前面，到达出口时朝上面喊了一句：“唐小唐，把人清除，我要出去了。”

唐万斤收到顾千城的提醒，一个拳头朝最近的人打过去，然后一路往前冲，把他面前的人全部撵得远远的。

“上面只有一个人？”小伙伴们大胆的猜测得到了顾千城肯定的答复：“一个很厉害的人，要不是他，我没办法把你们救出去。”在没有台阶的情况下，顾千城灵巧地爬了上去，小伙伴们都看呆了。顾千城从上面垂下一个软梯：“快上来。”

等他们全部上来后，顾千城指着唐万斤道：“看到没有，一会儿记得跟着他走。”

看到唐万斤一拳将一队人打飞，小伙伴们完全不敢相信眼前看到的：“看到了，那是什么人，好厉害啊？”

“他就是救你们的人，你们出去后一定要好好感谢他，要不是他，我根本无法将你们救出来。”顾千城时刻不忘帮唐万斤卖好。这些少年出身非比寻常，让他们欠唐万斤一个人情，日后唐万斤真要与药王谷或者唐门对上，会多一份助力。

“姐姐放心，姐姐的朋友就是我们的朋友，何况他还救了我们。”少年们拍胸脯保证。

“我要去找言将军，你们知道他在哪里吗？”顾千城问道。

“知道，言将军在那座营帐里，就是最大的那个。”营帐最大，守卫自然也最多。

顾千城对身后的小伙伴们说道：“你们围成扇形，将承欢他们护在中间，跟着我们走。”

“好。”少年们很快就站好队形，顾千城见众少年准备好，立刻朝唐万斤大喊：“唐小唐，往左边走。”

一听顾千城喊他，唐万斤立刻掉转方向往左跑，左边的士兵一时间没有反应过来，被唐万斤一拳打出数百米远。

“不能让他们接近大营，给我放箭。”将领一看顾千城把人救了出来，气得不行。

“唐小唐，拿人砸死那群弓箭手。”弓箭手距离他们很远，换成旁人绝对没有办法，可那点儿距离对唐万斤来说真的不算什么。

“好。”唐万斤应了一声，随手抓起面前的小兵，就像扔小鸡一样，一个个扔了出去……

嗖嗖嗖——密密麻麻的箭雨朝他们飞射而来，可惜大多数都被唐万斤丢出去的人挡住了。一个接一个，就看到满天的人在飞，惨叫声将喊杀声湮没。

在营帐里的言倾，早就听到了外面的动静，只是他不知道来者是谁，只听外面的人打了这么久，还在打，在感慨对方实力强悍的同时，也希望对方赶紧离开。西北大营的二十万大军，可不是说说而已，没有大军前来，他们就是插翅也难飞。

唐万斤将对方的弓箭手灭了后，他们这边的压力骤减，又可以往前走了。很快地，唐万斤就带着顾千城这串尾巴杀到关押言倾的营帐前。

“破了他。”顾千城喊道。

唐万斤无视朝他刺来的长枪，一拳打向挡在面前的士兵。面前的士兵一个个惨叫着飞起来。突然之间，一杆长枪刺入唐万斤的身体！

“小唐哥！”少年们吓了一跳，可唐万斤只是后退一步，哼都不哼一声，挥出去的拳头，力道不减半分。

轰——又一拳打出去后，唐万斤将刺穿身体的长枪拔了出来，没事人一般将长枪丢在地上，继续往前冲，那一身的血显得异常夺目。

一百米……

五十米……

最后十米！

只剩下最后一道守卫，只要破了这道守卫，他们就能冲进营帐把言倾救出来，然后离开这里。

唐万斤又是一拳轰出去，挡在他面前的守卫，被直接打进营帐。

“我进去救人，你们小心点儿。”顾千城灵巧地避开敌人，冲到了营帐内。

外面依旧是震天的打斗声，言倾双手双脚都被铁链锁住，透过破损的帐篷，他知道外面的人冲了进来，却不知道是谁，直到……

一脸脏污的顾千城冲了进来！

“是你，你怎么来了？”言倾的心脏，一瞬间停止了跳动。他从来没想过，来救他的人竟会是顾千城。言倾的眼神落在顾千城身上，怎么也移不开，这个时候看到顾千城，真的……很好！

顾千城挥刀格开面前的人，抬头看了一眼言倾，淡漠地说：“是我，不过我不是来救你的，我是来救我弟弟的，顺便救你。”她不需要言倾的感激。言倾的情太重，她这辈子都还不起。

“我知道。”言倾干裂的嘴唇微张，露出一抹极淡的笑。

言倾眼也不眨地看着顾千城，看着这个为他而战的女子、这个他曾想娶回家的女子。如果可以，他多么希望一切能够重来，他一定会在第一时间遵从自己内心的声音，不顾一切地让母亲去提亲。如果那个时候他去提亲，千城会嫁给他吧？或者说，顾家会让她嫁进言家……

营帐内的守卫非常多，顾千城立刻对唐万斤喊道：“唐小唐，把这破帐子掀了，进来帮我。”

“轰隆——”唐万斤听话地将整个帐篷都掀了，如此一来，帐内的一切都落入众人的视线中。

“言将军，你没事真的太好了。”承欢的小伙伴们看到言倾，全都露出了笑容。

唐万斤杀到言倾面前，用力一扯就将言倾身上的铁链拉断了，接着又去解救言倾的亲兵。言倾抄起地上的刀杀到了顾千城身边，为顾千城缓解压力。言倾与顾千城背靠背站在一起，看到顾千城削短的头发，言倾眼中闪过一抹心疼。

“唐小唐，我们撤。”顾千城看人都救出来了，立刻对唐万斤喊道。

“好。”唐万斤应了一声，不再与旁人纠缠，转身就往外冲。

承欢在赵王心中的分量不重，可言倾不一样，西北军中的将领非常清楚言倾的作用，眼见言倾被人救走，西北的将领们都快疯了。

“快拦住他们，绝不能让他们逃了。他们一旦逃走，你们通通都不用活了。”将领大吼。

“人太多了。”承欢的小伙伴们打了一阵子，渐感力不从心。

顾千城厉声道：“跟紧你们的小唐哥，他会保护你们出去，你们只要不掉队就成。”

“好，我们跟着小唐哥。”小伙伴们紧跟唐万斤的步伐，一步不肯落下。

一行人很快就冲到出口，只剩下最后一道屏障。就在此时，马蹄声从四面八方响起，骑兵们拿着一张巨网朝他们兜来。

“不好！”顾千城暗叫倒霉。

“姐姐，怎么办？”小伙伴们都吓坏了，言倾亦是一脸沉重。

“不知道，现在只能看你们的小唐哥了。”顾千城想起唐万斤一拳将巨网打飞的画面，便道。

“我可以！”唐万斤给了顾千城肯定的答案，在巨网落下来的瞬间，唐万斤大喊一声：“啊——”

拳头缠住巨网的一角，然后猛地往外挥。拉网的骑兵被唐万斤一甩，全都飞了出去，巨网反将挡在他们面前的士兵一网打尽！不给对方反应的时间，唐万斤一拳头将巨网罩住的人打得后退了数步。

“快走！”唐万斤负责断后，顾千城带着众人去钻城墙下的那个洞。顾千城先一步爬过去，确定没有大军出现，立刻让承欢和他的小伙伴们过来。他们一行人并没有进城，而是往山上走。顾千城计划带他们翻过这座山，这么一来，不用过城门也能离开西北。不过，在离开前他们还要把封似锦救出来。

唐万斤与顾千城把人带到半山腰，言倾又派人把路上的痕迹清掉，一行人这才点起火把，寻了一块空地休息。

“唐万斤，去打点儿猎物来。”顾千城身上一点儿吃的也没有了。

“哦……”唐万斤刚应下，言倾的亲兵就道：“还是我们去吧，唐……壮士身上还有伤。”唐万斤一身是血，也没有人知道他身上的伤好了，只当他硬气，不吭声。

“你们身体太弱，遇到猛兽不一定行，让他去吧。”顾千城知道唐万斤的本事，也知道大半夜的野兽难寻，言倾的亲兵打仗是好手，这方面未必行。

唐万斤的效率很高，不多时就拖着一头野猪出现。看到少说也有三百斤重的野猪被唐万斤随意地拎着，小伙伴们嘴都合不上了。

言倾的亲兵很自觉，对方打猎，他们就负责烤肉，想说没有水，就见唐万斤指了一个方向：“那里有。”

“打一些干净的水，你们几个都要喝。”顾千城正在照顾承欢。

刚一脱险，顾承欢就昏了过去，顾千城借着微弱的光线割开承欢的裤子，看到那烂得发黑的伤口，心中暗恨自己还是太弱。赵王和他手底下的人，知道承欢在顾家不怎么重要，就是打死了顾家也不一定会为他出面，所以才这般肆无忌惮。

“承欢，你放心，会没事的。”顾千城拍了拍承欢的肩膀，却没有急着去动，而是道，“唐万斤，我们快点儿吃，吃完下山一趟。”希望这一趟能顺利。

“你留下来照顾承欢，我和唐万斤去。”言倾起身道，可他刚说完唐万斤就拒绝了：“不要跟你去，我要跟千城一起。”

“言将军，我要去寻些药，这一趟必须去。”顾千城淡淡地开口为言倾解围。

言倾没有多说，只是沉默地坐下。

如果真是寻药，顾千城与唐万斤去肯定更好，只是……言倾看了顾千城一眼，张了张嘴，却没有说出来。他知道，顾千城这一趟下山，绝不是寻药那么简单。

言倾猜得一点儿也没有错，唐万斤与顾千城下山，除了寻找药草和衣服外，还打算顺手把封似锦救出来。

“唐小唐，你现在还能撑得住吗？我是说，如果我们再打一场？”他们此刻确实疲惫极了，可也有一个好处，那就是能出其不意。

城主府那帮子人收到消息，认为他们去了西北大营，肯定不会再来城主府劫人。而且再过不久天就亮了，他们必然会放松戒备。

唐万斤道：“刚吃饱了，可以。”

“那就好，我们先去弄些衣服和药草放在山脚下，再去城主府救人。”

“好。”唐万斤没有异议。

有秦王殿下的人在内城接应，顾千城很快就拿到她想要的衣物与药草。

“姑娘，我们就送你到这里了。”秦王殿下的人见到顾千城要的东西，就知道她成功从西北大营把人救了出来，不由得更加佩服他们。

顾千城点点头：“可以了，你们走吧。我不会再联系你们。”换言之，如果有人借她的名义联系这些人，必然是假的。

“明白。”几个探子点了点头，迅速离去。

顾千城和唐万斤将衣服和药打了一个包，然后寻了一棵最高的树挂了上去，等他们回来取就成了。

顾千城看了看天色，叹气：“天亮了，我们走吧。”

此时虽已天亮，不过城门还没开，街上冷清得吓人，除了顾千城和唐万斤，只有几个挑菜的菜农。

“我们这样，是不是太突兀了。”顾千城左右看了看，虽然他们已经换上当地百姓的衣服，可走在街上仍旧很醒目。

“哦。”唐万斤看了四周一眼，点点头。

“我去找一身行头。”顾千城看了一眼，便挑上巷子里推着板车卖水的中年汉子。顾千城上前，连水带车买了下来，然后与唐万斤一起推着往前走。

一连遇见几拨官兵都蒙混过关，临近城主府时遇到一队谨慎的人，见他们推着水车往前走，上前拦住：“你们是哪里的人？不知这里不能走吗？”

顾千城装蠢装哑巴，瑟瑟发抖地啊啊叫了几声，便躲在唐万斤身后。唐万斤倒是不怕，可他一开口就是真傻：“帮大哥卖水，你买水吗？这水很好喝的，可甜了。”

“是吗？多少钱一坛？”官差眼神犀利，把唐万斤和顾千城从头到脚扫视了一遍，顾千城演技好，唐万斤本色演出。

“一个？不是……三个？”唐万斤真不知道水价，只知道比手指，比出五说三，比出四说一，最后自己也糊涂了。

官差哈哈大笑：“哪来的傻小子卖水，小心把本都赔了。”

“什么是本？”唐万斤不耻下问，再度暴露了他的智商。

“好了，好了，一边儿去，离这里远点儿，前面不让走。”官差笑过后，又一脸严肃地走了。

“我们还卖水吗？”唐万斤有些茫然地看着顾千城。

“不卖了。”顾千城指了指前面的高墙，“看到那面墙没有？推这辆破车撞过去。”

唐万斤一愣：“啊，把墙撞破了怎么办？”要不要赔银子呀？

顾千城挥挥拳头：“就是要撞破！”不然怎么进去？走大门？少开玩笑。

就在顾千城与唐万斤计划撞破城主府的墙冲进去时，西北一小部分将领，正聚在城主府议事。他们昨晚等了一夜，本以为对方会来城主府劫人，没想到对方真去了西北大营，还把人劫走了，这简直就是灾难。

“就两个人，怎么就那么大的本事呢？”西北的将领怎么也想不明白。

“有一个天生神力的家伙，好像怎么也打不死，不知受了多少伤、流了多少血，可一路就像没事人一样横冲直撞，最后还把能网住千余人的巨网给砸了回来，反困住了我们。”昨晚指挥作战的将领一脸挫败地说。

“我们现在怎么办？”有几个胆小的知道言倾被劫走，不安地问道。

“封城，一寸寸地搜，我就不信找不到人。”只要还在西北，就有把握把人找出来。

“人都派出去，城主府怎么办？大部分人马都调去找人了，现在人手不足。”镇守城主府的将领一脸担心，怕对方趁机潜入。

“他们昨晚刚闯了西北大营，必然无力再战，下午本将便调大军过来。”西北的总将领从容有度地说道，可是将领的话音刚落，就听到轰的一声巨响。

“出什么事了？出去看看。”将领们一个个急切地往外跑去，路上遇到前来通报的官差：“有人闯进城主府的牢房了。”

“浑蛋，还不快把人拦住。”青天白日的擅闯城主府，真是胆大包天。

“是，小人这就去。”通报的小兵连滚带爬地跑了下去，几个将领也飞快地朝牢房跑去。

看到半倒的牢房和被放出来的犯人，几个将领气得不行：“弓箭手准备，射死他们，不留活口。”留不住封似锦的人，他们就留下尸体。

城主府的弓箭手很快就准备好了，不分敌我地朝牢房放箭。惨叫声响起，只是人群中并没有唐万斤、顾千城与封似锦。

守将们等了许久，也没有等到人出来：“莫不是已经跑了？”

“进去看看。”将领一声令下，立刻有先锋小队冲进去，紧接着一阵惨叫声传来，里面的人再也没有出来。

“他们还在里面，来人，去取火油。”将领们已经不顾封似锦的死活了。

牢房内，顾千城已经把封似锦救下，听到将领的命令，不由得皱眉，不过并没有催唐万斤。因为唐万斤正在努力将牢房里的石床卸一个面下来。

“不用担心，一时半刻点不着火。”即使只着中衣，即使站在大牢里，封似锦依旧从容不迫。

“真要起火了，我们会很危险。”牢房三面是墙，唯一的出路要是被火堵了，他们就算能冲出去，也要付出不小的代价。

“不怕。”封似锦当然知道，只是，哪怕再危险，此刻也值了。

“千城，我很高兴来人是你。”封似锦从来没有想过，奔波千里来救他的人，居然是顾千城。

听到和言倾相似的话，顾千城没好气地白了封似锦一眼：“你想太多了，我是为了我弟弟。”

“你说是就是。”封似锦没有反驳，只是眉眼间淡淡的喜悦，无声地告诉顾千城，他是不信的。

啪的一声闷响，唐万斤成功地将石床的床板取下来了：“好了！”

“我们走。”顾千城急切地说。

“好，你们跟在我身后。”唐万斤抱着巨大的石板，一点儿也不吃力。

此时去取火油的小兵也回来了。

“他们出来了，快倒火油。”将领后退一步：“弓箭手，射死他们。”

可是，不等小兵们准备好，唐万斤就抱着一块巨石冲了出来。堵在牢房外的兵将全被撞得飞了出去，射出去的箭全都打在了石板上，根本穿不透。

城主府的人都被派出去搜寻顾千城和唐万斤了，此时正是守卫最薄弱的时候，他们轻易便冲了出去。只是，这里不比西北大营，就算走出城主府还是在内城，而内城到处都是官兵，逃离城主府只是开始。

西北内城很大，顾千城和唐万斤被追着逃了小半座城，他们两人早就习惯了，顾千城只担心封似锦，结果发现封似锦居然连吭都不吭一声，完全能跟上他们的节奏。这一次，他们闹出来的动静太大，为了不牵连秦王在这里的探子，顾千城并没有要他们帮忙。就在顾千城想着去哪里抢两匹马时，封似锦反手握住她的手：“跟我来，封家在西北有人。”

封大人早就派了一队人手保护封似锦，自从顾千城第一次撒出信，封家在暗中的人就时刻关注城主府的动静，发现了今早的动作后，这些人立刻做了安排，并在隐蔽的地方给封似锦留了信号，只要封似锦看到，便会明白他们的意思。

“把石头丢下，我们往里走。”封似锦指向左侧一条又长又窄的胡同，顾千城朝唐万斤点了点头，让他照做。

唐万斤走进胡同后，将石头卡在入口处，用力一拍，正好将胡同堵住。

“你赢了。”顾千城一回头就看到那将胡同挡得死死的巨石。唐万斤傻笑一声，一脸得意。

顾千城几人很快就与封家的人接上头，对方只有五个人，不过个个都是好手。

“马准备好了。公子、姑娘，我们可以走了。”封家的暗卫和顾千城计划得一样，翻越那座山离开西北。一行人很快来到山脚下，山上无法骑马，他们只得下马，让马沿着山脚跑，好混淆视线。

顾千城看了看方向，发现离存放东西的地方有点儿远，便道：“你们是跟我们一起走，还是单独行动？我们这边还有一些受伤的人。”

“一起。”封似锦毫不犹豫地说，封家的暗卫也没有意见。

没有追兵，众人虽然依旧保持警觉，却比之前轻松了不少，封似锦也终于有机会问顾千城：“你的头发什么时候剪掉了？”

“昨天晚上。”顾千城并不在意头发的长短，况且，她的头发也没短到绾不起来的地步。

“你昨晚去哪儿了？”封似锦隐约猜到了，可仍想听顾千城说。

“西北大营，把承欢和言倾他们救了出来。”顾千城话一出口，封家的暗卫就倒吸了口气：“昨晚把西北大营闹得天翻地覆的人，就是你们两个？”

“嗯。”顾千城淡淡地应了一声，并不觉得有什么，因为，出力的不是她，这一切都是唐万斤的功劳。

虽然唐万斤和顾千城将固若金汤的西北撕开了一道口子，顺利救下言倾他们几个，可是，西北的消息依旧无法传到京城。远在京城的秦王殿下，对顾千城在西北的表现一无所知。他自从知道顾千城擅自赶往西北后，眼中的怒火就没有消过。

借着追踪赵王的名义，秦寂言一路派人打探顾千城的消息，可惜一无所获。她和唐万斤两个人就好像凭空消失了一样。

“笨女人，你给本王等着！”又一次没有得到消息，秦王殿下气得一拳砸向书桌。

砰的一声，屋外的太监听到殿内的动静，吓得瑟缩了一下，可又不得不硬着头皮道：“殿下，皇上召见！”

老皇帝已经清醒过来，却对秦寂言更加信任，大秦的政务现在全由秦寂言说了算，他自己则专心养病。

秦寂言眼眸微挑，不过只是一想便放下了。现在大秦的政权他已完全握在手上，就是老皇帝也无法左右他。至于军权？已经拿下了凤家、言家与程家，他还用担心什么？

秦寂言从容踏入内殿，和以往一样给老皇帝行礼：“皇爷爷。”这就是秦寂言，失势时不萎靡，得势时不张狂，永远保持着属于他的本性。

“寂言，刚刚封大人与焦大人进言，劝朕尽早立储。”老皇帝面上没有一丝异样，喜怒难辨。不过，不用想也知道，大臣逼皇上立储，在皇上眼中就等于逼他退位。

秦寂言也不惶恐，只道：“封大人与焦大人太心急了，皇爷爷万寿无疆，不必急着立储。”

“你这孩子，在皇爷爷面前也不肯说真心话吗？”老皇帝一脸慈爱，眼中却没有一丝温情。

秦寂言道：“孙儿说的是真心话。皇爷爷身子健康得很，不必急着立储。”左右大秦的政权握在他手上，皇位上坐的是谁又有什么要紧的。

“朕活到现在，也算是高寿的皇帝，知足了。焦大人和封大人说得是，皇储一事攸关江山社稷，确实不宜再拖。”老皇帝长长地叹了口气，突然就决定立储了。原本他就想过禅位给秦寂言，现在只是立储，说起来他还能再当两年皇帝，至少他死之前都会是皇帝。

秦寂言没有说话，老皇帝继续道："明日，朕在早朝上宣布立储一事。"

秦寂言依旧不语，面色平静，就好像半点儿也不在意皇储的人选是谁。老皇帝颇有几分不是滋味，赌气似的说道："寂言，陪朕下一局。"他倒要看看这个孩子有多沉得住气。

"是。"秦寂言从容地在一旁坐下，待到宫人送来棋盘，不等老皇帝坐下，便执起一枚黑子落下，态度依旧，从容如故。

老皇帝大病初愈，精神并不好，之所以叫秦寂言陪他下棋，本就是想看看秦寂言是不是真的如其所表现的那般冷静，结果一落子便发现，心性不稳的人是他自己。

"不下了。"棋下到一半，老皇帝便推了棋局，秦寂言也没有说什么，只是将棋子收了起来。

"皇爷爷，早点儿休息，孙儿告退。"秦寂言起身，完美地退下。

老皇帝看着秦寂言的背影，眼神复杂。

"唉……"老皇帝叹了口气，扶着心腹太监的手站了起来，"你说，寂言生在皇家，怎么就不在意皇位呢？"

"秦王殿下这是孝顺。皇上您给的他收着，您不给的他也不强求。"作为老皇帝的心腹太监，他比旁人更清楚大秦下一任皇帝将会是谁，不介意多给未来皇帝说说好话。

"唉，要是朕那几个儿子，都像寂言这样该多好。"想到因谋逆之事自杀而死的宁王，又想到逃到西北起兵造反的赵王，老皇帝一阵头痛。

"朕现在只希望另外两个能安分一些。寂言虽然冷情，却不是赶尽杀绝之人，只要他们安安分分，一辈子富贵是少不了的。"老皇帝长叹。

老皇帝精神不济，喝了药便沉沉地睡下。心腹太监在旁边守了许久，见老皇帝睡得香甜，这才悄声退了出来，在大殿里找来一个小太监，对他耳语几句，便端了一盏参茶回去。

因为赵王逃出京城，造反一事遮掩不了，之前与赵王走得近的官员，都被秦寂言用雷霆手段换了下来。一大批官位空了出来，秦寂言趁机调自己的心腹入京为官，朝中有一半以上是秦王的人。同时，秦王还将景炎调离户部，不再让他参与大秦钱庄的事务。

五皇子觉得钱庄已经开了起来，景炎也就不重要了，秦寂言一纸调令下来，五皇子连一句挽留都没有。

景炎原本为钱庄事务写了一套应急措施，已经写到尾声，本想留给五皇子，好让他能完全掌控大秦钱庄，给秦王添添乱。可五皇子这种人走茶凉的做法，惹得景炎极度不满，景炎直接将折子丢在角落，完全没有拿出来的打算。

是夜，景炎在御赐的府邸，正事还未处理完，手下的探子就来报："主子，宫里传来消息，皇上明天会立储。"

景炎一怔，随即露出一抹潋滟的笑容："终于定了，比我预想的要快。果然，人算不如天算。"不过，只是定了储位罢了，没有坐上那个位置，一切皆有可能。当年太子不也一样被人弄死了吗？

第五章

大局，远方的你

老皇帝对立储一事非常排斥，但当他真正下定决心后，效率却非常高。他没有与任何大臣商量，直接在早朝宣布，立秦寂言为皇太孙，并将虎符交给秦寂言，命秦寂言出征讨伐谋逆的赵王。

圣旨一下，满朝哗然，所有人都震惊地看向坐在龙椅上的老皇帝。可因为隔得太远，真正能看清老皇帝表情的人，也只有站在前排的封大人、焦大人、凤将军等寥寥几位。封大人和焦大人昨天求皇上立储，结果皇上发了一通脾气，他们也被赶了出来，本以为立储之事还要拖上一拖，没想到老皇帝第二天就定了。

皇长孙、皇太孙，只有一字之差，可不管是权力还是地位都是天差地别。储君之位定下，秦寂言就可以名正言顺地插手朝廷政务，不用再防备周王与五皇子发难。

老皇帝的这个消息太过突然，满朝的人都没有想到，以至于圣旨宣读完后，第一个反应过来的人居然是秦寂言。

秦寂言撩起衣袍，从容跪下。这个时候封大人与焦大人等才反应过来，一个个跪下，高呼圣上万岁。

看着跪倒在地的文武大臣，老皇帝心里却一点儿感觉也没有。他的江山，最终还是别人的。可万般皆是命，半点儿不由人。他老了，许多事有心无力，只能交给年轻人。

“众卿平身。”老皇帝挥手，待众臣起来，便命人将皇太孙的金印、金册交给秦寂言，并宣布三天后举行立储大典，昭告天下与列祖列宗。

众臣高呼皇上圣明，朝廷一半以上的人皆露出轻松的笑容，可见秦寂言对朝廷的掌控。至于另一半，也许他们正想着如何与旧主划清界限、讨好新君。

立储大典过后，秦寂言正式成为大秦的储君。秦寂言成为皇太孙的第一件任务，就是带兵剿灭西北叛乱。老皇帝说话算话，二十万大军第一时间交到秦寂言手上，并任命程将军为副将，由他协助秦寂言。

“朕等你胜利归来。”皇上看着一身铠甲、冷酷刚毅的秦寂言，眼眶泛红。当年，他也是这样送太子上战场的。那时的太子一身铠甲、意气风发，可最后却是那样的结局。

“皇爷爷，我一定会凯旋还朝。”秦寂言并不在乎老皇帝想什么，带着二十万大军赶赴西北。一路上，他虽不至于与将士们同吃同住，却没有享受太多的特权，至少没有摆皇太孙的架子。这么做，虽不至于让将士们对他另眼相看，至少不会令人看他不顺眼。

“本以为陪皇太孙打仗，一路还要照顾他，没想到皇太孙殿下完全不需要旁人照顾。”

“皇太孙殿下颇有太子当年的风采。”

……

小兵们根本碰不到秦寂言，这是将士们私下在聊天。程将军坐在一旁静静地听着，偶尔会流露出一丝的担忧。他也想过让秦王请求皇上多派十万人马，但秦王没有同意。皇上定了二十万人马，他便带着这二十万人马出征，没有一丝怯意。程将军知道秦王殿下的意思——用二十万人马打败赵王的二十万人马，那才叫军功。

只是，一想到临出行前凤将军隐晦的交代，程将军就有一种不好的预感。他只希望这次能平平安安出征、顺顺利利回来，他真的不希望太子的事重演。

京城的事，短时间内传不到西北来，不过顾千城一点儿也不担心秦寂言。赵王造反，最得利的就是秦寂言。

顾千城与言倾等人会合后，一行人又往深山走了许久，直到寻到一处山洞才停下来休息。

顾千城将承欢安置在山洞里，用一块布稍稍遮挡了一下，这才给承欢清理伤口、上药。就在此时，唐万斤突然把手伸给顾千城。

“怎么了？”顾千城手上的动作一顿，抬头问道。

“放一点儿，好得快。”唐万斤说完就闭上眼，一副任由顾千城宰割的样子。

顾千城脸色一变，啪地将唐万斤的手拍掉：“你胡说什么呢。”

“我是认真的，他的伤会好得更快。”唐万斤低头，一副犯了错的样子。

“不必如此。”有些事有了第一次，就会有第二次，然后就成了习惯，顾千城不想养成这种习惯。

“没事，一点点，不会疼的。”唐万斤见顾千城不动手，索性自己咬破手指，拼命往承欢的伤口上洒血。

“你……”顾千城想阻止也来不及了，“怎么这么傻呢。”

“嘿嘿……”唐万斤傻笑一声，“他是你弟弟嘛。”

顾千城一脸无奈，忍不住叮嘱了一句：“在人前，千万别乱来。”

“我知道。”唐万斤乖乖点头。顾千城看得心中一暖，郑重地说了一句：“谢谢。”

“没事的，不疼。”唐万斤不好意思地挠了挠头。顾千城不再多说，麻利地给顾承欢包扎好，又让唐万斤把外衣脱了，在唐万斤身上缠了几道绷带。没办法，所有人都知道唐万斤受了伤，她要不绑两道实在解释不清。

顾千城与言倾等人没有在西北境内久待，等伤势好转便翻山越岭地往深山老林走，准备折回京城。

细心如封似锦立刻就明白了：“你们能这么快赶到西北，就是走这条路来的吧？”

顾千城点点头：“在京城听到赵王带着家眷跑了，我们怕路上遇到他，也怕来不及，便挑了一条最近的路。”也是最难走的路。

言倾听到顾千城与封似锦的对话，抬头看了她一眼，在顾千城发现前又移开了视线。

顾千城一行人一直在深山老林转悠，虽然辛苦，胜在安全，不用担心被赵王的大军追着跑，更不用东躲西藏。只是，赵王查不到他们的消息，他们也查不到外面的消息，他们甚至到现在都不知道大秦的储君定了，更不知道秦王已带着二十万兵马朝西北赶来。

当了一个来月的野人，他们终于与外界接触了，也终于知道大战已经开始!

一个多月的时间，足够赵王赶到西北并做出布局。知道言倾与封似锦被劫走后，赵王大发雷霆却没有处置西北的将领。现在正是用人之际，他的儿子指望不上，只能指望这些将领。

大儿子秦云楚因为女人彻底废了，这次逃出来时，还死活要把顾千雪带上，这让赵王更加失望。秦云楚却一点儿也不在乎，因为他知道自己早已失了赵王的心，而且也明白，赵王造反的胜算不大。

从京城到西北的路上，秦云楚一直在折磨顾千雪。一个多月的时间，顾千雪便成了人不人、鬼不鬼的样子。

“同样是姐妹，她能来西北救人，你怎么就只能躺在床上给男人玩弄呢？”秦云楚又一次将怒火发泄在顾千雪身上。顾千雪不敢发出声音，眼睛里全是说不出来的惊恐。

秦云楚随手取过一根马鞭，直接抽在顾千雪的身上。

“啪啪……”顾千雪的身上出现一道道血痕，她却不敢躲，因为躲了会挨更多的打。

秦云楚把顾千雪抽得半死后，就准备走，不承想一直像木偶一样的顾千雪突然抱住秦云楚，一字一顿地说：“千城，她……身上有武家留下来的宝贝，所以老太爷才会喜欢她，秦王才会喜欢她。”

“你说什么？”声音太小，秦云楚并没有听清楚，他只听到了千城的名字。

“千城有武家的宝贝。我偷偷听我爹说过，皇上当初流放武家，就是为了武家的宝贝。那宝贝是武家帮太子保管的东西，现在在千城手里，相信我……”顾千雪抱着秦云楚的大腿，一副信誓旦旦的样子。

其实，顾家大老爷当时只是说，他猜测武家定是帮太子藏了什么宝贝不肯拿出来，这才被流放。现在顾千雪却一口咬定顾千城手上有宝贝。她活得这么悲惨，顾千城凭什么过得比她好?

“你说的是真的？”秦云楚虽然早已不抱希望，可现在听顾千雪这么一说，他感觉自己又有希望了。

“不敢骗世子爷。世子爷一查便知。”现在人都在西北了，顾千雪不认为秦云楚还能查到京中的事。

“这件事我肯定会查，你最好没有骗我，要是骗我——”秦云楚看了一眼角落里的马鞭，顾千雪瑟缩了一下，却没有松开手，反倒抱得更紧了。

秦云楚满意地点头：“我现在相信你没有骗我，只是你为何不早说？”

“早……一家人，我怎么可能做对千城不利的事？”顾千雪面上悲哀，心里却在冷笑。

“你倒是有良心，可惜顾家不把你当一家人。”秦云楚拍了拍顾千雪的脑袋，就像哄小狗一样，“如果真能从顾千城手上拿到太子留下来的宝贝，本世子必记你首功，到时候……许你世子妃之位。”

“多谢世子爷。”顾千雪也如小狗一般趴在地上磕头。

秦云楚得了消息，直接去找赵王。赵王对秦云楚这个儿子非常厌恶，可听到他说的话，还是不由得当真了。

“你确定？”顾千城崛起得太巧了，与秦寂言的关系也太巧了。

“父王，顾千城当初要被送到家庙去，最后却被顾老太爷叫了回来。我曾查过，据说是顾千城临走之前给顾老太爷送了个礼，从那以后顾老太爷就对顾千城另眼相看。”秦云楚为了证明自己的话，特意把这件事说出来。他有一段时间对顾千城非常感兴趣，查了她不少事。

“你当初怎么没告诉我？”赵王沉着脸问道。

秦云楚道：“我当时也没把此事当回事，左右顾千城回不回来与我无关。”

“好了，这件事为父知道了，你下去吧。”得了这个消息后，赵王立刻把幕僚找来，将此事说了一遍，让几个幕僚分析此事的准确性。

赵王此次叫来的全部是跟了他三十年以上的老人，都参与过当年谋害太子一事，听到赵王这么说，有几个记性好的，马上就想到了当年的一些不寻常的事。

“太子之死本就不寻常。虽说末村一事有皇上的手笔，可太子文武双全，就凭皇上，还要不了太子的命。太子死得蹊跷，我们都当是巧合，现在看来，太子应该是死在另一拨人手里，而且那些人找太子恐怕就是为了寻东西。”说话的是一个白胡子老头。

“先生何出此言？”赵王一听，眼睛都亮了。

“这些年来，我时常在想这个局，总觉得我们所有人都被利用了。是有人借我们的手把太子骗到了末村，再把太子杀了。”

“先生这么说，可是猜到了何人所为？”赵王急切地追问。白胡子老头却摇了摇头：“王爷，这种事可不能凭空推断。我仅能从当年的事情中猜测对方应该是找太子要什么东西。王爷可还记得太子出征后，东宫曾有人潜入过吗？而且与太子亲近的人家，有好几户也失窃过，现在想来，他们必是在寻找什么东西。而且，太子的死讯一出来，太子妃就纵火自焚，王爷不觉得奇怪吗？”

“先生这么一说，当年的事确实可疑。当年太子妃火烧东宫，把寂言抛出来，并不是为了殉情，而是为了保护秦寂言？”赵王发现当年的事这么一拼凑，还真是八九不离十。

“这一切都是小人的猜测，这些年来，小人无事时便思索当年的事，毕竟当年那个局，简直是天衣无缝。”白胡子老头不敢把话说得太满。

“先生这话没错，能将太子杀死，当年的局确实堪称完美。”这一点赵王也不否认，而且他也承认，自己是没有那个能耐的。

从幕僚口中得到这个答案，赵王越发相信顾千城持有太子的遗物。他正愁找不到出兵的借口，现在他就以“讨伐奸臣武氏后人”为由好了。

赵王抵达西北的第三日便发兵北上，还写了一篇檄文。在檄文中，详细写到太子当年与武家兄弟的交情。在遇险时，太子托他们保护一件重要的东西，让武家后人将此物交给秦氏后人。结果，武氏后人得了太子遗物却没有将东西交出来，一直私下保管着。这件事，顾家二小姐顾千雪与顾家大老爷都可以做证。顾家大老爷曾亲口说过，武芸手上有太子遗物，现在此物就在武芸之女顾千城手上。只要秦寂言把顾千城交给他，他就立刻退兵，回京请罪。

檄文在第一时间送到秦寂言手里，秦寂言看到赵王通篇大义凛然的话，不由得冷笑。赵王还真是找了一个好借口，这个理由旁人也许会认为是胡扯，可秦寂言却猜到赵王必是猜到了什么，才会说出这些话来。看来千城手上的半本《夷国志》十有八九是他父亲的东西，也许回京后他该找景炎谈一谈。

“殿下，此事我们如何处理？”几个副将看向秦寂言，等他拿主意。

秦寂言道：“让文吏代本王写封《告赵王书》，将本王的意思说给他听。”文字上的诱导，并不是只有赵王会。

“末将明白。”一干人再不敢多言，立刻找来宫中的文吏，让他尽快将皇太孙《告赵王书》写好。

文吏一天就写好了。秦寂言没有让人送给赵王，而是直接公布天下，贴在各个重要城镇的衙门外。

秦王殿下在《告赵王书》中，首先点明自己正统的身份，接着直言赵王昏庸、听信谗言。别说没有什么太子遗物，就算真有，他这个太子的儿子还活着，也轮不到赵王如此大张旗鼓地出兵来要。除此之外，秦王殿下还劝告赵王尽快回京请罪，皇上宅心仁厚、英明贤德，只要赵王不酿出大祸，做出亲者痛、仇者快的事，必会饶过他和一干追随者。

秦王殿下的《告赵王书》一贴出，赵王发现自己手底下的人明显躁动起来，居然有人真的想投降，让朝廷赦免他们的罪。赵王气得一连斩杀数百人，才将这股内乱压下。为免夜长梦多，赵王立刻发兵攻城，一连顺利攻下四城。

就在此时，秦王给了他们当头一棒。秦王在西北大军的必经之路上等着他们，在赵王准备攻打第五座城时，将赵王拦在了野外。

“天下子民都是我大秦的子民，本王不忍百姓受苦。赵王叔，我们便在此决一死战。”秦寂言坐在马上，神情冷傲、面色从容地说。

赵王也不是吃素的，他毕竟是征战沙场多年的老将：“要战便战，哪来那么多废话。你为了一个女人，不顾天下百姓的死活，有什么资格说你不忍百姓受苦？”

“王叔造反便造反，偏偏拿个女人说事，叫天下人如何看待你？王叔你可知，你谋逆一事让皇爷爷多伤心？”秦寂言也不是吃素的。

秦寂言这话一落，众将士立刻想到皇上送他们出征那天的老态，不知谁喊了一句“乱臣贼子，人人当诛”，秦王殿下带来的二十万人当即齐齐喊了起来，那气势瞬间就让赵王的军队胆怯了。

秦王殿下见状，拔出腰间的佩剑：“杀！”

两军交战，赵王被利箭射中右肩。主帅受了伤，西北大军瞬间就乱了。赵王见状，顾不得拔箭，高喊一声："退兵！"

这一战，他们输了。

西北大军立刻如潮水般退去，秦王殿下却不放过他："追！"

一路将赵王一行人追到城内，见他们牢牢关了城门，秦王这才下令退回去扎营。

此时，顾千城也收到了前线的消息，当即气得不行："拿我做发兵的幌子，赵王的脑子没问题吧？"

"不是幌子，是很好的借口。"封似锦脸上浮现出一丝担忧，"皇上健在，皇储已立，赵王要寻造反的理由，只能从太子身上下手。"

顾千城道："从太子身上下手，借口多的是，干吗扯上我这个半个武家人。"

"武家与太子交好，许多人都知道，更难得的是，武家是与太子交好的人中极少没有被灭九族的。至于为什么说你，是因为你在京城与秦王交好，你去西北救了我和言倾。如果皇上也怀疑你手上有太子遗物，那么封家与言家必然会因此受影响。"

封似锦刚说完，就听到言倾道："当初曾有传言，太子手上有一至宝，这才是他招来杀身之祸的原因，不过没有人相信。"

顾千城的心猛地停跳了一下："太子真有什么至宝流落在外吗？"不会是《夷国志》吧？

"秦王的大军距离我们不远，我们赶两天的路，跟上去。"顾千城放下茶杯，召来小二结账。

刚出茶楼没多久，封家的暗卫与言倾的亲兵就发现他们已被人跟踪，而且不止一拨人。

"查查跟踪我们的人是谁？"要是官府的人马就任他们跟着，要是赵王的人马就解决了。

这种事自然由封家的暗卫出手，很快消息就传来了："有三拨人，其中两拨是赵王与官府的人，另一拨身份不明，被我们发现后立刻溜了。"

封似锦看向顾千城，顾千城直接道："承欢，给你们一个动手的机会，把赵王在这里的老巢找到，直接灭了。"

承欢激动地点头，小伙伴们齐声道："姐姐放心，我们一定完成任务。"

顾千城道："去吧，我们在城外等你们。"

双方分头行动，没有承欢和他的小伙伴们，一行人倒没有那么显眼了。封似锦让暗卫隐藏起来，言倾的亲兵则收起杀气，看上去和普通的村汉没什么两样。一行人顺利出城，出城后他们再次明显感觉到，有人跟在后面。

"是之前跟踪我们的三拨人之一。"言倾很快就做出判断。

顾千城唇角轻扬："我们寻个空点儿的地方，会会他们。"

两刻钟后，言倾终于选好一块地方，朝顾千城点头："就这里了。"

"出来吧。"顾千城转身对身后藏头露尾的人道，"跟了我们这么久，不累吗？"

身后的人听到这话并不意外，一个个淡定地现身，一共十六个人。带头的刀疤男拿刀指向顾千城，喝道："你就是顾千城？快把太子的遗物交出来！"

“什么？”顾千城听到这些人的话，不由得愣了一下。

“装傻？”刀疤男眼角一挑，“顾千城，把东西交出来，我们留你等一个全尸。”

“好大的口气。”言倾挡在顾千城面前，“你们是什么人？”

言倾一身正气，正邪不两立，匪徒们见到言倾本能地厌恶：“当兵的？”

“是又如何，不是又如何？”言倾将腰间的佩刀抽了出来，动作很慢，无端给人一股压力。刀疤男不由得皱眉：“不管是不是，命都给我留下。”刀疤男抬步上前，双手握住刀柄，凌空朝言倾砍去。

“就这点儿本事，也敢来抢东西？”言倾抬手轻轻一挡，便把刀疤男震得后退三步。

刀疤男吃了亏，大怒：“兄弟们，上！”

“我们好久没有动手了，终于来机会了。”言倾的亲兵也不是吃素的，抡起拳头就揍了过去。

“留一个活口。”顾千城见言倾的人下手狠辣，忙出言提醒。

“好。”言倾一脚将刀疤男踢得跪倒在地，刀横在他脖子上，“说，谁派你来的？”

“没有人，我看到赵王的檄文就找来了。”不管怎么逼问，刀疤男都说没有人指使，是他自己见财起意。

顾千城冷笑道：“这种话骗骗小孩子还可以，你觉得我们会信吗？”

刀疤男忙道：“我说的是实话，对太子遗物动心的可不止我们，只是我们提前遇到了你们。”

顾千城问道：“还有哪些人对太子遗物动心了？”

“不知道。”刀疤男死活不肯说，不管怎么用刑都不说。

“嘴很硬。”顾千城叫来唐万斤，指着刀疤男道，“你帮我一寸寸按碎他的骨头。”

“哦。”唐万斤照做。刀疤男被按在地上，拼命地挣扎：“你们要干什么？”

“逼供。”顾千城的话一落下，刀疤男就惨叫了一声：“啊，放开，放开我。”

“闭嘴。”唐万斤嫌吵，一巴掌拍在刀疤男的背上，只听见咔嚓一声，肋骨碎裂的声音响起。

“哇——”刀疤男吐了口血，疼得脸色发白。

“你轻点儿，别把人打死。”顾千城忙道，唐万斤立刻低头认错：“我这就轻点儿。”

接下来，唐万斤很温柔、很温柔地把刀疤男的整条胳膊一寸寸按碎……刀疤男已经疼得无法说话，只是不断地哀号，眼泪鼻涕糊了一脸。

“千城，另一只手还要按碎吗？”唐万斤动手前问了一句。

“不，不要……我说，我说。”刀疤男真的撑不下去了。

“早说，不就不用受苦了。”顾千城示意唐万斤起身，自己则蹲在刀疤男面前，“说让我满意的话，不然……我让你全身的骨头都碎成渣还死不了。”

刀疤男一张嘴又吐了一口血，哆嗦道：“是赵王。赵王找了道上的兄弟，悬赏万两黄金，要你手上的太子遗物。”

顾千城眉头轻蹙，又道："有多少人应了？"

刀疤男痛哭流涕道："少说有百来号寨子应了，具体的我也不知道，我们收了赵王的百两黄金为定金。"

顾千城脸色一沉，起身道："看在你识相的分上，给你一个痛快。"

"噗——"刀疤男口喷鲜血，立时毙命。

封似锦和言倾担忧地看向顾千城："事情麻烦了，这么一来，他们不会放过你。"

"所以我们得尽快与大军会合。"凭他们几个人，不是赵王的对手。

承欢几个人虽然聪明，也有斗志，可毕竟是第一次单独行动，虽然成功灭了赵王在这个小城的老巢，却留下了太多的痕迹。为了清理那些线索，承欢几个又花了不少时间，直到傍晚才匆匆出城与顾千城等人会合。

虽然累得不轻，几人的气色却很好："姐姐，我们完成任务了。"

一个个乖乖地站到顾千城面前，一副求表扬的可爱样，让顾千城看得不由失笑："真厉害。"

"那是，我们就比小唐哥差一点儿。"承欢还懂得谦虚，小伙伴们就不客气了。

"你们真敢说，居然和小唐哥比。"封似锦与几个少年交情尚可，不由得打趣了一句。

小伙伴们不依了："我们为什么不敢说？我们本来就很厉害，不信封大哥你问言将军。"

"很厉害。"言倾板着脸，实际上却忍笑忍得很辛苦。

夜路难行，也不安全，顾千城提议休息一晚再走。一群人寻了个地方，燃了火堆，便各自做自己的事。

唐万斤与顾千城去找吃的，唐万斤负责打猎，顾千城负责寻找野菜，言倾和他的亲兵负责搭帐篷。顾千城晚上住的帐篷一向是由言倾亲自搭的，虽然最小，却也是最舒适、最干净的。封似锦和他的暗卫则负责绘制四周的地形和找水，稍后负责烤肉做吃食。承欢和他的小伙伴们，负责拾柴、防守，还有给大家洗衣服。

两刻钟后，唐万斤与顾千城找到不少吃的。这本是极其丰盛的一餐，偏偏有不识相的人来打扰。

"你就是顾千城？把太子遗物交出来。"这批人也是冲着太子遗物而来，人数比白天那批还多。

"承欢，这几个人交给你们了，别让他们影响我们的食欲。"顾千城毫不客气地奴役承欢和他的小伙伴们，美其名曰"给他们增加实战机会"。

"姐姐放心，我们一定圆满完成任务。"虽然身体很累，可战意高昂，为了不影响大家的食欲，承欢将人引到远处。这批人是道上颇有名气的匪徒，他们刚开始并没有把这几个少年放在眼里，可是很快就发现他们错了。

"这群小子怎么这么厉害？"匪徒们吃了几次亏后，立刻提高防备，打法瞬间变得凌厉狠辣。

对方人多，实力也不赖，承欢几个很快就处在下风，有几个还受了伤。所有人都以为顾千城会派人去帮他们，可是顾千城不仅没有让人去救他们，还用几人听得到的声音对封似锦和言倾道：“把活下来的希望寄托在别人身上，是最不理智的行为。”

封似锦看到这一幕，不由得摇头：“你呀，心软的时候心软，心狠的时候比谁都狠。”

顾千城淡淡道：“他们自己都不对自己的生命负责，我为什么要替他们操心？我能管他们一辈子吗？再说了，就算我能管他们一辈子，他们也不乐意给我管一辈子。与其让他们死在我看不到的地方，不如死在我眼前。”封似锦说得没错，她要是狠起来，比谁都狠，但是她不会对自己人心狠。要不是明显感觉到承欢他们几个越打越浮夸、越打越不认真，顾千城也不会说这样的话。

顾千城的话既冷情又犀利，承欢和小伙伴们知道等不到救兵，一个个奋力反击，也不敢再像之前那般不要命地打，因为他们现在知道了，除了自己，没有人会在他们有危险时出手相救。

“我们必须改变打法。”承欢立刻做出调整，按战场上的阵法，前锋、两翼、中锋……

“承欢很有天赋。”言倾看到承欢的安排，不由得赞道。

“他的目标一直都是建功立业，在战场上杀出一条血路。我曾告诉他，武功练得好，在战场上杀敌勇猛，只能成为一个成功的武夫，打仗要用这里。”顾千城指了指脑子，“想要建功立业，就要有别人没有的本事。如果有一天，他能做到，杀敌勇猛的人没有他懂兵法，懂兵法的人没有他杀敌勇猛，他就成功了一半。”

言倾仔细琢磨着顾千城的话，不由得笑了：“你这说法倒是有意思。”

顾千城无奈道：“没办法，承欢虽然有些天赋，可并不是天才，他只比普通人强一些，我不能要求他每样都做到最好。”

毫无意外，调整战略后，承欢他们赢了。几个伤痕累累的少年抱在一起，脸上有笑，眼中有泪，却笑得比所有人都开怀，因为他们是凭自己的实力打赢的。

顾千城嘴上说得狠，心里却很心疼他们，第一时间给他们包扎，并等他们一起来吃饭。

不过，顾千城永远是温柔与严厉并存：“谁说受了伤就不用洗衣服了？你受了伤要吃饭吗？”

“啊？暴君，千城姐姐，你绝对是暴君。”几个小伙伴连声怨道，顾千城却完全不理会。

赵王的悬赏，效果不是一般地好，不仅黑道上的人动了心思，就连一些正道人士也相信了赵王的话，想从顾千城手中拿到太子遗物，甚至还有人打起漠北武家的主意。

秦寂言收到消息，无比庆幸自己知道顾千城重视武家后，就立刻派人暗中保护武家那几个人。

“派人将武家人秘密带走。”武家人不能有事，至少不能因为太子遗物而出事。

“是。”暗卫沉声应道，然后壮着胆子问了一句，“殿下，要派人去接顾姑娘吗？”他们已经查到，顾姑娘朝大军赶来了。

顾千城一行人虽然武力值很强，但蚁多咬死象，面对一波接一波的土匪，他们就是再强也会累。

秦寂言摇摇头："不必。"

"传信给封大人、平西郡王和那几家，告诉他们顾千城把封似锦、言倾等人救了出来。不过因为赵王的檄文和悬赏，途中被匪徒盯上，他们现在遇到了危险，能不能活着与大军会合都是一个问题。"秦寂言随手就将此事推给了封大人与平西郡王。

暗卫听到秦寂言的安排，暗赞高明，忙不迭地让人将这个消息，以最快的方法送到京城。

听到孩子们平安的消息，几家人都高兴得不行。当他们看到秦王殿下在信上说，孩子被土匪盯上，安危难测时，一个个怒到不行。

承欢的小伙伴大多出身于有爵位的人家，与皇后的娘家也亲，找几个小官在早朝上说说各地土匪横行的事，简直是再容易不过。有人主动提出，封大人与平西郡王自然是推波助澜，老皇帝听完差点儿惊出一身汗来。

"现在的土匪，已经猖獗到这个地步了？"老皇帝不可思议道。

"皇上，那群匪徒有赵王的支持，已经不是普通的匪徒，他们是叛军。"封大人一句话，就给那群匪徒扣上死罪的帽子。

"既然如此，便发兵剿了。"对于敢挑衅皇权的叛军，老皇帝绝不会心软。

"皇上圣明，万岁万岁万万岁。"封大人双眼闪亮，看向老皇帝的眼神充满敬佩与崇拜。

从收到消息到出兵剿匪，只有三天的时间，封大人与平西郡王的效率高得吓人。消息传到秦寂言耳朵里，秦寂言笑了。

"幸亏封似锦与言倾不在赵王手上，不然就麻烦了。"否则，这两人绝对不会像现在这般好用。

秦王殿下大度地说："千城也算是立了一个大功，西北的事就不与她计较了。"

没有匪徒拦路，秦王殿下相信他们很快就会见面。虽说不计较，有些账还是要算一算的，不然她每次都这么大胆地说走就走，他找谁哭去？

剿匪对匪徒来说一点儿也不陌生，当地官府为了政绩每年都会派兵剿匪。匪徒们想要长长久久地混下去，大多会配合，每年牺牲十几个人，好让当地官府交差，双方达成了微妙的平衡，结果……

这次突如其来、声势浩大的剿匪，打了他们一个措手不及。等到当地官府知晓此事时，军队已经打到了匪徒的老巢。平西郡王兵分十路，由十个亲信副将领兵，以京城为中心朝各地分开。匪徒事先没有得到通知，一打一个准，回头就将证据甩到当地官府面前。

在平西郡王的雷厉风行下，短短十天就灭了大大小小数百个寨子。有些离京城较远的匪徒窝收到消息，立刻将自己的人召回来，以免寨子被官兵找上时缺少人手。于是，顾千城和言倾等人渐渐发现，找他们麻烦的人越来越少。

"这是怎么了？那群人不来了吗？不会是被我们打怕了吧？"承欢的小伙伴们，经过这大半个月的生死之战，面上的青涩被稳重取代。

"许是背后有人出手，把这些人逼退了。"顾千城倒是看得明白。

封似锦赞同地点头："应该是朝廷出了手，只有朝廷才有这么大的手笔。"同时逼得成百上千的寨子收手，普通人根本做不到。

“看样子，赵王此计废了。”顾千城露出一个轻松的笑。

赵王困住顾千城、言倾等人的计划失败，在两军交战中又连连失手，经过数十天的连番进攻，赵王的兵马已露败象，眼见就要守不住了，破城就是这一两日的事。首战告捷，将士们个个斗志昂扬，纷纷请求为先锋，想冲进内城活捉赵王。

打发掉精力过剩的众副将，秦寂言召来暗卫，问道：“他们什么时候能到？”自得知顾千城赶过来了，秦王殿下几乎每天都要问上一句。

“回殿下的话，不出意外的话，明天下午就能到。”暗卫回答这个问题时，声音特别地轻快。

“终于来了……”秦寂言敲了敲桌面，唇角轻扬，带着一丝邪气。

翌日，秦王殿下倒是想留在营地等她，可是战场上他不能缺席。为了减少士兵的伤亡，秦王殿下攻城并不用人冲锋在前，而是用战车、投石车、弩车。战车冲过去，撞得城门都震动起来，投石车远远地往城墙上砸石头，砸进城的石头都能堆成一座山，飞进城的弩箭插在地上，都能竖起一片林子，可见秦王殿下的攻击有多狠。

“我就不信他准备了那么多石头，有用不完的攻城车与弩车！”赵王气得直咬牙，可偏偏这些石头他的投石车用不了，弩箭也没有办法安装在弩车上。不知何时，大秦居然暗中改建了投石车与弩车，投石车上放的石头只有拳头大小，弩箭也变得更加细长，而且全部是木头，他拿来何用?

知晓老皇帝不惜财力、物力支持秦寂言赢得此战后，赵王当即痛哭：“父皇真是偏心，同为他的子孙，父皇眼里从来都只有他们那对父子。”

此时此刻，赵王就是对老皇帝再不满也没用，他已经造反了，根本没有回头路。赢，他拥有天下；输，他一无所有！

经过一上午的轰炸，赵王又损失了一批人，秦王殿下眼看差不多了，便下令撤退。

有副将不解地问道：“殿下，不继续进攻吗？”

“明日，有更重要的战事。”秦王殿下用这句话，回绝了所有人。

中午，回到大营后，秦王殿下下令晚上给众将士加餐。众将士欢呼，高喊：“殿下千岁千岁千千岁！”

有消息灵通的副将，以为秦王殿下是为明天的大战而提前加餐，只有秦王殿下自己明白，他是因为顾千城来了才下令加餐。

秦寂言回到营帐，用了午膳后，便与程将军、众副将一起商讨明日的战事。

“明日，攻城前锋由言将军率领，待到言将军破了城门后，孙将军与雷将军各带五千人从两翼包抄，程将军今晚带五万人赶往青城，断赵王后路。”秦王殿下指着面前的地图，一一下令。

“言将军是谁？是我们想的那个言将军吗？”有大胆的副将问起，秦王殿下也好说话，点头道：“平西郡王世子言倾。”

“他人……”

“下午就会带着他的亲兵出现，明天破城就交给他了，言将军手上有奇人。”既然顾千城要提拔她弟弟，他自然要给顾千城机会。

想成为皇太孙妃——未来的皇后，出身可以低，但身后的势力不能弱。他从现在起，就要为顾千城培植足够的势力，这样才没有人敢小瞧她。

议事完的副将刚走出营帐，就听到外面的将士在喊：“封大人、言将军来了！”

“封大人、言将军？”听到这两个称呼，副将们的第一反应是京中那两只老狐狸，不由得一惊，“那两人怎么会从京城赶过来？莫不是京中出了事？”

副将们忙不迭地迎了上去。营帐内的秦王殿下也想亲自去迎，可是，他出去亲迎一帮小官、小将算什么？

副将们本以为是封首辅与平西郡王来了，这才出来亲迎，一见是封似锦和言倾，当即就有些不自在。这两人出身虽好却是官场新贵，言倾还好，论品级与他们相当，封似锦却只是一个七品小官，副将们裹足不前，一脸尴尬……

这种场合，顾千城与承欢等人是没有资格说话的，言倾不善言辞，封似锦不用想也知道，这个时候只有他自己上了。封似锦出马，就没有摆不平的人。不过寥寥数语，几位副将便眉开眼笑，忘记了刚刚的尴尬，热情地带着封似锦与言倾去见秦寂言。至于顾千城和承欢，他们还没有直接见皇太孙的资格，进来后就被安排在营帐里休息，好吃好喝招待起来。

“姐姐，你说我们这次能上战场吗？”承欢进了营帐就迫不及待地问起。

“放心，一定能。”顾千城十分肯定，因为这次领兵的人是秦寂言，他一定会提携承欢。

“那我就放心了。”承欢嘴里塞满食物，顾千城顺手给他递了一杯水：“吃完再说话。”

承欢傻笑一声，三两口咽下嘴里的东西，喝了口水，然后继续吃、继续说。

秦寂言现在想见的人不是封似锦与言倾，可偏偏他现在能见的，只有他们两人。秦王殿下本想随便问两句，就把人打发走，可是，言倾还好，问什么答什么，秦寂言下达命令，让他明天带着承欢几个去破城。

“末将领命。”言倾知道秦王殿下此举是给他和承欢几个立功的机会。

言倾好打发，封似锦却难缠得很，秦王殿下问一句，封似锦可以答十几句。封似锦话虽多，却每一句都言之有物，众副将听着连连称是，就连秦王殿下也挑不出错来。这一谈就是一个时辰，眼见着到了用晚膳的时间，副将们提议大家一起吃，算是给封似锦与言倾接风洗尘。

秦王殿下眯眼看了封似锦一眼，淡然一笑：“好。”封似锦那点儿小心思旁人不知，他还不知道吗？封似锦能拦一时，还能拦一世？他不急。

众副将见秦王殿下心情颇好，本想闹一闹，再喝个酒什么的，却被秦王殿下一句“明日还有战事”给回绝了。

程将军在大家吃得差不多的时候，主动提议让众人散了：“言将军一路劳累，明日还要上战场，我们得让言将军早点儿回去休息。”于是众人纷纷散去。

回到营帐，秦王殿下好似刚刚才想起承欢几人，说道：“本王记得，陈、薛几家的子弟也来了，让他们来见本王。”

秦王殿下带来的亲兵，自然知晓他真正要见的人是谁，立刻就将顾千城一行人带到大营。

言倾收到秦王殿下要见承欢几人的消息时，默默地看了封似锦一眼。封似锦莞尔一笑：“为君上分忧，还要不着痕迹，我也是不容易的。”

言倾白了他一眼，没有说话。

秦寂言从来没想过，有一天，他会见到一个完全不像顾千城的顾千城。

“你……”秦寂言指着顾千城，脸色瞬间就黑了。

反应最灵敏的当属承欢，他上前一步，挡在顾千城面前，单膝跪下：“请殿下恕罪，姐姐也是没有办法，才会女扮男装混进军营。”这孩子完全弄错了重点。

小伙伴们反应过来，也义无反顾地跪下：“殿下，姐姐这么做也是为了救我们，殿下要罚就罚我们好了。”

唐万斤反应最慢，只傻傻地看着顾千城：“千城，我们是不是做错了什么？要下跪吗？”

“乖，没你的事。”顾千城拍了拍唐万斤的肩膀，示意他退下，自己上前一步道：“殿下，这件事我可以解释，能不能让他们先退下？”

“下去。”秦王殿下本就没有耐心应付这些人。

“可……”承欢不肯走，他的小伙伴们自然也不敢动。

顾千城笑着劝说：“你们放心出去，我不会有事。还有，别在外面逗留，早点儿回去休息，明天还有仗要打。要是因为晚上没有休息好，以至白天出了差错，任何人都救不了你们。”

顾承欢几个果然不敢多说，一个个乖乖起身。一行人一离开，秦王殿下的亲兵立刻退守在营帐外，偌大的帐篷里，只有秦寂言与顾千城两人，秦寂言高傲地别过脸不看顾千城。

沉默许久，最终还是觉得自己有错的顾千城主动开了口。

“咳咳……”顾千城轻咳一声，打破室内的沉默，“殿下，这件事我可以解释。”

“本王等着……”秦王殿下冷着脸，依旧不看顾千城。

顾千城也不生气，诧异地问：“殿下，你现在封了皇太孙，不应该自称‘本宫’吗？”

“我喜欢自称‘本王’，不行吗？”秦寂言瞪了顾千城一眼，“别想转移话题。”

“我没有……”顾千城发誓，她绝对不是转移话题，“殿下，我的头发会变成这个样子，真的是意外。当时去西北大营救承欢他们时，遇到了一队人围捕，头发在打斗的过程中被人割掉，长短不一，我为了方便，就全割短了。”

“你确定不是你自己主动割的？本王收到的消息与你的说法有出入。”秦王殿下摆明了不相信。

“殿下要是不相信我，等拿下赵王后，可以问一问西北大营的人。”顾千城才不会告诉秦王殿下，那天所有见到她割断头发的人都死了。

“知情人全死了，所以你才有恃无恐地骗本王？”秦寂言突然站了起来，双手撑在桌子上，身子往前倾。他很生气。

“才没有。”顾千城吓了一跳，本能地往后退，可刚退一步，就见秦王殿下站直，朝她勾勾手指：“过来。”

顾千城迈着小碎步上前，老老实实地站到秦王殿下身边：“殿下。”

“还记得我是殿下就好。”秦寂言瞪了她一眼，优雅地坐下，冷傲地命令道，“坐！”

坐？坐哪儿？

顾千城左右看了一眼，这帐篷内可以坐的地方，只有秦王殿下面前的桌子和秦王殿下的大腿！顾千城选择坐在秦王殿下的大腿上。

顾千城身子一软，便坐了上去，双手环在秦王殿下的脖子上，轻声唤了一句：“殿下……”

“本王……没说让你坐腿上，你可以坐桌子上，或者地上。”秦王殿下搂住顾千城的腰，心情大好。

“地上和桌子上多硬，我就喜欢坐在你腿上，不可以吗？”甜言蜜语像不要钱似的，一句接一句地倒出来，“我们都这么久没见了，你知道我有多想你吗？让我坐一下又不会怎样。”

见秦王殿下脸色稍好，顾千城又开始诉说自己这一路的艰辛与秦王殿下的重要性：“殿下，你就别生我的气了，我一出来就后悔了。没有你在身边，我什么事都要自己安排，刚开始什么都不懂，手忙脚乱的，有好几天都饿肚子，晚上连个睡觉的地方都找不到，你不知道我当时多希望你在身边，做梦都想让你陪在我身边。”

“真的？”秦寂言的语气恢复正常，一肚子的郁闷与不满，瞬间就消了大半。

“当然是真的，不信你问唐万斤。这一路上我们两个不知多可怜，我成天念叨着你的名字，多希望你出现在我面前。”顾千城搂着秦寂言的脖子，整个人都埋在他的怀里。

“你呀……就不能等等本王吗？急急忙忙去西北，你真要去，本王还能拦着你不成？”秦寂言听到顾千城的话，心疼得不行，哪里还有不满？

“我知道呢，我当时完成十五天特训后，还去京城找了你，可那个时候城门戒严，根本进不去，我们想了好些办法，还是不行，最后只得先一步去西北。”卖好的话，顾千城也会说，反正事情都过去了，现在怎么说都行。

“你当时回了京城？待了几天？”秦王殿下抓住重点，怒火升起。当然，这怒火不是针对顾千城，而是针对暗卫，“本王手底下的人，果然越来越没用了。”

“殿下，你也别怪他们。当时情况紧急，大家的注意力都放在赵王叛乱上，小事上有所疏忽在所难免。”顾千城不求情还好，越求情秦王殿下越生气：“这不是小事。”顾千城的事，什么时候是小事了？

看到顾千城可怜兮兮的样子，秦王殿下咬牙切齿道：“撒娇、卖乖，就是为了让本王不处罚你，对吗？”

“才不是呢，我是怕你气坏身子，最后还不是我心疼。”顾千城坚决不承认她今晚所做的一切，都是为了逃脱处罚。说着，顾千城吧唧在秦寂言脸上亲了一口。没有意外，秦王殿下脸上的笑容更大了。

秦王殿下大度地说："去西北的事，本王不与你计较了。不过，你突然把头发削短，以后怎么见人？"

"不用担心，最多一年就能长起来。"顾千城觉得短发更方便，就连洗头也能省不少时间。

"一年，万一本王不到一年就登基了呢？你要让本王登基的时候没有皇后？"秦寂言一脸别扭地说道。顾千城当即愣住了，傻了半天才反应过来："殿，殿下，你这是在求婚吗？"

"当然……（不是。我要娶妻，哪需要开口求婚！）"可是"不是"两个字还没说出来，秦王殿下的嘴就被顾千城用吻堵住了。

一吻结束，秦王殿下抱着气喘吁吁的顾千城别扭地说："本王都求婚了，你说说，你什么时候嫁我？"

"待我长发及腰，立刻嫁你。"顾千城也回答得痛快。

哄好了秦王殿下，接下来的事情就好办了。顾千城顺利地以男儿身份留在军中，而秦王殿下则利用职权，直接把顾千城调到身边当贴身小兵。

今天攻城，秦王殿下是主帅，他不需要出手，只需要指挥作战即可。十万大军一字排开，气势如虹。全场寂静，一个个都睁大眼睛看着前方，眼中闪烁着炽热的光芒。

十多天过去，赵王的箭伤已无大碍，为了鼓舞士气，他亲自带兵迎战。

"咚咚咚……"时辰一到，战鼓响起，令旗挥舞。紫黑色的令旗上绣着一匹狼，赵王看到这面令旗，整个人都不好了：平西郡王……不，言倾与大军会合了？

看到言倾出现在战场上，不用想也知道，那个力大无穷、独闯西北大营、一拳打破城墙的猛士必然也在。

"加固城门，立刻调三千人堵住城门。"赵王立刻下令。副将一脸不解，正欲询问，就听到赵王说："那是平西郡王府的令旗，今日言倾必打头阵。"

副将一听，当即脸色大变，未战先怯。言倾不可怕，可怕的是跑到西北大营救言倾的那个浑蛋。

"自乱阵脚。"秦王远远看到城墙上的骚动，便猜到是怎么一回事。和赵王的焦急烦躁不同，秦王殿下气定神闲地下令："攻城！"

"咚咚咚……"战鼓敲得又快又急，言倾收到命令，与唐万斤打马冲在前面，承欢等人则推着战车紧随其后。左右两侧是两路大军，负责保护他们。

"冲呀！"承欢身先士卒。这是他人生中真正意义的第一战。他一定要成功，一定要步步高升，一定要成为姐姐的倚靠。

"射死他们。"密密麻麻的利箭从城墙上往下射，幸亏承欢等人躲在攻城车下。

"丢石头，给我砸。"秦王殿下用投石车掷上去的石头，这个时候则被赵王的人拿来反砸承欢他们。

万箭齐发，织成一张巨网。承欢等人飞快地抽出战车里的盾牌，挡在自己头顶上。

今日一战虽不是首战，可不管对秦王还是赵王来说，都是最重要的一战。如果秦王赢了，没有意外，绝对可以在极短的时间内，把叛乱平息下来，巩固他皇太孙的地位。如果赵王赢了，虽说不能一鼓作气打到皇城，抢到皇位，秦王殿下名声必然受损，到时候赵王就有更多的胜算。

“拦住他们，别让他们接近城门。”随着赵王一声令下，越来越多的石头与利箭从城墙上射下来，砸在了盾牌上。

看到唐万斤与言倾距离城门越来越近，而他调来挡城门的人还未到，赵王立刻让士兵从城墙上往下倒火油。

“小唐哥，不好了，他们要放火烧死我们，你快点儿撞开城门呀。”小伙们镇定地站在自己的位置。

万能的小唐哥抬头往城墙上看了一眼，果然看到很多人举起火把，当即喊道：“我去砸城门。”

唐万斤一拍马屁股，猛地往前冲，可把跟在他旁边的言倾吓坏了：“唐万斤，你给我停下！”言倾无奈，只得打马追去。

赵王看到言倾与唐万斤落单，立刻下令：“全力射杀言倾与唐万斤。”

一时间，九成以上的武器对准了言倾与唐万斤。言倾不是唐万斤，他只能停下来应对，而唐万斤则只身冲到了城墙下。唐万斤中了三箭，虽不在要害，却鲜血淋漓。他在出征前就被顾千城交代过，身上要是中了箭，一定不能把箭头拔出来，只能把箭砍断。

敌我双方都很清楚唐万斤冲到城门下代表了什么。秦王的兵在唐万斤身后高喊：“打破城门！打破城门！”

“拦住他，快拦住他。”赵王急切地大喊，守城的小兵则拼命地往唐万斤身上丢石头。

唐万斤左闪右躲，虽然被砸中好几下，却没有阻挡他前进的脚步。顾千城说了，只要他把城门打破，秦王殿下就会封他做破城将军，他以后就是威风凛凛的大将军了。

突然，一块大石从天而降，正中唐万斤的头顶。

“小唐哥……”承欢等人大喊，眼眶都红了。可就在所有人都以为唐万斤会倒下时，轰隆一声巨响，城门被砸破，唐万斤一脸是血地站在城门下，身子摇晃了两下，继续抡起拳头朝城门砸去。

“攻城！”言倾一声令下，十万大军蜂拥而上。城门已破，这时再攻城简直是事半功倍。

“该死！”赵王匆匆下了城墙，气愤不已，“拿枪来！”接过护卫递来的长枪，赵王二话不说朝唐万斤掷去。

“噗——”长枪从唐万斤背后穿过，直接穿到了前胸，唐万斤吃痛，愣在当场，可想到顾千城的话，只能任鲜血直流。

言倾看到这一幕，再顾不得危险，以最快的速度冲到唐万斤身边，将露在外面的长枪砍断，一把将人拉上马背：“唐万斤，你给我坚持住。我这就送你去找千城。”言倾救下唐万斤，便在承欢等人的掩护下往回冲。

秦王殿下远远看到，立刻派亲兵抬了担架过来：“言将军，人交给我们吧。”言倾干脆地把人交给亲兵，打马返回战场。

战斗已到白热化阶段，地上的尸体越来越多，根本没有下脚的地方。城墙也被秦王殿下的兵马占据，他们一行人已经打进主街，准备消灭赵王主力。就在此时，一群普通百姓，被手持长枪的士兵驱赶到战场上。

赵王骑马出现，对秦王殿下的兵马道："让秦寂言退后，不然我就杀了这些百姓。"

"赵王，你卑鄙无耻，他们是无辜的，你放了他们，我们来打。"一个脾气暴躁的副将握刀就要往前冲，却被言倾拦住："不得冲动。"

言倾看向赵王，神色平淡地说："赵王，你这是什么意思？拿全城百姓的性命要挟朝廷？"

"言将军说的什么话，什么要挟不要挟的，真是难听，本王只是让我那好侄儿乖乖退兵。毕竟都是一家人，哪有隔夜仇。"

"赵王，你造反在先，现在又不顾百姓的生死，你怎么对得起皇上？"言倾当然不会放过他。

"住嘴！本王的事轮不到你来说。"赵王气极，抽刀就朝言倾砍去。就在此时，秦寂言打马上前："赵王叔，住手。"

"寂言，你胆子不小，居然敢过来。"赵王见到秦寂言出现，嘴角一抽。

"赵王叔在这里，本王有什么好怕的？"秦王殿下神色平静地看向赵王，以及站在双方中间的普通百姓。这些普通百姓被赵王赶出来，早就吓得不轻，现在见秦寂言走出来，一个个慌忙跪下，却哆嗦着不敢开口。

秦寂言的眼神越过他们，看向赵王："赵王叔，你这是什么意思？拿这些无辜百姓的性命来掩饰你的失败吗？"

赵王皮笑肉不笑道："寂言，我不想和你废话，让你的人退兵。"

"如果赵王叔同意放过全城无辜的百姓，本王就是退兵又何妨。"今日退开，并不表示永远后退，赵王连这样的主意都用，可见他已无路可走。

"只要你退兵十里，我便放过全城的百姓。"赵王也不敢真拿全城百姓的命一直威胁秦寂言，毕竟这是大秦的国土。

"好，本王退兵。请赵王叔记得自己的话。"秦寂言得了赵王的承诺，二话不说就下令退兵，不过临去前不忘挖个坑给赵王跳："赵王叔，你今日的所作所为，丢尽了我大秦皇室的脸面。我大秦皇室从来没有置百姓生死于不顾的人，你不配姓秦，也不配让本王叫你一声王叔。从今天起，你便不再是我大秦的赵王，也不是大秦皇室中人。"说完这话，秦王殿下打马离去，留下赵王气得想要杀人。

"皇太孙殿下说得是，狗贼，你不配为大秦人。"言倾又补了一句。其他人见状，有样学样，一个个呸了赵王一句才离去。

"赵狗贼真不要脸，打不过我们，居然把城里的百姓赶出来，简直是无耻至极。"将士们一路骂骂咧咧，气愤难平。

另一边，赵王通知众将领："时辰不早了，趁朝廷兵马撤退，我们赶往下一座城池。"

这座城，城墙被砸，城中的存粮也被他洗劫一空，现在还失了民心，留在这里只有坏处没有好处，不如退守他城。

不过是短短半个月，城内有价值的东西全被赵王榨干，满城的百姓连今晚的吃食都没有。

秦王殿下一路走来，眉头直皱。

"殿下，我们现在怎么办？我们的粮食，也不够全城百姓吃几天。"副将忧心忡忡。

"先把今晚解决了，本王自会让人调粮来。"这里的情况瞒不住，也不需要瞒，他会让天下人都知道，赵王是如何对待百姓的。

得民心者得天下！

秦寂言道："让封大人将此地的情况写成折子速速送到京城。"他要断了皇上对赵王的最后一丝父子之情。

"是。"副将不敢耽搁，转身就去找封似锦。

秦寂言又对身后的亲兵道："找言将军来见本王。"

将士们草草地将官府收拾干净，秦寂言就暂时入住在此。言倾听到秦寂言召见，立刻就跑了过来："殿下。"

"安排人手将城中的百姓登记造册，本王不希望这里面有赵王的人。另外，明日给本城的百姓分发粮食，你带上承欢他们。"

"末将听令。"言倾双手握拳，一脸认真。

"今晚辛苦一些，好好巡视，本王不希望有任何遗漏之处。"相比其他人，他更相信言倾的办事能力。

言倾走后，又有几个副将进来，分别报告侦察的结果和城内的情况。城内的情况很糟糕，不过只要撑上两个月，就到了收获粮食的季节。赵王还算有良心，没把良田给毁了。

"殿下英明，赵王果然带兵朝英州城的方向逃了，程将军定能拦下赵王等人。"副将想到能把赵王捉住，就一脸激动，秦王殿下却泼了他一盆冷水："程将军手上只有五万人，想要拿下赵王是不可能的事。"

"这，这……"副将一脸纠结，秦寂言也不想与他多说："你们下去，将人安排好，明日出征。"他并不需要程将军拿下赵王，只需要程将军拖住赵王即可。

"末将听令。"副将们明白秦王的意思，立刻应下，不过……粮草怎么办？但是，这话他们不敢直接问秦王殿下，只好悄悄去问言倾，而言倾却让他们去找封似锦。

"几位将军不必担心，殿下既然敢把粮草留给城中的百姓，必有应对之策，几位大人到时候就知道了。"封似锦什么也没有说，可几位副将却安心了。

一天之间，封似锦手中的工作多到让人头痛，偏偏他还不能说什么。

第六章
抢，秦王殿下太坏了

战争过后，善后工作必须要做好，言倾等人忙得不可开交，秦王殿下也好不到哪里去。

赵王离开前，除了将城中的粮草都劫走了，城中富商家中的金银也被抢空。官府中凡是不臣服赵王的人皆被杀，而投靠他的人则一起被带走了，整座城没有一个当官的在。总而言之，赵王给秦王殿下留下的麻烦可谓极大，秦王几乎要重建这座城的秩序。

“官员仍旧用当地的，将本城的富商与读书人召来，本王明日要见他们。”相比之下，百姓只是损失粮食，富商和读书人就惨多了。因为赵王残暴，有不少读书人大骂赵王，惹得赵王杀了不少人；而富商中给银子稍慢的，或者不肯助纣为虐的，都被赵王宰了。秦王殿下想要恢复这座城的元气，没有个三五天肯定不行。

刚把事情交代完，言倾便进来禀报，他们找到了十六个可疑的人，城中的百姓都说不认识他们，没有意外的话，必是赵王的人。

“带下去拷问，问不出东西，明天推出去杀了。”秦王殿下虽然为了城中的百姓后退十里，却不是心慈手软之人。

“是。”言倾说完可疑人员，又说了城中的人口数量，最后一句是：“我们的粮草，如果供城中百姓与大军吃用，最多只能支持七天。”

“今晚好好休息，明日带三万人马出城。”秦王殿下比言倾更了解军中粮草的数量。

言倾一听就明白了，双眼猛地一亮，连连点头：“末将知道该怎么办了。”

赵王将城中的粮草与金银全部劫走，辎重必然是一大负担，这个时候他们动手打劫一点儿，似乎不是什么难事。言倾明白，秦王殿下那么干脆地放赵王走，想必是早就有了想法。

秦寂言送客道：“时辰不早了，言将军让你手底下的人早点儿休息，别耽误明天的事。”

“末将领命。”言倾欠身退下。

秦寂言他们在前线奋斗，顾千城躲在后面也没闲着，为大家准备药材、熬药，为军医减轻负担。这么一忙便到半夜，仅仅比秦王殿下早回来一刻钟。

“回来了。”顾千城见到秦王殿下进来，就走向一旁放盆子的架子，将毛巾打湿递给秦王殿下，“擦擦。”

“没手。”秦王殿下手里拿着卷宗，真的空不出手来。

“耍赖。”顾千城笑了一声，扬扬手中的毛巾，“坐下来，你太高了。”

秦王殿下听话地落座，也不将手中的东西放下，微仰着头，示意顾千城上前。顾千城摇了摇头，上前帮秦王殿下擦拭脸上的灰尘，却被秦王殿下抱入怀中：“抱一下，很快就好。”

顾千城依在秦王殿下的怀里，感受着他身上气息的变化……

次日，天还未亮，言倾就带着三万兵马出城了。除了原有的兵马，当然还有唐万斤和承欢一行人。而封似锦则留在城内协助秦王殿下处理战后事宜。秦王殿下对于自己压榨封似锦一点儿也不觉得愧疚，不仅让封似锦一个人负责全城的政务，还将原属于自己的工作分了一半给他。

秦王殿下看了一眼外面的天色，放下手中的笔，拍了拍袖口道：“时辰不早了，本王该回去了，封大人慢慢做，做不完可以带回去。当然，封大人若想留在这里办公，本王会让人给你送饭。”

封似锦俊脸泛黑：“殿下……”能不能不要这么无耻。

“有事？”秦王殿下脚步一顿，回头看向封似锦，态度从容到让封似锦咬牙切齿。

“殿下，城中的官员需要你最后定夺，下官不能做主。”

“无妨，你将名单定出来，本王最后定夺便可，本王相信你。”秦王殿下留下这句话，从容地从封似锦身边越过。

秦寂言今天回来得早，他回来时，顾千城还在后院忙着将药草磨成粉。秦王殿下在后院看了一眼，并没有打扰她，而是转身折回房间。沐浴更衣过后，秦王殿下便让暗卫将西北与西胡的消息送过来。

赵王是一个麻烦，不过最大的麻烦还是西胡。西胡那边收到消息，得知赵王和他打了起来。西胡要是此时发兵，大秦还是有点儿压力的。虽然他早有准备，且有风遥，但仍不免要多关注几分。

“真是一件麻烦事。”西胡私下一直与赵王、周王有联系，西北的大门就是赵王为西胡打开的。如果周王再在京中捣个乱，他根本等不到援兵。在没有援兵的情况下，凭借手中二十万兵马，要如何抵挡西胡大军、守住国门？

“看样子，只能从赵王的几个儿子处着手了。”秦王殿下手指轻点，看似漫不经心，实则眸光冷冽，没有一丝温情。这个时候，别说堂兄弟，就是亲兄弟也照样算计。

赵王怕秦寂言派兵追他，一路不敢停歇，带着兵马狂奔。当天夜里，赶到十里崖后，先派人探查一遍，确定没有伏兵后，挑了一个易守难攻的位置扎营，晚上召集一干幕僚议事。他们正在商讨对付秦寂言的法子，还没有商讨出个所以然，外面就传来一阵喊杀声。

“夜袭，快，准备作战。”号角声响起，营中刚刚躺下的士兵听到声音立刻跳了起来，紧急集合后，立刻朝有战火的地方冲去。

“程将军？”西北将领看到领兵的人，一脸的震惊，随即又了然地点头，“我就说昨天的战场上少了谁，原来是少了程将军。没想到程将军居然在这里以逸待劳。程家什么时候这么听话，连偷袭这种勾当都干得出来。”

“少废话，乱臣贼子，人人当诛，我老程做什么，关你什么事？”程将军是个暴脾气，面对西北将领的冷嘲热讽，直接一刀砍了过去，“儿郎们，给我上！杀了这些乱臣贼子！”

“冲呀！”黑暗中，程将军带来的五万兵马，拼命朝一个方向奔。

“区区数万人，也敢来挑衅，真是找死。把弩车推出来，给我狠狠地射，我要让他们全部死在这里。”赵王走出来，看到眼前的局面，立刻下令。

数十架弩车一字排开，弩箭对准程将军和他的兵马。程将军嘴角露出一抹邪笑，一声令下，一大拨人立刻后退，毫不恋战。

“想跑？没那么容易，给我追！”赵王自然不肯就此放过程将军，他们很需要一场胜仗来鼓舞士气。

赵王的兵马白天走了一天、晚上追了十里，竟然还没把人追丢。这时，有几匹较弱的马直接累倒在地。

“不好，中计了！别追了，快回去。”赵王脑中倏地闪过一道灵光，突然明白了秦寂言的意图。

“传我命令，大军立刻出发，赶往青州城。”赵王命传令兵火速折回大营传达命令。

传令兵带着赵王的命令，立刻打马折回，却在半路被伏兵当场斩杀。等赵王一行人赶到大营时，才知传令兵根本没有回来。

“该死。”赵王连口水也没来得及喝，就下令大军拔营前行。

秦云楚睡得正香，听到外面乱哄哄的，没好气地踹了身边的顾千雪一脚。顾千雪瑟缩了一下，没有闪躲，跪在地上服侍秦云楚起来。

“一天到晚像丧家之犬一般，被人赶得到处乱窜，没有一刻安稳，哪有待在京城好，真不知父王在想什么。”秦云楚骂骂咧咧，心情极糟。

正在这时，有一个小太监模样的人走了进来，道：“我的世子爷，大军在外面，就等您了，王爷刚刚还问起世子爷在哪里呢。”

“父王会问我？”秦云楚半点儿也不信。

“哎哟，我的世子爷，王爷当然是关心你的，他只是太忙了，手上要管的兵马太多。虽然有二公子和三公子帮忙，可两位公子毕竟名不正、言不顺的，底下人也不服呀。”小太监说到后面，声音压得极低，外面的人根本听不到。

“底下的人不服他们？”秦云楚只问重点。小太监重重地点头：“那当然，二公子和三公子一不是王爷、二不是世子，下面的小兵怎么会服他们？那些个小兵呀，只认王爷和世子。”

“你说的是真的？”秦云楚心中一动，想到这段日子一干将领对自己的冷淡，又心生怯意。

小太监只当没有看到，一脸肯定地说：“当然是真的，底下的人不认世子还能认谁。不过……”

“不过什么？”秦云楚追问。

小太监一脸尴尬地答道：“不过王爷似乎更看重二公子和三公子。有了王爷的支持，二公子和三公子这段时间也收服了不少人，恐怕时间一久，大家也就忘了世子爷，顶多就剩几个忠心耿耿的人还记得世子爷了。”

“你说的是真的？”秦云楚听到有人还记着他，心中很是欢喜。

小太监连连点头：“您要是不信，我稍后就带他们来见您。军中有不少人记得您才是正统的继承人，只是您不管事，我们这些忠心者一点儿办法也没有，只能被其他人排挤。”

小太监为了煽动秦云楚，真是不遗余力。

西北大军效率极高，赵王一声令下便整装待发。这一路上，他们都不能休息，必须尽快赶到青州城。只有进了城，他们手上的粮草和金银才安全。

赵王带人走在前方，两个儿子也在中间压阵，而他们不知，秦云楚正在后方与支持他的人秘密接触，并在他们的煽动下，起了与两个兄弟一争高下的心思。而且因为赵王的冷落，秦云楚在军中活得如同隐形人，他的小动作自然没有人注意。

大军一路小心翼翼，直到天光大亮，众人才松了口气。吃了馒头喝了水后，继续上路，可没有走两步，前方探路的人就来报：“王爷，前方的路被巨石堵住了。”

“派人清路。”赵王眉头紧皱，他有一种不好的预感，可又不知具体是什么。

一支千人小队上前清路，只是当他们看到挡在面前的石堆时，全都傻眼了。拦住赵王去路的石堆，可不是几块小石头，而是一块块巨大的石头，而且紧紧地叠在一起，连缝隙都极少。一千人要清理一个石堆，大约需要半个时辰左右，可是当他们清理掉第一个石堆后，发现前面还有三堆。

“快，报告给王爷知晓。”

赵王听到前方的路上一连有四个石堆，气得鼻子都歪了：“姓程的是怎么做到的？”

“石头是从山上滚下来的。”探查消息的小兵顺着痕迹爬到山上，查到一点儿火药末子，“王爷，卑职在山顶上发现了这个。”

只有薄薄的一层，可赵王一闻就明白了：“这个东西寂言在西胡用过。”

西胡人曾拿炸药粉末问过赵王，可惜赵王也不知道那是什么玩意儿，至少兵部的人从来没有给他的兵配置过那样的武器。

“尽快清理干净，我们必须立刻离开。”时间拖得越久，赵王就越不安。

时间一分一秒流逝，又过了半个时辰，两堆石块都清理干净了，现在只剩下最后一堆石块，快的话两刻钟就可以弄好。听到这个消息，赵王暗自松了口气，可就在此时，后方监察的小兵突然跑了过来：“王爷，言将军领着朝廷的大军追来了！”

言倾在路上与程将军会合，将程将军手中的五万人马编入他的队伍，带着八万人马追了过来。八万对上赵王十几万人马，虽然没有太大的胜算，可是言倾并不是来打仗的，而是来抢粮草的。

城中，暗卫将消息一一传到秦王殿下手中，秦王殿下也不避讳顾千城，看完后就放到顾千城面前。

“楚世子真的上当了？”对于煽动楚世子的计划，顾千城一直不看好，理由是楚世子这么笨，真的能扶起来吗？

秦王殿下也考虑过，可除了秦云楚，他找不到第二颗好用的棋子。要打入赵王内部，只有秦云楚这个处在人生低谷、又不够聪明的人才好煽动，至于太笨扶不起来这个问题，秦王殿下只希望秦云楚在争权的时候能聪明一点儿，争不过赵王不要紧，只要争得过他那两个弟弟就成了。

赵王手边的粮草非常多，再加上那些金银珠宝，一路需要上万人押送。赵王虽然熬了一夜未睡，可他此时的精神非常好，一边指挥大军摆阵，一边让人看管辎重，无论如何都要保住这批粮草。

“嗒嗒嗒……”如同山河震动，一阵马蹄声响起，赵王光听这声音就知道对方以骑兵为主，人数绝对不少于三万。

“全力应战，绝不可让他们接近辎重。”言倾的兵马越来越近，赵王的命令也一个接一个下达。

当言倾带着八万人马赶到时，赵王这边已防得滴水不漏。言倾的兵马还没有停下来，赵王就一声令下，命大军冲锋。

“杀！”随着西北大军的喊声，一场生死之战就此拉开序幕。

言倾与赵王的主力交上手，牵制住赵王大部分兵力。承欢和他的小伙伴则带着一队人马，去攻破辎重的防线。赵王知晓秦寂言的目的后，调派了大量兵马看管粮草，承欢一行人想要冲破防线并不容易，可是，他们有唐万斤呀。

唐万斤上前，一拳就将挡在面前的盾牌连同身后的人全部打飞了。承欢几人的下巴都快掉下来了。其临出发前，千城姐姐明明还叮嘱他们说小唐哥生病了，身体很虚，要多照顾他一点儿。

“唐万斤？怎么可能？”赵王傻眼了。他明明看到唐万斤身受重伤，不死必残，根本不可能三天不到就活蹦乱跳地出现在战场上。

有唐万斤在前面开道，承欢几人迅速冲破了赵王布下的防线，一步步接近粮车。

“大家仔细一些，粮草要，金银珠宝不要，尽可能全带走。”承欢看到一车车的粮草，火速对身后的小兵下令。

“拦住他们！”赵王眼见承欢他们就要对粮草动手，立刻调派兵马过来，可言倾哪里会给他机会：“你的对手是我！”

有言倾为他们争取时间，承欢一行人的行动更顺利了，不多时就开始往回搬运粮草。看着自己的粮草被人推走，赵王又气又急，立刻从中军调出一队人马，让他们去拦截承欢等人，务必将粮草留下。

而就在言倾与赵王打得如火如荼时，风遥终于收到命令，带兵前往西胡与大秦边境。

西胡正式对大秦宣战！

西胡宣战的消息第一时间传到秦寂言的耳朵里，秦王殿下不仅没有担心，反倒是一脸轻松：“总算开战了。”西胡越早开战，对他们越有利。

“是呀，总算开战了，西胡这个时间选得真好。”顾千城也露出笑颜。

虽说西胡挑了最乱的时候，此时赵王的实力也很强大，可也有好处，那就是大秦的国力没有被赵王的叛乱拖垮，兵力也没有被牵制多少。

听说风遥是此次的主帅，顾千城不由得震惊了：“西胡皇帝这么相信风遥？”五十万兵马全部交给风遥，这可是西胡一半的兵力。

“前不久西胡皇帝遇到刺杀，风遥舍命救了他。刺杀他的黑手，正好是西胡手握兵权的鹰王，西胡皇帝削了他的兵权。这次出征，西胡倒是有好几位人选，可惜在互相攻击中纷纷出事，最后反倒便宜了为救皇上而受伤的风遥。”秦寂言耐心解释了一番，当然里面的一些勾当秦寂言没有说出来。

“要讨西胡皇帝信任还真简单。”和老皇帝相比，西胡皇帝真的太好哄了。

“帝王疑心重，西胡皇帝虽然狠辣，可也算是三国皇帝中最简单的一个。”

顾千城虽然没见过西胡皇帝，却有所了解，点头附和，同时问道：“北齐皇帝有意动吗？”北齐比西胡难缠多了。

“孟家人传来消息，北齐皇帝倒是想动，太后的病似乎有所好转，北齐皇帝现在很忙。”太后的病情能够好转，自然是孟家人的功劳。

“让他们自己斗吧，我们先解决眼前的事情。”顾千城打了个哈欠，有些犯困了。

秦王殿下看了一眼时间，有几分自责，让顾千城赶紧去休息。可她刚起身，先锋官便给秦王殿下报信：“殿下，程将军和言将军带着大批粮草回来了。”

“好，程将军和言将军立下大功，本王要亲自去接他们。”秦王殿下带人赶到营地外时，程将军和言倾正好回来。两人看到秦王殿下，远远地下了马，大步上前，单膝跪地，道：“末将幸不辱命！”

秦寂言扫了一眼，见抢来的粮食不比他们原来军中的存粮少，冷傲的脸上不由得露出一抹赞许的笑容：“众将士辛苦了！”

众人高呼“殿下英明”，声音响彻云霄。

赵王与言倾一战，二公子受了伤，粮食也被抢了三分之一。

“浑蛋！”与秦寂言交手以来，他还没有大胜过，这绝对是耻辱。

“到了青州城，我们好好休整一番再杀回来。”当务之急就是把剩下的粮草运回去。这些粮草，是他们接下来作战的根本，绝不能再有损失。

赵王二公子受伤，秦云楚的机会就来了。在有心人的提点下，秦云楚帮着赵王做了不少事。赵王见秦云楚肯踏踏实实做事，也给了好脸色：“你这样很好，要能就此改过自新就好了。”

秦云楚闻言，面上欢喜，心里却恨得不行。他就知道父王不待见他。什么叫“改过自新”？他犯什么错了？不过秦云楚并没有与赵王顶撞，而是乖乖地应是，在赵王能看到的地方老实地做事。

赵王带着余下的部队火速退回青州城。一到青州城就收到了西胡出兵的消息，同时还有西胡皇帝写给赵王的国书。西胡皇帝找赵王“借道”，西胡大军要借西北边境进入大秦。

“借道”只是个说法，实际上赵王勾结西胡，为西胡攻打大秦大开方便之门，这本来就是谈好的事。对赵王来说，大秦地大物博，如果西胡能够助他夺得皇位，分几座城给西胡又有什么关系。左右等他坐稳了皇位，还能再把西胡打回去。

赵王象征性地拿出西胡的国书，征求幕僚们的意见。幕僚都知道内情，和往常一样，支持的、反对的都有。双方经过一番口舌之争，最后自然是支持者占了上风，而赵王在一众幕僚的劝说下，最终答应让西胡“借道”。

西胡五十万大军压境，还与赵王勾结，西北的局势十分危险，秦寂言给老皇帝写信时，又多添了二分，就差直接说国之将破了。事实上，面对七十万大军，要不是此次西胡领兵的人是风遥，秦寂言绝对无法冷静地坐在大营里品茶。

一干副将讨论得热火朝天，急得嘴角都起泡了，秦王殿下也听得认真，只是那态度却没有多少紧张。

“殿下，这事你不担心吗？”程将军藏不住话，立马问了出来。

“五十万大军压境，你说本王担不担心？”秦王殿下不答反问，程将军指着他面前的茶杯：“这不是……”看殿下你半点儿也不急嘛。

“不是什么？本王连喝杯茶也不行吗？”秦寂言捧着茶杯，一脸不满。程将军慌忙摇头：“不，不是。”

“不是最好。”秦寂言放下茶杯，“西胡五十万大军压境，赵王二十万大军虎视眈眈，本王怎么可能不急？可急有什么用？我们再急也改变不了赵王勾结西胡的事实，与其在这里吵架，不如想办法拖住西胡的大军，好让我们等到援兵。”

“我们根本拦不住西胡的兵马。”程将军垂头丧气地说，就像斗败的公鸡。

“拦不住也要拦！”秦寂言知道他能等到救兵，而且很快。平西郡王蒯匪的兵马就有十五万，现在还没有回京，如果没有意外的话，最快的一支兵马，不出五天就能与他们会合。

“西胡离我们尚有千里之遥，我们可以先拿下赵王或者削弱赵王的兵力，先解决赵王这个隐患。”言倾上前一步，提出自己的意见。

言倾的话一出口，立刻有人反驳：“不行，如果我们现在和赵王打得两败俱伤，西胡人岂不是捡便宜了？”

“不打的话，等西胡与赵王会合，我们的压力会更大。到时候七十万兵马一出，我们根本没有抗争之力。”也有人赞同言倾的方法。

“等我们打得筋疲力尽，面对西胡五十万人马，我们也没有胜算。”

……

双方各说各的理，谁也说服不了谁。直到秦王殿下喝完第三杯茶，这些人才停下来，各自派了个代表说道：“请殿下定夺！”

下面的人决定不了的事，自然是由主帅说了算。秦寂言也不客气，直接道：“青州城没有必要攻下，将赵王困在里面，让他无法与西胡大军联手即可。罗将军，你带一万人马去守住那条小道，一旦赵王出兵，不惜一切代价也要拖住他们。”

“是。”罗将军上前领命。

“言将军，带你手下的兵，将城墙修好，在城门两百米外挖一战壕。”他们主要的敌人，还是即将打过来的西北大军。

“是。”言倾虽然提议先打下赵王，却不会反对秦寂言的命令。

秦寂言一一点名，在场的众将每个人都有自己的任务。

听到秦寂言的命令，众人也明白，秦王殿下这是以防守为主，尽量保存实力，避免与西胡大军正面交锋，只是……

西胡人也知道这一点！

秦寂言想要保存实力，等待援兵，而西胡人则要速战速决，尽快解决秦寂言手中的兵马，免得让他等到援兵，实力大涨。

西胡的主帅是风遥，风遥可以暗中帮秦寂言，可西胡军中并不是风遥一个人说了算。而且，风遥现在军中的心腹太少，他现在要做的不是坑西胡人，而是一步步在军中建立威信，让西胡上下看到他的实力，然后，在最关键的时候倒戈一击，给西胡致命的打击。

得到赵王的回信，风遥立刻出兵，正式踏上大秦的国土。西胡与大秦之战，由此拉开序幕！

西胡大军压境，城内的气氛越来越紧张，不仅仅是将士们，就连城中的百姓也战战兢兢。他们刚刚被赵王洗劫一空，现在西胡人又打来了，城中的百姓再度陷入绝望中。好在顾千城提前发现了问题，让秦寂言派人去安抚百姓，同时还吸收了不少青壮年进来，充作临时新兵。城中的妇人也自觉出来帮忙，减轻军中后勤人员的负担。

军民共助，城内的气氛虽然依旧压抑、紧张，到底比之前好了一些，至少不会在街上看到一个人，就是一副绝望的样子。

大战在即，每个人都忙忙碌碌的，顾千城这几天已将城中的草药全部处理好，现在突然闲下来，还真是不习惯。

顾千城觉得，自己在战场上根本帮不上忙，还要秦王殿下抽调亲卫保护她，实在是浪费人力，便向秦寂言提出回去的事。

“殿下，大战在即，我留在这里只会添乱，不如先回京城。”顾千城征求秦寂言的意见。

“回京城确实安全一些，可本王不放心你在这个时候回去。”秦寂言当然不想让顾千城走，可接下来的局势只会越来越恶劣，顾千城就是留在这里，他也没法把人照顾好。

“我有自保的能力，你再派两个暗卫保护我就行了。现在兵荒马乱的，虽说外面不安全，可也不会有人刻意盯上我。”知晓顾千城躲在军中的人不多，再说了，赵王正忙着打仗，也没有时间盯她。

“好吧，那本王派人护送你回去。”秦寂言加重了抱住顾千城的力道，“希望等本王再见到你时，你的头发已经长长了。”秦寂言看着顾千城的短发，眼中闪过一抹杀意。这笔账他会找赵王和西北大军要回来，一分都不会少。

顾千城的离去没有惊起一点儿波澜，只有唐万斤和承欢两人时不时长吁短叹，想着顾千城在军中的种种好。言倾与封似锦虽然没有说什么，可秦王殿下岂会不知他们的心思。看到他们两人，秦王殿下觉得顾千城回京也挺好的，只是……

秦王殿下忘了，京城还有一个对顾千城有不轨之心的景炎！

顾千城走后的第七天，西胡大军抵达城门口，正式对秦寂言的兵马开战。西胡大军当天没有发起进攻，在城外休养了一天，秦王殿下也没有派人夜袭，而是等着第二天正式交战。

第二天辰时，随着战鼓声响起，西胡大军整齐有序地出列。看着足足比自己多出两倍的大军，程将军等人的腿都有些软了。

“殿下，这一战我打头阵。”程将军知道这一战艰难，主动请缨。

“不必。”秦王殿下摆手，眼中闪过一抹冰冷的杀意，“等他们打上来。”前提是，他们有这个本事。

程将军一脸不解，见秦寂言一副不愿多说的样子，只好乖乖等着。

“大秦这是什么意思？莫不是怕了？”

“不敢迎战？大秦的皇太孙不会连这点儿胆色都没有吧？”

西胡的副将完全不将秦寂言看在眼里，言辞颇为冷傲。风遥只听不说，等到众人嚷着直接攻城时，风遥也没有拒绝，沉默片刻便下令攻城。

三万先锋军收到命令，带着攻城的武器，整齐划一地往前冲。

兵临城下，秦王殿下却一点儿也不着急，大有泰山崩于前而面不改色的气度。

四百米！

三百米！

两百五十米！

终于，西胡大军距离城门只有两百余米，就在这个时候，意外出现了。距离城门两百米左右，有一条战壕。战壕又深又宽，里面插满了削尖的竹子，上面伪装得和平地一样，根本看不出来。没有防备的西胡大军纷纷掉入战壕里，虽然死伤并不是很严重，却让西胡大军无比愤怒。可是，不等他们做出应对，战场上突然发出一阵轰隆隆的巨响，随即响起士兵们凄厉的惨叫声。

“轰隆隆……”前一秒，西胡大军还高歌猛进，眨眼的工夫人就被炸飞了，西胡大军乱成一团。

“撤退！快，快撤退！”领兵的将领果断下令，可他就是叫得再大声，也被一阵接一阵的爆炸声给湮没了，他只能眼睁睁地看着面前的人一个个被炸死。

“大秦人太阴险了。”西胡副将见到这一幕，气得眼睛都红了。

风遥神色微黯，看着前方战场上的情况，忍不住暗叹。他真是没想到，第一战，秦寂言就下这么重的手，打得他们找不到北，甚至会给接下来的攻城带来无法磨灭的阴影。

远远看着秦寂言，风遥瞬间燃起了斗志。棋逢对手乃是人生一大幸事，他这辈子估计也只有这一次机会，可以和秦寂言好好打上一场，也许他应该认真一些，毕竟，依秦寂言的本事，根本不需要他让。

“派人过去，协助他们撤退。”风遥下了决定，便积极地避免损失。

第一次冲锋的三万先锋军全部惨死。看到这一幕的将士们还敢冲锋向前吗？别说破城了，他们怕是连上战场都有阴影了。风遥显然也想到了这一点，于是毫不犹豫地说：“退兵！”

风遥留下一位副将和前排一干被吓坏的士兵打扫战场，同时将活下来的人隔离，绝不能让他们与其他士兵接触，将这幕惨况说给其他人听，也不能让其他将士看到这惨烈的一幕。

“西胡退兵了！”程将军等人不敢置信地大喊。他们不费一兵一卒，就灭了西胡的先锋部队，这简直是神了。

一瞬间，程将军等人看向秦寂言的眼神，就好像仰望神明一样，双眼放光，无限崇拜。

秦寂言泰然受之，随即又很不客气地泼了程将军等人一盆冷水：“雕虫小技而已，我们此次只是胜在出其不意，明日这个法子便派不上用场了。到时候与西胡一战，还是要真刀真枪地打。”

是的，明日就派不上用场了，因为风遥已经想出了应对之策。

“既然那物遇火则燃，今晚就命将士们将地面浇湿。”风遥的法子简单粗暴，却极其好用。第二天，战场上一片湿漉漉的，秦寂言看到这一幕，无声一笑：风遥太看不起他了，同样的法子他怎么可能用两次。

没了炸药的威胁，风遥第二日再次发兵攻城。这一次风遥直接派五万先锋部队冲上去，而秦寂言则派出言倾与唐万斤。

言倾同样带着五万大军，在城下与西胡前锋部队交手。言倾的五万人马，从头到尾皆用最精良的装备，西胡大军想要战胜他们，绝对要付出惨痛的代价。

秦王殿下从来没把赵王的二十万人马放在眼里，他准备这么多的粮草与精良武器，就是为了对付西胡。双方终于交手，言倾没有冲锋在前，而是在后方指挥，唐万斤一向是不服指挥的，言倾也不管他，只让他带人往前冲，毁了西胡的阵形最好。

西胡人还不知唐万斤的威名，见他一马当先地冲过来，只当是个来送死的炮灰，不料这一刻的轻视，让他们吃尽了苦头。

秦寂言正与西胡大军打得激烈，顾千城在半路上也和一群莫名其妙的敌人打得激烈。

来人神秘莫测，好像会忍术，一会儿出现在她面前，一会儿又消失了。亲卫们被对方诡异的身法弄得晕头转向，有两人还未动手就被人成功偷袭了。这时暗卫就派上了用场，暗卫缠住三个忍者，剩下的两个武者则与亲兵打了起来。

“你们是什么人？”顾千城靠在一棵树上，脸色有几分凝重。

“我们是谁不重要。”对方开口，标准的大秦官话，没有一点儿外地口音，可见不是什么海外人士。

“你们要什么？我的命？”顾千城调整好袖箭，一直对准对方，就等一个机会射出去。

“顾姑娘，我们不要你的命，只要你跟我们走一趟。”

“想要我跟你们走，也得先告诉我，你们是谁吧。”说话间，顾千城感觉头顶上的树叶似乎动了一下，便反应极快地抬手射出袖箭。

扑哧一声，袖箭射中一个神出鬼没的忍者。

“你果然不是普通女子。”忍者傻眼了。

“你从谁嘴里知道我不普通了？”顾千城抽出刀，将血擦干净，眼神微冷。

“药王谷——季诺。”来人也不隐瞒，直接把季诺给卖了。

“季诺？你们是长生门的人？”顾千城立刻就猜到了，只是她万万没想到，季诺居然真的找到了长生门。

“没错。”来人大方地承认。

知道了对方的身份，也知道对方的目的是要找到唐万斤，顾千城就更不可能跟他们走了。她还会好好记住季诺的这份“情”，日后若不好好回报一番，她这个“顾”字就倒过来写。

“拼了命也要杀了他们！”顾千城向暗卫与亲卫下达绝杀令。

暗卫和亲卫收到命令后，不再迟疑，留两人缠住剩下的两个忍者，另外两人则与亲兵一起，击杀两位正在强攻的武者。

就在这时，小路的另一头突然蹿出一群黑衣人：“就在前方！”

顾千城傻眼了，他们现在可对付不了两拨人。暗卫与亲卫听到声响，亦是一惊，失神间又有一人被武者打伤。

黑衣人很快就出现了，一行十六人，黑衣蒙面，手持大刀，一看就不像好人。

“在那里，上！”黑衣人看到顾千城的身影，提刀冲了过来。

顾千城悄悄抓起藏在身上的药粉，一脸的戒备。暗卫与亲兵更是万分小心，随时准备与黑衣人交手。没想到黑衣人冲过来后，却是去杀攻击他们的武者，同时还对暗卫与亲卫道：“你们保护好顾姑娘，这里交给我们。”

这些人不是来找麻烦的，而是救兵？反应过来的顾千城知道机不可失，不管这群黑衣人是怎么回事，他们现在都要抓住这个机会。

“你们快去，把那两个忍者解决了。”

“是。”暗卫示意亲兵留下来保护顾千城，他们负责解决忍者。

多数对付少数，很快就解决了忍者与武者。黑衣人上前给顾千城行礼：“顾姑娘。”

顾千城看向黑衣人，问道：“你们是谁的人？”

顾千城一问话，黑衣人立刻答道：“小人奉庄主之命，保护顾姑娘。”

顾千城一愣：“庄主？”她认识的人中，被称为“庄主”的只有一个。

“我们庄主姓景，江南景庄的主人。”黑衣人的回答，证实了顾千城的猜测：“果然是他。”

“我们庄主猜测顾姑娘一定会从战场回来，早就让我们注意姑娘的行踪，好保护姑娘回京。”黑衣人说到这里有些不好意思，“还请顾姑娘恕罪，我们来晚了。”

暗卫们听到黑衣人的话，眼睛不由得瞪大，居然是景炎的人！这可惨了，要是让殿下知道他们保护顾姑娘不力，最后还是景炎的人施以援手，他们就死定了。

景炎的人得寸进尺："顾姑娘，此地距离京城尚有千里，一路上不知有多少危险，不如由小人一路护送顾姑娘回京？"

秦王殿下这次给顾千城安排了四个暗卫、四个亲兵，现在四个亲兵全部受伤，虽然没有完全失去战斗力，不过短时间内确实无法成为主力。而且顾千城不敢保证，自己接下来会不会再次遇到长生门的人，犹豫再三，顾千城还是决定接受景炎的好意。

顾千城第一次遇到长生门的人，就知道他们肯定还会找上来，只是没想到会这么快。不到十天的时间，长生门的人再次找上门，这一次的规格明显更高。八个武艺高强的武者，突然出现在客栈，面无表情地请顾千城随他们去一趟长生门。

暗卫第一时间出现，挡在顾千城面前："想带走顾姑娘，除非从我们的尸体上踏过去。"

"那你们就去死吧！"长生门的人半点儿也不客气，四人扑向暗卫，另外四人朝顾千城扑去。顾千城就算战斗力再好，面对四个高手还是没有招架之力，无奈之下，她只能选择从窗口跳下去，然后拼命地往前跑。景炎的手下听到动静冲了过来，拦住了四个武者，为顾千城争取逃命的机会。

"该死！"长生门的武者低咒一声，朝顾千城逃跑的方向发出一道蓝色的信号。

顾千城看到那道蓝光从自己身边闪过，立刻掉转方向，可是已经来不及了……

一名白衣女子不知从哪里冒了出来，正好挡在顾千城面前："顾姑娘，别做无谓的挣扎。"

"啪——"白衣女子不给顾千城喘息的机会，第一时间将手上的铁爪掷出。

顾千城反应极快地避开了，可那铁爪像是活物一样，居然拐了个弯，再次朝顾千城飞来，扑哧一声抓在顾千城的肩膀上。铁爪刺入肉里，顾千城疼得闷哼了一声，反手将铁爪抓出来。不料那铁爪突然一动，挣开顾千城的手，朝她的脸扑来。顾千城眼睛猛地睁大，手比脑子反应更快，飞快地拍向铁爪，将其拍飞出去。

"你是第一个不怕小蛛的人。"白衣女子摸着乖乖扒在她肩膀上的"铁爪"，对顾千城说道。

"小蛛？那是蜘蛛？"顾千城突然觉得好恶心，头皮一阵发麻。

白衣女子也不回答顾千城的话，而是朝半空打了个响指："拿火把来。"

墙的另一面突然亮起火光，一黑衣人翻墙而入，手持火把照向顾千城。白衣女子盯着顾千城的伤口不满地说："你的伤口怎么还在流血？你不是顾千城？"

"我是顾千城。"顾千城眼眸一扫，暗自盘算着自己出手干掉对方再逃跑的可能性。

白衣女子猛地抓住顾千城受伤的肩膀："你要是顾千城，你身上的伤口怎么没有愈合？"

就是现在了！

顾千城抬腿踢向她的胯下，同时挥出手中的刀。白衣女子只顾得防备顾千城的匕首，没想到她还会抬腿一踢，顿时被顾千城踢了个正着，疼得蜷了起来。

"你该死，小蛛，杀了她！"白衣女子再次放出黑蜘蛛，同时，持火把的黑衣人也扑向顾千城。顾千城飞快地跑向一旁的梁柱，在黑蜘蛛扑向她时，抱着柱子抬腿一踢，将黑蜘蛛踢向一旁的黑衣人。

“啪——”黑蜘蛛的爪子从顾千城的脚底划过，顾千城感觉火辣辣地疼。黑蜘蛛在半空转了一圈，然后又朝她飞来。“浑蛋，我不是你们要找的人，你们还缠着我做什么？”顾千城这时候真希望唐万斤在，然后一拳拍死那只蠢蜘蛛。

“你既然知道我们在找人，想必知道他在哪里。说出来我就放过你。”白衣女子悄无声息地出现在顾千城身后。

“神经病，我怎么知道你要找谁？季诺那个浑蛋说的话你们也信？他让你们来抓我，你们就来抓我，他让你们去吃屎，你们也去吃屎吗？”顾千城发誓，她找到季诺后，一定不会放过他。

“说话这么难听……小蛛，抓花她的脸。”白衣女子本就因为被季诺耍了而愤怒，听到顾千城的话更是火冒三丈，反手将手中的黑蜘蛛丢了出去。

黑蜘蛛速度极快，顾千城却没有闪躲，右手突然一扬，一片白色粉末撒向黑蜘蛛，同时亦撒向一旁的黑衣人。

“小心！”白衣女子反应极快地将黑蜘蛛拉了回去，可惜晚了！黑蜘蛛全身都沾着白色粉末，顿时晕了过去，而另一个黑衣人比它稍好，坚持了数秒才倒下。

“你竟敢伤我的小蛛！”白衣女子当即大怒，右手一收，化掌为爪，朝顾千城扑去。

顾千城连忙避开，同时抖了抖衣袖。白衣女子以为顾千城手上还有药粉，赶紧后退一步。顾千城不再迟疑，翻上墙头，跳下去就往街上跑……

为了不让对方追上，顾千城尽量往小巷里钻，一路左拐右转的，勉强保住了自己的小命。当她转得晕头转向时，突然听到前面有水声，顾千城想也不想就往桥上跑，然后往下跳。

白衣女子眼见就要抓住顾千城，不料自己伸手之际，顾千城扑通一声跳水了。

“浑蛋！”白衣女子低咒一声，召来同伴，让他们留下来找寻顾千城。

长生门的人撤离后，景炎的属下与暗卫立刻碰头。双方都以为对方知道顾千城在哪里，结果一碰头却发现顾千城不见了。

“顾姑娘不会是落到对方手里了吧？”景炎的属下一开口，暗卫就吓得脸色发白，坚定地摇头：“不会的，他们要是找到了姑娘，一定会杀我们灭口。现在他们丢下我们不管，一定是尚未抓到顾姑娘，我们快去找。”

暗卫与景炎的属下找人的时候，发现长生门的人也在寻找顾千城。

“不幸中的万幸，顾姑娘还没有落到他们手里。”这对暗卫来说，绝对是个好消息。景炎的属下也长长松了口气：“我们一定要先一步找到顾姑娘。”

“他们一直沿着河流走，顾姑娘怕是跳水了。你们盯着他们，我们下水去找。”暗卫现在只想着尽快找到顾千城，别的什么都不敢想。

双方沿着河流找了一夜，暗卫也兵分两路，一前一后顺着河道游。受伤的亲兵则在第一时间，拿出秦王殿下的令牌去找官府帮忙，半夜三更把当地的县令从被窝里拎了出来。对方看到是皇太孙殿下的令牌，差点儿吓尿了，立刻下令调集全县的官差帮忙找人。

暗卫们在水里找了一个晚上，筋疲力尽，却什么也没有找到。亲兵带着官差过来时，天已大亮。景炎的属下见到亲兵搬来救兵，立刻朝长生门的人出手。长生门的人顿时被包围。为了脱困，他们不得不放弃追踪顾千城，离城而去。

顾千城跳的这条河，连着护城河，同时也连着另一条大江，而且支流颇多。官差们知晓他们要找的人跳下这条河后，立刻就知道麻烦大了。顾千城没有游出城还好，真要游出城，进了支流，就真不知人去哪里了。官差把情况和亲兵说了，亲兵闻言，脸色大变，仍强硬地要求官差一一搜寻。至于下面的支流，他们会找管辖的官府，让官府派人帮忙。

河面上顿时漂起无数小舟，两人一艘搜寻起来。这一找就是五天，却没有任何消息。

“五天了，必须传消息给殿下。”短短五天，四个暗卫与四个亲兵瘦了一大圈，看上去极其狼狈。

“殿下要是知道了……”后面的话，暗卫说不出来。

殿下要是知道了，肯定会疯……

第七章
走运，都是装的

顾千城醒来时，发现自己躺在一张土炕上，身上盖着用稻草编的被子，而这条被子正发出让人难以忍受的酸臭味。掀开身上的被子，顾千城下床打量了一下四周，发现这就是一间普通的土房，五平方米左右大小，靠南的那面墙上有一扇极小的窗子，能让阳光照进来。

看到眼前的场景，顾千城知道自己被人救了。不过救她的人似乎不怎么靠谱，她身上还穿着之前落水时的衣服，不过现在已经干了。顾千城抖了抖自己身上皱巴巴的衣服，心情颇好地笑了起来。

她落水后，就一直顺着水流往下游，也不知游了多久，反正在她筋疲力尽的时候，好像被什么网住了，她挣扎不出来，反倒累得晕了过去。

大难不死，必有后福。

顾千城略略收拾了一下，便准备出门看看到底是谁救了她，结果还没有走出去，就见一个跛了脚的男子，端着一碗热汤进来了。

“姑娘，你醒了？”男子看到顾千城，飞快地低下头。

男子看上去二十五六岁，样貌清秀，像个书生，身上穿着一件洗得发白的蓝布衣，脸色有些苍白，身形单薄，左脚微跛。

顾千城见到疑似的救命恩人，不由得露出一抹笑，轻声问道：“是你救了我？”

“是，我早上出去打鱼，不小心打到了姑娘。”男子有些局促，说话时一直低着头。愣了许久，他才急急地将热腾腾的鱼汤递到顾千城面前：“姑娘，这是刚熬的鱼汤，你喝。”

“谢谢。”顾千城接过碗，却没有急着喝，状似随意地问了一句：“不知我昏睡了多久？”

男子似乎很紧张，搓了搓衣角才道：“一天一夜，姑娘睡了一天一夜。”

“我居然睡了那么久？”顾千城一脸惊讶，垂眸掩去眼中的怀疑。一天一夜？一天一夜，她身上湿漉漉的衣服就能焐干？她的靴子能干？

男子没有说话，只是紧张地拽着衣角，像是不知如何与顾千城相处一般。顾千城也没有再逼问，而是说道：“鱼汤有点儿烫，我放凉了再喝。”

“姑，姑娘随意。”跛脚男子留下这话，急急往外走，看上去就像不善与女子相处。

顾千城盯着他的背影，觉得这男人怪怪的，可又说不上来哪里怪，只是让人很不舒服。待到男子出去后，顾千城随手将鱼汤放在桌上，走到窗口往外看，这一看傻眼了。

入眼所见，附近根本没有人家，只有一片黄土，完全不像是在村子里，也不像她曾去过的渔村。她只游了一个晚上，按理说不可能游出大秦吧？

顾千城心中起疑，她所在的房间虽然不乱，却挺脏的，还有她刚刚盖的被子也有一股腐烂味，和跛脚男人身上干净的衣服形成鲜明的对比。跛脚男人说他是打鱼的，可刚刚递鱼汤给她时，顾千城清楚地看到了对方白皙的手。还有就是，跛脚男人明显是在撒谎，她绝对不止昏迷了一天，她的衣服和靴子怎么可能这么快就干了。种种疑点都让顾千城很不安，而最让她不安的是，这里只有一户人家，她要是被人杀了，也不会有人知道。

这地方不能待了！

顾千城解开外衣，发现自己用蜡纸包裹住的银票和碎银子还在，药粉什么的也都没有被冲散，便知那跛脚男人救她上来后，还真是把她丢炕上就不管了。顾千城抽出一张五百两的银票压在碗下，将靴子穿好，悄声往外走。可是，她刚出门，就被一个肥胖的女人堵住了去路。那女人至少有五个顾千城那么大，手上拿着一块木板，一脸不善地看着顾千城："你果然想跑。"抬手就将木板朝顾千城砸去，幸亏顾千城反应快，避开了。

"你是什么人？"顾千城的匕首丢了，袖箭也全部用完了，面对胖女人不断挥来的木板，顾千城只能躲闪。

"少爷说得对，越漂亮的女人越坏，你就是一个坏女人，专门欺骗少年的感情。"胖女人力气不小，巨大的木板在她手上舞得虎虎生风，而且半天过去也不见累。

"什么坏女人，我还没有杀人放火呢。"顾千城一拳打向胖女人，手都打疼了，胖女人却一动也不动。

顾千城见状，不再纠缠，打算翻墙出去，可她一转身就被跛脚男人挡住了去路。"你是第一个看到我的跛脚没有表现出异常的人。我原本不想杀你，想留下你做我的妻子，可是你太聪明了，居然发现了。"

跛脚男人幽幽的目光让顾千城毛骨悚然："我发现什么了？"

顾千城退到墙后，戒备地看向跛脚男人与胖女人：这个男人果然有问题，那些紧张、局促都是装的，这才是他的真面目。

顾千城猜得没错，她并非昏睡了一天一夜，而是五天五夜，因为跛脚男人每天给她喂的鱼汤里都放了药。跛脚男人今天晚了半个时辰，而顾千城的体质又好，所以才会提前醒过来。在床上躺了五天五夜，每天只靠一点儿鱼汤吊命，现在跛脚男人和胖女人联手进攻，顾千城完全没有招架之力。

"少爷，杀了她。"胖女人抬手就朝顾千城的脑袋砸去。这一板子如果打下去，顾千城的脑袋绝对会开花，好在跛脚男人及时叫住了："要杀也不能在这里，这么美丽的女子，她挣扎时痛苦的样子一定很美。"

跛脚男人将顾千城从地上拎了起来，冰冷的手指抚着顾千城的脸，一脸惋惜地说："我真的不想杀你，可是你太聪明了，我没有办法不杀你。”他拖着顾千城往外走，带着一个人，他的脚跛得更严重。顾千城额头上的血一路滴了下来，沿途都是鲜红的血迹，跛脚男人却不在意，因为这个地方平时没有人来。

秦寂言自从上次收到暗卫的消息，得知景炎也派人来保护顾千城后，就再也没有收到顾千城的消息。不过他并不担心，毕竟有他和景炎的人在，顾千城基本上不会有危险。

自从上次夜袭成功后，大秦在和西胡的交战中渐渐占据主导地位。主要是秦王殿下等的援兵到了。当初，平西郡王将手下的人分成十股，以京城为中心一路剿匪。西胡一发兵，秦寂言就写急报给老皇帝，让老皇帝派救兵来。可是，从最近的大营调兵过来，最快都要四十天，秦寂言不一定能撑住。老皇帝急得不行，这个时候凤将军指出，平西郡王的剿匪大军虽然人数不多，却能在第一时间赶赴西北，协助秦王殿下抵抗西胡大军。

老皇帝一听，立刻同意，下旨让平西郡王带兵援助秦寂言。

援兵在半个月内就抵达了，程将军看到陆续赶来的十万大军，激动得不行：“我们现在有三十万人马，总算可以和他们痛快地打一场了。”

言倾很不客气地泼冷水：“只有二十五万。”这半个月，他们损失了五万人，普通百姓也有两万余人战死。尽管他们守住了这座城，付出的代价却是极大的。

“西胡也没有五十万，最多还有四十万人。”程将军不甘示弱地反驳。言倾没再言语。

确实，这一战他们损失惨重，西胡也好不到哪里去。双方都打得憋屈至极，秦王殿下指挥出色，风遥也不孬，他们并没有从风遥手上讨到多少好处。

风遥起初不温不火，最近这几战却表现得非常耀眼。西胡将士对风遥最近的表现赞不绝口，负责监视风遥的副帅，隔天便会将战场上的情况写成密折送到西胡皇帝的手中。西胡皇帝对风遥的表现很满意，给了风遥一道旨意，让他放开手脚去打，不惜一切代价也要把靠近西胡的十六座城池拿下，划入自己的疆域。

西胡皇帝野心勃勃，他要的可不仅仅是与赵王约定的那几座城，而是整个大秦。这一点，赵王在和西胡皇帝合作时就猜到了。不过赵王并不在意，就如同他也想要整个大秦与西胡一样。两只狐狸虽然互相合作，却又互不信任。赵王把人放进大秦，自己却龟缩在后方。西胡也不敢放开手脚大战，就怕赵王在后面放冷枪。秦寂言就是看准了这一点，所以慢慢地拖，拖到援兵到来，耗死赵王。

一切都在秦王殿下的计划内，事情非常顺利。随着时间的推移，他们的胜算越来越大，秦寂言已经可以预料到西胡与老皇帝变脸的画面。可就在此时，秦王殿下收到了顾千城下落不明的消息。同样，景炎的手下也将顾千城失踪的消息报给景炎知晓。而且这里离京城更近，景炎比秦寂言更早收到了消息。

秦王殿下冷着脸问道：“你能告诉本王，这到底是怎么回事吗？”暗卫到底是怎么保护人的？居然把人保护到下落不明的地步。

“殿下，属下……”暗一哭丧着脸，秦王殿下却不为所动：“你们就这点儿能耐？我是不是太放纵你们了？连一个人都保护不好，本王要你们何用？”一想到顾千城失踪了这么多天，秦寂言心头的怒火就往上蹿。

“属下该死，请殿下责罚。”暗一不敢说求饶的话，顾千城会失踪，他们责任重大。

“责罚？杀了你们又能怎样？”秦寂言眼神冰冷。

“属下该死，请殿下给属下一个将功折罪的机会，准属下带人去寻找顾姑娘。”暗一知道，自己此时说什么都是错，现在只求顾姑娘能平安无事。

“就凭你们？”秦寂言强压下心中想杀人的冲动，让人把平西郡王叫来。

事有轻重缓急不错，可他是大秦皇太孙，不是大秦的将军，没必要把自己困在战场上。这一战没有他，大秦不会输。相反，顾千城没有他，也许就真的找不回来了。

秦寂言把平西郡王找来，先是做了一段长长的铺垫，最后才道：“郡王，本王有重要的事情，要离开一段时间，战场上的事……”话还没有说完，就被平西郡王打断：“殿下，此战事关重大，而且是殿下的首战，你现在万万不能离开。”

“郡王说错了，这不是本王的战场，而是大秦的战场。本王是大秦的皇太孙，不是大秦的将军，战场上有众位将军就可以了。”秦寂言一脸严肃，说得正气十足，却改变不了他为了儿女私情丢下战场的事实。

平西郡王说什么也不肯同意：“殿下，皇上命你打这一仗，目的是什么你还不知道吗？你怎么可以放过到手的机会？”

“郡王，本王只是皇储，不是皇上。兵权很重要，可现在还不是时候。郡王莫不是忘了前车之鉴？”秦寂言提出太子之事。

平西郡王看了一眼秦寂言，无奈地叹了口气：“殿下，我能知道你为什么要丢下战场上的事吗？”

秦寂言看着平西郡王，没有说话。平西郡王一见这样，就知秦王殿下要离开的理由，绝不能公之于众，这样他就更不敢答应了。

平西郡王扑通一声跪在秦寂言面前：“殿下，请你三思，请恕老臣不能答应。”

“本王的命令，郡王是不打算听了？”秦寂言声音不高，可威胁的意味十足。

“老臣不敢，老臣请殿下三思。此战关乎江山社稷，还请殿下以国事为重，别让老臣成为大秦的罪人。”不能说的理由必然是私事，平西郡王虽然没有想到顾千城头上去，可也相差不远。

秦寂言点头，没有再劝说，而是心平气和道：“本王明白了，郡王说得没错，本王确实要以国事为重，郡王请起。”

“殿下……”平西郡王不怎么确定地看向秦寂言，却什么都没看出来，只好忐忑地离去。

“这事透着古怪，我还是去找老程聊聊。”平西郡王脚步一抬，就去找程将军，却不知他前脚去找程将军，秦寂言后脚就把言倾与封似锦找来了。老子是狐狸，坑不到，他坑儿子总行吧！不管如何，他是一定要走的！

顾千城醒来时头痛欲裂，抬手想摸摸后脑勺上的伤，却发现自己的双手被铁链扣着，一动便哗啦啦作响。

“果然是被关了起来。”顾千城对此一点儿也不意外。她打量着自己所处的环境：一个阴暗潮湿的山洞，有微弱的光线射进来。她手脚都被铁链扣住，锁在身后的巨石上，只有半米左右的行动空间。山洞里散发着一股腐烂、腥臭味，铁链早已生锈，上面满是斑驳的血迹。凭她的专业经验，可以肯定这条铁链染过不少血。

顾千城看了看铁链，非常结实：“我果然不走运。”

“嗒嗒嗒……”洞外传来一轻一重的脚步声，顾千城一听就知是跛脚男人进来了，当即合上眼睛装晕。

不多时，跛脚男人提着一个食盒走了进来，然后坐在顾千城身旁。手指小心翼翼地轻抚着顾千城的脸。顾千城心里恶寒，却强忍着没表现出来。

跛脚男子抚摸了半天，终于开口了：“你和她真的很像，你们都不讨厌我是跛子。”声音又轻又柔，像是在怀念什么。可是下一秒，跛脚男人突然抓住顾千城的头发尖锐地说：“可是你们都是坏女人，你接近我只是一个阴谋，你不爱我，你只是为了抢我家的东西，你杀了我娘，杀了我爹……”跛脚男人像是疯了一样，猛地按着顾千城的头撞向身后的洞壁。

砰砰砰……一下一下，顾千城疼得脑袋都要炸开了，鲜血再次顺着头发往下流。

好在跛脚男人撞了三五下便停了下来，将顾千城的头抱在怀里阴恻恻地说：“是不是很痛？呵呵……可是再痛也比不上你割我的肉痛，一块块割掉，还要我吃掉，呜呜呜……”

跛脚男人说着说着就哭了出来：“我那么喜欢你，你怎么就能这么对我？我为了你，什么都愿意做，你怎么就不相信我？你这个贱人，贱人……”跛脚男人猛地将顾千城推开，对着她就是一阵拳打脚踢。

跛脚男人打了一阵，似乎打累了，又一次在顾千城身边坐下，略作休息便将食盒打开。鱼汤的香味蹿入鼻间，顾千城发现自己真的饿狠了，可是她一点儿也不想喝这碗汤。

“你放心，我不会让你死的，我会好好照顾你，你一定要陪我一辈子。”跛脚男人捏开顾千城的嘴，将鱼汤灌了进去。

跛脚男人喂完鱼汤后，没有久留，提着食盒就走了。顾千城怕对方去而复返，并不敢乱动，硬是等了一炷香的时间，才挣扎着从地上爬起来，扶着洞壁狂吐。

“呕……”直到把胃都吐空了，顾千城才靠着洞壁略作休息。稍稍缓过劲后，顾千城用脚踢了踢土，打算用土把呕吐物盖上。顾千城踢着踢着，却发现自己踢到了一个硬物。

“什么东西？”借着微弱的光线，顾千城看到脚下有一截白色的东西，是少女的手骨！

“难不成，对方杀了人，就把人埋在山洞里了？”顾千城看着脚下这片土地，低头在地上刨了起来。诚如她所想的那样，她脚下这块土地下面全是白骨，随手一挖就能挖到一截白骨。想到之前跛脚男人说的话，顾千城头皮一阵发麻，她这是遇到杀人恶魔了。

“长生门的浑蛋，把姑奶奶逼得这么惨！”顾千城强忍着恶心，挑了一个角落坐下。

山洞里的黑夜来得特别快，不多时就完全看不见了。顾千城也不知道现在是什么时辰，她只知道自己好冷，全身发寒。顾千城怕自己晕过去，只好站了起来，在原地来回走动，好让自己暖和一点儿。她得保持清醒、保存体力，她得等那个变态再次过来。如果对方能拿把刀子来就好了，哪怕对方带刀子是用来切她的肉，她也高兴。要是有把刀，就能把这破铁链给弄断。

顾千城就这样来回走到天亮。当山洞能见光时，顾千城便停下脚步，乖乖地在角落里窝好，等那跛脚男人过来。肚子饿得咕咕直响，嘴唇干得发裂，双眼布满血丝，一张脸脏得没法见人，全身都散发着酸臭味，完全就是一副乞丐婆的样子，狼狈得无以复加。就顾千城现在这副模样，恐怕秦寂言看到了，都没办法第一时间认出她来。

秦寂言劝说平西郡王失败后，便立刻让人把言倾与封似锦请来。不同于对平西郡王的隐瞒，秦寂言见到言倾与封似锦，直接说道："千城失踪了。"

"什么？"言倾与封似锦一怔，皆不敢相信。

秦寂言重复了一遍："你们没有听错，千城失踪了。"

"怎么回事？"言倾的脸立刻黑了，封似锦也好不到哪里去，"千城怎么会失踪？"

秦寂言简单地介绍了一下长生门，然后便将季诺陷害顾千城的事说了一遍。封似锦反应最快，听到秦寂言的话，隐隐猜到了重点："长生门要找的人是唐万斤？"

"对。"秦寂言并没有隐瞒。

"千城现在是在长生门的人手里？"封似锦一向只关注重点，而他说出这两点，秦寂言就知道封似锦打算做什么了，因为换作是他，他也会这么做。如果千城落到长生门的人手中，他一定会把唐万斤暴露出来，好引长生门的人前来，可惜……

"千城自己跑了，下落不明。"封似锦提的办法不管用。

"下落不明？殿下，你的人就是这样保护千城的？"封似锦对秦寂言一向敬重，这次却半点儿也不客气。

"殿下，让我去找千城。"言倾也干脆，直接说出自己的打算。

"我也去。"封似锦冷冷地看着秦寂言，毫不退缩。

面对两人近乎无礼的挑衅，秦寂言没有生气，而是起身看着他们，一个字一个字地说："我的女人，我自己会找，不需要二位操心。本王叫你们来，不是让你们插手本王的私事，而是要你们做好本王交代的事！"

听到秦寂言近乎无耻的话，封似锦嘲讽地一笑："殿下这是要美人不要江山？"

"本王江山美人全要。"秦寂言在两人面前，也不掩饰自己的目的，"本王已经交代过平西郡王，你二人只要从旁协助即可。"

言倾不可思议地说："郡王同意了？"他父亲近乎愚忠，为了江山社稷连命都可以不要，怎么可能同意秦王殿下这样的决定？

"本王是储君。"秦寂言没有正面回答，不过这句话足以说明一切。

言倾深深地吸了口气，点头道："末将明白了。"

封似锦和言倾不同，他从小就是按文官培养的，心思比言倾玲珑许多，而且封似锦忠的是大秦江山，并非大秦皇帝或者储君，听到秦寂言的话，即使心里相信，仍旧不肯点头。

"平西郡王同意临阵换将，下官却不认同。殿下倘若执意离去，下官拼死也要阻拦。"封似锦上前一步，挡在言倾的面前，"殿下，你非一人，战场上的万千将士还在等着殿下。"

“他们等的不是本王，而是能带领他们大获全胜的将领。本王相信你们。”秦寂言四两拨千斤，将自己剥离出来。

“我等愚钝，当不起殿下的称赞。殿下奉旨出征，若私自离去，便是抗旨不遵。”封似锦从来都不是善茬，秦寂言拿储君的身份说事，他便搬出老皇帝来。

“皇上那边，本王自会解释，封大人不必多虑，你只须做好自己分内之事即可。”秦寂言这是在警告封似锦，认清现在大秦的当权者是谁。

封似锦心中一窒，不由得苦笑：“殿下心意已决，谁也拦不住吗？”

秦寂言没有说话，只是看了他一眼，便让他明白，现在的秦王殿下，已不是那个如同隐形人一般、在京中不显山不露水的秦王殿下了。

微不可闻地叹了口气，封似锦低声说了一句：“下官明白了。”

秦寂言把手边的事，还有对接下来的战局的看法，一一说给两人听，直到夜幕降临才把两人放走。

为了留下秦寂言，平西郡王与程将军想了许多法子。等到他们说完，天已经黑了，两人便打算晚膳后再去找秦寂言谈谈。可是，他们二人一过去，就收到了“秦王殿下有要事回京，已把军务交给平西郡王”的消息。

“这是怎么回事？”平西郡王顿时蒙了。

封似锦正好走出来，听到平西郡王这话，便知秦寂言坑了他和言倾。可事已至此，他们还能如何？封似锦压下心中的郁闷，笑着问了一句：“郡王不知殿下要离开的事吗？”

封似锦问得相当高明，平西郡王没有多想，便回了一句：“知道。”可他什么也没答应呀。

言倾晚封似锦一步，双手将兵符奉上：“郡王，这是兵符。”言倾并不傻，看到自家父亲的反应，便知他被秦寂言算计了，不过……

为了千城，他心甘情愿。

“兵符？给我？”平西郡王的脑子终于正常运转了，他此时也明白自己被坑了，“殿下呢？”

“殿下另有要事，已先一步离开。殿下说军中事务由郡王全权负责，末将与封大人会全力协助郡王，郡王有什么事尽管吩咐。”

“你知道你在说什么吗？”平西郡王恨铁不成钢地看着言倾。

封似锦也知道平西郡王不高兴，可是秦王殿下都已经走了，他们现在能做的，就是尽力帮秦王殿下把此事抹平。封似锦认命地上前压低声音道：“郡王，大庭广众之下……还有，殿下已经离开了。”换句话说，这兵符，平西郡王不接也得接。

临阵换将，秦王殿下离开的消息是怎么也瞒不住了。军中的将士听到秦王殿下已经回京，顿时蒙了，甚至有人在想，是不是这城守不住了，所以秦王殿下先离开了？

一时间人心惶惶，看到这种情况，平西郡王气得牙痒痒。而另一头，得知秦寂言离开的赵王，则高兴得快要疯了。

真是连老天爷都在帮他！

顾千城在山洞里等了一天，跛脚男人却没有出现，她都饿得想吃土了："不会是把我忘了吧？一天一碗鱼汤只能勉强维持生机，再少真的会死的。"顾千城摇摇晃晃地站起来，想活动一下腿。她刚站起来，就听到一阵熟悉的脚步声。

"来了！"顾千城眼皮一跳，立刻倒下，蜷缩在山洞里。

脚步声越来越近，顾千城感觉到眼前有一道刺眼的亮光。跛脚男人满意地说："果然没有醒。"转身，将手中的火把挂在山洞里，提着食盒坐到顾千城身旁。一边取出食盒里的东西，一边说道："我今天给你带了鱼汤，你要是还饿也没关系，等会儿我切肉给你吃。你放心，我已经磨好刀子，一定会很锋利，你不会痛太久的。"

听到跛脚男人的话，顾千城眼睑一动，心中闪过一抹狂喜。当然，她高兴的不是对方给她切肉吃，而是对方终于带了把像样的利器，让她有机会脱身！跛脚男人毫无防备地端起鱼汤送到顾千城嘴边，结果却被顾千城用铁链缠住了脖子。

"唔……放开我！"跛脚男人单膝跪在地上，双手拽着缠在脖子上的铁链。

"放开你？你在开什么玩笑！"顾千城拖起跛脚男人就往洞壁上撞，就如同昨天跛脚男人扯着她的头发撞一样。一连数下，跛脚男人终于撑不住，两眼一翻晕了过去。顾千城扣住对方的脉搏，确定他不是装的，这才将人松开。

顾千城抬脚将人踹开，从食盒底端找到匕首，三两下将锁链撬开，并没有破坏原锁。

动了动手腕，顾千城一脸感慨道："真有一种重新活过来的感觉。"一想到这几天多次与死神擦肩而过，顾千城忍不住哆嗦了一下。想起那些白骨，顾千城想为死在这个山洞里的人做些什么。她原本想杀死这个男人，但是转念一想又放弃了。与其杀了他，不如让他尝尝生不如死的滋味。

顾千城将男人用铁链锁住。落在地上的碗里还有一点点鱼汤，顾千城知道这些鱼汤都加了药，也不浪费，将剩下的那一小口喂给跛脚男人。顾千城将匕首收好，拿着山洞里的火把，拖着疲惫不堪的身子，一步步朝树林深处走去。

同一时刻，快马加鞭赶来的秦王殿下，已经和暗卫、亲兵们会合。

暗卫、亲兵战战兢兢地跪了一地，等着秦寂言问话。秦寂言没有说半句责怪的话，只让他们每个人，将顾千城失踪那晚发生的事说一遍。听完暗卫与亲兵的汇报，秦寂言大步就往外走，留下四个暗卫、四个亲兵跪在地上，起也不是，不起也不是。出门时，秦寂言就遇到了景炎的手下，看他们精疲力竭的样子，就知是在外面寻人，无果而回。

双方碰面，秦寂言扫了一眼便收回眼神，脚步不停地往外走。景炎的属下却一个个待在原地，瞪大眼睛看着秦寂言的背影……

这，这，这……不合理呀！明明京城距离这里更近，为什么皇太孙殿下比他们庄主先到了？此事要是让顾姑娘知晓，他们家庄主还有机会吗？

景炎为什么没在第一时间赶到？不是不想，而是不能！景炎在京中是被老皇帝和满朝大臣重点关注的京官，是朝中的后起之秀，他的一举一动，时刻都有人盯着，行差一步丢的就是命。在这个皇帝病倒、皇储不在、赵王造反、周王不定、五皇子野心勃勃的时候离开京城，景炎除非不想活了。

“主子，皇太孙殿下收到消息后，一定会亲自去找顾姑娘，顾姑娘一定不会有事的。”景炎的心腹见他这几天一直处在暴躁中，不由得出声安慰。

“他去找，和我去找能一样吗？”景炎倒是不担心顾千城的安危。只要人没有落到长生门的手里，凭顾千城的本事，谁也难不住她。

“主子，顾姑娘能理解你，你并非不想去，而是走不开。”景炎前脚离开，后脚就会被监视百官行动的锦衣卫拿下。

“这些都是借口。”景炎也想用这些理由来说服自己，可是没用。

这是多好的在顾千城面前刷好感的机会啊，偏偏他就错过了，甚至还成全了秦寂言。一想到有这个可能，他就像吃了苍蝇一样恶心。

他知道，这次他错过了顾千城，而有些人，错过一次便是一辈子！

为了安全，顾千城离开山洞后并没有一直往山里走，而是在差不多的时候寻了一棵树爬上去，然后靠在树枝上休息，准备等天亮再做打算。顾千城在树上睡得并不安稳，天不亮就醒了，而且全身酸痛得不行，胃里一阵阵抽痛，显然是饿狠了。

忍到天亮，顾千城便爬下树，先是寻了一处水源，灌了半饱才开始找吃的。这个季节还没有水果，不过倒有一些可以吃的草，顾千城拔了一把就往嘴里塞。她一边嚼着野草，一边寻找药草，先把头上的伤处理一下。

顾千城简单地收拾好自己，稍稍恢复了一些力气，便开始设陷阱逮猎物。就在顾千城不紧不慢地安排自己的生活时，秦寂言正命人划着小舟、拿着地图、沿着护城河一路往下找。

中午时分，小舟驶出了内城的范围，朝支流而去。秦寂言一直站在小舟上，沿途观察四周的环境，有不解的地方便问身旁的向导。

“那座山叫什么名字？山脚下可有人家？”秦寂言站在小舟上，指着一座黑秃秃的山问道。

向导顺着秦寂言所指方向望去，顿时有些紧张：“回大人的话，我们这里的人都叫它鬼山。鬼山里头原本是有人家的，后来被一场大火给烧没了。那座山奇怪得很，以前山上全是树，我们还能进山打点儿东西，偶尔还能翻过山去和山里的几户人家换点东西。现在不知怎么了，明明烧得光秃秃的，可就是翻不过去。”

“山里头有人家？”秦寂言抬手示意划船的侍卫停下来。

向导见船调了方向，心有不安，却只能点头道：“我以前进去过一次，山脚下有几十户人家，本是一个小村庄，官府也有备案，不过后来里面的人全死了，官差从里面抬出来上百具尸体。”

“哦，过去看看。”秦寂言轻应一声，示意侍卫朝鬼山划去。

“大人，您要进山？”向导惊恐地问道，见秦寂言点头，扑通一声跪在船上，“大人，万万不可呀。”

“怎么？这山不能进吗？”秦寂言挑眉问道，却没有叫侍卫停下来。

向导连连点头：“大人，不是不能进，而是进不去。村里的老人说，因为被火烧死的那些人怨气太重，不让我们这群外人进去破坏他们的地方，谁要进去便有去无回。”

“无稽之谈。”秦寂言不是不信鬼神，而是这座山的问题，绝对与怨气无关。这座山头，应该是被人布了阵，而且还将阵法开启了。

“大人，这是真的。自从官差把里面的尸体抬出来后，就再也没有人翻过这座山。曾有几个大胆的自恃本事不错，想要强行翻过去，结果三天后被人发现死在山脚下。”向导一副快要哭出来的样子，根本不愿意往上走一步。

秦寂言也不勉强对方，让他留在下面看船。向导闻言，顿时感激涕零，连连保证他会看好船，不管多久都会等他们回来。

秦寂言不等船靠岸便跳了上去，侍卫紧随其后。一行五人以最快的速度来到鬼山脚下。秦寂言在山脚下四处查看一番，然后让侍卫移动了半山腰的几块大石。帝王的教育不是白学的，布八卦阵他不会，破阵也不会，但要从一个杀伤力不大的阵中走过去，对他来说并不是什么难事。花了半个时辰将阵法调整后，秦寂言便带着侍卫上山了。

没有阵法的阻拦，一行人轻易翻过鬼山。鬼山的另一面也被大火烧得干干净净，光秃秃的，不见一点儿绿意。侍卫先一步下去探路，山脚下是一片黄土，穿过这片荒山，后面又是一座高山。黄土那边的山郁郁葱葱，树木高耸入云，可偏偏隔着鬼山，外人什么也看不到。

这地方还真是有古怪。秦寂言缓步往山下走去，此时先一步下山的侍卫已经发现端倪，见秦寂言下来，便急切地上前禀道：“殿下，有足印。两个人的痕迹，其中一个应该是身高六尺左右的男子，高低脚；另一个脚印看不出男女，从深浅来看，对方身形非常壮实，行走时应该夹带了重物。”

“哦，顺着痕迹去找。”秦寂言心里有一种很强烈的预感，顾千城肯定就在附近。

在秦王殿下带人走进鬼山时，顾千城终于捕获到一只瘦小的兔子，快速将兔子收拾干净，架到火上烤。当烤肉的香味飘来时，顾千城口水直流。实在抗拒不了香味的诱惑，顾千城果断地将外面烤熟的那层削下来，直接往嘴里塞。

烤肉的香味随风一吹，便飘得极远，进山来找顾千城的胖女人闻到这股香味，立刻就猜到她要找的人就在附近。硕大的身子飞快地在山间移动，手中泛着红锈的铁棍，在一片树木中显得异常醒目。

顾千城把兔肉吃完后，还是觉得好饿，于是打算去陷阱看看，有没有收获到新的猎物，结果还未走到陷阱，就遇到了寻她而来的胖女人。

“你这个贱人，竟然杀了少爷，我跟你拼了！”胖女人手持铁棍，双眼通红，看到顾千城，立刻扑了上去，手上的铁棍也顺势敲了下去。

顾千城脸色一变，飞快地闪开：“你个疯子，我没有杀你们家少爷。”她昨晚离开的时候，跛脚男人还有气，而且短时间内也死不掉。

“少爷死了，死了，你这个贱女人，你害死了少爷。”胖女人才不管这些，举起铁棍就朝顾千城一阵乱敲。

可惜，顾千城已不是那个刚刚醒来、手脚无力的少女，吃了东西，又休息了一晚上，眼下虽然无法解决掉胖女人，可也不会轻易被解决。

借着山中树木的掩护，顾千城在山里跳来跳去。胖女人跟在她身后，不断地挥舞手中的铁棍，完全不给顾千城喘息的机会。咚咚咚地敲下去，有好几次都打在树上，稍微瘦小一些的树，直接被一棍子打折。看着不断往下倒的树木，顾千城眼睛瞪得大大的：这疯女人怎么和唐万斤一样可怕？真不知她走了什么运，遇到的人个个不正常，简直是要了命了。

顾千城一边往前跑，一边查看四周的地形，可是左看右看都寻不到一个适合反击的地方。顾千城只能朝自己设的陷阱跑去，希望能用陷阱将胖女人困住。顾千城加快速度往前跑，很快就来到陷阱处，看到陷阱没有动过的痕迹，就知道没有傻兔子上当。顾千城轻轻一跃，跳过陷阱，为了让胖女人上当，还故意顿了一步。胖女人见状，飞快地追上来，左脚踩在了陷阱里。砰的一声巨响，胖女人重重摔倒在地，地面都随之颤抖。

胖女人尖叫一声，想要爬起来，顾千城却飞快地扑了过来，抢走胖女人手中的铁棍。胖女人握得很紧，顾千城握着匕首朝她的手削去，直接削掉了她的大拇指，把铁棍抢到手里。顾千城握起铁棍就朝胖女人打去，咚的一声打在她的头上，血瞬间飙出。本以为这一记就是打不死胖女人，也能让她无法动弹，不想胖女人居然没事人一般站了起来，拖着血淋淋的左腿、顶着血淋淋的脑袋朝顾千城扑来，那模样十分骇人。

“贱人，贱人，我要杀了你，杀了你。”胖女人完全不讲章法，无视顾千城手中的铁棍，直直地将顾千城扑倒在地。

“啊——”被一个巨型大胖子压了一下，顾千城差点儿吐了……

第八章

双城，鬼打墙

秦寂言好不容易穿过那片黄土，来到这片绿意葱葱的山林，看到山里有人走过的痕迹，心里大喜。一路寻着痕迹找了过来，听到声响，秦寂言丢下侍卫，凭借卓越的轻功第一时间赶了过来，然后他就看到……

顾千城像是疯婆子一样，和一个胖女人扭打成一团，互相扯着头发、抓着脸……

看到顾千城打架的凶狠样，秦寂言有那么一刻呆住了，好在他没有彻底傻眼，见胖女人张嘴就要咬顾千城的脸，秦寂言反应极快，抬脚就将胖女人踢飞。

“啊——”胖女人失声尖叫，一连摔出数十米远，直到撞到一棵大树才停下，扑通一声摔倒在地，一动不动。

咦，人呢？顾千城躺在地上，完全蒙了。她眨了眨眼睛，突见一身玄衣的秦寂言站在她面前，朝她伸手……

“秦，秦寂言？”顾千城完全不敢相信自己眼前所见，讷讷道，“你，你怎么来了？”

“我不来，你就死了。”秦寂言见顾千城久久不动，只得主动拉住顾千城的手，手心传来的油腻感让秦寂言忍不住皱眉，“脏成这样，你怎么把自己弄得这么惨？”虽是责怪的话，却难掩心疼。

顾千城道：“很惨吗？现在还好吧。”她都收拾过了，之前更惨。

秦寂言仍旧皱着剑眉：“好什么好，快起来，又脏又臭的。”还特别剽悍。想到顾千城刚才和那个胖女人扭打成一团的样子，秦寂言就感觉背脊发寒。被子车训练过之后，千城越来越剽悍了。

“不想起。”顾千城握着秦寂言的手没有动，一脸郁闷地说：“你就不能晚点儿来吗？好让我收拾一下呀。”

“还晚？你看看你这个样子，我再晚一点儿，你得成什么样？”秦寂言轻轻一用力，就将顾千城拉了起来。

顾千城脚步一软，险些摔倒，幸亏秦寂言反应快，将人拦腰抱住，皱眉道：“怎么弱成这个样子？”

“饿的。”顾千城扶着秦寂言站稳，又立刻松开了他，“你还是离我远点儿，我身上脏得不行。”

“我都不嫌弃，你倒先嫌起来了。”秦寂言不仅没有松开顾千城，反倒将人抱得更紧了。顾千城突然笑了，调皮地说：“你真不在意？”

秦寂言心里防备，上下打量了顾千城一眼，很认真地说：“挺在意的。”这也就是顾千城，要换作任何一个人，他早踹开了。

顾千城道：“在意还不松手。”

“再抱一下，让我知道你平安无事。”秦寂言不嫌脏地抱着顾千城，天知道他看到顾千城平安无事有多高兴。这一路上，不知顾千城遭遇了什么，他提心吊胆的，连合眼都不敢。现在终于看到人完好无损地站在自己面前，他怎么可能在意顾千城身上脏不脏，他只会怪自己没有保护好她。

“抱歉，让你吃了这么多苦。是我没有保护好你。”秦寂言附在顾千城的耳边，自责地说道。

“和你有什么关系，长生门的人又不是冲着你来的。”顾千城真没有怪秦寂言。长生门的事谁也料不到，遇到那两个变态也不是秦寂言的错。

“总归是我安排的人没有保护好你，才害得你受这么多苦。”得到顾千城的理解，秦寂言很高兴，心中的自责却没有减少半分。

“意外罢了。”顾千城将全身的重量都依在秦寂言身上，“看到你来找我，我很高兴，对了，战场上的事不要紧吗？”

“你十多天没有消息，我能不来吗？战场上的事又不是没有我不行，离开一段时间也无妨。”秦寂言长长地叹了口气，“要是再找不到你，我都不知道会做出什么来。”

“十多天？这么说，我在山洞里待了好几天？”顾千城心里又是害怕又是庆幸。她昏迷了那么多天，居然没有失身丧命，真是不幸中的大幸。

“山洞？”秦寂言眉头紧皱，担心地问道：“你遇到什么了？”

“遇到两个神经病，受了点儿小伤，但没有大碍。我现在肚子很饿，你能不能给我找点儿吃的？另外，能给我找套衣服吗？我现在非常想梳洗一下。”顾千城可怜兮兮地看着秦寂言，小手拽着他的衣摆，撒娇道。

面对顾千城的请求，他哪里拒绝得了：“我带你去梳洗，稍后让侍卫给你寻衣服和吃食。”

“我知道哪里有水，你帮我看着就好。”顾千城早就想好好清洗一番了，之前只有一个人，她不敢随意下水，现在有秦寂言在，她还担心什么。

“好……”秦寂言应了一声，尾音拖得长长的，带着一丝戏弄的意味，眼神亦充满戏谑。

顾千城被他看得怪不自在，不由得瞪了他一眼：“你在想什么？”

“我在想，你虚弱成这样，要怎么才能走到水边？”秦寂言一本正经道。

顾千城白了他一眼：“油嘴滑舌，看到我虚弱成这样，你还不主动一点儿。”

“是，我错了。”秦寂言轻轻一用力，就将人抱了起来，“往哪儿走？”

"一直走，第五棵树右拐……"

秦寂言抱着顾千城朝水边走去，而他们不知，他们两人走后没多久，像死猪一样摊在地上的胖女人，就摇摇晃晃地爬了起来……

秦寂言将顾千城抱到溪边，将自己的外衣和中衣脱下，留下干净的那件给顾千城。

"我去给你烤肉，有事就叫我。"秦寂言绝不承认，自己说这话时心里有多么遗憾。

"好。"顾千城听话地说。

四个侍卫早就被秦寂言安排出去了，一人去给顾千城找衣服，一人去给顾千城找吃的，剩下两人则去找顾千城所说的那个跛脚男人，顺便解决一下胖女人。侍卫按秦寂言所指，回到顾千城与胖女人打斗的现场，发现本该躺在地上的胖女人不见了。侍卫在山里搜寻胖女人的下落，秦寂言则认命地坐在那里给顾千城烤肉。为免自己做出什么禽兽的事情来，秦寂言坚定地不回头。

顾千城远远看了一眼，露出一抹虚弱的笑，将身上的衣服脱掉，不顾寒冷地泡在溪水里，仔细搓着身上的污渍，顺手将贴身的衣服洗一洗。顾千城头上有伤，可她的头发油得打结了，好在头发短，清洗起来也省事。要不是考虑到秦王殿下的心情，顾千城会毫不犹豫地把头发再剪短些，好方便给头上的伤口上药。

伤口本已凝固，可是顾千城用清水将那块污渍洗干净时，头上的伤口再次往外冒血，顾千城忍不住痛呼出来。

声音不大，可是秦寂言一听到顾千城的痛呼声，想也不想就将手中的烤肉丢下，转身跃起，朝顾千城奔去。

"怎么了？"顾千城整个人坐在水里，除了露在外面的香肩，秦王殿下什么都看不到。而且，这个时候秦王殿下也着实没心情欣赏别的什么，他的视线落在顾千城不断往外冒血的头顶，还有肩膀和手臂的青紫上。

"怎么伤得这么重？"秦王殿下的眼中闪过一抹狂怒，如同狂风暴雨，似要将一切毁灭。

"一点儿小伤。"顾千城并没有隐瞒秦寂言的意思，也没有趁机使苦肉计。

"血都将溪水染红了，你确定是小伤？"秦寂言直接跃入水中，走到顾千城身边，将顾千城抱了起来，"头上有伤为什么不早说？你自己不是大夫吗，头上有伤还下水，你还要不要命了？"

顾千城后脑勺有好几处撞伤，血淋淋的口子不止一处，血块和头发粘在一起，要不清洗干净，就得把头发剪掉，不然无法上药。

顾千城见秦寂言生气了，没有和他顶嘴，而是小女人地抱着他，将自己缩在他怀里："我不是怕你担心嘛，这么一点儿伤，我能处理好，你看我连药都采好了。"

"胡闹，伤在头上，你怎么处理？什么叫不让我担心，我看你是嫌我担心得不够，故意折腾我是吧？"秦寂言真生气了，抬手就在顾千城大腿上拍了一巴掌。

啪的一声，这清脆的声音，还有那滑嫩的触感，让秦寂言一怔：他忘了顾千城此时没有穿衣服。

轰……秦王殿下的耳根瞬间就红了，倒不是他到现在还这么纯情，而是他真的从未在光天化日之下，将顾千城剥得这么干净。这种感觉，有点儿小奇妙！

反倒是顾千城很正常。她穿着贴身的衣服，又不是全身赤裸，别说两人坐在水里，就是走出去顾千城也不觉得有什么。不过，看到秦王殿下害羞的样子，顾千城还是挺高兴的，再看秦寂言半个身子都泡在水里，顾千城也就不再为难自己，搂住秦王殿下的脖子撒娇道：“正好我累了，你帮我洗吧。头上的伤口一定要洗干净，不洗干净会发炎的。”

“哦……好，好。”秦寂言没想到顾千城会提出这个要求，一时间有些手足无措。

在顾千城的技术指导下，秦寂言一边学习一边实践，终于帮顾千城洗好了头发，顺便也把澡洗了，只是，过程着实惨烈了些，时不时就能听到顾千城抱怨：“殿下，你弄疼我了。”

“殿下，你刚刚擦过这里了。”顾千城无语至极，她这个当事人都没有脸红害羞，秦寂言脸红害羞个什么劲呀？

“咳咳，我忘了……”秦王殿下知错就改，立刻换一个方向，然后擦着擦着就不对味了。顾千城发现时忙阻拦：“停停停，秦寂言……你往哪儿摸呢？”

“这里没有洗呀。”秦寂言一本正经地将手伸进亵衣里，很淡定地从胸前擦过。

顾千城忍不住轻颤起来，抓住秦寂言的衣服，声音有些嘶哑地说：“别，别，别闹了，你没看到我现在这个样子不适合闹嘛。”

“唔，不闹。”秦寂言也不想闹，可身体的本能是他能控制的吗？恋恋不舍地从胸前移开，秦王殿下继续往下，来到腰间，然后，手指轻勾，若有若无地挑逗起来。顾千城反应极快，身子立刻蜷了起来：“哎，你别闹啦，求你了，不能再闹了。你回去，我自己洗。”这哪里是洗澡，简直就是折磨人。

“很快就洗好了。”秦寂言才舍不得松手呢。虽然这对男人来说是一场折磨，可是……秦王殿下很乐意。

顾千城道：“那你别再闹了，我现在真没有力气。”

秦寂言本就没打算闹她，不过是情不自禁罢了。现在见顾千城请求，秦王殿下当然不会再做什么。要知道，顾千城那一身伤可是摆在那里的，身上青青紫紫的痕迹，看得秦王殿下火冒三丈，哪里还有别的心思。秦王殿下现在只想把顾千城口中那个跛脚男人找出来揍一顿。

侍卫没有找到胖女人，顺着顾千城所说的方向寻到了山洞。山洞里倒是有胖女人的脚印，可他们进去时里面已空无一人。

“人怎么不见了？”侍卫上前查看地上的铁链，不由得倒吸了口气，“是强行扯开的，对方力气不小。”

“那个胖女人不简单。”这个时候，侍卫可真是有点儿担心了。

“这座山比鬼山还要诡异，我们进来时差点儿迷路。我怀疑这座山还有其他的路，我们到处找找，一定要把那两人找出来。”侍卫心里毛毛的，要是找不到那两人，说不定会有大麻烦。

“顾姑娘不是说这附近还有一间房子吗？说不定那两人回去了。”有侍卫大胆猜测。侍卫神色凝重，一路搜寻胖女人的脚印，跟着胖女人留下来的痕迹，还真找到了顾千城所说的小房子。

“人果然回来了。”胖女人的脚印一直到屋前，侍卫也一路追了过来，翻墙进入屋内。

“没人。”侍卫前后翻了一遍，没寻到胖女人和跛脚男人，两人就像凭空消失了一样。

“你继续在这里找，我去外面看看。”侍卫分头行动，在屋内的那人将桌椅、土炕、墙面都敲了一遍，并未发现异常，而出去寻找的侍卫在外面找了一大圈，也没有看到胖女人的脚印。

两人就在屋里凭空不见了！侍卫面面相觑，最终决定先回去告诉秦寂言。这事太不寻常了，他们不敢擅自做主。

秦寂言和顾千城磨蹭了半天，终于收拾好了。两人从水里出来，顾千城觉得整个人都轻松了，当然，也更饿了。

“殿下，我让你准备的吃的呢？”顾千城看着被火烤成黑炭、早已看不出是什么的东西，咬牙切齿地看着秦寂言。

“秦寂言，你知不知道我多少天没吃东西了？”顾千城为了证明自己饿狠了，捏了捏自己的脸，“我从失踪到现在，除了喝了几碗有迷药的鱼汤，一点儿东西也没吃，你看到没有，我都饿瘦了。”

顾千城原本觉得自己只有一点儿可怜，说着说着就感觉自己可怜到了极点：“好不容易吃了点儿东西，又和一个疯女人打了一架，我饿得都能把我自己吃了，你居然毁了我的吃食。”

“你别急，我这就去给你找吃的，很快就回来。”秦王殿下听到顾千城十几天没吃什么正儿八经的东西，比顾千城还要担心。

“快去，快去，我饿死了。”因饥饿而脾气恶劣的顾千城没好气地吼道。

秦寂言还是第一次见到顾千城这么不讲理的一面，要不是顾千城饿得实在难受，他真想再逗逗她。

为了能在第一时间找到吃的，秦王殿下直接用轻功跃上枝头，然后，把眼睛所能看到的鸟窝全给掏了！看到秦寂言急急地给她掏来鸟蛋，又小心地将鸟蛋埋到火堆里，连手指烫伤了也不在意。顾千城突然有点儿不好意思，正想开口解释一句，刚张嘴就对上秦寂言担忧的眼神：“怎么了？饿得难受？我帮你揉揉……”

秦王殿下走到顾千城身边，将手放在她的胃部。一股暖流流向胃部，还别说，顾千城觉得自己的胃舒服多了。

秦王殿下见顾千城蔫蔫的不说话，不由得放低声音哄道：“很快就好，你再忍忍。”

“我好多了。”顾千城调整了一个姿势，将脑袋枕在秦寂言的腿上，“秦寂言，这个时候有你陪着，我从来没有一刻，像现在这般高兴。”顾千城说着说着就哭了出来。

她一直以为自己一个人也可以活得好好的。事实上，她一个人确实可以活着走出去，可是……秦寂言的出现，却让她知道，哪怕她一个人可以，仍希望有个人出现，成为她的倚靠。

听到顾千城含着泪的声音，秦寂言的心揪成一团，心疼得不行：“傻瓜，你有事我怎么可能不来？”

“以后，我要是出事了，你都要来找。”顾千城得寸进尺地要求道，秦寂言想也不想就应道：“好……”

跛脚男人真的死了，但不是顾千城打死的，而是被活活吓死的。

跛脚男人虽然心理有问题，本质上并非十恶不赦的坏人。那个山洞对跛脚男人来说，是他的心魔。他自己当初就是被人关在那里，四肢用铁链锁着，每日每夜被人凌虐，逼问他压根儿不知道的事。后来，他获得了自由，又在这个山洞里凌虐别人，从中寻得心理平衡，借此证明自己不怕这个鬼地方。

当跛脚男人醒来，发现自己又一次被锁在山洞里，当初被凌虐的惨痛记忆瞬间涌进脑海，然后他就活活把自己给吓死了！

胖女人眼见天亮了自家少爷还没回来，便带着铁棍上山来寻。看到他面容狰狞的横死画面，胖女人当时就疯了，握起铁棍就去找顾千城，最后却被秦寂言踢昏了。她醒过来就跑到山洞，背起跛脚男人回到他们的住处，然后打开了通往叶家墓地的通道，同时将两座山的守护大阵毁掉。

自从少爷把那个恶魔带回来，叶家就没了，双城也没了，守护大阵也就没有存在的必要了。毁了守护大阵，这两座山也会跟着覆灭！

“哈哈哈，全部去死，所有人都等着给我家少爷陪葬吧，害死我叶家上下百余人的贱人，你等着，我就是化作厉鬼也不会放过你。”

胖女人背起跛脚男子，毫不犹豫地踏入叶家墓地，走向那片死亡之地。

守护大阵被毁，鬼山上的景色立刻出现诡异的变化，只是这种变化太慢，不仔细看的话，根本发现不了……

顾千城吃饱后立刻重拾笑颜，靠在秦寂言的怀里问道：“殿下，你跑来找我，战场上的事怎么办？”

秦寂言道：“不用担心，我都安排好了。”不管战场上的情况如何，他丢下大军离开都是事实，之后肯定会有麻烦，可是，他不想让她担心。

“谁留在战场上主持大局？”顾千城握着秦寂言的手，一根手指一根手指地玩起来。

“平西郡王，有他在，必能压下众人，所以你可以放心了。”秦寂言伸手想揉揉顾千城的头，一抬手就想到她头上有伤，忙收回手，“头发干了，我给你上药，包扎起来。”

“好，药在那儿，你捣碎了敷在伤口上就成。”顾千城懒懒的，不想动，秦寂言索性抱起顾千城去取药材，然后又把人抱回来。

顾千城挂在秦寂言身上，忍不住笑了出来：“突然觉得自己像小孩了。”

秦寂言道：“本来就孩子气，小雪貂都比你懂事。”虽然顾千城大多数时候都是冷静成熟的，撒起娇来却比孩子还要甜腻，让人完全招架不住。

“你怎么能拿我和小雪貂比，至少也得拿我和延宸比呀。”顾千城打死也不承认。

“封延宸可没有你娇气，你看看你这娇气包的样子，和小雪貂简直是一个模子里出来的。”秦寂言捏着顾千城的鼻子，顾千城拍开他的手，可秦寂言偏偏不让，两人闹成一团……

侍卫过来时就看到这一幕，眼见着殿下和顾姑娘两人完全忘我，侍卫无奈，只得硬着头皮咳了一声：“咳咳……”

这一下，秦王殿下终于发现了他们的存在，顾千城也发现了。秦寂言半点儿也不尴尬，冷冰冰地问道：“事情都办好了？”

三个侍卫一脸苦相地禀道：“回殿下的话，没有找到人。”

秦寂言脸色一沉：“没找到人，你们回来做什么？”

“属下，属下……”侍卫被秦寂言吓得不敢吭声，顾千城暗暗扯了扯秦寂言的衣服，小声说道：“好了，别公私不分。”

“咳咳……”秦寂言轻咳一声，语气缓和了不少，“说吧，到底是怎么回事？”

侍卫暗暗松了口气，忙将自己这一路追踪的结果告诉秦寂言：“属下找到了顾姑娘所说的屋子，也看到他们进去的痕迹，可却没有出来的痕迹，屋内也没有人。属下觉得此事蹊跷，不敢擅自做主。”

“人不见了？一死一伤的两人，居然能凭空消失，这个地方倒是有意思。”秦寂言眼中闪过一道精光，“我们过去看看。”

同一时刻，鬼山正一点点往下陷，山顶的石头骨碌碌地往下滚。向导远远地看到这一幕，吓得傻眼了，不管不顾地将小船划远了，至于山里的贵人，他可管不了了……

秦寂言一行人很快就找到了屋子。那屋子并非建在山脚下，而是建在山凹处。秦寂言在外面看了一眼，没有发现危险，便示意侍卫先进去。

侍卫踹开门，走了进去。

鬼山已完全崩塌，只是他们在这里完全听不到那边的动静。除了鬼山，秦寂言和顾千城刚刚待过的那座山也开始一点点往下陷，树叶不断颤动，就好像地震一般。

侍卫进去查看，屋内和他们之前看到的一模一样，没有任何变动。秦寂言在门口放下顾千城，拉着她一同进去。诚如侍卫所说，屋子的角落里还有血迹，看颜色应该是今天上午留下的，胖女人确实回来过。

“每一个角落都不要放过。”秦寂言不放心顾千城，一路都拉着她的手。

侍卫认命地再次在屋内翻找起来，这次他们也不在意会不会弄乱屋子，胡乱地翻找着，可是仍然一无所获。

“找不着就算了，我们先离开这里吧。”顾千城见状，出言提醒道。

秦寂言本想挖出那两个虐待顾千城的人，也想弄清楚这两座山到底是怎么回事，可听到顾千城的话还是点了点头：“行，我们先走吧。”

秦寂言与顾千城先出去，侍卫紧随其后，就在此时，地面突然一阵晃动，轰的一声巨响，身后的房子瞬间塌了。

“快走！”秦寂言抱起顾千城就往前跑，侍卫反应过来，连忙离开事发地。

“不好，是地陷，我们脚下的地在往下陷！”不仅仅是房子倒塌，整个地面都在下陷，而且……

"殿下，你看——"顾千城指着不远处的山顶。前方的山脉正以肉眼可见的速度往下陷，山上的树木成片地倒下。

顾千城眼睛睁得大大的："这是地震？"

秦寂言闻言边跑边道："不是地震，是那两个人动了手脚。"秦寂言立刻就明白了是怎么一回事。

"这两座山，有两个护山大阵保护，可以阻挡外人进来。那个胖女人回来后，毁了山上的大阵。"

顾千城一愣："护山大阵？"那是什么东西?

轰隆隆——一声接一声的巨响传来，将顾千城的声音湮没，秦寂言没听到顾千城在说什么，就算听到了他也没空回答，因为……他们前方的路正在往下塌陷，甚至陷得更快。

"殿下，前面没路了。"两座山一点点下陷，他们根本无路可走。

"没路了也要走。"秦寂言足尖一点，凭空跃起，然后又飞快地落下，"往左。"左边还未完全塌陷，他们的速度快些，也许还有希望。

侍卫毫不迟疑，跟着秦寂言拼命地往前冲，可是他们跑得快，地陷的速度也越来越快，身后的大山轰然倒塌，整个陷入地底，扬起一片尘土，也阻挡了他们的视线。

秦寂言抱着顾千城，一路冲到山的边沿，眼见着就要跃过去，整座山突然哐地往下掉，眨眼之间，光秃秃的鬼山和绿意青葱的大山彻底消失了，而顾千城与秦寂言也随着一同坠落……

秦寂言和顾千城本以为自己这次死定了，可是——没有！他们醒来了，在一片废墟中。他们两人很幸运，上方横挡着数棵大树，替他们撑起一个狭小的空间，让他们免了被砸死的命运。

"千城，醒醒。"秦寂言先一步醒来，顾千城一直被他抱在怀里，没有松开过。

顾千城眨了眨眼睛，迷茫地问道："这是哪里？"

"一片废墟中，应该是护山大阵保护的地方，我们出去看看。"秦寂言将面前的障碍清开，抱着顾千城走了出去。外面和他们想象中的不同，虽然仍旧是一片废墟，但不是山塌陷而形成的废墟，而是一座被战火摧毁、荒废已久的废城。秦寂言和顾千城眼下所在的位置算是城外，眼前所见全是半倒的城墙和房屋，看上去有些年头了。

"山下面是一座城？"顾千城转了一圈，眼里满是惊讶。

这是一座古城，放在大秦来说，这也是一座古色古香的城池。

"一座存在上百年的城，看它的建筑，应有百年之久。"秦寂言虽然无法确切地说出年代，可也相差不远。

"真是神奇。"顾千城一直都知道，古人的智慧不可小视，可是看到一座废城以这种方式出现在自己面前，仍旧觉得不可思议。

抬头望天，天色渐暗，应该是傍晚时分。

秦寂言道："如果是一座城，我们要出去应该不难。"一座废城而已，现在已经暴露在人前，他们出去有何难，可是，他们太小看这座城了。

接下来，两人在废城转了三天，怎么也走不出去，来来回回仍旧是这片废墟。

“我们好像想得太简单了，这座废城不是暴露在人前，而是藏得更深，要出去似乎不是容易的事。”顾千城抬头看天，依旧看不出一丝异常。

“这里没有摆阵，许是受外面的护山大阵影响。不用担心，我们一定能找到出路。”秦寂言安慰道。

“这里没有吃的，也没有水，我们撑不了多久。”一座存在上百年的废城，去哪里找吃的?

“会找到的。”秦寂言抱着顾千城，眼里闪过一抹心疼。

顾千城想了想，说道：“我们再找找看。这几天一直是白天走路，晚上休息。我觉得我们应该颠倒一下，晚上闭着眼睛乱走，说不定就能找到出路。”

秦寂言没有意见，虽然晚上赶路很危险，也很累，可他们现在没有选择。当天晚上，两人没有休息，而是借着夜色往外走。天黑看不清路，索性走到哪里算哪里。

“小心些。”秦寂言半抱着顾千城，为她抵挡寒风，两人紧紧依偎在一起，借着微弱的光穿行在废城中。突然，顾千城和秦寂言一脚踏空，两人摔倒后一路往右滚，速度之快，完全无法控制。

“啊——”顾千城尖叫一声，本能地抱着秦寂言，将头埋在他的怀里。同样，秦寂言的第一反应也是抱紧顾千城，尽量保护她不受伤害。

“嘶——”秦寂言倒抽了口气，摸黑将顾千城抱了起来，“千城，你没事吧？”伸手探了探顾千城的鼻息，确定她气息平稳，当下松了口气。

秦寂言背后伤得很重，至少断了两根骨头，抱着顾千城非常吃力，便没有费力将顾千城弄醒，而是寻了一处空地将她放下。安顿好顾千城，秦寂言这才有空查看四周的环境。借着月色，秦寂言能清楚地看到不远处的树林。林子里散发着清甜的果香味，风一吹便扑入鼻间，可秦寂言却没有上前去摘，因为——

蛇！树上缠满了蛇，那些蛇一动不动，连声音都不曾发出。

一开始，秦寂言还以为是什么奇怪的树枝，就在他往前踏了一步时，那些造型奇怪的“树枝”突然动了，秦寂言定睛一看，这才发现全是蛇。

秦寂言甚至看到了它们猩红的芯子!

秦寂言后退一步，然后他就发现，那些蛇又不动了。

此时天太黑了，四周的情况也看不真切，再加上顾千城还昏迷不醒，秦寂言不敢贸然上前，就这样保持着安全距离，在顾千城的身旁坐下。

一个时辰后，天色渐亮。秦寂言也将周边的环境看清楚了。此地并没有什么特别的，他们面前是一片树林，身后则是一条黄土路。

面前那片树林很大，一眼望不到边际，而且每棵树上都盘了一两条蛇，那些蛇有手臂般粗细，半人长，看上去十分恐怖。尤其是当它们齐齐吐芯子时，那画面更瘆人，就是秦寂言也觉得头皮发麻。

天色大亮，顾千城终于醒了。“殿下……”顾千城轻唤一声，秦寂言立刻将注意力放到顾千城身上：“醒了？”

“嗯。”顾千城的身体还有些虚弱，扶着秦寂言的手才站起来，“我们这是……啊，怎么这么多蛇？”话说到一半，顾千城就看到那挂满了蛇的树林，吓得连连后退，跌在秦寂言的怀里。

看顾千城吓成这样，秦寂言轻拍她的肩膀安慰道：“别怕，只要你不上前，它们就不会动。”

“这么多蛇，看着头皮发麻。”最初的惊吓过后，顾千城很快就冷静下来。

“确实挺吓人的。不过，我们也算找到了食物。”秦寂言昨晚就想好了。

顾千城一听，眼前一亮：“蛇肉的味道不错。”

“你生火，我去抓蛇。”秦寂言扶着顾千城在安全地带坐下，又帮她寻来一些干草。

“你小心一些。”顾千城拿着秦寂言寻来的火石，一下一下地敲打起来。

“放心，我很快就会回来。”秦寂言拍了拍顾千城的肩膀，然后便朝树林跃去……

那些蛇像是有感应一样，秦寂言一动，它们就跟着动起来，长长的身子往前探，不断地吐着芯子，张大嘴朝秦寂言扑去。可是，秦寂言在它们上方，任凭它们蹿得再高，也奈何不了他半分。

秦寂言跃上树头，随手折下一截树枝，脚尖轻轻一点，一个旋转，手上的树枝便刺向一条大蛇。

扑哧一声，正中七寸，大蛇挣扎一下便断气了。

“千城，接着。”秦寂言轻轻一挑，大蛇的尸体便朝顾千城飞去。

顾千城边后退边说：“别砸在我身上。”

砰！蛇尸落在顾千城脚边，蛇头正对着她。

秦寂言发现，即使他杀了这条蛇，别的蛇也没有跑下树去找顾千城的麻烦，便没有顾忌，凭着卓越的轻功，一直立在树上不下来，不多时就杀了十几条蛇。蛇尸全部堆在顾千城脚边，都快成一座小山了。

“殿下，够了。”顾千城头皮发麻，有些受不了。

“好。”秦寂言又唰唰地解决了十几条蛇，然后纵身一跃，来到顾千城身边。

缠在树上的蛇不断地嘶叫，可在秦寂言退开后又恢复了安静，就好像刚刚的屠杀不存在一样。

“那些蛇似乎离不开树，而且我们只要不上前，它们好像就发现不了我们。”顾千城将自己刚刚观察到的东西说了出来。

“确实，其他树上的蛇也无法跑到别的树上来，只能一直守着自己的地盘不动。”秦寂言之所以杀这么多蛇，就是为了验证自己的猜测。

“这地方还真是古怪。”顾千城耸了耸肩，继续敲打石头，秦寂言想接过来，却被顾千城拒绝了，“你要是有空，就去削几根树枝，然后把蛇皮剥了。”

秦寂言摇头一笑，无奈地起身，又一次跑进蛇林砍树枝，然后认命地剥蛇皮，将蛇肉穿在树枝上，只等火一着就能烤。

秦寂言和顾千城在废城里终于寻得一线生机，而战场上的平西郡王，却陷入危机之中……

第九章
废墟，一座城池

一确定秦寂言离开的消息属实，西胡与赵王就联系上了。双方各怀心思，又有共同的目的，很快就把事情谈拢了。西胡出兵十万，帮赵王通过羊肠小道，同时调二十万兵马随时准备攻城，让平西郡王轻易不敢调人出去援助。

“卑鄙无耻，赵王那个奸贼！”平西郡王气得破口大骂。秦寂言突然离开大营，他好不容易才安抚好军心，还来不及喘口气，就迎来赵王与西胡的联手。

言倾见平西郡王一脸疲态，上前道：“我带人去伏杀赵王。”

“你小子少给老子添乱。”平西郡王指着言倾，一脸嫌弃地说，“你和封小子都几天没睡了，这样怎么带兵？”

安抚军民情绪的事情由封似锦负责，而调兵布阵、埋炸弹、练兵则是言倾在做。平西郡王虽然急得嘴上都要长泡了，可他做的事真的没有言倾和封似锦多，只是，不管是平西郡王还是程将军，见到二人都只有一句话：“活该！”

要不是这两人帮着，皇太孙殿下怎么可能说走就走，所以这两人做再多，平西郡王和程将军都不觉得有什么。可是，做事归做事，真要让言倾拿命去拼，平西郡王却是舍不得的。他们老言家就这么一根独苗，真要出事了，他哭都哭不出来。

“除了我，你还有更好的安排？”言倾却不肯退让，挡在平西郡王面前，“让我去，我一定会活着回来。”

“滚！你看看你这个样子，跟鬼似的，先好好休息再来跟我说话。”平西郡王故意用凶狠的语气来掩饰自己对儿子的关心。

言倾知道父亲是为他好，没有再争执，只道：“我去睡两个时辰，两个时辰后我带兵出征。”

说完，转身就回了自己的营帐。言倾前脚刚走，封似锦后脚就拿着一封信走了进来，眼下的瘀青和大熊猫有一拼。

“郡王……”封似锦的声音哑得不行，一听就知道他没休息好。

不是自己的儿子，平西郡王也不心疼，一脸严肃地问道：“什么事？”

封似锦将刚收到的消息递到平西郡王面前：“有人将皇太孙殿下丢下大军擅自离开的消息

传回京中，这是我的人拦下来的消息，不知有没有漏网的。”

“一群无耻的小人，就会用阴招。”平西郡王已经气过了，懒得再说秦寂言什么，左右事情都发生了，现在说再多也没用。

封似锦垂眸掩去眼中的疲累，哑着嗓子道：“和西胡、赵王这一战，我们必须顶住，这座城我们也要守住。至少要守到皇太孙回来。”

“你有什么好法子？”平西郡王知道封似锦有一颗玲珑心，阴谋算计什么的最是在行。

封似锦直言道：“皇太孙曾安排人暗中扶持楚世子，现在楚世子已经拉拢了一小股势力，我们可以试着和他接触，表示只要他愿意弃暗投明，便能成为下一任赵王，重回京城。”

“楚世子会同意吗？”平西郡王似乎不太相信。

封似锦莞尔一笑，语气温和道：“不同意也没关系，我们又不会损失什么。他要是不想做富贵王爷，便去夺权好了，左右他没有选择。”

平西郡王最头痛这种煽动、陷害、利用的戏码，索性直接丢给封似锦：“这件事你看着办，不必再报给我了。”

“好。”封似锦也不拒绝，又道，“至于西胡那里，就更好办了。风遥之前不是连连失利，后来又迟迟破不了城吗？我们就派人在军中散播消息，说风遥的生父是大秦人，他知道自己的身世，虽是西胡的大将军，心里却是向着大秦的，所以才不愿意带领西胡攻破大城。”

“啊？这样的流言会有人信吗？”平西郡王看向封似锦的眼神带着几许怀疑。

封似锦看到了，却毫不在意，继续道：“信不信不重要，只要西胡起疑就好。到时候我们与风遥交战，故意输几场，然后再派人造谣，就说这是风遥与大秦联手演的戏，好取信于西胡。不然风遥为何早不赢、晚不赢，偏偏在流言出来后赢得大战呢？”

“这法子好，真是杀人不见血。”平西郡王嘴上夸赞，背脊却是一阵发寒。这个看上去好脾气、好说话的小子怎么如此阴险？这事一传开，风遥就不用活了。果然是封老头的儿子，虎父无犬子呀！

封似锦的计是好计，也是毒计。他所设的局，不管是针对楚世子还是风遥，都不需要证据，只需要怀疑就行。

西胡人本就怀疑风遥的身世，对风遥多有防备。而风遥这个统帅的位子，在西胡不知有多少人盯着呢，风遥只要出一点儿差错，那群人就会抓住不放，不断地在西胡皇帝面前说风遥的坏话，劝西胡皇帝撸了风遥的统帅之职，好让自己的人取而代之。用这招对付风遥，他们只需要在前期出点儿力，后面自有西胡的人接手，把风遥坑死。

封似锦的这两条计策只要一实施，就能削弱赵王与西胡的实力，可是实施这两条计谋需要时间，就算计谋再好，也化解不了眼前的困境。

平西郡王当天就收到了西胡派兵前去接应赵王大军的消息，只得把还未睡够的言倾叫起来，让他带着军中的精锐，无论如何都要把赵王打回去。

为了言倾的安全，平西郡王特意把唐万斤安排在言倾身边。为了让唐万斤尽心保护言倾，平西郡王许诺道：“只要你保护好言倾，回来后我就升你做三品大将军，职位与言倾相同。”

听到平西郡王许下的承诺，唐万斤连忙拍着胸脯保证，他一定会保护好言倾。

大秦早已在羊肠小道安排了六万兵马，言倾这次又带了五万人马过去，加起来共有十一万人马。十一万人看着很多，可光赵王手中就有十几万人，更不用提西胡的十万兵马了。要不是凭借羊肠小道的地理优势，言倾这十一万人根本挡不住赵王与西胡的联手。

当天夜里，言倾就带兵赶到羊肠小道，与西胡的兵马遇上，二话不说直接开打。西胡十万人，言倾五万人，对方两个打一个，按说胜算很大，可是言倾带来了秦寂言留下的炸药，西胡人没讨到一点儿好处。

战事以双方皆有损失告一段落。当天夜里，双方扎营，互有防备，发生了几起小冲突，却没有打起来。破晓时分，赵王带着兵马出现，战斗由此拉开序幕……

同一时刻，风遥率二十万大军来到城门，却是围而不攻！

城中，平西郡王手中还有近二十万人马，风遥这二十万人要强行攻城不是不可以，不过一点儿便宜也占不到。风遥的想法很简单，与其现在牺牲兵马强攻，损失惨重，不如等赵王的兵马过来，双方会合，以六十万大军的优势碾压大秦。风遥的想法是对的，可是，他围而不攻的想法，却让西胡的很多人不满，认为风遥给了大秦喘息的机会，让大秦等援兵来。而这对封似锦来说，是一个极好的机会，他散播谣言正好可以从这件事开始。两军台面上的交锋还未开始，台面下已是暗潮汹涌、风云变幻。

在平西郡王面对巨大压力的时候，秦寂言和顾千城也正面对巨大的压力。他们在蛇林外找了五天，然后发现一个事实，那就是出路似乎在蛇林后面！

“穿越蛇林不是难事，难的是怎么应付群蛇。”顾千城看着密密麻麻的蛇担忧道。

秦寂言曾越过蛇林查看，其后是一个蛇窟，少说也有成千上万条蛇在树林后面，它们一起守在一个石洞外。秦寂言猜想，那个石洞十有八九便是出路。而且，就算不是出路，他们也要试一试，因为没有其他出路了。

“要不我们放把火烧了吧？”顾千城给出非常有建设性的意见。

“我试试。”秦寂言暂时想不出更好的法子，只能试着用火攻。

两人收集了不少干草，秦寂言将其打成一个大包，然后拎着这个大包穿过蛇林，将其丢向蛇窟，火种也丢过去。

火种接触到干草，立刻燃了起来，只是火苗很小，烤一两条蛇可以，想弄死蛇窟里面的蛇，绝对是说笑。秦寂言并没有就此放弃，找来更多的干草、树枝助燃，这么一来，火势立刻起来了，可是问题又来了，蛇窟里的蛇受高温影响，缓缓爬了出来，整座山全是蛇，而秦寂言与顾千城又不能在整座山上放火。

“看样子火攻是不行了，我们没办法把整座山给烧了。”顾千城一脸郁闷。

秦寂言眉头微皱，沉思片刻道：“那些蛇遇到火就散开，火一灭又立刻回来，似乎离不开蛇窟，莫非石门里有什么让它们不得不守在外面的东西？”

“你说守护？”顾千城听到这话，不由得挑眉。

“不像是守护，反倒像是在等着什么。”秦寂言想到那些蛇的反应，心里隐约有个猜测，只是不敢肯定。

“我对蛇不感兴趣，我现在只想出去。”被困了七八天，顾千城心里越发着急。

外面的人没有他们的消息，说不定以为他们死了。她还好，影响不到大局，可是秦寂言不同，他现在是皇太孙，长时间不露面，要是让有心人发现，绝对会引起朝廷动荡。

“暂时没有别的路，我们只能从那道石门下手。”秦寂言试着往前走了两步，发现他一上前，蛇林的蛇就吐芯子，防备意味十足，而他一后退，树上的蛇就安静下来。

如此反复试了几次，秦寂言大胆地猜测道：“千城，也许我们站的这片地方，有什么东西可以让蛇发现不了我们的存在。”

顾千城听到这话，也往前走了一步，发现事情真如秦寂言所说的那样。于是秦寂言与顾千城分头找了起来，两人把这片地上的每一种草都拔下来试了，石头什么的也一一试过，可全都不是。

“不是草，也不是石头，那会是什么呢？”顾千城随手抓起一把草，连着泥土一起拔了起来，红色的泥土落在身上，顾千城瞪大眼睛看着那块指甲大小的泥土，“秦寂言，我好像发现了……”

“什么？”秦寂言扭头问道。

“你看——土，这个土是不是不同？”顾千城指着地上的泥土，眼睛亮亮的。

“土？”秦寂言看了一眼，没有发现异常。

“就是土。你看，这土是红色的。”顾千城捡起落在脚边的那小块土递到秦寂言面前，“红土并不常见，说不定真是土壤的问题。”

“是吗？”秦寂言不太肯定，顾千城却来了兴致：“不知道，不过我们可以试试，挖前面那块地的土来对比一下。”

顾千城说干就干，抓起一把土就往前走，在蛇会发现她的距离停下，挖了一把土出来，经过一番仔细的比较，终于惊喜地发现：“殿下，这两种土不同，也许就是土的问题。”

“是吗？”秦寂言问道，“那接下来怎么办？”

顾千城扬了扬手中的土，道：“全身沾满泥后过去试试，如果蛇林的蛇不攻击我们，蛇窟里的蛇必然也不会攻击我们。”

“就没有别的法子？”秦王殿下有点儿无法接受。

“我想不出来。”顾千城见秦寂言一脸的纠结，叹了口气道，“殿下，要不我先试试？如果这个法子不行，你也不用弄脏衣服。”

秦寂言摇头，咬牙道：“不用，我试。”

“殿下英明。”顾千城笑着拍马屁。秦寂言没好气地瞪了她一眼：“你故意玩我吧？”

“才没有呢，是真的有发现。”顾千城为了让秦寂言相信她，立刻收起笑脸，一本正经地说。

“最好是真的，不然，回去……处罚你。”最后三个字咬得极轻，带着一股说不出来的暧昧。顾千城脸颊微红，娇嗔地瞪了秦寂言一眼，转身去挖土，不理他了。

二人一连杀了三十几条蛇，才勉强和出一堆泥来。顾千城示意秦寂言把衣服脱下，然后将泥浆涂在衣服外面。顾千城亲自为秦寂言披上：“殿下，辛苦你了。”

秦寂言捏了捏顾千城的鼻子：“你比较辛苦，我很快就回来。”说罢，他压下心中的厌恶朝蛇林走去。顾千城站在原地，眼也不眨地看着蛇林，然后发现那些蛇好像感觉不到他的存在一般，根本不攻击他。

“殿下，那些蛇没有发现你。”顾千城高兴地跳了起来，似乎已经看到了出去的希望。

“我再往前看看。”秦寂言披着腥臭味十足的泥外衣顺利穿过蛇林，来到蛇窟前，那里的蛇同样无动于衷。

“成了！”秦寂言眼中闪过一抹亮光，转身往回走，三两步就走出了蛇林。

“太好了，我们现在就过去。”顾千城真是一刻也不愿意待在这个鬼地方了。

“不行，天太黑了，等天亮再走。”秦寂言将手上的泥外套放在一旁。

就算他们能够平安穿过蛇窟，却不知道石门后面是什么，万一有危险怎么办?

早晨醒来，秦寂言做的第一件事便是在顾千城的唇上轻轻一吻：“早。”这是两人这几天养成的习惯。

“早。”睡眼惺忪的顾千城搂住秦寂言的脖子，迷迷糊糊地在他脸颊上亲了一下。

早餐依旧是蛇肉，吃饱后，两人没有耽搁，秦寂言将那件泥衣披上，然后把顾千城抱在怀里，两人朝蛇林走去。也不知泥里有什么，反正秦寂言和顾千城披着泥外衣进来，树上的蛇就不攻击他们，而等他们穿过树林来到蛇窟时，蛇窟里面的蛇居然给他们让路了。

“奇怪了，昨晚并不是这样的。”秦寂言记得很清楚，昨天他过来时，这些蛇可没有那么乖。

顾千城想了想道：“今天衣服上的血腥味淡了。”秦寂言想了想，似乎真是如此。

没有群蛇的阻挡，两人很快来到石门前，秦寂言示意顾千城抱紧他：“别松手，我试着将石门打开。”

秦寂言先推了推，发现打不开，便运足内力使劲一推，没想到用力过猛，两人竟然直接跌了进去。啪的一声，石门重重地关上，将唯一一缕阳光挡在外面。

石门里是一条又长又窄的通道，秦寂言抱着顾千城在地上滚了两圈才停下，身上的那件泥衣早不知掉到哪里去了。两人狼狈地从地上爬了起来，略作整理，秦寂言便拉着顾千城的手往前走：“我们去前面看看。”

“希望我们这次能出去。”顾千城随手抹了一把脸，将脸上的脏污擦掉。

通道里非常黑，走了好半天也不见光，秦寂言和顾千城也不知道自己走了多久，直到顾千城觉得自己饿了，他们还在通道里。

“我们至少走了三个时辰了吧？”顾千城问道。秦寂言应了一声：“差不多。”

别无选择，顾千城和秦寂言只好认命地往前走，大约又走了一个时辰，两人终于见到一丝光，赶紧加快步子，不多时就到了亮光处。只是他们看到的不是出口，而是一个闪闪发亮的山洞。

走进山洞，中间是一个偌大的水池，冒着白烟，随处挂着透明的水晶。阳光从山顶上方的小孔射入，落在水晶上，折射的光线洒向山洞的每一个角落。

“有水！”虽然没有找到出路，不过看到水源，顾千城仍是眼前一亮，“看看这水能不能喝。”

“我先去试试。”秦寂言拍了拍顾千城的手，示意她站在原地不要动。

秦寂言上前，蹲在池边，左手轻触水面，冰凉的触感沁人心脾。秦王殿下用手舀了一口，忍不住赞道：“好水！”

“可以喝。”秦寂言朝顾千城招手，示意她过来。顾千城忙跑了过去，蹲在池边猛喝一通，终于缓解了连日来的干渴。顾千城满足地在秦寂言脚边坐下：“我觉得我终于活过来了。”

“活过来了就好。”略作清理后，两人便在山洞里寻找起来。他们在水池边发现了一条水道，池中的水顺着这条水道，一路朝山洞北方流去。两人顺着水道来到山洞一角，秦寂言暴力砸破洞壁，看到一条巨大的双头蛇正凶猛地朝他们吐芯子。离它不远处的地上，绽放着一朵异常耀眼的花。那花只有两瓣，一红一蓝，相互依偎在一块，说不出来地美丽。

“我，我们这是来到蛇的大本营了？”顾千城吞了吞口水，躲到秦寂言身后。

“看样子是的，你躲到后面去。”秦寂言拍了拍顾千城的手，让她快点儿躲开。

秦寂言试探地后退了一步，发现那条蛇并不因为他的后退而缩回，便知今天无法善了。双头蛇先是慢悠悠地展开自己的身子，等它将尾巴抽出来时，突然加快速度，如同闪电一般朝秦寂言扑去。秦寂言早有防备，轻轻一个跃起，跳到双头蛇身后，也就是那朵红蓝二色的花旁边。

双头蛇猛地转过身子，看到秦寂言站在花旁，竟没有第一时间攻击，而是立在原地不动。秦寂言看了一眼身侧的花，若有所思地看向双头蛇，发现这条蛇特别在意那朵红蓝二色的花，自己每看那朵花一次，双头蛇的身子就绷紧一次。

面前的花，还有十余天才能结果！

顾千城显然也注意到了，当即默契地与秦寂言对视一眼，悄然溜到距离双头蛇五米远处停下。双头蛇怕秦寂言毁掉那朵花，两个蛇头死死地盯着他，并没有发现身后的顾千城。

当秦寂言佯装摘花时，双头蛇猛地朝秦寂言发起攻击。秦寂言闪身躲开，同时将绑在小腿上的匕首丢给顾千城，然后将双头蛇引到方便顾千城攻击的位置。

双头蛇眼见秦寂言离花朵远了，当即兴奋地扑过去。就在此时，顾千城跃至双头蛇的背上，匕首对准蛇头一划。噗的一声，蛇头被斩断，腥热的血溅了顾千城一脸。

蛇头落地，却没有立刻咽气，而是在地上一弹，朝着顾千城扑去。同时蛇尾一甩，将秦寂言卷个正着。

看着蛇头朝自己扑来，顾千城倒地一滚，恰好将那株红蓝二色的花压倒了。蛇头见顾千城跑了，便笔直地朝秦寂言飞去。秦寂言抡起拳头砸在蛇头上，蛇头飞了出去，撞到洞壁上，当即摔了个稀巴烂，可秦寂言的手也是血淋淋的，手收回时，隐有一道白光闪过。

顾千城从地上一跃而起，挥起匕首便将蛇身斩成数段，救出秦寂言。

“你的手……”顾千城突然想到秦寂言用手击打蛇头，忙抓起他的手查看，“咦，上面有一颗蛇牙。”

“蛇牙？”秦寂言愣了一下，他并没有发现自己被咬了。

“别动。”顾千城用匕首将蛇牙挑了出来，又仔细看了下他的伤口，“没事，那蛇没毒。不过，为安全起见，你还是取它的蛇胆吃了吧。”

秦寂言听话地接过顾千城手中的匕首，将双头蛇的蛇胆取出，吞服。眼眸扫到那朵花的根部，秦寂言不由得愣了一下：“这朵花恐怕不是一般地珍贵，居然不是用泥土养的，而是金色的液体。”

顾千城听到秦寂言的话，转头望了一眼。原来那朵红蓝二色的花，被顾千城压倒后，连根一起翻了出来，花的根部沾的不是寻常泥土，而是金黄色的液体，看上去十分特别。不过，再特别也没用了，花朵已被顾千城压坏，根也被压断，完全没救了。

“再珍贵也是枉然。”顾千城不感兴趣地收回视线。

秦寂言想想也是，便不再多想，上前将顾千城抱到池边：“清洗干净，我们尽快找出路。”

秦寂言和顾千城很快就将那朵奇花抛到脑后。

与此同时，长生门的人收到了一个让他们极度兴奋的消息，那就是龙凤双城的护山大阵毁了，传说中的龙凤双城遗址十有八九出现了……

第十章

药效，成亲的事

长生门这些年一直在寻找龙凤双城的遗址，为此不惜放火烧了一个村庄，屠杀了上千人，却未找到龙凤双城的遗址。

如今收到这个消息，从来不在人前露面的长生门圣女，亲自带人前往鬼山寻找遗址。

没错，困了秦寂言和顾千城数十天的废城，就是龙凤双城的遗址，而他们不屑一顾的红蓝花朵，就是长生门不惜一切代价也要找到的长生丹配药——龙凤果。当然，那朵花并不是龙凤果，要等那朵花谢了，结出果子，才是龙凤果。

放眼天下，只有龙凤双城的金池才能长出龙凤果，而且每次只能长出一枚龙凤果。龙凤果每年成熟一次，成熟后取果实用，将果核埋入由金池孕养的土地里，来年就会生根、发芽、结出新的果实，如此周而复始。换言之，全天下只有一颗龙凤果的种子。如果龙凤果不幸在成熟前被人毁了，那么龙凤果也就没了！

可惜，秦寂言和顾千城一点儿也不知道，或者说他们压根儿就没有往龙凤果上去想。长生丹上的药材，多少人耗费一生也找不到一样，他们怎么可能那么好运，左遇到一样，右遇到一样？再说了，那朵花哪里长得像龙凤果？

秦寂言和顾千城借着池子里的水，将身上的血水洗干净。湿衣服裹在顾千城身上，曼妙的身材展露无遗。秦寂言只看了一眼，就……

感觉到秦寂言突然加重的气息，顾千城默默地挑了一个离他最远的地方，一点一点拧着湿发和湿衣服，希望能早点儿弄干。

秦寂言看到顾千城小媳妇一样缩在角落里，不由得失笑：“放心，我还不至于那么禽兽。”说罢上前拍了拍顾千城的头，然后发现，自己在这样的碰触下，身体竟然不受控制地起了反应……

秦寂言暗暗吸了口气，努力平息着心中的燥热。顾千城见了，一脸担心地问：“你怎么了？”

秦寂言默了半晌，苦笑道：“能有什么，还不是某人的魅力太大了。等大秦与西胡的战事结束了，我们就成亲吧。”

顾千城道：“先找出路，离开这个鬼地方再说。”

秦寂言亦没有多说。成亲的事，不是嘴上说说就可以的。

两人在山洞里找了许久，一无所获，最后秦王殿下还是将出去的希望放在了山洞的顶部。既然阳光能从那里射进来，那里必然有出路。

“你让开。”秦寂言挥拳朝洞顶击去。一拳又一拳，整个山洞都在晃动，洞顶却一点儿裂缝也没有。

秦寂言和顾千城都郁闷了，在秦寂言调息时，顾千城指了指倒垂下来的水晶，问道：“你说，我们把这些水晶打下来，会不会有出路？”

“试试。”秦寂言轻轻一跃，将倒垂的水晶扯了下来。水晶碎了一地，洞顶出现了一个凹槽。秦寂言再次挥拳朝那个凹槽砸去，一拳就轰出一个口子。泥土纷纷落下，顾千城却傻愣在原地没有反应。

“还愣着干吗？我们快走。”小口正好够一人通过，秦寂言先把顾千城送出去，然后将那条蛇尸拖到脚下，自己踏在上面，爬了出去。

秦寂言不知，在他踏着尸体爬出山洞后，尸体滑入池中，池中的水瞬间变得污浊。此后，这世上再也没有可以孕育龙凤果的金池了。

秦寂言和顾千城顺着山洞爬了出来，发现他们处在一座小山谷中。谷里鸟语花香、绿意葱葱，放眼望去，处处充满生机，景色美不胜收。对于一直看着废墟的顾千城和秦寂言来说，这里简直就是天堂。

“我们这是走出来了吧？”顾千城呼吸着清新的空气，脸上笑容灿烂。

“应该是，我们往外走走。”一瞬间看到不同的景色，秦寂言的眼中也染上了笑意。

终于走出那片废墟了！

两人往前走了一段，很快就发现了一个山洞。秦寂言进去看了一下，确定里面没有危险，便让顾千城在这里等着，他去打些猎物。

秦寂言走了没多久，感觉小腹处的那股热流仍在，不由得蹙眉：自己从来不重情欲，今天这是怎么了？秦寂言暗自调息，内息在体内游走一圈，并未发现自己的身体有异常。

“许是这几天在废墟待久了，以至于想入非非。”秦寂言摇头轻笑，极力忽视着心底的渴望。很快，他就抓到了两只野鸡，又在山上摘了几颗野果。秦寂言回来时，顾千城已经将山洞收拾好。干草铺得整整齐齐，睡在上面绝对舒适。

“果然是心灵手巧的小媳妇。”秦寂言心情颇好地夸道，却换来顾千城的白眼：“去，把肉清理一下，再生个火。”

“是……大人。”秦寂言一本正经地应道，反倒把顾千城给逗笑了。

在秦寂言的大力协助下，这顿饭两人吃得极满足。吃饱后，两人便在火堆旁坐下，也不说话，就这么静静地坐着，看着头顶的星空……

长生门的人因为寻找顾千城的关系，一直在鬼山附近活动。当天夜里，他们就鬼鬼祟祟地抵达鬼山。不过，他们并没有直接进去，不是不想，而是不敢，怕惊动了秦王殿下的人。

出去给顾千城寻找衣服的亲兵，回来看到两座大山突然塌陷，吓得魂不守舍，立刻通知人前来寻找秦寂言。他们已经在鬼山四周找了十余天，依旧不得其门而入，来来回回就是两座山的废墟，想要清理这些泥土，短时间内又办不到。

长生门的人过来后，看到有官府的人在行动，特意派人去查探消息。

秦寂言训练出来的人，都不是白痴，长生门的人没查到任何有用的消息。不管他们怎么打听，这些人都一口咬定，他们是奉县太爷之命在这里盯着，以免地牛翻身。长生门的人无功而返，只得将探到的消息报上去，最后报到长生门圣女倪月的耳中。

倪月一身白衣、身材高挑、五官清丽脱俗，站在月光下，就如同从天上走下来的仙子，周身都萦绕着一层淡淡的月华。肩膀上趴着蜘蛛的那个白衣女子，也算是人间绝色，可站在圣女倪月的面前，瞬间就沦为了小丫头。

“圣女，官府那些人绝对没有说实话。”蜘蛛女见倪月听到汇报后没有一丝动静，便大着胆子说道。

倪月冷冷地说：“避开他们，明日天亮进山寻城。”

“是。”蜘蛛女没有多说，恭敬地后退数步，站在倪月的身后。

顾千城此时还沉浸在从废墟里走出来的兴奋中，一时半刻睡不着，便让秦寂言先睡，她负责守上半夜，秦寂言守下半夜。只是，秦寂言此时根本睡不着。他总觉得自己的身体越来越不受控制。为了压制心中的燥热，他离顾千城远远的，可是仍旧不行……

“殿下，你怎么了？”秦寂言今晚真的太反常了，顾千城想忽视都不行。

秦寂言尴尬地别过脸，轻咳一声：“没事，你快回山洞休息。”秦寂言即使极力克制，声音仍不免有些嘶哑，气息也渐渐紊乱。

“殿下……”顾千城叹了口气，无力地说，“你中招了。”

“什么？”秦寂言听到顾千城的话，脑子有一刹那的恍惚。

顾千城想到那条双头蛇，瞬间就明白了：蛇性本淫。秦寂言被双头蛇咬伤，虽然蛇牙无毒，可对身体还是有影响的。秦寂言此时压不下去的欲望，就是最好的证明。

顾千城无语望天：那条破双头蛇到底是什么品种呀？为什么它的牙没毒，却有这种奇葩的效果呢？莫不是受那朵花的影响？

顾千城虽然是胡乱猜测，却沾了一点儿边。那条双头蛇独居在山洞里上百年，每年只靠流进来的水和龙凤果维生，已经上百年没有发泄过。再加上龙凤果与金池精华的作用，双头蛇的身体多少有些变异，只是外人不知罢了。

秦寂言听到顾千城的话，终于明白了自己这几个时辰为何如此反常。“千城，快回山洞，既然是药性，熬过去就好了。”

“你……恐怕熬不过去。”已经过去两个时辰了，要是能熬过去的话，现在就不会有反应了。顾千城脸红道，“要是不发泄出来，那里会……废掉。”

听到这句话，秦寂言整个人都不好了，一张俊脸涨得通红，不知是憋的还是尴尬的。

两人隔着火堆，相对无言……

“千……”

“殿……”

两人同时开口，又同时停下。相视一眼，顾千城先道：“殿下，别多想，活着最重要。你要是真……那啥了，大秦皇室就要绝后了。”

“你……闭嘴！”一会儿说他会废掉，一会儿说他绝后，她就不能说句好听的吗？

“殿下，不要逃避现实。”顾千城真的很郁闷，明明这种事应该秦寂言主动，她都暗示到这个地步了，秦寂言还不主动。

“你……”秦寂言已经气得不想说话了，最后只能闷声说道，“皇室娶妻，会在婚前检查，你要是……皇室不会准许。”这也是秦寂言一直不肯动顾千城的原因，除了尊重，还有这一层考虑。

“其实……我嫁给你本来就挺困难的，现在也只是再多一个麻烦。左右都要解决，不如到时候一起解决吧。”顾千城真心觉得自己很悲催，自荐枕席做到这个地步，她也是蛮拼的。

此刻，秦寂言已难受到极点，眼神恍惚，不自觉地轻嘤一声。

“简直是败给你了。”顾千城无奈，起身走到秦寂言面前，“殿……”

可不想，她刚开口就被秦寂言压住了：“千城，对不起！”

吻……落下，和以往的温柔缠绵不同，这一吻是霸道的索取。顾千城放松身体，被动地承受——已经决定了，就没必要后悔。

“千城，我许诺，一定会给你世间最好的一切。”秦寂言眼中蓄满愧疚，隐有泪花闪过，抱着顾千城走进山洞里……

初承恩泽，顾千城受不住无度的索取，后半夜就晕了过去。第二天醒来时，全身像散了架一样难受，双腿酸得抬不起来，比特训那会儿还要惨。顾千城扶着腰坐了起来，发现秦王殿下竟然不在！

秦寂言一大早出去，是想给她找点儿好吃的补补身体，同时去找找出路。

想起昨晚的情形，秦寂言的嘴角就抑不住地上扬。他想吃顾千城不是一天两天了，每每想到顾千城与封家的五年之约，他心里就硌硬得不行，现在成功吃掉了顾千城，秦寂言心里那点儿小担忧也就没了。顾千城已是他的人了，不管是言倾还是封似锦，都只能干瞪眼！

心情极好的秦王殿下发现了一窝山羊，当下毫不客气地连窝端了。运气不错，这一窝山羊里正好有一只刚生产过的母羊，奶水十分充足。

秦寂言端着煮好的羊奶走进山洞，发现顾千城正笑着看他。

“千城，你醒了。”他怎么觉得，顾千城脸上的笑那么不对味呢？秦寂言赶紧将手上的羊奶递过去：“千城，先喝点儿羊奶，温度刚刚好。”

“你早上去找的？”羊奶膻味很重，顾千城却不怎么在意。早上醒来，没有第一眼看到秦寂言，其实她心里有那么一刻的彷徨，甚至不由自主地往最坏的方向想：上了床，秦王殿下就翻脸不认人了；或者，秦寂言认为她是一个随便的女人……

秦寂言当然知道顾千城心中所想，眼中闪过一抹心疼，将她抱在怀里轻声问道：“地上凉，腰还疼不疼？我给你揉揉。”

秦寂言的手在她的腰间轻轻地揉着，见顾千城捧着羊奶并不喝，又道：“快趁热喝了，不然味道更差。”

“哦……好。”顾千城愣了一下，捧着羊奶默默喝了起来：秦寂言没有因此轻视她就好。

秦寂言看到顾千城颈间的印子，心疼道：“千城，昨晚委屈你了，以后不会了。”

顾千城没有回答，只是低着头，眼眶却泛着红。

一滴泪落到羊奶里，漾起层层涟漪，秦寂言又是心疼又是愧疚，更多的却是感动。

“千城，我定不负你。”握着顾千城的手，秦寂言郑重许诺。这个女人，是他放在心尖上的女人，他必然会许她一世荣华。

心中的不安，因这句话而奇异地消失，顾千城答道：“你不负我，我必不负你。”只要秦寂言信她，她便没什么好担心的。这一生，只要这个男人不负她，她顾千城必然不会负他。

清晨时分，长生门的人兵分两路，武者引开官兵，蜘蛛女与圣女倪月则带着几个忍者进入废墟寻找龙凤双城的遗址。

蜘蛛女在前面引路：“圣女，这里我曾到过，原本两座山都有阵法保护，没有人带着，外面的人进不来，也不知原来的路还能不能走。”显然，蜘蛛女就是那个虐待跛脚男人的女人。跛脚男人一家，也是因为这个女人，而惨死在火海里。

“护城大阵？”倪月见蜘蛛女往废墟中走去，开口阻止道：“叶霜，回来。”声音极轻，却透着不容拒绝的威严。叶霜立刻后退，不敢有片刻迟疑。

“跟着我。”倪月丢下这话，就带头走在前面。蜘蛛女和一干忍者立刻跟上，一行人很快就消失在废墟中。

圣女倪月对护城大阵颇为了解，在她的带领下，长生门一行人在天黑前找到了废城。废城死气沉沉，没有一丝生气。

“这里就是龙凤双城的遗址？”叶霜看到眼前一片断壁残垣，不由得皱眉。

这座废城寸草不生，除了半倒的城墙，只有一堆乱石，真能找到他们要的龙凤果吗？

山中不知日月长，在秦王殿下和顾千城被困山中之际，外面亦发生了翻天覆地的变化。

言倾是一员猛将，有勇有谋，可是，他是人，不是神。他将赵王一行人堵在羊肠小道，困了五天，然后就再也困不住了。在西胡和赵王的联手攻击下，言倾撑了五天已达极限。

西胡先期派了十万人马过来，后来又陆续派了五六万兵马过来，言倾手上只有十一万人，应对三十万兵马，能撑五天已属不易。

平西郡王得知西胡加派兵马支援赵王的消息后，不是没想过派兵增援，可先不说他们手上的兵马不够，单说西胡大军已发起攻城之战，就让平西郡王无法调人。

和风遥交手数次，平西郡王虽然没有吃败仗，可也没有赢。平西郡王打得挺憋屈的，于是找封似锦来商量对策：“似锦，你怎么看？”

见平西郡王问起，封似锦便道：“下官和郡王说过的计划已经实施了，没有意外的话，这两天西胡内部就会传出风遥是我们大秦人的流言。”

不知情的副将们听得满头雾水，平西郡王也没打算和他们说，只道：“会不会因此影响凤家？”

“无妨，回头我们向秦王殿下解释清楚就好。”封似锦轻描淡写道，话中的信息量却非常大。

向秦寂言解释，而不是向老皇帝解释，明显是告诉平西郡王，他没有把老皇帝放在眼里，有秦寂言保凤家，不必担心。平西郡王面色微变，不明白谨慎如封家，为什么会如此立场鲜明地支持秦寂言。

不过不明白归不明白，封似锦把话说出来，平西郡王也不会反对：“似锦你有把握就好，我不希望凤家因此受损。”

凤家镇守北齐，要是老皇帝因此事而对凤家起疑，边境必乱，到时候大秦就真正危矣。

“郡王放心，只要皇太孙殿下寻得神兵利器，局势瞬间就会扭转，到时候一切问题自然迎刃而解。”封似锦淡淡地开口。

副将们听到封似锦提起秦寂言，不由得问道：“殿下寻的神兵利器到底是什么？是比火药还要厉害的兵器？”“殿下到底什么时候回来？”“这都十来天了，殿下再不回来，我们都撑不住了。”……

封似锦对外宣布，秦寂言是去寻找能够打败西胡的神兵利器了，是比火药还要厉害的武器，一旦找到，这场战事他们必胜。一番假大空的话，却让秦寂言的消失得到完美的解释。

封似锦这厢在安抚将士，却不知在县城里，久久寻不到秦寂言的暗卫们快要疯了，甚至几次都动了传消息给封似锦与言倾的念头，告诉他们秦寂言失踪之事。

同样，在京城的封大人也要疯了！

国难当头，周王和五皇子为了一己私利，居然拖住了援军！

大秦三十万兵马，却要对上西胡的五十万人马，还有赵王的二十万人马，战况有多紧张，不需要看战报都清楚，可周王与五皇子为了私利，使尽手段拖延援兵出发的日子。

封大人和焦大人好不容易以强硬的态度责令援兵出发，周王与五皇子又开始拿粮饷等军需来影响大军的行程。

“他们这是尝过甜头就不肯放了。当年为了暗害太子，他们就做了损害大秦社稷的事，现在还想旧事重演，这样的人怎配为君？”封大人气得不行，在自家老爷子面前狂吐苦水，“周王为了敛财，纵容官员在江南鱼肉百姓。他这么做，和自毁长城有什么两样？五皇子为了敛财，居然想搬空国库。他难道没有想过，国库空了，大秦如何运转？没了大秦，他还是五皇子吗……”

封老爷子一直听，没有说话，握着鱼竿的手一动不动。直到封大人吐完苦水，封老爷子才放下鱼竿，扭头看向封大人：“你可知为父为何辞官？”

封大人一愣，说道：“不是为了给儿子让路吗？”

“非也。”封老爷子起身，指着皇宫的方向道，“当年，我就如同你这般。所以我辞了官，再不过问朝廷之事。”

“父亲，你的意思是……让我辞官？”这一点，封大人早有准备。他的儿子已经入朝为官，要想升官，他就必须得辞，不然有他挡在前面，似锦就是再能干，也不会身居高位。

封老爷子没有直接回答，而是说道："你现在的心态已不适合为官，就如同当年的我。"

封老爷子的话让封大人陷入沉默，他站在池塘边，半天没有离开，封老爷子什么时候走的，他也不知。

父亲说得没错，自己已不适合为官。当年，他也清楚太子的事情，却不像现在这般愤懑不平，他只觉得惋惜，为太子惋惜，为大秦惋惜。

"确实，我该辞官了。"封大人苦笑一声，转身回书房，毫不保留地将京中的情况，一一告诉封似锦。

封家的男人，从来不眷恋权势。既然决定辞官，封大人就没有什么好犹豫的，当然，和周王、五皇子对上，也没有什么好顾忌的。

五皇子一天到晚拿着钱庄说事，不仅没有充盈国库，反倒以初建为名，从国库划走不少银子，那么，他就让这个为五皇子个人提供银钱的钱庄，开不下去！周王占据江南鱼米之乡，扣住粮草不松手，他就清了江南官场。他倒要看看，周王是保江南的官员，还是要粮草。

封大人雷厉风行地整顿朝政，以强硬的姿态逼得五皇子和周王喘不过气来，为了保住自己的一亩三分地，五皇子和周王不得不收手，眼睁睁地看着援军赶赴西北战场。

"秦寂言，算你命好。"周王气炸了，他原想拖住援军，让西北大败，暴露秦寂言不在军中的事，可现在全被封大人破坏了。

五皇子就更头痛了，他没钱、没人，好不容易在逍遥的指点下，借着钱庄将国库和存在钱庄的钱，全部划到自己名下。这才刚开始没做多久，就被人断了财路。不仅如此，钱庄外天天有人拿着银票兑换银子。刚开始，他还能拆东墙补西墙，先把银票给兑上，可随着兑换的人越来越多、面额越来越大，五皇子已经撑不住了。

景炎收到五皇子最近的动向，不由得笑了："把大秦钱庄交到这样的人手里，简直是嫌银子多。"

五皇子一点儿也不懂钱庄的运营，被人一怂恿，就拼命地印大面额的银票，丝毫不管他能不能兑出这么多银子，更不管银票会不会被人仿制。

在封大人朝五皇子发难，借钱庄一事拖住五皇子的视线时，景炎就用大量的假银票，从五皇子手中套取真金白银。朝堂上的事，对景炎来说尽在掌控之中，而大量银子落到手中，也让景炎心情大好，只是……

秦寂言和顾千城一起消失的事，令他很不愉快。

虽然封大人破坏了周王与五皇子拖延援兵的计划，可援兵仍旧无法在原定的时间赶到。即使日夜兼程，也要晚到五六天。

"五六天？等到赵王与西胡联手攻城，我们能撑两天就算不错了。"平西郡王听到这个消息居然笑了，只是那笑容比哭还难看。

"郡王，我们尽了自己最大的力量，对得起天地良心即可。"封似锦安慰平西郡王，转而又问道，"郡王，言倾怎么样了？"

备言倾带人去羊肠小道阻拦赵王，损失三万人，而他自己也受了重伤。

“伤到内脏，出血不止，虽说保住了命，却得慢养。”提到言倾，平西郡王就更愁了。

“要不要把言倾送回京城？京城的条件比这里好。”封似锦建议道。

平西郡王再次叹气：“我提过，他不肯走。他虽然无法上战场，却可以教导手底下的人。我看他的意思，是有意提拔顾家那个孩子。”

封似锦知道言倾的用意，只能劝说平西郡王：“言倾的眼光郡王还信不过吗？言倾看上的人，必然是极好的。”

顾承欢确实不错，可在封似锦眼中，到底还是一个小孩，能力有，可太年轻了，无法服众。言倾要把人扶上去，这可不是容易的事。

“好什么好，真当我不知道怎么回事？”平西郡王狠狠瞪了封似锦一眼，“看在顾家那位姑娘去西北大营把言倾救出来的分上，我才对这事睁一只眼、闭一只眼。”

“郡王英明。”封似锦适时地拍马屁道。

平西郡王心里高兴，嘴上却道：“英明什么，我要是英明，就不会放皇太孙殿下离开了。这都十几天了，皇太孙也不传个消息过来，真是愁死人了。”

“放心，皇太孙不会有事。”封似锦脸上的笑容不变，眼中却是一片忧色。

封似锦可以肯定，过两天如果还没有秦寂言的消息，赵王、西胡一定会放出“皇太孙遇难”的消息，到时候怕是军心难稳。

想到这一出，封似锦忧心忡忡，也没心思和平西郡王多说，寥寥几句便结束了今天的谈话，准备回自己的营帐，好好想想后续事务的安排。不管怎么样，他都要在秦寂言回来之前，守住这座城……

封似锦的担忧很快就成真了。赵王与西胡一直紧盯秦寂言的动向，十多天没有见到他，虽然不知他到底做什么去了，不过并不妨碍他们散布谣言。

西胡和赵王会面，双方一商量，便决定放出“秦寂言已经死亡”的消息，同时准备在两天后联手攻城。

消息很快传到平西郡王与封似锦手中，平西郡王立刻下令，全军随时准备作战。封似锦则飞快地联系秦云楚身边的人，让他们借此机会帮秦云楚立威夺权。只要秦云楚手上有权，与赵王另外两个儿子三足鼎立，这三人必然会内斗。

赵王军中的事好解决，麻烦的是西胡。西胡军中空降两个副帅，封似锦还以为他们会和风遥斗起来，没想到风遥步步退让，居然稳住了西胡的局势，这让想要搅起西胡内斗的封似锦郁闷得不行。

“风遥果然是员良将，有他在，西胡一时半刻怕是内斗不起来。现在只能等皇太孙回来了。”封似锦心里一阵烦躁。

短短两天，大秦军中上下都知道皇太孙殿下生死不明、凶多吉少了。封似锦虽然早有防备，可也只能抓住几个传播流言的，无法控制流言的蔓延。

流言越传越离谱，与此同时，西胡与赵王联手，派出五十万人马攻城……

第十一章
不怕，已是本殿下的人

秦寂言和顾千城两人并没有在山里待太久，解开心结，两人很快恢复如常，甚至比先前更亲近了。

秦王殿下知晓顾千城身体不适，一步都不让她走，吃喝都抱着，出去就更不用提了，一直背在身上，完全不给顾千城双脚落地的机会。

临出发前，秦寂言已经把他们来时的痕迹抹除。那个有双头蛇的山洞，被他推了一块巨石下去，就算有人过来，也看不到他们出现的痕迹。

秦寂言早上出来时，已经探了一次路，现在背着顾千城直接踏着树梢而行，完全不在地上留痕迹。一路凭借卓越的轻功飞掠，到中午时，两人已经到了山谷的底端。没有意外，秦寂言和顾千城所待的山谷，在一座悬崖的底下，两人要离开这里，得爬上这座高达数千米的悬崖。

秦寂言和顾千城在悬崖下随意吃了一些东西，略作休息后，便准备出去。

“我们走了。”秦寂言用衣服将顾千城绑在自己身后，随即跃上崖壁，一步一步往上爬……

半夜时，秦寂言和顾千城就爬上了崖顶，只是对崖顶情况不熟，只能暂时休息。等到天亮，两人便迫不及待地下山，当天傍晚赶到离山脚下最近的城镇。进城后，秦寂言立刻放出信号，好让暗卫知晓他们的下落。

“你先休息，我出去打听消息。”秦寂言将顾千城安顿好后，便直接找上当地的锦衣卫。

锦衣卫明面上的主人是皇帝，实际上掌控锦衣卫的人，一直都是秦寂言，而且在大秦各地都有据点。秦寂言想要的消息，锦衣卫通通都有。

“赵王与西胡联手攻城，三天三夜，虽未破城，大秦却损失惨重，无再战之力。不出两天，西胡与赵王必破此城。”

“援军遇到山路塌方，前行速度受阻。”

“言倾将军身受重伤，短时间内不能再战。”

“大秦钱庄被人恶意套取白银，国库损失惨重，白银流向北齐。”

“有不明身份之人，进入鬼山废墟。”

……

一件件，一桩桩，无一不是紧要的事，尤其是摆在最前面的，关于前线战事的消息，更是让秦寂言不得不立刻赶赴前线。

拿到消息后，秦寂言立刻让锦衣卫安排，他和顾千城要去战场。同时让锦衣卫的人去寻制作炸药包用的东西，立刻送往战场。既然封似锦为他的离开寻了一个完美的理由，他自然要把后续工作做好，不能让人揪出错来。

"属下明白。"锦衣卫的人立刻领命，转身就去安排秦寂言交代的事，同时将秦寂言平安无事的消息传给了锦衣卫首领。

秦寂言回到客栈，把睡得正香的顾千城摇醒："千城，醒醒，出事了，我们要立刻出发。"

顾千城睡得并不沉，秦寂言一开口她就醒了："出什么事了？"

"赵王和西胡联手攻城，平西郡王他们很危险，我们必须立刻赶往战场。"秦寂言说话间，已经替顾千城拿来干净的衣服，并替她穿上。

两人一番收拾后，立刻出门与锦衣卫的人会合。

"他们是谁？"顾千城真的震惊了：秦寂言到底有多深的势力，在这么偏远的小镇也有他的人？

"锦衣卫的人，这事以后再和你说，我们先走。"锦衣卫的人给秦寂言和顾千城安排了两匹马，还有足够的食物，和可以避开官府探查的身份。

"主子，你要的东西已经交代下去，一定会在期限内送到战场上。"锦衣卫的人恭敬地将身份牒牌奉上。

"一旦发现本王的暗卫，通知他们立刻赶往战场。"秦寂言猜测，他的暗卫收到消息后，这两天就要到了。

"小人明白。"

秦寂言简短地交代了几句，便示意顾千城上马。就在这时，身后传来一阵马蹄声。骑马而来的是个普通人，看着像是江湖中人。锦衣卫的人回头看了一眼，说道："主子，是我们的人。"

"等等，有急信。"秦寂言停下，那人立刻追了上来，翻身下马，奉上一封信："主子，大人的信，十万火急。"

秦寂言接过，立刻拆开。信上没有字，只有几个数字，还有些简单的图画。秦寂言一看，脸色骤变，眼中闪过一股杀意。

顾千城本以为秦寂言不会说，不想到了晚上休息时，秦寂言抱着她道："千城，皇上的身体似乎恢复了。"

"啊？莫非是药王谷的人找了皇上？"顾千城一愣，随即猜测道。秦寂言道："不是药王谷，而是长生门。据说皇上的身体已经好了，只是对外依旧是一副病重的样子。"

"皇上想干什么？不，应该是长生门想做什么？"顾千城心中一窒，手心不受控制地冒了汗。

秦寂言已经做好了继位的准备，手中的权力也越来越大，皇上突然搞这么一出，不是想把秦寂言和朝臣都折腾死吗?

“也许他不想放权，也许他想长生。”秦寂言一脸嘲讽地说。他已经习惯了老皇帝的反复无常，不过，现在的局势，已经容不得老皇帝反悔。

“至于长生门，他们要的，永远都是《夷国志》。”这就是秦寂言愤怒的原因，老皇帝从顾老太爷那里查出顾千城有《夷国志》，已经答应了长生门，等顾千城一回京，就将她秘密送给长生门。

“《夷国志》？长生门的人不会是知道了《夷国志》在我手上吧？”顾千城越想越觉得极有可能。

秦寂言一脸沉重地点头道：“是的，长生门知道你有《夷国志》，现在已经盯上了你，而且皇上也同意把你交给长生门。”

“我……和长生门还真是有缘。”顾千城不知自己该哭还是该笑。

她能留在顾家就是因为《夷国志》，现在被顾家推出去，也是因为《夷国志》，果然是成也《夷国志》，败也《夷国志》。

“千城，别担心，有我在，长生门奈何不了你。”秦寂言紧紧抱住顾千城安慰道。

“我不担心，既然提前知道了，我们想好对策就行。在我们大秦的地盘上，长生门就算是条龙，也得盘起来。”顾千城知道，再忌惮也没用。长生门盯上了她和唐万斤，不把长生门灭了，她和唐万斤就无法安宁。

秦寂言抵达下一座城镇后，立刻让人给封大人、焦大人、凤将军和平西郡王等人送信，让他们知道老皇帝短时间内死不了，做事不要太过，顾忌一点儿老皇帝的面子。

消息送到封大人手中，他第一时间去见了封老爷子：“父亲，不是每个人都只考虑自己的利益。皇太孙殿下就考虑到了大秦的基业，也考虑到了我们这些做事的人。”

封老爷子半点儿也不吃惊，只道：“所以他才会是皇太孙，所以太子才会死在战场上。”

当年的事，太子心里跟明镜似的。他很清楚自己去北齐就是赴一个死局，可他还是去了。

为什么?

为了大秦的基业，为了不让大秦成为北齐的附属国，为了保住这万里江山!

“父亲，你说皇太孙他……”封大人听到老爷子这番话，当即吓得手脚发抖。

“不一样，那位没想过取皇太孙的命。”老爷子指了指皇宫的方向，“那位的心思并不难猜。他一向多疑，皇太孙给你传消息，就是让你好好表现，别让那位发现了你的心思。记住，那位在位一天，你就要忠于他一天，绝不能有二心。”就是有了二心，也不能表现出来。

“儿子明白了。”封大人重重地点头，像是下了极大的决心一般。

封老爷子见自家儿子一脸凝重，好像天要塌下来似的，不由得拍了拍他的肩膀：“天塌下来，还有皇太孙顶着，你担心也没有用，好好办自己的事就行。皇太孙有门路拿到这个消息，可见他的势力之大，不需要你为他操心。”

诚如封老爷子所想，秦寂言心里已有对策。不管老皇帝还能活多久，政权和军权，秦寂言肯定是要握在手上的。老皇帝顶多只能握着他那点儿隐藏起来的势力，想要做大事或者左右大秦的国运，几乎不可能。

至于顾千城，既然被长生门的人盯上，秦寂言就不可能让她一个人回京了。而且言倾伤到了内脏，军医束手无策，只能靠顾千城了。

秦寂言道："正好你的头发还没有蓄起来，这段时间便作少年打扮，混在我的亲兵中。"

一直在鬼山附近搜寻秦王殿下和顾千城下落的暗卫们，在即将绝望之时，终于收到了秦王殿下的信号。

趁秦寂言不在军中，军心不稳，赵王与西胡疯狂地攻城略地。两军联手，五天后终于有上百人爬上了城墙，城门亦被攻城车撞得摇摇晃晃，眼见就要破城。唐万斤突发神威，嘴里念叨着什么，不要命地撞向攻城车，推着攻城车在大军中横冲直撞，哪怕身体被长枪刺穿，全身是血，仍不肯倒下。

大秦将士受了鼓舞，不要命地和敌人浴血奋战，越打越猛，把西胡和赵王的军队逼得连连后退。

"风帅，现在怎么办？"西胡的两位副帅无奈地问始终一言不发的风遥。

"怎么办？大秦气势勇猛，我军节节败退，除了撤退还能如何？"风遥毫不掩饰对大秦将士的赞赏，尤其是看到唐万斤时，风遥的眼睛更亮了。

见赵王就在自己身旁，风遥问了一句："那人是谁？"

"你说那个疯子？"赵王看到唐万斤，恨不得立刻杀了他，"他叫唐万斤，力大如牛，连西北的二十万大军都困不住他。他就像不怕死一样，不论受了多么严重的伤，躺两天就好了。你看他现在这个样子，身上插了五六杆长枪，有几处明显插在了要害，可他就是不死。"

"那个人是天生的杀器，要是能为我们所用就好了。"风遥一脸的赞叹，后面那话当然是故意说的。

"那人对秦寂言死心塌地，不会叛变。"赵王不知找了多少人引诱唐万斤叛变，唐万斤却完全不为所动。

"可惜了。"风遥一脸惋惜地说。大秦战意正浓，风遥无意与疯子作战，当即下令退兵。

两个副帅这个时候可不敢多言，风遥一下令，他们立刻就带着自己的亲信部队撤离。可是唐万斤不甘心，眼见西胡人跑了，再次不要命地追了上去，顾承欢赶紧将他拉了回来。

这一战，大秦赢了，虽然赢得惨烈，终究保住了这座城。

"大家再坚持两天，援兵很快就到。"平西郡王出言安慰众人，只是这话说出来，连他自己都不信。

平西郡王叹了口气，打起精神道："至于皇太孙殿下……"他正想说"也快到了"，就听到营帐外传来一阵喧闹声："报——皇太孙殿下……"

"什么？皇太孙来了？太好了，这一战我们有希望了。"众将喜出望外地奔出营帐，揪住传令的小兵就问，"皇太孙殿下在哪里？离营地还有多少里？我们点兵去接殿下。"

传令的小兵禀道："皇太孙殿下还没回来，是殿下派人送的东西到了！"

“殿下派人送的东西？”此言一出，平西郡王顿时双眼一亮，“在哪里？快带我们去。”

“在后方，足足二十大车，说是好东西。”传令的小兵忙在前面引路。

足足二十车的火药！还没有走近，平西郡王和程将军就闻到了熟悉的火药味。

“火药！秦王殿下给我们送火药来了，我们有救了，再也不用怕西胡那群瘪三了。”程将军扑在车上高兴地大喊大叫。

平西郡王亦激动得双手颤抖：“太好了，这城我们能守住了！”

看到这一车车的火药，众副将也有信心了。封似锦站在人群中，看着那一车车的火药，眼中闪过一丝暖暖的笑意。秦寂言能把这些火药送来，就表示他和顾千城没事了，他们两人早晚也会过来。

平西郡王激动过后，便询问送火药的人，秦王殿下什么时候会到。对方也干脆：“殿下与援军碰头，快则三天，慢则五天，必到。”

“援军终于要到了？”幸福来得太突然，平西郡王脑子都是晕的。送火药来的人等到他平复过来才道：“殿下命小人转告郡王，这段日子郡王辛苦了，郡王再撑两天，等殿下来了，事情就解决了。”

“只要殿下能带援军过来，这点儿辛苦不算什么。”平西郡王豪爽地说道。

大秦军中发生这么大的事，根本瞒不过赵王与西胡，当然平西郡王也没想瞒他们。让对方看到他们的实力，才能令其害怕、自乱阵脚。

平西郡王的计划很有成效。知晓大秦来了一批火药，并且援兵三五天就能到，西胡军中顿时炸开了锅：“大秦的皇太孙怎么回来得这么快？不是说皇太孙失踪了吗？”

“十多天音讯全无，所有人都以为他失踪，没想到他是去准备火药了。”

“大帅，大秦的援兵就快到了，我们现在怎么办？”

“大帅，你快拿主意呀，等到援兵来了，我们再想攻城就难了。”

西胡的将领全都等着风遥拿主意，两个副帅一声不吭。风遥直接说道：“战！在大秦皇太孙带着援兵赶到之前，不惜一切代价拿下这座城！”

“如果拿不下呢？”两个副帅也不想问这么触霉头的事，可现实摆在眼前，对方有火药护城，他们三五天还真不一定能攻下城。

“拿不下，那就……”风遥说到这里，略一停顿，幽深的眸子闪着诡异的精光，“今明两天破不了此城，我们便杀回去，先占了西北四城再说。”

没错，风遥就是要坑赵王。破不了城，他们便占下赵王手中的四座城。左右赵王手中只有二十万人马，他们打不过大秦，还打不过赵王吗？

“这，这样好吗？”两个副帅虽然不是什么良善之人，可是见到风遥眼也不眨地坑赵王，心里还是有点儿小愧疚。

“不然你有更好的主意？”风遥反问，脸色平静，两个副帅却莫名觉得害怕。

“没有，可是我们与赵王乃是盟友，一旦让人知道我们在结盟期间坑了盟友，以后哪里还有人愿意跟我们结盟？”他们西胡还打算拉北齐一起参战呢，倘若北齐知道他们这么坑赵王，说不定就会放弃联手攻打大秦的事。

“放心，我并没有坑赵王的意思。西北这四座城，我们虽然占着，可赵王的兵马想待一样可以。我们与赵王是盟友，以后要联手攻打大秦，两军住在同一座城里，也方便商量战事。”风遥这话说得漂亮，实际上却是要把赵王变成西胡的走狗，让赵王为他们卖命。

两个副帅也是脑筋通透的人，一听就拍手叫好：“好，就这么办！”

让赵王的人打前锋，让他们大秦的人狗咬狗，再也没有比这更好的主意了。

风遥但笑不语……

在风遥算计赵王时，赵王也在盘算着，要如何从西胡手中讨得好处。赵王的想法和风遥一样，他们必须在两日内拿下这座破城，然后休整一天，追赶大秦的余兵，再和秦寂言带来的援军打。

“王爷，皇太孙手中有神兵利器，我们久攻不下实属正常。”谋士怕赵王丧失信心，忙出言安慰。

“唉，确实是神兵利器，也不知他是从哪里得来的，居然藏得这么深。”不可避免地，赵王又想到了太子的遗物，“想必太子的遗物已经落到了秦寂言手里。”

赵王这话一出，谋士一个个陷入深思，有几个甚至后悔当初没有把顾千城拿下。

“可惜呀可惜……”有几个谋士，一不小心就将心里话说了出来。

赵王听到谋士的话，心里更堵了，因为他想到了一件更可惜的事，那就是——可惜云楚退了婚，不然云楚娶了顾千城，太子的遗物不就是他的了？

“混账东西，成事不足，败事有余。”赵王本来因为秦云楚这几天的表现，对他渐渐有了好感，可此事一出，赵王又把秦云楚打入尘埃。

当天夜里，赵王宣了另外两个儿子议事，交给他们一部分兵权，却没有秦云楚的份。

秦云楚曾在战场上冒死救了赵王一次，又因几次献计得当，渐渐洗清了无能的名声，入了赵王的眼。秦云楚本以为自己还能重新得到赵王的看重，不想赵王仍把他排除在外。秦云楚站在营帐外，看着两个弟弟与父亲在营帐里议事，父子三人其乐融融的场景，瞬间落泪。

负责接触秦云楚的人，见秦云楚最近长进不少，还以为要花很多心力，才能滋养出秦云楚的野心，没想到这么快就有收获了。

第二日，西胡与赵王的兵马如约出现在城下，战鼓声一响起，就朝大秦发起猛烈的攻击。

“来得正好，我就怕你们不打了。”平西郡王站在城头，战意高昂。

“开城门，迎战！”这一次，大秦不再是被动地守城，而是主动迎敌。

“果然，有了援军便底气十足，畅快淋漓地打上一场也好。”西胡人这段时间天天攻城，却久攻不下，心里早就憋了一团火。

城门大开，十万人马如潮水般涌出，而这十万人，是城中最后的兵力，平西郡王这一战可是豁出去了。

西胡与赵王看到这一幕，顿时兴奋得不行：只要把这十万人马斩杀殆尽，凭平西郡王手中的那点儿兵马，根本守不住这座城。可是，当双方打得正酣时，本该快则三天、慢则五天抵达的秦寂言，突然带着援兵出现了！

“撤！”风遥立刻下令撤兵。

“杀！”秦寂言带着三十万援兵冲进战场，瞬间将西胡和赵王的队形冲散。

“斩敌十人，升百户；斩敌百人，升千户；百人以上，重重有赏。”秦寂言的声音，用内力发出，立刻传遍战场。

“杀呀！为了军功，杀，杀，杀！”大秦的士兵热血沸腾，战场上杀声震天。

“追，别让他们跑了。”交战一个多月，这是大秦的士兵，第一次追赶西胡人马，也是大秦的将士们，第一次把攻城的兵马打退。

兴奋的士兵，一边追赶西胡大军，一边高喊：“皇太孙殿下，英明神武，千岁千岁千千岁。”

这呼声，一声高过一声，声声响彻云霄，哪怕风遥与赵王离得再远，也能听到。

秦寂言一战扬名，赵王与西胡则损失惨重。秦王带着援军追出数十里，一直追到西胡与赵王扎营的地方才罢手。

策马回来，看着地上横七竖八的尸体，援军们一脸沉默。他们来迟了！众将士都这么想，秦寂言就更不用说了。他不后悔丢下战事去救顾千城，哪怕再来一次，他仍旧会这样选择。可是，看到地上成堆的尸体，他无法不自责、无法不愧疚。

这些人，有一半是因为他的突然离去而死。这一战如若败了，他便是大秦的罪人。当然，即使赢了，他也不是什么好人。

“留一队人清理战场，其他人入城。”秦寂言冷声下令。

“殿下，你总算来了。”一向稳重的平西郡王，一见到秦寂言，突然哽咽起来。

秦寂言不等平西郡王跪下，就把人托了起来：“辛苦郡王了，都是寂言来晚了。”

“不，不晚，殿下来得正好。老臣不负殿下所托，守住了这座城。”平西郡王终于平复了激动的心情，“殿下回来了，我们就有望把西胡人打回去了。”

有了三十万援军，现在的兵力与西胡、赵王不相上下，他们终于有了正面迎敌的筹码。

“没错，我们很快就能把西胡人打出去。”秦寂言松开平西郡王的手，又一一与众副将打招呼，众人一阵寒暄后，这才进城。

平西郡王边走边把这段时间的情况一一汇报，自然也提到了封似锦一手促成的离间计：“楚世子已经上钩，他在赵王军中大肆收买兵马，最近已经颇成气候。”

“西胡那里还得费些力气。不过有两个副帅在，想必风遥心里也明白，西胡并不信他。”

秦寂言听到秦云楚那儿还算正常，了然地点头。风遥的事倒是让秦寂言颇为意外，因为封似锦的想法和他完全一样，不过他并不打算这么早就拿风遥的身世做文章。秦寂言本想在双方打到最后，快要分出成败时再来运作此事。那时候风遥手中已有亲信，西胡临阵换将，风遥可以顺理成章地占地为王。封似锦这个时间用离间计，也不知风遥来不来得及收拢人心。

封似锦压根儿不知，他在西胡下的那步好棋，差点儿毁了秦寂言的计划。他此时正带着承欢和唐万斤去秦寂言的亲兵营找顾千城。

“封大人，两位小将。”亲兵营的人见到封似锦过来，一个个面露苦色。殿下早就交代过他们，要是封大人过来，直接把人赶走，可是封大人与承欢公子、唐万斤一起来，他们怎么赶人呀？

封似锦点了点头，无视亲兵纠结的表情，问道：“人呢？”

亲兵苦着脸道：“封大人，请不要为难小人。”

“是为难吗？”封似锦反问，扭头看向承欢，“承欢……”

顾承欢不想管封似锦与秦寂言之间的争斗，他只想见千城姐姐，是以明知封似锦在利用他，仍旧说道：“几位大人，要是让我‘哥哥’知道你们不让我见她，她一定会不高兴的。”

“顾小将，你这是强人所难。”亲兵真的想哭，他们之前保护不力的账，皇太孙殿下还没有跟他们清算呢。

封似锦也不为难人，退一步道：“我不为难你们，你们只需要告诉我，她回来后听到了什么消息便可。”

“公子回来时，听到了言将军受伤的消息。”他们这不算泄露顾姑娘的行踪吧？殿下不会罚他们吧？

“多谢。”封似锦二话不说，便带着唐万斤与顾承欢赶往言倾休养的小院。

顾千城在战场上，一直跟在秦寂言身边。她看到了秦寂言眼中的愧疚，也看到了秦寂言眼中的自责，她知道这一切都是因她而起。进城后，她一刻也待不住，打听到言倾养伤的地方，就赶了过来。

言倾的伤势比她想象中的严重。看到躺在床上一脸苍白的言倾，顾千城心里很不好受，站在门口，半天也没有走进去。直到言倾开口，顾千城才反应过来，上前问道：“言倾，你还好吗？”

“我很好。”言倾极力压抑着心中的激动，仍旧止不住地傻笑，“看到你没事，我就安心了。”

顾千城露出一抹笑容：“我没事了，幸亏救兵到得及时。言倾，谢谢你。”

即使秦寂言没有说，顾千城也知道，如果没有言倾和封似锦的帮助，秦寂言不可能在擅自离开战场之后，还能名声无损。

言倾压下心中的喜悦，摇了摇头：“我什么也没做，是殿下他……”不顾一切去救你。

“没有你和封似锦的帮助，殿下也离不开。”顾千城知道，此时不宜提这件事，便道，“言倾，能让我看看你的伤吗？”

“当然可以。”对于顾千城的要求，言倾从来都无法拒绝。

无关爱情，而是他相信顾千城，相信这个为了救他而孤身杀入西北大营的女子。此生，能认识一个愿为他不顾生死的朋友，他言倾何其有幸！

伤在胸部，顾千城要给言倾检查伤口，不可避免要倾身上前，从外面看过去，两人就像是抱在了一起。

当封似锦和承欢、唐万斤过来时，正好看到了这一幕。三人当即僵在门口，唐万斤则直接傻眼了，半天说不出话来，最后还是言倾发现了三人的到来。顾千城这才停下手上的动作，转身道："你们站在门口做什么？快进来呀。"

"姐，不对，是哥哥。哥哥，你们在干吗？"顾承欢藏不住话，一进来就问道。

封似锦眼神好，立刻就明白了："承欢，你……哥哥，在给言将军检查伤口。"

"是的，我想看看言倾的伤我能不能医。"顾千城已查得差不多了，转身替言倾将衣服拉好，然后招呼三人坐下。

在顾千城面前，承欢一直都是个大孩子，没了在同僚面前的沉稳与能干，只有弟弟对姐姐的依恋，拉着顾千城说了半天话。

"哥哥，你不知道，小唐哥可能干了，羊肠小道那一战……"承欢说得眉飞色舞，可是唐万斤一点儿也不高兴："承欢，不要你说，我自己会说。"

"千城，你听我说……"唐万斤不满地嚷嚷，可他一开口就被承欢和封似锦按住了。承欢吓了一跳："小唐哥，别乱叫。"

"我，我错了，我……不是故意的。"唐万斤认识到自己的错误，立刻低头，局促地扭着手指。顾千城看得好笑。

"小唐哥，你真得长点儿记性，你都是当将军的人了，可不能再这么马虎。"承欢松开唐万斤，还不忘教训他两句。

"我知道了。"在顾千城面前，唐万斤绝对是乖乖认错，至于改不改，那得看下次。

言倾不由得笑了："不用担心，外面有人守着，一旦有外人进来，会提醒你们。"

"没事就好，没事就好。"承欢拍了拍心口，长长地松了口气。

这么一闹腾，唐万斤就失去了和顾千城说话的机会。封似锦淡定地接过话题，问道："言倾的伤，你有把握？"

面对众人期盼的目光，顾千城点点头，说道："有七成的把握，不过我需要帮助。"

"七成？太好了，言大哥你放心，你养好伤后肯定还能上战场。"承欢最高兴了，"哥哥，需要我们做什么？你尽管说，不管多难我们都会做到。"

言倾之于承欢，是亦师亦父、亦友亦兄的存在。在承欢成长的路上，没有父亲、兄长照顾，言倾在某些方面扮演着父兄的角色，扶着他一路往前走。

"谢谢你，千城。"言倾按着自己的伤口，感觉自己的心跳得飞快。

"有什么好谢的，要是我伤着了，你能医好我的病，你会不医吗？"顾千城理所当然地说道。

顾千城简单地和言倾说了一下自己需要的刀具与药材，同时也提出一个极不合理的要求，那就是——不要让平西郡王知晓此事。

内脏出血的手术需要开胸，她怕平西郡王接受不了，而她，不能再给秦寂言添乱了。

顾千城去见言倾的事，秦寂言当天就知晓了。对此他并不惊讶，当然也不会生气。千城已是他的人，他现在完全不用担心。

今天是第一天返回军中，秦王殿下办事效率再高，仍不可避免地被那群人磨到半夜才回来。秦寂言回来时，顾千城早已梳洗完毕，半长的黑发披散在身后，昏暗的灯光照在脸上，略带愁容。

“千城，怎么了？”秦寂言上前将顾千城拥在怀里。

“殿下，我在想……我是不是红颜祸水。”

“红颜祸水？”秦寂言踢掉鞋子上了床，轻轻将她抱在怀里，撩了撩她半长的黑发嫌弃道，“哪有你这么丑的红颜祸水？”

顾千城啪地拍掉秦寂言的手，郁闷道：“我说正经的呢。”

“我说的也是正经的。你看看你，哪里有祸国倾城的本钱？”依旧是嫌弃的语气，可听在耳朵里，却只令人觉得温暖。

见顾千城依旧愁眉不展，秦寂言又道：“你呀，脑子里少想些乱七八糟的东西。除了我，谁还会看上你？你能去哪儿祸国倾城？”

“我没有那么差吧？”顾千城气鼓鼓地瞪向秦寂言。

“是不差，是我眼光差。”秦寂言一本正经地说着能气死人的话。顾千城拿他没辙，扭头背对着秦寂言道：“和你说不清。”

“怎么说不清了？”秦寂言把顾千城的身子扭了过来，一脸严肃地问道，“是不是有人说你了？”

顾千城见秦寂言一脸的杀意，忙道：“没有人说什么，是我自己看到尸横遍野的战场，心中忍不住想，这些人是不是因我而死？”

“胡说什么呢，战场上死人再正常不过，他们的生死与你何干？”秦寂言想也不想就道。

他承认，当他自己看到那遍地的尸体时，也曾自责过、愧疚过，可他却从未怪过千城，更没有想过归咎于她。

“可是，要不是因为我，你就会留在战场上。有你在，也许不会死这么多人。”顾千城当然知道，下决定的人是秦寂言，她无权左右秦寂言的决定，她可以自责，但没必要将责任揽在自己身上。但是，这些话她还是要和秦寂言说说。她不希望有一天，秦寂言因旁人的话而动摇。

秦寂言不知顾千城为何会这么想，耐心地安慰她道：“千城，战场上的伤亡，并不会因为我在或不在而有太大的改变。我承认，如果我不离开，也许会少死些人，可是和数十万的伤亡相比，却微乎其微。”

见顾千城听进去了，秦寂言又道：“而且，在这场战争中，你是最大的功臣。要是没有你提供的炸药，我们的伤亡会更惨重，连这座城都保不住。”

秦寂言原本只是安慰顾千城，说着说着，就发现自己的心也奇异地平静下来，心中的自责与愧疚，在这一刻全部消散。

“殿下，谢谢你。”顾千城转身搂着秦寂言的脖子，在他的怀里撒娇……

第十二章
立功，没人求情

医治内脏出血，这在现代都不算小手术。顾千城已经好多年没有主过刀、上过手术台了，她手中的刀子，主要是用来解剖尸体的，拿来救人的次数真不多。这次给言倾动手术，顾千城也是冒了险的，要不是有唐万斤在，她还真不敢这么干脆地下决定。

“言倾，相信我，就算我医不好，也不会让你的伤势加重。”这是麻沸散起作用前，顾千城对言倾说的话。而言倾的回答也干脆：“我信你，我不怪你。”

在顾千城和他详细讲了医治过程后，他便亲手写了一封信交给亲信。如果他死了，亲信会将这封信交给他的父母。他的父母看到这封信后，绝不会怪罪顾千城。当然，他要是平安无事，那封信便会永远不见天日。而这些，言倾没有告诉任何人。

麻沸散渐渐生效，言倾的意识已经模糊，可身体的本能，却让他挣扎着想要保持清醒。他不喜欢这种身体不受控制的感觉。

顾千城察觉到言倾的异常，出声道：“言倾，放松身体，有我们在，没有人能伤你。”

言倾微不可闻地应了一声，终于放弃挣扎，任由自己坠入无边的黑暗之中。

顾千城每隔一刻便替言倾诊一次脉，直到确定他完全昏睡过去、感觉不到疼痛了，这才开始动手术。

整间手术室除了言倾这个病人，只有顾千城一个人。双手一刻也不得停，动作干脆利落。手术过程看似简单，却凶险至极。手术前没法拍X光片，顾千城不知出血的具体位置，只能凭经验操作……

平西郡王忙里偷闲来看儿子，结果却是人去楼空。平西郡王当即脸色大变，拉过服侍言倾的下人问道：“人呢？世子去哪儿了？”

“唐，唐将军说可以医治世子的病，把世子带走了。”下人知道得不多。

唐万斤出自药王谷，本身又有些特殊，他既放出这样的话，平西郡王自然不会怀疑。只是，唐万斤若能医好言倾的病，为什么早不出手，而是拖到现在呢？

平西郡王一脸怀疑地问道：“除了唐将军，还有谁？”

下人不敢隐瞒，一五一十地答道：“还有顾同知和皇太孙的亲兵，封大人也来过几次，具体的小人也不清楚。”

平西郡王眉头一皱，又道："你可知他们去哪儿了？"

"小人不知。不过，也许封大人知晓。"

封似锦今天没来，不是不想来，而是来不了。秦寂言要出兵攻打赵王和西胡，怎么可能不拉上封似锦这个军师。封似锦忙得昏天黑地，直到暗卫来报："公子，平西郡王去找言将军了。"

"怎么回事？他怎么有空？"封似锦写字的手一顿，一滴墨落下，污了快要写好的信。

"郡王特意放下手中的事，想在出征前看言将军一眼。"

"走，去看看。"封似锦无奈，他现在只希望平西郡王没把这件事闹大。

封似锦匆匆外出，还未走出军营，就看到黑着脸的平西郡王迎面走来。封似锦脚步一顿，脸上露出一抹笑容——既然平西郡王回来了，就表示事情还未闹大。

平西郡王快步走到封似锦面前，问道："封大人，我儿……"

他刚一开口，就被封似锦打断了："郡王莫急，有话慢慢说。"

平西郡王心里虽急，仍旧随着封似锦进了营帐。待到封似锦把不相干的人全都赶走之后，这才问道："封大人，我儿子在哪里？"

"郡王莫急，我与言兄有着过命的交情，绝不会害他。"封似锦不着痕迹地打太极道。

平西郡王起初没有察觉，附和地点头道："你和言倾的交情我知晓，要不是这样，我也不会来找你了。"

"郡王既然信我，就请相信我的话，言倾不会有事。"封似锦开口安抚道。

好说话的平西郡王再次冷了脸："封大人，言倾是我儿子，你要做什么，我有权知晓。"

"郡王说得是，你是言倾的父亲，自然有权知晓。"封似锦脸上的笑容不变，心中却暗自松了口气。他就怕平西郡王不听他说，肯听他说，事情就好办了。

封似锦将前因后果，还有顾千城的顾虑，一一说给平西郡王听，为了让平西郡王放心，真是说得口干舌燥。

"似锦，你应该知道言倾于我、于言家的重要性。你越是不让我见他，我越怀疑这里面有问题，你明白吗？"平西郡王承认，封似锦的口才很好，要不是事关自己唯一的儿子，他真会被说服。

封似锦脸上的笑容不变，眼角的余光扫向一旁计时的沙漏，说道："郡王把话说到这个份儿上，我再拒绝就成了别有用心。好，我带郡王去。只希望郡王不管看到什么，都不要惊讶。"

两人刚走出营帐，就被秦寂言身边的人挡住了去路："原来郡王在封大人这里。郡王，快，皇太孙殿下都找你老半天了。"

"皇太孙殿下找我有什么事？我现在有急事要办，如果不急的话，可否替我告罪一声，我稍后再去见殿下？"平西郡王觉得，事情怎么这么巧？！

"郡王，此事小人做不了主，要不郡王先去和殿下说一声？"亲兵一脸为难，封似锦见状便劝道："反正也不急在这一时，郡王不如先去见殿下，我在外面等着。"

公事要紧，平西郡王只得随着亲兵去见秦寂言。封似锦看着平西郡王渐行渐远的身影，不由得露出一抹极浅的笑容。

千城说过，医治的过程需要三个时辰。平西郡王找人花了半个时辰，又被他拖了一个多时辰，秦寂言只须再拖一个时辰即可。等他带平西郡王过去时，千城应该已经完成手术了。

手术进行得十分顺利，在秦王殿下把平西郡王叫走之时，顾千城正在紧张地处理瘀血、清创……

一个时辰之后，平西郡王从秦寂言的营帐里走了出来。平西郡王见子心切，秦寂言好不容易才拖了他一个时辰，觉得简直比打仗还累。

半个时辰之后，封似锦将平西郡王带到了内城最南端的一间小院里。

守在门口的唐万斤和顾承欢突然看到平西郡王与封似锦走进来，齐齐瞪大了眼睛。

“封大人、平西郡王，你们怎么来了？”唐万斤率先问道。而不会说话的他，一开口就惹得平西郡王不快：“我儿子的事，我不能来？”

“不，不，我不是这个意思……”唐万斤解释不清，求救地看向顾承欢。顾承欢只得认命地上前救场：“郡王，唐万斤没有别的意思，只是见了郡王过于激动，这才说错了话，还请郡王恕罪。”

屋外，三人的说话声并不小，哪怕顾千城正在专心地缝合伤口也听到了。知晓平西郡王找来了，她不禁加快了手上的动作，麻利地给言倾缝好了伤口，然后上药、包扎……

平西郡王表明了来意，让承欢和唐万斤让开，他要进去，当面向救治言倾的大夫道谢。

承欢非常配合，乖乖地站到一旁，平西郡王正准备往里走，却见站在一侧的唐万斤敏捷地挡在门口：“不许进！神医正在给言将军医病，你不能进去。”

“哼！岂有医病不能让人看的？”平西郡王执意要进，唐万斤不理他，如同门神似的挡住门口。

平西郡王推不开唐万斤，自觉丢脸，怒道：“大胆，你竟敢挡我的路？”

“为了言将军，我一定要挡。”唐万斤坚定地将顾千城交代的命令执行到底。

平西郡王怒极反笑：“你这是什么意思？难道我强行进去会害了言倾？”

“是的，神医交代过，一定不能被人打扰，除非郡王想害死言将军。”唐万斤一板一眼地说着顾千城交代的话。

“你们……算了，本王暂且信你们一回。”平西郡王一甩衣袖，后退一步，在院子里来回打转，时不时地问上几句话。

一刻钟后，顾千城终于做好了收尾工作，在门上敲了三下，然后就从后门溜走了。

“郡王，可以进去了。”封似锦几人松了口气。这是“手术成功”的信号。听到这个声音，封似锦三人就知道顾千城成功了，言倾没事了！

平西郡王推门就冲了进去。入眼所见，先是一地的血，然后就是脸色苍白、躺在床上一动不动的言倾。

“倾儿，你怎么了？”平西郡王刚要去拉言倾，就被手疾眼快的顾承欢隔开了：“郡王别动，言将军身上有伤，要是伤口裂开就惨了。”

“什么？”平西郡王没有生气，只是急切地询问原因。

顾千城曾经交代过，若平西郡王问起，就将医治的过程说给他听，反正手术已经做完了，平西郡王就是再生气，也无法改变什么。

平西郡王听完确实很生气，指着封似锦的鼻子就骂：“胡闹，你们简直是胡闹！你们这是拿倾儿的命冒险，你们知不知道……”

平西郡王的一腔怒火全都发泄在封似锦三人身上，而罪魁祸首顾千城则溜之大吉。不过，她的运气似乎不太好。

顾千城为免引人注意，让四个暗卫隐在暗处。在外人看来，她就是一个落单的人，是以，当赵王的探子看到她时，便起了拿下她的念头：“有个孤身的小兵，许是逃兵，兄弟们，上！”

“你们是什么人？”顾千城悄悄拿出贴身的匕首。

“你这个逃兵最好乖乖听话，不然我们就去军中告你逃跑。”这几人也是谨慎的，并不想在这里动手。

听对方这么一说，顾千城就知对方不是冲着她来的，心下稍安：“我是不是逃兵，与你们何干？就算我是逃兵，也碍不着你们什么事。”

“我们是专门捉拿逃兵的。少废话，你是乖乖地跟我们走，还是要我们兄弟动手？”大军的将士们都待在军营，赵王的探子想找个落单的小兵着实不容易。好不容易寻到顾千城，哪里舍得放弃。

“好，我跟你们走。”顾千城左手背在身后，给暗卫打了一个少安毋躁的手势。

顾千城乖乖上前，眼见双方的距离越来越近，赵王的探子二话不说就扑了上去，想将顾千城拿下。不料顾千城的反应比他们更快，不仅避开了他们的攻击，还反手给了他们一击。

“啊——我的脸！”冲在最前面的人被顾千城的匕首划了个正着，捂着脸大喊。

“敬酒不吃，吃罚酒！”赵王的探子当即大怒，一拥而上。

顾千城手中的匕首不断地挥出去，赵王派来的人根本无法近她的身，不多时对方身上就带了伤。

“顾姑娘又变厉害了，这速度，简直是绝了。”暗卫见顾千城没有危险，便在一旁点评起来。

“速度还不是最可怕的，最可怕的是顾姑娘出手的方位，每一个位置都刁钻至极，完全不需要太大的力道，就能给人致命的伤害。”

这就是大夫与普通武者的区别。顾千城是大夫，很清楚人体的薄弱之处，知道怎么出招才能以最小的力气造成最大的伤害。一拳挥出去，直接打得对方鼻子发酸，虽然伤不致命，却能让敌人瞬间失去战斗力。而这个时间，已经足够顾千城再次出招了。

顾千城抬脚一踢，正中对方胯下，那人刚直起来的腰，再次弯了下去……

就在暗卫的目瞪口呆中，顾千城用了二刻钟的时间，将七个大汉全部放倒，然后让暗卫去通知承欢。

顾承欢一听，立刻严肃地点头道：“这事我会处理。”顾承欢知道，他这是要立功了！

顾承欢从暗卫仅有的描述中，就可以确定，被顾千城放倒的人绝对是敌军探子。至于他们是赵王的人还是西胡的人，就要进一步查证了。

顾千城的身份不宜暴露，捉到奸细的功劳自然就是顾承欢与唐万斤的了。唐万斤战功累累，完全不需要这种小功劳，便大方地将功劳全部给了承欢。

承欢带着言倾的亲信，将七个大汉像捆粽子一样捆来。

平西郡王并不知承欢的动作，他还在向封似锦和唐万斤表达自己的不满与愤怒。但是这两个人，一个任他骂，一个说一句顶一句，都不是什么好货色，平西郡王说了几句就没劲了，中气十足地喊了一句：“顾家小子呢？”

“郡王，我在这儿呢。”顾承欢在门外听到声音，快步走了进来，见平西郡王张嘴就要训他，连忙说道：“郡王先别骂我，我们抓到一群探子，这可是紧要的事。”

“什么？探子？哪有探子？”平西郡王压根儿不信顾承欢的话，“你怕我骂你，找借口也认真一点儿，这么一个鬼借口，我就是想信也不行。”

“郡王，我说的是真的。”顾承欢忙招呼言倾的亲信把人拖进来。

看到被打得鼻青脸肿、一脸痛苦的七个“粽子”，平西郡王就是不信也得信了：“你下的手？”

顾承欢坦然直视，脸不红、气不喘地答道：“回郡王的话，是我们五个人。”

“是吗？什么时候的事，我怎么不知道？”平西郡王眼睛微眯，精光闪现。他记得顾承欢离去还不到一刻钟，这么快就能把人放倒？

“在郡王说封大人‘面上是谦谦君子，装得比谁都像好人，实则坏得流油’的时候。”顾承欢老老实实地提醒平西郡王，可是……平西郡王骂了半天，他哪里记得自己骂了什么。

封似锦饱含深意地看了顾承欢一眼，直把顾承欢看得眼皮直跳。他不是故意骂封大哥的，纯属意外。

“你们两个小子，又在搞什么鬼？”平西郡王见顾承欢与封似锦眉来眼去，立刻问道。

事已至此，他要是还看不出自己被封似锦和秦寂言耍了，就不配做带兵打仗的大将军了。一想到秦寂言和封似锦什么都知道，独独瞒着他，他就不痛快。

秦寂言是皇太孙，他不敢骂；言倾是儿子，他舍不得骂。最后只剩下封似锦可以出气，所以刚刚骂得有点儿过火，一不小心就将心里话说了出来。

封似锦的脾气真不是一般地好，被平西郡王劈头盖脸地骂了一通，依旧满脸笑容地劝道：“郡王，你想太多了。”

平西郡王见封似锦没有生气，不禁暗暗松了口气，想到自己刚刚骂得太狠，不由得放软了语气：“真的是我想多了，而不是你们背着我做了什么？”

“除了背着郡王救了言倾，我们别无隐瞒。”封似锦这人不记仇，他有仇当场就报了。

封似锦无视平西郡王的尴尬，继续道：“郡王想必也明白，这几个探子十有八九是赵王的人，我们不可能提前做安排。”

平西郡王不自在地咳了一声：“封大人言之有理，既然这些人是探子，就把他们带回军中。”

“郡王英明。”封似锦优雅地欠了欠身，侧身给平西郡王让路。

顾千城的运气简直不能再糟了，她一回到大营就遇到了秦寂言，被抓了个现行。秦寂言睁大眼睛看着顾千城，一脸震惊地问道：“你和人打架了？”

“是的，但我不是故意的。”顾千城身上明显有打斗的痕迹，想瞒也瞒不过去。

秦寂言冷着脸问道：“你不是去给言倾医病了吗，怎么和人打了起来？”

“我医完言倾的病，出来就遇到了几个人。”顾千城轻扯着秦寂言的衣袖，乖巧地将经过详细说了一遍，末了还不忘证明自己的清白，“真不是我惹事，是他们看我好欺负，想要抓我，我不得已才反击的。”

“你好欺负？”秦寂言从上到下扫了顾千城一眼，“我怎么看不出你哪里好欺负了？再说了，那几个不长眼的找上你，暗卫都是死人吗？”

“是我不让暗卫动手的。这里人来人往的，要是让人发现我身边有暗卫，肯定会引来怀疑。”顾千城解释道。

“怀疑什么？旁人的怀疑会比你的命重要？”秦寂言瞪了顾千城一眼，知道讲道理讲不通，只得放缓语气道，“千城，你现在不比以前，你别那么拼了行不行？”

“我没拼呀。”顾千城不解地看向秦寂言，“殿下，你说的‘不比以前’是什么意思？”

“单挑七个大男人，你还敢说你没拼？你知不知道，这有多危险？你这里——”秦寂言把手放在顾千城的小腹上，一脸严肃地说，“也许有了我们的宝宝，所以你别再粗心大意了行不行？”

“要是真有了孩子……怎么办？”顾千城也有些后悔自己那时出手太重了。秦寂言说得对，要是真有了孩子，她这样做可能会伤到孩子。

“当然是立刻成亲，生下来。”秦寂言想也不想就说。顾千城此时只知道点头，乖巧得不行。

秦寂言见顾千城终于听话了，暗自松了口气，再三叮嘱道：“你以后可要小心，遇到这样的事，切不可强出手，凡事都让暗卫去办，什么后果我都承担得起。”

“好。”为了可能出现的孩子，顾千城不得不小心。

秦寂言见顾千城这么配合，打算借机好好教育一番。他正说得兴起，亲兵急急来报：“殿下，平西郡王有要事求见。”

“什么要事？”秦寂言不高兴了。

“事关军情，属下不敢过问。”亲兵感觉到了秦王殿下的不满，吓得扑通一声跪在地上。

顾千城忙推了推秦寂言：“殿下快去，我会照顾好自己，绝不再打架了。”

“那好，你好好休息，我很快就回来。”听到有重要军务，秦寂言只得把私事放下。

平西郡王急着找秦寂言，正是因为承欢拿下的那几个探子。平西郡王只是威胁恐吓了一番，就从探子口中问出了始末。赵王见秦寂言带来援兵，怕秦寂言会主动进攻，为了抢得先机，打算联合西胡偷袭大秦，这几个人是潜进来做内应的。这可是重大情报，平西郡王哪敢耽搁，急忙让人去找秦寂言。

得知赵王的探子已经渗人军中，秦寂言十分重视此事，召来几个副将议事。

“暗中通知各千户、百户，让他们看好自己的人，发现可疑人员暗中记下，向上级报告，切记要做得不留痕迹，不要让探子发现。

“从此刻起，全军进人一级戒严。为了确保我们的作战计划不被赵王得知，各位将军从今天开始需要同吃同住，不得与外人通信。

“具体作战计划，众位副将不必担心，等本王与郡王等人商讨好，会将各位要做的事，以书信的形式交到各位手中，各位记住自己的任务，按命令办事即可。”

秦寂言有条不紊地下达命令，然后便让一干副将退下，只留下平西郡王与程将军议事。对这两人，秦王殿下是半点儿也不怀疑的。

“郡王、程将军，此事你们怎么看？”秦寂言没有明说，两人却是明白，程将军看了平西郡王一眼，就知这事他得先说：“殿下，是不是军中有奸细？”

秦寂言点点头：“没有参将打掩护，那些人不可能顺利混进军中。”

“殿下的意思是说，奸细就在刚刚那群人之中？”程将军想到什么就说什么。

秦寂言点头道：“可以这么说，郡王和将军可曾发现什么异常？”

平西郡王沉思片刻，说出两个人名。这两人与赵王八竿子打不着，平西郡王也没有证据，只是这两人在秦寂言失踪的那段时间异常活跃，平西郡王便多注意了几分。

程将军一听，当即火了：“那两个小子是我带出来的人，他们竟敢背叛大秦，我去揍死他们！”

平西郡王一把将人扯住：“老程，你给我冷静点儿。我只是怀疑，你紧张个什么劲？”

“你都怀疑上了，那还有假？”这就是程将军，打仗从不用脑，只凭直觉，可每次都能让他逢凶化吉。

秦寂言听到这话，亦点头道：“程将军说得没错，郡王既然怀疑，足以证明那两人有问题。不过，现在不是打杀他们的时候，既然发现了可疑的人，我们就要好好利用一番。”

秦寂言招了招手，示意程将军与平西郡王过来，他有了新的计划……

在坑人方面，秦寂言比封似锦有过之而无不及。

有了计划，做了准备，秦王殿下懒得拖延时间，于两日后下达了进攻命令。至于各位副将的任务，已于一个时辰前送到了各自的手里。他们手上只有自己的任务，不知道旁人的任务，当下也不敢问。这个时候谁要问了，不用想也知道，必然就是奸细。

西胡和赵王对秦寂言早有防备，一直在等秦寂言进攻。这几天，大秦上下皆是一副忙碌的样子，虽然军中的探子没有传出什么有用的消息，可凭风遥与赵王的警觉，还是明白了秦寂言的意图。

“大战就在这两天，通知下去，所有人提高警惕，随时准备战斗。”风遥言简意赅，可就是这么简单的一句话，足够让西胡人明白事情的严重性。

西胡军中瞬间弥漫着紧张的气息，没有人敢偷奸耍滑。收到消息的秦寂言，对风遥带兵的本事，又高看了一眼。

“风遥果然是天生的将才。凤家的十分才华，风遥独占了七分。”哪怕秦寂言和凤于谦私交甚笃，也不得不承认，凤于谦比不上风遥。

赵王也早有准备，将剩下的十几万大军上下敲打了一遍，同时把自己看重的两个儿子拎来，亲自教导了一番。至于秦云楚，赵王心里仍旧硌硬顾千城的事，饶是楚世子做得再好，赵王依然讨厌他。

远远地站在营帐外，看着被赵王的亲兵殷勤地请进去的两个弟弟，秦云楚脸上没有一丝表情，就连眼神也是冷漠的。他觉得自己现在才真的长大了，虽然成长的代价很痛，可值得！

“世子爷……”秦云楚身边的人，清楚地感觉到秦云楚的变化。

“安排好，我不希望这件事有任何意外。”秦云楚头也不回地冷声下令。那人低头应是，本以为秦云楚交代完就会走，不料秦云楚又说了一句：“我不管你们有什么目的，你们只要记住一点——为我办事，绝不能出卖我，不然我要你们生不如死。”

这冷酷阴狠的话，让人不寒而栗。那人知道秦云楚没有说谎，可他本来就不是秦云楚的人，现在虽然不会出卖秦云楚，日后却不敢保证，毕竟秦云楚就是变得再能干也晚了。

秦云楚认清现实后，打算毁了两个弟弟，而在战场上毁掉一个人，再简单不过。在秦云楚谋划着毁掉他的两个弟弟时，他那两个弟弟也分别召见心腹，打算借这场大战弄死秦云楚，让他死在战场上。斩草不除根，春风吹又生。秦云楚不死，就算废了他的世子之位，也难保不会有东山再起的一天。

大战还未开始，赵王的三个儿子已经内斗起来。赵王对此略知一二，可他向来奉行强者为尊，即使明知三个儿子要斗，他也没有插手，采取了默许的态度。

赵王营中明争暗斗得厉害，西胡也好不到哪里去。两个副帅都不是省油的灯，他们虽然欣赏、佩服风遥的才干，愿意做风遥的副手，可这并不代表他们身后的势力也愿意。

两个副帅身后的势力，把他二人弄到战场上来，又给了副帅这么高的职务，可不是让他们只给风遥打下手，而是要他们趁机掌握兵权，为己方派系增添筹码，两位副帅就是不想争，也得争。

大战在即，兵还未出，内斗已经开始，秦寂言将一切掌握在手中，笑而不语。

第十三章
大胜，不长眼的挑衅

笑看风云起，手握天下权！

战场准备好了，内斗挑起来了，大战自然不可避免。当清晨的第一缕阳光洒向大地时，秦寂言下令出兵。

“西胡狼子野心，与乱臣贼子合谋，践踏我大秦国土，掳杀我大秦百姓，此战我们只许胜，不许败！犯我大秦者，虽远必诛！大秦必胜！”

出兵前的动员，秦寂言说得不多，可短短几句话，却瞬间点燃了众将士的斗志。

秦寂言抽出佩剑，剑指西胡大营：“开城门！”

“大秦必胜，大秦必胜！”众将士高喊，气势惊人，全都抱着将西胡赶出去的念头。

城门轰然打开，秦寂言一马当先，左侧是平西郡王，右侧是唐万斤。

大秦发兵进攻，西胡与赵王也早有准备，大秦一动他们就动了。

赵王这次没有再偷奸耍滑，除了必须留下的一万余人，他带着全部兵马赶赴战场，他的三个儿子，除了腰被扭伤的秦云楚，全部出现在战场上。

顾千雪进来时，就看到秦云楚手上把玩着一把刀子，神情愉悦，完全不似受伤的人。秦云楚的这点儿小伤，影响不了大战。

三军碰面，战火一触即发。因秦寂言亲自带兵冲锋在前，为了激励士气，风遥与赵王只得亲自上阵，冲在前面。

与秦寂言交手的是赵王。看到秦寂言手中的剑，赵王一脸讥讽：“战场上用剑，华而不实。”

“实与不实，打过才知。”秦寂言看向赵王的眼神，就像在看陌生人。

“黄口小儿，也敢在我面前放肆，今日我就代你死去的父亲，好好教训你。”赵王挥出长枪，秦寂言举剑格挡。

这厢秦寂言与赵王交手，那厢程将军挑上了风遥。

“小子，我盯上你很久了，今天总算可以打上一场。”程将军看到风遥，两眼放光。

“程将军的大名如雷贯耳，今日能交手，实乃生平幸事。”风遥面上一片平静，丝毫不受激战的影响。

在战场上，刀比剑好用，而枪又比刀好用。程将军和风遥都用枪，赵王也是用枪的，只有秦寂言在战场上仍旧用剑。可是，赵王手中的长枪，在秦寂言面前讨不到半点好，不仅无法碰到秦寂言分毫，几招过后，还直接被秦寂言给挑飞了。

“你……之前一直在藏拙？”赵王看着一身金色铠甲、英武不凡的秦寂言，心里发苦。

“藏拙？本王需要藏拙吗？”秦寂言不屑道。

“你，你……果然阴险，和你父亲一样，都不是好东西。”赵王看到出色的秦寂言，再也遏制不住对太子的嫉妒。

赵王抢过亲兵手中的刀，打马冲向秦寂言：“秦寂言，你早该去陪你那短命的父母了！”

赵王手中的刀，如同一道闪电，砍向秦寂言。这一刀要是劈中，秦寂言立刻就会被劈成两半。

赵王的刀刚挥下来，秦寂言就用剑将其格开，反手一剑，刺中赵王的右肩：“本王的剑，是杀人的剑，从来不是什么华而不实的装饰。”

剑抽出，血花四溅，赵王从马上坠下。

“王爷，王爷！”赵王出事，西北大军顿时慌了，虽然只是短暂的一瞬，可是已经足够大秦的将士打开局面了。

赵王受伤，被亲兵护着撤离，他的两个儿子就成了大秦将士主攻的对象。秦云楚安排的人，趁乱悄悄暗杀赵王的两个儿子。

在一片混战之中，正与大秦将士交手的赵王二公子突然砰的一声跌下战马。

“不好了，二公子坠马了。”旁边的将士大惊，忙上前救人，可惜他们的速度再快，也快不过飞扬的马蹄。

“啊——我的腿……”二公子惨叫一声，便晕死过去。将他拖起来的小兵，看到他那被马蹄踩得血淋淋的右腿，当即脸色惨白。

见二公子坠马，赵王的三公子立刻警觉地后退。秦云楚安排的人早已混到他身边，正准备找机会将他的胳膊砍下来，见他有了戒心，立刻收手。

秦寂言一直关注着战场上的动静，见到赵王三公子的反应，不禁露出一抹笑容：“云楚，看在你我兄弟一场的分上，本王再帮你一次。”

秦寂言右手一扬，对身后的人道：“来人，取弓箭来！”

“是。”一把乌黑的弓箭，立刻递到秦寂言手上。秦寂言张弓搭箭，嗖的一箭射中赵王三公子。

开战不到半个时辰，赵王这方便倒下三个重要人物，一时间军心大乱，虽不至于溃不成军，却已失了斗志。

成功搅乱赵王大军，秦寂言把目光放到西胡那方。程将军虽然脑子不太好使，但是武功着实不错，与风遥过了上百招也没有露出败象，二人打得不可开交。

不过，西胡大军却没有风遥这般身手，在大秦士兵的炮火中节节败退。战局格外分明，这一战大秦必胜。想到即将到来的胜利，平西郡王心中激动，恨不得自己也冲到前线去。

在战场上打得激动的众人不知，就在他们胜利在望时，急召秦寂言与平西郡王回京的旨意，已离战场不到百里。

没有意外，这一战大秦赢了，不仅赢了，还赢得十分漂亮！

“我们赢了，我们赢了！我们赶走了西胡贼子，终于把他们赶出去了。”年少的小兵抹掉脸上的血，笑得灿烂。

城中的百姓听闻大军得胜，沿途敲锣打鼓，好不热闹。秦寂言走在前面，骑在骏马上的他，比之前任何一次都要英武，有不少小姑娘因看到他而羞红了脸……

留守在军营的将士们听到大胜的消息，全都高兴坏了，只有封似锦例外。

秦寂言看到封似锦一脸严肃的样子，当即给平西郡王和程将军使了个眼色，带着人往帅营走去，留下一干副将与众将士共同庆贺，其中就有平西郡王怀疑的二人。

“出了什么事？”秦寂言一进营帐就问道。

封似锦没有卖关子，直接说道：“殿下，圣旨来了。”

“圣旨？说什么了？”秦寂言眼眸微动，却半点也不惊慌。

“皇上召您和平西郡王回京，要您立刻回京。”封似锦担忧地看了秦寂言一眼。这个时候被召回，绝对不是好事，可以想象京中必然是出了什么事，不然老皇帝不可能在这等紧要关头，召秦寂言回京。

“这个时候召殿下和我回京，莫非皇上……”后面的话平西郡王不敢说，然而未尽之意，两人都明白。

“皇爷爷的身体很好，而且他的中风也好了，三五年内不会有问题。”秦寂言如实说道。

“既然皇上的身体没事，急召殿下回去做什么？”程将军心直口快，直接问出了心里话。

“这个问题，本王也想知道。”秦寂言没有回答程将军的话，他要是能回答，就不会站在这里了。

平西郡王比程将军细心，听到秦寂言的话，问了一句：“皇上的病是药王谷医好的？”

秦寂言道：“不是，是长生门。”

“长生门？”平西郡王一脸不解，明显是第一次听到这个门派。

秦寂言简单地将长生门的事说了一遍，末了又加了一句：“本王这次外出，便与长生门有关。”

“海外的一个组织，实力竟这么强，怎么我们之前一点儿也不知道？”平西郡王惊出一身冷汗。如果真像秦寂言所说的那样，长生门实力强大，一旦他们重回陆地，对大秦来说绝对是个威胁。

“本王也是最近才听说的，皇爷爷想必知晓一些。”秦寂言说到这里，闭上眼睛，一副不想多谈的样子。

“如此说来，皇上召殿下和我回去，与长生门有关？”平西郡王神色严峻，眼中闪过一抹担忧——不是召秦寂言回去继位，那么这份圣旨对他们来说就危险了。

京城，怕是不平静。

“唉。”秦寂言闭眼道，“本王事先一点儿消息也没收到。”不知皇上是不是怀疑锦衣卫了，如果是，那么锦衣卫首领就危险了。

封似锦听到这话，一脸凝重地说：“如果是这样，殿下绝不能回京。”

平西郡王赞同地点头道：“此时殿下确实不宜回京，就算要回京，也要等些时候。”

程将军道：“正是。如今还在交战，战场上可少不了殿下，殿下不能回去。”

“皇爷爷有旨，京城是肯定要回的。”秦寂言并没有把话说死，略一停顿，便问向封似锦，“对了，传旨的钦差在哪里？”

封似锦猜到秦寂言要做什么，双手作揖，轻声道：“下官将其安顿在南边的营帐里，并派了亲信看守，绝不会让他们与外人接触，更不会让他们出来。”换言之，钦差一到军中，就被封似锦给控制了。

“做得很好。”秦寂言赞赏地点头，又问道，“有多少人看到钦差进城了？”

“有几人看到了，不过没人知道钦差为何而来。钦差知晓殿下不在营中，没有立刻宣读圣旨，是下官旁敲侧击打听到的。”人一到大营，封似锦就算计了钦差一把，然后趁钦差不注意，偷看了圣旨。

“封大人高才。”秦寂言赞许地点头，封似锦此举为他省却了不少麻烦。

“郡王，回头对众将士宣布，钦差奉皇命来犒赏三军。”秦寂言轻敲桌面道，“至于辛苦赶来的钦差，在路上遇到了西胡的兵马，历经九死一生才跑进大营，当晚就去了，身上什么也没有。”

如果是平时，秦寂言肯定不能这么做，可今天情况特殊。今天是两军交战的日子，场面混乱至极，留在军中的人也少，见到朝廷钦差的人，也只有留守的数百人。再加上封似锦反应快，在一切还没有发生前就将事情捂住了。左右隔了这么远，皇上就是想查也查不到什么。

“我明白该怎么做了。”这种事封似锦虽然不曾做过，可要做绝对能做到完美，“这次好解决，就怕皇上见殿下迟迟不回，再次下诏书。”

连下十二道急诏的事，史上也不是没有过，他们能捂住一道，却捂不住十二道。

“先将此事按下，剩下的事本王自有决断。”在事情没查清楚之前，秦寂言不想做无谓的假设。他必须先查清京中的事，才能下决定。

定下处置钦差的方案后，秦寂言在庆功宴上露了一面，待了一刻钟便离开了，将庆功宴交给平西郡王主持。

平西郡王满面红光、神采飞扬，只是那双眸子却明显比平时黯淡了许多。程将军就没有平西郡王的这份定力，他的坏心情表露无遗。不过程将军生气是家常便饭，旁人看了也不会放在心上。

被平西郡王指出疑似奸细的两员副将，眼见程将军闷闷不乐，便一左一右凑到程将军面前给他敬酒，程将军来者不拒，举杯就喝。

平西郡王看到这一幕，眼中闪过一抹杀意，扭头对身后的人使了个眼色，然后没事人一般，继续与众副将把酒言欢。

秦寂言回到营帐，召来暗卫，声色俱厉地问道："三天之内，本王要知道京城发生了什么事。"

暗卫一听，以为秦寂言在开玩笑，抬头看了一眼，才知道这是真的，不由得迟疑片刻："殿下……"

"本王不听解释，做不到就滚！"锦衣卫半点消息也没有，三天的时间已经够长了。

"属下遵命。"暗卫躬身退下，秦寂言的声音再次传来："本王准你们联系锦衣卫。"

暗卫走后，秦寂言独坐营帐，大半个身子都处在阴暗中，如果不仔细看，根本发现不了他的存在。

封似锦进来时就愣了一下，还是秦寂言知道他来了，特意动了一下，封似锦这才发现秦寂言坐在那里："殿下……"

"问出来了吗？"秦寂言的脸仍旧隐在黑暗中，让人看不清他的表情。

"没有，钦差也不知原委。宣殿下进宫之事，是皇上亲自交代的，这是圣旨。"封似锦将手中的圣旨捧到秦寂言面前。

秦寂言展开一看，熟悉的字体跃然纸上。圣旨乃老皇帝亲笔所写，字迹有些抖，可见写的时候，老皇帝的手很不稳。落印的地方没有盖玉玺，而是帝王的私印，由此可见这道圣旨没有备案，即查不到。

"私诏？"秦寂言的手指落在老皇帝的私印处，唇角溢出一丝冷笑。

"殿下，京城的水怕是越来越浑了。"封似锦听到秦寂言这么说，眉头皱得更紧。

"有长生门在，怎么可能不浑？"京城水浑早在秦寂言的预料之中，别说有长生门横插一脚，就算长生门不出现，周王和五皇子也不会放过这个机会。

秦寂言眼眸一抬，好似突然想到了什么，不经意地问道："似锦，本王记得你与景炎的交情不一般？"

封似锦心里咯噔一下，不明白秦寂言突然问这个做什么，略一停顿才道："景炎的父亲与我爷爷曾经相识，临死前写信托我爷爷照看景炎。我与景炎一见如故，算是知交好友。"这事隐瞒不了。

"如此便好……"秦寂言声音轻极，让人不由得提起心来。

封似锦心中隐有不好的预感，暗自叹了口气，却什么也没说。他一直都知道景炎不一般，也曾劝过景炎很多次，现在看来，景炎似乎没有听他的劝。

秦寂言似没有听到封似锦的叹气，继续说道："似锦，本王知晓景炎非普通人，你替本王问问景炎，京城到底发生了什么事？"

"下官明白。"封似锦知道自己无法拒绝。

凭秦寂言的情报网，景炎的底细，秦王殿下就算不知十分，七八分总是知道的。

封似锦默默退下，站在营帐外，看着不远处热闹的场景，脸上露出一抹极淡极淡的笑。他现在只能祈祷景炎千万别做什么不该做的事，秦王殿下被召回京城一事最好与景炎无关，不然……落到秦王殿下手中，谁也救不了他。

封似锦走后，秦寂言又细细看了一遍圣旨，将与京城有关的消息一一过了一遍，心里隐约有所怀疑，只是秦寂言希望自己的怀疑不是真的。起身，将圣旨放到烛火上引燃，待到它燃成灰烬，秦寂言才往外走。

今夜军中热闹非凡，该有的戒备却没有松懈。秦寂言绕着军营走了一圈，确定各处防守都没有减弱，这才满意地点头。

秦寂言巡视过后，便准备回大营，打算将诏书一事说给顾千城听。诚如封似锦所说的那样，老皇帝急着叫他回去，一封诏书他没回，难保不会有下一封，如果真让老皇帝连下十二道诏书，事情可就麻烦了。

京城，他必然是要回的，只是什么时候回，就得好好思索了。

今日一战，西胡死伤惨重，赵王的损失却是最重的。

赵王被秦寂言一剑挑下战马，当即就昏了过去，在床上躺了两个时辰才清醒。一醒来就得知，他最得意的两个儿子一残一伤。二儿子的腿骨被马踩断，根本无法医治，残废已是事实。三儿子被秦寂言射伤心肺，日后再无领兵上阵的可能，甚至都不能做剧烈运动。

“我这到底是造了什么孽，老天爷竟要如此对我？”赵王用力捶向床板，悲戚地说道。

六子之中，三个庶子他从来不关心，废便废了，可三个嫡子现在却废了两位，而剩下的那一个，他连看都不愿意看。

赵王陷入悲愤之中，秦云楚前来探望赵王，却被赵王指着鼻子破口大骂：“你的两个弟弟都废了，没有人和你争了，你的世子之位稳了，你高兴吗？云楚，你给我记住，就算你的两个弟弟废了，我的一切也轮不到你！为什么残废的人不是你？是你该多好啊……”

秦云楚跪在赵王床边，听着赵王的责骂，却不像以往那般难过。他木着脸任赵王骂，等到赵王骂完，才重重一磕头，顶着一脸的血往外走，眼神阴鸷，周身阴冷。

“为什么残废的人不是你？”这句话就像魔咒，一直在秦云楚的脑海萦绕，挥之不去。

“啊——”秦云楚双手抱头，放声尖叫，心中的最后一丝后悔与不安，也因此话而消失。

赵王父子三人齐受伤、两个最出色的儿子废了的消息，在第一时间传到了西胡。

“赵王后继无人，身上又有伤，怕是废了，不如我们吞了赵王的兵马？”副帅之一眼睛一亮，提出建议。

另一副帅立刻就反对道：“赵王和我们是盟友，我们还要借助赵王的兵马攻打大秦，如果现在与赵王内斗，岂不是便宜了大秦？”

两个副帅会给风遥面子，却不会给对方面子。没有意外，两个副帅又吵了起来。风遥一直没有开口，任由他们吵下去，直到时辰差不多了才开口制止：“你们吵了一个时辰，却一点儿用也没有，再吵下去，还有时间夜袭大秦军营吗？”

两个副帅脸色微变，当即羞愧地低下头，“末将失职，请大帅恕罪。”

风遥并没有处罚他们，只是冷冷地看着，直到看得他们冒了冷汗，这才收回视线，冷冷地开口：“正事要紧，惩罚暂且记下。”

风遥给他们判了一个延期执行，让两个副帅没法借机发难，同时又让一干副将不得不小心翼翼，就怕风遥哪天想起，要拿这事罚他们。

白日一战，西胡将士心中都憋了口气。这口气要是不发泄出来，他们这几天绝对不会安分。风遥看出西胡将士心中的不满，知道这个时候让他们发泄出来，效果是最好的，所以才会提起夜袭的计划。只是他的计划说出来后，立刻遭到不少人的反对。

“白天一战，将士们精疲力竭，哪里还有精力再战？”“我们尚未安顿下来，这个时候再战，将士们哪里吃得消？”……

这些人提出反对意见，实在是客观问题摆在面前。他们西胡人跑来跑去，可谓是疲劳作战。秦军就守在城内，吃饱喝足，两军还未交手，他们就先吃了亏。

子夜时分，西胡军营总算把结果讨论出来了，那就是夜袭！

西胡准备夜袭，自然不会放过老盟友赵王。赵王和两个儿子没法上战场，不是还有其他的将领吗？要是其他的将领不行，世子爷上，他们西胡也能接受。

“不需要西北大军主攻，你们只要引开秦军的兵马便可，攻城主要由我们西胡负责。”西胡使者向赵王传达了风遥的命令。

赵王本想拒绝，可不等他把话说出来，西胡使者就道：“我们主帅说，请赵王记住，我们是盟友。盟友之间就该互相帮助、共同进退。”换句话说，赵王一旦拒绝，他们就不再是盟友，那就别怪西胡不客气，反吞了西北大军。

赵王气得不行，却别无选择，只得调了七万人马与西胡一同出发，帮忙引开秦军。

赵王没有让秦云楚上战场，而是派了一员信得过的大将带兵。

秦云楚很快就收到了消息，浑浊的眸子闪过一丝阴冷，抬了抬手，召来身后的人：“做干净点儿，别让人发现了。”他倒要看看，没了选择，他的父王还能如何？

“是。”一名矮小的军汉点了点头，便立刻退了下去。走到秦云楚看不到的地方，这人才拍了拍心口，缓了口气。楚世子真是越来越狠了，要废掉那几个庶弟，他还能理解，可连几岁的侄子都要除掉，这简直是丧心病狂。

秦寂言回去时，顾千城还未睡。她迎上去，给了秦寂言一个拥抱：“我的大将军，欢迎你凯旋！”秦寂言还没反应过来，她便在他的脸颊上印下一个吻：“这是英雄的勋章！”

朦胧的烛光将两人笼罩，显得温馨又暧昧……

秦寂言拉着顾千城的手，指着自己的另一边脸，一本正经地说道：“还有这边，不能厚此薄彼！”

“好，我的大将军，都听你的。”顾千城笑着搂住秦寂言的腰，踮起脚在另一边落下一吻。秦寂言将她紧紧按在怀里：“既然是勋章，就别那么敷衍……”

一阵嬉闹之后，秦寂言将顾千城拉到自己怀里坐下：“我有事要和你说。今天京城来人了，带来皇上的私诏，催我和平西郡王立刻回京。”

“让你立刻回京？朝中出了什么事？”顾千城一听，脸色立刻变得凝重起来。

秦寂言不答反问：“为什么你会认为是京城出了事，而不是皇上要削我的权？”封似锦、平西郡王他们可都是这样认为的，连他最先也是这么想的。

“削你的权？”顾千城愣了一下才道，“皇上有必要这么做吗？这才几十万人马，皇上不至于为了这点儿兵马就不顾边关危急，催你回京吧。再说，要削你的兵权，等你回京后随便找个理由就行了，完全没必要急着让你回京，还是私诏。”

“你说得对。”秦寂言点点头，赞同顾千城的说法，“皇上要削我的权，没必要下私诏。我开始也以为皇上知晓自己还有几年可活，舍不得皇位大权，怕我影响他的地位，要削我的权。后来想想又觉得不对，皇上不至于出这么昏的招。”

“会不会和长生门有关？”除了长生门，顾千城想不出还有谁能做到。

秦寂言道：“依长生门的精明，必定不会插手大秦内政。”长生门真要这么做了，必然会引起老皇帝的怀疑，到时候只会得不偿失。

“这也是……”顾千城缓缓点头，一脸沉思。

秦寂言继续说道：“这段时间锦衣卫一直没有与我联系，我担心是不是锦衣卫出了问题。”

“你和锦衣卫一直保持着联系吗？”顾千城问道。

秦寂言道：“没有，有事才会联系。只是，这次京城明显有事，锦衣卫却没有给我送消息来。”

“不会真出事了吧？”顾千城听秦寂言这么一说，也觉得很有可能。

秦寂言眉头微皱，说道：“只是我们的设想罢了，不一定是真的，不用……”

呜——“担心”二字还没有说出来，就被一串急促的号角声打断。

“不好，有敌袭！”秦寂言脸色一变，猛地起身，拿起一旁的头盔就往外走，“敌军夜袭，军中会乱一阵子，你别乱走。”

“我知道了。”顾千城知道事情的严重性，不会逞强跑出去。

号角一声比一声急，秦寂言一出来，平西郡王就看到了，忙走上前：“殿下料事如神，西胡果然半夜来袭。”

“换作是我，也会夜袭。不过，我绝不会等到这么晚，给对手休息的时间。”秦寂言快步往营外走去，无意中看到平西郡王提的两个奸细，放缓脚步，扭头问了一句：“那两人可有动作？”

“有，他们今晚一直缠着老程，话里话外都暗示老程，说殿下不重视老程，在殿下手下一辈子都没出息。”平西郡王说这话时，声音非常地冷。

“胆子可真大，是赵王的人还是西胡的人？”秦寂言冷笑，眼中闪过一抹杀意。

“暂时无法确定。”要不是确定不了，平西郡王也不会任由那两人蹦跶。

秦寂言道：“这一战结束后，把人捆起来审问。”

秦寂言赶到城头时，西胡大军已冲到城下，准备发起进攻。

“来得可真晚。”借着火把的光，秦寂言看到了风遥，眼中闪过一抹笑意。都快天亮了才夜袭，风遥在西胡可真不容易。

西胡此次攻城，打的就是一个出其不意，打的就是一个快速、迅猛。大军一到城下，风遥立刻下令攻城。先锋军飞快地搭起攻城云梯，火速往上爬。

秦军见状，纷纷将事先准备好的石头砸下去，侧门打开，一支精锐骑兵涌了出来，冲到战场，与西胡人打了起来。

“大帅，大秦早有准备。”看到这一幕，两个副帅焦急地禀道。

“有准备又如何？今晚我们一定会赢。”要是因为一场胜利就昏了头，那人就不是他所认识的秦寂言了。

“大帅说得是，今晚我们一定会赢。大帅，请准我带一支兵马杀进城内。”副帅之一开口，另一人也不甘示弱，同样请求出战。

“准。”无论谁想立战功，风遥都不拦着，只要他们有那个本事。

两个副帅立刻带着自己的亲信人马冲了上去，很快就杀出一条血路……

漆黑的夜对普通人来说，根本无法视物，秦寂言却不受影响。当他看到西胡两个副帅出手后，立刻点了程将军与唐万斤迎战，战场上的事暂时得到了控制，可就在此时……

北城门传来震天的响声，还有一声高过一声的求救声。

“怎么回事？去看看。”秦寂言心中已有猜测，可仍要确定一下。

“报——西北大军偷袭北城门，请殿下派人增援。”传令兵来得非常快。

“殿下，末将请命。”平西郡王上前一步。

“准。”秦寂言没有阻拦。

北城门与西北大军驻营之地隔了一条大河，河上没有桥，想要过河，只能从水里游过去。因这道天险的存在，驻守北城门的兵马不多。赵王为了配合西胡的夜袭，还真是拼了老命。

平西郡王知晓北城门的情况，只点了两万人马过去。平西郡王走后，秦寂言身后的暗卫如同幽灵一般出现，一左一右护在秦寂言身后。站在城墙上，秦寂言将眼皮底下的情况看得一清二楚。

平西郡王指出来的副将之一，借着天黑，认为无人看到他的动作，居然在没有收到命令的情况下，带着身后的兵马冲向侧门，对守城门的人喊道：“打开城门，我要出战！”

“拿下他！”秦寂言一听就知对方打的是什么主意，立刻对身后的暗卫下令。

暗卫如同幽灵一般飞速落到侧门前，在小兵准备打开城门时，直接用剑挡住，冷冷说道：“没有殿下的命令，谁敢开城门？”

“大人，小人……”开城门的小兵吓了一跳，双腿一抖就跪了下来。

“大，大人，末将是要出战。”副将颤声辩解。

“出战？哼！”暗卫冷哼一声，对一旁的小兵吩咐道，“把人捆起来，卸了下巴。”

“大人，你，你这是要做什么？为何要绑起末将？”副将吓得不行，吼道，似乎只有这样才能证明他的清白。

“背叛大秦，与西胡勾结，你还想做什么？”暗卫对一旁呆若木鸡的小兵说道，“还愣着做什么？还不快把人拿下，反抗者以同罪论处。”

副将想要争辩，可守城的小兵听到暗卫的话，赶紧上前将副将身边的人捆住。

一场叛变，还未开始就结束了！

风遥在外面，迟迟不见城门打开，就知西胡埋了多年的探子暴露了。西胡埋在大秦的探子到底是何人，风遥也不清楚。利用一场夜袭逼得探子主动暴露，真是太划算了。不过，这一战风遥却不能输，他要是输了，在军中还有威信可言吗？

“拿我的枪来！”风遥接过长枪冲进战场，挤开与程将军交手的副帅，“我来对付他，你带人攻城。”

“来得正好！”白天一战，程将军与风遥还未分出胜负，他正嫌没有打够，风遥就来了。

程将军剽悍无比，可他不是风遥的对手。为了隐藏实力，风遥没有急着将程将军打败，而是与程将军打了百余招，才将其手中长枪挑飞，反手给了他一枪。

程将军扑通摔下马，风遥不着痕迹地停了一下，程将军身后的亲兵见状，飞快地上前将其救回。

风遥举起手中的长枪，高喊：“跟着我，冲！”

风遥冲锋在前，所到之处势如破竹，秦军完全不是对手……

第十四章
好坏，铺一条锦绣大道

这一战足足打了三个时辰，从子时打到天亮，西胡的大军几次冲到城门口，要不是有唐万斤挡着，城门怕是已经沦陷。

天色大亮，所有人都筋疲力尽，西胡退兵。虽然没有破城，西胡人却一扫昨日的憋闷，一个个豪气地大笑，放声高喊“大帅威武”，士气空前高涨。

秦寂言站在城头，看着渐行渐远的西胡大军摇了摇头。幸亏风遥没有尽全力，不然这场仗可就难打了。

秦寂言回到营帐，还没有坐下，暗卫就急急来报：“殿下，京中的消息来了。”

“说。”秦寂言脚步一顿，随即又没事人一般坐下。消息能这么快传来，可见锦衣卫没有出事。

暗卫禀道：“殿下，锦衣卫传来的消息说，皇上召您回去与国库银子丢失案有关，我们大秦的国库空了。”

“再说一遍！”秦寂言听到这个消息，不由得愣住了。

“大秦的国库空了！”秦寂言没有听错，暗卫就是再重复一万遍，仍然是这个意思。

饶是秦寂言再淡定，这个时候也不免露了情绪，从牙缝里挤出两个字：“详情？”

暗卫飞快地回道：“五皇子为了弥补钱庄的亏空，一直盗用国库的银两，直到前不久皇上要用银子，命人开国库取银子，才知国库的存银全没了。”

“五皇子？凭他也能搬空国库？”不是秦寂言看不起五皇子，实在是五皇子就是一摊烂泥。他当初把大秦钱庄的框架全部搭了起来，五皇子按着计划做，都无法将钱庄办起来。

“有户部尚书插手，他联合钱庄的人，欺上瞒下，以五皇子的名义从国库取款。”暗卫双手奉上锦衣卫首领送来的折子，“为了让大秦钱庄建起来，皇上曾允许五皇子便宜行事，十万两以下的银子，不必通报，自行调取。”

折子上写的是五皇子从国库调银的记录，每笔都在五万两以上，密密麻麻一整本，足足有上百页。

“果然有本事了。”秦寂言看了一下总数：黄金六百万两，白银三亿两。

国库无银，整个大秦都无法运转。工部、兵部、吏部，还有各地官府和远在边疆的大军，哪个不需要银子养着？

“殿下，国库的白银与黄金，全部是通过大秦钱庄开出的银票支取出去的。大秦钱庄里足足有几十箱银票……”暗卫原封不动地转述锦衣卫的话。

原来，大秦钱庄刚建不久，就有许多人存银进来，钱庄陆续印了许多大面额的银票，甚至还有一百万两一张的银票。这些巨额银票全部是五皇子私下开出去的，具体的数额五皇子也不记得，但至少在千万两以上。

这上千万两的白银存入银庄，五皇子却没有将其上交国库，甚至没有告诉户部，而是用来收买官员和训练私兵。

训练私兵和收买官员全由一个叫逍遥的人负责，五皇子根本不知用了多少银两，只知逍遥帮他训练了十万兵马。逍遥还许诺，只要皇上一出事，他就带兵攻进皇城，保五皇子上位。

逍遥说，大军需要兵器武装，他能从北齐搞到上好的刀枪，但价格比较高，需要一大笔银子。正好这时又有一些大户抬着银子来存，五皇子开出银票后，就秘密把银子运给了逍遥，让逍遥买兵器、训练兵马。

本来一切都进行得很顺利，可一个半月前，银庄突然出现挤兑风波。刚开始只是小额兑换，五皇子还能拿得出银子，后来数额越来越大，五皇子根本拿不出银子，又怕皇帝知晓此事，便寻逍遥相助。逍遥为他出了个主意，让他从国库取银。

刚开始，五皇子还有犹豫，可逍遥的人保证他们能帮五皇子摆平此事。逍遥的人确实厉害，摆平了户部尚书以及看守国库的人，一点一点将国库的银子往外搬。利用国库的银子，五皇子平息了风波，而且没被皇上发现，此后他越发相信逍遥了。

“五皇子自己也记不清他到底印了多少张一百万两的银票，后来，有越来越多的人拿着巨额银票来兑换银子，而且每一张银票都是真的。五皇子别无选择，只能继续从国库拿银子来填窟窿。

五皇子说，逍遥的人欺上瞒下，最后他也不知到底从国库里抬了多少银子。但凡有人拿银票来领银子，他就让逍遥的人去国库取。

秦寂言听罢，长长地吐了口气，问道：“逍遥的人是不是一个也没有抓到？户部尚书是不是全家都消失不见了？”

“是的，只有五皇子和他的亲信没有跑掉。直到被抓，五皇子仍不知国库被搬空的事。”

“蠢货。”秦寂言忍不住骂了一声。说他是皇家子孙，都给大秦皇室丢脸。

暗卫继续说道：“殿下，锦衣卫这段时间一直忙着追查银两的下落。皇上希望悄无声息地解决此事，没想到锦衣卫查了数天，也没有查到一丝消息。眼见这一季的军饷该发了，皇上怕事情暴露后朝廷大乱，便召您回京，要您追回国库丢失的银子，找出幕后主谋。

回京一事刻不容缓，秦寂言挥退暗卫，让人请来平西郡王与封似锦，直言相告。

“五皇子居然把国库给搬空了？那么多银子，怎么运出城啊？”平西郡王跌坐在椅子上，完全无法接受这个事实。

“不需要运出去，银子也许还在京城，只是我们找不到罢了。对方也不是真的要用这笔银子，而是在等我们大秦国拿不出银子，引起朝政不稳、百姓混乱。”封似锦还算冷静，至少没有像平西郡王一样失态。

“没错。”秦寂言点头道，“对方是想借机扰乱大秦内政。如果本王没有猜错的话，北齐应该做好了攻打我们的准备。”这件事，不管是哪方势力做的，北齐必然插了一脚。

平西郡王一听，脸色大变：“殿下，此事事关重大，你必须尽快回京主持大局。对方的阴谋一旦得逞，我们就危险了。”

“郡王放心，本王会尽快回京处理此事。军中之事，本王只能交给郡王和封大人了。”秦寂言召两人过来，就是做了回京的打算。

“请殿下放心，老臣一定不会让殿下失望。”平西郡王拍着胸脯保证道。

封似锦一脸严肃地保证：“我一定会守住边境，将西胡人打退。”

“本王信你们。京城的事你们不必担心，本王无论如何都会保证大军的供给，绝不会让你们在前线缺衣少食。阵亡将士的抚恤金，本王也会一文不少地分发下去。”

平西郡王与封似锦不知秦寂言哪来的底气，可他们知道秦寂言不是随便说说，秦寂言说出来的话，就一定会做到。

秦寂言把军务交给平西郡王与封似锦后，立刻返回营帐，叫来暗卫与亲兵：“传本王的命令，将那批金沙制成金砖，分成三份，一份送到凤家军手中，一份送到这里，最后一份送回京城；将本王存在北齐与西胡的银子全部取出来，秘密运回大秦；派人盯紧江南；安排人手将此信送给凤于谦，记住，一定要亲自送到他手上……”

一个接一个的命令下达下去，秦寂言完全不给亲兵与暗卫喘息的时间。饶是如此，他也足足说了一刻钟才停下来，下达的命令有数十条。

暗卫与亲兵一脸严肃，收到秦寂言的命令，片刻不敢耽搁，立即退了出去。

待到所有人都走后，顾千城才端着一杯参茶过来：“发生什么事了？”

“大秦很缺钱，本王不得不把之前那批金子取出来用。”那批金子就是他们从沙漠废城下面挖出来的金沙。

“大秦不是一向富饶吗，怎么突然没有银子了？国库被人搬空了吗？”顾千城不过是随口一说，却让她说中了。

“你说对了，大秦的国库就是让人搬空了，现在大秦一两银子也没有，连下一季的军饷也发不出来。”秦寂言头痛道。

顾千城直接愣住，不敢置信地道：“国库被人搬空？这怎么可能？”

“皇室就有那么一个蠢货，别说国库，就是大秦被人搬空了，本王都不稀奇。”秦寂言一脸轻蔑，顾千城不用问也知道他指的是谁了。

“五皇子？他中了谁的计？”顾千城真不知道，五皇子竟然蠢到这个地步。

“表面上看是北齐与西胡，暗地里有没有旁人参与，本王暂时也不知。这事得好好查一查。”长生门出现得太巧了，秦寂言不得不往长生门想。

顾千城点点头：“我跟你一起回去，也许能帮上忙。”

“我本来就打算带你一起走，这件事我需要你的帮忙。”秦寂言可不想把顾千城丢在全是男人的军营。再说了，这件事看似凶险，可一旦办好了，不管是他还是顾千城都能得利。他就不用说了，名利、权势尽收是必然的，而顾千城有了追回国库失银的大功劳，她就是大秦的功臣，到那时候，还需要担心顾千城不够格当皇太孙妃吗？

国库失银是大事，他秦寂言要借此事，为顾千城铺一条锦绣大道！

花了三天时间梳理军中事务，将可疑人员全部处理好后，秦寂言还没来得及宣布回京一事，京中又来了钦差。同样是私诏，只不过语气比之前更急切，言辞中也透着关怀与安抚，让秦寂言不要多想，更不要多心，江山是他的，皇位也是他的，绝不可能更改。

私诏并没有当众念出来，可是前有钦差到来，后有秦王殿下宣布回京，军中上下都明白，秦王殿下这次是真的回京了，而且不会再回来了。

虽说边境消息不灵通，可老皇帝病重的事，却是隐瞒不了的。这个时候急召储君回朝，所有人都认为，这是让秦王殿下等着继位。军中上下都为秦寂言高兴，对秦王殿下回京一事，全军上下接受度极高，并积极表示，他们一定会打赢。

秦寂言高调回京，风遥与赵王那里自然是瞒不住的。两人第一时间就收到了消息，赵王哐的一声将热腾腾的药碗打碎了。

“秦寂言，皇太孙……好一个皇太孙！回京？哼，我绝不会让你平安回去。”赵王一脸暴戾，显然他也认为秦寂言此时回京，必然是为了继位。

“终于要回京了。”风遥长长地松了口气，终于要结束了！

“等你登基那日，我必送上一份重礼。”风遥轻声说着，声音很小，只有他自己能听到。

秦寂言的离开，让许多人蠢蠢欲动，其中又以秦云楚为最。秦云楚得知赵王最近将精力放在暗杀秦寂言上，便借机一点点收买军中将领，一点一点积蓄力量。

秦寂言和顾千城知道，这一路不会太平。在不知情的人眼中，秦寂言这个时候回京，十有八九是为了继位。而和赵王相比，周王更想秦寂言死在路上，就是死不了也要拖住他回京的脚步。如果皇帝死了，秦寂言又没有赶到，那么，在京中的他自然是最佳的人选。

秦寂言离开大营后，不过短短五天，就遇到七批杀手、五路死士。

“再这么下去，我们早晚会被他们耗死。”秦寂言问道，“千城，还记得你和唐万斤来西北时走的那条道吗？”

“当然记得，我们要走那条路吗？”遇山过山，遇河过河，那么艰难的路，顾千城怎么会忘记。

“对。那条路虽然难走，可速度最快，而且更安全些。”秦寂言一开始就想走那条路，不过他担心顾千城的身体吃不消，现在看来，走官道更累。

在顾千城的带领下，秦寂言带着一部分暗卫与亲兵，开始跋山涉水、翻山越岭地赶路。

京城，老皇帝正坐在皇宫里数日子，数着数着就烦躁了，问身侧的小太监：“寂言还要多久才能回来？”

“回皇上的话，算算时间，最早去的钦差大臣，也就是这两天才赶到西北。殿下就是快马加鞭赶回来，也要一个半月的时间。”心腹太监是知情人，只是这种事他真的帮不上忙。

“一个半月？这么说来，寂言回来后，只有不到十天的时间了。”老皇帝面露忧色，前段时间好容易才养出一点儿肉，这两天又迅速瘦下去。

“皇上，殿下英明神武，一定能为皇上分忧解难。”太监安慰皇上道。

“朕相信他，只是……事关重大，出不得一丝差错。”老皇帝虽然把希望寄托在秦寂言身上，却担心他扛不住。

“你去清一清朕的私库，看看有多少能变现的东西。”老皇帝之前就把自己私库的银子提了出来，可也撑不到下一季的赋税收上来。

“扑通……”心腹太监笔直跪下，“皇上，那些可都是皇室私藏，每一件都是珍品呀。”

“没让你挑贵重的处理，挑好变现、旁人认不出来的。左右那些东西放在私库里也是生灰。”老皇帝对自己私库里的东西，并没有多在意。

“奴才遵命。”心腹太监不敢再劝，躬身退下。

心腹太监走后没多久，便有人来报，长生门的人求见。皇上一听，眼睛一亮：“宣！”

长生门的人说他们找到了传说中的龙凤双城，有望拿到长生方中最重要的一味药——龙凤果，拿到龙凤果就能制出长生丹。

龙凤双城就在大秦境内，长生门的人不敢妄动，特来向老皇帝禀报，希望能得到老皇帝的支持，让他们带人进入龙凤双城。当然，长生门这话七分真、三分假。长生门的人见圣女倪月一直没有消息，怕他们在龙凤双城遇险，于是把主意打到大秦皇帝头上。

老皇帝听到长生丹自然心动，当即命人去挖双城遗址。长生门的人得了准信，满意而去，当然不会忘记给老皇帝留下一瓶调养身体的药丸。

事关长生丹，老皇帝行动非常迅速，当天下午就点好了人马。第二天一大早，就有一支五千人的精锐部队前往双城遗址，长生门的人跟在后方。

而此时，被困在废城中的倪月一行人，机缘巧合下终于走出废城，来到蛇林。只是他们的好运似乎全部用光了。

秦寂言和顾千城在时，蛇林里的蛇全部缠在树上下不来；而当倪月他们过来时，树上的蛇不受辖制，可以离开树自由地游走，甚至不受土壤里的特殊物质影响，哪里都能到。

不仅仅是树上的蛇，就连蛇窟里的也不再安分地待在蛇林后面，而是到处游走、寻找食物。

双城废墟中能生长的东西实在太少，所以当倪月一行来到城外时，就被蛇群当成了食物。他们刚出来就陷入蟒蛇的包围，虽然靠着蛇肉和蛇血暂时解决了温饱，却陷入了无休止的厮杀……

干坏事的人，自然要比干好事的人花更多的心思，需要关心的事和人也更多。景炎借五皇子之手，悄无声息地把大秦国库搬空，自然会关注五皇子的动向。

景炎得知五皇子失去自由，第一时间通知手下的人停下来，什么都不要做，潜伏起来，将线索引到北齐人头上去。如果他所料不错的话，皇上和秦寂言看到国库被搬空，又不见银子出城，必然会怀疑到北齐头上。他只需要静候时机就可以了。

想到即将到手的国库银两，景炎眼中闪过一抹快意。十五年了，他终于等到了今天。

“大秦，我是毁了你，还是毁了你呢？毁了你，我又能得到什么？一切都回不去了……”

景炎看着前方，幽深的眸子瞬间黯淡下来，眼中溢满悲伤，似有火焰跳动，不是愤怒之火，而是熊熊燃烧一切的毁灭之火。

“救命，救命……”耳旁似乎还有族人的惨叫声。

“躲在这里，不要跑，不管外面发生什么，都不要跑出去，听到没有？”脑海里，还回旋着姐姐叮嘱的声音。

他的家，他的家人，全没了！

“呜……”景炎无法抑制自己的悲伤，双手捂着脸，眼泪从指缝中流出。

许久许久之后，景炎终于平复了自己的心情，冰冷的帕子捂在眼睛上，泪瞬间被拭干，脸上又挂起招牌的笑容，温文尔雅，没有一丝悲伤，眼中盈满希望，只是……那双通红的眸子出卖了他。

景炎的手下进来时，看到这样一双眼睛，顿时愣住了，却不敢询问，只是跪在地上道：“主子，长生门唆使皇上派人前往双城遗址，试图寻找龙凤果。”

“长生门还真是不安分。”景炎的声音略有一点儿嘶哑，通红的眸子闪过一抹杀意，“皇太孙与顾千城到哪儿了？”

“皇太孙一行途中改道，一路翻山越岭朝京城赶来，没有意外的话，二十天后就能赶到京城。”秦寂言和顾千城改道的消息只能瞒几天，景炎的人能查出来，旁人自然也可以查出来。

“一路跋山涉水，秦寂言有没有把千城当女人？”景炎一脸不满，“替他们把路上的障碍清了，顺便把长生门的动向泄露给他们知晓。”

二十三天后，秦寂言和顾千城终于来到离京城最近的一座小镇。赶到小镇的当天，秦寂言就让人给宫里送了消息。

“明天就会有人来接我们进京，你是回顾家，还是去别院？”秦寂言接过顾千城手中的毛巾，轻轻地替她擦起湿发。

“回顾家吧，五皇子出事，长生门的人盯上了我，我待在别院反倒引人注意。”顾千城打了个哈欠，懒懒地靠在秦寂言身上。

“行，我会安排人保护你。”秦寂言也觉得顾千城待在顾家比较好。

“对了，我已把武家人安排在城外的别院，你要不要见一见？”秦寂言突然想起这件事。

当时把武家人接来，不过是想保护武家人，人安全了，他就把这一出给忘了。

“得空了，我会去见见他们。”顾千城对武家人颇为好奇，敢嚣张地在信上画上“日月当空”，武家人得多狂。

按老皇帝的预计，秦寂言至少还要一个月才到。突然收到秦寂言的信，老皇帝立刻就不淡定了。他既高兴秦寂言回来得早，又怀疑他是不是早就知道了京中的事，所以才会这么快赶到。

“皇太孙什么时候出发的？怎么这么快就到了？”老皇帝屏退左右，召来锦衣卫首领。

锦衣卫首领单膝跪下，答道：“殿下于二十六天前从西北出发。”

“二十六天前？他走的哪条道？”老皇帝半点也不信。

“殿下走的是从西北到京城最近的一条道，笔直的路线，中途没有绕路，一路跋山涉水、日夜兼程。”锦衣卫首领怕老皇帝不相信，又补了一句，“当初顾姑娘奔赴西北救言将军与封大人，就是走的这条道。顾姑娘带着唐万斤，花了一个月的时间赶到西北，抢在赵王前面救出了言将军与封大人。”

这件事老皇帝知晓，只是当时他病重，听过便抛到脑后了，现在听到锦衣卫首领提起，老皇帝立刻记起来了。

老皇帝叹气，他最近的疑心病真是越来越重，居然连寂言也不信了……

锦衣卫首领察觉到老皇帝的情绪变化，岂肯错过这个机会，状似不经意地说道：“皇上，据属下所知，皇太孙殿下之所以走这条路，是因为一路上追杀他的人太多。从西北出来不过三天的时间，就遭遇了数十次暗杀，一路连合眼的时间都没有。皇太孙殿下没有办法，只得丢下护卫，抄最近的路赶回京城。”

“追杀？”两地相隔甚远，这事锦衣卫首领不说，老皇帝还真不知，“朕秘密召他进京的消息怎么走漏了？”

锦衣卫首领暗暗腹诽，面上却是不显：“皇上，殿下此次回京，不可能再去战场，必然要交代清楚才好离开。”

老皇帝皱眉，不满地说：“朕不是说了，让他私自回来吗？对了，他上次离开军营，去哪儿了？”

锦衣卫首领选择性地忽略了前面的话，只挑后面的回答：“殿下行踪隐秘，属下不知。属下只查到殿下带着大量火药赶往战场，成功地逼退了西胡与赵王的联军。”

“那小子，一天到晚就知道取巧。不过，他在西北的表现确实出色。”老皇帝忽地笑了，眼里是满满的骄傲。

老皇帝心中有愧，又不能表现出来，便让礼部隆重安排，着文武百官去城外迎接秦寂言回京。此举，无疑确定了秦寂言的地位。

除此之外，老皇帝还表达了对周王的不满。别以为没有证据，他就不知道是谁派凶手去伏杀秦寂言的。当天下午，老皇帝训斥周王的圣旨就发到了周王府。除此之外，老皇帝还给周王派了一个老先生，说是要让周王学学什么叫“忠君爱国”、什么叫“君为臣纲”。另外，老皇帝还要求周王把儿子全部送进宫里，理由是周王不会教儿子，他这个当爷爷的代劳，实际上却是拿周王的儿子当人质，警告周王不要动秦寂言。

圣旨一下，满朝哗然。文武百官见老皇帝先是将五皇子圈在宫中，接着又打压周王，越发地认为这是要传位给秦寂言了。只有封大人忐忑不安，他越想越觉得这事透着古怪，想到之前大秦钱庄的挤兑风波，当即生出一种不好的预感。可是，这两天大秦钱庄又恢复了平静，应该不会有事吧？

“唉，也不知似锦在西北还好吗？这么长时间也不知道写封信回来。”封大人叹息一声，将心中的不安压下。

老皇帝如此直白地打压周王，秦寂言并没有高兴，反而说道：“狗急跳墙，皇上这是在逼周王叔造反。”

“不反没有活路，我要是周王，我也会冒险。”顾千城叹气道。皇位对皇子的诱惑实在太大了，周王眼见没有继位的希望，十有八九会铤而走险。

第二天，阳光灿烂，晴空万里，街道两旁站满了看热闹的百姓。文武百官早就候在城外，辰时刚过，就看到皇太孙的仪仗出现。

以封大人为首的文官，和以凤将军为首的武官，全都快步上前跪迎。

老皇帝将秦寂言抬得高高的，秦寂言却没有因此拿大，赶紧亲自将封大人与凤将军扶了起来：“众位大人免礼！”

封大人与凤将军顺势起身，高呼“殿下千岁”，身后的官员自然跟从。

迎接的仪式很隆重，过程却不长，两旁的礼乐声将百姓的议论声压了下去，站在两旁的禁军，将看热闹的百姓挤到两旁，正中央的主道上一个人影也没有，秦寂言的车驾畅通无阻地来到皇宫。

老皇帝早已在宫里等候。秦寂言一进宫，就看到老皇帝靠着床头而坐，一副大病未愈的样子。

行完礼后，秦寂言配合地走到老皇帝的床边，担忧地问道：“皇爷爷，你还好吗？”

“老了，不中用了。”老皇帝倒是没有掩饰自己中风已好的事实。

“孙儿不孝。”秦寂言低头，一副自责的样子。

老皇帝欣慰地拍了拍秦寂言的手，示意他在床边坐下：“你很好，西北的事情朕都听说了，你没有让朕失望。”

“没有将西胡赶出大秦，岂能言好？”秦寂言脸上依旧是那副冰冷的样子，眼中却闪过一抹落寞。如果没有老皇帝的宣召，他可以在边境立下战功，在军中的声望也能如日中天，可偏偏在紧要关头，他被召回京城了。

“寂言，皇爷爷召你回京，是有更重要的事。”老皇帝也知道自己这么做亏待了秦寂言，可他着实是没有办法。

“孙儿明白，皇爷爷召孙儿回京，必然另有要事。”秦寂言一脸严肃地附和老皇帝的话。

老皇帝见状，露出一抹笑，随即那笑容就淡了，幽幽地叹了口气：“寂言，皇爷爷此次急着叫你回京，是为国库的事。”

“国库？出什么事了？”秦寂言佯装毫不知情。

“唉……”老皇帝重重地叹了口气，还没有说，脸色就有几分不自在，“你五叔……把国库搬空了。”

秦寂言恰到好处地露出震惊的表情：“皇爷爷，你说什么？五叔把国库给搬空了？”

这种事，初听会觉得震惊，可再次听到，秦寂言却发现，自己心中一片平静，半点波澜也没有。国库虽空，可银子仍在大秦，只要熬到下一季赋税交上来，朝廷依旧可以正常运转。

老皇帝不知秦寂言心中所想，只当秦寂言吓傻了，忙拍了拍他的手背，安抚道：“寂言别担心，这件事皇爷爷已经压下来了。这几个月各部的俸禄，朕先用私库的银子垫上，只等下一季度的赋税收上来，就可以维持六部和军中的正常运转。”

“是，孙儿不担心。”秦寂言从善如流地答道，幽深的眸子里没有一丝情绪起伏。

“寂言放心，皇爷爷定会留下一个富饶的大秦给你。”老皇帝自以为仁厚地说道。秦寂言没有说话，脸上也没有任何表情。

老皇帝略等了一会儿，觉得秦寂言差不多将此事消化了，才让心腹太监将事情的经过说给他听。事情和暗卫所说的相差无几，不过由心腹太监说出来，自然就淡化了皇帝的责任，说是五皇子趁老皇帝病危，一时糊涂，被奸人所害，这才做出有毁大秦根基的事。

秦寂言听完，沉默片刻，说道：“孙儿明白了。”

就这样？老皇帝傻了，他还等着秦寂言发问呢，这反应……也忒淡定了吧？

“寂言，你听明白了吗？”老皇帝不放心地问道。

秦寂言用力点头：“皇爷爷，我听明白了。国库现在一两银子也没有。在赋税收上来之前，我们必须调集银两维持正常周转，不能让人知晓国库银两失窃一事，以免造成动乱。”

“是这样的，没错。”老皇帝点头，因秦寂言的冷静，老皇帝也平静下来。

“国库的上亿两白银，绝不可能悄无声息地运出城。银子必然还在城内，我们必须尽快找到银子。”只要银子还在城内，秦寂言就有自信追回来。

“是的。”老皇帝再次点头，越想越觉得不对头：这么大的事，怎么到了寂言的嘴里，就变得特别简单了呢？

皇上忍不住问道：“缺少的银子，你想到从哪里抽调了吗？”

秦寂言略一思索，便道：“皇爷爷，北齐孟家人就在江南。孟家在北齐盘根数百年，家资丰厚，到了江南后又迅速发展，家中银钱必然不少。另外，江南的大盐商、大海商个个家财万贯，我派人去江南借一趟银子，绝对可以维持朝廷的正常运转，不会让人发现国库没了银子。”

江南是周王的地盘，秦寂言此举明面上是借银，实际上却是要掏空周王的钱袋子。老皇帝的脑子再不好使，其中的弯弯绕还是能想明白的，闻言眼中闪过一抹赞赏。

“此法甚好。”老皇帝满口应下。

解决了眼前的难题，老皇帝又道：“如何追回遗失的白银，你可有头绪？”

“对方既然从大秦钱庄下手，我们就从大秦钱庄查起。那些能够以假乱真的银票从哪里来的？那些存银、取银的富商又是哪里的人？这些都是线索，顺着这些痕迹往下查，总能寻出一点儿头绪。”

秦寂言只是草草说了几句，他刚回京，两眼一抹黑，知道的事情全是老皇帝告诉他的，他说多了反倒会让老皇帝起疑。

“看样子你已有头绪，这件事交给你办朕很放心，就不再过问了。需要的人手、兵马你自行调用，不需要朕的同意。”老皇帝为了让秦寂言尽快找出丢失的库银，大方地放权。

“孙儿会尽力的。”秦寂言一口应下。

谈完要紧的公事，老皇帝又问起秦寂言在西北的事，问的也不是政务，而是问他在西北习不习惯，在军中是否适应，完全是一副关心孙儿的模样，叫人生不出半点不满。

第十五章
身份，难度太大

顾千城和普通百姓一起排队进城，等轮到她进城时，已经到了午时。顾千城昨天就让人给老太爷送了信。本以为顾家就算不派人到城门口接她，怎么也要派个人等她吧？

可是，没有！

顾家就像不知道她要回来一般，大门紧闭。斑驳的大门，给人一种败落的错觉。顾千城透着车窗看了一眼，心里多少猜到了一些，却无法转变心境，更没想过为顾家做什么。

顾千城让车夫绕到后院，直接停在她住的院子外。院子里有下人守着，一敲门就有人回应。

"是我回来了！"顾千城说道。

"大小姐？"门房双眼一亮，立刻将门打开，欢喜地跑了出来，"大小姐，你回来了，真是太好了。"

顾千城住的小院立刻热闹起来，院中的下人一个个欢天喜地。与之相反，前面的顾家大宅，却是暮气沉沉。

说起来，顾千城这次真的错怪了老太爷，因为老太爷根本不知道顾千城回来的事。

此时，顾家正处在风雨飘摇之中，老太爷如果知道顾千城回来，怎么可能不派人去接她？怎么可能不在顾千城面前刷好感？

五皇子于月前被皇上的人带走，现在下落不明、生死不知。顾贵妃不知何事冲撞了皇上，虽然妃位保住了，却被皇上禁足，不许外出，也不许见外人。

除此之外，顾二爷好不容易混到的实职，前两天也因为一个小错，被上峰挑了出来，然后被撸了官职。

本来有几家上好的人家，看到承欢出息了，想让家中的子弟娶千梦，这段时间也一个个冷了，甚至连门都不登。

月前，顾老太爷靠着出卖顾千城，从皇上手中为被他悄悄接回来的顾承志讨了一个进入军中镀金的机会，可是没过两天就被皇上给撤了，说是要重新考虑。

一件件事相继而来，顾老太爷要是不明白出了什么事，这些年就白混了。

秦王殿下回京、皇上下旨训斥周王的事，可把老太爷吓慌了。老太爷很清楚，这是老皇帝在为秦寂言清路。

顾老太爷知道，再这样下去，顾家必然要毁了。老太爷忧心忡忡地将大儿子与二儿子召来，打算问问他们有什么法子。

父子三人坐在院子里，头顶是蓝天白云，周围是清风花草，顾老太爷看着两个儿子，从原本的希冀到失望，再到现在的绝望……

“罢了，你们……”老太爷刚要叫他们离开，就听到院外传来丫鬟欢快的声音。

老太爷皱眉，召来身后的管家：“去看看，怎么回事？”

管家吓了一跳，匆匆跑出去，回来时脸上带着笑：“老太爷，大小姐回来了。”

“千城回来了？”顾老太爷先是高兴，随即又变了脸，“千城回来了，我怎么不知道？”千城回来了，怎么不先来见他？

“这……”管家犹豫地看向顾家大老爷，不敢说。

顾老太爷一看就明白了，当即沉着脸对顾家大老爷道：“怎么回事？”

“我，我怎么知道？谁知那个孽女在想什么？她一向目中无人，说来就来，说走就走，根本没把我们放在眼里，我哪知她是什么意思？”顾家大老爷色厉内荏地说道。

顾老太爷明显不相信大老爷的话，问向身侧的管家：“你说。”

管家直言道：“老太爷，小人刚刚问过，大小姐的马车在门口等了许久，让人叫了门，却没有人应。”

“老大，这是怎么回事？”顾老太爷气得右手直抖。顾家大老爷低头不语，老太爷懒得理他，吩咐道：“窦氏呢？叫她来见我。”

老太爷都知道顾千城回来了，作为管家夫人，窦氏怎么可能不知晓？她一听说顾千城从小门直接进了自己的院子，就知大事不好，忙派人去查到底是怎么回事，自己也亲自去找顾千城，向顾千城赔礼，只是刚走到一半就被老太爷叫走了。

正好去探查原委的下人来了，窦氏知晓原因后，长长地松了口气。让身边得力的人先去给顾千城道歉，自己则去给老太爷解释。

窦氏虽是大老爷的二房，可在老太爷面前还是颇有分量的。窦氏知晓老太爷喜欢她的爽利，也不兜圈子，直接将原因说了。

顾夫人截了顾千城的信，自作主张想给顾千城难堪，不仅没有派人去接顾千城，还把门房的人调走了，不让顾千城进门。

窦氏将责任都推到了顾夫人头上，可老太爷是明白人，知道顾夫人现在完全被架空，根本调动不了顾家的人，能有这个本事的，只有顾千城的亲生父亲，顾家大老爷。

“蠢货。”老太爷一脸失望地看着顾家大老爷，忍不住叹息。

“父……”大老爷想要辩解，却被二老爷悄悄拉住。大老爷一脸不忿，却只能忍着。

老太爷看也不看他一眼，对窦氏道：“去，给千城说一声，府中下人失误，让她不要往心里去，我在书房等她。”

窦氏带着老太爷的命令赶到顾千城住的小院，结果却连人都没有见到。

“大小姐累了，已经休息了，有什么事明天再说。”小院的下人一点儿也不客气，堵在门外，根本不让窦氏进去。

老太爷稳稳当当地坐在书房里等着顾千城来见，不承想顾千城居然不肯来。老太爷没好气地哼了一声，张嘴就想训斥传话的人，转念想到顾家现在的情况，还有顾千城此去西北救下封似锦与言倾的事，又生生忍住了。

不管皇太孙会不会娶顾千城，至少可以肯定，封家与言家已经视顾千城为救命恩人。就冲着顾千城千里奔波，去西北救下封似锦与言倾的事，这两家都会拿顾千城当座上宾。

封家与言家，历经三朝荣宠而不衰，这次在西北又与皇太孙有过命的交情，顾老太爷无法想象，这两家日后会是何等辉煌，而与他们交好的顾千城，日后又该是何等风光。

训斥的话终究没有说出来，老太爷叹了口气：“罢了，去我的库房挑些补品送过去。”

其实，顾千城并没有拿乔，窦氏赶到小院时，她正在沐浴，根本无法见客。当然，顾千城本来就没打算见顾家的人。顾家的人有胆子把她关在外面，就得承受她发怒的代价。

沐浴过后，顾千城擦干头发就上床睡觉，准备养足精神迎接接下来的战斗。在顾千城看来，和顾家人碰面就是一场不见硝烟的战斗。

二夫人心里恨顾千城风头太盛，把一家子大老爷们都压得喘不过气来，转念想到自家儿子、女儿还要靠顾千城提携，便忍着怒气收拾了一匣子贵重首饰，说是送给顾千城。只可惜，二夫人连顾千城的面都没有见到，东西由顾千城身旁的下人代收了。

稍后，顾千梦又给顾千城送来几套衣服，说是她亲手做的，有千城的，还有承欢的，她想托顾千城给承欢送去。

顾千梦同样也没有见到人，却不敢有半点不满。她的婚事几经波折，日后能嫁到什么人家，还要看千城的意思呢。

顾家两房和顾千城的反应，老太爷全部清楚。他没有管两个儿子的事，只是让人召来顾承志。

“承志，去见见你大姐姐。”他老了，顾家最后还是要靠年轻一辈。

他趁顾千城不在，悄悄把承志接回来确实做得不地道，但人已经回来了，他相信顾千城会明白。

“祖父……”顾承志心里别扭，低头，无声地反抗。他打心底认为，自己被赶出顾家、被皇上厌弃，都是因为顾千城。

老太爷见状也不生气，只道：“承志，你要明白，这世间之事，不是由你说了算。男子汉大丈夫，面子和尊严固然重要，可妥协与低头也必不可少。识时务者为俊杰，你现在不低头，以后想低头都没有机会。”

“祖父，我心里不舒服。”顾承志指着自己的心窝，一脸委屈地说，“同样是弟弟，她可以帮承欢、帮承意，为什么非要打压我呢？就因为我母亲是父亲的继室吗？明明我母亲是在她娘死后才嫁进来的，我母亲没有错，我也没有错。”

老太爷听到顾承志的话，一时间不知如何回答。他能告诉承志，千城亲娘的死与他母亲有关吗？再说了，就算没有关系，就凭承志的母亲与姐姐当初那般算计千城，千城也不可能拿承志当弟弟看。

这些话，顾老太爷说不出来，他只能劝道：“承志，你千城姐姐之前与承欢、承意的关系也不好。后来承欢和承意主动找她，关系才渐渐好转。你千城姐姐的性格祖父知道，只要你诚心对她好，她也会真心为你打算。”

顾承志见老太爷一脸低落，以为自己惹老太爷伤心了，忙道：“祖父，你别难过，我这就去找千城姐姐。”他清楚，在这个家里，没有祖父的支持，他什么都不是。

“好，早点儿过去。”老太爷听到这话，精神又好了几分。

只要承志和千城的关系变好，千城必然会扶承志一把。老太爷想得很美好，可惜现实是……

顾承志前脚刚离开老太爷的院子，后脚下人就来报：“老太爷，大小姐来给您请安了。正在外面候着，问您有没有空。”

“这么巧？”老太爷愣了一下，“请大小姐进来。”老太爷暗自叹了口气，承志的运气真不好，刚过去找千城，千城就来了。早知如此，他就让承志多待一会儿了。

顾千城进来，看到老太爷，脸上的笑容不变，恭敬而又客气地福了福身：“祖父。”

“千城来了，过来给祖父看看。”老太爷一脸欢喜，微眯着眼，怎么看都和蔼可亲，可就是这个和蔼的爷爷，在利益面前把亲孙女给卖了。

顾千城不相信老太爷不知道，把她有《夷国志》的事泄露给老皇帝和长生门知晓，对她来说有多危险。

隔着书桌站到老太爷面前，就见老太爷一脸激动地说：“瘦了，也黑了。你这次受苦了，等承欢那小子回来，一定要他给你磕头道谢。”老太爷这话一语双关，话中暗示之意虽不明显，顾千城却听得明白。

唱独角戏是一件很累人的事，老太爷把能问的话全问了一遍，终于说不下去了。见顾千城脸上的笑容依旧淡淡的，老太爷猜测肯定与白天的事有关，于是只得主动提起：“千城，白天的事你别往心里去，你父亲是个糊涂的，他没有恶意。”

“祖父，我不在意。”顾千城回答得没有一丝勉强，因为她确实没啥好在意的。

“不在意就好，不在意就好。”老太爷准备了一肚子安慰的话，最后一句也说不出去。

书房内有片刻的死寂，祖孙二人似乎找不到话题，顾千城神态自若地站着，老太爷却有那么一点儿尴尬，想了想说道：“对了，千城，承志刚从我这里出去，说是要去看你，你进来时碰到他了吗？”

“是吗？可真不巧，我没有遇到他。”实际上顾千城看到了人，只是懒得打招呼。

“那可真是不巧了，你不在的这段日子，那孩子一直惦记着你，整天千城姐姐长、千城姐姐短地念叨，我这耳朵都快被他叫出老茧了。”老太爷主动帮顾承志刷好感。

顾千城听到这话，低头不语。要她说什么呢？她这人既爱迁怒，又爱记仇。顾夫人母子三人，当初加诸在原主和她身上的羞辱，她都记着呢。别说她不可能喜欢顾承志那种性格的孩子，就算顾承志性格再好，她也不会与之来往，顶多就是把他当成陌生人，不把他母亲做的事，记在他身上罢了。

老太爷似没有看到顾千城的疏离，继续说道："千城，承志那孩子将来是要继承家业的，日后你不管是出嫁，还是要做什么，都少不了家族兄弟的支持。承志那孩子一向崇拜你，你有空就多教教他。你们姐弟二人感情好了，以后相互扶持也是好事。"

"祖父……你老太高看我了，别说我没有扶持承志的本事，就是我有那个本事，我也没有那个气度。承志与我是同父异母的姐弟，这关系要说亲，确实是亲，不过有了他母亲所做的事，我没有打压他就是善良的了，想要我扶持他？做梦！"

"你……怎么能这么无情？承志是你弟弟，你帮他一把，对你也有好处。"老太爷捂着心口，一副气狠了的样子。

顾千城像是什么也没有看到一样，继续说道："祖父，你以前太小看我了，有事就想着牺牲我；现在，你又太高看我了，我虽有自保的本事，却没有帮顾家的能力。承志的事，我不会管。"

"承志只是一个孩子，上一代的事与他何干？"老太爷知道，顾千城针对的是承志这个人，她要是真不管顾家，就不会培养承欢与承意。

"上一代的事与他无关，与我就有关吗？祖父，早些年我过的是什么日子，你不知道吗？"顾千城见老太爷仍不死心，又道，"祖父，要怪就怪他命不好，投胎在那个女人的肚子里。他要是三婶或者二婶的儿子，我兴许会拉一把。现在……你要庆幸我心里还有顾家，没有毁了顾家的继承人。"

"你，你……"不像刚刚是装的，老太爷这一次是真的气狠了。顾千城仍旧没有理会，盈盈一拜："祖父，时辰不早了，我不打扰你休息了。"

说完，不顾老太爷的叫喊，转身就往外走。可是，门一打开，顾千城就看到顾承志站在门外，正用凶狠的眼神瞪着她。

顾千城颇为意外地挑了挑眉，面对顾承志怨恨、凶狠的眼神，顾千城淡然一笑，扭头对老太爷说了一句："祖父，你这里的护卫实在太差劲了。如果你手边没有合适的人手，我可以帮你物色两个下人。"

"我没有偷听。"顾承志愤恨地说，"我去找你，下人说你来看祖父，我便过来了。"

"是吗？"顾千城看了他一眼，没有多说，而是从他身边绕过，离开了书房。

顾千城走下台阶，身后传来顾承志愤怒的喊声："顾千城，你给我站住！"

顾千城身形微顿，却没有理会，继续不紧不慢地前行。

一连叫了数句，仍旧不见顾千城停下来，顾承志气得想杀人，在书房门口大喊："来人，把她给我拦下！听到没有，我让你们把她带过来！"

以往只要顾承志叫一句，就有无数下人为了讨好他，而与他一道欺负顾千城，可现在老太爷院子里的下人就像没听到他的话一样。见顾承志追上前，下人还挡在顾承志面前："少爷，你冷静一点儿。"

"让开！"顾承志用力一推，下人后退一步，仍坚定地不肯动。

"你们这是要造反吗？"顾承志一脸戾气地质问。老太爷好不容易缓过劲来，听到这话差点儿晕倒："住嘴，这话也是随便说的？你给我跪下！"

老太爷本就被顾千城气了一场，他没法对顾千城发火，现在顾承志撞上来，老太爷当然不会放过他。

总的来说，顾家最近比较安分，能让顾千城操心的，只有顾千梦的婚事。她之前挑了人，可二夫人看不上。

"明天给千梦送个信，问问她对自己的婚事有什么打算。"看在承欢的面子上，不管千梦是要嫁入王侯贵族，还是豪门大户，她都尽量成全，但是，顾千梦以后的生活，她就不会再管了。

秦寂言被老皇帝留下来用膳，并且留他在东宫休息。秦寂言索性在东宫处理公务。他把暗卫召来，让他们排查京中的可疑人员，同时盯紧景炎。

秦寂言怀疑景炎和当初末村被灭的事情有关。暗卫收到命令退下，不多时就有一个小太监匆匆跑了进来："殿下，有您的信。"

将信撕开，看到锦衣卫送来的消息，秦寂言不由得皱眉。长生门好大的胆子，牺牲了五千精兵，居然还敢向大秦要兵马！而最让他不满的是，老皇帝居然同意再调五千人过去。现在皇城守卫薄弱，皇爷爷到底有没有想过，抽调五千精兵离京，对他们来说意味着什么？

这件事，他一定要阻止！

为了长生，老皇帝根本不介意牺牲这点儿人马，只是旨意还没发出去，秦寂言就来借人："皇爷爷，我要从江南借银，人手不够，要调用两万人马去一趟江南。"

"两万人？你要这么多人？"老皇帝一听，立刻皱眉。

"皇爷爷，江南的富商富甲天下，他们府上的家丁没有上万也有数千，兵马少了，他们怎么会乖乖地拿出银子？"秦寂言将事先调查好的，有关江南富商的情况呈到老皇帝面前，"江南四大富商，马、史、刘、薛，个个家中豪奴数千，加起来远不止两万人，再加上当地的官府与四大富商都有瓜葛，人数少了在江南根本无法施展。"

老皇帝看到江南的情况，当即哑口无言。

"行，你点人立刻去江南。"老皇帝还没有昏庸到分不清事情的轻重缓急。

"谢谢皇爷爷。"目的已经达到，秦寂言安心地离去。

老皇帝抽调不了兵马，转身就给长生门去信，让长生门的人慢慢来，先让那五千兵马挖着，等有了成效他再派人过去。

因为心虚，长生门不敢放肆，又不想牺牲自己的人手，万般无奈之下，只好与药王谷的人联系上，让药王谷派人来帮他们。药王谷一向忌惮长生门，即使明知长生门推他们去送死，也只能忍了。

秦寂言一出宫就来到六扇门，让人去大秦钱庄把账本和封存的银票取来。大秦钱庄现在的负责人是老皇帝的心腹，见秦寂言派人来取东西，并没有立刻取出来，而是说道："账册与银票实在太多，如果皇太孙殿下不介意的话，下官晚上给殿下送去如何？”

秦寂言派来的人只好带了记录钱庄存款人的卷宗回去，足足有十几本之多。

卷宗上的可疑之人都用红笔勾了起来。这几个人，明面上的身份有江南富商，有走商，也有某个名不见经传的家族子弟。这些身份老皇帝都派人核实过，身份没有错，人却有问题。身份上面记录的名字，要么人死了，要么就是七老八十的人，和来钱庄存钱的人根本对不上号。也就是说，那些存银的人，全部是用假身份前来的，上面记录的身份，对案件起不到作用。这么一来，这案子就难办了！秦寂言不由得摇头。

敢对国库的银子下手，又有本事做下这等惊天大事，可见对方势力之大、能力之强。这样的人要是不挖出来，他寝食难安。

秦寂言查完卷宗后，又亲自去了一趟国库存银的地方。国库存银处里三道、外三道铁门，钥匙分别由六人保管，缺了任何一把都进不去，对方却有能耐把六个人都买通。不得不说，暗中谋划这一切的人深谙人心，将所有人都玩弄于股掌之间。

厚重的铁门被一一推开，秦寂言谢绝随行人员的跟随，缓步踏入存银处。

国库存放银子的地方，位于六部下面，进出口正对着皇宫正门。不管何时，只要有人从此地抬银子出去，皇宫的守卫都能看到。

国库内，随处可见照明用的夜明珠，将处在地底的主库房照得亮如白昼。以前，库房堆满银子，夜明珠一照，金黄、银白的光线交织迷离，能把人的眼睛晃花。只可惜，秦寂言第一次进来，库房就是空的，别说银砖，就是一块银片也没有。

国库其他三面都是石墙，石墙外面还浇了一层铁水。据记载，这三面墙厚达十米，要将其砸开不是不可以，但是要在不惊动人的情况下，将石墙砸开几乎是不可能的。

秦寂言将每一面墙都细细敲打了一遍，确定墙面全是实心的，没有一处空隙，这才看向头顶，眼中闪烁着高深莫测的光芒。

如果他要把国库的银子偷走，会怎么做？从正门行不通，三面墙也不行，那么，头顶上呢？

秦寂言看着十余米高的房顶，眼中闪过一道精光，转身朝外走去。

“殿下。”守在外面的人见状，飞快地跟了上去。

“关好库房的门。”秦寂言丢下这句话，就离开了存银处，来到六部办公的地方，找到封大人。

封大人对秦寂言的到来非常意外，躬身行礼道：“不知殿下前来，有失远迎，还请殿下恕罪。”

“封大人不必多礼。”秦寂言边往前走边说，“封大人，本王今日找你，有要事请教。”

封大人毫不惊慌地跟了上去，将秦寂言引到内室：“殿下，请——”

封大人亲自给秦寂言倒了一杯茶，秦寂言端起茶，却没有喝，也没有叫封大人坐下，而是一脸冷傲地问道：“封大人，可有六部的分布图？取来给本王看看。”

“殿下稍候，老臣这就去取。”不多时，封大人就取来图纸，展开，铺在茶几上。六部分布图绘得非常详细，秦寂言对比了存银处的位置，指着一块平坦的地方问道："这是哪里？"

"殿下，这是茅房。"封大人见了，表情有些扭曲，可仍旧老实地回答。

秦寂言脸色一沉："茅房？"

"不知殿下要做什么？老臣是否帮得上忙？"封大人极少主动揽事，可谁让对方是皇太孙殿下，而他儿子的未来还要指望皇太孙呢。

"确实需要你帮忙。你通知下去，明后两天大家休沐，不必来上早朝，也不必来办公。"

秦寂言就差说，六部的地盘他征用了。

"殿下，这是……"封大人一脸犹豫地问。

"此事本王自会向皇爷爷禀报，封大人按令行事即可。"秦寂言语气一变，带着说不出来的霸道。

"老臣明白。"封大人爽快地应下。

秦寂言知道封大人就是一个儿子控，说完征用六部的事，便闲聊似的将封似锦在西北的事，一一说给封大人听。

得知自家儿子不仅平安无事，还立下不少功劳，封大人嘴上谦虚，实则心里暗爽——为自家儿子骄傲。当然，儿子控也是记得正事的，说完封似锦在西北的表现，封大人便试探地问了一句，老皇帝提前召秦寂言回来，到底是为了什么？

秦寂言刚刚没有点明国库失银案，现在自然也不会说。不过他也没有哄骗封大人，只道："封大人不必担心，本王自有成算。"这是变相地拒绝回答。封大人是有眼力见儿的人，当下不再多言，恭敬地把秦寂言送了出去。

从六部出来后，秦寂言去了一趟皇宫，将自己的怀疑说给老皇帝听，同时为他的自作主张请罪。对于秦寂言不通过他，直接命六部官员休沐一事，老皇帝心里确实不高兴，不过想到他当时和秦寂言说了，这事他不会过问，要人给人，要钱给钱，老皇帝也就不好多说什么，只让秦寂言小心一些，别走漏了风声。

"孙儿明白。"秦寂言轻轻点头，象征性地问过老皇帝的病情后，便以公务为名，婉拒了老皇帝留他用午膳的安排。

想到已有两天没有见到顾千城，秦寂言一出宫便问道："顾姑娘还好吗？"

身后的侍卫听到这话，立刻将顾家的事说了一遍，重点强调顾家人对顾千城的怠慢，以及顾千城伤心绝望的样子。

听到侍卫夸大其词的表述，秦寂言嘴角微抽。顾家怠慢千城他还能理解，毕竟顾家人一向浅薄，行事没有章法，可千城岂会因此而伤心欲绝。

上马车前，秦寂言看了一眼还在那儿喋喋不休的侍卫，冷冷地说："回府！"

秦寂言一回到王府，就让管家把顾千城回来的消息告诉给封家、言家，还有承欢那几个同伴的家里。这几家的孩子都是顾千城救下来的，现在是时候回报了。

能在京中混的都是聪明人，各家一收到秦王殿下的消息，就知道该怎么办了。

封家和言家反应最快，当天下午就派府中得力的下人，给顾千城送上重礼，理由自是答谢她的救命之恩。除了重礼，封家与言家还送来帖子，请顾千城过府。言家送帖子来的老嬷嬷是个妙人，当着窦氏的面就道："我们家夫人说，本该亲自上门道谢才显得有诚意，只是贵府实在不方便待客，只得委屈姑娘，还请姑娘不要生气。"

窦氏当即羞红了脸，可实在找不到话反驳，更不敢向顾千城求救。她再也待不下去，寻了个理由便离开了。

顾千城看了一眼，什么也没说，待那老嬷嬷说完，才冷着脸道："顾家怎么说也是我的家，下次别当着我的面这么说了。"

当着她的面打顾家的脸，她不顶回去就显得无能，顶回去，她心里又不高兴。

老嬷嬷扑通一声跪下，往自己脸上抽了两巴掌："老婆子该死，说错了话，还请姑娘不要生气。"嘴上这么说，心里却在想：这顾姑娘可真是妙人，难怪夫人想为小将军聘她为正妻。

有封家与言家带头，其他人家也立刻跟上，而且他们全部学封、言两家，除了重礼，还带上一份请柬。

"谁把我回来的消息泄露出去了？"顾千城送走今天最后一批客人，累得坐在椅子上。

做了好事不留名，从来都不是秦王殿下的作风，知晓下午就有人家去顾家为顾千城撑腰后，秦王殿下便决定，今天晚上不办公了。

他要去邀功！

为了让顾千城有所准备，秦寂言去之前，特意给顾千城送来一张信笺，上面写道：今夜踏月而来，取姑娘最珍贵之物！

"殿下，你越来越闷骚了。"顾千城看着手中的信笺，真的很无语。

默默地将信笺收起来，顾千城对着镜子看了一眼，发现自己的脸色不太好。为了两人能够度过一个愉快的夜晚，顾千城觉得自己有必要急救一下："来人，准备牛奶浴，我要泡澡。"

顾千城是顾家的实际掌权者，她要用的东西必然要优先送来。当厨房的人听到顾千城要泡牛奶浴，立刻就把顾夫人派来取牛奶的人挡住，说是没了。

小丫鬟明明看到厨房还有一大桶牛奶，而厨房的人却说没了，当即拉下脸道："明明还有一大桶，夫人要的东西，你们也敢克扣？"

"那是大小姐要的，夫人的用度，小人不敢克扣，可大小姐要的东西，小人却不敢让给夫人。"顾夫人这段时间很嚣张，厨房的人怎么会放过这个机会？

"你们，你们……狗眼看人低的东西。"小丫鬟愤然离去，找顾夫人告状。

顾夫人听说顾千城当众抢了她的东西，当即气得把屋内的东西摔了个稀巴烂。

两刻钟不到的时间，顾千城就泡完了。她让下人收拾完浴室就去休息，不用留人伺候。

秦寂言下半夜还有事要办，因此天一黑就想去见顾千城，后来一想，又觉得自己太急了，好歹又等了半个时辰，这才踏着月色来到顾千城的小院。

小院和以往一样安静，院子里没有乱七八糟的下人。秦寂言熟门熟路地走到顾千城的房外，推门而入。在看到顾千城的那一霎，秦寂言感觉自己的心似乎停止了跳动。

顾千城正倚在床头看书，听到声音抬起头来，对着他粲然一笑："你来啦。"

这一刻，岁月静好！

秦王殿下转身将门关上，然后快步上前，将人搂在怀里，嗔道：“怎么不把头发擦干，也不怕着凉？”

“天气热，没关系。”顾千城双手环住秦王殿下的脖子，笑得妩媚。

秦王殿下低头，额头紧贴着顾千城的额头，见她眼含情意、脸颊泛红，不由得心念一动，吧唧在她唇边落下一吻，笑着打趣道：“这是在勾引我？”

“现在才看出来？”顾千城眼睛睁得大大的，带着说不出来的可爱。

秦王殿下没想到顾千城会承认，愣了一下才反应过来，一脸笑意地说：“太隐晦了，下次直接一点儿，本王不介意。”

“直接一点儿？这样吗？”顾千城翻身将秦王殿下压在身下，长腿与他的双腿缠在一起，双手按住他的手，将其固定在两侧，娇媚地附在他耳边问道，“这样……够直接吗？”

“不……够！”秦王殿下异常艰难地说道。

“是‘不’……还是‘够’？”顾千城在他耳边轻轻吹了一口气，张嘴咬住他的耳垂。

秦王殿下的冷静与理智瞬间崩盘，一翻身与顾千城换了位置，喘着粗气道：“勾引这种事，你只要做个开头就行，剩下的交给我好了。”

欢爱过后，秦王殿下抱着顾千城，满足地合上眼。

“好累。”顾千城倚在秦王殿下怀里，声音有些嘶哑。

“正好明天不用出门，在房里养病。”这绝对是秦王殿下的心声，他真想把顾千城永远关起来，不让她见人。

“明天？不行……会有人上门。”

秦王殿下一听，郁闷了：“早知如此，应该过两天再通知他们。”

顾千城一听，抡起拳头就捶了他一下：“我说今天怎么有这么多人上门，原来是你使的坏。”

“本王是在帮你，哪有使坏？”秦王殿下自是不肯认了，要知道他今晚可是来邀功的，虽然还没有邀，就把功给占了。

“对顾家人来说，你不是使坏是什么？”顾千城被秦王殿下压得喘不过气，伸手就要将人推开。秦王殿下哪里肯依，两人打闹一番，直到顾千城累得像小狗一般喘气，秦王殿下才放过她。

时辰已经不早，今晚六部那里秦王殿下还有要事要办，必须要他亲自过去坐镇，可是……

真的舍不得起来呀！

“真不想走！”秦王殿下抱着顾千城，心里那叫一个委屈。

“快走吧！”顾千城没好气地戳了戳秦王殿下，“走之前，让人给我准备热水。”

“算算时间，本王还能抱你去沐浴。”秦王殿下真不想走，哪怕多待一秒也好。

“你确定还有时间？”顾千城不知现在是几时几刻，可秦王殿下磨蹭了这么久，现在肯定过了子时，没多久天就要亮了。

秦王殿下点头，理直气壮地说：“本王是皇太孙，让他们等很正常。”

“殿下威武！”顾千城调笑了一句，却没有再催他走。

秦王殿下执意要抱顾千城去洗澡，并且从容地脱下外衣跳进浴桶。两人在浴桶里又打闹了一番，这一下，半个时辰又过去了。

院外，当暗卫看到秦寂言的身影出现时，差点儿哭了：“殿下，你总算出来了！”这都晚了将近一个时辰，天都快亮了。

“走吧！”秦王殿下一脸冷酷，话落，人便消失在眼前。

六部办公处，秦寂言亲自从军中挑出来的士兵们足足等了他一个时辰，仍不见人来。好在一刻钟后，一身黑衣的秦寂言出现在他们面前。

待到众人行礼后，秦寂言只说了一句：“辛苦了！”然后便召来他们的上峰李参将，交代今晚的行动。

今晚的行动是绝对不能泄露的，这一点李参将早就知晓。他本以为今晚会有什么大事，早就摩拳擦掌，准备大干一场，结果……

李参将一听到秦寂言的话就傻眼了。

什么？让他带人挖粪坑？

殿下，你真的没有说错吗？

粪坑里除了大粪，还有什么值得挖的？

李参将虽然没有说出来，可他的表情却出卖了他。

秦寂言斜了他一眼，说道：“你没有听错，立刻派人去挖。记住，之后还要恢复原样。”

“末将明白。”李参将一脸扭曲地应道。

秦寂言并不管李参将怎么想，交代完后，便去了户部办公的地方。他要查一查户部的情况才能放心。

秦寂言此行虽然隐秘，却没能瞒过景炎的耳目。一得到消息，景炎立刻命人守在六部外面。天黑之后，他甚至亲自暗中监视六部的动静。

“秦寂言果然有脑子。”景炎站在暗处默默地看了片刻，不等结果出来便离开了。

结果不会有人比他更清楚。事已至此，与其浪费时间，不如想办法拖住秦寂言的脚步。

关于十五年前的事，秦寂言最近不怎么查了，不知是查到了什么还是放弃了。

依秦寂言的性格，想必是前者。既然秦寂言有收获了，那他就再给秦寂言添些证据……

大半夜的，秦寂言调了几百人来挖茅坑，当然不是吃饱了撑的耍人玩，他是怀疑国库的银子藏在茅坑下面。

“呕，呕……”小兵们被臭气熏得快要吐了，“将军，殿下为什么让我们挖茅坑？”

李参将虽然不知道这么做是为什么，但还是郑重地说：“殿下的命令，你们执行就是，还会耍你们玩不成？”

小兵们不敢多问，只得奋力挖粪，不多时就将茅坑里的粪便掏空了，然后惊喜地发现，底下藏着一口口大箱子。

“将军，将军，茅坑里有东西。”有个小兵大声禀道。

李参将听到这话，飞快地跑来：“愣着干吗，还不把箱子抬上来，冲干净。”

箱子很大，而且非常沉，十几个小兵费了好些工夫才把箱子抬出来，又淋了十多桶水才冲洗干净，只是那股气味却怎么也冲不掉。

“打开看看。”李参将不肯自己动手。小兵上前将箱子打开，众人顿时惊呆了：“黄金！”

“快，快去禀报殿下，我们挖到黄金了！”李参将兴奋得不行，可是他一转身就被暗卫拦住了：“不用了，这里的事殿下已经知晓，你们继续挖。殿下说了，你们今晚有功，挖上来的第一箱黄金，全赏给你们！”

李参将和众小兵听到暗卫的话，一个个惊得合不拢嘴。这一箱黄金，少说也有五六万两，皇太孙殿下说赏就赏，这也太霸气了。

“好好干，皇太孙殿下不会亏待你们。”暗卫一脸从容，好像这是再正常不过的事。

有了物质奖励，小兵们干得更卖力了，一个个不怕脏、不怕臭，埋头挖了起来。随着一箱箱的黄金被抬上来，小兵们的脸上皆洋溢着兴奋的笑。

在小兵们的卖力苦干下，很快就把茅坑里的箱子全挖了出来。一共十六箱，全是黄金，估计有八十万两左右。

虽然这点黄金和国库丢失的数额没法比，可秦王殿下相信，他能找到这批黄金，其他那些金银必然也能找到！

至于幕后黑手，秦寂言看着漆黑的窗外冷笑……

除去赏给小兵们的辛苦费外加封口费，埋在茅坑里的黄金共有八十六万两。国库遗失了六百万两黄金，秦王殿下找出来的这批黄金虽然远远不及，却解了朝廷的燃眉之急。

秦寂言刚回来就做出这么漂亮的成绩，老皇帝非常满意，对于那箱送出去的金子，也就不那么心疼了，顺口问了一句：“你昨晚去哪里了？为何晚到了一个时辰？”

“去了一趟城外。”秦寂言撒起谎来，眼也不眨。

“去城外做什么？”老皇帝又问。

秦寂言想也不想就道：“看护城河。”

“看护城河？”老皇帝一脸不解。

秦寂言不等老皇帝问起，就道：“如果我是幕后之人，如何极其隐蔽地将银子运出去？最好的方法就是通过水路。京中的护城河，连通城内百姓用水，将银子埋入河道，夜晚潜入水中拖行，可以不惊动任何人。”

秦寂言并非信口开河，而是认真想过此事的可行性。

“水运？”老皇帝陷入深思，浑浊的眸子闪着精光。

秦寂言解释完后，就不再吭声，见老皇帝在想事情，也不打扰，和老皇帝的贴身太监交代了一句便出宫了。

“王爷。”侍卫上前禀道，“六扇门传来消息，城外的宁安寺死了人，死者死前用血划了一个两横一竖的符号。”

“两横一竖？”秦寂言脚步一顿，扭头问道，“死者何人？”

“宁安寺的扫地僧，今年三十七岁，十三年前在宁安寺出家，一直做扫地僧，极少在人前露面。”侍卫是秦寂言的亲信，自然清楚那“两横一竖”对秦寂言来说有多么重要。

“立刻让人封锁现场，将官差遣回。这个案子，六扇门接了。”自从秦王殿下成为皇太孙后，六扇门隐隐有了凌驾于六部之上的趋势。

秦寂言快步朝马车走去，一上马车便交代道：“出城！”

秦寂言上了马车后，第一反应是派人去接顾千城，转念想到这个案子的危险性，遂压下这个念头。

顾千城此时正在顾家接待上门道谢的夫人们。

昨天来的都是高门大户，如封家、言家和皇后的娘家。他们派下人来没有什么不合适的，而一些门户相对较低的人家，就不能这样了。不少人家，都是当家夫人亲自前来，身份稍高的则让儿媳妇前来，向顾千城表达谢意和善意。

京城最不缺消息灵通的人，这些夫人要来感谢顾千城，事先必然会打听昨天来的人、送的礼、说的话，她们好有样学样。

昨天窦氏被人当面落了面子，今天便称病没来，顾夫人与二夫人却不愿放过这个机会。两人一个为了儿子、一个为了女儿，不仅自己厚着脸皮出现，还把儿子、女儿带来了。

顾承志的年龄颇为尴尬，不大不小，好在今天来的都是已婚妇人，见见也无妨。

因为昨天顾千城训了言家的人，这些夫人明白，她虽然与顾家不亲，却容不得旁人当着她的面说顾家的不是。

面对殷勤的顾夫人和二夫人，这些夫人虽然没有冷嘲热讽，却采取冷漠不搭理的态度。顾夫人与二夫人一开口就立刻冷场，片刻后，这些夫人又无事一般转移话题。

顾承志与顾千梦站在各自母亲的身侧，看着京中这些夫人捧着千城、冷淡自家母亲，两人各有心思。

顾承志觉得，都是顾千城害得母亲颜面尽失，要是顾千城死了，母亲又会成为那个人人奉承的国公夫人。

至于顾千梦，则是彻底地死心了。有这样的母亲，她这辈子都不可能嫁入高门成为正室。与其做一个没人看得起的侧室，不如寻个小门小户，做当家做主的太太。

待到众位夫人走后，顾千梦寻了个机会留下，主动与顾千城说道：“千城姐姐，我想好了。”

顾千城说道：“想好了就成，说吧，你想挑什么样的人家？”

“千城姐姐，如果可以的话，你能不能把我嫁到不知我们顾家的人家？我不求高门大户，只求平安康顺。”

顾千城不承想千梦会有这样的想法，挑眉看了她一眼，见她一脸平和，没有往日的抓尖要强，知道她已被生活磨平了棱角……

第十六章
寺庙，动了心思

城外，宁安寺因发生凶杀案，这间平日里香火旺盛的寺庙，此时寺门紧闭，寺庙外站了一圈官差，严禁任何人进出。秦寂言过来时，正好看到官差与寺庙里上香的香客起争执。那香客执意要出去，官差不允许，香客便拿身份压人。

“就算你们家小姐是广陵侯府的表姑娘，也不能离开。”官差一脸严肃，完全无视小丫鬟眼中的凶狠。

“连广陵侯府也不看在眼里，你们好大的胆子。”小丫鬟一脸蛮横，秦寂言只听到声音，就厌恶得直皱眉。

小丫鬟许是平日骄横惯了，见官差不为所动，立刻对身后的护卫道：“你们还愣着做什么？误了表姑娘回府的时辰，你们可担待得起？”

“小青姑娘，这……”护卫一脸忐忑，根本不敢动手。

“这什么这，有侯爷在，你们怕什么？侯爷最疼表姑娘了，你们尽管放手打，打死打残了，自有表姑娘为你们做主。”名叫小青的丫鬟说得那叫一个顺溜。可见，这事对方没少做过。

秦寂言听得好笑，不由得停下脚步，看那广陵侯府的护卫是不是真的胆大包天，敢对官差动手。结果这广陵侯的人居然真的在众目睽睽之下对官差出手了。

“真是好大的胆子。”看到与官差打成一团的广陵侯府护卫，秦寂言怒极反笑。

秦寂言上前，对不敢下狠手的官差道：“你们还犹豫什么？把人拿下！”

有眼尖的官差看到秦寂言过来，眼前一亮：“是皇太孙殿下来了！快，把人拿下！”

而刚刚嚣张得不可一世的丫鬟，听到官差喊“皇太孙殿下”，当即吓得腿软，转身喊道：“小，小姐，不好了，皇太孙殿下……”

转角处走出一个一身白衣的娇小姐：“小青，大呼小叫做什么。”

“小姐，是皇太孙殿下来了。”小青立刻放低音量，委屈地说道。

“皇太孙殿下？”白衣女子一脸惊讶，好似刚刚才听到一样。

秦寂言压根儿没拿正眼看这对主仆，对官差道：“把人关进顺天府大牢，告诉府尹，本王要重办！”

“是。”官差立刻应下，被押住的护卫得知秦寂言的身份，当即吓得连求饶都不敢。

门口的障碍清了，秦寂言抬步踏入寺庙，不料那广陵侯府的表姑娘，居然扑通一声跪在秦寂言面前，满脸泪水道：“民女参见殿下。殿下，那几个家丁不知殿下的身份，无意冒犯殿下，还请殿下看在民女的面子上，饶过他们，民女愿为您做牛做马。”

秦王殿下顿时脸发黑：“来人，把人拖下去，算了……”

广陵侯府的表姑娘听到前一句脸色一白，不料秦王殿下话锋一转，她又立刻一脸期待地凝视着秦寂言，却听秦寂言说道：“既然这位姑娘愿意做牛做马，便直接送去军营。想必军中多的是人，愿意拿她当牛马用。”

“殿下，你不能这么对我。殿下，奴家对你一片深情，奴家心里只有你，殿下……”柔媚婉转的声音再次响起，听到这话，秦王殿下几乎想杀人。

“灌哑药！”竟敢坏他名声，真是找死！这事要是传到千城的耳朵里，指不定会认为他在外面拈花惹草呢！

还别说，秦王殿下的担心成真了。

当天下午，消息就在京城传开，京城大户人家都知，有一位不要脸的姑娘，在寺庙勾引秦寂言不成，反被送去军营。

众人在鄙视那个女子的同时，又想到一件他们差点儿就忽视了的事——他们大秦的储君，皇太孙殿下到现在还没有正妻！不仅没有正妻，就连侧室、通房也没有一个，后院简直空得可怕！

依现在的局势，皇太孙的地位越来越稳，妥妥的是未来的皇帝。未来皇帝的女人，就算不是皇后，那也是皇妃呀！于是，京城里自认有点儿把握的人家，都开始蠢蠢欲动，打算把自家的女儿，塞进秦王殿下的后院。

有点儿门路的人，都开始想办法走关系，好把自家的姑娘送到秦王府。顾家二夫人听到这个消息，也急急忙忙去找老太爷，让老太爷走走顾贵妃或者顾千城的路子，把千梦送给秦王殿下做侍妾。

“我们家千梦一向乖巧听话，日后就是得了殿下的重视，这心里必然也是向着家里的。老太爷，你就放一万个心，千梦这孩子乖着呢，你让她往东，她绝不会往西。”二夫人为了推销自家女儿，真是豁出去了。

二老爷也附和道：“父亲，这事还真有几分可行。虽说我这个当爹的不争气，但我有一个争气的儿子呀。承欢在西北立下战功，皇太孙殿下就是为了拉拢承欢，也会愿意纳千梦为妾。”

老太爷原本没有这个打算，在他看来千梦完全不可能，但二老爷这话一出，顾老太爷又觉得此事可行。有承欢这个少年小将军在，千梦进皇太孙的后院也不是什么难事。至于顾千城，反正凭顾千城的身份，也做不了正妻。到时候姐妹二人共侍一夫，还能有个照应。

“这事我心里有数。”老太爷既没有否定，也没有应下。

二老爷夫妻一看，就知这事有戏了。

处理完那莫名其妙的表小姐，秦寂言便亲自前往凶杀现场。宁安寺的扫地僧死在藏经阁内，身上只有心口一处致命伤。出手之人一击毙命，死者连呼救的机会都没有。死者右手下有个两横一竖的“キ”符号。

秦寂言检查完便后退一步，示意仵作上前，很快就将现场情况查得清清楚楚。

死者是个和尚，三十七岁，身高八尺，虎口和手心有茧，是习武之人，擅用弓箭、匕首等利器。死者背后有数道刀伤，应是十几年以上的陈年旧伤。腹部亦有一道疤痕，应为利器所伤，伤痕初步估计在十年以上。

这些特征足以说明，宁安寺这个不起眼的扫地僧来历不凡。

“派人查清他的身份。”秦寂言不打算亲自查这个案子，他只需要过问即可。

“小的明白。”六扇门的捕快听到这句话，就知秦寂言很重视这个案子。

秦寂言返回京城后，立刻派人去请景炎。

他早就怀疑景炎了，只是没有证据，不想打草惊蛇，这才一直没有动景炎。可现在看来，景炎比他想的聪明，他必须露一点儿东西出来，让景炎自乱阵脚才行。

景炎承认，听到秦王殿下派人来请他，他真的惊到了：“不会真的发现了什么吧？”想到秦寂言在西胡坑自己的事，景炎越发觉得有这个可能。

景炎很快就被带到六扇门，优雅地跪在秦寂言面前：“下官参见皇太孙殿下，千岁千岁千千岁。”

只是一个跪拜之礼，景炎却做出了世家子弟的气度与风韵，让秦王殿下怎么也无法把他和江湖人扯在一起。

抬眸扫了景炎一眼，秦王殿下淡淡地说道：“免礼，赐座。”

“谢殿下。”景炎从容不迫地在下首坐下，身子挺得笔直。

秦王殿下见景炎微低着头，一副恭敬的样子，眼中闪过一抹嘲讽，身子微微往后靠，以闲谈的口吻问道：“景大人，本王听闻你在七岁时，被你的养父收养？”

“是的。”这事有据可查，景炎自然不会作假。

“七岁已经到了记事的年纪，景大人可记得你七岁之前的事？”秦王殿下这话，足以让景炎心惊。

景炎垂眸，掩去眼中的轻蔑，从容答道：“殿下，下官记得。下官七岁前，生活在江南朱县一个偏远的小山村。七岁那年遇到灾荒，爹娘带着我逃了出来。我爹娘死在路上，而我一路辗转，以乞讨为生，直到遇到义父。”

秦寂言问景炎的身世，不过是敲打他罢了。问完后，秦寂言很自然地将话题转到其他事情上。

“从去年开始，京城就不太平，先是千城母亲的棺木被人秘密运到江南，连本王也查不出下落。”秦寂言非常阴险地从这件事切入。

武芸的棺木在哪里，秦寂言和景炎再清楚不过。

“殿下，顾家不在乎武夫人，总有人在乎。”景炎虽然没有直接承认，也算是变相服软，承认此举乃他所为。

秦寂言道：“本王真是好奇，江南哪来那么多能人异士，能在本王的眼皮底下动手？”

“咳咳……一切纯属巧合罢了。一群武夫，岂能称为能人异士？”景炎就知道秦寂言叫他来没有好事。

“高手在民间，本王从不小觑民间高人。”秦寂言完全不吃景炎那套，话题一跳，又道，“能冲进皇宫刺杀皇上，又带着重伤逃离，在全城排查的情况下还能安全脱身，要说这样的人只是武夫，本王是不认同的。”

秦寂言的问题，一个比一个犀利，一个比一个难回答。

景炎悄悄松了松手心，一脸平静地说道：“天网恢恢，疏而不漏。没有人能在做出这样的事后，还逍遥法外。”

“景大人说得好。天网恢恢，疏而不漏，这话本王送给所有知法犯法的人。”秦寂言这话明显意有所指。

秦寂言今天并不打算拿景炎怎么样，见自己已经给了景炎足够的压力，当下泰然自若地收回视线，又将话题扯到宁安寺被人杀死的和尚身上。

“说来这宗案子还挺有意思的，和之前一家面馆的凶杀案一样。凶手杀人后，都留下了一个‘末’字。”秦寂言直接省了那个符号，把他的猜测说了出来。

“末？”景炎适时摆出初次听到的好奇，但天知道他心里有多么惊讶：秦寂言都知道了？那自己还杀这个扫地僧做什么？！

秦寂言轻轻点头：“没错，就是‘末’字。当年我父王屠灭的村庄，就叫末村。而凶手杀人时特意留下这个字，你说，那人是不是末村后人？”

“这……有关联吗？”景炎一副自己被弄晕了的样子，问道，“当年先太子灭的那个村庄，有名字吗？”

“那么大一个村庄，怎么可能没有名字？”秦寂言先回答了这个问题，随即又回答前一个问题，“至于关联，死者全是十五年前突然出现在京城的，你说这是不是关联？”

“这么说来，还真有可能是末村后人来报仇。”景炎顺着这个推断附和道。

他现在除了附和，还能怎样？

“本王就知道，景大人也相信末村还有后人。”秦寂言一脸欣慰地说。

景炎一脸苦笑，解释道：“殿下，我什么都不知道，只是听到殿下的话，胡乱猜测罢了。”

“怎么？你不认为末村还有活口？”秦王殿下反问。

“……”景炎沉默。

秦寂言根本不需要景炎回答：“看样子景大人也同意本王的观点。六扇门正好缺人，景大人能力卓绝，不如来六扇门协助本王。这宗案子要是交给别人，本王也不放心。”

“多谢殿下赏识，下官领命。”景炎起身，从容地谢恩，心里却咬牙切齿。

秦寂言简直不能再无耻了！居然让他来负责这宗案子，他是查出来呢？还是继续捂着？

查出来，把自己兜出来？继续捂着，那他之前所做的一切，岂不全都白费了？

秦王殿下，你狠！

景炎此时的笑容有多平静，心里就有多气愤，而更过分的是，秦寂言下了这个调令后，居然不让景炎回去，直接让他留在六扇门看卷宗。

不仅如此，秦寂言还道：“景大人，本王希望你尽快破案。为了不影响景大人办公，本王会命人在六扇门收拾一个住处，在案子未破之前，景大人就住在六扇门好了。”

景炎知道，宁安寺的案子只要一天不破，秦寂言就绝不会放他出去，而且还在他身边明目张胆地放了两个暗卫。景炎面对如此“重任”，真是要疯了。

封老爷子多少知道些景炎的来历，见秦寂言把景炎扣在六扇门，就知秦寂言肯定是怀疑景炎，对景炎出招了。联想到京城最近发生的几件事，封老爷子不由得摇头：“聪明反被聪明误。”

“父亲，你在说谁？”封大人趁休息的机会，正在陪老爷子钓鱼。

“说这世间的聪明人。”封老爷子看向封大人的眼神，那叫一个恨铁不成钢。

“聪明人？这世间哪有什么聪明人，不过是自作聪明罢了。”封大人听到这话，不由得感慨了一句。

就在封老爷子与封大人钓鱼聊天时，顾千城与顾家老太爷也在品茶说心事。

顾老太爷是个聪明人，并没有急着说出自己的目的，而是聊起皇家几位王爷的下场，自然而然地将话题带到了顾贵妃身上。

“虽说嫁入天家，未必便是女子最好的出路，对家族来说却是一大助力。顾家能有今日，有一半是靠了你姑姑在皇上面前周旋。如果没有你姑姑，顾家会比现在还不如。”

“千城，你姑姑为顾家牺牲了很多。”老太爷见顾千城不接话，语重心长道。

“祖父说得是，顾贵妃为顾家牺牲了很多。”顾千城应了一句，她可不想被老太爷绕进去，然后稀里糊涂地答应帮顾贵妃脱困。

“这些都是身为顾家女子该做的。”老太爷赞许地点头，很满意顾千城的认同，“你姑姑是顾家的女儿，她享受了顾家给的尊荣，为顾家牺牲乃分内之事。祖父虽然心疼你姑姑，可仍为你姑姑骄傲。像你姑姑那样，才是我们顾家的女儿。”

顾千城眉头微蹙，觉得这话听着似乎不太对味。顾千城摩挲着手中的杯子，一脸疑惑地看向老太爷，直接问道：“祖父，你想说什么？”

老太爷明知道顾千城会不高兴，仍旧开口道：“千城，你姑姑能为家族牺牲，祖父相信你和千梦也能，是不是？”

顾千城轻笑一声，只道：“祖父，你要我和千梦怎么牺牲？”

她好像明白了。老太爷还真是……连脸都不要了。果然，人一旦陷入困境，就会出昏招，比如赵王，比如五皇子。

“千城，祖父知道你与皇太孙殿下关系好，你探探皇太孙的口风，看他是否有意纳妾。”毕竟是面对孙女，有些话老太爷不想说得太直白。

顾千城将手中的杯子放在桌上，问道：“祖父是想把我送给皇太孙，还是把千梦送给皇太孙？”

“你是个聪明的，定不甘心与人为妾。千梦那孩子虽然愚钝一些，好歹是承欢的嫡亲姐姐，有承欢在，必然不会吃亏。”老太爷的意思很明显，他这次要为顾家牺牲顾千梦。

顾千城了然地点头：“祖父，此事你问过千梦的意见吗？”千梦前天才说不想嫁入大户，难道改主意了？如果是的话，那么……她也就不用管顾千梦的死活了。

“婚姻大事，父母之命，媒妁之言。千梦一个女孩子能有什么意见？”老太爷不认为顾千梦会拒绝。

“祖父，有些事还是你情我愿的好，要是弄巧成拙，反倒不美了。不如我们把千梦找来，问问她的意见如何？”顾千城想看看顾千梦的心志到底坚定不坚定，只有这样，她才知道该把千梦嫁入什么人家。

老太爷很不满，不过想到这件事还要顾千城去办，只好让人去请千梦过来。他笃定千梦会同意，可是现实却狠狠地打了老太爷的脸！

“你，你说什么？”老太爷看着顾千梦，连吃了她的心都有。

顾千梦很怕老太爷，可她更怕未来惨淡，强撑着拒绝道：“祖父，孙女不愿意。”

“你不愿意？你居然敢说不愿意？你可知祖父为了把你送进皇太孙的后院，做了多少安排？！”老太爷气得快要炸了。

顾千城却很满意千梦的回答，见千梦被老太爷吓得脸色惨白，慢悠悠地接过话：“祖父，您这话说得太早了，您还没有把千梦送到皇太孙的后院。”

“你，你们……这是要气死我。”老太爷颜面尽失，捂着心口，一副喘不过气来的样子。

顾千城当作没看见，起身说道：“祖父，有些事是你太想当然了。皇太孙殿下的后院不是那么好进的，不信你就看看那些打皇太孙殿下主意的人家，最终会落得什么下场。”

“你，你心里难道就一点儿也没有顾家吗？”老太爷牙关紧咬，将咒骂的话咽了下去。

顾千城没有回答，而是一脸凝重地看着老太爷，叹了口气道：“祖父，你心里还有顾贵妃吗？”

不去想着搭救顾贵妃，反倒急着把千梦送进秦寂言的后院，不就是打算放弃他口中那个为顾家牺牲的顾贵妃嘛。

“你姑姑是顾家的女儿，她自会明白我的苦处。”老太爷不认为牺牲顾贵妃有什么不对。五皇子和顾贵妃根本没有翻身的可能，难道他要为了这两个人，把整个顾家搭进去？

“苦处？”顾千城莫名觉得悲凉，“祖父，我这辈子都不想明白你的苦处，你的苦处让我害怕。”

顾老太爷悲戚道：“我所做的一切，都是为了顾家、为了你们能更好地生活。你们是顾家人，只有顾家好了，你们才能活得更好，才能活得尊贵。我所做的都是为了你们，你们为什么就不明白呢？”

“祖父，没有顾家我也能活得很好，我相信千梦也一样。我和千梦的未来就不用你操心了。”话不投机半句多，顾千城留下这话，拉着千梦一同离开。

安抚好千梦，顾千城独自坐在书房里，手中把玩着狼毫小笔，眼中闪着狡黠的光芒。

今天的对话很有意思，也许她该想个办法，把老太爷今天所说的话转给顾贵妃。她相信，顾贵妃听到这些话，一定会很高兴。

对了，还有秦王殿下！秦王殿下未婚，身份又高贵，满京城盯着他的女人不知凡几，她最好想个一劳永逸的办法，杜绝秦王殿下收女人的可能。顾千城决定写个计划书，可是，计划书还没有写出来，京城就开始疯传秦王殿下要选妃了。

据说是宫里透出来的口风，说是今年的七夕宴要办得隆重一些，京中三品以上的官员，可带府上未嫁的嫡女、庶女进宫参加七夕宴；有爵位的人家除了能带嫡女进宫，庶女也可以。皇上这是打算在秦王殿下登基前，把正妃、侧妃外加侍妾什么的全部塞满。

皇后娘娘已经把家族的侄孙女接进了宫，和秦王殿下一起吃了个饭，好培养感情。

消息传出来的当天，秦王殿下就进宫找了老皇帝，表达了自己还没有娶妻的念头，结果被老皇帝驳回。

“所谓‘成家立业’，成家尚在立业之前。你不成家，在旁人眼中，就永远只是一个孩子。再说了，你这孩子，平时不结交大臣，等你登基后，总要有心腹大臣，这妃子的娘家就是最好的助力。”老皇帝并不避讳提起秦寂言继位的事。

“皇爷爷，我只娶我想娶的人。”秦寂言知道，成亲是每位帝王都要做的事，可他不想为了皇位而委屈自己。

“行行行，皇爷爷不逼你。到时候满京城的闺秀任你挑，你看中谁都行。”老皇帝满脸笑容地应下，完全不生气。

秦寂言得到老皇帝的许诺后，也不去管那些传满京城的流言，有了这些流言，他做起事来会方便许多。

秦王殿下选妃的流言瞬间传遍京城，消息灵通的人家已经着手准备七夕宴的事了。去年顾千城在七夕宴上大放光彩的事，众人还历历在目，她们倒没想过复制顾千城的路，却都想着要防备顾千城，绝不能再让她在七夕宴上独占鳌头。

因此，几家有女儿的人家，都默契地对顾家隐瞒消息，是以等到顾家收到消息，已是两天之后，而这两天的时间，足够那些人家，把手艺好的绣娘、工匠请走，让顾家寻不到可用之人。

“皇太孙殿下要在七夕宴上选妃？”顾千城能够得知这个消息，还是老太爷特意让人告诉她的。

顾千城知道老太爷的意思，老太爷这是在告诉她，就算她不帮千梦说话，千梦也有机会进入秦寂言的后院。

“是的，老太爷在让人给千梦小姐裁衣裳，让奴婢过来问问大小姐要不要准备参加七夕宴的衣裳？要的话，老太爷就让人来给您量尺寸。”这就是差别待遇，去年顾千城去七夕宴的装扮，全是老太爷一手准备的，今年却只是差人来问一句，可见老太爷对她有多不满。

“替我谢过祖父，不必了。”顾千城想也不想就拒绝了。今年的七夕宴她不会参加。

“奴婢明白了。”下人没有劝说，屈膝退下。

人走后，顾千城召来自己的人：“去，问问千梦小姐要不要参加七夕宴，如果不想参加，我这两天会安排她去江南，让她收拾好东西。”

为了能入秦王殿下的眼，有不少姑娘都去求父母为她们请个好先生，希望能在短时间内提高自己的才艺，好在七夕宴上夺人眼球。

有人打听到秦王殿下喜欢贤隐居士的字画，便托关系请贤隐居士出山，指点一下家中的女孩。那些人也算是把住了贤隐居士的脉，给他送的东西是让他拒绝不了的古籍、字画。于是贤隐居士派人去找秦王殿下，问他这些东西自己能不能收。

他收了人家的东西，秦王殿下到时候总要给个表示，这也算是对得起他的“指点”，要是他的“指点”一点儿用处也没有，不是砸自己的招牌嘛。

秦王殿下最近忙得晕头转向，连去找顾千城的时间都没有，哪有工夫理会贤隐居士，只让人给贤隐居士传个话，东西可以收，但要分他一半。

“有殿下这句话，老夫就放心了。”贤隐居士当即乐和了，屁颠屁颠地收拾东西进城，开始他的“教学”大业。

“殿下，贤隐居士进城了，住进了叶侯府。”管家把收到的消息过滤一遍，将秦王殿下关心的事说给他听。

“哦。”秦王殿下放下手中的笔，抬头问道，“景炎那里有进展吗？”

“没有，景大人虽然兢兢业业，案子却毫无进展。景大人昨天带人去了宁安寺，询问了扫地僧的来历。”管家将景炎的动向报告了一番。

景炎一直在很认真地查案子，至少表面上是这样。

“派人盯紧他，每天做了什么都给本王记下，有任何可疑之处，立刻禀报。”景炎的反应越淡定，秦王殿下就越怀疑他。

他就不信景炎能长年累月地不露马脚，能让他关一辈子而不反抗。

“小人明白。”管家低头应道。

“护城河的清理工作，可安排下去了？”秦寂言又问。

这两天，六扇门的人一直在查大秦钱庄的账本，核对那些大面额的银票，从中找出假银票与真银票的区别。可那些银票一模一样，根本无法分辨真假，只能说对方手艺高超，仿造的版子完全能以假乱真。连银票模板都能仿制，这对大秦来说极其危险，倘若不把幕后黑手找出来，不知会有多少人拿着假银票来取银子，国家不得乱套？

老管家把事情一一叙述完，唯独没有提到顾千城。

秦寂言头痛地按了按太阳穴：“顾姑娘没有来信？”

老管家一脸淡定地答道：“回殿下的话，没有。”

“知道了，下去吧。”秦王殿下挥挥手，语气里透着一丝烦躁。

顾千城太让人生气了，这都两三天了，居然都不问一句，简直是——欠教训！

秦寂言等了两三天，依旧没有等到顾千城来找他，就知道顾千城那个没心没肺的女人，完全没把这事放在心上。秦寂言在老管家走后，也跟着出了门。

书房里的灯没有灭，刚写好的折子也没有收起来，可见主人走得有多匆忙。老管家折回来给秦寂言送消夜时，看到这一幕，不由得呵呵直笑……

顾千城一下午都在琢磨该怎么给秦王殿下传信，让秦王殿下来见她。

书到用时方恨少。她本想写几句情话，结果发现自己写不出情诗，也背不出几句情诗。

"这信到底要怎么写呢？"顾千城随手拿起一本诗经翻了起来，可惜找了半天也没有找到自己想要的。

"真烦心，谈个恋爱怎么这么麻烦。"就在顾千城烦躁得不行时，暗卫来报："姑娘，殿下来了，正在房里等你。"

"皇太孙殿下来了？"顾千城眼前一亮，压在心口的那块大石瞬间消失了。秦寂言来了，她直接问秦寂言就可以，完全不用费心思写信约他了。

顾千城推门而入，就看到秦寂言一身水汽，只着里衣，倚在床头看书，好像看得很入迷……

明显，秦王殿下刚刚在顾千城的小院洗过澡，头发还是半干的。

顾千城上前，一脸笑容地说道："殿下，你来了。"

"本王能不来吗？"秦王殿下开口，眼神却没有从书上移开，翻过一页，又继续看了起来，好像书上的内容有多吸引人一样。

"咳咳……"这话火药味好重呀！顾千城在秦寂言身侧坐下，抬头看着秦寂言，问道，"殿下，你不高兴？"

"本王能高兴吗？"又是翻页，顾千城怀疑秦寂言到底有没有认真看。

"出了什么事，让你这么不高兴？"顾千城顺势趴在秦寂言的腿上，一副懒懒的样子。

不等秦寂言开口，顾千城便脱了鞋袜，主动窝到秦王殿下的怀里："好吧，殿下现在可以说，谁惹你不高兴了吧？"

"除了你，还有谁敢惹本王不高兴？"秦王殿下终于舍得放下手中的书，改抱顾千城了。

顾千城一愣："我？我做什么惹你不高兴了？"不对，该不高兴的人应该是她好不好，她才是有资格不高兴的那个。

顾千城这么一想，就准备起身与秦寂言好好说说七夕宴的事，可刚一动就被秦寂言按住了："动什么动，之前半点动静也没有，现在动有什么用？"

"殿下，你这话太深奥了，我听不懂。"顾千城是没有动，却也没有忘记询问秦王殿下关于七夕宴选妃的事。

"不懂？本王看你是装傻。"秦寂言惩罚性地捏住顾千城的鼻子，"你说你，怎么就半点也不像个姑娘。"

"唔唔唔……我不像姑娘？你抱的是男人呀！"顾千城被捏得没法呼吸，直到憋得脸颊通红，秦寂言这才松手。

顾千城挣开秦王殿下，跪坐在他身旁，板着脸道："殿下，咱们说件正经的严肃事。"

"什么事这么严肃？"秦寂言捏捏顾千城的脸颊，眼中闪过一抹笑意，然后又配合地收起笑容，摆出谈正事的严肃样。

顾千城直接问道："殿下，七夕宴选妃是怎么回事？"

"七夕宴选妃？"听到这话，秦寂言笑了，"我还以为，你一直都不会问呢。"

"什么意思？"顾千城皱眉。

"本王要在七夕宴选妃的事，传出来多少天了？你居然一直不闻不问？"秦王殿下因为这事还郁闷了好几天。

顾千城心里狂笑，面上却一脸严肃："传出来多少天了？"不知秦王殿下知道她直到今天才知晓这件事，会不会郁闷得撞墙。

"你不知道？"秦寂言以为顾千城在逗他玩，更不爽了。

顾千城强忍着笑意，板着脸道："我今天才得知此事，正想给你写信，没想到你就来了。"

"你说什么？"他等了三天，没等到她的消息，只好巴巴地跑来，却被告知她今天才得到消息，正要给他写信。

看到秦王殿下气急败坏的样子，顾千城实在忍不住想笑。为了不刺激秦寂言，顾千城忙低头道："殿下，我今天才从老太爷嘴里得知此事。之前在书房，就是想给你写信，结果信还没写完，你就来了……"

秦寂言愣了愣："你，你怎么会不知道？"这事他又没有让人拦着，满京城的人都知道了，顾千城怎么可能不知道？

"我这几天不是忙嘛。"顾千城暗暗喘了好几口气，才将笑意压下。

秦寂言问："忙什么？"

顾千城眼眸一动，抬起头，一脸黯然道："忙着怎么进你的后院。"

"进我的后院？你还用进吗？我的后院不就是你的？"秦寂言只当顾千城说笑，顾千城却一脸严肃地说道："我是认真的，我们家老太爷想把顾家没嫁的女儿，全部送给你做妾，当然，也包括我。"

"顾老太爷？"秦寂言听到这话，当即笑了，"什么时候的事？"

顾千城道："我回来的第二天。"

"哼！"秦寂言鄙夷地哼了一声，"他倒是有闲心，连本王的后院也管上了。"

顾千城继续告状："老爷子说，我们是顾家女，得为顾家牺牲，要是现在能成为殿下的妾侍，等到你登基了就能被封妃，以后和顾贵妃一样，光耀门楣。"

"靠女人光耀门楣，顾家老太爷还真是一个人才。"这话充满讽刺意味，见顾千城一脸郁色，秦寂言不由自主地放低声音，"你们顾家其他人动心了？"

顾千城幽幽地看了秦寂言一眼："怎么，你很得意？"

秦寂言忙摇头："当然没有！"就算得意，也是不能说的。

“不得意就好……”顾千城依旧是幽怨的口吻，“要是殿下你得意的话，我都不知该怎么安慰你了，因为……我们顾家的女子，好像没有谁看上殿下呢，没人愿意进你的后院。”

秦寂言一愣：“没有看上本王的？”

“殿下，乖，不要伤心。你没有听错，我们顾家未嫁的姑娘，没一个看上你的，这可怎么办才好呢？”顾千城坏心地再往秦寂言的伤口上撒了一把盐。

“看不上本王？”秦寂言磨牙，一个翻身将顾千城压下，故作凶狠地在顾千城肩膀上咬了一口，“你居然敢看不上本王？”

“殿下，你错了，我不是看不上你，我是看不上侍妾的位置。”顾千城飞快地解释道。

“看不上侍妾的位置？那你看上了哪个位置？太孙妃？皇后？”秦寂言知道顾千城故意逗他，说完就去挠她腰上的痒痒肉。顾千城笑得直岔气，边躲边道：“太孙妃、皇后什么的弱爆了，我眼光这么高，怎么可能看得上？”

“哦？连皇后的位置也看不上，那你看上哪个位置了？告诉本王，本王帮你夺来。”

“什么位置都帮我夺？”顾千城此时已经笑得无法思考，只顾着与秦寂言打闹。

“对，什么位置都帮你夺，你想当女皇也行，本王就委屈一点儿，当你的皇夫。”秦王殿下为了偷香窃玉，再次刷新下限。

“我才看不上女皇呢，我的目标是……”顾千城想到自己的“伟大”目标，还没有说出来，自个儿就先笑场了。

秦寂言越发感兴趣了，咬了咬她的唇，逗趣道：“是什么？说来听听。”

“皇太后。”顾千城说得那叫一个理所当然，秦寂言差点儿被噎死：“别告诉我，你的目标就是做皇太后？”这是嫌他活太久了？

“你不觉得皇太后才是这世上最尊贵的女人吗？”顾千城眨巴着眼睛，一脸可爱地说道。

秦寂言可怜巴巴道：“话是这样说没有错，可是……对一个还未登基的皇储说这话，你不觉得太残忍了吗？”他还没有登基，顾千城就想着让她儿子上位，这得看他多不顺眼啊。

“提前告诉你嘛。”顾千城只是说笑，双手搭在秦寂言的腰上，一脸灿烂地幻想着，“等你儿子长大了，就把政务全部交给他打理，然后你就负责享受生活，顺便教训皇帝。想想，那日子多美！”

“还好是等儿子长大了。”秦寂言对皇位没有旁人想的那么执着，顾千城的玩笑话，他还当真了。

他绝不会和皇爷爷一样，皇位坐个四五十年，把几个儿子生生熬白了头。他会早早地放下权力，去享受这大好人生。

“当然，年纪太小了我也不舍得。到时候要皇太后摄政，那我得多辛苦。”顾千城嘟着嘴，一脸娇气。

秦寂言好气又好笑，忍不住含住她的唇嘟囔道：“连当皇太后都觉得辛苦，你呀……只能当米虫，让我养着。”

“唔唔唔……”顾千城想辩解，却一句话也说不出来，最后只能随了秦寂言，尽快做个孩子出来……

等到顾千城的脑子可以正常思考，已是半个时辰之后。

“殿下……”顾千城开口，嗓子有些嘶哑，透着一股性感。秦寂言莫名觉得身上某根神经一跳，全身都充满欢愉与兴奋。可是，顾千城接下来的话，却泼了他一身冷水。

顾千城说：“七夕宴选妃是怎么回事？你真要在七夕宴上选妃？定好人选了吗？”

“你不信本王？”顾千城此时提起这事，秦王殿下反倒不高兴了。

“当然信你啦……”顾千城拖着长长的尾音撒娇道，“只是，我也会担心嘛。”

“担心”二字一出口，秦王殿下顿时被顺毛，眉飞色舞道：“不用担心，不会有别人。七夕宴选妃是皇上开的口，我只是没有发表意见罢了。”

“也就是说，你没打算选妃？”得到这个结论，顾千城心情很好。

“本王都被你选走了，还能选谁？”秦寂言抱着顾千城，吻了吻她头顶的黑发，“为了让你稳坐皇太后之位，本王也不敢选妃。”

“错，我做不做太后，和你选妃无关。为了让我稳坐皇太后之位，你得先当皇帝。”在秦寂言面前，顾千城没什么不敢说的，“所以，你要努力呀。在七夕宴上就是不选妃，也别把满朝大臣给得罪了。”

“好。”秦寂言点头，知道顾千城担心，安抚她道，“我谁都不选，就谁也不会得罪。”

“好吧，既然你谁都不选，那今年的七夕宴我就不参加了。”顾千城本就不打算参加，现在就更不会参加了。

“哦？原本你打算参加吗？”秦寂言调侃道。

顾千城收起嬉笑，一脸认真地说：“如果你真要在七夕宴上选妃，我就会参加。”

感情是两个人的事，她不能只让秦寂言一个人努力，在力所能及的范围内，她会尽力做到最好。

“我会在七夕宴上好好表现，即使不择手段，也要把其他女孩踩下去。”顾千城并不是说说而已，她是真的会这么做。

“你呀……就这么不相信我？如果我真要选妃，我也只会选你，不管你表现得如何。”秦寂言抱着顾千城，眼中闪过一抹心疼。

“我信你，但也要别人看到，你选择我，值得！”顾千城说这些话时，心里闷得难受，转了个身，将脸埋在秦寂言的怀里，有些不快地说，“殿下，只是听到你要选妃，我就受不了。所以，你千万千万……不要娶别的女人，千万千万不要碰别的女人，我会承受不住的。”

爱之欲其生，恨之欲其死。如果真有那么一天，秦寂言娶了别的女人，她不敢想象自己会做出什么事来……

第十七章
作死，发儿子的财

顾千城确定秦寂言不会在七夕宴上选妃之后，整颗心都安定下来，开始关心秦寂言的工作：“殿下，国库失银案查得不顺利吗？”

“不是很顺利，线索中断了。”一想到那成箱成箱的银票，秦寂言就忍不住皱眉。

顾千城点了点头道：“那么多银子，只要还在京城，就一定能找到。”

“银子好找，幕后主使者却难找。对方制造的假银票足以乱真，倘若找不到此人，这样的事还会再次发生。”大秦的国库好不容易才丰盈起来，可经不起这样的折腾。

“殿下要是不介意的话，能不能让我看一下那些银票？”顾千城希望自己能尽一份力。

“你现在有空吗？不是要去封家和言家？还有武家人，你还没有见。”秦寂言当然希望顾千城帮忙，可想到她还有一大堆事要忙。

“封家的邀请我应下了，言家我婉拒了。去封家就是吃一顿饭的事，不会太忙。至于见武家人的事不急，他们就在城外，什么时候都能见。”顾千城现在还没有做好见武家人的准备，所以想先缓一缓。

秦寂言知道顾千城心里自有盘算，当即应下：“明天我派人来接你。”

“好，我会做好准备。”顾千城一脸欢快地应下。

“对了……”顾千城突然坐了起来，“帮我一件事。”

秦寂言看她严肃的样子，一脸认真地问道：“什么事？”

“帮我带句话给顾贵妃，就说老太爷要把我送进你的后院。”顾千城相信，顾贵妃听到这话就明白了老太爷的意思。

“顾家要放弃他们？”秦寂言勾唇冷笑，眼中闪过一道寒光。

他们兄弟、叔侄相争，是他们皇家的事。皇家的人，什么时候轮到顾家来挑肥拣瘦了？

“是呀，顾家人一向现实，没了用处还费什么心思？”顾千城知道秦寂言气什么，不过这和她没有什么关系，反正她在乎的顾家人都不在京城，她才不管秦寂言如何折腾他们呢。

秦寂言道：“夜路走多了，总会遇到鬼。顾老太爷的意思，我会让人清楚地传达给顾贵妃和五皇子知晓。”皇家的人可不是那么好欺负的，五皇子和顾贵妃虽然失了势，可要弄死一个顾家，却不是太难。

顾千城道："到时候你帮帮五皇子。"对付顾家这种小事，还是让五皇子和顾贵妃动手的好，他们没必要脏了自己的手。

顾家的琐碎事说完后，顾千城便问起国库失银案的细节，还有现在进展到哪里了。

秦寂言便将最近的进展，还有自己的怀疑，全部说了出来："虽说找回了近百万两黄金，可是和国库被冒取的银子相比，不过是九牛一毛。"

听到国库庞大的失银数量，顾千城顿了片刻才道："国库怎么会有这么多银子？"之前还听说国库里没多少银子，连打北齐的银子都筹不出来，怎么一转身，国库就有这么多银子了？

秦寂言没有说话，而是沉默地看了顾千城一眼。

"啊？不能说？"顾千城不再追问。

秦寂言摇摇头，苦笑道："不是不能说。"

"我只是好奇，你不用说的。"顾千城发誓，她真的没有别的心思。

秦寂言宠溺地揉了揉她的发顶："不是多大的事，只是说出来没面子罢了。国库之前确实没有多少银子，不过后来抄了宁王与赵王的产业，还有他们附属官员的家族产业，这才丰盈起来。"

"宁王和赵王也真是敢。"顾千城摇了摇头。比皇上还有钱，皇上能高兴才怪。

"有什么不敢的？大秦富裕却是藏富于民，那些江南富商，个个富可敌国。"秦寂言想到江南的情景，就忍不住皱眉。

江南是大秦的毒瘤，不可不除。

顾千城轻叹了口气："饶是如此，国库无银也是奇怪的事，皇上难道不管吗？"

"怎么管？管谁呢？人人不干净，皇上一旦有出手的苗头，立刻就有大臣劝说。如果强行动手，便是牵一发而动全身，到时候引得朝堂动荡，谁负得起这个责任？"秦寂言想到前几年朝廷的艰难，不由得摇头。

皇上明明知道朝堂上乌烟瘴气，亲王与官员勾结，买卖官位，挖朝廷的银子，不过为了粉饰太平，就装作什么都不知道，任由周王、赵王和宁王自成势力，明争暗斗……

和秦寂言约好之后，顾千城第二天就做好了准备，临出发前让人和老太爷说了一声，让老太爷连反对的机会都没有。

"果然是翅膀硬了。"老太爷摇头叹息，眼神晦暗不明，看不出是后悔还是愤怒，总之很复杂。

顾承志乘机乖巧地说道："祖父你别伤心，以后有我孝顺你，千梦姐姐也会孝顺你的。"

"好孩子，祖父知道你是孝顺的。这几天多陪陪你千梦姐姐，承欢不在家，也只有你这个弟弟可以陪她了。"老太爷拍了拍顾承志的手，一脸欣慰地说。

他再辛苦两年，顾家的继承人就能长成了，到时候他也就安心了。

顾家祖孙其乐融融，一派慈孝。不过，这些都与顾千城无关，她和六扇门的众人，正忙得晕头转向、眼睛发花。

银票，成箱成箱的银票，有九成是假的，但是和真银票混在一起，完全分不出真假来。

“顾姑娘，这一张是真银票，用宫里的版子新印的，只是没有盖章。”捕快将作为“模板”的银票放到顾千城面前，“我们现在就是以这张真银票为版子，想把假银票找出来，只是看了两天也没有办法分出真假。”

顾千城什么也没有说，接过银票仔细看了起来。

印银票的纸和墨都是特制的，十分珍贵。据说只有少数几家钱庄的人掌握了这门手艺，旁人就是想仿也仿不出来。纸张的裁剪也是有特殊手法的，毛边整齐，几乎看不到切口。除了向朝廷报备的几家钱庄，再无人可以达到这样的水准。除了这些，银票上的印章与印泥也是有来历的，就算能将银票的纸张和墨仿出来，印鉴却不是那么好仿的，可是……

顾千城从箱子里随手抽出一沓银票，发现它们完全一模一样，就连最难仿的印鉴，也没有一丝瑕疵。

要说这些银票全是真的，顾千城自然不信。这几箱银票九假一真，假的比真的还多。银票的真假用肉眼绝对无法鉴定，顾千城只能用别的办法了。

“这张版子能借我用用吗？”她需要把上面的油墨挑出来，看看能不能利用一些简单的化学实验来辨别。

“当然可以。这里的东西顾姑娘都可以随意取用，不过不能带出去。”虽说大秦钱庄的银票已经换了一个版本，但这些银票要是流出去，也是一个不小的麻烦。

“我知道了，多谢。”顾千城拿着东西，来到自己的办公桌前，又让人帮她准备了一沓干净的白纸、火折子和小刀。

顾千城随手抓了十张银票，将其排号，然后在十张纸上分别写下一到十的号码。几个正在查看银票的捕快正看得眼睛疼，见到顾千城这奇怪的举动，赶紧围上前来看热闹。

顾千城用小刀小心地将银票上的墨迹刮下来，对号落在纸上。除去十张银票，还有一个样本的，大小相同。取了墨迹后，顾千城用火折子小心地烤了一下，将其烤成一个墨点。

十一张白纸上，分别出现一个小墨点，顾千城用刀背在纸面上轻轻按了一下，白纸便出现一道墨痕。十一道墨痕，捕快们好奇地凑过去细看，还是没发现有何不同，一个个不解地看向顾千城。

顾千城笑了一声，没有解释，而是不慌不忙地取出了自制的放大镜。顾千城很早的时候，就在琉璃坊定制了一批透明度极高的琉璃，自己慢慢打磨成凸面，做成了简易的放大镜。

顾千城一边查看，一边做记录。记下孔状的大小、墨痕的结构，还有墨痕中杂质的含量。

围观的捕快不知放大镜的用处，见顾千城隔着“琉璃”随意看两眼，就写出一串字，一个个大呼惊奇，不由得伸长脖子往前探，想要看个究竟。

秦寂言过来时，就看到了所有人都围着顾千城的画面，脸色当即黑了。

“咳咳！”秦王殿下轻咳一声，提醒众捕快他来了。可是，众捕快一点儿反应也没有，他们的注意力全部放在顾千城身上了，根本没有注意到秦王殿下的到来。

顾千城没有让众捕快久等，将十一份墨痕观察完后，将纸张调了个方向，好方便围观的捕快查看。

“这十张银票，只有第七张是真的，其他的全是假的。”九假一真，不得不说她的运气很不错，随便抓了十张银票，就有一张是真的。

“因为这张银票所用的墨，里面含的杂质和真的银票一样少？”有人看到顾千城写的内容，便问了出来。

“是呀，而且杂质的分布也一样，你们可以自己看看。”顾千城大方地将放大镜递到问话的小捕快面前。

“本王看看。”秦寂言走上前来，先一步接过顾千城手中的放大镜。

“殿，殿，殿下……”众捕快听到秦寂言的声音，差点儿吓尿了。

殿下怎么来了？众人慌忙退开，给秦寂言让路。

秦寂言扫了众人一眼，理所当然地走到顾千城面前，看了一眼桌上的纸，问道：“有发现？”

“是，是……是顾姑娘发现了真假银票的辨别方法。”有个年纪稍大的捕快，一激动就抢着回答了。

在人前，顾千城一向谨守本分，给秦寂言行礼后，便将自己刚刚做的实验说了一遍，末了，走到秦寂言身侧，恭敬地说道：“请殿下查看。”

“本王看看。”秦寂言在顾千城的帮助下，用放大镜一一查看了顾千城所说的墨痕。

“果然有沙点，分布不均，可见这墨很粗糙。”秦寂言看到顾千城写的说明，点了点头。

大秦钱庄印银票用的墨，用了上贡的紫金土。而紫金土矿有重兵把守，每年采到的紫金土悉数上贡朝廷，绝不会流出去。

“假的就是假的，仿得再像也是假的。”秦寂言朝顾千城赞许地点头，“做得很好。”让六扇门的人头痛了两天的事，顾千城一来就解决了，不愧是他看上的女人。

“多谢殿下夸奖。”顾千城大大方方地行礼，脸上的笑容比之前更灿烂，差点儿晃花了秦王殿下的眼。

因为身边有一大堆人围观，秦王殿下假装严肃地说道：“既然知道了如何分辨真假银票，把里面的真银票全部挑出来。”

“殿下……”众捕快以为听错了，“您说，要把所有的真银票挑出来？”为什么呀？这些银票已经没有用了，挑出来不是白费工夫吗？

“怎么？有问题？”秦寂言声音一冷，众捕快一个激灵，连连摇头：“属下不敢，属下这就挑。”

“很好。”秦王殿下赞许地点头，“明天天亮之前，本王要看到成果。另外，再派人查一查，最近有什么人大量购买紫金土，或者哪里有紫金土的废渣。”

“属下这就去查。”六扇门的人快哭了，殿下一连交代两件大事，这是想让他们通宵工作呀。

众捕快一脸哀怨，秦王殿下完全无视，交代完后，便对顾千城道：“随本王来，本王有事问你。”

秦寂言将顾千城带到办公的书房，命暗卫在门外把守，这才问道："《夷国志》上可有记载，上好的紫金土矿有几处？分别在哪里？"

"紫金土矿？"顾千城一下被问住了，《夷国志》中有不少关于金矿、银矿、铁矿、铜矿的记载，至于土矿……

"我印象中好像靠近燕西那块，有些比较特别的土矿，至于是不是紫金土矿，我就记不太清了。"不是《夷国志》上没有记载，而是顾千城没有认真看关于土矿的介绍。

要不是秦王殿下刚刚提起，她都不知道这个时候用的油墨，是用紫金土提炼出来的。

秦寂言见顾千城这样，已不抱太大的希望："我派人去燕西查查。"

"我也不敢肯定，我当时只看了一眼，没有仔细记。"顾千城像犯了错的小孩子，低头认错。她当时把《夷国志》都背了下来，与土矿有关的当然也背了，不过因为觉得土矿并不重要，所以后面的内容就没有特意去记，时间一久就给忘了。

"无妨，只是派人去看看，不会耽误正事，六扇门的人也会去查。"秦寂言可不会让六扇门的人闲着。

秦寂言见顾千城苦着一张脸，立刻提起别的事，好转移她的注意力："你那个放大镜是怎么回事？"这东西，秦王殿下还是挺感兴趣的。

"那个呀？我用透明的琉璃做的，很简单……"顾千城将放大镜的原理说了一遍，为了让秦王殿下明白放大镜不是多难的东西，顾千城拿水滴打了个比方。

"你透过水滴看字，也能把字迹放大，其实放大镜和水滴的效果是一样的，没有什么特别之处。"

在顾千城看来不特别，但有谁吃饱了撑的，因为透过水滴看到放大的字迹，就去打磨出一块放大镜？在秦寂言看来，也只有顾千城会这么无聊。当然，这话秦王殿下绝不会说出来。

顾千城今天和封家有约，秦寂言看时间差不多了，便让她去换衣服，然后他派人送顾千城去封家，同时交代道："我会让人去接你。"虽说封似锦不在，该防的还是要防。

顾千城为了赴封家的宴会，特意带了一套衣服，正准备让下人去取，还未开口，就听到敲门声响起："殿下，顾姑娘的衣服送来了。"

"进来。"顾千城没有多想，以为是秦寂言让人去取了她的衣服，当她看到暗卫放在桌上的包袱，才发现这不是自己准备的那件。

顾千城挑眉看向秦寂言："你准备的？"

"老管家让人给你准备的，试试。"秦寂言满脸笑容地点头。

"老管家好好地给我准备衣服干吗？"顾千城不解地问道。秦王殿下眼也不眨地撒着谎："怕你刚回京城，不知京城的流行款式。"

"是吗？"顾千城半信半疑地抱着衣服去了屏风后面，打开包袱一看，发现这件衣服也没什么特别的，顶多做工精致一些，面料看上去比她穿的好些。

顾千城对面料一向没有研究，完全不知她手上这件衣服，是由今年上贡的七彩锦丝制成。七彩锦丝产量极低，整个大秦今年只有三匹，而这三匹全被皇上赐给了秦寂言。

顾千城这身衣服一穿出去，有眼睛的人都会明白……

衣服只是普通的款式，没有发现异常的顾千城，大大方方地穿着只有秦王府才有的七彩锦丝走了出来。

“不错，好看。”秦寂言满意地点头，让人送顾千城去封家。换上这身衣服去封家，他才能放心呀！

七彩锦丝是上贡的名品，自然有其独特之处。这衣服在室内不显，可一到室外就会发现，随着人走动，衣摆会漾起七彩的“水纹”。水纹是夸张的说法，实际上是因为光线引起的视觉差罢了。不过，可惜的是衣服的主人看不到，因为七彩的水纹只会在衣摆后面出现。

很幸运，景炎过来找秦寂言时，偶然间看到顾千城翩然而去的身影。眼尖的景炎不仅发现那衣服是用七彩锦丝做的，还知道身影的主人是顾千城。

“果然和秦寂言越走越近了。”景炎眸光微黯，心中涌起连他自己也不明白的酸楚，以及后悔……

封家今天招待顾千城，不单单是吃顿饭，而是封家要郑重地感谢顾千城救了封似锦一事。

是以，除了封夫人，封大人也特意从衙门赶回来，以表示封家对顾千城的重视。

说起来，顾千城救了封似锦两次，如此大恩，不以身相许都不应该。封家一直都有这个想法，只是之前并不太确定，现在封大人与封夫人已经决定，但是晚了！

顾千城一进来，封夫人就看到了顾千城那身衣服的特别之处。

新上贡的七彩锦丝！今年的七彩锦丝，除了秦王府，别家都没有。顾千城这一身装扮来自哪里，不用问也知道。看样子，他们封家没有希望了。

封夫人自嘲地一笑：想当初千城救了似锦，他们封家还挑三拣四的，许个婚约就像是施舍。可是现在呢？他们就是上赶着求亲，人家也不会答应。一切都是命，似锦和千城这两个孩子无缘呀！

顾千城一进来，就看到坐在首位的封大人，当即吓了一跳。见封夫人起身相迎，顾千城忙上前屈膝行礼道：“夫人，你真是太客气了。”

封夫人顺势拉着顾千城笑道：“是你这孩子太客气，回到京城也不来看我。要不是我给你下帖子，你肯定不会来了。”

虽然做不成媳妇，封夫人仍旧很喜欢顾千城，待她和以往一样亲近：“延宸那孩子天天念叨你，说小雪貂想你都想瘦了。”

顾千城笑笑，然后给封大人行礼，许是刚从西北回来的缘故，顾千城身上还带着军人的冷硬与利落。封大人只一眼就知，现在的顾千城，早已不是当初那个需要用冷漠与强硬武装自己的女孩了。

只用了一年的时间，便成长如斯，父亲的眼光果然是好的。封大人赞许地点头：“你很好，似锦的事谢谢你。你对封家的恩情，我们封家铭记于心。”

封大人这话就代表了封家的承诺，多少人求之不得，顾千城却没有接受，说道：“封大人言重了，我去西北是为了救我弟弟，救封公子只是顺便，实在谈不上救命之恩。”顾千城从来没想过借西北一事向封家、言家或者其他人家索要恩情。

“即便是顺便，你救了似锦也是事实。这恩情，我们封家记下了。”封大人不给顾千城再次拒绝的机会，强硬地说完后，又问起西北的情况。

顾千城知道封大人与封夫人想知道什么，所说的事情全部与封似锦有关，尽量让二人多知道一些封似锦的情况。

顾千城平静地说着当时的情况，封大人与封夫人却听得津津有味，封夫人听到封似锦受伤、遇险时，难过得直抹眼泪。

管家进来几次，想提醒两位主子，午膳准备好了，可以开饭了。可每次进来，还没有开口，就被封大人瞪了出去。管家万般无奈，只得守在门口，打算等里面的人一谈完，就进去请三位吃饭。不料顾千城与封大人、封夫人一聊就是半个时辰，直接忘了吃饭这回事，他们不饿，可是顾千城饿啊，望着空空的茶杯，顾千城快要哭了。

好不容易等到封夫人将想问的全都问了，管家刚准备进去提醒封大人开饭，就见老爷子身边的管事朝这边走来。

“顾姑娘在吗？”管事上前询问，得知顾千城正在里面和封大人、封夫人说话，便说道：“劳烦你进去通报一声，老爷子要见顾姑娘。”

老爷子已经用了膳，还小睡了一刻钟，见时间差不多，才让人来请顾千城。

“这……”管家一脸犹豫，管事也不生气，只道：“老爷子说，你尽管进去通报，无妨。”

管家不敢得罪老爷子身边的人，只得硬着头皮进去转达封老爷子的邀请。

“老爷子要见你，千城，你快去吧。”封夫人与顾千城一向亲近，说话也就随意了些。

顾千城真的很饿，可是……她不敢让封老爷子久等！

顾千城暗暗叹了口气，起身给封大人和封夫人行了个礼：“大人、夫人，我先去见老爷子。”

封大人与封夫人完全忘了，他们请人吃饭，结果客人连一片菜叶都没有看到。直到顾千城走后，夫妻二人才记起这事。

封大人与封夫人面面相觑。看了一眼早就空了的茶杯，封夫人有些不好意思道：“老太爷应该会管饭吧？”

“应该吧……”封大人看了一眼计时的沙漏，不太确定地说。

封老爷子根本不会想到，自家儿子、儿媳请人吃饭，结果让人一直饿着肚子。是以顾千城过来时，封老爷子这里只有茶，没有吃的。

又是茶！捧着下人端上来的茶，顾千城泪流满面……

“怎么？我这里的茶，你看不上了？”封老爷子见顾千城捧着茶杯不喝，故作不满地拉下脸来。

“老爷子你别吓我。”顾千城连忙喝了一口，“老爷子这里的茶，必是极好的。”

“这还差不多。”封老爷子点点头，对着顾千城招了招手，“过来，陪我下一局。”

顾千城乖乖上前……

“你执黑子。”封老爷子将黑子移到顾千城面前，却被顾千城拒绝了：“老爷子，你先请。”

封老爷子突然把她叫来，却没有问封似锦在西北的事，可见封老爷子要问的事，一定不是小事。为安全起见，她还是等封老爷子先出招。

“小丫头年纪轻轻，心思倒不少。”顾千城那点儿小心思，封老爷子一眼就看透了。

“老爷子说笑了，我哪敢在你面前卖弄。”顾千城赔笑道，谄媚地将黑子捧到老爷子面前，“您请——”

封老爷子没有拒绝，举子落下，顾千城立刻跟上，老爷子又落子，速度非常快，几乎不用思考，顾千城也差不多，只看一眼棋局就落子。

棋盘上，黑白子交错，大半的棋子已经落下，两人的速度却是不减，放在不懂行的人面前，还以为他们两个在闹着玩，而事实上，这是高手过招……

很快，老爷子的额头就沁出细细的汗珠，顾千城也好不到哪里去。她到现在还没吃午饭，饿得慌，加上背棋谱极耗精力，脸色很快就变得惨白。

半个时辰后，棋局结束。顾千城狠狠松了口气：“输了三颗子。”

“有进步。”封老爷子也累了，不过眼睛比平时更明亮。

棋逢对手才是快事。

“多谢老爷子夸奖。”顾千城没有起身，不是不想，而是起不来。她今天做了太多费脑子的事，好累。

封老爷子也不会在意这种小事，看到杯中的茶已经冷了，便道：“来人，送茶来。”

又喝茶？顾千城很想对封老爷子说，能来盘点心不？她现在急需补充能量，只是……

顾千城还没想好怎么开口，封老爷子就说道：“千城，我今天找你来，是有件事要问你。”

顾千城见状，只得收起要点心的念头，一脸郑重地说：“老爷子请问，能说的我一定说。”

“能说的？”封老爷子无奈地一笑，“还说没有心眼儿，我看你的心眼儿是越来越多了。”

“老爷子见谅。”顾千城露出一抹苦笑，表示自己也没有办法。

老爷子温和地问道：“皇太孙殿下这次突然回京，是因为什么事？”

“这件事封公子也知道。”顾千城没有正面回答，不过也没有冷硬地拒绝。

封老太爷却没有放弃，笑着说道：“似锦不在京城。”

“老爷子想联系封公子还不容易，我在西北可没少见封公子收到京中的消息。”顾千城睁着眼睛撒谎。

“行了，我不为难你这小丫头了。既然似锦知道，那事情就不会太麻烦。”封老爷子一脸豁达地说。顾千城闻言，暗自松了口气，可她高兴得太早了。

封老爷子又道："你和皇太孙殿下失踪的那段时间去哪里了？别拿那套去准备火药骗我，我虽然年纪大了，眼睛还没瞎。"

顾千城哭丧着脸，郁闷地说道："老爷子，这问题一个比一个难回答，你让我怎么回答？"

"实话实说。怎么，连我你也信不过？"封老爷子没有放半句狠话，可即便如此，顾千城仍旧感觉到巨大的压力。

顾千城无奈地叹气："老爷子，这才是你今天想问的问题，对吗？"

封老爷子没有回答顾千城的问题，而沉默就是最好的答案。

顾千城重重地叹了口气，闭着眼睛道："我和皇太孙殿下被困在龙凤双城的遗址里，费了大半个月才走出来。"

"龙凤双城？"封老爷子眼中迸射出一道精光，语气陡然变得严肃，"说详细一些。"

"好……"反正已经说了，顾千城也就没有什么好隐瞒的，就如实将她和秦寂言如何落进龙凤双城，又如何走出来的事，一一说给封老爷子听，没有一丝欺骗与隐瞒。

封老爷子听完后，久久没有说话。就在顾千城以为封老爷子不会开口时，封老爷子却道："你们怎么知道，那是龙凤双城？"

"哦……我在一本古籍上看到过相关记载。"顾千城犹豫了一下才道。

"古籍？难道是《夷国志》？"封老爷子看着顾千城，眼神凌厉，不容她逃避。

顾千城很想摇头，但在封老爷子的威压下，她根本无法撒谎，只能硬着头皮承认："对，就是《夷国志》。"

"果然，《夷国志》在你手中。"封老爷子闭上眼睛，长长地叹了口气，"你可知道，前段时间京中来了一批人，个个武功高强，深得皇上信任。那群人托皇上寻找《夷国志》的下落，而你的祖父进宫说，你手上有《夷国志》。"

"我知道这件事。"顾千城没想到封老爷子费了这么多心思，就是为了提醒她，不由得暗骂自己以小人之心度君子之腹。

"既然知道，你还回京？"封老爷子瞪着顾千城，一副恨铁不成钢的样子。

顾千城苦笑一声："老爷子，我不回京去哪里呢？反正消息已经走漏，我去哪里都一样。"

"唉……"封老爷子叹了口气，"书要是在你手中，最好尽快交出去，别留着，那东西是个祸害。"为了一本《夷国志》，十五年前不知死了多少人，一个小小的顾千城，拿什么保住它？

顾千城苦笑一声，道："书已经被我烧了，而且就是在我手上，也不能交出去。"

"怎么回事？"封老爷子皱眉，一脸担心。

顾千城说道："我手上的《夷国志》只有半本，记载的全是山川地理，根本没有什么实用价值。我若交出去，老爷子你说他们会相信我真的只有半本吗？"就算交出去，她也是死路一条。

“半本？”封老爷子一脸震惊，随即哈哈大笑，眼泪都流了出来，“好，好，好一个半本，好一个半本……”为了《夷国志》，死了那么多人，真的不值呀！

封老爷子说着说着，竟然有些癫狂。顾千城吓了一跳，怕封老爷子出事，连忙上前：“老爷子，出了什么事？”

封老爷子没有隐瞒，悲凉地说道：“很多年前，也有一批人出现在京城，不知在找什么东西。为了那件东西，他们杀了许多无辜的人。直到很多年后，我才知道原来他们在找《夷国志》，可惜《夷国志》早已失传。”

“是……十五年前吗？”顾千城大胆猜道。封老爷子看了她一眼，并没有接话，而是说起长生门最近的动向：“千城，那些人从皇上手中要到五千兵马，去挖龙凤双城的遗址。”

老爷子摆明了不想提当年的事，顾千城虽然遗憾，却不敢再问，只能顺着老爷子的话说道：“我听说了。”

“他们这次去龙凤双城，必然是为了寻找什么。找到了还好，倘若没找到，他们一定会认为，是你和皇太孙殿下拿走了。”不管是顾千城还是秦寂言，封老爷子都无法眼睁睁地看着他们出事。

“多谢老爷子提醒，我和殿下会注意的。”顾千城一脸感激。

封老爷子强打精神道：“你以后要是遇到麻烦，就来封家，能帮的封家一定会帮。”

“谢谢老爷子，我会的。”顾千城没有拒绝。

封老爷子点点头，靠着椅子，话锋一转：“千城，景炎那小子与似锦是好友，他现在在六扇门帮皇太孙殿下做事，你若遇到他，帮我给他带句话。”

“景炎在六扇门？”这事顾千城还真不知道。

“之前寺庙有个扫地僧死了，案子有些蹊跷，皇太孙殿下让他去查办。”封老爷子简单地说了一下，便切入主题，“千城，你见到景炎，帮我转告他，让他在江南的人，保护好焦向笛。”

“这……”顾千城面露犹豫。老爷子这话，等于是要她告诉景炎江南要乱了，要他早做准备。

“怎么？不能吗？”封老爷子只装作不懂，反问道。

顾千城摇摇头：“不……我会尽量转达。”

老爷子刚刚提点了她那么多，还承诺她有事会让封家帮她。这个时候，她能拒绝封老爷子这个不算太难的要求吗？

封老爷子看顾千城一脸苦相，笑道：“放心，我老人家不会害你。”

“我也这么认为。”正因如此，顾千城才应下。

“好了，时间不早了，我累了，你早点儿回去吧。”目的达成，封老爷子毫不客气地开口赶人。

顾千城走后，封老爷子坐在椅子上一动不动，半晌才闭上眼睛，掩去眼中的沉重与无奈。

他能为几个孩子做的，只有这些了，剩下的路只能靠他们自己去走，至于会走成什么样，就不是他能决定的了。

第十八章
亲情，冲着选妃宴来

顾千城盛装前往封家赴宴，却饥肠辘辘地离开。一回到六扇门，顾千城直接杀到厨房，问厨娘有没有吃的，随便什么都行。

“姑娘你稍等，我这就给你煮两个蛋。”这个时候，没什么比煮蛋花汤更快了。

顾千城没有拒绝，乖乖地坐在外面等……

秦寂言收到消息时，顾千城已经把蛋花汤喝光了：“总算舒服了。”

厨娘看顾千城将汤喝得一口不剩，笑道：“姑娘，我再给你熬点儿粗米粥吧？这东西最养人了。”

“好呀，好久没吃了，正想着呢。”顾千城本想留下来帮着打下手，可惜她尚未开口，秦寂言身边的侍卫就找了过来：“姑娘，殿下找你。”

顾千城只得让侍卫留心一下，等会儿派个人来给她取米粥：“要两份，你们家殿下也要吃。”

“殿，殿下？姑娘，殿下怎么能吃这种粗食？”厨娘局促地低下头，没人知道她在想什么。

“没事。殿下要是不喜欢，我就吃了。不过他若喜欢，定会好好赏你。”顾千城笑道。侍卫默默低头不说话。

“姑娘放心，我一定好好做。”厨娘激动地喊了一声。

顾千城过去时，秦寂言正在翻阅大秦登记在册的紫金土矿，见她进来，立刻放下手上的工作，打趣道：“你不是去封家吃饭了吗？我听说封大人昨天还借了皇爷爷最喜欢的御厨，怎么没吃饱？”

“什么没吃饱，我压根儿就没吃饭。”顾千城在秦寂言面前也不需要隐瞒什么，“你夫人我，差点儿就饿死了。”

“怎么了？和封家闹矛盾了？”秦寂言坐直，一脸正色地问道。

“不是，只是巧合……”顾千城将自己在封家的事简单说了一遍，不过没提封老爷子和她说的话。

“你呀，怎么连吃饭也能忘记？让我说你什么好呢？”秦寂言无语至极。

顾千城连忙解释："这次真是意外。封大人和封夫人不是故意让我饿肚子的，是说话说得忘了吃饭这回事。我去老爷子那里的时候，正饿着肚子，可老爷子非要拉着我下棋，饿到后来就不觉得饿了。"

"一点儿也不省心，你说，你叫我怎么放心？"秦寂言一脸无奈地看着顾千城，就好像在看不懂事的小孩。顾千城愣住，正想解释两句，秦王殿下的侍卫就把米粥端了进来。

侍卫小心地将米粥放到两人面前："殿下、顾姑娘，请用。"

秦寂言皱眉道："这是什么？"

"不是给你吃的。"顾千城看了一眼面前的糙米粥，想到厨娘不自然的动作，眼中闪过一抹冷意。

"怎么了？"秦寂言一见，就知顾千城必然发现了什么。

"现在还不能确定，找个小动物来尝尝。"顾千城将面前的米粥往外推了推，对侍卫道。

"殿下，姑娘……"侍卫听到顾千城的话，吓得直接跪倒在地。

"起来，此事与你无关，按我说的办。"顾千城见秦寂言不开口，直接下令，"动静闹大一点儿也没关系，让人盯着厨娘，看她有什么举动。对了，仔细些，别让她自杀。"

顾千城把话说得这么直白，侍卫哪里还不明白，连连点头："是，是。"

侍卫很快牵了两条狗过来，并将两碗粥强制灌了下去，一刻钟后两条狗开始发癫，疯狂地咬人，且战斗力猛地飙升，数十个侍卫齐齐拥了上去，才险险将它们弄死。

试吃的两条狗刚死，就传来厨娘自杀的消息。秦王殿下冷笑一声，黑着脸道："查！挖地三尺也要给本王查出来。"

"是！"侍卫神色一凝，一个比一个严肃。顾千城见状，也不敢去找景炎了，默默地帮着秦王殿下收集线索。

六扇门的人从厨娘身上入手，很快就摸到了线索，而且种种证据皆指向宫里，指向周王的母妃淑妃娘娘。

"好一个淑妃，好一个周王！本王记下这笔账了，本王一定会讨回来。"这些年，赵王与周王没少针对他，但下毒暗杀却是第一次，真是长本事了！

宫里怕是要乱了。顾千城站在一旁，看着秦王殿下杀气四溢，默默地为淑妃和周王点了一排白蜡烛。

宫里何时乱暂且不知，但顾家确实要乱了。

秦王殿下已将顾家放弃顾贵妃与五皇子的消息，传到了顾贵妃的耳朵里。没有让秦王殿下失望，顾贵妃又哭又跪地闹了一通后，把顾家推了出来，把五皇子择得干干净净。

顾贵妃把顾家卷进了五皇子的事中，把五皇子犯的错全部推到顾家头上，说五皇子是受顾老太爷教唆，才会生出不该有的心思。虽说没有证据，可顾贵妃说得跟真的似的。顾贵妃为了取信老皇帝，还抖出老夫人害怕顾家被武家牵连，害死武芸一事。

老皇帝怒火中烧，当即就要严惩顾家，最后还是看在顾贵妃的面子上网开一面，只削爵不流放。

听到宫里来了圣旨，顾家上下皆不知何事，一个个惶恐地跪地迎旨，心里暗暗期待着好事的发生。可是，等到圣旨念完，除了顾千城，顾家所有人都傻了。

斥责，削爵！

顾老太爷整个人都蒙了，跪在地上一动不动，完全不知如何反应。他们连五皇子犯了什么事都不知道，怎么就牵扯其中了？

顾老太爷此时就像在做梦一般，四周一片白雾，他什么也听不到、什么也看不到，脑海里只有“削爵”二字。

老太爷老泪纵横，却没有人上前安慰他，因为顾家其他人比老太爷的情况还要糟，顾夫人、二夫人已经晕死过去。

传旨太监眼见顾家败落，自然不会客气，见顾老太爷久久不接旨，将圣旨捅到老太爷脸上：“老太爷，还愣着干什么，接旨吧。”

“老，老……”老太爷仍旧没有回过神，本能地抬起手，双手却抖得不行，根本握不住圣旨。

传旨太监也不和老太爷多说，将圣旨往他怀里一塞：“圣旨拿好了，要是掉到地上，就是杀头的大罪。”

传旨的人走后，顾家一片死寂，主子、下人全部跪在院子里一动不动，后来不知是谁号啕大哭起来，接着整个院子里都是哭声。唯独顾承志还算冷静，只是小脸煞白，像是不能接受这个事情一般。

顾千城看了众人一眼，默默起身，走到老太爷身边：“老太爷，该起来了。”

“千城，你姑姑她……”老太爷不是笨蛋，他明白，顾家被削爵怕是与顾贵妃有关。

“老太爷，嫁出去的女儿，泼出去的水。顾贵妃是皇上的女人，是五皇子的母亲。”顾千城不认为顾贵妃会为了什么狗屁顾家，牺牲自己的儿子。

“是她，真的是她？”老太爷握着顾千城的手抖个不停。顾千城劝道：“老太爷你别生气，要是发了病，可找不到第二粒能医好中风的药。”

“啊啊啊……”顾老太爷悲痛地大喊，“我有罪，我有罪。我是顾家的罪人，是我毁了顾家，毁了顾家呀。”

老太爷已经撑不住了，顾千城一把扶住他：“老太爷你冷静一点儿，现在爵位被削，并不表示我们顾家就没有希望了。你别忘了，我们顾家还有承欢。承欢在西北立了功，就算不能封爵，顾家也不会倒。”

顾千城相信，这些话她现在不说，稍后老太爷也能想到。

从享有权势的侯爵沦为人人可欺、见官就要跪的平头百姓，不是谁都能接受的。老太爷一瞬间多了许多白发。饶是如此，他仍撑着写了折子进宫请罪，同时命令家人改建顾家，凡是违规的摆件与建筑通通封了。顾老太爷相信，他们顾家肯定还能再起来，可是老皇帝不肯见他。

老皇帝随便点了个小太监来打击顾老太爷，就一句话：“皇上说，让你好自为之。”

顾老太爷刚从宫里回来就病倒了，不过他并没有就此消沉下去，反倒激发起更强的求生欲望。

顾家败在他手上，一定要在他手上重新振兴起来。千城说得对，他们顾家还有承欢，还有在江南做官的老三。只要他们步步高升，爵位一定还会回来的。

顾家的爵位是老皇帝下旨削的，在老皇帝有生之年，顾家除非立下惊天大功，不然别想崛起。想要看到顾家重新登上高位，就必须熬过老皇帝。带着这份强烈的求生念头，老太爷的身体一日好过一日，顾千城看着也惊奇，同时又暗自佩服。

老太爷的身体终于没事了，顾千城便跟他提起千梦的事：“老太爷，我们家这个情况，千梦已经没有资格参加七夕宴了，我打算过两天送她出去小住一段时间。”顾千城没有说送千梦去江南，她怕带上承志那个拖油瓶。

“千梦的事，你安排吧。”没有了联姻的价值，老太爷也不愿意为千梦的事，而驳顾千城的面子。

顾千城达成所愿，便不打算再待，她还没有提出退下，老太爷就道：“千城，你三叔的任期什么时候到？”

“三叔？他才刚到江南，短时间内不会回来。”就算能回来，顾千城也不会让顾三叔此时回来。

“去了一年多，你三叔该回来了。”老太爷只当听不懂顾千城的拒绝，威严地说道。

顾千城淡笑一声，拒绝道：“老太爷，外放的官员至少三年一任，三叔最快也得一年后才能回来。”

“一年太久了，你想想办法，把你三叔调回京城任职，就算只是平调也行。”老太爷当然知道，混资历最好在外为官。可是只有进京为官，他们顾家才能沾点儿好处，才能对外说是官宦人家，才能与官家打交道。

顾千城看了老太爷一眼，摇了摇头，说道：“老太爷，我不过是一个闺阁女子，哪能左右官员的任命和调度。”

“你不能，封家能。”老太爷根本不许顾千城拒绝，“千城，现在是我们顾家最难的时候，我们要团结在一起，才能渡过这个难关。而且，顾家倒了你也没有好处，你不会天真地以为，没有顾家，那些人还会这般看重你吧？”

“老太爷，你真的太高看我了。您也说了，没了顾家，那些人不会看重我，现在顾家已经失了帝心，封大人凭什么帮我？”顾千城垂眸掩去眼中的嘲讽。

老太爷皱眉，眼中闪过一抹不满，可仍旧强压着脾气好声好气道：“千城，你莫与祖父置气。祖父虽然老了，眼睛却没瞎。你救了封公子、言将军，这恩情，封、言两家必然会还。你去找他们帮这点儿小忙，他们两家一定会帮。”

顾千城点头赞同老太爷的话，就在老太爷认为顾千城会同意时，顾千城却一脸无辜地说道：“可是，我为什么要找他们帮忙呢？”

“你，你……我不是说了吗？没有顾家，你以为你还能是国公府的大小姐吗？”老太爷气得快吐血了。

“老太爷，有一件事你一直没弄明白，我顾千城从来没做过一天国公府的大小姐。哪怕在顾家还是国公府时，哪怕我身上挂着国公府大小姐的名号，我也不是什么国公府的大小姐。”顾千城看着老太爷，嘲讽道，“老太爷，你说我天真，你自己又何尝不是呢？从来没有人把我当国公府的大小姐看待，有没有顾家，对我来说重要吗？”以前，她是顾国公府的可怜虫；现在，她就是顾千城，不需要顾家给她加分。

“你，你，你这是要见死不救了？”老太爷知道顾千城怨顾家，却从来没想过，顾千城不是怨，而是恨！

“顾家死了吗？”顾千城看着老太爷，眼中闪过一抹泪光，“老太爷，有些事情我不想说，可我觉得不说出来，你永远都认为我是傻瓜，可以任你摆布。”

“你要说什么？”老太爷的眼中闪过一抹不安。

顾千城长长地吸了口气，别过脸看向窗外：“我听到一个消息，是关于我母亲难产而死的事。”老太爷当初并不知情，而她也不需要老太爷帮忙。

“你母亲……有什么事吗？”老太爷面上平静，手心却在冒汗。

“老太爷，我母亲真的是难产而死的吗？”顾千城依旧没有看老太爷，因为她知道老太爷不会承认。

“当然！”果然，老太爷想也不想就应道。

“当然？老太爷，你看，你一边哄骗我，一边还想让我为顾家卖命，你说这可能吗？”想到昨晚二夫人告诉她的消息，顾千城心里就一阵难受。

她从来没有想过，顾家人居然可以狠到对自己的媳妇下手。

“你，你听谁胡说八道了？你母亲生你时难产而死，这事还能有假吗？”当年的事已不可查证，老太爷认为顾千城不可能找到证据。

“老太爷，女人生产时可以动很多手脚，我想这一点你也很清楚。”顾千城转过头，看着老太爷，没什么感情地说，“老太爷，你应该庆幸，若非我怕耽误承欢和承意，顾家的人早就该守孝了。你知道的，我不会放过杀害我母亲的凶手。”

“千，千城……你别乱来，杀人可是犯法的。”老太爷吓了一跳，他当然知道顾千城不会杀他，却会杀老夫人、顾夫人，甚至她的亲生父亲，也许顾贵妃也逃不掉。

“老太爷，你太小看我了。我有一百种方法，可以在杀了人之后安全脱身，让官府明知是我杀的，也拿不到半点儿证据，就像他们联手杀我母亲一样。”说到武芸的死，顾千城眼中的泪，不受控制地往外流。

“老太爷……事情已经说开，我想我们祖孙二人也没有什么好谈的了。没事的话我先回去了。你的病也好得差不多了，以后……我不会再过来。”顾千城说完，头也不回地往外走。

“怎么会这样，怎么会这样？”顾老太爷一脸灰败，浑浊的眸子黯淡无光。

“老天爷呀，你在惩罚我吗？惩罚我当年不管事，放任他们害死武芸吗？老天爷呀……”从来不相信报应的顾老太爷，现在终于相信这世间报应不爽。

老太爷又病倒了，这一次病得更严重，顾千城却不再露面，老太爷也不敢叫人来请她。

顾千城的疏远如此明显，顾家上下不可能发现不了。不过没有人敢说她半句不是，顾承志倒是想指责她，可是还没开口就被顾夫人劝住了。

“现在，整个顾家都得指望你大姐姐，你要和她处好关系，只有这样才有出头之日。”顾夫人抱着顾承志，默默地抹眼泪，“承志，娘对不起你，都是娘连累了你！娘求求你，不要再与你大姐姐作对了，你一定要讨她喜欢。”

顾家的事顾千城完全不在意，在她看来，顾家削不削爵对她都没有影响，顾家人日后如何在京中立足，也不是她需要考虑的事情。

在顾家人心惶惶之际，她收到了武家人的信，约她在城外一见。西北大战时，秦王殿下怕赵王利用武家人，提前一步将人从漠北接走，安顿在城外。

顾千城犹豫了一下，还是决定去见见武家的人。不过在去之前，顾千城先去了一趟六扇门找秦王殿下。

她觉得，武家的事很有必要告诉秦王殿下一声，只是不巧，皇上宣他进宫去了。

没见到秦王殿下，顾千城只得回去，走之前突然想起景炎，想了想，还是决定见他一面，完成封老爷子的交代。

“景大人在哪里？我想见他，可以吗？”这事顾千城不打算瞒着秦寂言。

景炎被秦寂言扣在六扇门近一个月，六扇门上下都知道他的存在：“景大人在临风阁，顾姑娘这边走。”

“千城？”顾千城一进来，景炎就发现了，虽然语调没有变，眼睛却亮了许多。

顾千城缓步上前，双手作揖：“景大人。”

“这般客气做什么？”景炎起身迎顾千城入座，“找我有事吗？”没事顾千城绝不可能来找他，这一点景炎无比清楚。

“没事，听闻你在六扇门，就过来看看。”顾千城说得真诚，景炎却不信：“我在六扇门都快一个月了，你现在才来看我？”

“我现在才知道。”顾千城脸不红、气不喘地坐下，自来熟地给自己倒了一杯茶，然后捧着茶杯，一小口一小口地品着，“六安瓜片？六扇门的待遇什么时候这么好了？”

“这是我自己的茶。你以为皇太孙殿下有这么大方？”在顾千城面前，景炎倒是没有隐瞒太多。

顾千城看了景炎一眼，将茶杯放下，笑道：“殿下一向大方，你肯定得罪了他。”

“我可不敢得罪他。”有些事景炎说什么也不能承认。

“我今天过来，是想起封老爷子让我帮他转告你一句话。”顾千城看着景炎道。

“封老爷子？什么话？”听到封老爷子，景炎脸上的表情凝重了三分。

“让我转告你，江南不太平，保护好焦大人府上的公子。”虽不是原话，大致意思就是这样。

景炎听罢，眉头微蹙，缓缓点头：“谢谢，我知道了。”

“我还有事，先走了。”顾千城知道景炎有心事，起身说道。

景炎没有挽留，虽然脸上的笑容很快就恢复如初，但顾千城知道，封老爷子让她传的话绝不简单。

直到顾千城离开六扇门，秦寂言也没有从宫里回来，顾千城没有等，直接上了马车去城外。

城门口一如既往地人多，顾千城排了近两刻钟的队才轮到她出城。

现在的顾家已是平头百姓，任何特权都没有。守门的小兵并不认识顾千城，不会刁难她，可也不会给她特权，顾千城得下来，让马车接受检查。就在她检查完上马车的瞬间，进城的那条道突然出现骚乱。

一辆华贵的马车被官差拦住，从马车里跳出一个白衣侍女，趾高气扬道："我们是药王谷的人，你们要查什么？"

"对不起，我们没有收到药王谷进城的消息，按规矩所有的马车都要检查。"守城的小兵不卑不亢，不肯通融。

"没收到消息？药王谷君家的标志就在这里，你们瞎了，没有看到吗？"白衣侍女一张俏脸气得通红，双眼如同刀子似的。

"我们不认识君家的标志。"守城的小兵不肯退让，执意道，"请车里的贵人下车，我们要检查马车。"

"去打听一下，药王谷谁进城了？"顾千城上马车前对身边的人吩咐道。

马车驶出城门，刚走不到百米，就有下人来报："是药王谷的大小姐君亦安。"

"君亦安？"顾千城立刻就明白了：君亦安必是冲着七夕选妃宴而来的，看来打秦寂言主意的人真不少。顾千城忍不住摇了摇头，无奈一笑……

城外，提前收到消息的武家众人早已在屋内等候。眼见距离约定的时辰还有两刻钟，武家人面上波澜不惊，心里却都着急了。

"老夫人，你说这么多年没见，顾家的姐儿对我们会有几分情谊？"说话者是一个三十岁左右的妇人。

坐在首位的白发老夫人还没有开口，她下首的妇人就尖酸地说道："我看是一分情谊也没有。要是真有情谊，就不会把我们丢在城外这么些天不闻不问了。她有本事把我们从漠北接过来，难道不能帮我们要一纸赦免的诏书吗？"

"娘，你在说什么呢，赦免诏书哪是说要就能拿到的。赦免诏书得皇上下旨。"一个年轻的姑娘拉了拉尖酸的妇人，眉眼间是浓得化不开的愁绪。

除了这几人，屋内还有六七个女眷，好几个明显年纪不轻，却仍旧梳着姑娘的发髻。

武家的主事人就是坐在首位的白发老夫人，而武家的男丁，则全部死在当年那场浩劫中了。

老皇帝下旨将武家所有男丁全部屠杀，连刚出生的孩子都不放过。不过，武家并没有就此灭绝，武家还有一个男丁活了下来！

当年，老皇帝把武家的女眷流放到漠北。在流放的女眷中，有一位妇人怀着身孕，没想到一路颠沛流离，那孩子居然保住了。

这个孩子在漠北出生，是武家十五年来唯一的新生儿，也是武家唯一的男丁，取名武毅。

当然，武毅不会出现在这里。他几乎不在人前现身，知晓武毅存在的人极少。武家在漠北站稳脚跟后，一向都是由家中女人出面主持大局，与人打交道的则是家中的男仆。

顾千城虽然没有从秦寂言那里打探到更翔实的消息，却也知道了武家的大概情况。是以，当她走进来，看到屋内全是女人，一点儿也不惊讶。

无视屋内众妇人打量的眼神，顾千城目不斜视地往里走，站在武老夫人面前，恭敬地行了个大礼："千城见过老夫人。"

武老夫人却没有叫她起来，而是审视地打量着她，眼神中满是挑剔。

哪怕没有抬头，顾千城也知道武老夫人对她不满意。事情都是双面的，她不相信武家，武家对她亦然。双方从来没有相处过，而相互间的亲情纽带——武芸已不在人世，说实话，武家与顾千城的关系，实在算不得亲近。

一炷香的时间过去了，武老夫人仍旧没有叫她起来。顾千城暗笑一声，不等武老夫人开口，索性自动站了起来。

"无礼！老身没让你起来，你擅自起身，可有将老身看在眼里？"武老夫人劈头盖脸地骂道。

顾千城没有生气，平静地迎向武老夫人挑剔的视线，问道："老夫人，你可要叫我起来？"

顾千城给了对方一个台阶下，武老夫人却不给面子，嘲讽道："怎么？给我行个礼也不行？就因为我不是亲外祖母，所以就可以怠慢我？"

顾千城的亲外祖母已经死了，这位是武家另一房的主母。

"老夫人，我们之间有仇吗？"顾千城皱了皱眉，直接问道。

武老夫人当即愣住，呆愣地看着顾千城，原本挺直的背佝偻着，双眼瞬间失去光彩，就好像被抽尽全身的力气一样。

"是我不好，是我迁怒了。"武老夫人抹了抹眼角的泪，一副悲伤的样子。

顾千城完全不明白，这到底唱的是哪一出。就在这时，一名身着蓝色粗布衣裙的妇人上前拉了拉顾千城的手，饱含歉意地说道："千城，你别跟老夫人计较，老夫人不是针对你，她只是难过。老夫人的女儿和你母亲同岁，也是同一年嫁出去的。当年武家出事时，按说嫁出去的女儿不会受牵连，可那户人家怕死，竟然把珍姐儿活生生勒死了。当时珍姐儿怀有五个月的身孕，母子二人就这么去了。"蓝衣女人说着说着就哭了……

顾千城眼眸微动，点头道："我知道了，我不会放在心上。"

"千城，我们武家的女人命苦。嫁出去的女儿除了你母亲，没有一个留下后代；而没有嫁出去的……你看看，你的姨母、表姐们，个个都年过二十，却一个也嫁不出去，就是嫁出去的也被送回来了。"蓝衣妇人握着顾千城的手，泪水止不住地往下落。

"你是……"顾千城看着面前的妇人，一时猜不出她的身份。

“我叫武安心，是你三姨母。”蓝衣妇人抹了抹脸上的泪，勉强扯出一抹笑容，饱含歉意地说道：“你看我，居然在你面前提起那些伤心事。事情都过去这么多年了，我们也忘了。”

“三姨母。”顾千城从善如流地叫道，眼角的余光扫向仍旧沉浸在悲伤中的武老夫人，长长的睫毛轻眨，掩去眼中的了然。

一强一弱！

一压一松！

好个配合无间，好个刚柔并济。这要换成真正的十几岁小女孩，还不得立刻倒向武家，为武家这些女人心疼，为她们拼命！

她就说嘛，能以流放之身在漠北立足的女人，怎么可能将心事表露得那么明显？

敢在信上画出日月当空的女人，怎么可能因为过往的悲伤而不顾大局。

顾千城无比庆幸，她拖了这么多天才来见武家人。要是一回京就来见她们，被她们知晓了她的急切，她就真的完全被动了。

武家的女人，真是不简单！

因为这一通闹腾，顾千城与武家人之间不再生疏，自称顾千城三姨的蓝衣女人，当下便向她介绍屋内的其他女人。

在场的只有三个是顾千城的长辈，其他的都是平辈，不过年纪都比顾千城大很多。

一番介绍下来，顾千城收了三位长辈的见面礼，也收了几位表姐的礼物。都不是什么值钱的东西，却足以表明武家的教养。

认完人后，武三姨又将顾千城领到老夫人面前，屈膝说道：“老夫人，千城我给你带回来了，你别再吓着这个孩子。”

“哎……”武老夫人不自在地应了一声，就像一个别扭的老人家，还真的没法让人讨厌。

即便明知这是对方事先安排好的一出戏，顾千城也没有戳穿，配合地上前道歉：“老夫人，刚刚是我不对，还请你原谅。”

“算了，不说了，刚才的事，我这个老不死的也不好。”武老夫人一脸不自在，似乎不适应在晚辈面前认错，说完便站起来，一脸高傲地对顾千城道，“扶我出去走走。”

“好。”顾千城搀扶着武老夫人，不疾不徐地往外走。

人老成精，武老夫人确实难缠，可顾千城就不相信，她连封老爷子都能摆平，还摆不平武老夫人。

扶着武老夫人在花园里走了一圈，顾千城看到一座凉亭，说道：“老夫人，我们坐下说说话如何？”转了这么久，也该谈正事了。

“哎。”武老夫人眼眸一动，高冷地应了一声。

两人坐下，顾千城本想寻个下人送壶茶或者点心过来，结果看了半天也没有看到人，反倒让武老夫人以为她发现了什么。

“咳……”武老夫人轻咳一声，看着顾千城，故作强硬道：“你有什么事直说，别和我这老婆子拐弯抹角，也别跟我见外，你总归流着我们武家的血。”

顾千城一听，就知对方的心理防线松动了，笑着说道："老夫人放心，我这人一向直接，从来不兜圈子。要不是这样，我当初也不会写信给你。"

"既然如此，你就说说，你接我们来有什么目的？"武老夫人不想主动开口，这个时候谁先把要求开出来，就等于把自己的底牌露了出来。

老狐狸遇到小狐狸，顾千城也不肯直接说出自己的目的，一脸真诚地说道："老夫人，你误会了，我接你们来京城什么目的也没有，纯粹是因为赵王要杀你们，你们是我的亲人，我怎么能看着你们出事而不管？"

"这么说，你接我们回来，就是怕我们遇到危险？"武老夫人面无表情，心里却是暗恨：这丫头小小年纪，贼精贼精的，也不知像谁。她们之前可是露了一手的。

"当然，你们是我仅存的亲人。"顾千城努力将自己的眼眶憋红，一脸孺慕地看着武老夫人。

武老夫人被顾千城看得恶寒，强忍着恶心道："顾家姐儿，你的担心是多余的，我们武家也不是一点儿准备也没有，赵王想杀我们，也得掂量下有没有那个本事。"

顾千城一向敬老爱幼，武老夫人既然已主动说出武家的暗藏势力，顾千城当然不会再绕圈子，否则天都要黑了。

试探了几回，双方皆有意，顾千城终于爽快了一回，委婉地问起老夫人的要求。

她想与武家合作，用武家暗中的势力，至于武家想要什么，武老夫人随便开，在她的能力范围内，自会尽力满足。

武老夫人也不再拐弯抹角，直接把武家暗中的势力送给顾千城，她要的也不多，只要顾千城护住武家后人。

"武家只剩下一群弱女子和一个半大的孩子，报仇的事武家从来没有想过，当年的事也分不出个谁对谁错。我们武家从不要求子女去报仇，与其把时间浪费在报仇上，不如好好地活着，成家立业，繁衍后代，好让武家传承下去。"

武老夫人说到这里，抹了把泪，才继续往下说："家中子嗣乃是根本，武家有七个未嫁的闺女，还有一个和你年纪相仿的小子。我所求不多，只求用武家的一切，换他们一世平安喜乐。"

武老夫人的要求并不高，甚至少得可怜，顾千城颇为意外，她实在没想到，武家人不仅没有贪得无厌，反倒只要很少的一点儿，这让顾千城很不安。

顾千城一直坚信，付出多少才能得到多少，她从不相信天上掉馅饼这种好事。

"老夫人，你还有别的要求吗？"顾千城不得不主动请求武老夫人提条件。

十五年的流放生活，并没有磨去武老夫人的见识。武老夫人看着顾千城，难得露出一丝慈爱："子非鱼，安知鱼之乐？你是武家的后人，我们之间不能用单纯的交易或者合作来衡量。"

话说得很好听，但和武老夫人打过交道，顾千城很清楚，武老夫人并没有把她看成需要爱护的晚辈，她们之间更像是一场交易。

不过，占了便宜总是好事，顾千城当即就应道："老夫人放心，我答应你的事就一定会做到。我会去找皇太孙殿下商量，争取尽快赦免你们的罪，好让你们可以光明正大地出现在京城。"要婚嫁、要立业、要重振武家，就必须先除去罪臣后人的身份。

"这个不急，十五年都等了，我们不在乎多等一年半载。"武老夫人特别咬重"一年半载"这四个字。联想到武老夫人所说的武家"职业"，顾千城知道她肯定是知道了什么。

顾千城不再多说，与武老夫人达成协议后便告辞离去。

顾千城不知，她一走，武家那些女人就从屋里跑了出来，一个个拉着武老夫人，急切地问道："怎么样，怎么样？老夫人，我们家那些人她收下没有？""我们是不是再也不用养他们了？""老夫人，你快说呀，我们是不是再也不用管他们了？"……

武老夫人笑眯眯地任由她们拉扯，直到她们一个个急得不行了，才点头道："我出马还有摆不平的事吗？我不仅把包袱丢出去了，还为你们争取了婚嫁的事。以后你们不用愁了，你们的婚嫁之事，全部由顾家姐儿负责，包括你们的嫁妆她也会出。"

"这是真的吗？老夫人你真是太厉害了。"武家的几位姐儿欢喜地大叫。

当然，也不是所有人都高兴，有一对母女就站在外围，脸上的笑容怎么看怎么牵强。

"按说，武家的家业理应由武毅继承，怎么能送给一个外姓的姐儿？"这对母女最终还是忍不住将心里话说了出来。

她们没本事驱使武家留下来的人，也养不起他们，但是武毅可以，他是武家的男丁，怎能不撑起祖宗家业？

妇人这话一出，武老夫人就不高兴了："什么外姓不外姓的，我也是外姓，和顾家姐儿比起来，我身上一点儿武家的血都没有。这么多年下来，我还不是掌管了整个武家？"

见妇人不服气，武老夫人又道："头发长见识短的蠢货，你只看到武家那些人的厉害，可你有没有想过，我们武家谁能守得住那股势力？我们武家现在什么也没有，手上有那批人，无疑是三岁娃娃抱金子过闹市，就等着别人抢呢。

"你以为这些年为何让他们窝在漠北，不敢让他们有什么动作？你以为我为什么不让武毅接手武家的势力？你真当我不想让武家重新崛起吗？可你有没有想过，我们武家人一动，武毅一动，等待我们的是什么？

"我们护不住那股人，你明不明白？我们没有那个本事守住武家的基业，我们当中任何一个人，将那股势力拿出来，等待我们的就是武家灭族。"

他们武家，已经败了，就得认！

第十九章
蔫坏，江山社稷为重

武家的事顺利解决，顾千城心情颇好，靠在马车上默算自己的财产，盘算着养活漠北那批人，每年得支出多少银子。

武家人不敢动用那批人，她却不怕。而她若想动用那批人，首先就是让他们恢复训练，同时继续培养新鲜血液。

至于如何行事与培养，倒不要顾千城操心，武家自有一套完善的机制，她只要投银子进去就行。

心里装着事，枯燥无聊的路程也变得快了，等到顾千城勉强理出个头绪，已来到城门口。

临近傍晚，排队进城的人依旧很多，车夫正准备将马车赶到排队的队伍中，就看到一个六扇门的官差跑了过来："顾姑娘，殿下命小的来接您。"

顾家爵位被削，顾千城进出城走权贵专道的特权也就没了，为了不让顾千城在城门口久等，秦寂言知道她出城后，就特意派人在这里等着，免得她还得排队。

有秦王殿下出面，守城的官差特事特办，第一时间请她进城，马车直接驶进了六扇门。

秦寂言以前并不会这么做，今天这样其实是为了做给外人看，好让外人明白，哪怕顾家的爵位被削了，顾千城仍旧是顾千城，怠慢不得。

秦寂言听到外面响起脚步声，放下手中未完成的工作，起身相迎。

"殿下……"顾千城见秦寂言站在门口，顿时眼前一亮。

等她进来，秦寂言将门关上，转身便在她的额头上弹了一记："看你这没心没肺的样子，我这几天白担心你了。"

"疼……"顾千城佯装生气，握拳捶了秦寂言一记，秦寂言配合地叫道："疼。"

"不许学我。"顾千城翻了个白眼，丢下秦寂言往里走。秦寂言笑了一声，跟了过去。

秦寂言在顾千城对面坐下，见她嘴唇有些干，便倒了杯茶："这几天还好吗？顾家有没有人找你麻烦？"

顾千城一口喝干杯子里的茶水，点头道："有，老太爷让我找封大人帮忙，把我三叔从江南调回来。"

"调你三叔回京？顾老太爷这步棋走得不错。"有个当官的在家里镇着，外人便不敢小瞧顾家，毕竟顾家还有顾贵妃和五皇子在。

“棋是好棋，前提是他得搬得动这颗棋子。”顾千城一想到顾家的事就高兴不起来，没好气道，“不提顾家那堆糟心事了，烦。”

“怎么？不好办？要不要我出面？”秦寂言以为顾千城不好拒绝老太爷，便主动揽下此事。

“不用，顾家的事我能处理。老太爷现在不敢再要求我做什么，他现在怕我发疯杀人呢。”顾千城一脸冷漠，眼含杀气。秦寂言一看就知道事情不简单：“顾家人打你的主意了？”

“前两天我家二婶跑来告诉我，说我娘当年并非难产而死，而是被顾老夫人、顾贵妃和现在的顾夫人联手害死的。我找老太爷核实了，虽然没有证据，却八九不离十。”

顾千城说起武芸的死，倒是没有多伤心，只是有些不是滋味：“对了，害死我娘的事，我那个爹也知道，他默许了。”

秦寂言听到这话，沉默片刻才道：“你打算怎么做？”至亲之人，害死自己至亲的伤痛，他比谁都明白。

顾千城想也不想就道：“杀人偿命！顾贵妃我就不说了，顾老夫人和顾夫人害死的可不仅仅是我娘一人，我的奶妈也是顾夫人害死的，至于顾老夫人就更不用提了，老太爷的姨娘和庶女，几乎都死在她手上。”

秦寂言点头道：“你放手去做，天塌下来也有我顶着。”

别说顾千城只是要这几个女人偿命，就是要整个顾家陪葬，秦王殿下也不会皱一下眉头。

顾家的事，顾千城真不放在心上。顾家那几个女人擅用的手段，不外乎就是那些，没有府中的下人帮忙，她们就是再有手段也使不出来。

“顾家唯一需要我提防的就是顾承志。我知道老太爷手上有一批人，他不敢用来对付我，顾承志却未必不敢，我得小心点儿。”

秦寂言见顾千城心有成算，就不再多说，只道：“需要用人的话，直接告诉暗卫。”

“我很快就有自己的人手可用，你不用担心我。”顾千城没有隐瞒武家的事，直接说道，“武家在漠北有一批人，武家人不敢用，武老夫人给了我。这批人日后就是我的势力。”

虽说半途接手，忠诚度有待考验，可是总比自己训练一批人快。

“武家的人？暗探与暗杀的人？”秦寂言一听便猜到了。

顾千城点头道：“对，当年武家留下来一股不小的势力。他们全部隐在漠北，这十五年从来不曾出动过，外人并不知晓。”

“武家果然留了一手。”秦寂言神色柔和地看着顾千城，见她似有不解，便道，“传闻当年皇上灭了武家，是因为武家知道得太多了，现在看来是真的。”

顾千城一愣：“你说那些暗探原来是为皇上做事的？”不得不说，武家人胆子真大，居然敢私自留下这批人，也不怕老皇帝知道后对武家斩草除根。

秦寂言点了点头，说道：“表面上，皇上手里只有一支锦衣卫，用以监察百官。实际上暗中还有一批人，他们被称为‘天眼’。天眼专门做一些隐秘的事，知道的人很少，不过天眼随着我父王的死消失了。有人猜测天眼由我父王掌管，现在看来，代皇上掌管天眼的人，应该是武家。”

“这么说，当年皇上灭武家所有男丁，就是因为武家知道了什么秘密？”顾千城想到在西胡查到的事，嘴角微抽，不由自主地放低音量，“当年的事，你已经确定了吗？”真是老皇帝杀了太子？

“八九不离十。”秦寂言的情绪有几分低落，合上眼睛，掩去眼中的悲伤，“我皇奶奶的死，也是他干的。”

杀妻、杀子，他的皇爷爷并不比顾千城的爹好多少。

顾千城自认不会安慰人，她怕秦寂言伤心，索性岔开话题：“我出城时在城门口看到了药王谷的人，好像是君亦安来了。”

“她来参加七夕宴。”秦寂言根本没把七夕宴当回事，提起来自然毫无压力。

“她想做皇太孙妃？药王谷这是怎么了？不是一向不插手世俗之事吗？”君亦安对秦寂言的心思，顾千城多少能猜出一些，不过她不认为，依君亦安的骄傲，会放下身段，与一干贵女在宴会上争奇斗艳。

“药王认定的继承人不是君亦安。”一句话解释了一切，“没有了唐万斤，君亦安在药王谷的价值为零。”

“就算药王谷不由君亦安继承，她也是药王谷的大小姐，莫不是药王不待见她？”从上次交手中，顾千城就知，季诺在药王谷的地位比君亦安这个大小姐还要高几分。

“药王是世外之人，自然与常人不同，他很器重季诺。”秦寂言这话说得嘲讽意味十足。

“明白了。”顾千城双手托腮，笑得甜美，“突然发现一件好玩的事，要不要玩？”

“说来听听。”见顾千城笑靥如花，秦寂言莫名地心情大好。

“如果你支持君亦安与季诺竞争，有没有胜算？”从内部攻破，远比从外面打进去省力。

“端看我怎么支持她。”君亦安不是没有野心的人，真要有助力，她肯定会与季诺斗起来。

顾千城道：“现在我们也腾不出手对付药王谷，索性让他们先自己玩。”在她救下唐万斤后，与药王谷的梁子就结下了，与其等药王谷壮大，不如主动出手，先灭了再说。

“能挑起药王谷的内斗最好，君亦安再折腾一下，药王谷估计撑不了多久。”秦寂言轻敲桌面，思考着这件事要怎么操办。

“药王谷出事了？”顾千城问道。

“算是吧。长生门从季家与药王谷调了不少人去挖双城遗址，人都死在那里了。”而且现在仍旧在不断地往里面送人。

顾千城惊道：“咦？还在挖？不是说有长生门的人闯进去了吗？还没有走出来？”

“出来了，不过我让人截住了。虽然中途让他们跑了，但有暗卫一路追踪，他们无法与长生门的人联系。”不然长生门的人早就杀过来了，哪里还会在双城遗址浪费时间。

知晓秦寂言派人拦截长生门的人，顾千城乐了：“殿下，你果然……蔫坏！”

“我这是为了谁？”被骂“蔫坏”的秦王殿下不高兴了，给了顾千城一个白眼，顾千城忙上前讨饶。

顾千城与秦寂言一通打闹后，秦寂言因先太子之死而引起的悲伤淡了许多，再次说起接手武家势力的事。秦王殿下的意思是，他暂时放下手中的事，先帮顾千城把这件事处理好，不过顾千城没有同意。

秦王殿下自己都忙得不可开交，哪有时间帮她。秦王殿下怀疑对方把银子藏在护城河里，最近正安排人清理护城河。

除了搜寻银子，江南那边也不太平顺。从周王给秦寂言下毒一事，就知道周王还没死心，他不会轻易放弃江南的地盘。

现在唯一值得庆幸的，就是长生门被双城遗址绊住了，不然秦寂言可真是分身乏术。

顾千城知晓秦王殿下这么忙，怎么可能再拿武家的事来劳烦他：“我自己先处理，实在不行再找你帮忙。”

秦王殿下没有强求，顾千城想收服武家那些人，还得靠自己的本事，只有这样才能让他们真正地服她。

两人又细聊了西北的事。西北战事已到白热化阶段，双方打了一场大仗，西胡大军与赵王节节败退。西胡把责任算到风遥头上，连着下了五封斥责诏书。风遥没有辩解，只是战战兢兢地做好自己的事，这让前线的将士为风遥叫屈。

“风遥可真不简单，幸亏他不是敌人。”顾千城听到风遥在西胡的布局，忍不住赞道。

没有意外的话，西胡只怕即将大乱，而风遥到时候哪怕是拥兵自立，也没有人会说他半句不好。

“凤老将军说，风遥深得他的真传。”凤老将军在战场上英武威猛，人人都以为他只是个会打仗的莽夫，实则不然。他更擅长谋略，虽不敢说用兵如神，放眼三国，也没几个人赢得过他。

“有风遥在，西北无忧。只要这一季度的军饷解决了，北齐也无忧。”北齐皇帝为人谨慎，看到大秦没有乱，西胡却节节败退，必不敢轻易出兵。

秦寂言只有先把外部这些纷乱平息，才能抽出手来，好好处理内部危机。

关于如何处置周王等人，秦王殿下没有与顾千城细说。

见天色渐晚，秦寂言亲自将顾千城送回顾家，没下马车，看着她进了府就离开了。

秦王殿下此举一出，京城又有不少人开始议论顾千城。不过，那些要参加七夕宴的闺秀仍旧没有把顾千城当成对手——顾千城连进宫参加七夕宴的资格都没有，她们紧张什么？

贤隐居士偶尔听到他指点的几个学生说起这事，不由得摇头轻叹，在拿到报酬告辞离去时，忍不住提醒了一句：“在七夕宴上，千万别说我教了你们。”

这些人难道不知，天家是最讲资格和身份的地方，也是最不讲资格和身份的地方吗？皇上想捧一个人，那人便高贵；皇上不喜欢一个人，那人便不够格！

秦王殿下自然知道，他亲自送顾千城回府，必会引起各方非议，而这也正是他想看到的。他就是在告诉那些人，即便顾家被削了爵位，顾千城仍旧得他看重。当然，不进顾家的门，则是告诉那些暗中观望的人，他秦寂言看重的是顾千城，与顾家无关。

顾二叔与顾承志收到消息，急忙带人出来迎接，秦寂言已经走了，只有顾千城一个人进门。顾二叔不敢得罪顾千城，小心地控制着脾气问道："千城，皇太孙殿下都到门口了，你怎么不请他进来？就这么走了，不知情的人还以为我们顾家没有礼数呢。"

顾千城没有理会顾二叔的话，只道："我爹呢？"

"父亲他……"顾承志闻言，脸上闪过一抹不安。

顾千城的亲爹，正和顾夫人上演全武行，大吵着要休妻。起因是顾大老爷喝醉了，在顾夫人的床上强占了一个丫鬟。顾夫人撞见，当即大怒，直接拿剪刀捅死了那个丫鬟。

顾千城还来不及问发生了什么事，一个全身脏污的妇人不知从哪里跑了出来，扑通一声跪在她的面前："大小姐救命，大小姐救命呀！"

"砰砰砰……"就这么一句话，便连磕了数个响头，脑门儿一片血迹。

顾千城吓了一跳，后退一步道："怎么回事？起来说话。"

老婆子没有起来，大声哭道："大小姐，老婆子是求您做主的。夫人她……她杀了我的女儿，大小姐，求您为老婆子做主呀。"

老婆子哭得泣不成声："大小姐，求您明鉴，我女儿真的没有勾引大老爷，是大老爷喝醉了，强占了我的女儿。大小姐，我的女儿死得好惨呀，大小姐……"

婆子说完，又是砰砰地直磕头，完全是不要命了。

"大姐姐，你别听她胡说。"顾承志连忙解释。顾千城根本不听他的鬼话，见管家正带人过来，说道："先把人拉起来。"

管家忙将告状的老婆子拉起来，朝顾千城行了个礼："大小姐。"

顾千城指着那婆子道："她说的可是实情？"

不等管家回答，那婆子便道："老婆子句句属实，如有半句假话，愿遭五雷轰顶，永世不得超生。"

"闭嘴！"顾承志恶狠狠地瞪向老婆子，可那老婆子却浑不在意。她不怕死，也不想活了，只求为女儿寻个公道。

管家同样无视顾承志杀人的眼神，点头道："回大小姐的话，大夫人的院子里确实死了一个二等丫鬟，具体情况小人也不知。"

"死了人？"顾千城看顾承志一脸凶狠的样子，就知道此事属实。

她还没想好要怎么让顾夫人偿命，顾夫人就先把自己玩死了？

"是的，死了的丫鬟，就是这杜婆子的女儿。杜婆子丈夫早逝，一直与女儿相依为命。"所以女儿被人凌辱，又被残忍杀死后，杜婆子便不要命地冲开看守的下人，跑到顾千城面前告状。

"既然死了人，那就报官吧。"顾千城不用去看，也能猜到是怎么回事。

她的话刚落下，顾承志就急急说道："不行，不能报官。大姐姐，我们是什么人家，这么一点儿小事，哪里需要报官？不过是死了个丫鬟，给几两银子就是了。"

"我们是什么人家？死了人还敢不报官？你以为你是什么人？还是顾国公府的小少爷？"顾千城听到顾承志的话，真的很想笑。

这个孩子，已经从根上烂了，顾老太爷怎么教也没用……

最后还是报了官，顾千城用秦寂言的名头让官府来抓人。

顾家大老爷与顾夫人很快就被官差带走，罪名是奸杀。顾家大老爷当然不甘，一路骂骂咧咧，先拿顾贵妃与五皇子说事，见没有效果，又拿顾千城说事："我女儿是皇太孙殿下的女人，你们敢抓我，真是吃了熊心豹子胆了，还不快放了我。"

顾家大老爷借着酒疯闹腾起来，官差索性拿布堵了他的嘴："这案子就是皇太孙殿下吩咐的，杀人偿命，你死了这条心吧。"

"唔唔唔……"顾大老爷不断地挣扎，顾二老爷假惺惺地说："大哥，你别担心，我们会救你的。"没了顾家大老爷，整个顾家就是他的了，他能不高兴吗？

顾承志的脸沉得吓人，用力说道："爹、娘，你们放心，我这就去求祖父，祖父一定会救你们的。"

"承志，承志……"顾夫人看着顾承志，不断地摇头，"娘没有杀人，没有，没有……"

"我知道娘没有杀人，娘你放心，我一定会救你出来。"顾承志双手紧握成拳，眼睛通红。

官差看了一眼，什么话也没有说，强行把人拖走了。

人证、物证俱在，顾家大老爷与大夫人，杀人的罪名是跑不掉的。只是死的是卖身的奴婢，顾家大老爷和顾夫人不必偿命，而顾千城也确实查不到顾夫人害死武芸的证据，只能眼睁睁地看着他们杀人后，不需要服重刑，只要坐一年的牢就可以。

官府之所以会判一年的刑罚，还是看在秦王殿下关注这个案子的分上，不然依律法，顾家大老爷赔点儿钱也是可以了事的。

顾家大老爷和顾夫人的判决下来后，顾承志也不再到处跑了，而是把自己关在屋子里。顾千城知道他这几天一直在外面求人，然而没有一个人肯帮忙。

偶尔有两个碍于情面想帮一帮的，一打听到皇太孙殿下曾过问此案，就再也不敢多说，一个个闭门不见。

顾承志把自己关在屋里一天一夜才出来，双眼红得像鬼一样，那神色就好像要吃人。

顾承志吓人的样子就这么一次，之后就像变了个人，待人温和得很，眼中的戾气也渐渐收了起来，与以往截然不同。

顾千城之后见了顾承志一面，看到面前温润平和、没有一丝怨气地叫着她"大姐姐"的顾承志，顾千城露出一抹嘲笑：伪君子！

出了顾家大老爷这档子事，整个顾家都安分了许多。顾承志最近一心读书，顾老太爷也不管事了，深居简出，没有人知道他在想什么。

顾二爷和二夫人如愿得到顾家大权，顾千城没有将自己给顾家的产业收回来，顾家依旧能保持原有的体面。顾千城对这样的顾家很满意，她正准备安排人送千梦去江南，然后去处理武家的事，就在这个时候，顾家大老爷娶的二房窦氏，传来怀孕的消息。

怀了三个月，坐稳了胎，窦氏才敢说出来。

“真是沉得住气，难怪顾家爵位被削、顾夫人出事，也不见她出面主持大局，原来是在养胎。”不得不说，顾千城很佩服窦氏，发生这么大的事，还能安稳地养胎，可见是个心中有成算的。

“有大小姐你在，家里乱不起来。窦夫人知道什么最重要，她看重的是那个孩子。”下人听到顾千城的话，见她心情不错，替窦氏说了一句好话。

顾千城和身边的人刚说起窦氏，就见外面的人来报，窦氏来找顾千城了。窦氏嫁进顾家的时间不算长，却很清楚顾千城的脾气，也不兜圈子，直接说出来意，她想去城外的庄子里养胎。

她也不说顾家不好，只说家里气氛压抑，她想出去散散心，听说顾千城在城外有几个庄子，想借其中一个住到生孩子。

窦氏嘴上说得漂亮，可实际情况如何，顾千城很清楚，窦氏是怕顾承志对她的肚子下手。这段时间，顾承志不寻常的表现把窦氏吓得不轻，而顾承志笑得越温和，窦氏就越害怕。

虽说顾千城不管顾家的事，可顾家大大小小的琐事，她都知道一二，她也不希望窦氏肚子里的孩子出事，略一思索便同意了。

两天后，顾千城安排窦氏出城，顾承志还亲自送了一程，表现得可圈可点。

于是，顾家渐渐变空。先是顾家大老爷与顾夫人，接着就是窦氏，再来就是顾千梦，原本人丁就不旺的顾家，如今更显得空旷。不过，顾千城并不关心。她正考虑着亲自去一趟漠北，没想到她才开口就被秦寂言否定了。

“你独自去漠北太危险了，等京城的事告一段落，我陪你去。”顾千城的本事确实不弱，可别忘了，外面还有一个长生门虎视眈眈，她人在京城还好，长生门还会顾忌他，一旦离开京城，长生门指不定会做出什么事来。

顾千城想想也是，之前去西北，如果没有唐万斤跟着，绝对不会那么顺利，万一要是再来一次被长生门追杀，然后连累秦王殿下去找她，那她的罪过可就大了。

“你的银子找得怎么样了？”顾千城走不了，便关心起秦寂言的正事，看看自己能不能帮上忙。

“线索断了，护城河里什么也没有。”虽然花费了大量的人力物力，最后还是做了白工，不过秦寂言没有一丝气馁。

“那假银票的事呢？有线索了吗？”藏东西容易，寻东西难，顾千城对此半点不意外。

“有。”说起假银票一事，秦寂言的情绪明显高昂起来，“我派人去燕西找到了你所说的紫金土矿，对方确实是挖了那处的矿，再用特殊手法提纯，使得油墨质量与皇家御用的相差无几。”

"哦，这么说来，有线索了？"顾千城眼前一亮，"快说说，那处紫金土矿产出的紫金土流向了哪里？在哪里做的提纯工作？最后怎么运到京城的？在哪里落脚？途经什么地方？可曾查到押运的人？"

顾千城丢出一连串问题，秦寂言听得直想笑："你这是审问犯人呢？能一个个来吗？"

"不能，知道你记住了，快说吧。"顾千城傲娇地摇头，不配合秦寂言的讨饶。

"好好好，我说我说……"秦寂言简单说明最近查到的线索，确定顾千城都记住后，才道："锦衣卫差不多摸到了他们的据点，我已经让人盯上了，过两天就可以带人去查。"

"为什么要过两天？"顾千城不解地问道。

人证物证俱在，现在就可以动手，免得夜长梦多呀！

"因为……过两天是七夕宴。"秦寂言眼眸微挑，一脸戏谑——想逼他在七夕宴上选妃？做梦！

顾千城想过一万种秦王殿下在七夕宴上的表现，独独没有想过，秦王殿下会借公事之名从七夕宴上脱身，这简直——太无耻了！

"你这么做，不怕皇上生气吗？"这简直是拂老皇帝的面子，老皇帝高兴才有鬼呢。

秦王殿下眉毛一挑，理直气壮道："公事为重，难不成皇爷爷希望他的继承人爱美人不爱江山？"

"殿下，你这么说不脸红吗？"顾千城扭头看着秦王殿下的脸，重重点头道："还真的一点儿也不红。"

"江山社稷为重，我为什么要脸红？"秦王殿下捏了捏顾千城腰间的软肉，引得顾千城不断挣扎："别捏呀，痒痒。"

秦王殿下被顾千城这么一蹭，果断脸红，淡然收回手："除了你，没有人知道我的真实意图，所以……"

"所以什么？"顾千城的脸颊也比刚刚有血色。

秦王殿下的下巴颏儿顶在顾千城的头顶上："要让人知道了，那就是你出卖了我。"

"怎么可能，我才不会出卖你。"顾千城想也不想就摇头，整个人蜷缩在秦王殿下怀里，"全天下，最不希望你在七夕宴上选妃的人就是我了。我说过的，你要真在七夕宴上选妃，我必参加，然后赢过所有的贵女，让你无人可选。"

"无人可选吗？你还真是悍妇。"秦寂言拍着顾千城的背，一脸笑意。

"我就悍怎么了？你要敢背着我勾搭别的女人，咬死你。"顾千城张嘴在秦寂言下巴上咬了一口。

"啊……你还真是一点儿也不留情。"秦寂言吃痛，偏偏奈何不了顾千城。

"对你哪里用得着留情。"顾千城看到秦寂言下巴处多了一个鲜红的印子，默默地将头埋进秦寂言的怀里。

秦寂言不知自己下巴处有印子，只当顾千城不好意思，半是认真半是玩笑地说道："我等会儿要去见个女人，怎么办？"

“真的假的？”顾千城不动，闷声说道。

秦寂言点点头：“真的。”这事，还真不是逗顾千城玩。

“见谁？”顾千城以为秦寂言开玩笑，并没有当真。

秦寂言道：“君亦安。”

“什么？你要去见君亦安？”听到君亦安的名字，顾千城总算认真了，“谈正事？”

“记得上次下毒的事吗？”秦寂言不答反问，顾千城立刻就明白了：“毒是药王谷的？”

秦寂言道：“算是吧，不过是从北齐流过来的。君亦安手中有相同的毒。”

“明白了，多要点儿，分量加重。”顾千城恶狠狠道。

顾千城故作凶悍的样子取悦了秦寂言，他当下心情大好，大发慈悲地给顾千城多透露了一点儿消息：“周王世子下场太惨，顾贵妃会倒血霉。”

“你要栽赃到顾贵妃头上？”顾千城双眼一亮，从秦王殿下怀里探出脑袋，目光格外崇拜。

一石二鸟，真的太给力了！

“说什么栽赃，太难听了。在宫里，她下毒方便，不是吗？”顾贵妃总要发挥一点儿余热。

“有道理，你和君亦安好好谈，除了娶她，别的条件都能答应。”顾千城拍了拍秦王殿下的肩膀，看到他下巴处的红印半点未消，便淡定地别开眼，假装自己没有看到。

既然秦王殿下要见君亦安，那这个痕迹还是留着好。

说完正事，两人又聊了一些无关紧要的事。顾千城看着天色渐晚，知道秦王殿下和君亦安有约，便准备回去。

“我送你。”秦王殿下起身要送，顾千城摇摇头：“别。早点儿去见君亦安，然后早点儿回府。”

“早点儿回府吗？不要我去看你，顺便汇报一下我和君亦安谈的结果？”秦王殿下一脸戏谑地问。顾千城假装没有看到，认真地点头：“这个可以有。”

“好……我见了君亦安后，就去找你，可别给我睡着了。”秦王殿下捏了捏顾千城的鼻子。顾千城没好气地拍开他：“等到睡着？殿下你这是打算谈到什么时候？”

“怎么？吃醋了？”秦寂言眼带笑意，软化了冷硬的面部线条。

顾千城诚实地回应道：“对，我就是吃醋了，所以……你最好快去快回，别在外面逗留。”

“我喜欢你的诚实，很好。”秦王殿下拍了拍顾千城的脑袋，赞赏道。

顾千城不知道，她前脚离开，景炎后脚就来找秦寂言，然后……

就看到秦寂言下巴上有红印！

景炎明面是来找秦寂言说案子，实际上是来碰运气。与其被扣在六扇门，哪里也去不了，不如隔三岔五找找秦王殿下，反正他在六扇门哪儿也去不了，时间多得可以拿来浪费。

“殿下，宁安寺的案子有了新的进展。”景炎进来，看到秦王殿下下巴颏儿的牙印，想到听人说顾千城来过，心里闪过一丝酸楚：果然，当初放手，现在就不该奢望……

“查到了什么？”景炎隔三岔五地找上门，秦寂言已经习以为常。

“死者十五年前来到京城，曾与一名青楼女子关系匪浅。那青楼女子自愿赎身而出，嫁与死者。不料好景不长，那青楼女子不到一年就难产而死。死者万念俱灰，落发为僧，在宁安寺出家。”景炎将一张泛黄的纸递到秦王殿下面前。

秦王殿下没有看，只道：“你想说什么？”

“下官去查过那个青楼女子。原来那女子怀的不是死者的孩子，而那女子之所以会难产，也与死者有关。”景炎又将一份药方递到秦王殿下面前，“这是当年给那女子诊断过的大夫所写的药方，大夫说那女子之所以会难产，是药物所致。”

秦王殿下点头道：“你查这些，就是要证明嫌犯就是真凶？”

“是，下官查到，那青楼女子怀的就是嫌犯的孩子，嫌犯有充足的杀人理由，还请殿下明察。”景炎觉得自己真的很拼命。

“这个案子还是有疑点，再查！”

不管景炎找到的证据多么有说服力，秦王殿下回的都是这一句。景炎要是再多说一句，秦王殿下又会补一句：“本王要知道，死者死前写的那个符号，到底代表什么？别告诉本王那只是一个无意义的符号，这个理由本王不信。”

秦王殿下非要景炎查出末村的事不可，景炎不说，他就不会放过。

景炎气得想杀人，面上却一点儿也不显，起身，一脸温和地点头：“下官明白，下官这就去查。只是这个符号实在无厘头，下官也不敢保证能不能查出来。”

秦王殿下今天没有和往常一样，听到后安慰景炎两句，而是顺势说道：“本王给你指个方向，从十六年前开始查起。”

“是！”景炎忙低头，掩饰自己的郁闷。

领了新任务，景炎告辞离去，正准备跨过门槛，就听到秦寂言说道：“对了，本王七夕宴那天会忙，景大人要是没事的话，那天别外出。”

看似警告，又似提醒，景炎眼皮一跳，心中有一种不好的预感，有心要给属下传递个消息，让他们最近安分一些，又怕这是秦寂言的计谋引他自乱阵脚，好送上门给秦寂言抓。

“秦寂言，你果然……狠！”景炎考虑着自己是不是直接走人，直接与秦寂言翻脸。

当然，这件事景炎只能想想，他现在还没有底气和秦寂言翻脸，至少还要再等两年才行呢。

秦寂言和景炎聊了近半个时辰，这么一耽搁，与君亦安的碰面就要往后推了。虽然秦王殿下尽量用最快的速度与君亦安达成协议，但是已是深夜。等他赶到顾家，顾千城已经靠在床头睡着了，手上拿着一本书，要掉不掉的。

“没想到一语成谶，真让千城等得睡着了。”秦寂言上前抽掉顾千城手中的书，顾千城立刻惊醒：“谁……殿下？”

顾千城看到来人是秦寂言，眼皮又合在一起了，不满地嘟囔道：“殿下，你怎么才来？”

“遇到景炎，被他耽搁了半个时辰。”秦寂言解释道。

“景炎？他找你干什么？”景炎找上秦王殿下，聊案子吗？

“宁安寺的案子，他找到了新证据，证明嫌犯就是凶手。”要不是知道那个案子与末村有关，他都要相信景炎的判断了。

“哦……那个案子还没有查清呀。”顾千城打了个哈欠，想下床给自己倒杯水，好让自己清醒一下。

秦寂言忙道：“要做什么？我来。”

“喝水，清醒一下。”顾千城揉了揉眼睛，娇俏的模样让人移不开眼。

秦寂言低头吻了吻她的唇：“清醒什么，半夜三更该睡了。”说着，就压着顾千城的唇深吻……

顾千城挣扎了一下，别说现在睡得迷糊的她，就是清醒的时候，她也不是秦寂言的对手，除了乖乖顺从，还能如何？

秦寂言要上早朝，天还没有亮就起来了。顾千城听到声响睁开了眼，打了个哈欠，睡眼惺忪道：“殿下，你要起来了？”

“你继续睡。”秦寂言低头在顾千城的额头亲了一下，“时辰还早，不必起来。”

“哦……”顾千城应了一声，果断地继续睡。

秦寂言穿好衣服，看到顾千城煞白的小脸，琢磨着回头让人送点儿补品来。顾千城的身子真是太弱了，这可满足不了他。

拉开门，秦寂言脚步一顿，抬头看向左前方的大树，眼中闪过一道厉光，不过很快便收了回来，就像什么也没有发生，转身往外走……

秦寂言走后没多久，一道黑影便从那棵树上跳下来，朝顾老太爷的院子跑去，而他没有发现，自己已被人跟踪。

黑影来到顾老太爷的房间，单膝跪下来道：“主子，属下看到皇太孙殿下昨夜进了大小姐的房，直到今天才出来。”

“我果然没有猜错。”床内传来老太爷低沉的声音，“下去，继续盯着。”

“是。”黑影躬身退下，可是他刚走出门口，只听扑哧一声，一支青色小箭就没入他的眉心。

扑通，黑影连一句话也来不及说，就倒在了顾老太爷的房内，死在其面前。顾老太爷当即吓得病倒，聪明如他，哪里不知这是秦王殿下的警告！

“来人，快来人……”顾老爷子住的院子当即大乱。

顾家外，秦王殿下接过暗卫递来的披风，还未走远，就见暗卫来报：“殿下，人解决了。”

“没有第二次！”被人窥探私事，秦王殿下很不高兴……

第二十章

摘星，秦王殿下的报复

随着七夕宴临近，景炎越发地不安，他总觉得秦寂言查到了什么，肯定会在七夕宴那天行动，可是，他就算知道，也不敢轻易出手。

“还真是，让他捏住了七寸。”想到自己憋屈的处境，景炎暴躁得想杀人。

他得好好谋划一下，绝不能让自己这么被动下去。不然，秦寂言关他一辈子，他难道要忍一辈子吗？

“西北、江南、北齐，还有漠北武家和长生门，这么多事，我就不信找不到一个突破口。实在不行，我帮你把国库失银找出来，成不成？”最后那一句话，景炎说得咬牙切齿。

“末村的事，绝不能从我嘴里说出去！”景炎再次告诫自己不能冲动。

十五年，不……现在是十六年了。十六年他都等了，这几个月他有什么等不了的？

“殿下，景炎大人和平时一样，没有异常。”没有特殊的事情，暗卫每隔三天才会向秦寂言汇报一次。

“没有吗？”秦寂言轻敲桌面，笑得嘲讽：“没有就好，本王就怕他有动作。”见景炎如此沉得住气，秦寂言并不失望，他倒要看看，景炎能跟他耗到什么时候。

秦寂言道：“盯紧他，别让他有机会与外界接触、传递消息。”

“属下明白。”暗卫低头应是，见秦寂言没有别的吩咐，才躬身退下。

“殿下。”暗卫刚离开，老管家匆匆跑了进来，奉上一封密信，“西北的消息。”

秦寂言看到信上隐秘的标记，眼神微变，道：“退下。”

信是风遥写来的，而风遥与他的关系，老管家也不知道。待到屋内空无一人，秦寂言才撕开信封，取出里面的信纸，展开。

偌大的信纸上，只有三个字：起风了！

起风了——动！

秦寂言将信封烧掉，将信纸握在手心，离开书房，消失在黑夜中……

秦寂言走后没过多久，老管家进来了。看到地上那团灰烬，老管家浑浊的眸子闪着一丝不明的光芒，小心地将灰烬装好，又将书房重新收拾一番，这才离去。

凤老将军似乎料到秦寂言会来一般，正在练功房等着他：“殿下，请。”

凤老将军手持红缨长枪，示意秦寂言挑一件兵器。

“何必呢？”秦寂言摇了摇头，在凤老将军的再三要求下，随手拿了一把刀，两人便对打起来。

没有意外，第九十九招，凤老将军败了。

长枪被挑飞，凤老将军并不生气：“殿下，你之前隐藏了实力？”不然，为何每次都能在九十九招赢他？

“遇强则强，遇弱则弱。”秦寂言绝不会承认，他放水了。

凤老将军听到这话，哭笑不得：“太子没有你奸诈。”太子要是有殿下这般心智，就不会落得那样的下场。

“父王是仁君，光明磊落。”秦寂言很赞同凤老将军的观点，他父王有精明的母后、强悍的外家，打小就顺风顺水，受的是最正统的帝王教育，怎么可能学得他这般心机深沉、处处算计？

“太子他……可惜了。”凤老将军和秦寂言熟了，有些话也敢说了。

秦寂言沉默不语，片刻后才道：“老将军，末村住了一群什么人？”

“末村？什么末村，我不知道。”凤老将军愣了一下，神情自然地摇头，一副不解的样子。

秦寂言从他脸上看不出一丝破绽，可有时候，没有破绽，就是最大的破绽：“老将军，我父王当年灭掉的那个村子就叫末村，你不可能不知。”

“是吗？十六年了，太久了，我这脑子记不清了。”凤老将军不给秦王殿下说话的机会，挽起衣袖朝一旁的石桌走去，边走边道，“殿下，风遥打算怎么做？要我怎么配合他？”

这话题转得十分自然，如果是旁的事，秦王殿下也会给他面子，不再提及，可事关十六年前先太子之死，秦王殿下自是半步不让。

秦王殿下在凤老将军对面坐下，道：“凤老将军，十六年前的事，你知道多少？”

凤老将军叹了口气：“殿下，你来找我，是为了风遥的事，还是先太子的事？”做人不能太贪心，什么都知道可不好。

“不是老将军提起的吗？”秦王殿下倒了两杯酒，将其中一杯递到凤老将军面前，“老将军，明人面前不说暗话。末村到底住了一群什么人，皇爷爷才会处心积虑地灭了末村？”

“殿下……你，你知道是皇上……”凤老将军快吓傻了，他以为秦寂言什么都不知道，所以才会来问他。

“对。风遥查到一些，本王推断一番便明白了。”秦寂言十分无耻地把风遥拖下水，这样凤老将军就是想不回答都不行了。

凤老将军又叹了口气，神色黯然道：“既然殿下知道皇上也参与了此事，那就没什么好隐瞒的。”

“此事说起来也与夺位有关。当年皇上为了增添夺位的筹码，娶岳将军的女儿为妻，登基后立其为后，又借助岳将军的权势坐稳了皇位。对天家来说，外戚是大忌，岳将军手握大秦半数的兵马，可谓权势滔天，就是皇上也要忌惮三分。起先双方相处得还算融洽，虽有嫌隙，到底有君臣的名分摆在那里，互相退让倒也能维持表面的和谐。等到太子大婚、生子后，皇上与太子、岳家的矛盾越来越大。具体发生了什么事我也不知晓，只知那时候太子名声越来越大，在许多事情上与皇上政见不合，甚至隐隐有超过皇上之势，岳家也一改之前的低调隐忍，在朝堂上十分张扬，逼得皇上无力招架。

“后来，发生北齐借粮一事，皇上借机发难，让太子率领岳家军出征。在所有人看来，太子带着外祖家的兵马出征，必能大获全胜，在军中立威，巩固地位，甚至还能让皇上提早退位。可惜，我们所有人都猜错了。太子没有凯旋，反而因灭村引得村民暴动，太子被杀死，尸骨被野兽咬碎。

“知晓太子为人的人，都不相信太子会做出灭村的举动，但皇上乾纲独断，再加上岳家的嫡子嫡孙全部死在战场，太子一脉瞬间倾倒，也无人敢拂皇上的意思。皇上借太子之死，直接灭了岳家满门，还有其他相关人家的九族，一举将太子的势力瓦解，以至于朝中无人敢为太子说话。老臣知道的只有这些，接下来的事，就是殿下你看到的那样。”

凤老将军把当年的事说了一遍，然后闭嘴不言，明显不想再说。

秦寂言握着酒杯，看着凤老将军，再次问道：“末村住的是什么人？”

“末村……”凤老将军扭过头，透过窗子，看着外面漆黑的夜。

“末村的事是上一辈的事了。”凤老将军的声音黯然低沉，透着历经世事的沧桑，“如果我听到的消息不假，那么末村住的人应该是皇家嫡支，也是大秦最正统的继承人。末村当年惨死的村长，应该是皇上的堂兄，而他手上才有真正的传国玉玺。”

“真正的传国玉玺？”秦寂言握着酒杯的手略紧，眼中闪过一抹凝重。

他似乎知道了天大的秘密。

“从先皇开始，我们大秦的传国玉玺就是仿制的，直到十六年前才找到真正的传国玉玺。殿下可以去看看十六年前的和现在的圣旨，虽然看上去一样，但是仔细观察还是能发现不同之处。”凤老将军把话说到这个份儿上，就没有继续隐瞒的打算，“殿下应该知道，先皇并非皇家嫡支，而是过继而来。”先皇就是秦寂言的曾祖父，当今老皇帝的父亲。

这一段历史，秦寂言自然知晓：“史书记载，秦家嫡系昭仁太子死于宫中大火，现在看来，全是假的。”

“确实是假的，当年也不是什么过继，不过是一场……”“谋反”二字，凤老将军不敢说。当年那件事隐藏得很深，宫中所有知情人都被灭口了，所有人都认为昭仁太子死于宫中大火，这才过继了先皇，其实真相却并非如此。

“总之，所有人都认为昭仁太子随着那场大火变成了灰烬。昭仁太子的父亲德正帝，在没有子嗣的情况下，便过继了殿下的太祖父，将皇位传给了他。”如果不是过继一事，老皇帝这一支便和皇位不沾边，大秦也轮不到他们当家做主。

老皇帝和他父亲能成为皇帝，就是踩着昭仁太子的尸体往上爬的。

“所有人都以为昭仁太子死了，实际上他被人所救，那个人就是当年建造皇宫的墨家的后人。据当年末村人所言，昭仁太子被烧得面目全非，除了带走的传国玉玺，根本没有可以证明自己身份的东西。昭仁太子昏迷了半年才醒来，那个时候先皇已经继位，昭仁太子就是回来也没用。昭仁太子当年的势力被先皇一一瓦解，他万般无奈之下，选择与墨家人一起隐姓埋名。后来墨家将墨家女嫁给昭仁太子，夫妻二人为免被发现，便将墨家的‘墨’，改为末尾的‘末’。”

“皇爷爷当时是不是不知道末村的事？”秦寂言终于明白，当年的事老皇帝为什么会捂得那么紧了。

原来，不单单是他父王的死，还牵扯到他们这一支上位的内幕。

“末村被灭后，皇上才知晓此事，当年查到这件事的人，应该是武家人，玉玺也是他们带回来的。”凤老将军苦笑一声，将自己知晓的全部说了出来，“这些事除了武家，估计只有我知晓。我当时就在屋内，听到此事后不敢出来，只想将这个秘密带进棺材里。”

今天之所以会说出来，是因为他收到了武家人传来的消息！

当年，武家人知道他就在屋内，知晓他知道当年的事，希望能借他之口，说给秦寂言听。

武家人当年死绝了也没把他卖出来，此时接到武家人的要求，凤老将军怎么可能拒绝？

“殿下，你放心，今天过后，这世间只有你自己知晓。”凤老将军将面前的酒一饮而尽，说这话时，他没有一点儿对生命的眷恋。

这么多年，他也活够了。凤家的孩子个个都能独当一面，有没有他都一样。

“老将军，你想太多了。”秦寂言的声音清冷，听不出喜怒，将手中的酒杯放在桌上，站起来道：“今天，老将军就当本王不曾来过。西胡的事，老将军记得派人接凤遥的母亲出来便可，其他的事本王自有安排。”

“殿，殿下……”凤老将军简直不敢相信自己听到的。

当年，老皇帝因这事，灭了武家满门男丁，秦寂言这是不在乎？

秦寂言没有回头，背对着凤老将军道：“当年的事无法抹杀，真相即便被掩盖，仍旧是真相。对皇爷爷来说，昭仁太子以及他的后人是不能提及的隐秘、不能让世人知晓的丑事，可对本王来说，那是曾经发生过的事。皇曾祖与皇爷爷做过的事，不是掩盖就能假装不存在的。本王不对先人的行为做任何评价，可同样也不会避讳这些。”

“殿下，此事……”凤老将军张嘴，却不知要说什么。

秦寂言道：“老将军，昭仁太子的后人并没有死绝。”想来景炎不仅是末村人，更有可能是昭仁太子的后人。他终于明白，为什么封家会处处优待景炎、封老爷子那么看重景炎了。

景炎，昭仁太子的后人，皇家正统的继承人，哪怕坐不上皇位，自然也会有一批忠诚者。

秦寂言突然发现，一切居然是这么可笑。

“殿，殿下你说什么？”凤老将军猛地站起，踉跄数步。

秦寂言很有耐心地重复一遍：“本王见到了末村后人。”

“他是……”凤老将军开口，话一出口就立刻明白，这是不能提的事情，“殿下，恕老臣无状。”

秦寂言转身，冷冷地看着凤老将军："老将军，记得自己的本分。本王不会像皇爷爷一样掩盖真相，可并不表示本王会大度地将皇位还给昭仁太子的后人。"

他们这一脉与昭仁太子一脉的血仇是结定了，他要退的话，让的不是皇位，而是生命。

他秦寂言还没有无私到那个地步。当年的皇位之争，只能说昭仁太子棋差一着。

"老臣明白，请殿下放心。"凤老将军二话不说跪了下去，以此表明自己的忠心。

先皇和当今皇上统治大秦近六十年，这么多年来，文武百官早就接受了皇上这一脉。更何况，先皇当时也是按祖宗规矩过继登基的，就是昭仁太子的后人出现，想夺回皇位也是不可能的事。

"老将军好好休息，没事尽量少外出。"秦寂言丢下这话，淡漠地离去。

离开凤府，秦寂言站在十字街头，夜风吹得长发飞舞。秦寂言闭上眼沉思片刻，让暗卫通知景炎一刻钟后去屋外的亭子见他。

"殿下，下官来晚了。"两炷香不到，景炎在台阶下行礼。秦寂言看了他一眼，他曾见过德正帝与昭仁太子的画像，之前不曾注意，现在倒是看得明白，景炎确实有点儿像昭仁太子，不是五官相像，而是神似。

末村被灭，只留下景炎这个活口，他的身份确实不简单。

"坐。"秦寂言只看一眼，便收回眼神，根本不给景炎多想的时间。

"谢殿下。"景炎面色不变，心里却十分不安。

景炎在秦寂言对面落座，看到桌上的酒壶，提起酒壶倒了两杯，将其中一杯递给秦寂言："殿下请——"

秦寂言接过杯子，却没有喝，而是看着景炎，问道："景炎，末村的事，你不打算说吗？"

"殿下说笑了，什么末村？我不知道。"景炎神情自然地摇头，完全没有一丝异样。

"看样子，你是不打算说了。"秦寂言垂眸，掩去眼中的情绪，端起手中的酒一饮而尽，"本王明白了。"

景炎确实是为复仇而来，不仅仅是末村被灭之仇，还有昭仁太子的仇。

"景大人，本王给过你机会。"秦寂言放下杯子，起身，走出亭子……

景炎看着秦寂言离开的身影，当即呆住："到底什么意思？"

看着秦寂言消失的方向，景炎眉头紧皱，心底莫名地涌出一股不安，比秦寂言一直把他关在六扇门还要不安。

"我到底错过了什么？"景炎站在亭子下，波澜不惊的眸中第一次出现忐忑的情绪，随即又是愤怒。可即使心中不满，即使想对秦寂言破口大骂，景炎还是忍住了。

他绝不允许自己功亏一篑！他不会一直都处在被动，也不会一直都被秦寂言关着！

"哗……"景炎一甩衣袖，破风而响，脚步从容地走下台阶，月光洒在他脸上，衬得本就俊美的五官更加柔和宁静，让人想要珍藏。这就是景炎，不管心中有多么愤怒，都能在最短的时间，将所有的情绪收敛起来。

秦寂言回到王府，随后暗卫就来报："景大人在殿下走后便回房了，没有一丝异常。"就好像不曾听到秦寂言的话一样。

"继续盯着，不许他离开六扇门半步。"他倒要看看景炎能忍到什么时候。如果景炎能一直忍到死，他秦寂言绝对佩服。

"是。"暗卫领命离去，秦寂言看了一眼收拾得干干净净的书房，什么也没有说，让人寻锦衣卫首领过来。

"殿下！"锦衣卫首领单膝跪在秦寂言面前，秦寂言没有叫他起来，而是有一下没一下地敲着桌面，漫不经心地问道："查一查墨家与昭仁太子，还有本王的母妃。"

"墨家？"让锦衣卫首领提出异议的是墨家，而不是昭仁太子与太子妃。

秦寂言眼眸微变，敲打桌面的频率却没有变，重复道："机关术墨家！"

"卑职明白。"锦衣卫首领立刻应下。

秦寂言又道："查一查景……"刚想说查景炎，转念想到之前已查了数次，始终查不出有用的东西，秦寂言便将"炎"字咽下，说道，"查一查武家那个少年在哪儿？"

武家所有人都被他接进京城，唯有那个叫武毅的少年不在，要说这里面没有问题，秦王殿下是不会信的。

武家的女人为了武毅，不敢去想报仇的事，并不表示武家的男人不想。凤老将军不可能无缘无故说出他父王的事，今晚突然松口，必是发生了什么事，而这世间知晓凤老将军知道此事的人，恐怕没有几个……

和秦寂言一样，顾千城也很防备武毅。武老夫人和她那几位表姐，视武家那批人如同包袱，恨不得立刻脱手，可武毅也是这么想的吗？如果他真这么想，那他为什么没有出现在京城？他现在在哪里？

武家的核心力量虽然在漠北，京中也有几个能派上用场的，顾千城最近就接手了这批人。她派这批人去查武芸之死，又让他们去查京城那些出身名门的闺秀和君亦安最近的动向。

不查不知道，一查吓一跳。顾千城没有想到，想嫁给秦寂言的女人竟然那么多！京中凡是三品以上官家的嫡女，都想在七夕宴上大放光彩，好入秦王殿下的眼，而有资格参加的闺秀足足有三位数之多，其中符合太子妃条件的人就有二十几位。

顾千城承认，得知这些消息，她挺不高兴的，有一种自己的东西即将被人抢走的感觉。

顾千城将手上的东西一丢，揉了揉酸痛的眉心："我果然越活越回去了，明知不可能的事，居然还在这里生闷气，简直都不像我了。"

"顾千城，冷静一点儿，你明明知道他不可能选别人，还不安什么？七夕那天秦寂言很忙，根本不会有时间选妃，就算皇上强塞个女人给他，他也不会接受……"

不管顾千城有多不高兴，七夕宴如期而至。

在七夕宴前两天，封夫人与言夫人分别来信，问顾千城要不要参加七夕宴，她们家里没有适龄的女子，可以带顾千城一起出席。

顾千城毫不犹豫地拒绝了。别说秦王殿下给她安排了任务，就是没有，她也不会随封夫人和言夫人参加七夕宴。一旦这样做了，她成什么了？——封家准少夫人？还是平西郡王府未来的世子妃？

封夫人和言夫人对顾千城的拒绝十分惋惜，却能理解。七夕宴就是拿来相亲的，今天相亲的主要对象是秦寂言，顾千城不想参加也正常。凭她的身份，就是表现得再好，老皇帝也不会把她指给秦寂言，急巴巴地跑去参加，反倒显得急功近利。

封家小弟得知顾千城不参加七夕宴，十分讲义气地跑来顾家陪她："千城姐姐，没有人陪你过七夕，我陪你。以后你要是嫁不出去，等我长大了，我娶你。"

"小鬼，你想太多了。"顾千城看着他那肉嘟嘟的包子脸，忍不住捏了一把，"你千城姐姐我还会嫁不出去？就算嫁不出去，我也不会嫁你。"

"为什么？"封家小弟气鼓鼓地看着顾千城。

"你太小了，我不喜好小孩。"顾千城拍了拍封家小弟的脑袋，完全是哄小孩的语气。

封家小弟气鼓鼓地说道："我会长大的。"

"等你长大，我都老了。"顾千城没打算和一个小鬼讨论她嫁不嫁人的问题，看天快黑了，便准备把他送回封家。

封家小弟一听，想也不想就摇头："不要，我不回去。千城姐姐，我是来陪你过七夕的。"他之前就想来看千城姐姐，娘一直不同意，说顾家不比以前，他不宜上门。今天好不容易磨得娘松了口，他才不要这么早回去。

"你已经陪我过了七夕，天快黑了，再晚了外面不安全。"顾千城对封家小弟一向有耐心，可她今天晚上还有事要做，实在没时间哄孩子。

"七夕不是晚上一起过的吗？天黑了，我就在你家睡，我不回去，反正我是小孩子。"封家小弟抱着小雪貂耍赖不肯走，而他怀中的小雪貂也十分配合，吱吱叫个不停。

"千城姐姐你看，连小雪貂都不想走呢。"封家小弟举起小雪貂，眼巴巴地看着顾千城，小模样不知多可怜。

如果是平时，顾千城肯定妥协了，可是今天真的不行。

"延宸，我晚上有事情要办，你留在这里不安全。"和守卫森严的封家相比，顾家就是破屋草房，到处都是漏洞。顾千城真不放心把封家小弟一个人留在顾家，万一出了事，她拿什么跟封家交代？

封家小弟听到顾千城说晚上有事要办，便不再多言，乖乖等顾千城送他回去。

顾千城交代了一声，便与封家小弟一同外出。等顾家老太爷得知此事，二人早就走了半天，他想安排封家小弟与承志一同吃饭的计划自然也落空了。

顾千城将封家小弟送进封家时，碰到了封老爷子。老爷子见到顾千城，一点儿也不意外，好似专门在等她。不过，老爷子也没有多说，只告诉她，如果有事就来封家找他，他今晚都会在家里。

顾千城一脸诧异地看着老爷子，有心问一句，老爷子却不给她机会，直接打发下人送顾千城出去。

顾千城走后，封老爷子召来身边的人问了一句：“皇太孙殿下可在宫里？”

“在，皇太孙下午进宫后，一直没有出宫。”角落里，一灰衣老仆走了出来，低声说道。

“景炎呢？”老爷子又问。灰衣老仆没有思索，飞快地答道：“皇太孙代景大人拒了帖子，说是景大人没空参加七夕宴。”

“下去吧。”老爷子挥了挥手，就算知道秦寂言针对景炎又如何？天家的事他管不了，也不能管。

顾千城直到走出封家，还在想封老爷子的话，她总觉得封老爷子似乎知道了什么。

顾千城还没有想出个所以然来，暗卫就急急禀道：“顾姑娘，目标有异动，似乎在准备逃走。”

“带人围起来，我现在就过去。”顾千城听到目标出了问题，立刻让车夫停下，然后跃上马背，直接将马骑走。

今天是七夕，宵禁比平时晚两个时辰，除了宫中的七夕宴，外头也有许多活动，有不少男男女女都会在今晚出门游玩。

街上熙熙攘攘，十分拥挤。顾千城骑马来到主干道，就被堵在外面过不去。顾千城想也不想就下了马，穿过人流，朝城北的摘星楼走去。

摘星楼是最近崛起的销金窟，在市井间名声不大，只在权贵子弟间流传。摘星楼的姑娘，不似青楼女子那般，一点朱唇万人尝。你若看中哪个姑娘，她便只属于你一个人，在你没有厌倦前，绝不会有第二个客人。此外还有各式消遣，比如赌——赌台上人的生死。

没错，摘星楼每晚都会有斗人和斗兽的赌局。人与人打、人与兽打，由你押谁胜谁败。胜的人活下来，败的人死在台上。

摘星楼血腥、暴力、刺激的赌事，引得京中一干纨绔子弟沉迷不已，短短半年，就成了京中权贵子弟最爱的消遣场所。

今晚，京中稍有权势的未婚公子、少爷，都受邀参加宫中的七夕宴，摘星楼也因此比平时冷清了许多，顾千城带人出现时，大厅里只有寥寥数人。

顾千城一行十九人，每个人都是一身黑衣，从头包到脚，就连顾千城也不例外。这么特别的一行人，一出现就引来厅中数人注意，有人好奇地问道：“你们是什么人？闹事的？”

“摘星楼的老板在哪里？”顾千城开口，声音清冷，隐含杀气。

“女的？”顾千城的脸被黑布遮挡，没有人能看清她的容貌。

能来摘星楼的绝对是有钱有势的公子，一见顾千城一行人的打扮，就知来者不善。他们虽然想看热闹，却不想把自己搭进去，见顾千城杀气腾腾地找老板，这些个少爷公子一个个后退，将中间那片地方让了出来。

此时，有一红衣女子，妖娆万千地从二楼走下来：“哪位找我？”红衣女子缓步从台阶上下来，眼神落在顾千城身上，上下扫视一眼，妩媚地说道：“咦，是个姑娘呢，莫不是来找相公的？”

顾千城没有说话，抬眸扫了对方一眼：红衣女子五官精美得不似人间该有，那一双水汪汪的眼笑不笑都含情，俏挺的琼鼻，粉嫩的红唇，全身无一处不带着诱惑的气息。

“她就是摘星楼的老板，摘星姑娘。”角落里，有一个纨绔公子大胆地开口。

摘星妖娆万千地走到顾千城面前，落落大方道：“我就是摘星楼的老板，不知姑娘是谁？找我有什么事？”

“摘星楼的老板？”顾千城没有抬头，与黑色夜行服连为一体的宽大帽子，将她整张脸都遮住了，没有人能看清她的长相，就连站在她面前的摘星也一样。

顾千城淡然开口：“既然你是摘星楼的老板，那就好办了。来人——把人抓起来。”

顾千城挥手，身后立刻有四个拿着枷锁的大汉上前。

“等等……”摘星后退一步，不满地说道：“这位姑娘，莫不是你家男人不肯随你回家，所以来找我的碴儿？”

顾千城闻言，既不反驳，也没有进一步的动作，就那么静静地站在那里，而她身后拿着枷锁的大汉也同样没有动。

摘星刚开始还能扬起骄傲得意的笑，渐渐就觉得不对劲了：“这位姑娘，你到底要做什么？再不开口，别怪我不客气。”

想到今晚私下的行动，摘星越发地不安。

“你想怎么不客气，摘星姑娘？”顾千城估摸着时间差不多了，抬头取下头上的帽子，露出那张虽不算绝色却足够精致的脸。

“你……顾，顾千城？你怎么会来这里？”摘星看到顾千城的脸，立刻叫出她的名字，水汪汪的眸子里闪过一丝嫉妒。

“摘星姑娘认识我？”顾千城本以为，认出她的会是那些纨绔少爷，没想到会是摘星。

摘星一喊出顾千城的名字就知道糟了，可惜说出去的话，泼出去的水，她根本无法收回。

听到顾千城反问，摘星飞快地掩去眼中的嫉妒，压下心中的不安与慌乱，一脸娇媚道：“奴家曾远远地见过顾姑娘一眼。顾姑娘风姿不凡，奴家只需一眼，便再也忘不掉了。”

“摘星姑娘半年前才出现在京城，而半年前……本姑娘不在京城，不知摘星姑娘什么时候见过我？”顾千城说话间绕着摘星走了一圈，“像摘星姑娘这等尤物，本姑娘见了，必然不会忘记。”

“顾姑娘贵人事多，怎么可能记得我这种小人物。”摘星脸上的笑容有几分僵硬，被顾千城用看货物的眼神打量，她深感侮辱，语气不自觉地透出几分火药味。

“能搅得京城不得安宁，摘星姑娘可不是什么小人物。”顾千城站回原位，朝身后手持枷锁的大汉招手，“还愣着干什么？拿下。”

“是！”黑衣大汉再次上前，摘星忙道：“慢着——”不过这一次，手持枷锁的黑衣人没有给绝色美人面子，猛地扑上前去。

“顾千城，你别太过分！”摘星脸色一变，一拂袖，后退数步，避开了黑衣大汉，却发现自己身后突然冒出数人，将她团团包围起来。

“这，这是怎么回事？”看热闹的少爷公子，本以为是普通人闹事，没想到来人居然是在京中声名大振的顾千城。

“顾姑娘，出什么事了？我，我们只是来玩，没有干坏事呀。”有胆小的人怕得罪秦寂言，出声询问。

摘星听到这话，秀眉一挑，冷傲地问道：“就是，顾千城你这是什么意思？我摘星楼可是合法经营，你带人前来闹事，不怕我告你吗？”

“告我？”顾千城冷冷一笑，随手掏出一块红色令牌：“六扇门办案，你确定还要告我吗？”

“六，六扇门办案？”纨绔少爷们虽然不务正业，却也知道六扇门是怎样的存在。

“没错，六扇门办案，你们还有问题吗？有问题可以直接问，六扇门解决不了，皇太孙殿下也会解决。”顾千城像是嫌六扇门的分量不够重，又拿出一块玄色令牌，上面只有一个“秦”字，“这块令牌，想必众位不会陌生吧？”

“殿，殿下……”这些纨绔就算没见过这块令牌，也知道这块令牌代表了什么，赶紧扑通一声跪了下来。

“通通下来，双手抱头，靠墙站好，有问题让你们爹娘去六扇门说。”顾千城晃了晃手中的令牌，示意楼上、楼下的纨绔大少们，按她的要求一一站好。

“是，是。”刚刚还在看热闹的大少们，此时一个个乖得像鹌鹑，老老实实地站好，没人敢表露半分不满。

顾千城半分面子也不给，对身后的黑衣人道：“把人带回六扇门，记下名字，明天通知他们家的人，带着银子到六扇门赎人。”抓嫖，不罚钱怎么行，她可不想白忙一场。

顾千城身后的黑衣人，有一半是她的护卫，另一半则是六扇门的捕快。捕快闻言立刻出列，将角落里的纨绔大少们一一押走。

这些人走后，偌大的摘星楼只剩下一群姑娘，顾千城收起令牌，打了个响指：“来人，搜——”

话音未落，从屋外突然冲进一支身着铠甲的重兵。

“怎么回事？”摘星脸色大变，贝齿轻咬红唇，“你，你们到底要做什么？”

“查封摘星楼，摘星姑娘还没看明白吗？”顾千城扭头，眼神落到一旁的椅子上，身后的护卫立刻将椅子搬来，放在顾千城身后。

顾千城优雅地落座，看也不看摘星，只道：“好好搜，一只老鼠也不许放过，挖地三尺也要把东西找出来。”

“是！”重兵涌入摘星楼，飞快地散开。

摘星只能看着，无力阻止。她知道，顾千城一定是查到了什么。

这倒没什么，最让摘星震惊的是：“怎么可能？你们怎么可能进来？”摘星楼的护卫呢？全不见了吗？

“你在找摘星楼的护卫吗？”顾千城不需要摘星开口，就明白她在想什么，“不用找了，你以为我刚刚为什么一直不动你？”

"你，你故意拖延时间。"摘星一脸惨白，含情脉脉的眸子里，此时只有杀意与愤怒。

"摘星姑娘果然聪明，可惜聪明人都不长命。"顾千城眼眸一扫，对大厅内的护卫道，"你们还愣着做什么？把摘星拿下。"

"就凭你们也想拿下我，做梦！"摘星见事情败露，也不再装，利落地将碍事的裙摆扯掉，抽出缠在腰间的软鞭。原来她腰间的红腰带就是她的武器。

火红的鞭子如同游龙，朝顾千城的面门抽去。

"哼……"顾千城冷哼一声，一动不动。

顾千城不动，并不表示摘星能伤她。顾千城身后的护卫上前将鞭子格开，与摘星缠斗起来。

与此同时，宫中的七夕宴也达到了高潮，只是这高潮与众人期待的有所不同……

之前传出秦寂言要在七夕宴上选妃，因此今年的七夕宴水准十分高，上场的闺秀皆不俗，其中又以皇后娘家的姑娘为最。别说皇后娘娘，就连老皇帝也非常满意。

"寂言，皇后娘家这孩子不错。"老皇帝扭过头，对身侧的秦寂言道。

"皇爷爷说得是。"秦寂言没有反驳，也没有顺着赞美，另一侧的皇后听到这话，暗自叹了口气。

老皇帝听到秦寂言这话，却十分高兴，觉得秦寂言和他的眼光一样，见秦寂言没有反驳，老皇帝也想抬举一下皇后，便道："来人，赐玉……"

老皇帝的话说到一半，突然听到哐当一声巨响，坐在左侧下首的周王世子猛地发狂，将面前的案桌掀倒。

"秦寂言的妻子？哈哈哈……我要杀了她，让他娶不到妻子，让他与满朝大臣为敌，让他一辈子没有正妻。"周王世子不知从哪里摸出一把匕首，猛地蹿上台，在众人都呆愣时，一刀捅向台上的姑娘。

"啊——"台上的姑娘正是皇后娘家的人，准备送进秦寂言后院，被家族寄予厚望。就是这样一个前途无量的女子，竟然被周王世子一刀捅死了。

尤为惊人的是，周王世子杀了她后，没有停下，而是举起刀子，朝席上其他的姑娘刺去："想与秦寂言联姻？你们做梦！本世子不会同意！我要把你们都杀光，让你们没有办法和秦寂言联姻，让你们恨秦寂言！哈哈哈……恨他，把他拉下来。我才是皇太孙，我才是皇太孙……"

这突如其来的一幕，把众人吓蒙了，谁也没想到，周王世子竟敢在席上杀人，还说出这样的话来。

"天呀！"皇后大受刺激，当场就晕了过去。

"护驾！"秦寂言起身，挡在老皇帝面前。

"混账东西，你疯了？"老皇帝亦吓了一大跳，要不是秦寂言护在他面前，估计会被吓出病来。

周王世子完全听不到外界的声音，挥舞着带血的匕首冲向人群。

“啊啊啊……”一干贵女吓得哇哇大叫、满场逃窜，再无形象可言。

“快，快制住世子爷，别让他再杀人，也别伤了世子爷。”席上的男子反应过来，飞快地大喊，可周王世子手上有刀，谁敢上前？

“快，拦下他。”周王脸色煞白，他知道自己完了。他飞快地看了老皇帝一眼，果然看到老皇帝气得双手发抖，秦寂言则早早地护在老皇帝身前，一副舍身救驾的模样。叔侄二人视线相交的那一霎，周王明白，他被秦寂言算计了。这件事就算不是秦寂言所为，他也绝对是知情者。

该死！周王忍不住低咒一声，可惜此时说什么都晚了。

周王世子不知受了什么刺激，一时间力大如牛，而且不怕死，挥着匕首胡乱砍杀，已经有好几个人被他所伤。宫中的侍卫及时反应过来，涌上前将周王世子拉开。可是周王世子的力气却大得出奇，又划花了三个姑娘、一位公子的脸。

“啊，我的脸，我的脸……”受伤的姑娘惊恐地大喊，尖叫声、哭喊声交织成一片。

周王世子被制住后，众位夫人冷静下来，纷纷寻找自己的女儿。而那些受了伤、毁了容的女子，被家人抱着痛哭。

老皇帝被众人的哭喊声闹得头大，可犯错的是他孙子，他又不好对那些人吼，只好朝周王发火：“这到底是怎么回事？老四，你教的好儿子！”

扑通，周王笔直地跪下：“父皇恕罪，云宣他……他定是中了毒，才会发狂，恳请父皇明察。”云宣就是周王世子。

“中毒？整个宴席上大家都吃了东西，怎么就他一个人中了毒？”老皇帝根本不接受这个解释。

周王世子一直住在宫里，周王说世子中毒，不就是说老皇帝没有照顾好他嘛，老皇帝会承认才有鬼。

秦寂言心知皇上心里怎么想，很淡定地补了一句：“皇爷爷，云宣手上的匕首是哪来的？”

“对，匕首。你儿子参加七夕宴，居然随身携带匕首，他这是想做什么？杀了朕，杀了寂言，好让他做皇太孙？就凭他那个样子，也想做皇太孙？朕就是把皇位传给宗室之人，也不会传给他！”老皇帝真是气狠了，对周王和周王世子也厌恶到了极点。

“父皇恕罪，云宣他不是这样的人，今天实在不寻常，恳请父皇明察。”周王嘭嘭嘭地直磕头，把脑袋磕破了也不肯停下来。

这罪，他说什么也不能认。认了，不仅会失去帝心，还会得罪在场的文武大臣，到时候他就真的完了。

秦寂言这一招，真的好毒！

周王的母妃淑妃娘娘绝不是一个笨人，回过神后，立刻随周王一起跪在地上，向老皇帝求情：“皇上，云宣他一向乖巧，绝不会做出这样的事情，还请皇上明察，还云宣一个公道。”

周王母子如此卖力地求情，并非为了求得皇上的原谅。周王现在只希望，老皇帝看在云宣是他孙子的分上，不要现在定罪，而是将此事查清，让在场的官员不要把仇记到他身上。

老皇帝当即拍板："这件事一定要查清楚。胆敢扰乱七夕宴，你们很好，很好……"

"父皇英明，万岁万岁万万岁。"周王一脸感激地叩拜，淑妃亦是一脸感动，结结实实地磕了个响头。

秦寂言淡漠地收回视线，不等老皇帝将两人叫起，便道："皇爷爷，宴席上有不少人受了伤，不如先请太医过来，周王叔说云宣中了毒，也要尽快诊治才是。"

他倒要看看，太医当众诊治，确诊云宣没有中毒，周王与淑妃要如何圆场。

周王和淑妃闻言，皆是眼前一亮，他们同样希望太医现在就来给世子诊断。不过，他们的目的与秦寂言恰恰相反，希望太医当众确认云宣世子是中了毒。

听到秦寂言这话，老皇帝点了点头，让人宣太医过来，同时让人把皇后送回宫。

"围起来，任何人不得靠近。"秦寂言直接下令。老皇帝不仅没生气，反而赞许地点头。

三十年河东，三十年河西。他秦寂言一向记仇，他可没有忘记去年七夕周王叔与赵王叔是如何联手陷害他的。当时要不是有顾千城在，他就算不会获罪，也会被皇上厌弃。

周王起初还不觉得有什么，现在看秦寂言主动维护现场，心中暗道不好。周王给淑妃使了个眼色，示意她在现场弄点儿"证据"，好证明云宣世子确实被人下了毒。

只一个眼神，淑妃就明白了周王的意思，看了一眼身后的贴身嬷嬷。那嬷嬷趁人不注意，悄悄落到人群后面。

秦寂言见状，看了一眼角落里的一个小太监。那个小太监看似怯弱，却有十分了得的记人本事，不管什么人，他看过一眼就能记住。这个小太监凭借这项独特的本事，成了顾贵妃的心腹。

小太监扫了一眼，立刻就发现淑妃身边少了一个人，小太监悄悄上前，拉着顾贵妃的宫女说了一句，那宫女趁无人注意时，又跟顾贵妃说了。顾贵妃轻轻点头，飞快地扫了淑妃与周王一眼，不等他们发现便收回视线，侧身对自家的宫女说了两句话。

今晚参加宴会的夫人、小姐们很快就被安顿好了，受伤的待在一块，没有受伤的则在另一边，因为周王一口咬定云宣世子中毒，所以在事情没有查清楚前，众位夫人暂时还不能离开。

太医很快就到了，一共六人。医术最好的太医，自然是去给周王世子诊治。这位太医姓苏，深得老皇帝信任，老皇帝命他给周王世子诊治，是怕别的太医动手脚，掩盖事实。

苏太医为周王世子诊断后，说道："回皇上的话，云宣世子并无大碍，只是太过疲累，加上受了重击才会晕过去，待老夫扎一针就能醒来。"

周王一听，猛地上前，因为步子太急，一不留神将身侧的烛台带倒，火油洒了一地，火花溅在身上，衣袍闪着火星。可是周王已顾不得这些，急忙悲愤地大喊："不可能，不可能！云宣他肯定中毒了，父皇……"

"怎么可能？"苏太医听到这话，愣了一下才反应过来，"云宣世子这脉象，不像是……"

他的话还没说完，淑妃娘娘就急切地大喊："庸医，你这庸医……"

周王亦是怒火中烧，冲到苏太医面前，抬手就朝苏太医的脑袋砸去。苏太医吓蒙了，幸亏一旁的侍卫反应快，及时救下苏太医。

“王爷，请息怒。”侍卫挡在苏太医面前，虽然害怕，身板却挺得笔直。

“胡闹，简直是胡闹！”老皇帝看到这一幕，气得差点儿吐血。

周王脸色一白，再次跪下：“父皇，冤枉呀，儿臣冤枉呀。”

“皇上，云宣他平时根本不是这样的人，这次突然发狂，倘若不是中毒，怎么会……”淑妃说到这里突然销声，惊恐地看着秦寂言，“是你，是你！皇太孙殿下，是你对不对？是你害了云宣，一定是你！”

淑妃想到自家孙子发狂的样子，死死地握住手，愤恨地瞪向秦寂言。云宣发狂的样子，和北齐人所说的花期之毒发作一模一样，而花期是她为秦寂言准备的毒药，可恨秦寂言没有中毒。

“是你，一定是你，是你报复我对不对？皇太孙殿下，你……好狠的心呀。云宣是你堂弟，你怎么可以，怎么可以呀。”淑妃指着秦寂言，失声痛哭。

“淑妃娘娘，你在说什么？本王听不懂。”面对淑妃的指控，秦寂言连眉头都没有皱一下。

淑妃在指责秦寂言时，就知道自己说错了话，可惜，为时已晚。她只得硬着头皮说下去：“秦……皇太孙殿下，你不要再装了，是花期，你给云宣下了花期对不对？殿下，你实在太恶毒了，云宣只是一个小小的世子，他根本不可能和你争什么，你就不能放过他吗？”

淑妃这么说，是存了牺牲自己，拖秦寂言下水，保住周王的打算。

淑妃又哭又喊，句句指向秦寂言，将众人的注意力都拉到秦寂言身上。面对众人，包括老皇帝的打量，秦寂言面不改色，待到淑妃说完才问了一句：“淑妃娘娘，花期是什么？”

花期是什么？这是一种让人致狂的毒药，就像鲜花绽放一样，能够让潜藏在人性深处的狂躁与暴虐瞬间爆发出来，做出自己也无法预估的事。

“花，花期是……”淑妃张嘴，一副欲言又止的模样。她能告诉皇上，她给秦寂言下过花期，但秦寂言没有中招吗？

老皇帝见局势朝着自己看不懂的方向发展，脸色越发地阴沉，见淑妃支支吾吾，顿时气不打一处来：“淑妃，朕也想知道花期是什么。你怎么知道花期的？你又如何知道，今晚的事与寂言有关？”

淑妃跟了老皇帝数十年，深知其性情多疑，当下并不回答他的话，而是不停地哭，就好像害怕事情被拆穿一样。

老皇帝看了淑妃一眼，没有再逼她，而是问苏太医：“花期是什么？”

苏太医扑通一声跪下：“回皇上的话，臣曾在医书上看到过记载，花期是一种能让人致狂的毒药。”

“是吗？”老皇帝瞥了秦寂言一眼，见他一脸平静，连解释的意思都没有，一时间也拿不准今天的事到底是不是秦寂言做的。

其实，今天的事就算是寂言做的，他也会帮寂言抹平。和大秦未来的皇帝相比，云宣的分量太轻了，如果要牺牲一个人，老皇帝自然选择牺牲周王一家，保全秦寂言。

老皇帝心思百转，面上却是不显，淡淡地问道：“中了花期有什么症状？世子可是中了花期？”

“中了花期之毒，会突然发狂发躁，力气比普通人大许多，做出一些暴虐血腥的事，精神会比正常人亢奋，云宣世子……”苏太医如实说道。不等他说完，周王就急急地接话：“父皇，云宣的症状和苏太医说的一模一样，云宣是真的中了花期，求父皇还他一个清白。”

周王说这话时，特意剜了秦寂言一眼，就差直接说秦寂言是凶手了。

老皇帝没有说话，而是看向秦寂言，似乎在等他解释。秦寂言却像没有发现一样，站在那里完全没有说话的打算。一瞬间，大殿异常安静，众人都在等，等着看是皇上还是秦王殿下先开口。

“中了花期之毒不仅会发狂发躁，还会七窍流血，症状明显。起初不会致命，随着毒性一次次发作，流出的血越来越多，中毒者最终会失血而死。”一道女声打破殿中诡异的安静，众人顺着声音望去，就见一身紫衣的君亦安从人群后方走了出来。

君亦安无视殿中其他人的打量，朝老皇帝盈盈一拜：“皇上，我可以肯定，云宣世子没有中花期之毒。”

“你胡说！”周王的眼珠子都快凸出来了。君亦安完全不将周王放在眼中，神色淡然道：“皇上，我以药王谷的名声作保，云宣世子没有中花期之毒。”

此言一出，众人皆满脸震惊地看着君亦安。

“君姑娘，你说的话不可信。”不等老皇帝开口，淑妃就先一步道，“世人皆知，君小姐爱慕皇太孙，你能说出这样的话，再正常不过。”

君亦安转身看了淑妃一眼，落落大方道：“我不否认自己爱慕皇太孙，但我是药王谷君家的人，断不会拿药王谷的声誉开玩笑。皇上，你若不信，可以再问问这位太医，云宣世子到底有没有中毒。”

她拿出来的本就不是什么毒药，太医纵有通天本事，也查不出来。

老皇帝转头看向吓得脸色发白的老太医：“苏太医，你说……”

苏太医老泪纵横，哽咽着说道：“回，回皇上的话，君姑娘说得没错，云，云宣世子真的没有中毒，皇上可请其他几位太医会诊，老臣不敢胡言。”

众太医一一把脉之后，相视一眼，齐声说道：“皇上，云宣世子没有中毒。”

周王和淑妃脸色煞白，淑妃身子一晃，险些摔倒。

老皇帝厌弃地看向两人：“老四、淑妃，你们还有什么好说的？”

“父皇，儿臣冤枉呀。”周王此时只能喊冤，他现在只希望淑妃在宴席上的安排没有问题，不然他就惨了。

“皇上，皇上，臣妾，臣妾……”淑妃身子一软，就往前栽倒，可就在她倒下的瞬间，耳边传来秦寂言的声音：“淑妃娘娘，你先别晕。本王数日前在六扇门险些中毒，不知此事与淑妃有何关系？”

“殿，殿下……”淑妃万万没想到，她都把自己牺牲了，还是没能拉秦寂言下水。

秦寂言无视淑妃的可怜样，一脸淡漠地开口：“当日本王抓了两条狗试毒，症状与苏太医所说的一模一样。淑妃娘娘，你的花期是哪里来的？”

秦寂言比淑妃更犀利，直接坐实了她的罪名。

“不，不，我不知道，我什么都不知道，我也没有下毒，求皇上明察。”淑妃矢口否认，周王有心帮忙，却不知如何开口。

秦寂言一改刚刚的沉默，咄咄逼人道：“淑妃娘娘，据本王所知，花期这种毒药产自北齐，不知淑妃娘娘如何拿到了北齐的秘药。”

这句话……信息量十分大。

老皇帝一听，眼睛瞪得滚圆：“北，北齐？”国库失银一事，老皇帝就怀疑与北齐有关，只是怎么也查不出是谁勾结了北齐，现在……

“你，你果然是朕的好儿子！”老皇帝眼中的失望与悲伤，似要溢出来。

赵王勾结西胡，他还能自欺欺人地说，这个儿子长歪了。现在周王勾结北齐，他还能说什么？

“父皇，不是的，事情不是这样的。寂言，你，是你陷害我对不对？我什么也没有做，父皇，你要相信我呀。”周王根本不敢承认，跪爬到老皇帝的脚边，抱着老皇帝的腿失声痛哭，“父皇，你要相信儿臣，儿臣绝不会做出这样的事。这是阴谋，这一定是阴谋。父皇，儿臣求您明察，还儿臣一个清白呀……”

周王吃定老皇帝找不到证据，有恃无恐地喊冤，把所有的事都推到秦寂言头上。淑妃见状，也爬到老皇帝面前：“皇上，臣妾冤枉呀，臣妾只是在书上看到过关于花期的记载，见到云宣的症状，这才想到花期。皇上，您要相信臣妾呀……”

周王和淑妃哭得悲天动地，皇上被两人哭得头痛，正欲叫人把他们拖下去，就在此时，有个侍卫进来禀道：“启禀皇上，卑职在主殿外抓到两个形迹可疑的宫人，她们身上皆带有不明药物，卑职不敢擅自做主，请皇上示下。”

老皇帝眉头一皱，眼中闪过一抹烦躁，却强打精神道：“把人带上来。”

“是。”侍卫转身出去拿人。

殿中所有人都在等侍卫带人进来，唯有秦寂言心不在焉地看向殿外：唉，也不知千城那里怎么样了……

顾千城表示非常不错，摘星楼果然是个值得来逛的地方，而摘星姑娘也是一个极有趣的姑娘。

此时，“可爱的”摘星姑娘已被顾千城带来的人拿下。顾千城看到摘星眼中毫不掩饰的恨意与嫉妒，挑了挑眉，想了想，还是问道：“摘星姑娘，我以前见过你吗？”

“没有。”摘星回答得很爽快，顾千城更诧异了：“既然没有见过，你嫉妒我什么？”

“嫉妒？我需要嫉妒你吗？”摘星一脸高傲地扫向顾千城：“论长相，你不及我千分之一；论气质，你不及我万分之一。就你这样的人，我需要嫉妒吗？”

听到摘星的话，顾千城连眉头都不皱一下，只对黑衣人道：“把人带回去。”

解决完摘星这个麻烦后，顾千城带着黑衣人开始搜查摘星楼。摘星楼大厅也就罢了，里面却是富丽堂皇、极尽奢华，回廊的柱子与栏杆全贴着金箔。

“果然是销金窟。”顾千城啧啧称奇，暗叹摘星楼背后的主人嚣张，同时也赞它的背景果然强大。

先前进去的一批人，很快就抬着成箱的金银珠宝出来了，还有一小匣子银票，最小的一张也是百两的面额。

顾千城看了一眼，兴致缺缺地移开眼睛：“继续搜。”

黑衣护卫退下，不多时暗卫跑了过来，兴奋地禀道：“姑娘，发现了一间密室，里面有些东西。”

“过去看看。”顾千城示意暗卫带路。

摘星楼的密室不难找，通道就在后院的厨房里。密室入口没有台阶，只有一根长长的绳子。顾千城用衣袖包着绳子，轻轻一跃就跳了下去。

密室只有十余平方米，很空，地上有几块散乱的木板，没有移动的痕迹。

顾千城上前捡起一块木板一看：“画板？”

“前朝大家的画作，不是什么名画，却也售价不菲。”秦王殿下身边的暗卫十分了得，“姑娘，这里还有些画卷。”

暗卫拖出放在角落里的画卷，将其打开。

里面的画卷早已做了磨旧处理，无论是纸张还是卷轴，都极具年代感，上面几张卷轴都已经做好了，粗略看去，着实有几分旧物的感觉。

“古画造假？”顾千城拿起卷轴，无声地冷笑，“去查查颜料放在哪里。”

一行人离开密室，继续查找起来，只是除了这间密室，暗卫与黑衣人再也没有发现别的可疑之处，摘星楼的布局很简单，很快就被翻了个底朝天。

“什么也没有。”

“找到一些作画用的颜料。”

“发现了浸泡画纸的药剂。”

“屋内有许多木料，像是做卷轴用的。”

“有很多破损的画轴。”

“屋内只有颜料，什么也没有。”

……

他们查来查去，发现这摘星楼居然是一个做假画的窝点，除此之外什么也没有找到。但他们今天，可不是来抓假画头子的……

顾千城看众人像是霜打的茄子，安慰了一句：“没有查出线索，不是你们失职，而是这里本就没有东西可查。”

“可是……”今天的动静这么大，要是没有收获，他们如何交差？

“没有可是。”顾千城冷声打断，“不是每一次付出都有收获，找不到东西很正常，真要每次行动都有收获，那才叫奇怪。”

“把摘星楼的人全部带上来。”顾千城回到大厅，思索着自己可能遗漏的线索，或者其他的东西。她总觉得自己遗漏了什么，一时却想不起来。

黑衣护卫很快就将人全部带了过来。摘星楼是个玩乐的地方，表面上是普通的青楼，暗地里却是赌场、搏斗场。摘星楼除了年轻漂亮的女子，还有许多猛兽与打手。

仿造古画是一门精巧的技艺，不是什么人都会的，明显摘星楼这些千娇百媚的姑娘做不到；至于那些耐打的大汉就更不用提了，他们的手就不是刻画板的手。

“还有人，他们可能在四十岁以上，至少有一人手上有很多细纹，另外还有一人双手粗糙显老。摘星楼里还有旧画是吗？”顾千城轻敲着脑袋，在原地走来走去，语气有些激动。

“要修复旧画，需要揭画芯，这也是技术活儿，不是一般人能做的。具体有多少人我也不知，你们去找……看看是跑了还是躲起来了。”

“是。”护卫扫了一眼在场的人，发现这些人确实不可能仿制古画。

顾千城突然道：“对了，还有……既然这里有厨房，那么厨房的人呢？”

“姑娘说得是，厨房居然一个人都没有。明明有客人上门，可全是冷锅冷灶，这根本不合理。”护卫们受了提点，眼前一亮。

顾千城赞许地点头：“去地下赌场看看，如果要藏人的话，也只有那里可以藏人。”

“姑娘，我带人去查。”暗卫主动请缨，却被顾千城拦住：“你还有任务，这里交给他们就行了。”

顾千城让护卫把摘星楼的人全部绑好，再去查找漏网之鱼，然后吩咐暗卫：“去查一查摘星楼附近的木料厂，还有颜料的来源。”这些事也只有暗卫能在第一时间查到。

当然，真正干活儿的必然不是暗卫，而是锦衣卫。

暗卫领命，留下两人保护顾千城，其余人都出去了。

暗卫知晓凭自己的本事，短时间内不可能查出顾千城要的东西。虽然知道找上锦衣卫，一定会被对方嘲笑，还是硬着头皮找上门。

锦衣卫收到命令，按顾千城的要求，去各个颜料店和木料坊找人，果然从一间小作坊的枯井里找出八个人，还在他们身上搜出好几块画板。锦衣卫立刻联系暗卫来接人。可是，信号发出去半天也不见暗卫过来，锦衣卫担心出事，立刻派人去寻暗卫。

凭借暗号，锦衣卫很快寻到暗卫，只是他们在看到暗卫的同时，也看到了……

帝医风华 下

DIYI FENGHUA

③ 长生秘方现元凶

阿彩 著

青岛出版社
QINGDAO PUBLISHING HOUSE

第二十一章
摊牌，要大秦崩塌

一地的黄金！

“这，这是怎么回事？”这一地黄金，在火光的照射下炫目得刺眼，锦衣卫都快傻了。

“发现大案子了。”暗卫知道今晚的行动，看了锦衣卫一眼，歉意地说，“我们通知上头的人过来，你们可能要避一避。”

锦衣卫的功劳，他们要占了。

没有办法，有老皇帝在，秦寂言不可能光明正大地用锦衣卫的人。

“我通知兄弟们撤，你带人过来接手，我们找到了你要的人。”锦衣卫浑不在意。

暗卫与锦衣卫飞快地交接好，顾千城过来时，锦衣卫已全部撤离。

现场保持原样，顾千城一进来，就被那一地的黄金刺得眼睛疼，眨了好半天才适应。

她接过暗卫递来的刻板，虽然不是银票的刻板，不过做工极好，做刻板的师傅技艺之精湛可见一斑。而且他们顺着这些线索，找到了这么多黄金，足以证明摘星楼有问题。

顾千城看了一眼被暗卫制服的人，没有盘问，直接让官差把人带走。

“来人，去宫里通知皇太孙殿下！”顾千城展颜一笑，她要把秦寂言从七夕宴上解救出来。

众人见侍卫将一位嬷嬷和一名宫女带了进来，顿时瞪大了眼睛，一副难以置信的表情。

“这不是淑妃娘娘和贵妃娘娘的人吗？”不知哪个开口说了一句。

淑妃死死地看着自己的心腹嬷嬷，眼中闪过一抹惊慌，不过很快就冷静下来。她相信，她的人绝不会出卖她。

淑妃的目光落到另一个宫女身上，看清楚那个宫女的样子后，淑妃的眼睛猛地瞪大，扭头扫向顾贵妃：“顾贵妃，是你……害了云宣？”

“这是怎么回事？”顾贵妃整个人都慌了，她早已把剩下的药烧了，包药的纸也烧了，那丫鬟身上的药包是从哪来的？她被心腹出卖了？

顾贵妃想也不想就否认：“不，我不知道，不是我，我什么也没有做。”

“不是你还有谁？那人是你的贴身大宫女，一向只听你的话。贵妃娘娘，你好恶毒呀！”淑妃咬死顾贵妃不松口。

周王也不会放过这个机会，指着顾贵妃，愤恨而隐忍地说：“贵妃娘娘，你为什么要这样对云宣？云宣要是得罪你了，我代他给您赔礼道歉，你怎么能给他下药呢？”

“不是，皇上，我什么都不知道，请您相信我。”顾贵妃反应过来，扑通一声跪在皇上面前，将事情往淑妃身上推，“皇上，臣妾真的不知发生了什么事，也不明白淑妃姐姐的嬷嬷怎么会和我的宫女在一起。皇上，臣妾冤枉呀，臣妾什么也不知道，求皇上给臣妾做主。”

“闭嘴！”老皇帝头痛极了，狠狠地瞪了顾贵妃一眼，顾贵妃吓了一跳，淑妃到嘴的话被堵了回来。

侍卫顶着顾贵妃与淑妃杀人般的目光，跪下禀道：“皇上，从她们二人身上搜到两小包药，卑职不敢擅动，请皇上明察。”

侍卫将药包呈上，左边是嬷嬷的，右边是宫女的。

老皇帝让太监把药呈上来，正准备命太医查看，君亦安自告奋勇道：“皇上，我帮您验药可好？”

君亦安的话是对老皇帝说的，眼神却瞟向秦寂言。

老皇帝没有立刻应下，而是看向秦寂言：“寂言，你怎么看？”

老皇帝不知眼前这一出与秦寂言到底有没有关系，出于想要择清秦寂言的心态，老皇帝打算将事情交给他处理。

可惜秦寂言不领情，淡然婉拒：“皇爷爷说了算。”

老皇帝见状，心里便有了计较，指了指苏太医，说道：“苏太医，你与亦安一起看看。”

两人上前，将两个药包打开。药包里的药都研成粉末，肉眼看不出成分，君亦安与苏太医分别蘸了一点儿品尝。

苏太医与君亦安并没有立刻下结论，而是眉头紧皱，就连君亦安脸上的表情，也由从容自信变得纠结起来。随即两人交换了一个只有彼此明白的眼神，点了点头又移开视线。

苏太医上前禀道：“回皇上的话，依臣的判断，左边那包药就是毒药花期……”

“不……”淑妃听到这话，惊得失声尖叫。

苏太医因淑妃的声音而语气一顿，然后头也不抬地说道：“至于右边那包药，臣没有发现有毒的成分。”

苏太医说到这里，略一停顿，眉头微皱，一副被难住的样子。淑妃惊慌，顾贵妃狂喜，可下一秒，两人的表情居然对调了……

只停顿了一秒，苏太医就继续说道：“不过臣发现有几味药，与花期所用的药一模一样。臣怀疑右边那包药的效果与花期一样，只是没有毒性，不像花期一样会致命。”

这突如其来的反转把顾贵妃吓呆了，她不停地摇头：“不，不，你胡说，你胡说……”

她明明把剩下的药全部烧掉了，怎么可能还有？

“唔唔唔……”被堵住嘴巴的宫女急得不行。那包药不是她的，是侍卫搜身时放到她身上的，可是她现在没法说话，就算说了也没人相信。

淑妃本以为自己这次死定了，没想到局势突然变化。这个时候，她再也顾不得形象，扑向顾贵妃，扯着她的头发嚷道：“是你！你这个贱人，你好恶毒呀！”

顾贵妃碍于形象，不敢动手，只能闪躲，同时朝老皇帝大声哭喊：“皇上，臣妾冤枉啊，臣妾什么也没做。皇上，臣妾与云宣世子无冤无仇，怎么可能害他？”

这回换老皇帝惊呆了，他完全不敢相信，在他面前温柔可人的妃子，居然会像泼妇一样打架。老皇帝指着两人，气得手指直颤抖：“住，住手！”

“你们还愣着干吗？还不快把人拉开。”秦寂言看老皇帝气得不轻，大发慈悲地下令。

一旁吓呆了的太监、宫女这才反应过来，三两下就将顾贵妃与淑妃拉开了。

今天这事，明眼人都看得出来，淑妃与周王不干净。

老皇帝没好气地对宫人道：“把贵妃与淑妃扶下去。”

“皇上……”顾贵妃与淑妃同时开口，那声音婉转缠绵，可惜老皇帝现在没空理会，不顾两人的意愿，强行把人带走。

“父皇……”老皇帝身边只剩下周王跪在那里，殿内瞬间安静下来。

老皇帝没有看周王，而是看向站在一旁的秦寂言，眼中闪过一抹迟疑。他本来怀疑秦寂言，刚才顾贵妃与淑妃这么一闹，心里明白寂言也是受害者，只是寂言福大命大，逃过一劫。

老皇帝本想让秦寂言处理这件事，又怕这事扯上顾贵妃和淑妃，他不好办。

就在老皇帝犹豫之际，一个小太监急急走进来，跪下来禀道：“陛下，六扇门有紧急案情转呈秦王殿下。”说话间，小太监奉上六扇门加密的公文。

六扇门这个时候急急送进宫的东西，必然是极重要的，老皇帝立刻丢下那堆乱七八糟的事问道：“什么事情？呈上来！”

秦寂言不吭声，信件自然是转呈到老皇帝手里。老皇帝撕开一看，眼中闪过一抹亮光：“寂言，你看，这是真的吗？”

秦寂言淡漠地看了一眼上面的字和印鉴，点了点头：“是真的。还请皇爷爷下令，许我带兵出城。”

“好，好，好！寂言，你果然没让朕失望。”老皇帝一脸兴奋，那份喜悦，就连站在殿门口的侍卫都能感受到。

众人面面相觑，完全不解到底发生了什么事。

老皇帝沉浸在库银失而复得的喜悦中，当即回御书房给秦寂言写手谕去了，完全不顾大殿上还有一堆被害者正在等他还个公道。

秦寂言拿到手谕立刻出宫，老皇帝这才想起还有些糟心事需要解决，顿时就郁闷了：“寂言走得太快了。”

心腹太监看老皇帝苦着脸，只好硬着头皮催了一句：“皇上，还有许多夫人等着呢。”

老皇帝在宫里处理糟心事，秦寂言则带着老皇帝的手谕，在禁卫军的保护下朝摘星楼而去。

今夜，京城里灯火通明，大街上人声鼎沸，就连在暗处活动的人，也比平时活跃一些。秦寂言一出宫就被人盯上了，只是，那些人还来不及动手，就被暗卫悄无声息地解决了。

成功解决了暗处的人后，暗卫带着一身血气回来复命，秦寂言赞许地点头：“什么来路？”

“南边的人。”暗卫与他们打过交道。

“去，把消息透露给景大人。”他倒要看看，景炎对即将发生的事会如何做。

暗卫领命退下，秦寂言一行人继续疾行，嗒嗒嗒的马蹄声响起，很快就被大街上的喧哗声盖住，不仔细听根本发现不了。

秦寂言带人赶到摘星楼时，顾千城带来的人已经把摘星楼藏起来的人全部找了出来，不仅有厨子、小厮，还有之前跑掉的画板师、修复师、做旧师，一共二十六人。

顾千城听到外面的马蹄声，便知道是秦寂言来了，立刻出来迎接。秦寂言远远看到她，拉住缰绳，直接从马上跃了下来。

顾千城眼中毫不掩饰的崇拜取悦了秦寂言，秦寂言强忍着揉她脑袋的冲动，含笑说道：“辛苦了。”

“不辛苦。”顾千城摇摇头，自觉地站到秦寂言身侧。

秦寂言满意地点头，对身后的人说道：“留在外面，没有本王的命令，不得擅动。”

秦寂言只带着顾千城进去了。

一进去就被一屋子的珠宝和黄金晃花了眼，秦寂言不悦道：“怎么不盖上？”

“你不觉得这样效果更好吗？”顾千城已经习惯了珠宝的光芒，甚至还小小地欣赏了一番。

“你喜欢？”秦寂言低声问道。

顾千城想也不想就道：“怎么可能不喜欢？”这可是宝贝呀，就算不戴，拿出去卖钱也是好的。要知道她现在可要养一大批人，没有意外的话，那批人一年至少要烧掉二十万两银子！

“回头我让人把这些东西全给你送过去。”秦寂言大手一挥，完全不问顾千城看上什么了，全部打包处理。

顾千城一愣：“这样好吗？”这假公济私得太过了，她收得心虚呀。

“你的辛苦费，没什么不好的。”秦寂言为顾千城寻了一个极好的理由。见顾千城还在犹豫，他又补了一句：“这些东西送进宫，也是打赏给后宫的妃子，浪费。”

顾千城忙点头：“我要！”

“小财迷。”秦寂言笑着摇头，眼含宠溺，那神情能将人溺毙。可是，转身面对黑衣护卫，秦寂言却能立刻收起脸上的笑，冷着脸道：“把人带回去，单独拷问，不计生死。”最后四个字他咬得特别重，完全是对屋内那些人说的。

果然，秦寂言这话一出，有不少人吓得瘫倒在地，颤抖着声音喊冤。秦寂言不予理睬，直接让黑衣护卫把人带走。

把摘星楼清空后，秦寂言问起摘星楼的事，又问顾千城在哪里发现的金子。得知是在一家木料厂找到的，秦寂言的脸瞬间黑了：“我记得一个月前往南方运了不少木料。”

把木头掏空，将金块和银块藏在里面，外面弄得和真木料一样，官差不劈开看绝对发现不了异常。

顾千城见秦寂言一脸郁闷，安慰道："那只是一小部分罢了，大部分还在城外的木料厂，我的手下已经去查过，消息属实。"武家人还是很好用的，顾千城现在已经用习惯了，真心舍不得放手。

"我们现在带兵过去。"秦寂言点头，脑子里却在盘算，现在派人往南追，把运走的金子追回来的可能性有几成。

"带兵过去？不是要私下行动吗？"顾千城疑惑地看着秦寂言。

"笨蛋。"秦寂言在顾千城的脑袋上敲了一记，"不闹大了，哪来的功劳？"

不闹大了，如何一竿子把五皇子打死？

国库失银一事事关重大，秦寂言当然清楚此事不宜宣扬，可那是在找不到银子的时候。现在银子找到了，就是宣扬出去也不会动摇大秦国本，他为什么要帮五皇子隐瞒？顾贵妃今天还想把暗害周王世子的事栽赃到他头上，他还愿意帮五皇子隐瞒就是傻子。

秦寂言拍了拍顾千城的脑袋："放心，不会让你受牵连。有功劳算你的，有错我背。"

"能不能不拍头？"顾千城白了秦寂言一眼，格开他的手。

"你这身高，拍脑袋正好。"为了证明自己的话，秦寂言又拍了两下，顾千城已经不想讲话了。

顾千城脚步轻移，拉开与秦寂言的距离，说道："走，我带你去找黄金。"今天这功劳是要算在顾千城头上的，哪怕秦寂言舍不得她受苦，也得让她去。

秦寂言与顾千城带着数千人出行，可谓声势浩大，很快就引起了街头百姓的注意，混在百姓中的探子悄然跟了上去……

秦寂言带来的骑兵中，有一人加快速度，先一步走到守城官兵面前，将老皇帝的手谕拿给守城的将领看："皇上手谕，开城门！"城门极重，不是说开就能立刻打开的，秦寂言一行人不得不在门口等着，而这个时间足够暗卫将身后的尾巴清干净。

"西北、北齐的人都有，还有几位大人家的探子，属下一并解决了。"暗卫回来复命，身上还带着血气。

秦寂言示意暗卫退下。

城门缓缓打开，当城门开至一半，足够两匹马同时通行时，秦寂言示意顾千城跟上，两人先一步出了城门。早就候在城外的武家人一见顾千城出来，就打出暗号，策马上前禀道："大小姐，木材坊已在我们的监控之下，请大小姐随我来。"

顾千城没有立刻回话，而是看向秦寂言。

"走。"

往前走了十八里，武家的探子朝顾千城道："大小姐，木料场建在林中，马进不去。"

秦寂言令众人下马，顾千城示意探子在前面带路。

这片山头，秦寂言和顾千城都知道，是城外有名的大山，山中有许多大木料，虽不是什么名贵木材，不过拿来建房子、打家具都十分好使。因此，这片树林中有不少做伐木生意的木料坊。幕后之人借这里藏金，还真不容易引人注意，要不是武家的探子顺着木料找到这里，顾千城和秦寂言一时半刻还真找不到。

秦寂言和顾千城赶到时，在木料坊监察的探子立刻上前禀报："大小姐，木料坊里的一切，都在我们的监控下，随时可以行动。"

"很好。"顾千城赞了一句，看向秦寂言。秦寂言没有立刻回答，而是轻轻跃至树上，将木料坊的一切尽收眼底。

木料坊一片死寂，只有几个堆放木料的地方和库房外面点着灯，前后都有人看守，完全不像一般的木料坊那般随意。除了库房外面看守的人，木料坊还有不少身形壮实的大汉来回巡逻。秦寂言只看一眼就知对方不是什么高手，只是普通的护卫，完全构不成威胁。

"弃车保帅，果然聪明。"秦寂言一眼就明白，前方没有陷阱，可同样他也没有找到对方的老巢，对方先一步把人员撤离了。

这么一来，今晚这个任务无疑会十分简单，同时收获也小。

秦寂言跃下树梢，将老皇帝的手谕，还有自己的令牌一并丢给顾千城："这里的事交给你了，我回城一趟。"

"啊？"顾千城傻眼了，手忙脚乱地拿着令牌，"出什么事了？"

"我有要事，这里交给你了，这些人随你调用，不听话的直接杀了。"秦寂言的声音不小，足够让在场的人都听到。

"可是，殿下……"顾千城追问，却见秦寂言轻轻一跃坐上马背："这里交给你，我很放心。"

他丢下这话，打马离去。

"要不要这么任性？"顾千城看着秦寂言离去的身影，特别无语。

"大小姐……"武家人见状，心有不安。

"没事，做好准备，即刻行动。"指挥就指挥，她就不信自己做不好。

城内，六扇门。

暗卫奉秦寂言的命令，将消息如实转告给景炎知晓，说完也不管景炎是何反应，立刻退了下去。

"秦寂言，不管你想做什么，我都不会如你所愿。"景炎握紧拳头、闭上眼睛，掩去眼中喷涌而出的愤怒。

"想要一网打尽，做梦吧。我宁可自断尾巴，也不会让你有机会把我的人全部翻出来。"景炎呼了口气，睁开眼睛。

凭秦寂言的行动力，这个时候十有八九已经找到了那批银子，不过景炎并不生气，眼里的怒火也渐渐消散。

"我不贪心，现在这样我就很满足了，皇太孙殿下！"说完这话，景炎毫不犹豫地往外走……

秦寂言已经确信他有问题，他再忍下去也没用，再留在这里就傻了。

两把大刀挡在景炎的面前："景大人，你不能走。"在暗中监视景炎的暗卫站了出来。

"如果我非走不可呢？"景炎神情不变，脸上带着一丝说不出来的笑意，"凭你们，还没本事拦住我。"

"我们不能，他们能。"暗卫打了一个响指，只听一阵声响，墙头瞬间冒出无数个脑袋。火把一点燃，就看到这些人手中皆拿着弓箭，而且每隔十人就有一架弩弓，全部对准景炎……

这阵仗，上阵杀敌都可以了，拿来围攻景炎一人，绝对是大材小用。

"皇太孙殿下真看得起我。"景炎看到这一幕，脸上表情微凝。他知道六扇门今天小动作不断，却没有想到秦寂言在外面安排了这么多人。他一直以为秦寂言不会这么快动手，原来自己看走眼了。

"殿下说，景大人身份尊贵，绝不能怠慢。"暗卫如实转达秦寂言的话，这话旁人也许听不明白，可是景炎很清楚。

景炎勾唇一笑，露出一抹嘲讽的笑："你们皇太孙殿下，可真是有本事。"查到的事情真不是一般的多。

双方对峙，暗卫在等景炎的援兵来，景炎在等什么，暗卫就不知道了。双方就此僵持，直到……

秦寂言走了进来！

"本王就知道，景大人今晚一定耐不住寂寞。"秦寂言走进来，身后带着一排黑衣人。

景炎苦笑一声，双手作揖："皇太孙殿下。"

"景大人不必客气。"到这一刻，秦寂言已经可以确定景炎的身份了。

秦寂言扭头对身边的亲卫道："抬桌椅进来，本王要与景大人把酒长谈。"

"殿下……"景炎刚开口，就被秦寂言打断："景大人不必着急，不管什么事，都等我们坐下来，慢慢谈。"秦寂言看着他，眼眸寒若冰潭。

"便如殿下所言。"景炎浅笑，一脸从容，好似看不到墙头的弓箭手，也感受不到周遭紧张的气氛。

景炎背风而立，微暖的夜风萦绕在他四周，梳得整整齐齐的长发，老实服帖，没有一根飞散出来。秦寂言站在他对面，正好迎着风，夜风吹得他的长袍飘起，耳边的碎发不断往后飞扬，露出那俊美却冷硬的脸庞。

一个温润内敛，一个矜贵稳重，没有多余的动作，就这样站在那里，却让在场的人连大气都不敢喘一下。直到亲卫搬着桌椅进来，才将这诡异的氛围打破。

秦寂言落座后，景炎在他对面坐下，主动为秦寂言倒酒："殿下，把人都叫走，你就不怕我跑了吗？"

"他们留不住你。"秦寂言端起酒杯，轻轻晃着杯中酒，轻松而随性，就好像真的在长谈一般。

"留不住我，殿下还安排他们守着我？"景炎同样晃着杯中酒，同样的动作，秦寂言做出来是肆意，景炎则多了一份慎重。

"留不住，却能暂时拦下你。"秦寂言依旧在晃酒杯，完全没有要喝的意思。

景炎看了秦寂言一眼，知道他不主动开口，秦寂言就可以一直坐下去，直到天亮。

景炎状似无意地说道："殿下不是出城了吗？怎么突然回来了？"要不是秦寂言出城，他也不会选择在今晚离开。

"看了一眼你的藏金处，足矣。"没有陷阱、没有高手，秦寂言不认为自己还有留下来的必要。

"这等小事，殿下何必亲自过去，殿下手中高手如云，何人不能办？"景炎不认为，秦寂言今晚非出城不可。

秦寂言冷笑一声："本王不出城，你会动？"

景炎一愣，笑了："殿下辛苦了。"为了逼他出手，秦寂言还真是蛮拼的，居然在这么短的时间内就赶回来了。

"比不上景大人，将国库的银子搬出去，想必不轻松。"秦寂言没有继续与景炎打哑谜，而是直截了当地开口。

"我不过是取自家的东西，有什么辛苦的。"景炎也不打哑谜，大方地承认了。

"你家的东西？好大的口气。"秦寂言哼了一声，语气不变。

景炎轻叹，幽幽地说道："殿下既然亲自查过，想必应该很清楚我的身份。我说国库的银子是我的，何错之有？"

"你的身份，你什么身份？"秦寂言放下酒杯，嘲讽地看着景炎。

景炎也不气，同样将酒杯放下，双手放在桌子上，认真而严肃地看着秦寂言："殿下，论辈分，你应该叫我一声兄长。"

这就是承认他的身份了？可惜秦寂言不给面子，高傲地说："想当本王的兄长？你还不够格，你有证据吗？"

"我就知道会是这样，所以我从来不说自己的身份。身份这种东西，真的……没什么意思。"景炎双手一摊，露出一抹苦笑。

秦寂言看着景炎，沉默片刻，说道："说吧，其他的银子在哪里？"

"你觉得我会拿出来吗？"景炎笑道，三分风流，三分清贵，属于昭仁太子后人的傲气显露无遗。

"那批银子与你无缘，你留不住。"秦寂言端起酒杯，轻抿一口。

"我得到它，它就与我有缘。"景炎举杯朝秦寂言做了一个敬酒的姿势，随即一口饮尽，嘲讽地问道，"殿下，你们抢了皇位就是自己的，现在银子落到我手中，怎么就不是我的呢？你这样双重标准，不好，不好。"

"想要留下那批银子，也要看你有没有那个本事。"秦寂言没有看景炎，而是举杯将酒饮尽。

"啪——"秦寂言将杯子放下，同一时刻，城外木坊的方向亮起一朵烟花，啪地在半空炸开。

不管是秦寂言还是景炎，都知道这是顾千城成功的信号。

“哈……殿下，恭喜你。”景炎突然大笑，带着一丝心酸。秦寂言看着他，没有说话。

景炎说道：“秦寂言，有时候我真的很嫉妒你，你知道吗？”他声音极淡极轻，就好像毫无意识一般。

不等秦寂言回答，景炎继续说道：“你说，我比你差什么？凭什么你要什么有什么，而我却什么也没有？”

“同样是父母双亡，你还有一个疼你的祖父，可我有什么？我所有的亲人，都被你的好祖父斩杀干净！”

“明明那个女人是我义父为我定下来的，最后却成了你的女人，帮你对付我，你说……你凭什么？”景炎突然看向秦寂言，眼中的温润被杀气所取代。一支银色的袖箭，毫无预兆地朝秦寂言的面门射去。

“皇太孙殿下，对不起了。”景炎声音清朗，哪里还有一丝一毫的哀伤。刚刚的一切，不过是在做戏，好让秦寂言放下戒备。

“景炎，你很好！”秦寂言的反应可谓极快，景炎的自艾自怜并没有令他心软，景炎一动，他就发现了。

秦寂言一掌拍在桌子上，只听砰的一声巨响，两人中间的实木桌子瞬间翻转，桌面朝景炎飞去，正好挡住了飞射而来的袖箭，短箭直接将厚达数米的桌面射穿。

景炎收起温润，杀气腾腾道：“秦寂言，是你自己上，还是你们一群一起上？”

“本王就知道，你这样的人怎么会被儿女私情所困？”秦寂言站在原地，没有动。

景炎冷笑，带着说不出来的傲气：“我这样的人怎么了？”

秦寂言审视地打量了景炎一眼，毫不客气道：“自私、自我、自以为全天下都对不起你，早已被仇恨蒙蔽了双眼。”

“被仇恨蒙蔽了双眼？在说你自己吧——憎恨害死你父母的亲爷爷！”景炎刻意挑起秦寂言对老皇帝的恨意，可惜秦寂言不上当：“我不是你，我不会为了报仇，去做违背我本心的事。”

“冠冕堂皇，你做的那些与我相比，有过之而无不及。”景炎也不受秦寂言挑拨，他和秦寂言都是意志坚定的人，他们认定的事，就一定会做到底。

秦寂言淡淡道：“看样子，我们谁也说服不了谁。”还彼此讨厌。

景炎冷冷道：“你想说服我什么？放下仇恨吗？我们一家从来没有报仇、夺皇位的打算，是你的皇爷爷不肯放过我们。末村三百六十六口人，包括刚出生未满一个月的孩子，一个个惨死在我面前，秦寂言，你说……换了是你，会如何做？”没有人天生喜欢仇恨的生活，没有人愿意背负仇恨的枷锁。

他的父亲、祖父、母亲，还有哥哥、姐姐们死前都告诉他，要好好活着，不要去报仇，可是……

“不管是白天还是黑夜，我只要闭上眼睛，便是亲人被屠杀的画面。他们在地狱里对我说

'景炎，救我'，秦寂言，你说我要怎么办？”

“秦寂言，你不是我，别把你高尚的品德加在我身上。”景炎毫不掩饰自己对秦寂言的轻蔑与不屑，见秦寂言不为所动，又道，“秦寂言，我不是你，我做不到对我的杀父、杀母仇人叫爷爷，更做不到对他们笑脸相迎。如果我是你，我会杀了他，杀了那个害得我家破人亡的人。”

景炎的声音充满蛊惑，就像引诱人走向地狱的恶魔，换作心志不够坚定的人，十有八九便会受他影响，不过秦寂言没有。

“说这些对我没用。”秦寂言不疾不徐地抽出腰间的剑，剑尖指向景炎，“剩下的黄金在哪里？你手中还有多少人？交出来，本王放你一条生路。”

“哈哈哈……秦寂言，我不是笨蛋，把自己的底牌交给你，我还能有活路吗？”很明显，景炎不相信秦寂言，他忍到现在，就是不想让秦寂言知道他的底牌，又怎么可能因为秦寂言的两句话就暴露出来？

“我说到便能做到。我不要你的命，我会恢复你原有的身份。”秦寂言不在乎景炎相不相信，郑重地许出自己的承诺。

昭仁太子的后人，本就该尊享人间富贵。

“恢复我原有的身份？怎么？你要把皇位给我？”景炎嘲讽地反问。

“你想要皇位？”秦寂言皱眉，从景炎入京后的种种表现来看，秦寂言不认为他志在皇位。

景炎毫不犹豫地摇头：“不，我要的是大秦崩塌。”

“所以，你把国库的银子搬走，引北齐、西胡同时对大秦出手，让大秦腹背受敌？”秦寂言了然地点头，“可是，这对你有什么好处？大秦毁了，你又能得到什么好处？”

“本公子高兴！江山如何，我想毁了它，易如反掌。我要你们这一脉成为大秦的罪人，你们的名字，永远刻在历史的耻辱柱上，日后有人提起你们，只有无穷无尽的骂名。”景炎笑得狂妄，周身散发出来的自信与冷傲，就是秦寂言也不得不说，非凡人也。

秦寂言道：“皇位可以，大秦的社稷绝不能毁在我手上。”他对皇位从来没有野心。

“不要皇位？你这是为了美人不要江山？你以为没有了皇位，你还护得住千城？你以为你若不是皇帝，千城还能是你的？”景炎一脸嘲讽，根本不相信秦寂言的话，“秦寂言，你真的很可笑。”

“不，可笑的是你。”秦寂言依旧冷着脸，情绪没有一丝起伏，“你以为坐上皇位就能为所欲为吗？景炎，做皇上没你想的那么自由，至于我和千城的事，不劳你操心。”

皇帝又如何，他秦寂言就是做不成皇帝，凭他现在握有的权势，哪怕是帝王，也不能动他分毫。

“所以呢，你在用皇位诱惑我投降，放弃报仇？”景炎仍旧不为所动，不过冷傲的面容又恢复了原有的温和与从容。

要不是横在两人中间的长剑，别人还以为他们在闲聊，而且气氛还该死的不错。

第二十二章
消耗，厚颜无耻秦寂言

秦寂言和景炎打斗的声音并不小，退出去的暗卫们和弓箭手听到动静立刻拥了进来，将箭头对准了景炎，只要景炎一动，就能让他万箭穿心。

景炎扫了一眼，极尽嘲讽道："皇太孙殿下，这就是你说的不杀我？"

"景炎，别对我用这招，没用，我不会因此放过你。"秦寂言没有叫暗卫与弓箭手退下，景炎的武功不在他之下，如果景炎存心逃走，他不一定能拿下。

"殿下，是你说不杀我的，怎么？这才多久，你就改变了主意？要是让千城知道你把承诺当儿戏，你说她该多伤心？"两军交战，攻心为上。

秦寂言收起剑，说道："景炎，本王没闲情与你闲扯。你好好待在六扇门，我必保你不死。你若执意外出，我便不会管你的死活。"

"我就知道殿下的便宜不好占。"景炎手中的剑仍旧指着秦寂言，"把我困在六扇门一辈子，这样一来，我和死人有什么两样？"

秦寂言道："清了你的人，本王自会放你自由。"这个时候把景炎放走，岂不是放虎归山？这么傻的事，他秦寂言怎么可能做？

"殿下，你知道那是不可能的事。"剑尖微动，景炎一脸平静道，"殿下，你还是让人杀了我吧。"

"你以为本王不会吗？"秦寂言轻蔑地看着景炎，"本王从来不是什么正人君子，杀你——毫无负担。"

说罢，秦寂言后退两步，右手一扬："上，生死不论！"

"是！"弓箭手拉弓射箭，暗卫一拥而上。面对这么多人的联手攻击，景炎自然不敢大意，飞速退入屋内，好躲避弓箭手的射杀。

利箭啪啪地射在大门上，弓箭手停了下来，暗卫破门而入，很快就有刀剑声响起。

"痛痛快快打一场也好，能不能走出去，端看我自己的本事。"屋内，景炎一挑十，还有余力说话。屋外，秦寂言淡漠地负手而立，完全不将屋内的打斗放在眼里。他倒要看看，半个时辰后的景炎，还有与他一战的实力吗？

砰——数个暗卫被景炎踢了出来，没有死，但明显伤得不轻。秦寂言让人把受伤的暗卫抬了下去，然后再调其他的人进去。总之，完全不给景炎休息的时间。

“秦寂言，你真无耻！你最好祈祷，你没有落到我手中的一天，不然——我玩死你！”景炎哪里不知秦寂言的用意，偏偏他现在奈何不了秦寂言。

“请便。”秦寂言很好心地回了景炎一句，随之又以闲聊的口吻道，“除了摘星楼，你在京城还有什么据点？你的住处很干净，干净到不像人住的地方。”

“只有摘星楼。”景炎的声音很平稳，丝毫不像累到了的样子。

“是吗？东林书院呢？没有你的人吗？要是没有你的人，当初你刺杀皇上后，是怎么避开搜查的？”确定了景炎的身份，许多原来不能理解的事，现在秦寂言都一一想通了。

“想必你就是因为这件事，才让五皇子信任你的。逍遥，好一个逍遥，也就是五皇子才会被你骗得团团转。”不得不说景炎的眼光很毒，他一来京城就盯上了五皇子。

景炎道：“别看不起五皇子，你也好不到哪里去。在你说五皇子蠢笨时，怎么不想想，当初不远万里跑去西胡的人是谁？”初来京城时，景炎可谓一帆风顺，隐在暗处将所有人都耍得团团转，就是秦寂言也任由他摆布。

“景大人在说什么，本王听不明白，本王从来没有到过西胡。”秦寂言脸不红、气不喘地否认。他去西胡的事是秘密，虽然该知情的人都知道，可该否认的还是要否认。

“哼！秦寂言，自欺欺人有意思吗？”许是气极，秦寂言明显感觉景炎挥剑的速度加快，“就算你不肯面对，也改变不了你父王死在你皇祖父手中的事实。”

“这话本王记住了，多谢景大人告知。”秦寂言早就伤心过了，现在面对老皇帝都能无动于衷，景炎的区区几句话算什么。

“哼！”景炎气极，打退第二批人后，在屋内放话，“秦寂言，让你的人滚出去，真要打，我们两个打一场。你赢了，我任你摆布；你输了，放我走。”

“你在说笑话吗？今晚……你输定了。”秦寂言可不上当，再次下令第三批人进去。今晚不把景炎耗趴下，他绝对不会和景炎交手。

“你个卑鄙无耻的小人！”面对怎么也打不完的侍卫，景炎气得破口大骂。再这么下去，他会累死，到时候真要让秦寂言捡便宜了。

“本王就当这是夸奖了。”秦寂言厚颜收下，完全没有一丝不自在。

“怎么办？”面对怎么也打不完的侍卫，景炎心中闪过一抹挣扎。现在能过来救他并带他脱险的，恐怕就是他安排在宫中和各府的那批人了。但是一旦暴露出来，他日后就会断了与宫中和京城的联系。

“秦寂言你个卑鄙小人，到底是哪个浑蛋把我的身份告诉你的？”景炎很清楚，秦寂言对他围而不杀，就是想逼他把埋在暗处的势力暴露出来，不然就是杀了他也讨不到好处。

像是嫌给景炎的刺激还不够，秦寂言又开口道：“景炎，你和摘星楼的摘星姑娘有什么关系？那位摘星姑娘为何对千城挥鞭相向？你知不知道，要不是千城命大，此刻已经面容尽毁。”

“你说什么？”景炎暴怒的声音从屋内传来。和景炎了解秦寂言一样，秦寂言也了解他："你没有听错，那个摘星险些毁了千城的脸，你说要是千城知道摘星是你的女人，她会如何？"

"秦寂言，摘星的事不许说给千城听，摘星那个女人任你处置。"景炎承认，他不想让千城知道摘星和他的关系。

"你命令本王？就凭你景庄庄主的身份？"秦寂言嘲讽道。

"不管凭什么，算我欠你一次。"景炎倒没有当着侍卫的面暴露自己的身份。

"哼！"秦寂言冷哼一声，"本王稀罕你欠的情吗？"

"这么说，你是不肯应了？"景炎怒极，下手比之前更狠三分，只见窗户与侧墙全部被飞起的人撞破。

"啊——"惨叫声响起，秦寂言眉头微皱，让人把伤者抬下去。

"不应也没关系，本公子自会亲自杀了她。"景炎说起摘星时，没有一丝温情。

一个属下，就算是女人，敢伤他明令禁止要保护的人，就没有活着的必要。

"果然无情，摘星姑娘想必很失望。"秦寂言拍手，只见两个捕快将手脚被束、嘴被塞住的摘星押了上来。

"唔唔……"摘星拼命挣扎，双眼通红，脸上全是泪，显然听到了景炎绝情的话。

"景炎，你的摘星姑娘就在这里。"秦寂言示意捕快将摘星嘴里的布取下来。摘星一能说话，就嘶喊道："公子，为什么？为什么？我从七岁跟着你到现在，你从来不肯正眼看我，我到底哪里比不上她？"

"你是什么东西，也敢和她比？"说话的不是景炎，而是秦寂言，景炎百忙之中听到这话，亦附和了一句："秦寂言，你今晚总算说了一句人话。摘星，你是什么东西，也敢和千城比？"

"公子……"秦寂言的话伤不了摘星，景炎却能。摘星一脸绝望，要不是被捕快架着，这个时候怕是要瘫倒在地。

"公子，那个女人配不上你，她还未出阁，却早已失了……"

啪——一块泥团飞了过来，正好堵住了摘星的嘴，将她未说出来的话全部堵了回去。

"景炎，这就是你的手下？本王可真是长见识了。"秦寂言冷冷地扫了摘星一眼，没有意外，这个女人必死。

想到摘星说的那个可能，景炎忍不住暴躁了："秦寂言，你这么做，对得起千城吗？"

"这是本王的事，你无权干涉。"秦寂言强硬地说道。

"千城是我的未婚妻，你说我有没有权利？"景炎不再躲在屋内，而是杀了出来。

"唔唔……公子，公子救我……"被泥块打落牙齿的摘星，吐掉嘴里的泥与血水，含混不清地喊着，景炎却连一个眼神也没有给她。

"秦寂言，利用一个女人，你真无耻。"景炎已经不记得今天第几次骂秦寂言无耻了。

"不是本王的女人，本王就是利用了又如何？"秦寂言扬手，示意弓箭手不要动。

"把她交给我。"景炎的剑身沾满了血，像断了线的珠子般不断滴落到地上。

“想要她的命？凭本事来抢。”秦寂言上前一步，挡在景炎和摘星的中间，“她对千城出手，她的命我会取。”

“她是我的人，不劳殿下你动手。”景炎说话间，右手突然挽了个剑花，秦寂言举剑迎上去，刀剑相交的那一瞬间，景炎的左袖中突然飞出一枚暗器，和刚刚射向秦寂言的一模一样。

银色的短箭，直逼秦寂言心口！

“小人！”秦寂言低咒一声，面对来势凶猛的利箭和景炎凌厉的攻击，不得不侧身避开，而他这一避，利箭便毫无阻碍地朝摘星射去。

“不——”摘星惊恐地大喊，眼睛猛地睁大。

飞射而来的利箭噗的一声没入她的喉咙，摘星喉咙一动，血便从她的喉咙涌了出来。

“公——”摘星睁大眼睛看着景炎，到死也不肯闭上眼睛。

她的公子！

“说杀就杀，做你的女人真可怜。”秦寂言没有回头，也知道那个叫摘星的女人是什么下场。

景炎摇头：“她不是我的女人！”他知道摘星的心思，可他从来没有碰过她。

“人都死了，你怎么说都行。”秦寂言明显能感觉到，景炎的力气与速度比之前弱了不少，当即加快攻势，手中的剑只余残影，霸道十足，逼得景炎节节后退。

“乘人之危。”景炎后退数步，脸上透着不正常的红，气息也有些不稳。他很清楚，再这么下去，他肯定要被秦寂言的人拿下，而这是他绝对无法接受的事。

就在景炎闪神间，秦寂言的剑逼了过来。景炎本能地挡了一记，可当秦寂言再刺过来时，他却挡不了了，只能侧过身子，堪堪避开要害。

“唔——”景炎的左肩被秦寂言一剑刺穿，痛得脸色发白。

秦寂言拔了剑后，轻轻跃起，后退数步：“放箭！”

此时，景炎周边十米处没有第二个人能为他挡箭，而身后可以躲避的屋子，门口已站满侍卫，用一个摘星才引出景炎，秦寂言怎么可能轻易放他再躲进去。

嗖嗖嗖——漫天的利箭齐刷刷地射向景炎。

景炎好不容易躲过第一波箭雨，还来不及换口气，第二波接踵而至。景炎用眼角的余光扫了一眼，发现第三批弓箭手也准备好了，只等这一波结束，第三批就会跟上。

此刻景炎根本没有选择，如果他不想被秦寂言拿下，就得牺牲他埋在京中的人。

“秦寂言，你赢了！”景炎一个旋身，如同陀螺一般离地而起，飞射而来的箭镞，就像碰到无形的墙壁，还没有靠近景炎就纷纷落下。

与此同时，一道银光从景炎身上飞出，嗖的一声飞向天空，在半空炸开，就像一朵小小的烟花。

“快来了！”秦寂言知道，景炎隐在京中的最后一批势力终于暴露出来了。

银花在半空炸开的瞬间，隐在皇宫、各府的探子立刻就知自家主子出事了。这些人没有一丝迟疑，当即放弃自己效忠了十几年，甚至是几十年的“主家”，转身没入夜色中，朝银光所在的方向赶来。

数十道黑色身影，从不同的地方飞掠而来，奔向同一个方向——六扇门！

秦王府，老管家在院子里看到半空中散开的银花，历经沧桑的眸子里闪过一丝悲凉，重重地叹了口气，佝偻着背回到屋内，脱衣上床，侧身而睡。这些平日里做得极习惯的动作，今天却显得异常笨拙。

皇宫，老皇帝的心腹太监看到天空中的银花，回头看了一眼灯火通明的宫殿，嘴角露出一抹阴冷的笑容。

没有一丝犹豫，心腹太监带着四个侍卫来到五皇子的寝殿，以老皇帝的名义将他带了出去。

“李公公，你要带我去哪里？”五皇子问道。李公公好脾气地回了一句：“殿下，皇上的命令，你只要遵从就好。”

五皇子不敢得罪老皇帝的心腹，虽然心有疑虑，却不敢再问。

心腹太监有老皇帝的令牌，一行人顺利出宫，朝六扇门的方向赶去。

秦寂言不知，他今天这一招，居然引出了老皇帝身边最大的奸细……

景炎将大部分手下撤离，留在京中的人手都是藏在各府以及宫中的探子。这些人大部分是墨家和景炎的父亲或者祖父安插的人。有许多人都死了，接替他们任务的是各自的后代。

昭仁太子是正统嫡系，忠于昭仁太子和他后人的忠仆、忠臣还是不少的。与其说景炎今晚寻来的帮手是忠于他的，不如说是忠于昭仁太子、忠于景炎身体里的血脉的。

一刻钟后，距离六扇门最近的探子先一步赶到，而这个人一露面，秦寂言就怔了一下。

“萧大人府上的管家？”这人秦寂言曾见过一面。

“正是奴才。”来人年近四十，秦寂言曾在萧府见过一面，低眉顺眼，普通得不能再普通，今晚却显出他精明能干的一面。

“昭仁太子的后人调教出来的手下，果然非同凡响。”一确定对方的身份，秦寂言就知道景炎召来了什么人。

“今晚，本王可是赚到了。”这话是对景炎说的。

秦寂言直接对侍卫下令：“把人拿下！”他并不知道景炎在京城到底有多少人，现在一个个上门，他自然就一个个拿下，也能省些力气。

萧府的管家半点不惧，从腰间抽出两把大刀，一脸淡定地对景炎道：“小主子，奴才护你杀出去。”

“好。”景炎割下一截布条，简单地止住血，便与萧府管家一起杀向两旁的弓箭手。就在这时，秦寂言出手拦下了他：“景炎，你今晚的对手是我。”

景炎反问：“是吗？我以为我今晚只是鱼饵。”

“你要这么认为，本王也不反对。”秦寂言这一次毫无保留，不过十余招，就将景炎踢得飞了出去。

咚的一声，景炎摔落在地，正好压住了受伤的左肩，秦寂言没有给他起身的机会，轻轻一跃便来到景炎身前，手中的剑再次朝其左肩刺去。

景炎一个翻滚，避开。

秦寂言步步紧逼，不过每一次都避开了景炎的心脏。

“不杀我，日后后悔的是你自己。”景炎滚到台阶上，退无可退，用剑格开秦寂言的攻击，借力站了起来。

“本王从不会后悔。”秦寂言一脸坦荡，没有一丝迟疑。

“为什么？”两剑相交，景炎逼近，质问道。

秦寂言道：“你是昭仁太子的后人，本王要给他留一点血脉。”

“虚伪的仁慈。”景炎用力一推，逼得秦寂言后退一步，他自己也退了半步。

“随你怎么想，总之……不到万不得已，我不会杀你。”再说了，依景炎的武功，他就是想杀也不是那么容易的事。

秦寂言再次逼近，景炎没有后退，正面迎战，两人交手百余招，而这个时间，景炎召来的帮手已一一出现。

人数不多，只有十七人。这十七人中，有七人秦寂言曾经见过，有一人秦寂言甚至很熟悉——周王府的门房！

“你的人还真是无处不在。”虽然只有十七人，却覆盖了京中半数以上一品官员的宅子。

“几个小人物，能入殿下的眼就好。”这批人存在了数十年，但真正开始做事也就是这几年。他们这两年确实帮了景炎不少，可惜以后派不上用场了。

“昭仁太子一脉，果然不能小觑。当年末村被灭后，朝野震荡，无数官员受到牵连，想必也与这些人有关吧？”秦寂言想到当年被夺官灭族的官员，虽然那些人都与他父王走得近，可真正被灭九族的，大多是家中有子弟随他父王一同出征、死在末村的人家。

“是又如何？不是又如何？”救兵来了，景炎身上的压力减轻不少。

秦寂言深深地看了景炎一眼：“武家被灭门，是不是也与这些人有关？”

“不是。”景炎想也不想就否认，速度之快、语气之坚定，怎么看都是心虚的表现。

“不是？你的身份是武家人透露给我知晓的。”秦寂言这么说也不算是骗景炎，凤老将军会把末村的事说出来，本就与武家有关。

“武家人？”景炎果然被带歪了，“武家那些女人？”

“不，武家仅剩的男丁，武毅。”秦寂言查过武家那些女人，除了武老夫人外都不是顶事的。依武老夫人谨慎的性子，她就算知道也不会说出来。

“武毅？那个被武家藏起来的少年？”景炎对此也有耳闻，只是从来不曾打过照面，“没想到，我居然栽在一个小孩子手里。”

景炎虽然不肯承认武家的灭门与他有关，然而事实摆在眼前，不是他一句否认就能揭过的。

“景炎，我不知道你的义父出于什么心态让你娶千城，但我可以肯定地告诉你，一旦千城知道武家的事，绝不可能嫁你。”上一代的恩怨纠葛，对他们这一代人来说，就是一道无形的枷锁，就算他们不想报复，仍旧会被压得喘不过气来。

“武家不过是你皇爷爷手上的一条狗，你以为武家是什么好东西？”景炎不认为当年那些人有错。

若说武家死得无辜，那他们末村的人呢？又何其无辜！

“我复仇便是有错，你们一家屠我满门，难道就没错吗？武家的灭门确实和我们有关，可是别忘了，你们秦家才是真正下手的人，要说不愿意，千城第一个不愿意嫁的——就是你！”大家半斤八两，景炎不认为秦寂言比他好多少。

十六年前，他不过五六岁，顾千城总不会认为，一个五六岁的孩子能暗中挑动老皇帝灭了武家吧？

景炎道：“我父亲、祖父留下来的人虽然动了手，可真正想灭武家的是你皇爷爷。要不是他起了杀心，旁人怎么挑拨也无用。”千城真要记恨，也该记恨到秦寂言头上。

“我和千城……与你不同。”这一点秦寂言十分肯定。

“你少得意。”景炎被秦寂言的得意与嚣张气坏了，“你以为自己是什么好东西，逼死叔父、残害堂兄、架空亲祖父，手段之狠辣，让人不齿。”

“你的指控本王不认同，本王从来没有逼过他们什么，都是他们自取灭亡。”秦寂言承认自己复仇，却不承认逼死荣王一事。

“你所做的一切，和我对武家所做的一切，有什么不同？”景炎倾身上前，反守为攻。

“是没什么不同，所以本王任由他们的后人找我复仇。”秦寂言爽快地承认，让景炎一时不知说什么好。

“景炎，束手就擒吧，现在的你不是我的对手。”景炎大耗体力，身上又有伤，想赢过秦寂言实在不容易。

“束手就擒？我的人生从来没有这个词。”景炎半点面子也不给，手中的剑不知何时换到左手，当的一声，格开秦寂言的剑。

秦寂言虎口吃痛，握剑的手一麻，再次挥剑相向，景炎却已跳出他的攻击范围。便在这时，有两人拼死杀到景炎面前：“小主子，我们断后，你快走！”

“哎。”景炎回头看了秦寂言一眼，挑衅意味十足。

秦寂言追上去，脚步从容，不疾不徐地跟在他们身后……

景炎一行人顺利走出六扇门，却看到门外是一字排开的弩弓，还有密密麻麻看不到尽头的士兵。

“哈……”景炎停下脚步，回头看向慢悠悠走出来的秦寂言，嘲讽道，“皇太孙殿下，你今晚的安排可真是周密。”

“所以，本王早就劝你乖乖留下。”秦寂言无视景炎眼中的鄙夷，说道，“还是那句话，束手就擒，本王不会杀你，你手下这些人也不会死。”只要景炎和他的人不再想着复仇一事，他不介意养这么一批人。

“你知道，不可能！”景炎抹掉脸上的血珠与汗水，一脸坚决地说道，“要么死，要么离开，我不会选择第三条路。”

秦寂言深深地看了景炎一眼，见他态度坚决，便没有再劝：“你既执意如此，本王便成全你。”

秦寂言后退一步：“动手！”

一声令下，弩车上的箭立刻朝景炎一行人飞射而去。饶是景炎有万般手段，这个时候也施展不开。眼见自己身边的人越来越少，他心里正急，就在此时，一道尖锐的声音响起：“圣旨到！”太监独有的声音划破夜空，打乱了战斗的节奏。一瞬间，不管是景炎的人还是秦寂言的人，都停下了手上的动作。

众人齐齐扭头，只见在四个侍卫的保护下，老皇帝的心腹太监手捧黄色卷轴策马而来。心腹太监和以往一样高傲地举起圣旨，下马走到秦寂言面前：“圣旨到，皇太孙殿下接旨。”

“圣旨？”秦寂言问，又强调似的重复了一遍，“皇上给本王的圣旨？”

“是，请殿下接旨。”心腹太监一脸平静，完全看不出异样。不过秦寂言不跪下接旨，其他人也不敢跪下，一个个看着秦寂言，只等他的号令。

秦寂言眼眸微挑，扫了一眼太监手中的圣旨，问道：“皇上什么时候写的圣旨，要公公半夜亲自过来宣旨？”今晚乱成这样，皇上还有闲心写圣旨？

“殿下这是什么意思？不肯接旨吗？”心腹太监脸一黑，似有不满，“殿下，不接旨可是大罪，到时候恐怕就是殿下也没有好果子吃。”

“是吗？本王还真不知不接旨会有什么后果。”秦寂言完全不将心腹太监的威胁放在眼里，再次问道，“圣旨是皇上什么时候写的？”

“半，半个时辰前。”心腹太监被秦寂言的气势吓了一跳。

“半个时辰前？”秦寂言冷笑一声，扫了一眼景炎，又看了一眼心腹太监，“本王终于明白，为何景炎能瞒天过海，为何摘星楼无人敢动，原来是——你！”

“殿下在说什么，老奴不懂。圣旨在此，殿下你要抗旨吗？”心腹太监一脸镇定，丝毫不受秦寂言的话影响。

秦寂言不再看他，后退一步，对身后的侍卫道：“来人，将这叛徒拿下！”

“大胆！”侍卫还没有动，心腹太监就厉喝起来，“皇太孙殿下，你这是要造反吗？咱家奉皇上的命令宣旨，你敢不接旨？”

“假传圣旨，本王杀了你又何妨。”秦寂言二话不说，再次下令，“动手。”

“是！”亲卫拔刀上前，可就在这一瞬间，心腹太监拿出“如朕亲临”的令牌：“我看你们谁敢！皇太孙殿下，你好大的胆子，连皇上的命令也不听。”

心腹太监一拿出令牌，除了秦寂言和他的亲卫，其他的士兵皆本能地跪下：“吾皇万岁万岁万万岁！”

“连皇上的令牌你都拿到了，你很好！”秦寂言扫了一眼已退到安全地带的景炎等人，脸色十分难看。

“起来！”秦寂言厉声对跪下的士兵喊道。他算到了一切，却漏算了这个意外。

秦寂言真没想到老皇帝身边也有昭仁太子的人，而且这人还是皇上的第一心腹！

“奴才奉皇上的命令办差，皇太孙殿下说什么，奴才不懂。”心腹太监拿着令牌，不卑不亢。

秦寂言不与他多说，再次下令道：“全部拿下，反抗者杀无赦！”

“谁敢！”心腹太监悄悄后退，与景炎站在一块儿。

“杀！”秦寂言拔剑，而他这一动，围攻的侍卫就不再多想，立刻举刀相向，可就在此时，身后传来一阵嗒嗒嗒的马蹄声。

“寂言，住手！”一支训练有素的军队突然出现在街尾，远远就听到马上的人大喊，听声音似乎是五皇子。

秦寂言暗道不好，立刻下令士兵强攻，务必将人拿下。他自己则轻身一跃，杀到景炎面前：“你的人，果然很强。”

漏算了老皇帝身边的人，今晚的事怕是不能如他所愿。

“能入殿下的眼，是他们的荣幸。”听到有军队过来，景炎就知今晚的事他赢定了。

秦寂言唯一的优势就是人多，而现在有五皇子带来的这支人马，他们旗鼓相当。

“实力相当，玩起来才有意思。皇太孙殿下，你说是不是？”景炎一脸温润，哪怕双方断杀不断，脸上的笑容也没有变。

“哼！”秦寂言冷哼一声，没有回答景炎的话，只是加快攻势，争取在最短的时间内将景炎拿下。

五皇子带来的人越走越近，而这个时候，心腹太监高喊了一声：“皇太孙殿下抗旨不遵，尔等立刻将人拿下，违者格杀勿论！”他这一喊，五皇子带来的人连最后一丝疑虑也消失了，立刻带人杀了过来。

双方交手，一场混战就此拉开序幕，原本用来拖住景炎等人脚步的小兵，被五皇子带的人困住，根本派不上用场。

“寂言，你在干什么？还不快放下刀，束手就擒。”五皇子骑在马背上，趾高气扬地看着秦寂言。终于有一天，他也能高高在上地指着秦寂言的鼻子左右他的生死了！

见秦寂言不为所动，五皇子并不生气，假惺惺地说道：“寂言，只要你放下刀，不管你犯了什么错，我都会在父皇面前为你求情。”

“蠢货。”秦寂言不屑地骂了一声，换来景炎哈哈大笑：“皇太孙殿下，你也有今天！”景炎发自内心地高兴，看到大秦皇室自相残杀，他就满足了。

心腹太监特意调来的人马，是老皇帝麾下的精锐，只听老皇帝的命令，也只有老皇帝的心腹太监才指挥得动他们。

秦寂言很清楚，用身份压这些人没用，只得寻找外援：“去，通知守城将领带兵过来。”

“是。”亲卫飞快地退下，从混战中穿过。景炎的人想将人射杀，却被层层障碍阻挡，只能眼睁睁地看着对方离开。

“我们必须赶在他们的援兵到来之前离开。”景炎一脸温和地下令，神色间不见半丝惊慌。

很快，守在六扇门外的小兵就处在下风，被五皇子带来的人困得死死的，别说拖住景炎，能保住自身就算不错了。

“皇太孙殿下，看样子你今晚的准备还不够充分。”胜利在望，景炎也就没了顾忌。

景炎在忠仆的掩护下从战斗中抽身而退，翻身上马：“拿弓箭来！”

“小主子！”弓箭在第一时间递到景炎手里。景炎一连抽出三支箭，张弓对准秦寂言：“皇太孙殿下，再见了！”

嗖的一声，三箭离弦，以一种诡异的弧度绕过前面的人群，朝秦寂言飞射而去。秦寂言见状，没有与对手纠缠，轻轻一跃，躲开这三箭。景炎也不恋战，一击未中，转身就走，却见秦寂言飞身朝身后的大门奔去，一个用力抽出墙面上的三支箭，朝景炎掷去。

“小主子，小心！”前来救援景炎的忠仆当即大喊。

景炎回头看了一眼，见三支箭有两支朝他的手脚射来，还有一支射向他胯下的马。

秦寂言这三箭，没有对准他的要害，只是为了把他留下。景炎冷笑一声，没有领情，一拍马背，凌空跃起。

两箭射空，一箭正中马屁股，骏马吃痛，在人群中狂蹿，有不少人被撞翻。景炎避开了秦寂言的三支箭，便朝五皇子掠去。

“怎，怎么回事？”五皇子已从打压秦寂言的喜悦中清醒过来。他发现，事情和他预想的完全不一样！

“放箭！”秦寂言眼见景炎冲出包围圈，再次下令。

五皇子发现景炎朝他冲来，吓得不行：“来人，来人，快来人呀！”

“殿下，卑职护送你先一步离开。”精兵不敢违背“皇命”，可也不会让五皇子遇险，只得选择先把人送走。

“好，我们快走，这些人……这些人全部有问题，一个都不许放过，全部带回宫，交由父皇发落。”这个时候五皇子仍不忘显威风，可是这些人并不听从五皇子的命令，只是保护他罢了。

“五殿下，快……”景炎杀气腾腾地冲了过来，精兵们如临大敌，紧紧地握着刀柄，死死地看着景炎，大有景炎敢上前一步，他们就会让他血溅当场的气势。

“五殿下不必惊慌。”景炎无视精兵的杀气，脚步不变，从容上前，面不改色道，“下官是来保护你的，皇太孙殿下意图谋逆，下官奉皇上之命监视他。”

“你说的是真的？”景炎的语气太真实了，别说五皇子，就是他身边的精兵，一时间也分不清真假。

皇太孙殿下要是没有问题，皇上怎么会调他们过来捉拿？而皇太孙殿下又为什么会反抗？

“五殿下，下官没有必要骗你。现在情况紧急，我带你离开。”景炎挥剑将五殿下身边的精兵格开，“你们八个人加起来也不是我的对手，你们去帮忙，我保护五殿下离开。”

精兵面露疑色，五皇子也觉得不安，并没有立刻应下。景炎还欲劝说，就听秦寂言说道：

“五皇子，不想死就离景炎远一点儿。”

秦寂言此时被赶来救景炎的几个人缠上，一时抽不出身。五皇子一怔，本能地想逃，景炎却比他更快一步，身形一闪就把他抓在了手里。与此同时，站在一旁的四名皇宫侍卫突然出手，利落地把八个精兵干掉了，没有引起一丝骚乱。

“你，你到底要做什么？”五皇子被景炎抓住后领，脖子被勒得紧紧的，连气都喘不过来。好不容易说了句话，却没有出声提醒战斗中的人，而是询问景炎的意图。

“果然是蠢货。”景炎轻蔑地扫了五皇子一眼，直接将人丢到马背上。有了这个盾牌，他平安离开京城一点儿问题也没有。

第二十三章
解脱，添乱的家伙

景炎将五皇子丢上马背，翻身上马，四个侍卫也跨上四匹骏马，护在景炎身后。

不需要秦寂言下令，弓箭手的箭就对准了景炎，可不等他们放箭，就见景炎将五皇子举到自己面前："皇太孙殿下，让你的人退下。"

"住手！"秦寂言不得不喊停。不管如何，五皇子是他皇叔，于情于理都不能不顾其生死。

"殿下居然喊停了？我还以为殿下不在乎五皇子的生死呢。"景炎一脸戏谑地说，微微上挑的桃花眼，似在无声地告诉秦寂言：游戏才刚开始。

"放了他，我放你走。"秦寂言收起剑，无视景炎那帮属下后退的身影。

"放我走？现在不应该是你求我放过你吗？"景炎眼神轻扫，落在与秦寂言对峙的精兵身上，"皇太孙殿下，皇上的命令你也要违抗吗？"景炎不但要平安离开，还要压下秦寂言的气焰，救出被困在精兵中的心腹太监。

秦寂言自然知晓景炎的打算，嘲讽道："景大人，你不觉得自己太贪心了吗？"全部都想带走，哪有那么容易的事。

"贪心？本大人奉皇命办事，怎么就成了贪心呢？"景炎扫了一眼被精兵保护在中间的心腹太监，朝他点了点头，示意他借机离开。

"奉皇命办事？皇上让你拿五皇子为人质？皇上让你挟持五皇子逃离？"秦寂言嘲讽地看着景炎，又看向精兵的首领，"他假传圣谕，你们也信？"

"这……"精兵首领一愣，看了看心腹太监，又看了看景炎。

心腹太监见精兵们动摇，脸色一沉，说道："殿下休得胡言，你抗旨不遵，竟诬蔑奴才假传圣旨，奴才定要与你在圣上面前论个公道。"

心腹太监一脸正气，完全看不出一丝异样，为了证明自己的话，将圣旨与令牌同时祭出："圣旨和令牌还能作假？"

"本王不管你的令牌与圣旨是真是假，本王现在只要你们放了五皇子。有什么事，我们进宫去说。"秦寂言这要求合情合理，精兵们连连点头。

景炎见状，不慌不忙地道："殿下，本官奉旨办差，皇上准我便宜行事，只要殿下命你的人放下兵器，下官就放了五皇子。”

“你带五皇子走到御林军中间，本王也一道过去，待我们两人面对面，本王便命人放下武器。”不就是想逃走吗？他给其他人机会，却不会给景炎机会。

“不可！”不等景炎回答，景炎身边的人就劝道，“皇太孙殿下武功高强，大人不可犯险。”

“殿下，你听到了……”景炎当然不会以身犯险。知道再拖下去对自己没有好处，他再次给心腹太监使了个眼色，让他尽快撤离。

心腹太监见景炎迟迟不走，咬牙道：“景大人，你先带着五殿下回宫，这里交给我就好了。”他是不会走的！

“薛统领，你都听到了？”秦寂言强压下怒气，看向精兵统领。

“薛统领，你要违背圣意？”心腹太监拿出令牌，给精兵统领施压。

“这，这事……”统领这下真的慌了，完全不知该相信谁。

秦寂言不须精兵帮忙，见精兵们怀疑起心腹太监，立刻下令：“放箭，不要让他们跑了！”

“是！”秦寂言的手下立刻行动，刚停下来的双方再次打了起来，只是这一次精兵没有出手。

“秦寂言，有魄力！”景炎见心腹太监被困在人群中难以脱身，自己也救不了他，只得咬牙离开。

“驾！”景炎掉转马头，扬长而去。弓箭手碍于景炎面前的五皇子，并不敢下死手，只能射马。

秦寂言见景炎跑了，抢了一匹马，翻身而上，走之前不忘对手下道：“看好李公公，别让他跑了，更别让他死了。”

“是！”秦寂言的亲兵将心腹太监身边的人杀死，在他自杀前把人押住。

“呵呵……”心腹太监冷笑一声，完全不挣扎，也不辩驳。他没有让主子失望，小主子已经平安离开，可是他对不起皇上多年来的信任。所以，即使有活着逃出去的可能，他也不会走。像他这样的人，只有死了才能得到解脱。

见到这一幕，精兵们彻底傻眼了：莫非皇上身边的人真是叛徒？假传圣旨？

心腹太监给景炎的四个侍卫不仅忠心耿耿，而且实力强悍，有他们断后，景炎身后的追兵越来越少，当他跑出两条街时，只剩下秦寂言一人追在身后。

马儿承载着两个大男人的重量，速度越来越慢，与秦寂言的距离也越来越近。

景炎扭头看了一眼，见两人只差几个马身的距离，当下毫不犹豫地将袖中最后一支短箭射了出来。

银色短箭如同一道光束，朝秦寂言飞射而去。秦寂言一手拉着缰绳，一手握剑，抬手将短箭打飞。

当的一响，即使没有回头，景炎也知他没伤到秦寂言。听到马蹄声越来越近，不由得叹气："皇太孙殿下，你堂堂天潢贵胄，为了追我这么一个江湖游侠而冒险，值得吗？"

"景大人何必自谦，你要是江湖游侠，这世间就没有天潢贵胄了。"此时并无外人，秦寂言也不介意说出景炎的身份。

"这么说，你是不会放过我了？"景炎脑海里飞快地浮现出京城地图，试图寻找一条合适的路甩开秦寂言。

秦寂言没有正面回答："你肯放下复仇，本王就能放过你。"

"不可能。"景炎拒绝得十分干脆。

"那就没什么好说的。"眨眼间，两人只差一个马身的距离！

"景炎，你逃不掉了。"秦寂言举剑刺向景炎，依旧没有对准要害出手。

"不到最后一刻，不要说得这么肯定。"景炎往后一仰，避开秦寂言的攻击，还有心情戏谑，"你还真舍不得杀我？"

"哼！"秦寂言回以冷笑，再次挥剑相向。景炎毫不客气地把五皇子挡在自己面前。

"寂言，救我……"一路颠簸，五皇子早已狼狈不堪，只会本能地求救。

"蠢货！"秦寂言生生止住攻势，手中的剑朝右划去，避开五皇子的要害，只削过他的胳膊。

"啊——"五皇子吃痛，质问杀气腾腾的秦寂言，"寂言，你好大的胆子，居然要杀我？你就不怕父皇厌恶你吗？"

秦寂言收起剑，一拍马背，凌空跃起，抬脚踢向景炎与五皇子。景炎反应极快，拎起五皇子挡在身前。秦寂言一脚将人踢飞，五皇子重重地落到地上，不过秦寂言和景炎都知道，五皇子死不了。

景炎飞快地扫了五皇子一眼，说道："我还以为，你不会在乎他的生死。"

秦寂言在半空一个旋转，又坐回马背上："他是我的五叔。"

"荣王和赵王也是你的皇叔，怎么没见你手下留情。"景炎一脸嘲讽，转身朝城门口跑去，秦寂言紧追其后。

眼见城门口就要到了，景炎不由得回头说了一句："秦寂言，你要的人我全部清出来了，你还想怎样？"

"随我回宫！"秦寂言依旧是这句话。

"不可能。"景炎的回答也没有变。

他相信秦寂言说到做到，不会要他的命，可他不相信老皇帝。老皇帝为了皇位，连自己的亲生儿子都能杀，又怎么会允许他这个昭仁太子的后人活着？

秦寂言和景炎一路追逐，很快就来到城门口。眼前全是守城的官兵，景炎要是这么闯过去，必然会陷入包围。他不得不停下来，抽剑对上秦寂言："来吧，打一场。这一次赢了，我真的可以走了。"

"现在的你，不是我的对手。"秦寂言抽剑迎上。

"不是对手也要打，换了是你，会投降吗？"景炎神色平静，哪怕被秦寂言逼得狼狈地闪躲，眼中也没有一丝怨恨。他怨恨的人，从来不是秦寂言。在景炎看来，他和秦寂言一样，都是背负着沉重枷锁的可怜人。

秦寂言摇摇头："不会。"他和景炎都不是轻易服软的人。

"所以……打吧！"景炎主动出击，秦寂言迎上来时，他虚晃了一下便抽身朝城门口跑去。

"秦寂言，对不起了，你也说了，现在的我不是你的对手，所以……我不打了！"景炎十分无赖，秦寂言却笑了。这样的景炎，才像他认识的景炎。如果没有末村的事，他和景炎也许能成为好友。可惜，这世间没有如果。

秦寂言站在原地目送景炎离去。今晚他做的已经够多了，他愿意给景炎一个机会，也给自己一个机会。

"你居然不追？"景炎回头看了一眼，他一直很欣赏秦寂言，而今晚，又让他高看一眼。

秦寂言不追，景炎也就没必要玩命地逃，收起剑，也不管秦寂言看不看得到，朝他竖起大拇指，无声地说道："算你命大！"然后，如同幽灵一般窜入夜色之中，悄无声息地出现在城墙上。

秦寂言没有出声，他就这么看着景炎被守城的官兵发现、被围攻。秦寂言本以为会有一场恶战，却不想景炎还未出手，就见一个个带着引线的油包飞到了城墙上，火花在黑夜中十分夺目。

"不好！"秦寂言提气朝城墙的方向冲去，远远地喊道，"快闪开！"

炸药包瞬间炸开，凄厉的惨叫声划破夜空，景炎站在火光中笑得嚣张："秦寂言，有没有庆幸自己放过了我？"

秦寂言冷冷说道："本王后悔没有拦下你！"明明可以悄无声息地离开，却非要惊动守城的官兵，真是可恶。

"到了这里，你拦不住我了。"城墙外就是接应景炎的人，而秦寂言只有一个人，真要打起来，一点儿便宜也占不到。

像是嫌自己还不够张扬一般，景炎十分嚣张地说道："你在西胡战场上用的炸药十分好用，本公子征用了。"

轰轰轰——数十个炸药包同时炸开，那炫目的火花灼得人眼睛生痛。

这是挑衅！嚣张而狂妄的挑衅！

这是信号！告诉城内的人，景炎平安离开的信号。

然而，不知为何，秦寂言却无法产生愤怒的情绪，只是觉得好笑。狂妄张扬、充满挑衅气息的景炎，就好像一个急于证明自己的孩子，少了仇恨的负担，没有虚伪的面具，只有最纯粹的自己。

景炎嘴上虽然说要毁了大秦，可他所做的事并没有动摇大秦的国本。如果他真要毁了大秦，那把国库的银子搬空后，就会立刻通知北齐，而不是像蚂蚁搬家一样，一点一点将银子挪出去。

没有一丝迟疑，秦寂言转身朝皇宫的方向走去。

城外，景炎跃下城墙，与接应的人会合，扭头看了一眼，眼中闪过一抹极浅的笑。今晚虽然吃了大亏，可压在他心上的秘密终于说了出来，整个人说不出地畅快。他从来没有一天，像现在这般轻松。至于今天的事，来日他必双倍还给秦寂言。

景炎手下的人飞快地将一件干净的外衣披到他身上，又将水和吃食递到他手上："主子，船已备好，随时可以出发。"

"不必，我们走官道。"景炎喝了口水，拒绝了送到嘴边的食物。

"走官道？万一有追兵怎么办？"他们留下来的人可不多。

"不会，没有人来追。"这一点景炎可以肯定。秦寂言既然放他离开，就一定会放到底，真要有追兵，早就来了。

"走吧！"景炎策马冲入夜色之中，朝江南的方向奔去。

秦寂言今晚放了他，他也不会让秦寂言吃亏。秦寂言不是一直想要江南那块地吗？他会帮秦寂言一把……

景炎一行人走后没多久，顾千城就带着侍卫回到了京城。她并没有让人把山中的白银与黄金抬回来，秦寂言说了要高调，那么晚上把银子运回来显然不符合要求。

顾千城查清木料坊的事后，留下大半的人看守，便带着侍卫回京，好让秦寂言可以在天亮前回宫复命，只是，当顾千城赶到六扇门时，才知秦寂言早就进宫了。

"出什么事了？"顾千城并不知道秦寂言今晚针对景炎的计划，看到有明显打斗痕迹的六扇门，心里有一种很不好的预感。

留守六扇门的捕快道："景大人逃走了，中途挟持了五皇子。皇太孙殿下追了过去，虽然救回了五皇子，却没有追到景大人。"

"什么？景大人逃走了？这怎么可能？"顾千城眼睛猛地睁大，心中浮现起一个可怕的念头。

"景大人与摘星楼的人有关，据说是摘星姑娘的主子。"六扇门捕快的这句话，证实了顾千城的猜想。

"果然……是他！"顾千城一点儿也不意外。摘星是景炎的人，那么她的嫉妒就能够理解了，只是："他为什么要偷国库的银子？他到底是谁？"

顾千城喃喃自语，声音很小，捕快也没有听清，只是一头雾水地看着她："顾姑娘，你在说什么？"

"没有……"顾千城回过神，说道，"对了，你们能将消息传进宫吗？我有重要的事情要报给殿下知晓。"秦寂言让景炎跑了，回到宫里一定会被老皇帝责怪，她需要把找到银子的好消息传进去，这样秦寂言也能少挨两句骂。

"这个时候恐怕不行。今天晚上，皇上身边的太监假传圣旨出宫，宫里怕是一团乱，绝不会允许外面传消息进去。"六扇门的捕快想也不想就否决了。

"皇上身边的人假传圣旨？"顾千城好不容易平静下来的心再次狂跳起来，"到底是怎么回事？你说详细一些。”

“具体的事情小人也不知，只知皇上身边的李公公突然带来一批御林军，说殿下谋反，要把殿下带进宫。殿下不从，双方就打了起来。可是打着打着，景大人突然挟持了五皇子来要挟殿下。景大人被殿下拆穿后，就带着五皇子逃走了，殿下追了出去，只带回五皇子。”

根据捕快说的话，顾千城已经推测出今晚发生的事不一般，而景炎更是不一般。

顾千城担心秦寂言，却没有办法，叹了口气，说道：“我知道了，既然殿下进了宫，我便去书房等他。”

“顾姑娘，请——”捕快上前给顾千城带路。

诚如顾千城所想的那般，进宫面圣的秦寂言，正面临着老皇帝的狂风暴雨。

“寂言呀寂言，你把景炎扣在六扇门近一个月，居然没有查出他的异常？他在你的眼皮底下做出这么多事，你竟然一概不知？就算你以前不知道，今天知道了，朕还给了你调兵的特令，最后居然还让他跑了。你这是放虎归山你知道吗？昭仁太子的后人，就在朕的眼皮底下，还是朕钦定的探花郎，这事传出去，朕还有何颜面？你真是太让朕失望了。”

老皇帝指着秦寂言就是一通大骂，好像所有的错都是秦寂言的错，至于他的心腹太监假传圣旨一事则绝口不提。秦寂言半个字也没有说，等到老皇帝骂完才开口辩解：“皇爷爷，我之前并不知景炎有问题。我也没有把景炎扣在六扇门，只是看景炎是皇爷爷钦定的探花郎，才华了得，封大人也多次赞他聪明能干，想借他协助六扇门办案。”

秦寂言完全不给老皇帝面子，甚至将封大人也扯了进来。不怪秦寂言这么小心眼，封家显然知道景炎的身份，不仅不提醒一句，还帮着隐瞒，虽然称不上可恶，但着实可气。

“而且，在今天之前，我也只查到国库的银子与摘星楼有关。今天顾千城带人查抄了摘星楼，拿下管事的，才得知景炎与摘星楼的关系。得知景炎的身份后，我立刻调人围了六扇门，想将景炎射杀。奈何景炎武功高强，侍卫根本不是他的对手。更不用说，景炎为了脱困，调来藏在京中的大量高手。我仓促安排，人手本就不足，正准备去调守城的官兵，不想关键时刻李公公带来圣旨，说要捉拿我进宫，随后五叔就带着大批御林军来增援。”

秦寂言说到这里，略一抬头，见老皇帝一副要吃人的样子，却只当没有看到：“皇爷爷，景炎拿下五叔做人质，确实是我大意了，没有照看好五叔。只是五叔已经在景炎手里，我总不能眼睁睁地看着他出事。”

老皇帝听到秦寂言提起五皇子，又想到今晚顾贵妃所做的事，怒火中烧，想也不想就道：“老五？他算什么？他的命怎么能和昭仁太子后人的命比？”

老皇帝刚说完，就意识到自己这话说得不对，有些事可以私下做，绝不能光明正大地说出来，说出来就是授人以柄。

“咳咳……”老皇帝轻咳两声，掩饰自己的尴尬，“你可有派人去追？”

“皇爷爷，我无法调动城外的驻军。”秦寂言极其巧妙地开口。

“什么？你没有让人去追？朕给你派的人手呢？”老皇帝手一抖，一口气差点没缓过来。

“皇爷爷，那些人都去城外找银子了，我之前并不知景炎的事。”秦寂言一句不知就把所有的事都推得干干净净。

“你……你是真不知还是假不知？”老皇帝捂着心口，喘着粗气。

这是发病的征兆，如果是平时，老皇帝身边的心腹太监必然会在第一时间取药上前，可今天，心腹太监此刻正像粽子一样被秦寂言丢在偏殿，留着给老皇帝话别主仆情分。

“真不知。我之前一直在西北，极少与景炎打交道，对景炎的了解，全来自封大人和五叔的举荐。”秦寂言再一次不着痕迹地黑了封大人和五皇子一把。

“封大人？”老皇帝自动忽略掉五皇子，那么笨的人，怎么可能知晓景炎的身份？

“不仅是封大人，各部的官员对景炎的印象都极好。当初五叔能够顺利将钱庄办起来，景炎功不可没。”秦寂言还算厚道，并没有往死里踩封大人。

秦寂言对封家的感情十分矛盾。他虽然不满封家对景家的维护，可也希望有朝一日，易地而处，他或者他的子孙后代，遇到景炎这种情况，能碰到像封家这样的人家。

重情义的人，谁也无法真正讨厌！

五皇子这人虽然各种无能，可不管是秦寂言还是景炎，都没有想过要其性命。对他们来说，像五皇子这种蠢人，根本不会放在眼里。五皇子那一摔虽然摔得很响，实则并不重，是以，五皇子进宫后没多久就醒了过来。醒来后的五皇子得知老皇帝正在召见秦寂言，不顾宫人的阻拦，执意要见老皇帝。

“殿下，时辰不早了，有什么事明天再说吧。”太监死死地拉住五皇子，不让他打扰老皇帝与秦寂言的谈话。

“死奴才，放开我！”五皇子不听劝，他必须尽快去求情，不然失了先机，他就惨了。

五皇子此时最怕的就是失去老皇帝的喜爱，他一脚把太监踹开，不顾侍卫的劝说与阻拦，跌跌撞撞地闯到勤政殿，扑通一声跪在地上：“父皇……”

五皇子进宫后，太医就忙着为他诊治，还来不及换衣服，身上的衣服又是灰又是血，看上去还真是挺惨的。

“这是怎么回事？”老皇帝只看了一眼，就知道五皇子伤得不轻。

“父皇……儿臣犯下滔天大错，特来请罪。”五皇子在讨老皇帝的欢心上，天生就有本事，“儿臣受人蒙蔽，被人挟持出宫，给父皇添麻烦了。儿臣有罪，恳请父皇责罚。”景炎一跑，五皇子就是再蠢也知道他不是什么好东西。不管发生了什么事，认错总是没有错的。

“今晚的事朕知道了，此事与你无关，你乖乖在殿内思过。”老皇帝知道怪他也没用。

“谢父皇不罪之恩。”五皇子心里狠狠地松了口气。只是人总是得陇望蜀，见老皇帝不责罚自己，五皇子心底又有了想法，看了秦寂言一眼，一脸为难地说道：“父皇，儿臣有一事，不知当说不当说？”

“什么事？”老皇帝不耐烦地问了一句。

五皇子抬头看了老皇帝一眼，又看向秦寂言，一副想说又不敢说，最后像是下了天大的决心一般，闭眼道：“父皇，今晚的事儿臣确实有错，可是……当儿臣被景炎抓去做人质时，寂言却不顾儿臣的安危，执意追上来，还说不在乎儿臣的生死，甚至动手杀儿臣。要不是父皇洪福齐天，庇护儿臣，您就见不到儿臣了。父皇，儿臣怎么说也是寂言的叔叔，寂言他这般冷情，儿臣怕，儿臣真怕……”说到最后，五皇子已是泣不成声。

老皇帝看了秦寂言一眼：“寂言，你五叔说的可是真的？你真的要杀他？”

“皇爷爷，五叔并没有出事吧？”秦寂言抬头，迎上老皇帝审视的眼神。

“那是我命大，才没有被你害死。”五皇子一口咬定秦寂言要杀他。

“皇爷爷，如果我真要害死他，他根本没有命大的机会。”秦寂言说得平静，五皇子却心神一震、背脊一寒。他强压下心中的害怕，厉声指责道：“父皇，您看，当着您的面，他就敢说杀我，以后等寂言坐上皇位，我们这些当叔叔的怎么办？”

老皇帝随手抓起杯子就朝五皇子砸去：“号什么号，朕还没有死呢，你这是咒朕早死吗？！”五皇子那句“等寂言坐上皇位”触到了老皇帝的禁忌。

五皇子自知失言，不敢躲，额头生生被砸破，却不敢呼痛，不断地磕头求饶：“父皇息怒，父皇息怒，儿臣不是这个意思，父皇……”

“够了！”老皇帝打断五皇子的话，“和你母妃一样，只会使小手段，上不了台面。朕不想看到你，滚！”老皇帝现在对顾贵妃和五皇子厌恶到了极点。

“父皇，儿臣知错了，父皇……”五皇子还想求情，老皇帝却不给他机会，直接下旨圈禁他：“日后你就待在西宫的无为殿，无旨不得外出一步！”

无为殿，不是“无为而治”的意思，而是“没有作为”的意思。无为殿的前一任主人是老皇帝的弟弟，一个跟老皇帝争皇位失败的人，被老皇帝关到死。

“父皇，不要呀，儿臣知错了。”五皇子慌了，可任他怎样挣扎，也挣不开侍卫的钳制。

等到人被带走，老皇帝觉得秦寂言像个看客一样冷漠，转脸对秦寂言道：“你不为他求情吗？”

“没有必要。依五叔的性子，待在无为殿很好。”秦寂言没有直接说出自己看不起五皇子这样的话，可也差不多。

“你这话倒是有意思。”老皇帝却没有生气，而是惆怅一笑，“有你这句话，朕就不用担心他的未来了。”想起自己的五个儿子，老皇帝眼中有一瞬间的迷茫。

“皇爷爷，您定会长命百岁，有您在，五叔不会有事。”虽说这话不真，可架不住老皇帝听了高兴。

“什么长命百岁，朕又不是老怪物。朕不求长命百岁，只要能在有生之年看到你娶妻生子，朕就满足了。”想到被顾贵妃和淑妃破坏的七夕选妃宴，老皇帝就忍不住叹气，“寂言，今年的七夕宴虽然不了了之，可宴会上也有不少出色的女子，你可有中意的？”

“没有！”秦寂言果断拒绝，老皇帝本想劝说，转念想到秦寂言提起之前中毒的事与淑妃有关，便无心再提他的婚事。

“寂言，你之前险些中毒的事，皇爷爷已经查清，确实乃淑妃所为。皇爷爷已经将她扣了起来，你想如何处置？”老皇帝这是第一次为了秦寂言查到四妃头上。不过，老皇帝打算到淑妃头上为止，不想牵扯淑妃身后的周王。

“淑妃娘娘是皇爷爷的妃子，皇爷爷决定就好。”他从来没想过要皇上帮他报仇，他想报仇就会自己下手。

“此事朕会处理，你放心，朕一定会给你一个满意的交代。”今天出了一堆糟心事，老皇帝着实累了，可是，还有一件事没问清，他就是再累也要撑着。

“寂言，封大人有没有可能事先知晓景炎的身份？”老皇帝问道。

秦寂言淡定地摇头：“我不知道。”封家知不知道景炎的身份，他怎么知道？他怎么能知道？老皇帝这话充满陷阱，秦寂言根本不可能回答。

“你真不知道吗？”秦寂言的解释很完美，老皇帝却不相信。

“真的不知。”不管老皇帝怎么问，秦寂言都一口咬定不知，几番下来，老皇帝无计可施，而他也确实累了。

“罢了，你既然不肯说，朕也不勉强你。景炎的事你多多上心，他绝不能活着。”老皇帝终于肯放过秦寂言了。

“皇爷爷，孙儿不是不说，而是真的不知。至于景炎，皇爷爷放心，我不会放过他。”秦寂言从善如流地应道，勉强把老皇帝应付过去。只是他前脚刚走，老皇帝后脚就召来了锦衣卫首领：“去，盯着他，看他去哪里，办什么事。另外再查一查景炎这几年做了什么，封家这几年的动向也给朕查清楚。”

凡是与景炎关系亲近的人，老皇帝都怀疑：“顾千城也给朕查一查！”

“是！”锦衣卫首领恭敬地退下。

老皇帝把事情交代下去后，心满意足地睡了，却不知锦衣卫首领一出宫，就与秦寂言碰了个面，转身就把老皇帝卖得干干净净。

“查吧，查到什么，如实禀报！”秦寂言半点不慌。

在对待景炎的事情上，封家十分谨慎，秦寂言可以肯定锦衣卫查不到什么，顾千城根本不知景炎的身份，也查不出什么。

不知顾千城那里进行得顺利吗？

在秦寂言担心顾千城时，顾千城已经回了六扇门，在秦寂言平时午休的房间呼呼大睡。秦寂言推门而入，就看到一个活色生香的大美人躺在自己的床上，等他享用……

顾千城沐浴后，发现秦寂言只给她准备了外衣，而外衣全是上等的真丝，本来就不贴身，顾千城随便蹭两下，衣服就解开了，于是……

秦寂言一进来，就看到这一幕，差点儿流鼻血。

秦寂言生生压下心里的渴望，走到井边，脱下衣服，打了两桶井水，草草将身上的灰尘与汗水冲干净，连水珠都不擦，就这么往回走。

再次回到屋内，秦寂言放缓脚步，拿起架子上的毛巾将身上的水珠擦干，然后没有一丝怜惜，直接扑了上去，压在顾千城身上。

“啊——”顾千城吓了一大跳，猛地睁开眼睛，就看到秦寂言放大的俊颜，闻到他身上熟悉的气味。

“殿下？”顾千城立刻双手环在秦寂言的腰上。秦寂言一脸满足，咬着顾千城的耳朵道：“是我，你夫君我回来了！”

“殿……”顾千城正想问一句，唇就被秦寂言含住了：“现在不要说话，乖……”他双手顺着顾千城身体的曲线往下滑。

“唔——不要……”火热的大掌，瞬间点燃了顾千城所有的热情，带着水的长发时不时从身上扫过，凉凉的，与身体的火热形成鲜明的对比。这种热与寒的落差，快要把顾千城的理智烧成灰烬了。

“这个时候，不要可不行！”秦寂言再次含住顾千城的唇，直把她吻得气喘吁吁才放过她，“记住，不许说我不爱听的话，不然以后不许你在床上说话。”

为了惩罚顾千城，秦寂言一晚上都没让她睡好觉。

第二十四章
惊叹，许你一世繁华

清晨，第一缕阳光透过窗子照进屋内，洒在秦寂言和顾千城身上。一夜未睡的秦寂言眯着眼用手替顾千城挡住光，但还是晚了，明亮的光线瞬间唤醒了床上的人。

嘤咛一声，顾千城悠悠醒转，眼皮睁了睁，半眯着眸嘟囔了一句："什么时辰了？"今天还要去城外运黄金呢！

"还早，再睡会儿。"秦寂言将人搂到怀里，用身体替她挡住光，拍着她的背柔声轻哄，"多睡一会儿，不碍事。"

"哦……"顾千城闻言不再多想，转身继续睡了。秦寂言拍背的手一顿，哭笑不得。

秦寂言轻巧地下床，去衣柜寻衣服。这一看，就发现一个很大的问题——他给顾千城准备的衣服里没有中衣和里衣。

秦寂言无奈，蹑手蹑脚地穿好衣服，亲自跑了一趟顾家，替顾千城取衣服。对顾家，秦寂言可谓熟门熟路，连丫鬟都不用惊动，就拿到了顾千城的衣服。里衣、中衣整齐地叠放在衣柜里，秦寂言一样拿了两套，想了想又放回去一套。

他要是在六扇门给顾千城把衣服备齐了，以后还会有那么好的福利吗？

辛苦跑一趟的秦寂言，最后只拿回了一套衣服，而他返回六扇门时顾千城还没有醒。虽说今天去城外搬银子这事还需要顾千城亲自出面，不过在秦寂言心里，这些再重要也比不过顾千城，秦寂言压根没有叫醒她的意思，任她补眠，自己则去与众捕快一起办公。

众捕快刚开始吓了一跳，后来知晓顾千城在秦寂言的房间休息，才明白不是他们犯了错，而是殿下太君子，避嫌呢。

"殿下年纪不小了，身边连个姑娘都没有，会不会憋坏呀？"

"你说殿下是不是不行呀？我看那些有钱人家的少爷，十五六岁就有通房丫鬟，殿下身边一个都没有，全是侍卫小厮。"

"咳咳……"听了半天壁角的老太监终于忍不住咳了两声，打断说得得意忘形的捕快们。

众捕快听到声音吓了一跳，齐刷刷地转头看过去，就看到一个年纪非常大、他们从来没有见过的老太监，当即有些慌神。

"这位公公，您找谁？"某位捕快率先冷静下来，淡定地上前询问。

老太监扯了扯嘴角，露出一抹诡异的笑，神色温和地说：“我找殿下，不知殿下在哪里？”

“您是？”捕头并不敢随意说出秦寂言的下落。

老太监慢条斯理地掏出一块令牌：“我姓司徒，奉皇上之命，请殿下进宫，劳烦大人转告一声。”

“司徒公公？”捕快上下打量对方一眼，那双用来辨认犯人的眼，如同刀子，将老太监上下凌迟了一遍。不怪捕快们如此谨慎，实在是昨晚的事太惨烈，要不是他们足够忠心，昨晚就犯大错了。

老太监却淡定如松，见对方打量完还没有走，才不咸不淡地催了一句：“大人，还请你快些通报，皇上病倒了，急着见皇太孙殿下。”

“皇上？是，是，小人这就去找。”捕快原本还有怀疑，听到这话，顿时慌了，连忙转身往里跑。

老皇帝病倒，秦寂言就是再忙也得把手里的事搁下，以最快的速度进宫。不过，他即使再赶还是记得顾千城，特意留了话，让她醒来后带人去城外搬银子，他已经把人安排好了。

皇上病重，无心处理政务，他完全可以把国库失银的事情闹大，以彰显顾千城的才华与功劳。

秦寂言肚子里的弯弯肠子，顾千城就是猜不到十分，也能猜到七八分。听到暗卫的转述，顾千城在心里默默地为五皇子点了一排蜡烛，吃了东西后，便让暗卫去调人，然后带人出城。

顾千城一行人出现在街头时，立刻引来百姓的热议。

“咦，居然又有官兵出现，是不是和昨晚的事有关？”

“听说有人带兵围了摘星楼，好几个大官家的儿子都被抓了起来，说是要拿银子才能赎人呢。”

“带兵的居然是个女人，这到底是怎么回事？我们大秦什么时候女人也能当官了？”

“听说昨天七夕宴上，皇太孙殿下的选妃宴被周王世子破坏了，莫不是皇太孙与世子爷看上同一个姑娘，两人争风吃醋，大打出手？”

“莫不是哪位爷……”“造反”二字，普通百姓着实不敢说，只能含糊地带过去。

听着众人的议论，顾千城一开始觉得还挺有意思，后面越听越觉得离谱。她坏心地想着，要是让京城的百姓知道，昨晚的动静是因为国库银子失窃，还丢失了两个多月，这些人会不会吓呆？这么一想，顾千城就觉得抬银子进城的动作还是越大越好，闹得大才有意思嘛。

“驾！”顾千城扬鞭策马，加快速度朝城外赶去，身后的人只能认命地加速跟上。

秦寂言为了尽快赶到皇宫，一路快马加鞭，也没有机会问司徒公公老皇帝的情况，直到进了宫才边走边道：“司徒公公，你怎么会出来？”

姓司徒的老太监与老皇帝可以说是换命的交情，司徒公公一生帮老皇帝挡了三次刺杀，弄得一身是伤，很多年前就去别宫养伤了，宫里的人几乎忘了他的存在。

“圣上身边没个贴心的人，奴才放心不下，这才自请进宫。”司徒公公叹了口气，话虽温和，透露出来的意思却十分霸道。

远在别宫，却对宫中之事了如指掌，可见其圣眷之浓。不过，秦寂言却从他的话里听到了别的意思。

自从武家被灭，老皇帝将监察百官的“眼睛”化暗为明，建立了锦衣卫，但秦寂言一直知道，老皇帝手中除了锦衣卫外，还有一批隐秘的势力，只是一直不知在什么人手里，今天听到司徒公公的话，立刻就明白了。

秦寂言心里这么想，面上却半点也没有表露出来：“司徒公公，皇爷爷现在怎么样？好好的怎么又发病了？可是出了什么事？”

“太医说圣上是急怒攻心，至于发病的原因，奴才也不知，只知今早封大人见了圣上之后，圣上就说不舒服。”司徒公公紧紧跟在秦寂言身后。

“封大人？”秦寂言皱眉，没有再往下问。

秦寂言步入殿内时，老皇帝正在发脾气。一名小太监跪在殿中瑟瑟发抖，头磕得砰砰作响，不远处是摔碎的药碗。

“皇爷爷，出什么事了？”秦寂言暗自吸了口气，快步上前。

“寂言，你来得正好，让人把这没用的东西拖出去，杖毙！”老皇帝一脸戾气，眼眸透着嗜血的渴望。秦寂言深感不对，不过也没多说，只让人将哭喊求饶的小太监押出去。

“皇上，您的衣服湿了，奴才伺候您换衣服。”司徒公公上前将老皇帝搀扶起来。

秦寂言默默后退三步，等到老皇帝换好衣服，情绪平静下来，这才问道：“皇爷爷，您没事吧？”

老皇帝看着秦寂言，厉声道：“寂言，顾千城手上是不是有一本叫《夷国志》的书？”

“《夷国志》？”秦寂言没想到老皇帝会直接问出来，着实愣了一下。

“怎么？你不知？”老皇帝一脸狐疑，摆明了不相信。

当初，顾千城当着顾老太爷的面说，她的《夷国志》给了秦寂言，顾老太爷把这话原封不动地转告给了老皇帝。老皇帝只是让人监视顾千城，却迟迟没有动手，就是认定《夷国志》在秦寂言手里。对老皇帝来说，秦寂言手里的东西就等于是他的，他想要的话，随时可以取来，现在他就想要了……

秦寂言查到顾老太爷出卖了顾千城后，就知道老皇帝不会放过顾千城，只是他没想到，老皇帝没有暗中去查，而是直接问他。

“皇爷爷，我不知什么《夷国志》。”还没有想好怎么解决这事，秦寂言只好先否认了。

“不知？”老皇帝脸色一沉，刚消下去的怒火再次爆发，双眼通红，脸部扭曲，就像失去理智的野兽一般。

“皇爷爷……”秦寂言担忧地唤了一句，眼中闪过一抹疑惑。正在这时，司徒公公上前解释道：“殿下，太医说圣上心神不宁、思虑过重，不宜再受刺激。”司徒公公解释完，就替老皇帝顺气，待到老皇帝心神平和下来，又悄无声息地退下。

秦寂言垂眸掩去眼中的惊涛，静静地站在那里，看似恭敬，实则在琢磨老皇帝的病情。皇上最近太反常了，尤其是今天！

老皇帝平定心神后，没有再追问《夷国志》的下落，而是冷冷地对秦寂言说道："寂言，朕不管你手上有没有《夷国志》，也不管你知不知道《夷国志》，朕要你三个月内找到这本书，不然……你的储君之位，朕不介意换人来坐。朕相信，愿意为朕寻找《夷国志》的人多的是。"

"皇爷爷……"秦寂言抬头，可刚开口就被老皇帝打断了："朕现在什么都不想听，只想知道你能不能找到《夷国志》。你若找不到，朕就让你周王叔去找。"他可以为了权力放弃儿子，当然也能为了生命放弃孙子。

"皇爷爷，我真不知什么《夷国志》，不过皇爷爷开口，孙儿自当尽力。正好，我下个月要去江南寻找景炎，同时将景炎在那里的势力清除，正好可以寻一寻《夷国志》。"秦寂言淡然应下，没有担忧，也没有过度表现，同时主动领下寻找景炎的任务。

"很好。朕相信你会办好。"老皇帝深深地看了一眼秦寂言。

秦寂言恭敬地告退："皇爷爷您好好休息，孙儿先退下。"

"去吧。国库的银子尽早搬进去。对了，先让人查一查国库还有没有别的问题。"老皇帝听秦寂言提起景炎，便想起了末村住的是一群什么人。

当年，皇宫都是那些人建的，他们能把昭仁太子偷出去，把国库的银子运出去又算得了什么？这皇宫，他们秦家人恐怕都没有末家人熟悉。

秦寂言领命退下，本想直接出宫，走到岔道口时，突然记起皇后娘家那个横死的姑娘，脚步一顿，朝皇后的宫里走去。

昨晚七夕宴上的事，对皇后的打击太大了。皇后年事已高，这一闹腾便病倒在床。秦寂言一进去就闻到了浓郁的药味。不过，皇后听到秦寂言过来，还是挣扎着起身。

"寂言，你来了……"皇后看到秦寂言，明显露出欢喜的笑容。

"皇奶奶……"秦寂言例行问安，随即问起皇后的病情，淡漠地安抚了几句，末了提了一句，"六扇门最近人手紧缺，皇奶奶可以和陈国公提一提。"

陈国公就是皇后的弟弟，秦寂言的意思明显是要补偿皇后娘家，让皇后娘家的孩子成为他的嫡系。皇后虽然没能把陈家的姑娘送给秦寂言当妃子，却也清楚，光耀门楣靠女人是不行的，如果能让母族的孩子跟在秦寂言身边，也是极好的。

有了秦寂言这句话，皇后心中的大石落下，状似不经意地提了一句："听说皇上突然发病，太医一时也没有办法，还是君家的大小姐举荐了个人进宫，这才将皇上的病情稳定下来。也不知皇上现在怎么样了，我这身子也没办法过去看望。"

"皇奶奶放心，皇爷爷很好。"皇后这话说得十分直白，秦寂言哪能不明白。

一出宫，秦寂言就让人去查君亦安带了什么人进宫见皇上。暗卫最近和锦衣卫合作得十分愉快，厚着脸皮寻了一趟锦衣卫，立刻就问到了消息。

"君亦安带进宫的人来自长生门。长生门的人说他们找到了龙凤果，现在就差《夷国志》了，要皇上帮他们寻找。"

“果然是长生门，那批人还活着？”秦寂言问的那批人，是指被困在废墟里的圣女倪月一行。

“属下无能，还有两个女人没有找到。”倪月一行人刚出废墟，就被秦寂言安排的暗卫截杀，只是对方谨慎，又有不少保命手段，没有全部灭口，让四个人逃了出去。“继续找，不留活口。”秦寂言淡漠地下令。

马车缓缓向前，驶入主干道时，秦寂言淡淡地开口：“去城门口！”

秦寂言估摸着，顾千城这个时候该将银子运回城了。这么大的事，当人夫君的当然要去给夫人压阵！

秦寂言抵达城门口时，顾千城还没有回来。秦寂言担心顾千城，立刻派暗卫跑腿：“派人去看看。”

暗卫二话不说就往城外跑。此时顾千城已在回城的路上，双方在半路遇上，暗卫说了秦寂言正在城门口等，与顾千城敲定好进城的时间后，先一步进城回话。

“顾姑娘还有两刻钟就能回城了。”暗卫禀道。

秦寂言点了点头，看了一眼人来人往的街道，不容拒绝地说：“一刻钟后，调禁军开路，城门口任何人不得进出。”

“属下遵命。”暗卫躬身退下，去安排秦寂言交代的事。

一刻钟后，禁军出现在大街上，将街上的百姓赶到路边。很快，不管是城门口还是大街上都清场了，秦寂言估摸着时间差不多了，便带着亲兵打马而来。

有人认出了秦寂言，当即惊呼：“皇太孙殿下，是皇太孙殿下来了。”

此言一出，百姓们纷纷跪下，高呼：“皇太孙殿下千岁千岁千千岁。”

秦寂言扫了一眼，继续前行，直到停在城门口。行完礼的百姓纷纷起身，见秦寂言下马站在城门口，一个个愣住了：“皇太孙殿下在等人？”“什么人如此嚣张，居然要皇太孙殿下亲自来接，还让皇太孙殿下等？”……

看热闹的百姓议论纷纷，有人想到之前高调出城的顾千城，大胆地猜测，莫不是与她有关？不过很快就被人否定了。顾千城就是一个女子，就算她昨晚立了功，也没有资格让秦寂言亲迎。于是众人更好奇了，一个个睁大眼睛盼着。

没让众人等太久，一支长队就出现了，领头的人真是顾千城。顾千城身后跟了一串抬箱子的士兵，中间的战马也没有坐人，而是在两侧各挂了一个箱子。看马走得那么慢，就知那两箱东西十分重。百姓的好奇心瞬间被点燃，一个个交头接耳，有几个胆大的甚至小声地问起禁军，可禁军也不知道。

顾千城在离城门数十米处下了马，与抬箱子的士兵们一起走了过来，在秦寂言面前停下。

士兵们将手中的箱子放下，数百个笨重的箱子同时落地，那声音如同打雷，狠狠地敲击在众人心尖上，议论纷纷的百姓瞬时安静下来，一个个神情肃穆地看着顾千城一行人。

“参见皇太孙殿下，殿下千岁千岁千千岁。”在顾千城的带领下，一干士兵齐齐给秦寂言行礼。待到秦寂言叫起，顾千城才起身，上前禀道：“殿下，草民不负殿下期望，将银子寻回来了。”

顾千城的声音不大，除了秦寂言身旁的人，没有人听到她说了什么，只知道秦寂言听到顾千城的话后，冰冷的脸上露出一抹赞许，大声叫了一句：“好！”

众人看得一头雾水，不过没有人敢多问半个字，只能睁大眼睛看着，生怕自己漏了什么精彩的内容。

秦寂言没有让围观的百姓失望，上前一步，说道：“打开！”

“是！”随着秦寂言一声令下，士兵们纷纷将箱子打开。放在前面的全是黄金，后面的则是白银。箱子一开，阳光一照，那耀眼的金光与银光，几乎将人的眼睛闪瞎。

“啊……好多金子！”看热闹的百姓长这么大恐怕也没见过一整箱金子，此时不仅看热闹的百姓惊呆了，就连禁军也傻眼了。

顾千城见状，在秦寂言身旁小声地说了一句：“还满意你看到的吗？”

“敢不满意吗？”秦寂言以只有两个人能听到的声音说道，然后看向众士兵，赞了几句很好，便让人将箱子盖上，把金子和银子运进城。

秦寂言走在最前方，抬银子的士兵们紧随其后，顾千城则借机溜走了。她已经露了面，后面的事交给秦寂言就好，她要是做多了，反倒过了。

数百箱金银，一路浩浩荡荡地抬到国库门口，早已收到消息的六部官员齐齐在外等候。见到秦寂言过来，以封大人为首的百官齐齐上前，给秦寂言见礼后，便急着问道：“殿下，这些银子是怎么回事？”

国库银子丢失一事，被老皇帝捂得十分严实，京城的官员都不知此事，此刻见秦寂言带人抬着一箱箱银子过来，皆面露不解。

秦寂言本就没有隐瞒的意思，见封大人代百官问起，直言道：“如封大人所见，国库银两丢失，本王从西北回来就是为了处理此事。现在银子已经找回，众位大人可以放心了。”

“国库银两丢失？什么时候的事？臣，臣怎么不知？”封大人听到这话，简直要晕倒了。

结合昨晚的事，还有今天一大早老皇帝问的话，封大人不用想也明白，国库失银一事，必与景炎有关。封大人感觉他的心脏已经不听使唤了。

而这个时候，还有不长眼的官员大叫：“景炎，景大人，还有五皇子？”这句话没头没脑的，可在场的人都明白了，几个与景炎走得近的官员当即吓得脸色发白。

“好了。”秦寂言不给众人多问的机会，淡漠地下令，“封大人，先安排人将银子清点入库，有事我们稍后再说。”

“是，是。”封大人面上平静，心底却已翻江倒海，看秦寂言的眼神也充满歉意。他们封家虽然暗中助了景炎一把，但从未想过陷大秦于不利，也没有想过背叛大秦，可现在，要不是秦寂言及时发现，又捂住消息，大秦怕是已经灭国。

秦寂言把一切丢给封大人后，就进宫去找老皇帝了。国库的黄金和银子只找回了三分之二，剩下的三分之一被景炎运走了，这么大的事，他不得不和老皇帝说一声。

听到秦寂言的汇报，老皇帝关心的不是被景炎拿走的三分之一的银子，而是秦寂言居然在光天化日之下将银子运回国库，闹得满城皆知。

“寂言，你是故意的？”老皇帝觉得自己又要发病了。

“皇爷爷，您在说什么？孙儿不懂。”秦寂言一本正经，看上去就是一个老实的孩子。

“你不懂？你会不懂？你……为何不偷偷将银子放进国库，为何要闹得尽人皆知？你就非要将你五叔打死才满意吗？”老皇帝嘴上说的是五皇子，实际上更在意他自己的名声。银子在他的治下遗失，而被人利用的那个蠢货则是他儿子，是他钦点的大秦钱庄主事者。

“皇爷爷，数百箱银子，您让孙儿怎么悄悄地放回去？”秦寂言抬头，一脸无惧，特意加重“偷偷”二字。

“景炎能将银子偷偷运出去，你就不能偷偷放回来吗？你连他都不如？”老皇帝这话可谓诛心了，只是秦寂言却不计较。

“皇爷爷，景炎是昭仁太子的后人，是墨家的后人，孙儿不是。”秦寂言一字一顿，说得缓慢而郑重。

景炎是皇家嫡系、墨家后人，虽然没有在皇宫待过一天，对皇宫的一些秘密场所，却绝对比他们清楚。

“你，你这话是什么意思？”老皇帝即位时，昭仁太子的事才过去十来年，他对此十分在意。

“皇爷爷，孙儿什么意思也没有，只是实话实说。皇爷爷要是不高兴，就当孙儿没有说过。”秦寂言又恢复以往的冷漠与疏离：“皇爷爷，如果没有别的事，孙儿先告退了。哦，对了，查到摘星楼、找到银子的人是顾千城，皇爷爷莫忘了赏赐她。”

说完，他也不管老皇帝多生气，直接走人，留下老皇帝气得直喘粗气，司徒公公吓了一跳：“皇上，您千万要保重身体呀！”

“司徒，你说，你说……他这是什么意思？”老皇帝全身痉挛，嘴角都歪了。

“唉，皇上，殿下比景炎好多了，你那么说，多伤他的心。”司徒叹了口气，秦寂言之前的态度极好，直到老皇帝提起秦寂言不如景炎，秦寂言这才语气不善。

“怎么？朕还不能说他了？”老皇帝哼了一声，不过脸色明显好看不少。

国库失银一事闹得很大，文武百官看着一箱箱被抬进国库的银子，一个个都面露惊慌，点银子的手都在颤抖。国库失银，这是何等大事，他们之前竟然一点儿风声也没有听到，可以想像皇帝的权势有多大，而背后的黑手又有多强。

“封大人，这事可要怎么办？皇上此时将国库失银一事爆出来，是不是对我们不满了？”国库失银之事，皇上当时能瞒下来，现在也能悄无声息地解决，偏偏皇上没有继续隐瞒，这让一干官员十分不安，尤其是户部的官员。

“封大人，你要救救老臣呀，老臣真的不知……”户部尚书都要哭出来了。

“封大人，这到底是怎么回事？此前出事的几个官员，是不是和国库失银有关？之前大秦钱庄出现过一次挤兑风波，难道就是那个时候，国库的银子被盗啦？”刑部尚书善于抓细节，立刻就想到了不寻常的地方，而他的推断马上引来众人的附和：“应该是了，大秦钱庄挤兑风波过后没多久，皇上就派人召皇太孙回朝，而且皇上也是在那个时候囚禁五皇子的。”

几位相熟的官员凑在一起讨论之后，又去询问封大人的意见：“封大人，你说这事皇上会如何处置我们？”

“我们要不要自行请罪？这事可大可小，虽说银子找回来了，主谋却没有找到。明日早朝，皇上怕是会对我们发难。”

听着众大臣的话，封大人的脸色越发难看。大秦钱庄？挤兑风波？这正是他一手促成的。他一直以为自己一心为公，就算护着景炎，也没有伤害大秦的利益，可事实呢？自己早在不知不觉中，就帮着景炎损害了大秦的利益。原来，他在不经意间已成了帮凶。

听着耳边叽叽喳喳的讨论声，封大人觉得自己好像被人控制了一般，张嘴想喊，却发现自己根本发不出声音，就好像自己不是自己了。就在此时，封大人感觉自己被重重地拍了一回，本能地回头，就看到焦大人那张放大版的脸。

封大人吓了一跳，总算找回了自己的声音：“焦大人，有事吗？”

“封大人，你没事吧？”焦大人担忧地问，眼眸微动，似在提醒封大人。他们两个虽然斗了一辈子，关键时刻却不会互坑，这是他们的默契。

“是呀，是呀，封大人你没事吧？”围在封大人身旁的官员，也一一问了起来。

“我没事，劳诸位同僚担心了。”封大人很快就收回心神，镇定自若地说，“我在想景大人的事，想他是如何从国库把银子抬出去的，这才一时失神，还请诸位见谅。”

焦大人与封大人合作多年，也对峙多年，比一般人更了解封大人，只是现在的情况容不得他多说。等到傍晚，焦大人见封大人实在撑不住了，便借回去用膳的名义，让封大人先回去吃饭，稍后再来和他换班。

封大人匆匆回到封府，一进府就急着要见封老爷子。他还未踏进后院，就被老爷子身旁的下人截住了：“大人，老太爷有贵客，无法见您。另，老太爷让小的给大人带一句话：自己乱了，让旁人如何想？”

封大人一怔，这才发现自己的失态极可能惹人怀疑，面上一红，当即收敛情绪：“告诉父亲，我知道了。”

老太爷的院子里，秦寂言正与老太爷对弈，棋盘上黑白子各占一半，不过黑子明显比白子有优势。

执黑子的是秦寂言，拿白子的是封老爷子。两人已下了两刻钟，从最初的想也不想就落子，到现在的思索再三才落子。当然，思索再三才落子的只有封老爷子，秦寂言则是看一眼就落子，动作不紧不慢，一副游刃有余的样子。

又轮到封老爷子落子，不过他并没有急着去拿白子，而是对着棋盘端详半晌，最后叹了口气，说道：“皇上一直说殿下棋艺一般，没有得到太子的真传，原来……是错了。”

他和皇上都被秦寂言骗了，而且一骗就是二十几年。

“不过是一盘棋罢了，是封老您的心乱了。”秦寂言对封老爷子还是十分尊重的。

“就算是平时，老臣也只能与殿下打成平手。”秦寂言的棋风太稳了，不管什么时候都稳得住，一步一步，始终保持自己的步调，不受外界的影响。和这样的人下棋，打成平局不难，赢他却着实不易。

“这才是殿下的真正实力吧？”封老爷子看着秦寂言，眸中没有打量与怀疑，只有长者该有的睿智与宽和。

“不是。”秦寂言摇头否认，封老爷子当即双眼放光，秦寂言不疾不徐地补了一句，“封老，这是顾千城背的棋谱之一，她说和您下棋，用这个局必胜。”

“噗——”封老爷子喷了一口茶，“你说，这是千城教给你的？”那死丫头，居然教一个外人来算计他，真是白疼她了。

“她背的棋谱很多，而且很杂。”秦寂言没有正面回答。

这个棋谱是顾千城在一次闲聊时无意中提起的，还说要寻个机会拿这个棋谱和封老爷子对弈一局。

“她，她就不配下棋，一天到晚只知道背棋谱。”封老爷子看着桌上的棋局，心里那叫一个气呀。他压根就没想到，秦寂言也会直接拿棋谱用，真是坑人。

“你们年轻人就这么欺负老人家？”封老爷子十分不满。不过，这十分不满里，顶多只有两分是针对棋谱的事，剩下的八分则是针对景炎一事。

秦寂言上门，说得好听叫提醒一下封老爷子，实则是以此相威胁。封大人和封似锦虽然都倒向秦寂言，但他很清楚，封家最高权力掌握在老爷子手里。为了让封家彻底为他所用，不再帮着景炎，必须把握住这个机会，即使被封老爷子骂作小人也无妨。

秦寂言无视封老爷子不满的眼神，平静地说道：“封老，您应该很清楚皇爷爷对景炎的态度。他昨天还在怪本王，不应该为救五皇子而放走景炎，景炎的命比五皇子的命更重要。”

为了留下景炎的命，老皇帝连自己最疼爱的儿子都不在乎，一旦知晓封家知道景炎的身份不说，那么封家还能留下来吗？封老爷子心中一凛，不过很快就平静下来。

“殿下是在告诉老臣，老臣别无选择了吗？”如果是这样的话，他们封家还得寻个退路才是。他不怕秦寂言有手段、有算计，他怕秦寂言容不下会说“不”的封家。

“封老您想多了，本王在西北与似锦也算有过命的交情，日后还想重用他。”嘴上说不是威胁，实则每一句都是威胁。

封老爷子可以拒绝，秦寂言也不会卖了封家，但封似锦的仕途就到头了，除非以后坐在皇位上的不是他。相反，只要封老爷子点头，封似锦日后必然前途无忧、步步高升！

“殿下，你可真是……让人无法拒绝。”封老爷子忍不住笑了出来。

张弛有度、一紧一松，说是威胁，实则为利诱。虽然还是储君，可该有的手段半点不缺，帝王权术信手拈来，一点儿也不生疏。

“本王是真的欣赏封家的忠诚，也欣赏似锦的才干。”秦寂言这话半点不假。

没有人能保证自己永远高高在上，谁也不知未来如何。封家能在景炎一无所有时为其提供庇护，那么日后倘若他秦寂言有个三长两短，他的孩子或者千城，必然也能得到封家的庇护。

没有任何意外，封老爷子应下了秦寂言的“威胁”，当然封老爷子这样的人，不会让自己陷入被动。

“殿下，您这么急着来找老臣，可是有要事？”封老爷子捧着茶杯问道。他们封家就是投靠，也得拿出格调来，谄媚、跪舔这种事，他们做不出来。

秦寂言大方地开口：“这次国库失银是千城寻出来的，明日本王会在早朝上为千城求赏。”

“求赏？”封老爷子眉头一皱，心中隐有不好的猜想。

顾千城可是与他孙儿有五年之约的，秦寂言不是要乘人之危吧？

“老爷子放心，不是你想的那件事。”他是急着娶顾千城，但不是现在。《夷国志》的事没有解决，把顾千城娶进门反倒更危险。

“那是何事？”不是求娶，封老爷子就安心了。

“赦免武家的罪。”秦寂言说这话时，一直看着封老爷子，见他一脸震惊，秦寂言又补了一句，“武家只余一群女子，起不了风浪。”

“武家那个男子呢？”武毅的存在并不是什么秘密，封老爷子知道，老皇帝也知道，没有对武毅赶尽杀绝，也算是老皇帝宽容，或者说是对武家的补偿。

“不用管！”也管不了。老皇帝可以放任武毅活着，并不表示会让他回京，让武家几个女人回来，足矣。

“老臣明白了，殿下放心。”封老爷子不再多问，满口应下。

秦寂言满意地点头，起身告辞。

解决封家与武家的事，秦寂言差不多可以高枕无忧地去江南了，完全不用担心京中有变，更不用担心老皇帝和周王弄什么诡计，有封老爷子出手，现在的周王翻不起风浪。

从封家出来后，秦寂言直接去了顾家。《夷国志》的事，需要给顾千城提个醒，去江南的事也需要她做好准备，他不放心让顾千城一个人留在京城。

秦寂言是掐着点来的，他赶到顾家的时辰，正好是顾千城平时的用饭时间，秦寂言都想好了要和顾千城共用晚膳，不料顾千城却被顾老太爷叫走了。

秦寂言很不高兴地问：“可曾说过留你们大小姐用晚膳？”

“有，老太爷说顺便留大小姐用晚膳，还特意吩咐厨房做大小姐爱吃的菜。”下人小心翼翼地回答，生怕秦寂言不高兴。

“把菜端过来，再把你们大小姐叫回来。”秦寂言确实很不高兴。要不是那老东西从中作祟，皇上怎么可能知道顾千城手中有《夷国志》？

下人不敢迟疑，忙不迭地跑了出去……

第二十五章
失望，借刀杀千城

幽暗的书房内，只有微弱的烛光随风摇曳，顾千城坐在顾老太爷对面，顾承志则站在他身后，乖巧得如同小厮。

顾千城只看了一眼便移开目光，静静地听顾老太爷说起国库失银一事，时不时嗯一声，证明自己在听。

顾老太爷强撑着笑颜，将顾千城赞了一遍后，才开口道：“千城，你立下此等大功，皇上必有重赏，你可想好要什么赏赐没有？”

“没有想过，雷霆雨露皆是君恩，皇上赏什么我都能接受。”终于提到正题，顾千城长长地松了口气。

“千城，这件事祖父有个建议，你听听可好？”老太爷现在半点不敢逼顾千城，现在整个顾家能指望的就是顾千城了。

“老太爷有话请说。”顾千城客气有余，亲近全无。顾老太爷心里明白，却只能假装不知。

“千城，我知道贵妃娘娘年轻时做了一些事情，让你十分不快，可她那时候年纪尚小，不懂事，现在也知道当初错了。”顾老太爷说到这里，略一停顿，看了顾千城一眼，见她没生气，这才继续道，“贵妃娘娘托人传话，你只要帮五皇子一次，她可以自尽，以偿当年犯下的错。”

“帮五皇子？怎么帮？”顾千城垂眸掩去眼中的嘲讽。

顾老太爷以为有戏，激动地说道：“求皇上赦免五皇子的错。千城你可以放心，只要做好这件事，五皇子可以娶你为正妻。”

“老太爷，杀人偿命，天经地义，顾贵妃要自尽我拦不住，她若不自尽，我想取她的性命也不难，这算什么交易？”顾千城缓缓起身，一脸平淡，“至于五皇子，我怕是救不了他。至于五皇子的正妻之位，老太爷你就别恶心我了。”

“老太爷，没别的事我先回去了，晚膳我就不陪你吃了。”顾千城优雅地起身，不顾老太爷的挽留，径直往外走。

秦寂言派出去寻顾千城的人，刚走到顾老太爷的院门口，就遇到了提前走人的顾千城。

“给大小姐请安。”小丫头见顾千城出来，一脸的欢喜。

“你怎么来了？可是出什么事了？”顾千城脚步一顿，眉头微皱。

小丫头忙道：“大小姐，殿下来了，正等您一起用膳，所以命奴婢来寻您。”

“殿下？”顾千城脸色一喜，正欲抬步，就听见身后有响动，回头一看，见到了如同幽灵一般、提着灯笼离她十步远的顾承志。

见顾千城转身，顾承志也不慌，从容地上前，温和地开口：“大姐姐，祖父让我出来叫你回去用膳，祖父特意吩咐厨房做了你爱吃的饭菜。”

“告诉老太爷我还有事，先回去了，晚膳就不吃了。”顾千城想也不想就拒绝了。

“是。”顾承志不敢有异议，乖乖地站在原地目送顾千城离去。

一走出老太爷的院子，顾千城就接过小丫头手上的灯笼：“去，让人盯着顾承志。”

顾家已经衰败，只要不妨碍到她，顾千城不会管顾老太爷和顾承志要做什么，但现在看来，那两人根本不死心，仍想把主意打到她头上。既然他们起了心思，就别怪她下狠手。她之前忌惮顾家隐藏的势力，现在有武家的探子在手，还怕老太爷手上的那几个人？

顾千城早就不见踪影，顾承志却没有动，而是站在原地看着顾千城离去的方向发呆。直到顾老太爷派人过来找他，顾承志才回去。

“怎么回事？”老太爷见顾承志去了这么久，最后还是一个人回来，十分不高兴。

顾承志从容答道：“祖父，皇太孙殿下来了。”

“皇太孙？这个时候来找千城？”顾老太爷一脸诧异，怀疑地看着顾承志。

皇太孙来找顾千城一向是深更半夜，今日怎么会在这个点？

“祖父，皇太孙真的来了，还派人来前院寻大姐姐。”顾承志现在已经能平静地称呼顾千城为“大姐姐”，不管在谁面前。

“皇太孙是为昨晚的事而来？”顾老太爷手上还有几个人，虽然查不到什么大消息，不过大家都知道的消息也是能查到的。昨晚在摘星楼，还有今早在城门口，顾千城风光无限，虽然只露了一次脸，却足够了。

顾承志没有回答，老太爷则陷入深思，祖孙二人各有所想。好半晌，顾老太爷才叹了口气：“千城……现在已不是我能左右的，就是求她也无用。”

“祖父……”顾承志抬头，欲言又止。

“想说什么就说吧。”顾老太爷最不喜欢装模作样，偏偏顾承志改不了这一点。

顾承志一脸迟疑，结结巴巴道：“祖父，大姐姐与皇太孙关系匪浅，却对我们顾家心生恨意。从今天的事就能看出来，大姐姐心里怨恨姑姑，也怨恨我们，根本不可能帮我们。如今大姐姐对家族不仅无用，反倒有害，祖父您为什么不毁了她？”终究心里还是恨的，哪怕“大姐姐”三个字叫得再甜，也掩饰不了心中的恨意。

“毁？你要怎么毁了她？她可是殿下的人。”顾老太爷看着顾承志，发现面前这个孙儿是那样陌生。

顾承志没有看到老太爷眼中一闪而过的失望，以为老太爷动了心思，强压下心中的喜悦，小声道："祖父，要是让皇上知晓殿下与大姐姐的关系，知晓殿下是因为大姐姐而拒绝娶妻，必然会厌恶大姐姐，甚至出手毁了大姐姐。"

"你要怎么告诉皇上？我们现在可是平民，根本没有进宫面圣的机会。"顾老太爷看着顾承志，浑浊的眸子里无喜无悲，平静得吓人。他太小看自家的孩子了，他生的儿子也许无用，可孙子、孙女个个不凡，心机了得。

"祖父，我们见不到皇上，姑姑可以。姑姑能给我们传消息，肯定也能把消息透露到皇上耳朵里。"借刀杀人，这就是顾承志的想法。他本想借顾千城的势，重新获得权势与地位，可现在看来，不管他怎么服软，顾千城都不会帮他。既然如此，那就去死好了。

顾老太爷冷笑一声，看着顾承志，好半天都没有开口，直到顾承志面色发白，额头沁汗："让贵妃娘娘给皇上透消息，然后让皇上知晓我们顾家私下和贵妃娘娘联系，让皇上对我们顾家更不满？让皇太孙迁怒我们顾家，顺便毁掉承意和承欢的未来？"

顾老太爷这话可谓诛心，顾承志扑通一声跪下："祖父，我没有这个意思，我只是，只是……"

"只是看千城不顺眼，想杀了她，至于千城死后会不会给顾家带来灾难，你一点儿也不在乎，是吗？"顾老太爷接过顾承志的话，摇头叹息，"承志，你太让我失望了。"

秦寂言和顾千城用完晚膳，盯梢的人就将顾承志和顾老太爷的对话，一字不错地复述给两人听。

秦寂言听罢，顿时气笑了："一个十几岁的孩子，就知道借刀杀人，他爹娘怎么教他的？"

"顾家第三代都不简单。"顾千城捧着冰镇山楂汁坐在榻上，倒是不怎么在意。

"除了你，还有谁不简单？"秦寂言可不觉得顾家第三代有什么出息的，要不是有顾千城在，顾承欢和顾承意算什么？

顾千城道："这个年纪的孩子，像他们这样，已经很不错了。"

秦寂言道："本王在他们这个年龄，做得比他们好一百倍。"他从五岁开始，就知道怎么保护自己，千城怎么就不夸他厉害？

顾千城一看，就知秦寂言傲娇了，笑道："知道你最厉害，怎么可以拿他们和你比，根本不是一个水平的。"顾千城将手中的山楂汁递到秦寂言面前，"来，奖励你的。"

秦寂言低头就着杯子喝了一口，然后五官扭成一团："这是什么呀？这么酸。"

"山楂汁，有那么酸吗？"顾千城低头喝了一口，满意地眯眼，"味道正好呀，甜甜的，酸酸的。"

"也就你喜欢。"秦寂言对酸甜的东西，敬谢不敏。

"没口福的家伙，不懂得享受。"顾千城捧着杯子，小口小口地喝着，十分满足。

等到顾千城喝完，秦寂言忙接过杯子放到桌上，一脸严肃道："这些冰冷的东西伤胃，要少喝。"

"夏天不吃冰，那还叫夏天吗？"她已经吃得很少了。

"总之少喝一些，别伤了胃。山楂这东西少吃，要是喜欢酸甜的东西，你让人熬酸梅汤。"山楂易导致小产，顾千城现在情况不一般，这类东西还是少吃为妙。

秦寂言虽然没有明说，不过顾千城还是想到了："殿下，你想太多了。"除了第一次外，她事后都喝了避孕药，不可能怀孕。

"什么叫想多了，本王这叫未雨绸缪。"秦寂言倾身上前，捏了捏顾千城的鼻子，"小心无大错，知道吗？"

"是，是，小的遵命。"顾千城索性倒进秦寂言的怀里，打了一个哈欠。昨晚"激战"了一夜，虽说上午补了眠，可白天她还顶着烈日出了一趟城，这个时候真的困了。

"怎么，想睡了？"秦寂言拂开顾千城脸上的长发，轻声问道。

"嗯，有点困了。"顾千城一副犯懒的样子。

秦寂言愣了一下，俯身摸着顾千城的小肚子，一脸惊喜道："易困，还爱吃酸，你不会有了吧？"

"你想多了，前两天才来的月事。"顾千城白了秦寂言一眼。殿下一脸失望道："我都这么努力了，怎么还没有孩子呢？"

"你想要孩子？"顾千城猛地惊醒，扭头问道。

"怎么？你不想要吗？"秦寂言敏感地发现，顾千城对孩子似乎毫不期待。

"想要，但不是现在。现在把孩子生下来算什么？"顾千城坐起来，一脸严肃地看着秦寂言。见他脸色微变，连忙补了一句："我们还年轻，这个时候生出来的孩子容易夭折。最重要的是我还小。至少要满二十岁，我才会考虑生孩子。"

"二十岁？还要三年？那个时候本王都二十五了。"秦寂言听到顾千城的解释，心下稍安，转念想到三年后才能有孩子，不免有几分失落。

"殿下，乖……二十五岁正正好，这样你就不用担心孩子抢你的皇位了。"顾千城像哄小孩一样安慰道。

"什么抢皇位？本王像眷恋皇位的人吗？你把本王当什么人了？"秦寂言的脸当即黑了，哪怕顾千城哄他也不高兴。

"我不是那个意思。"顾千城暗道不妙，跪坐在秦寂言面前，可怜兮兮道，"对不起，我说错话了，我不是有心的，别生气好不好？"

"本王很生气。"秦寂言没有因为顾千城的认错而心软，而是傲娇地别过脸。

顾千城乖乖地挪位，再次跪到秦寂言正面，举手做发誓状："殿下，别生气了。我知道错了。我保证以后再也不说这样的话，就连心里都不想。"

"真的？"秦寂言终于有心软的迹象，"心里也不会想？一点儿也不？"

"保证！"顾千城重重地点头，以证明自己的真诚。

秦寂言看顾千城一脸紧张的样子，强忍着笑意，故作严肃道："算了，看在未出世的孩子的分上，本王就勉强原谅你一次。"

"殿下，你实在太好、太大度了！呜呜，我以后再也不犯了。"顾千城在他脸上落下一个响亮的吻，“以吻为誓！”

秦寂言傲娇、别扭又小气，可也很好哄，一个吻不仅哄得他笑逐颜开，还一个兴奋过度，把武家的事说给顾千城听了。

“武家的事解决了？殿下你真的太能干了。”顾千城双眼发亮。

“那当然，本王出马，还有什么解决不了的。”看到顾千城欢喜的样子，秦寂言道，“本想明天给你一个惊喜的。”

顾千城忙道：“我现在就很惊喜，真的。”不管武家人抱着什么目的，武老夫人已经将那批人交给她了，她完成与武家的约定都是应该的。

“说了开心的事，还有一件不怎么欢喜的事，你要听吗？”秦寂言看顾千城高兴的样子，真的不想破坏她的好心情。

“什么事？”即使秦寂言说得严肃，也没有破坏顾千城的好心情。

“皇上问起了《夷国志》的事，并且肯定在你身上，要我三个月内找到。”秦寂言怕顾千城担心，拍了拍她的头，安慰道，“不过，你也不用太担心，还有三个月，我们总能想到办法。”

“是不是长生门的人又来了？”顾千城收起笑容，轻叹了口气。

“是，君亦安带进宫的。”他本以为长生门短时间内不会与老皇帝接触，没想到他们居然走了君亦安的路子。

“君亦安？这个女人到底在做什么？她就不怕你不高兴，不再帮她？”顾千城就不解了，君亦安难道不明白，这世间最忌讳的就是两边都讨好吗？

“她那种人，心比天高，却没有支持野心的本事与胆量。”秦寂言并不在意君亦安的背叛，君亦安已经发挥了她的价值，他并不是非用君亦安不可。

“算了，不提她也罢。”顾千城头痛地按了按太阳穴。

“药王谷不是问题，等唐万斤回来，咱们就带兵灭了药王谷。”他们真正的对手是那个连在哪里都不知道的长生门。

顾千城点点头：“我会让武家的人去查药王谷和长生门。”

“好，当心些。”查长生门虽是一件很危险的事，可就算他们一再退让，长生门也不会放过他们。

顾千城思忖片刻，又道：“至于《夷国志》，我看看能不能找到材料，仿制一本。”反正除了她之外，也没有别人看过《夷国志》。

“造假？”秦寂言一脸吃惊，顾千城这脑袋想什么呢？

“对呀，就是造假，反正摘星楼有现成的工具，弄一本《夷国志》出来也不是难事。”顾千城越想越觉得这个办法好。

“你只有上半册，下半册怎么造？”秦寂言承认，顾千城的这个想法虽然匪夷所思，但也不是没有可行性。

“胡编乱造呀，反正也没有多少人知晓《夷国志》的内容。长生门的人找《夷国志》，不就是想找长生丹的配方吗？我记得那个配方，下半本《夷国志》就随便写几个古墓，再把《长生方》里的药材所在地一一编出来就好了。而且都不用编太多，像冰魄草、黄金圣果和龙凤果我们都见过，照着写就好。”

“好吧，你着手去做，三个月后我会把你的《夷国志》交上去。”没有更好的办法，只能如此。

“放心，我一定会做到以假乱真。”说到制假，顾千城突然想起一件事，“对了，你找到银票的模板没有？”

“没有，景炎为人小心，绝不可能将模板放在京城。如果我猜得没有错，模板应该在江南，我们正好去江南查一查。”有假银票模板在，景炎就有取之不尽、用之不竭的银子，景炎怎么可能随意丢弃。

“景炎到底是什么身份？他怎么会盗取国库的银子，他到底要做什么？”这个问题她昨晚就想问了。

“景炎是昭仁太子的后人。”秦寂言本就不打算隐瞒，只是一直没找到时机。

“昭仁太子？”顾千城脑海中模糊地闪过曾看到的记载，“那个死于火灾的太子？他……没死？”

“唔，没死。”秦寂言沉重地点头，情绪有几分低落。

顾千城看着秦寂言，一脸严肃地说道：“所以，景炎是来夺位的？或者是复仇？”

“复仇为主，顺便夺位！”秦寂言深信，对景炎来说，复仇比夺位更重要，“因为他是末村人！”

昭仁太子的悲剧、末村人的悲剧，全是他们这一支造成的，饶是秦寂言也无法为先皇、为老皇帝辩解。

“景炎所做的一切，站在他的立场上，都是应该的，本王甚至没有立场指责他不该复仇，更没有立场指责他为了复仇而不顾江山社稷。这天下，本就是昭仁太子和他的后人的。千城，我与景炎注定为敌！”他和景炎已经没有化敌为友的可能。

“怎么会这样呢？景炎的身份……”怎么这么离奇？

“我也不明白事情怎么会变成这样，可事情就是如此。”秦寂言轻叹了口气，不过神色十分平静，并没有太大的起伏。

“唉……”顾千城叹了口气道，“这样一来，景炎的行为也就说得通了。”一个背负着双重仇恨的人，怎么可能简单？搬空国库也在情理之中。

“幸亏发现得早，不然等到他权倾朝野，事情就更难控制。”顾千城一点也不怀疑景炎有这个能耐。

“不幸中的万幸，他太急了，以至于露出马脚。”秦寂言猜测应该是长生门的事刺激到了景炎。

闲聊片刻，秦寂言不得不走，国库银子虽然找回来了，但还有很多后续事情等着他去处理。临走前他提醒了顾千城一句，让她小心顾家人。秦寂言怕顾家人狗急跳墙，冒险与长生门合作，如果是这样的话，顾千城就危险了。

“放心吧，我会让顾承志和顾老太爷没时间瞎想的。”顾千城挥挥手，示意秦寂言赶紧走。

“你个没良心的……”秦寂言在顾千城的脑门上弹了一记，恋恋不舍地离开。

秦寂言一走，顾千城就从矮榻上爬起来，换了一件外衣，让人去把顾二爷和二夫人寻来。她相信她的好二叔对顾家的东西，一定十分感兴趣。

秦寂言过来时，国库的银子还没有清点完，估计今天一晚上也算不完。

“殿下……”守在门口的百官，一一上前行礼。

“封大人，留下户部、礼部、工部和刑部的人在这里清点银子，其他的人都撤了吧。”人多虽好，可这些人全是不做事的，一个个站在那里指手画脚，反倒添乱。

“下官领命。”封大人早就想叫众人都散了，偏偏这些人都想借机表现自己，封大人每次一开口就被打断。

很快人就空了大半，吏部尚书也准备走人，他刚转身，就听到秦寂言开口：“诸大人留步。”

“殿下有何吩咐？”吏部尚书诸大人脸上一喜，忙折了回来。

“把江南官员的资料整理出来，本王明天要。”秦寂言完全不考虑吏部尚书是不是要通宵干活。

诸大人心中一惊，知道江南官场只怕要出事，声音一颤，忙不迭地应下。江南是肥缺，有不少官员都是走了他的路子才去任职的，这事……他要怎么办呢？

除了吏部尚书外，秦寂言还找了兵部尚书，要他把江南的守备和驻军的详细情况写下来。和诸大人一样，兵部尚书收到这个消息，也是心事重重，一副不知如何是好的样子。

封大人和焦大人站在一旁，将这一幕尽收眼底，两只老狐狸趁秦寂言不注意，相视一笑：他们家殿下呀，真不是一般的阴险！在这么多人面前说，要查江南的官员和驻军，不是摆明告诉大家，他准备清理江南官场嘛。

秦寂言这一放话，江南的官员就是再冷静，只怕也要自乱阵脚、沉不住气了。而一旦江南官场乱起来，整治也很容易，却又不容易被人诟病。毕竟好好的江南，秦寂言一过去就搅乱了，不知情的人定要骂他无事生非。现在先让江南乱起来，然后再去，那就不是无事生非，而是平息暴乱。

“事情如他愿了，好名声又捡着了，这手段真叫人叹为观止。”封大人在秦寂言走后，十分怨念地说了一句。

国库这边秦寂言说不要这么多人盯着，封大人便借机把事情留给焦大人，然后带着自己的班子回内阁议事。

焦大人对此半句怨言也没有，他儿子虽然在江南为官，却是妥妥的皇太孙党，他现在不求有功，但求无过，清点银子这种琐碎的事情就交给他吧，朝堂上那些伤脑筋的事，就让封老头子去头痛吧。不得不说，焦大人还是十分敏锐的，第二天早朝，果然出了一件大事。

首先，自从赵王造反后，极少出现在早朝上的老皇帝，拖着病体上早朝了！其次，老皇帝宣布了景炎与赵王是一伙的这个重磅消息。再次，老皇帝将国库失银案的责任，全部定在五皇子身上，五皇子被老皇帝终身圈禁。最后，老皇帝对昨晚有功劳的人进行了嘉奖，从秦寂言到六扇门看门的大叔，人人有份。

然，老皇帝赏了这么多人，独独没有顾千城的名字。当宣旨的太监将圣旨念完后，朝堂上有片刻的死寂。有不少官员早上听到了封大人的暗示，要给顾家大小姐求赏，皇上压根没有提顾家大小姐的功劳，他们要怎么求赏？

封大人也十分诧异，要知道，七夕那天皇太孙殿下在宫里，所有出面露脸的事全是顾千城一手办的，老皇帝竟然抹除了她的功劳，实在不应该。他琢磨了一下，没有想明白，便主动上前，问起这件事："皇上，查找国库失银一案，顾家大小姐功不可没，不知皇上要怎么赏她？"

封大人这话问得十分有技巧，没有说老皇帝为何不提顾千城的功劳，只问老皇帝怎么赏，这就等于直接给顾千城的功劳下定论了。

老皇帝似乎没有想到，站出来为顾千城说话的会是封大人，怔了一下才道："封大人你说，要怎么赏？"

封大人斟酌了一下用词："回圣上的话，前些日子，臣听家父提起顾家大小姐外祖家的事，说武家几位小姐在漠北数十年，年纪小的也将近三十余岁，依旧寻不到亲事，不如皇上给顾家大小姐一个恩典，赦免武家那几个妇人的罪。"

此话一出，立刻就有官员出声附和，甚至凤老将军也为武家说了一句话。老皇帝一句话都没有说，底下的官员就把好话说了个遍，什么皇恩浩荡，彰显皇帝的仁慈……

老皇帝看了秦寂言一眼，虽说秦寂言从头到尾都没有说话，但老皇帝知道，今天这一出，与秦寂言脱不了干系。

"够了！此事朕自有决断，众位爱卿不必多言。"老皇帝没有说死，也没有表态，朝司徒公公使了个眼色，司徒公公上前宣布退朝，在百官离去时，又叫住了封大人。

"封大人，皇上有请。"

封大人脚步一顿，转身就朝御书房走去。

老皇帝和封大人私下说了什么没有人知道，只知道第二天早朝，封大人再次提起封赏武家的事，老皇帝虽然脸色不好看，还是下旨赦免了武家，准武家的女眷回京。

不管过程如何，武家的事算是解决了，两三个月后，武家人就能光明正大地出现在京城。

圣旨一下，顾家第一时间收到消息，知晓顾千城用破案的封赏，换了赦免武家人的罪，顾老太爷一句话也说不出来。他想，如果他们顾家对千城稍好一点儿，千城也不会这样对待顾家。

后悔、懊恼肯定是有的，只是这些于事无补。顾老太爷知道顾承志最近小动作不断，特意叫来顾承志，直接告诉他安分一点儿："千城没有你想象中的那么好惹，你要再把心思放到这些不该有的事情上来，我可以做主把顾家留给你二叔或者你未曾谋面的弟弟。大夫已经确诊，你二娘怀的是男孩。”

从让皇上赦免武家一事，顾老太爷就知道顾千城的能耐，比他想象中的还要强，而顾家就算得不到千城的帮助，也不能与她为敌，不然倒霉的一定会是顾家。

顾承志脸色发白，想也不想就跪下认错：“孙儿知错了，请祖父给孙儿一次机会。”

“去祠堂跪三天。”顾承志还没有真正做出让老太爷不满的事，所以老太爷还没有放弃他。

顾千城很了解顾老太爷和顾承志的软肋，用继承人的位置给了顾承志警告后，还给牢房的狱差打了个招呼，让他们给顾家传个话——往牢里送钱，不然顾家大老爷、大夫人的清白可就保不住了。他们可不敢保证喝醉后会不会把不该说的事说出去，让顾家没脸。

如果只有顾承志的事，或者只有牢里的事，顾老太爷还会认为这是一个意外，可是两件事情同时发生，顾老太爷不用想也知道，这是顾千城或者秦寂言给他的警告。

面对狱差的勒索，顾老太爷根本没有选择，只能花银子了事，并再次敲打顾承志，要他安分一些。当然，顾老太爷自己就更安分了。

顾家安分后，秦寂言也就能安心着手准备下江南一事。只是，他还来不及往江南跑，西北战场就传来一个大消息——平西郡王率兵攻下两城，将西胡大军和赵王叛军逼到了边境。西胡与赵王为了抢占唯一的城池反目成仇，最后西胡大军仗着人数上的优势，将赵王叛军赶了出去。赵王叛军没有城池可以扎营，只能露宿在外。平西郡王知道后，时不时带兵骚扰，赵王叛军节节败退，二十万大军如今不到八万。

八万大军，要是占山为王还可能有戏，想造反简直就是开玩笑。赵王内部出现了两股声音：以赵王为首的决定战死，以楚世子为首的决定占山为王，直接当土匪。

两股声音各有支持者，双方势均力敌，谁也说服不了谁。赵王叛军不仅要面对西胡和大秦的夹击，还要面对内部的纷乱，一时间毫无战斗力，只能被大秦的大军赶得满山跑。

“短短数月就掌握了这么大的话语权，楚世子不简单。”得知秦云楚在西北的表现后，顾千城忍不住赞了一句。

“确实不错，可惜晚了。”要是秦云楚早一年有这样的见识和本事，赵王一家也不至于沦落至此。

“早了就该我们头痛了。”对手还是蠢一点儿好，像秦云楚以前那样，顾千城就很喜欢，收拾起来不需要太费心。

秦寂言笑了一声，没有接话。他和顾千城不一样，他喜欢旗鼓相当的对手，比如景炎，比如季诺。

“西北的战事，还要打多久？”顾千城更关注承欢和唐万斤什么时候能回来。

“我们到江南的时候，差不多就可以结束了，等我们回京城，他们也该回来了。”风老将军已经出手，西胡的事情解决后，风遥就可以反了。

“那很快了，他们都可以回来过年了。”既然承欢能在年前回来，顾千城就准备把承意也带回来过年，顺便准备明年的科考。

秦寂言点点头："是呀，快了。按时间算，武家到时候也可以回到京城了。"做戏做全套，虽说武家人已经在城外，可还是要安排人过去"接"一趟。

"说起武家，我有件事想问你……"这事搁顾千城心里好几天了，一直想问，却寻不到机会。

"要问封大人怎么说服了皇上？"秦寂言不等顾千城开口，就说了出来。

"就是这事，封大人到底和皇上说了什么，怎么就让皇上松口了呢？"这事不仅仅是顾千城，就是文武百官也好奇。

"封大人那个理由，略显奇葩。"说给顾千城听之前，秦寂言先给她打了一个预防针。

"有多奇葩？"顾千城原本只有七分好奇，秦寂言这么一说，就十分好奇了。

秦寂言压下嘴角的笑意，才道："封大人和皇上说，你拿救命之恩和婚约求他，他没有办法，只能硬着头皮开口，非把这事办妥不可。"

说完，秦寂言自己先笑了出来，却把顾千城给弄蒙了："救命之恩和婚约？我怎么没有听明白？"

秦寂言戳戳顾千城的眉心："笨，这都不明白。救命之恩就是你救了封似锦两次的事，婚约就更好理解了，封家与你不是有五年之约吗？"

顾千城终于明白了，同时更困惑了："封大人该不会在皇上面前说，我拿嫁进封家、要祸害封家来威胁他吧？"

"差不多吧，封大人的原话是，你拿五年之约求他，要是他不帮忙，你就在五年之约到期后嫁进封家，然后以封家宗妇的身份为外祖家求情。"封大人也着实不容易，毕竟封家与武家的交情实在称不上深，为了撇清秦寂言，只能拿顾千城说事。

"这理由……真好。"顾千城已经不知道要说什么了。秦寂言笑了一声，安慰道："你放心，封大人和皇上的谈话并没有几个人知晓。"

"要是给外人知道了，封大人的面子往哪里摆？"知晓封大人如何摆平老皇帝后，顾千城对封大人莫名防备，总觉得封大人太不要脸了。不过，她离京前还是去了一趟封家。

这一次，顾千城没有得到老太爷的召见，她也没有主动求见老太爷的意思，只和封夫人、封家小弟说了会儿话。

封夫人许是知道了什么，不仅透露了老皇帝看中的几个姑娘，还说老皇帝打算往秦王府塞人，不过都被秦寂言以去江南为名挡住了，可下一次呢？

"千城，有些事要早早为自己打算。"这是封夫人对顾千城的忠告。

秦寂言是注定要当皇帝的人，顾千城要是没本事坐上后位，以后会很苦。

"多谢夫人的提醒，我会为自己打算的。"顾千城浅笑言谢，没有半分忐忑与不安，让封夫人稍稍安心。

跟封夫人和封家小弟告别后，顾千城先一步离开京城。除了身边亲近的人外，基本上没有人知道顾千城先秦寂言一步离开京城，朝江南方向走了。

当然，旁人不知，不代表老皇帝不知。

“她离开京城了？”老皇帝没有问锦衣卫首领，而是问身边的司徒公公。

“今儿个离开的，看目的地应是去江南。从顾家打探到的消息，说是要去江南接三少爷回来过年，参加明年的科考。”司徒公公手上握着的那支人，人数没有锦衣卫多，要盯着京城的人却没有问题。

“倒是个好理由。”老皇帝闭着眼，嫌弃地冷哼一声，“查清楚她和寂言是什么关系没有？”秦寂言最近对顾千城的维护实在太明显了。

“顾姑娘与殿下关系非比寻常，可要说有什么亲密的关系，却又没有实证。顾姑娘每次找殿下都在六扇门，每次都是以公事为主。”司徒公公手底下的人确实能干，他们盯顾千城没有问题，可要盯秦寂言还差了点儿火候，他能查到顾千城去找秦寂言，却查不到秦寂言半夜私会顾千城一事。

“对了，圣上。奴才手下的一个老嬷嬷说，顾姑娘已非处子之身，从西北回来就不是了。”司徒公公像是突然想到了什么，又补了一句。

“非处子之身？哪个男人？”老皇帝听到这话，不知为何，心跳咯噔一停。

“尚不能肯定。顾姑娘孤身去西北时，身边带了药王谷那人，两人孤男寡女在林中相处了月余。”京城外和之前的事，司徒公公能查到的有限，秦寂言和顾千城在双城遗址的事，也没几人知晓。

第二十六章

伏杀，发配到封地

顾千城已经出发前往江南，秦寂言还会在京城久待吗？诚如老皇帝所料，秦寂言处理完手边的事，两天后提出了去江南的事。老皇帝没有立刻应下，而是问道：“去江南，会与顾千城同路吗？”

秦寂言也不像之前那般打太极，肯定地答道：“是的。”

“不肯娶妻与她有关？”老皇帝又问。

秦寂言依旧很干脆地答道：“父王告诉我，出身与父母不能选择，但妻子可以。”

“怎么？你父王对出身不满？”老皇帝对太子的愧疚之情，最近因为景炎的身份拆穿而变淡。在老皇帝看来，要不是太子无能，又怎么会留下昭仁太子的后人？

“皇爷爷，父王和我说这话时，我还不到五岁。”他能记住话就不错了。

老皇帝冷哼一声，没有继续问下去，也没有就此放过秦寂言：“你此次去江南，仍旧要用顾千城？”

“皇爷爷，真假银票是顾千城发现的，摘星楼的异常也是她查到的，我此次去江南，虽是为了捉拿景炎，可银票模板也很重要，如果不找出来，日后会是大麻烦。而且，皇爷爷不是说顾千城身上有《夷国志》吗？我不接近她，如何打探得到《夷国志》的下落？”

《夷国志》是老皇帝的软肋，听到秦寂言提起此事，老皇帝到嘴边的话咽了回去：“你去吧，早去早回。从江南回来后朕便替你主婚，朕打算年后禅位于你。”

“皇爷爷，太医说您再活几十年不成问题，禅位的事还请皇爷爷不要再提，孙儿不会接受禅位。”秦寂言坚决拒绝。

“太医胡扯的话你也信？皇爷爷年纪大了，许多事都力不从心，皇爷爷现在就希望你早日完婚，然后即位。”老皇帝这次也十分坚决，不给秦寂言再说的机会：“这些事不急，等你从江南回来再说。”

他要禅位，寂言还能阻止不成？寂言想要即位，就必须完婚！

秦寂言果然没有再说，陪着老皇帝吃了一顿饭，又特意见了皇后一面，这才离宫。

第二天早上，秦寂言带着亲兵低调离京，不料在城外的林子里遭到大批刺客的伏杀。刺客早有准备，而且人数众多，秦寂言在亲卫的保护下仍旧受了伤，要不是援兵来得及时，秦寂言怕是要交待在这里。

消息传回京城，老皇帝大怒，下令让锦衣卫彻查此案。老皇帝这次是真的生气了，幕后之人接二连三地伏杀秦寂言，这不就是打他这个皇帝的脸吗？

秦寂言的伤还没有好，锦衣卫就将结果呈到老皇帝面前。没有实证，但所有的线索都指向周王。

“来人，去把周王带来。”这一次，老皇帝没有放过周王的打算。

完全不知大祸临头的周王，得知秦寂言死里逃生的消息，还在那里骂秦寂言命大，一次两次都化险为夷，怎么不死在城外呢？！不想他骂得正爽，锦衣卫突然破门而入，举着刀“请”他入宫。

周王一愣，立刻明白老皇帝这是怀疑他了，脸色大变，一进宫就跪在老皇帝面前砰砰砰地磕头，直呼自己冤枉：“父皇，儿臣冤枉呀。儿臣最近一直待在府内，半步不曾外出，也不曾见外人，寂言遇刺的事与儿臣无关。”

老皇帝看了一眼周王，眼中没有一丝慈爱：“朕说寂言遇刺的事与你有关了吗？你急着解释做什么？”

“啊？”周王愣了一下，随即憨厚一笑，抬手抹掉脸上的血，“我就知道父皇英明，不会听信小人之言。”

“朕当然英明。”老皇帝轻扯嘴角，看似在笑，可那笑怎么看怎么诡异。周王脸色一僵，不等他开口，老皇帝又道：“朕给你挑了一处封地，三日后带你母妃过去，无诏不得入京！”

“父，父皇？您，您说什么？”周王傻了，愣在当场：封地？他们大秦的亲王有几个去封地的？去封地不就等于变相发配吗？

“你没有听错，滇西，朕给你挑的封地，除了三百亲兵外，不得再带任何私兵。”老皇帝不仅要把周王发配到封地，还要削他的兵权。

“父皇……为什么？”周王当即瘫坐在地，整个人都傻了。抬头看到一脸阴沉的老皇帝，周王知道老皇帝还是不相信他，可是，派人伏杀秦寂言的事，真的不是他做的！

“父皇，我真的没有派人伏杀寂言，真的不是我。父皇，您要相信我。”周王知道，自己如果得不到老皇帝的信任就彻底完了，所以也顾不得形象与面子，直接爬到老皇帝脚下，抱着他的腿大哭，“父皇，求求您相信儿臣，您让人查，让人彻查此事好不好？父皇，儿臣真的是清白的……”

老皇帝将他扶了起来，不失温和地说道：“父皇相信你！”一句“相信”将周王所有的辩解都打回肚子里，就在周王满心期待老皇帝改变决定时，老皇帝说：“正因为父皇相信你，所以才将你送去封地。”

“父皇，为什么？我不想去封地。”尤其是滇西那个鬼地方，要钱没钱，要人没人，他去了那里还有出路吗？

“老四，”老皇帝拉着周王的手，和颜悦色道，“朕是你的父亲，所以不管你说什么，朕都相信，可是，朕也是大秦的皇帝，十六年前末村的事，朕不会让它重演。”

“父，父皇……”老皇帝的声音很温柔，周王却只觉得冷得彻骨。

“你应该庆幸，你是我的儿子，想想当年武家、岳家的下场吧。”老皇帝依旧用着温和慈爱的声音，说着无比冷酷的话。

此刻，周王已经不敢求情了，当即跪下，颤声说道：“父皇，儿臣知错了。儿臣再也不敢，父皇……儿臣这就收拾东西去滇西，再也不回京了。”

“父皇相信你以后绝不会再犯类似的错。”就是想犯，也没有那个能耐了。

“父皇放心，儿臣再也不敢了。”周王强忍着悲愤与害怕，郑重地给皇上磕了三个头，“儿臣不孝，就此拜别父皇。”

“去吧……”老皇帝拍了拍周王的头顶，周王一个没忍住，再次哭了出来。

“好孩子，你以后会感激父皇的。”老皇帝轻叹了口气，让司徒公公给周王收拾一下，然后才让他离开。

周王走后，司徒公公端了一盏药茶递到老皇帝手里：“圣上，锦衣卫确实有不少老人倒向了殿下。”

“都查清了吗？”老皇帝端着茶轻啜一口，闭上眼睛，一副满足的样子。

“确认无疑。”司徒公公肯定地点头。老皇帝眼皮也不抬地说道：“把人都处理了。”

“是！”司徒公公转身退下，刚走两步就听到老皇帝道：“牢里那几个也处理了。”

“奴才明白。”司徒公公弓着身子，缓步退了出去。

秦王府内，养了三天伤的秦寂言，闭目靠在床头，听着暗卫汇报调查结果。没有意外，那批伏杀他的高手根本不是周王的人，而是他皇爷爷派来的。

暗卫将事情经过说完后，又道：“锦衣卫有三位千户、四位百户因担心殿下而露出马脚，皇上怕是已经知晓他们的身份了。”

“派人救下他们！”秦寂言毫不犹豫地下令。

“殿下……”暗卫略有迟疑。从皇上手中把人救下，就是与皇上撕破脸！

“按本王说的办。”老皇帝都查到他在锦衣卫安插人了，他把人救下又算什么？

“属下明白！”暗卫没有再劝，应下的声音比以往每一次都响亮。今天殿下能救锦衣卫，明天便不会抛弃他们！

暗卫努力压下心中的激动，继续说道：“殿下，周王与淑妃三天后离京，可要安排一二？”

“不必，护他们平安去滇西！”周王一家真要在半路出事，就算不是他出手做的，世人也会认为是他动的手。就像这一次，明明不是周王派人伏杀他，可所有人都认为幕后凶手是周王一样。

“是。”暗卫自然不敢有异议。

秦寂言又问了几件事，末了才道：“千城那里可有消息传来？”

“顾姑娘知晓殿下无事后，便传来消息，说她不等您了，先一步去江南。”暗卫说这话时，不着痕迹地往后挪了一步。可是，预料中的寒气没有袭来，相反他们家殿下还笑了。秦寂言一抬眼，就看到暗卫傻愣愣地站在那里，当即冷下脸：“出去！”

“是，是……”暗卫几乎连滚带爬地跑了出去。

秦寂言能收到顾千城独自去江南的消息，老皇帝当然也收到了。如此一来，就让老皇帝更迷惑了：“寂言与顾千城之间，真的没有什么？”要是有什么的话，顾千城听到秦寂言身受重伤、命在旦夕的消息，还能没事人一样去江南？寂言又能放心让顾千城一个姑娘家独自去江南？

“这事奴才也不好说，殿下对顾姑娘十分看重，还派了暗卫保护她。”当人奴才的，最忌讳做定论，万一事情与他做的定论不相符，他这辈子就毁了。

面对冷静理智的顾千城与秦寂言，老皇帝也没辙了：“派人盯紧她，一旦有异，立刻便宜行事；找到《夷国志》后，立刻杀了她！”

如果是以前，顾千城听到秦寂言遭到伏杀，还受了重伤的消息，必然要担心，就算不折回来看看，也不会跟没事人一样去江南。现在不同，她身边的武家探子虽然不可能事事都查清，却能让她知道得比旁人多一些。

秦寂言遇刺之事破绽太多了，虽然没有实证，可依顾千城的经验，还是知晓其中另有玄机。在京城，能弄出这么大阵仗的伏杀，如果不是周王干的，那还能有谁？既然明知这是老皇帝的计，她还会傻傻地回城，傻傻地在路上等秦寂言吗？她可不想这么早死！

知晓秦寂言没有生命危险后，顾千城继续南行，打算先到江南找顾三叔，不然等到秦寂言过来，她肯定又会忙得昏天暗地，没有时间陪承意。

顾千城的计划很好，可惜计划赶不上变化，她一到江南地界就被人绑架了！顾千城头上被戴上黑色头套，被塞进一辆马车里。约莫走了半个时辰，马车停了下来。

“顾姑娘，奴婢扶你下车。”说话的是个女子，典型的江南人，声音轻柔。

作为肉票，顾千城十分配合地挪到车门口，然后由那女子搀扶着往前走。

眼睛看不见，其他的感官就会变得异常敏锐。顾千城能听到风吹垂柳的声响、轻风拂过水面的声音，还能闻到花草的清香。转了一个弯，脚底下的泥土路被青石小路取代，薄底的绣花鞋踩在上面，有些硌脚。

在青石小路间转了好几个圈，顾千城越走越觉得不对劲。这一段路走下来，明明像是生活区，怎么走了这么久，也没有听到旁的声音？

就在顾千城思索间，身旁的女子柔声提醒道：“姑娘，前方是门槛，请抬脚。”

顾千城道：“谢谢。”抬脚跨过一道门槛，感觉温度骤降，暑气全消，就连全身的毛孔都张开了。

“姑娘，快到了。”江南女子扶着顾千城，姿态谦卑，言辞恭敬。

顾千城原本只有三分猜测，现在却是十分肯定了。是以，当顾千城被带到凉亭、取下黑布，看到背对着她而站的景炎时，一点儿也不意外。

“我就知道是你。”顾千城坦然自若地在石椅上坐下，给自己倒了一杯水。

景炎转身，看到完全不拿自己当外人的顾千城，不由得笑了：“我以为，你会指着我的鼻子大骂。”

“骂你什么？是骂你不该为了报仇去偷国库的银子，还是骂你绑架我？”杯子实在太小，顾千城又给自己倒上一杯。

“我没有绑你，我是请你来做客，谁让你这么不好请。”景炎在顾千城对面坐下，郑重地声明。有谁见过像他一样温和的绑匪？

“景庄主请人的方法真别致。”顾千城喝完水，拿起桌上的点心吃了起来，景炎看得一阵无语：“一坐下来就吃吃喝喝，不知情的人还以为我虐待你了。”

“一路颠簸，不给吃喝，不是虐待是什么？”顾千城咽下嘴里的点心才道。

“江南的路可是出了名的平坦，就连京城也比不上，哪里来的颠簸？”江南有钱人多，这路自然是越修越好。

“这么说……是我太娇气了？”顾千城眼眸一瞪。

“不是，是我这地方太偏僻了。”景炎苦笑，昧着良心说道。

“确实挺偏的，沿途走来，一个人都碰不到。”顾千城毫不掩饰地打听此处的位置，而景炎也不遮掩，大大方方说道：“你遇不到人再正常不过，马车停在院内，你所经过的地方，全是我的园子。”

“这是景园？”顾千城一脸错愕，不等景炎回答，就起身走到亭子边，打量起远处的风景。

地方很大，一眼望不到边。东南方有一座高塔，高塔右前方是池塘，隐约能看到几片荷叶浮在上面，两旁则栽满杨柳，再往右，则是假山回廊，中间还有一块平地，上面搭了几个架子，隔得太远，也不知是干吗用的。

高塔的左侧则是奇石山，还有几个休息用的凉亭，再往左则是一片树林，再远就看不见了，被错落的假山、楼阁阻挡了。

顾千城绕着亭子看了一圈，发现景园不仅景色好，布局更是独具匠心，处处给人曲径通幽之感，即使站在高处，也无法窥得景园全貌，看到景园主人的居所。

“景园很美。”看完后，顾千城由衷地赞道。

在寸土寸金的皇城，可看不到这么大、这么漂亮的园子。皇家别院虽然占地大，但远没有南方的园子精致秀美，相比京城那些院子，顾千城更喜欢景园。

“喜欢吗？”不知何时，景炎走到顾千城身后，只隔半步的距离。

顾千城不用回头也知道景炎距离自己很近，这距离让她不安。为了不让两人尴尬，顾千城没有回头，只当自己什么也不知，淡定地往左移了一步，拉开两人之间的距离，然后转身笑道：“这么漂亮的园子，没有人不喜欢。”

“既然喜欢，送给你可好？”景炎没有追上前，而是转身倚在梁柱上，倾身而立，眉眼带笑，往那里一站便是一幅画。

“送给我？”顾千城愣了一下，不是因为景炎的大手笔，而是因为景炎这般狂妄的话。

“景园不是被朝廷查封了吗？”顾千城不明白，景炎哪里来的自信。

"查封了又如何？只要我要，它便是我的。只要你要，它就是你的。"景炎说得无比笃定。顾千城笑了一声，竖起大拇指道："你可真嚣张！"

景炎淡然一笑："这算什么嚣张，江南是我的地盘，在江南没有我办不到的事！"

景炎这话并非说说而已，虽然朝廷下达了通缉令，以谋逆叛国的罪名缉拿景炎，而查封景园和景炎名下产业的旨意，也在第一时间传到了江南。按说江南的官员收到圣旨后，自当奉旨办事，全力缉拿景炎，可是——没有！

江南的官员什么都没做，景园依旧美丽如画，景炎依旧悠闲肆意地出现在景园，甚至嚣张地在光天化日之下把顾千城绑来。

"天下之大，总有皇帝管不到的地方，我这景园就是。皇上想要查封景园，只能等下辈子。"景炎一脸轻松，就好像在说今天的阳光很明媚，可偏偏就是这种举重若轻的感觉，让人毛骨悚然。这样的景炎，既陌生又熟悉，让顾千城感到害怕。

顾千城看着景炎，眉头微皱："景炎，你到底想做什么？你知道自己在做什么吗？"

"我当然知道我在做什么。除了复仇，我这辈子还能做什么？"从十六年前开始，他就不是为自己而活了。

"……"顾千城语塞。

"好了，不说这些不愉快的事，我带你逛逛景园，这里的景色不错。"景炎不给顾千城拒绝的机会，直接命人安排游园一事。顾千城无奈，只得跟上。

此时正值中午，日头最强，顾千城本以为自己会被晒得脱一层皮，没想到走在景园里才发现园内温度宜人，阳光根本直射不进来。

"景园春夏秋冬都有赏景的地方。"景炎似知顾千城心中所想，解释道。

顾千城点了点头，没有多说，看到不远处挂满紫红葡萄的葡萄架，顾千城默默地加快脚步。

这时，一个下人匆匆跑到景炎身边，在他耳边说了一句话。景炎脸上的笑容一僵，随即若无其事地命下人退下，转而对顾千城道："焦大人带着衙役在景园外找你，你要见他吗？"

"焦大人？焦向笛？"顾千城脚步一顿，扭头问道。

"难不成在江南还有第二个焦大人，还有第二个敢带人堵在我家外面的官员？"景炎这话不无嘲讽，顾千城有种焦向笛随时会倒霉的感觉。

想到焦向笛二傻的性子，顾千城替他解释了一句："焦大人一向耿直，行事无所顾忌，景庄主千万不要和他一般见识。"要是焦向笛因此出事，焦大人绝对不会放过她。

景炎道："看在秦寂言的分上，我自是不会与他计较。"否则焦向笛还能活到现在？

"你要见他吗？"景炎再次问道。顾千城犹豫道："我能见他吗？"

"当然，我说了，你是我请来的客人，来去自如，想见谁都可以。"景炎再一次重申，顾千城终于知道景炎不是说笑，暗自松了口气。

"我去见见焦大人，你让人摘两串葡萄冰好，等我回来吃。"顾千城不着痕迹地表明，她不会就这么走了，所以……

景大庄主，你不必盯人，也不要再用这种“请”人的方法。

“我亲自给你摘如何？”顾千城的回答让景炎心情大好。只是他心情好了，顾千城的心情就不美妙了。

“景庄主太客气了，要是园子里的下人不够，那就劳烦景庄主了。”顾千城一口一个“景庄主”，就是提醒景炎不要与她走得太近，以他们现在的情况，不适合当朋友。

景炎酸溜溜道：“你以前都叫我景炎的，现在一口一个‘景庄主’，真让人伤心。”

顾千城并没有因为景炎装可怜就退让：“你以前只是来自江南的景庄主、大秦的新科探花郎，而现在，你是昭仁太子的后人，是皇家的嫡系血脉。”

“所以……我们回不去了吗？”景炎神色黯然，一副受伤的样子。

顾千城只当自己什么也没有看到：“回不去的。”

“因为秦寂言？”景炎不知道自己是用什么心态问出这句话的。

顾千城斩钉截铁道：“对，因为秦寂言。”

“他就那么好？值得你为了他而与我为敌？”景炎喃喃道。明明早就放了手，为何还是会心痛?

“他纵然有种种不好，却是我的选择！”选择了，便是一辈子，除非秦寂言先放手，不然她一定会陪秦寂言走到底。

“他……果然比我幸运。”景炎叹了一声。

有景炎的默许，顾千城以最快的速度走出景园，远远地就看到了被景园护卫挡在外面的焦向笛。

“顾千城，你果然在景园，我就知道是景炎那个浑蛋绑了你。”焦向笛远远看到顾千城走过来，撸起袖子就与景园的护卫动起手来，“你们快让开，我要进去，听到没有！”

“焦大人，别逼我们动粗。”景园的护卫十分无奈，指了指地上被打晕的官差，威胁道，“焦大人，再打下去你也会和他们一样，到时候被丢出去，失了脸面可别怪我们。”

焦向笛果断停下，一张俊脸涨得通红，指着护卫的鼻子破口大骂：“你们……你们这群逆贼，你们这是助纣为虐，你们这是罔顾朝廷法纪，本官今天定要将你们严办。”

“焦大人，都说了动手你打不过我们，何必自取其辱。”护卫真是被焦向笛气得没脾气了，要不是庄主早有吩咐，不得伤了这位焦大人，他们铁定往死里揍。

“有辱斯文，我不跟你们说话。”焦向笛看到顾千城走出来，一甩衣袖，气势十足道。

顾千城出来后，景园的护卫立刻放行。焦向笛长长地松了口气：“看到你没事就好了，听说你一到江南就被人绑架了，可把我担心死了。”

顾千城看到焦向笛外衣被扯破、嘴角还有瘀青，关心地问道：“焦大人，你没事吧？”

“我能有什么事，这几个护卫不是我的对手。”焦向笛一脸清傲地说，换来护卫的鄙视。

顾千城点头，没有拆穿焦向笛：“焦大人是怎么找到我的？我的随从可好？”

“你的随从无事。他们见你失踪了，就跑去找我，我一听你被人带走，就猜到是景炎干的，马上带人打上门来救你。”焦向笛刚开始还说得中气十足，说着说着声音就小了——他带来的人已全部被打趴下，忒丢人。

“多谢焦大人，让焦大人担心了。”顾千城双手作揖，感激地说道。

“顾姑娘客气了，这，这是我应该做的。”焦向笛俊脸一红，终于不好意思了。

“咳咳……”焦向笛轻咳一声，掩饰自己的尴尬，“顾姑娘，既然你没事，我们走吧。”

焦向笛话音刚落，无数道凶光就朝他射来。焦向笛身子一颤，却不想让人小瞧，挺着胸膛道：“你，你们要干什么？”

“呵呵……焦大人，你似乎忘了这是什么地方。想从景园把人带走，你还没有那个本事。”护卫毫不客气地威胁道。

顾千城暗自苦笑。她就知道，景炎所谓的“来去自如”不过是说着好听罢了。不，他应该是指在景园之内来去自如。

“怎么，难不成你们还要私自扣押朝廷命官？”焦向笛承认这几个护卫的眼神好凶，可这个时候不能退。

“就你？还没有资格进景园，你就是想被我们扣押，我们也不屑。”护卫傲慢十足，而顾千城此刻终于明白，景炎在江南有多么嚣张。难怪他敢说，在江南没有他办不到的事。景园一个看门的护卫，都敢不拿焦向笛当回事，更何况景炎？

“你，你们……这群土匪！”在顾千城面前丢脸，焦向笛气得不行，一张俊脸都要烧着了。

“我们不仅是土匪，还是朝廷缉拿的反贼，焦大人要带兵来抓我们吗？”护卫一脸戏谑，另一个护卫接话道：“我看焦大人倒是想抓我们，前提是他调得动江南的兵。”

江南的驻军掌握在景炎的手中？顾千城一脸震惊地看向焦向笛，不想焦向笛气得正狠，根本没有注意到顾千城询问的眼神，颤抖地指着看门的护卫：“你们，你们……本官倒要看看，你们这群人能嚣张到什么时候。”

“在焦大人离开江南前，我们都能嚣张。”护卫一点儿也不将焦向笛的威胁放在眼里。

顾千城知道焦向笛从景炎手中讨不到好，上前一步，挡在他面前，背对着护卫对他说道：“焦大人，你别担心我，我是受景庄主的邀请来景园做客的，不会有危险。劳烦焦大人回去告诉我的随从不要担心，安心等我就是。”

“什么做客，你明明……”焦向笛气得不行，不过他刚开口就被顾千城打断了：“焦大人，我与景庄主是旧友，到了江南来景园做客再正常不过。劳焦大人跑一趟，千城感激万分，改日定当亲自道谢。”

景炎在江南一手遮天，焦向笛不可能从他手中带她回去，这一点她很清楚。同样，焦向笛也清楚，即便心里再愤恨、再不甘，也只能眼睁睁看着她往景园走去。

“顾千城，对不起！”焦向笛对着顾千城的背影无助地大喊。作为江南的官员，再没有人比他更清楚这边的情况。江南现在就是个铁桶——水泼不进，针插不入，一切都由景炎说了算。

在江南，恐怕没有人能把消息传到秦寂言手里，顾千城现在只希望秦寂言能尽快发现这里的异常，否则贸然踏入江南，下场就会和她一样。

顾千城重重叹了口气，满腹心思。因为不再赶时间，顾千城回来比出去多花了两刻钟的时间，等到她被下人带到景炎面前时，情绪已调整好。看到桌上冰镇好的葡萄，顾千城笑着道谢："有劳景庄主了。"

她仍旧不把自己当外人，直接坐下，捧着桌上的葡萄就吃了起来。

景炎看了顾千城一眼，戏谑道："我还以为，你会跟焦大人一起走。"

"走？去哪里？离开了景园不还是在江南吗？"顾千城嘴里含着葡萄说道。

景炎无意与顾千城说这个问题，指了指自己的脸颊："你这模样被别人看到，准嫌你没教养。"

顾千城毫不在意，又往嘴里丢了一颗葡萄："顾家现在就是平民，提教养这种东西不是笑话人吗？"

"你呀……心这么宽，怎么就不见胖？"景炎笑着摇头。见顾千城吃得满足，他忍不住从盘子里取了一颗葡萄放入嘴里，咬了一口便吐了出来，嫌弃地说道："太甜了！"

"嫌甜就别吃。"顾千城将盘子往自己这边移了移，继续埋头大吃，不再搭理景炎。

景炎看着她认真吃葡萄的样子，眼神微闪：如果妹妹还活着，是不是也会和千城一样，抱着冰葡萄，像小仓鼠一样，一颗接一颗地往嘴里塞？如果……

可惜，这世间从来没有如果。

景炎不是一个情绪外露的人，但还是被顾千城敏感地发现了异样。悄悄地看了他一眼，顾千城眸色微变，暗暗加快了吃葡萄的速度，很快就将一整盘葡萄消灭了。

冰凉甜美的葡萄入腹，顾千城心中的郁结也消散不少。既来之，则安之。这是秦寂言和景炎之间的博弈，反正她什么也做不了，还是好好享受"度假"的生活好了。

放下盘子，拿起桌上的帕子将嘴角和手上的葡萄汁擦净，顾千城问道："我住哪里？"

"要休息？"景炎很快便收敛好情绪，问道。

"累了，也困了。"顾千城这一天过得实在太精彩了，可谓身心俱疲，就是铁打的人也受不了。

"不吃午膳了？"

"吃饱了。"顾千城指着桌上的空盘子，"让人带我去休息吧，我真的累了。"

"我带你过去。"景炎起身，却被顾千城拒绝了："不用了，我自己去就好。"

景炎没有强求，招来之前给顾千城领路的侍女："千城，她名唤红琴，这段时间由她照顾你的起居，顺便保护你的安全。别看她娇弱，可是武林高手，十几个大汉也不是她的对手。"

顾千城不知景炎这番介绍，是为了叫她安心，还是告诫她别妄想逃走，总之不管景炎出于何意，顾千城都只有道谢的份。

在红琴的带引下，顾千城来到景园靠南的"留云院"。看到这个名字，顾千城顿时有种毛毛的感觉。不等顾千城询问，红琴就介绍起来："顾姑娘，留云院是景园最好的院子，由老庄主亲自修建、亲自起的名字。"

这下，顾千城不用问也知道了：“留云”其实是“留芸”，留武芸之意。

即使没有见过景炎的义父，顾千城还是要说，那人还真是个痴情汉。当然，具体的情况她也不知，毕竟当事人都死了。

于是顾千城在留云院住了下来，一住就是三天。

这三天，顾千城过着睁眼逛园子、闭眼就睡觉的“大家闺秀”的生活，也没有再见过景炎。想来也是，景炎掌控着整个江南，怎么可能有闲情天天盯着她？第一天能抽时间陪她，已是给足了面子。虽说日子无聊了些，可不管怎样，顾千城没有受一点儿苦，景炎是以贵客之礼招待她的，她实在挑不出什么错来，虽然不满，也只能慢慢等着——等秦寂言来江南！

江南的情况已糟糕透顶，她现在根本没有自由，只能寄希望于焦向笛和武家的人，希望他们能尽快把消息传给秦寂言，让他提前做好准备，要是能带大军前来，那就更好了。

可是，之前焦向笛办不到，现在他更办不到！

景炎不仅掌控了江南的驻军，就连府台刘大人也是他的人。他还没有回到江南，手底下的人就将江南控制住了，凡是顽固不服的官员全部被杀，其他的则全被看管起来。江南所有的主事者都变成了景炎的人，只有顾三叔与焦向笛幸免于难。

但焦向笛和顾三叔在江南的日子很不好过，景炎对他们监视得十分严密，焦向笛曾派心腹送信，可惜人还没有走出大门，就被景炎的护卫发现了，然后当着他的面将人活活打死。他现在和顾千城一样，只能祈祷秦寂言能够察觉江南的异常，带兵过来。

景炎不需要瞒老皇帝一辈子，他只需要给秦寂言和老皇帝几个假消息，拖上十天半个月，让他可以完全接手江南的驻军就行了。事情完全按照景炎的预计进行，在不知不觉之间，他已经把江南的驻军收买了，并且利用五皇子给的银子，将江南驻军重新武装。

景炎就是打了个时间差，等到秦寂言发现江南的异常，已是二十天后！

顾千城进入江南后，连着四五天都没有消息传来。

秦寂言和顾千城曾有约定，一到江南就会给他报信。按顾千城的行程算，她早就到了江南，四五天的时间也足够暗卫把消息传回来了，可是没有！

“江南一定出事了。”秦寂言虽然没有证据，却可以肯定这点，当下顾不得身上的伤还没好，连夜进宫求见老皇帝，执意带伤去江南。

“出事？出什么事？江南有刘大人在，能出什么乱子？”刘大人是老皇帝的心腹，前两天还报了亲笔所写的奏折，详细地列明了景炎名下的产业。而且，老皇帝的人查到的消息，也是江南一切如常，没有发现景炎的下落。

“皇爷爷，我虽然没有证据，可是顾千城去江南之前，曾与我约定，到了江南会在第一时间将那边的情况报与我知晓。算算时间，顾千城早就到了江南，至今什么消息也没有传回来，我怀疑她被人控制了。”秦寂言拿不出证据，只能拿顾千城说事。

“顾千城？又是她？你和她到底是什么关系？”老皇帝心里仍有芥蒂，总觉得秦寂言与顾千城之间不一般。

“皇爷爷，顾千城是可用之人。”秦寂言面不改色地撒谎。

“是吗？”老皇帝明显不信，“倘若只是可用之人，你会如此紧张她？”

“皇爷爷，我紧张的不是她，而是江南的情况。江南一旦落到景炎的手里，事情就麻烦了。”江南三省是纳税大省，占大秦每年税收的三分之一，倘若被景炎控制，大秦国库会越来越紧张。

“哼！他有什么本事掌控江南？”老皇帝知道景炎有些本事，却不相信如此之大。

“皇爷爷别忘了，他是昭仁太子的后人，难保江南没有忠于昭仁太子的人。还有，当初景炎与五叔走得极近，他到底打着五叔的名义做了多少事，您和我都知晓吗？”

在此之前，秦寂言也没想过景炎能够掌控江南，现在却越想越觉得有可能。

在江南，景炎占了天时、地利，甚至还有人和……

第二十七章
调兵，废了你

老皇帝性情多疑，又是个独断专行的人，他相信自己的心腹，也相信自己手底下的人查到的消息，而且秦寂言之前保下锦衣卫那几个人的事，让他颇为不满。虽然秦寂言给出的推断很合理，老皇帝仍旧坚持要他拿出实证才行。

“皇爷爷，如果江南真的已被景炎掌控，那么我根本拿不到证据。”秦寂言说得很平静，老皇帝却从他细微的变化中发现了不满与急切。

老皇帝抬眸不满地看向秦寂言：“拿不出证据就去查。寂言，你已经不是小孩子了，有些事不是你撒泼打滚就能成的。”

秦寂言笑了：“皇爷爷，我从五岁后就不曾撒泼打滚。”

“你这是在怪朕？”老皇帝的声音猛地拔高，秦寂言这话显然踩到了他的痛处。

“皇爷爷，我只是实话实说。”秦寂言没有被吓到，再次说起正题，“皇爷爷，您不相信江南出事没关系，不肯让我带兵过去也没关系，我自己去好了。”

一连两次挑衅，彻底惹怒了老皇帝，他一拍桌子说道：“你敢！朕说了，江南的事不需要你管，景炎的事也不用你插手，你若敢私自去江南，朕就废了你。”

“皇爷爷想废便废吧，我今晚就会离开。”秦寂言没有退缩，留下这话，转身就走。

“你，你，你敢！”皇上气得眼珠子都快凸出来了，看着秦寂言渐行渐远的背影，一瞬间将秦寂言与太子的身影重叠。当年，他的太子也是这样……

“寂言，你给朕站住！”老皇帝颤抖地站了起来，说了当年对太子说过的那句话。

可是，秦寂言不是太子，当年太子听到这话站住了，秦寂言没有，仍旧往外走。

“来人，给朕拦住他，拦下他，听到没有！”老皇帝顿时怒不可遏。

侍卫听到命令，立刻上前去拦秦寂言。可是这些人加起来也不是秦寂言的对手，更不用提他们顾忌秦寂言的身份，根本不敢下死手。不过数招，数十个侍卫就被秦寂言踢飞了。

此举在老皇帝眼中无疑是挑衅，他随手抄起桌上的摆件就砸了出去：“拿下他，不许他出宫。”

老皇帝命令一下，各处的侍卫便朝秦寂言拥去：“殿下，得罪了。”

殿外很快就响起打斗声，老皇帝在殿内，什么也看不到，又担心秦寂言出事，便让司徒公公出去看看：“别让人伤着寂言。”

司徒公公从容地往外走去，他本来和老皇帝一样，认为秦寂言这次要吃亏，可出来一看，好家伙，他们家殿下简直是一夫当关、万夫莫敌呀。

“殿下的武功竟然这么好？”他们之前怎么不知？

司徒公公的眼睛越眯越紧，很快就剩下一道缝，略略看了一会儿，知晓侍卫有意放水，司徒公公呵呵一笑，转身进去给老皇帝汇报：“殿下武功不凡，那些人加起来也不是殿下的对手，圣上不必担忧。”

“寂言武功很高？”老皇帝知道秦寂言会武功，可一直以为他只会些花拳绣腿。

司徒公公点头：“和当年太子妃的武功路数相同，应是出自同一人教导。”

“那女人到底是什么来历？”老皇帝皱眉，脸色越发难看，明显极不喜太子妃。

“奴才也不知。”司徒公公默默低头。

太子妃被太子保护得太好了，他们的人想尽办法也查不到其来历，后来人死了就更难查到了。

“就没有一个省心的。”老皇帝心烦意乱地骂了一句，“走，扶朕出去看看。”

只可惜老皇帝没有眼福，等到司徒公公把老皇帝扶出来，秦寂言已经把侍卫放倒，潇洒地走了，老皇帝连片衣角也没有见着。

“他，他就这么走了？”老皇帝站在殿门口，震惊得眼珠子都不会动了。

司徒公公笑了一声：“圣上，殿下有自保的本事，您不用担心他。”

“哼！既然那小子要自讨苦吃，朕才不管他的死活。”老皇帝气得脸色发紫，一甩衣袖就往回走，至于躺在地上的侍卫？

“一群没用的东西，全部拖下去打五十大板。”真当他不知这些人有意放水呢。

寂言武功再高也高不过司徒，这些个侍卫在司徒手里都能撑上一刻钟，若非有意放水，寂言怎么可能这么快就脱身？

司徒公公依旧眯眼笑了笑，一副和善的样子……

为了不让老皇帝有可能留下他，秦寂言一出宫就抢了一匹马，叫开了城门，直接骑马往南走，等老皇帝的人追过去时，早已不见秦寂言的踪影。

“好好好，不愧为朕的好孙儿，居然说走就走，他还有没有当储君的觉悟？真当朕不会废了他吗？”老皇帝气得直抚心口，却只是在司徒公公面前放狠话。

秦寂言打马出城后，很快失去踪影，别说事先没有准备的锦衣卫，就是早有防备的司徒公公也没有跟上，他手底下的人赶到时，只看到一匹孤零零的马在路边慢悠悠地吃着草。

司徒公公的手下寻了许久，也没有寻到秦寂言的踪迹，只能一边派人南下，一边回去向司徒公公复命。

司徒公公收到消息，脸色凝重地折回殿内。看到老皇帝靠在床头，半眯着眼，就知道老皇帝没有等到秦寂言的消息不会睡。

司徒公公特意加重脚步声，人还未走近，老皇帝就睁开了眼：“怎么样了？”

“殿下不见了。”

“不见了是什么意思？”老皇帝眼眸一暗，闪烁着危险的光芒。

司徒公公低声道：“我们的人追到城外时，没有看到殿下的踪影，只看到殿下骑的马留在路边。”

“一路往南也没有找到人？”老皇帝问道。

“奴才已派人去追，现在还没有消息。”司徒公公低着头，没人看到他的神情。

老皇帝叹了口气：“你让人盯着，沿途多派些人保护他，别让他在江南出事。”老皇帝自信江南还在他的掌控中，如此提了一句。

“圣上放心，奴才明白怎么做。”司徒公公一脸谦卑，见老皇帝还有精神，又道，“殿下去江南了，这事要对外说吗？”

“就说，朕让他去城外养伤了。”老皇帝合上眼睛，一副疲累的样子。倘若让人知道秦寂言只身下江南，那就危险了。秦寂言身份不一般，一旦出事，大秦必会乱上一阵子。

“奴才明白。”司徒公公上前服侍老皇帝休息，留下一盏微弱的灯，弓着背往外走，看到殿外的明月，轻轻地叹了口气……

司徒公公的人找不到秦寂言再正常不过，他根本就没有出城，或者说他在城外跑了一圈，又回来了。明知江南有问题还孤身跑过去，那不叫勇气，那叫傻气。

老皇帝不给他兵有什么关系，他想要兵马还不容易？秦寂言甩开跟踪的人后，立刻回城，去凤府找凤老将军要兵。

“殿下，你要兵做什么？”凤老将军吓了一大跳。秦寂言半夜来找他要兵马，绝不是为了公事，否则老皇帝自然会下旨让他出兵。

“江南有异，老将军调五万人马给本王。”江南有十五万驻军，他必须带足兵马才不会出差错。

“五，五万人马？殿下，这人数太多了，一万以上的兵马，没有皇上的兵符，根本无法调动。还有，江南有异状，殿下为何不禀报给皇上知晓？皇上知道后，自会派兵。”凤老将军不是不想帮忙，而是难度太高。

“你当本王没有禀报给皇上知晓？”秦寂言冷着脸反问，凤老将军啊了一声，吃惊道：“殿下，圣上不信你？”

“他更信自己的人，信自己手上的兵。”秦寂言一脸嘲讽，凤老将军脸色凝重道：“圣上他……是不是忘了景炎的身份？”

秦寂言道：“他怎么会忘，只是不肯承认在大秦还有人会帮昭仁太子的后人。”当了这么多年的皇帝，老皇帝哪里还记得昭仁太子的影响力。

“圣上他……”凤老将军重重叹了口气，没有多说。他从不小瞧任何对手，在战场上，哪怕遇到再弱小的对手，也会尽力去打，像景炎这样的对手，凤老将军更是不会小看。可是老皇帝自负惯了，听不进这些。

秦寂言道：“老将军，皇爷爷年事已高，有些事难免想不到。”就算想到了也不会相信。

老皇帝要是相信江南落到了景炎手中，不就是承认自己无能吗？

“皇爷爷已开金口，从江南回来后，本王便会即位。”秦寂言这是在告诉凤老将军，从江南回来后，不管发生什么事，他一定会即位，不管老皇帝愿意与否。

可是，江南既然有异，那么秦寂言死在江南的可能性也不小，到时候凤老将军怎么办？没有圣上的旨意，私自调兵等同于谋反，到时候倒霉的可不仅仅是凤老将军，还有凤家子孙。可现在要是不借兵给秦寂言，等到秦寂言上位，凤家也就完了。

“唉……”凤老将军重重地叹了口气，“既然殿下说江南有异，老臣就让于谦带十万兵马提前与殿下会合。”五万是给，十万也是给，既然江南有十五万驻军，他便给殿下派十万兵马。

“老将军有心了。”秦寂言没有拒绝，爽快地笑纳了。或者说，秦寂言一开始要的就是十万兵马，只是他没有说出来，而是让凤老将军主动说出来。不过，这对凤老将军来说已经不重要，左右兵马他出了，不管有什么后果，他都会承担！

秦寂言起身，见凤老将军一脸憔悴，脚步一顿：“老将军不必担心，就算江南有异，本王也能平安回京。”

景炎不会杀他，一如他不会杀景炎！

从北齐边境调十万大军到江南，绝不是十天半个月就能做到的事，秦寂言不可能一直等凤于谦，和凤老将军说了会合的时间与地点，秦寂言便走了。

秦寂言在老皇帝眼中是孤身去了江南，他不可能回京城把亲兵带走，除了暗卫外，秦寂言只把子车带走了。子车是秦寂言的王牌——一张没有人知道的王牌，有子车同行，他的江南之行会很安全。

秦寂言一路乔装前往江南，不仅避开了老皇帝的耳目，也避开了景炎的耳目。景炎只知秦寂言离开了京城，至于他什么时候会到江南，又带了多少人马，一概不知。

不过，知道秦寂言将到江南，景炎就更忙了。江南是个好地方，山多水多，朝廷要派兵攻打绝不是易事，可是……江南这个地方他守不了多久。大秦朝廷有近百万大军，他还没有天真到认为靠着这十五万驻军，就能占据江南这块富庶之地。

江南富庶，这个富庶不仅指金银，还有粮草。他要养兵马，不仅仅需要银子，还需要粮食、被子、布匹、武器，而这些东西，江南都能提供。既然守不住江南，那就在离开之前搜刮干净，绝不会便宜了秦寂言。

时间太短，要做的事情太多，景炎分身乏术，顾千城在景园待了一个月，景炎只在当天见了她一面，之后两人再无交集。

在顾千城入住景园一个月又五天后，景炎踏着晚霞，赶在顾千城用晚膳前回来了！

“景庄主？”一个月未见，突然见到披着一身霞光而来的景炎，顾千城承认，她差点儿闪瞎了眼。

景炎笑得十分好看，上下打量了顾千城一眼，皱眉道：“怎么瘦了？”不应该呀，顾千城这一个月无论吃穿都是顶好的，而且吃得也不少，按理说不胖也就算了，怎么还会瘦呢？

“苦夏！”顾千城给出十分合理的答案，可是景炎不信！

“你要是在我这里瘦了，我会愧疚的。”景炎说得诚恳，顾千城姑且信了，不甚在意地说道：“放心，过两天就会胖回来。”

“那就好。”景炎点了点头，然后……两人之间有着片刻沉默，顾千城正想着要不要说点儿什么缓解一下气氛，就见下人来报：“庄主、小姐，用膳了。”

“走吧，我们去用膳。”景炎颇为君子地摆出一个“请”的姿势，示意顾千城先走。

顾千城笑了一声，没有多说。

顾千城从来不是一个会委屈自己的人，在景园住了一个多月，景园上下都知道她的喜好，饭桌上的菜有一半是顾千城爱吃的，另一半则是景炎爱吃的。没有办法，顾千城爱吃的那些菜不是酸酸甜甜，就是麻辣重盐，这对秦寂言和景炎这种出身良好、注重养生的人来说，真的是一种折磨。

景炎不是第一次与顾千城单独相处，却是第一次单独与她用膳。看到顾千城认真吃饭的样子，景炎一时看呆了，见她吃得香甜，忍不住夹了一块松鼠鳜鱼，一入口就皱眉道：“这么酸，你怎么吃得下去？”

爱吃酸甜的，又嗜睡，千城莫不是有身孕了吧？

“我吃习惯了，不觉得酸。”顾千城看到景炎的五官皱成一团，不由得想起秦寂言一脸厌恶，却仍将她碗里的剩菜全部吃掉的画面，忍不住叹了口气：也不知秦寂言怎么样了？

“怎么突然叹气？吃食不满意？”情绪变化快、时晴时雨、多愁善感，难道真的怀孕了？

“不是，莫名地觉得闷，你别管我，快吃。”顾千城哪里敢告诉景炎，自己在想秦寂言。

“要不要寻个大夫来看看？”景炎放下碗筷，关心地问道。

“不用了，我没事。”顾千城露出一抹笑，端起碗筷吃了起来。

景炎看似温润如玉，实则骨子里和秦寂言一样霸道，说一不二。他说叫大夫来给顾千城看看，不是询问顾千城的意见，而是告知。

白胡子老大夫跑得气喘吁吁，望向景炎的眼神透着担心，开口第一句就是：“庄主，伤着哪儿了？”

“我没有受伤，替顾姑娘看看，她身子不适。”景炎对老大夫十分客气，看得出来他很尊重对方。

“庄主没事就好。”老大夫顿时松了口气。

顾千城看景炎这架势，就知道自己不可能拒绝，于是放下碗筷，漱了漱口，在一旁的椅子上坐下，伸手让老大夫为她诊脉。

老大夫精准地扣住顾千城的脉搏，眼睛微眯，十分认真，只是诊了许久也不松手，反倒换了一只手，继续诊了起来。

“大夫？”顾千城轻唤了一声。老大夫一扬手，让她不要说话，脸色越来越凝重。

时间一分一秒过去，饭厅静悄悄的，这个时候，谁也不敢说话，就怕打扰老大夫诊脉。

景炎发现，自己手心冒出了冷汗，他不知道自己在紧张什么，是担心顾千城有了孩子，还是担心她得了不治之症?

终于，老大夫收回手，却没有立刻开口，而是抚着胡子，眉头紧皱，嘴里喃喃地念着："不应该……不应该呀……"

"到底怎么回事？"最终还是景炎忍不住问了一句。

"奇怪了，庄主说这位姑娘身体不适，可是老朽把了半天脉，也不见有异常啊，莫不是老朽学艺不精？"

"你说什么？"见对方憋了半天就说了这么一句话，顾千城不知自己是该高兴还是生气。

"我说姑娘你没事呀，身体好得很，以后切莫再乱说什么身体不适了，劳烦老朽白跑一趟不算什么，让庄主白担心一场就不好了。"老大夫以为顾千城是用身子不舒服这种理由，要景炎多陪她，是以面上有几分不喜，不自觉就带出说教的意味。

"我不是……"顾千城刚开口就被景炎打断了："身体没事就好，有劳孙老跑这一趟。"

"不是，我……"顾千城狠狠瞪了景炎一眼，她的话仍旧没有说完，老大夫接了她的话："姑娘，老朽敢保证你的身体无事，你要是觉得不舒服，就在房间里多休息，少出来。"

"景炎，解释清楚！"她好好的背什么污名。

"咳咳……"景炎被呛了一声，老老实实地解释道，"孙老，不是她说不舒服，而是我看她不舒服，才让你过来的。"

这解释还不如不解释。不过老大夫很给景炎面子，客客气气道："无妨，庄主小心些也是应该的。"

一场虚惊后，两人都没了吃饭的兴致，顾千城记恨刚刚被陷害的事，看了景炎一眼，起身道："我先回房了。"

"刚吃饱，不出去消消食？"顾千城每天都要出去溜达一圈，美其名曰消食。

顾千城没好气道："没吃饱。"吃饭这种事一旦被打断，就很难再有食欲，尤其是夏天。

景炎轻声问道："那……再吃一点儿？我让下人重新上菜，或者把这些菜热一下？"

"算了，不想吃，晚上少吃一点儿也没事，古人不是说'过午不食'吗？"顾千城看了一眼桌上半凉的菜，半点胃口也没有。

"不想吃便不吃，陪我走走。"景炎没有勉强，却不肯让顾千城回房。

顾千城扯了扯嘴角，说道："孙大夫说，我需要多休息。"

"没病，成天睡也不怕睡出病来。"景炎一想到自己刚刚摆的乌龙，就觉得很没面子。

"刚刚孙大夫不是给我把了脉吗？我健康得很。"话虽如此说，顾千城还是跟在景炎身后往外走。不陪景炎走上一段，她今晚只怕别想安宁。

两人静静地走着，谁也没有说话。在景园美景的衬托下，两人如同一对璧人，十分相配，但景炎一开口就破坏了这份美丽："你说，他会来救你吗？"

顾千城不明白景炎为何突然提起秦寂言，脚步一顿，侧头看着景炎，十分不解地问道："你觉得我需要他来救吗？"

"不需要吗？"景炎亦学顾千城歪着脑袋问道，眸光沉静平和，如同稚子，看得人心脏猛地一缩。

顾千城有些不自在，尴尬地移开眼，漫不经心地说："当然不需要，我好好的，又没有危险，不是吗？"

"对，在这里你没有危险。"景炎跟在顾千城身后，始终与她保持半步的距离。

"所以，我要他来救什么？"顾千城仍旧低着头，声音不大，但景炎能听到。

"可是……他已经来了，还是一个人，怎么办？"景炎一副为难的样子。顾千城忍不住笑了出来："你会怕吗？"

"我为什么不怕？你当真以为我能只手遮天，在江南占地为王？"景炎说得很认真，而这也是事实。欺上瞒下这种事，能做一时，做不了一辈子，他能抢到这几个月的时间，还多亏了老皇帝的刚愎自用。

"但你还有退路，不是吗？"顾千城虽然被困在景园，却不是死人，哪里不知景园其他人的动静——景炎的人，正在准备撤离。

"你这么聪明，叫我怎么放得下？"景炎叹息，似有浓浓的不舍。

顾千城完全没有被夸得忘形："和景庄主相比，我这点儿小聪明算得了什么？景庄主早已布好局，我只是事后才看明白，不值一提。"

"这世间，最蠢的不是愚人，而是自以为是的人，你这般清醒，不是聪明人是什么？"景炎拐着弯夸着顾千城，惹得顾千城大笑："我要是真聪明，景庄主就该头痛了。"

"聪明的人，就是认得清自己有几斤几两重，你做得很好。"以不变应万变，秦寂言不就是因为她什么也没做，才发现了江南的异常吗？

"多谢景庄主夸奖，我记下了。"顾千城似模似样地朝景炎作揖，动作滑稽可爱。景炎看得直摇头，正想说什么，就见顾千城指着前方道："景庄主，我的住处到了，我先回了。"

"你呀，总是这么聪明，一点儿机会也不肯给我。"景炎站在原地，看着顾千城渐渐隐入黑暗中的身影，不知自己该难过还是庆幸。

顾千城太聪明，也太理智，她一旦发现旁人对她的感情，就会与对方拉开距离。她这么做虽然很残忍，可同时也是一种仁慈——一开始就没有机会，就不会陷得太深，抽身时也不会太痛。这样的女人，真叫人又恨又爱，而得到她全心喜爱的那个男人，更是叫人嫉妒。

顾千城回到房内，沐浴过后，打发了服侍她的侍女。一个多月的时间，足够侍女了解顾千城的一些习惯，比如她不需要下人守夜，晚上都是一个人睡。

拖着湿淋淋的长发，顾千城抱着大毛巾对着铜镜有一下没一下地擦拭着，脑子里却在回想景炎所说的话——秦寂言来了，而且还是孤身一人、单枪匹马。

"知道江南有异，你就不知道带兵来吗？"深深地叹了口气，顾千城老老实实地将头发擦干，然后拿起书，坐在床头看了起来。半个时辰后，她准备睡觉，可是就在她吹灭蜡烛转身之际，面前突然出现一个人影。

"什——"顾千城本能地大喊，刚开口嘴巴就被堵住了："是我，别出声。"

借着窗外的月光，顾千城看清来人，暗自松了口气。扯开对方的手，顾千城压低声音道：

“殿下？你怎么来了？”

“能不来吗？你到了江南一个月也没个消息，天知道你有没有出事？”秦寂言一把搂住顾千城，将人紧紧地扣在自己怀里，借此平复心中的担忧。

他当然知道景炎不会伤害顾千城，可是，终究无法安心。

秦寂言没好气道：“你知不知道我有多担心你？你这个小没良心的，也不知道给我传个消息。”

“殿下，不是我不想给你传消息，而是根本就没有办法传消息出去。”顾千城默默地挣开，后退两步，与秦寂言保持安全距离。

“我只是想抱抱你。”秦寂言侧着头，脑袋紧紧地挨着顾千城的头，就像一只撒娇的大型犬，委屈地说道，“千城，我很想你。”

“我也想你……”顾千城鼻子一酸，抬手推开秦寂言的脑袋，双手挂在他的脖子上，然后凑上去啃了一口，“留个记号，想我的时候，就摸摸这个记号。”

秦寂言单手抱住顾千城，空出一只手摸了摸脖子上的牙印，低头威胁道：“我是不是也要留个记号？”

“看不到的地方，可以。”顾千城十分大方地撸起袖子，“给你咬。”

“真让我咬？”月光照在顾千城雪白的胳膊上，滑嫩的肌肤泛着一层珍珠般的光，让人很想将面前的人吞了！

“舍不得咬，怎么办？”秦寂言意犹未尽地收回视线，一脸遗憾的样子，即使天再黑，顾千城也能看清楚。

“那就放我下来。”顾千城发现秦寂言气息不稳，明白这个男人靠不住，果断地与他拉开距离。

“不能放开，接应我们的人快到了，我们得走了。”秦寂言将人抱紧，顾千城却不同意：“你现在就要带我走？”

“当然，我潜入江南就是为了带你离开。”秦寂言抱紧顾千城，不容她挣扎。

顾千城不赞同秦寂言的做法：“殿下，这里是江南，是被景炎掌控的江南。”

“我知道，不用担心，我已经让凤于谦带兵来了，很快就会收回江南。”江南的情况固然让秦寂言忧心，却也仅仅是忧心，并不是解决不了。

“有兵马来就好。”顾千城松了口气，不过仍不肯走，“但是我现在还不能走。我要是走了，焦向笛和我三叔一家怎么办？”

说话间，顾千城十分有技巧地从秦寂言身上滑下：“殿下，我们冒不起险。”她是景炎钳制秦寂言的人质，也是景炎撤离时要用的王牌。

“他们都不会有事，别担心。”秦寂言握住顾千城的手，语气十分坚定。顾千城再次挣开：“他们现在不会有事，可我一离开景园，他们就会有事。殿下，你现在要做的不是把我带出去，而是先把焦向笛和我三叔他们送走。”

“你的安危最重要。”秦寂言当然知道，如果真要带人离开江南，焦向笛和顾三叔一家是最好的选择，只是……他放心不下顾千城。

“我不会有事，殿下应该很清楚，景炎不会杀我，他要的也不是江南，他已经准备撤离了。”顾千城想，景园的人不防备她，也许就是为了让她把这件事说给秦寂言听。

“撤离？他倒是聪明。”秦寂言冷笑一声。

顾千城搂住秦寂言的腰，脑袋倚在他的胸膛上：“殿下，当务之急不是救我出去，而是拖住景炎或者抓住他。”

“带你走一样可以。”秦寂言有信心带顾千城离开江南。

“你能保证，我走了后，景炎不会伤害焦向笛和我三叔一家吗？”顾千城反问，不等秦寂言回答，又道，“殿下，我不是菟丝花，你别担心我，我有自保的能力，你做你自己的事就好，不要顾及我。”

秦寂言道：“怎能不顾及？”只是，他有信心带顾千城离开，却不敢保证景炎不会伤害焦向笛和顾三叔一家。

最终妥协的自然还是秦寂言，因为他舍不得让顾千城不高兴：“真想把你的脑袋敲开，看看里面到底装了些什么。”

顾千城的小脑袋在秦寂言的怀里蹭了蹭，娇气地说道：“我还想问你的脑子里想些什么呢。你比我还清楚，现在带我走可不是什么明智之举。”带着她，不仅焦向笛和顾三叔一家有危险，就连秦寂言自己也不一定能安全离开。

“是是是，本王错了，本王这就给你赔礼成不成？”秦寂言揉了揉顾千城的头顶，越想越生气。

顾千城笑了一声，没有接话，而是催促道：“好了好了，时间不早了，你快点儿走吧。”

吧唧！秦寂言用力在顾千城脸上亲了一口，严肃地说道：“千城，要照顾好自己。”

画风陡变，顾千城一时也少了嬉闹的心情，十分严肃地点头：“放心，我不会有事的，我能保护好自己。你保护好自己还有我三叔他们就行了。”

“好，我很快就会解决外面的事，等我。”秦寂言抱着顾千城，额头贴在她的额头上。

两人都不是儿女情长的人，腻味了一阵就松开了。

顾千城替秦寂言略略整理了衣领，指腹滑过她留下的牙印，后退一步，说道：“去吧，我等你！”

她不是菟丝花，她是顾千城！秦寂言纵有千般不舍，可理智终于战胜了感情，转身跟顾千城挥了挥手，下一秒就消失在黑夜中。

顾千城站在原地目送他离去，然后关上窗，上床睡觉。

又不是生离死别，又不是不会再见，需要那么夸张吗？秦寂言并没有直接离开，出去后一直隐在暗处，直到顾千城躺床上睡着了，秦寂言才走出来。

“果真白担心你了。”秦寂言还以为，顾千城就算不追出来，也要伤心一下，没想到他走了不到一刻钟，这丫头就睡着了。

“我真不知道该高兴，还是该伤心。”秦寂言摇了摇头，忍不住笑了出来。这样也好，这样他才能安心。

秦寂言看了顾千城一眼，转身没入夜色中……

而他不知，在他走后，躺在床上的顾千城睁开了眼，眼角微弯，脸上满满的都是笑意，可仔细看，会发现她眼中闪着泪花。她希望那个男人能够安心，放手去做他想做的事，无须顾及她。

第二十八章
赌注，不拿千城打赌

秦寂言能悄无声息地潜入景园，并不表示他能够悄无声息地离开。

秦寂言在顾千城房中待的时间并不算短，景炎又早已知晓他来到江南，怎么可能不防备？只是，景炎没有打扰秦寂言和顾千城相处，而是在院子外等着。是以，秦寂言一出去，就看到了背对着他沐浴在月辉下的景炎。

不等秦寂言开口，景炎就转身道：“我以为，你会带着千城一起走。”

“我以为，你会带人来抓我。”秦寂言模仿景炎的语气说道。

“只有你一个人，我拦不住你。就如同在京城，你拦不住我那样。”景炎知道他的实力。

景炎不一定能把秦寂言留下，不过没关系，他要的从来就不是秦寂言的命，虽为对手，但还没到你死我活的地步。

“秦寂言，我们打一场吧。”景炎抽出剑，摆出请战的姿势，秦寂言却没有动，而是问道：“赌注呢？”

“什么？”景炎以为自己听错了。

“没有赌注，就想让本王陪你打一场，你太看得起自己了。”秦寂言这话说得十分傲慢，景炎却笑了出来：“你想要什么赌注？”

“我赢了，你就带着你的人离开江南，没有本王的允许，不得踏入大秦国土半步。”秦寂言嚣张地说出自己的条件。

景炎点点头，说道：“你输了呢？”

“本殿下不会输。”秦寂言依旧没有拔剑，只是看着景炎。

“万一你输了呢？”景炎却不肯吃亏，“你要是输了，离开江南，没有我的允许，不许见千城半眼。”

“换一个条件。”秦寂言冷着脸否决。景炎挑衅道：“你不是不会输吗？换不换有什么关系？”

“别用激将法，这对本王无用。本王只是不想拿顾千城当赌注。”

“可是，除了这个赌注外，我想不到其他条件。”景炎摆明了是要为难秦寂言。

“那就别打了。”秦寂言也不和他废话，转身就走。

景炎倾身上前，手中的剑直接刺向秦寂言的脑门："你说不打就不打，你当这是京城吗？"

"本王不打便是不打，你奈我何？"秦寂言抬脚一踢，景炎为了避开这一击，只得后退，只此瞬间，秦寂言的身影便消失在茫茫夜色中。

"你还真不打？"景炎抱着剑，看着秦寂言消失的方向摇了摇头，将剑丢给暗处的护卫，然后跟了出去。

秦寂言似乎早料到景炎会跟过来，走得并不快，直到景炎跟上，这才加快速度，朝东南方向奔去。那个地方有一座废塔，景炎猜测秦寂言应该是要把他带到那里去。不管秦寂言有何用意，他都不会放弃这个机会，不是吗？

两人都是轻功卓绝之辈，很快就一前一后来到废塔的塔顶。塔顶呈圆形，只有左右两侧的凸起处能够站人，秦寂言站在塔顶左边，风吹得衣袍飘起，景炎则站在右侧，正好秦寂言帮他挡住了风。

"把我引来这里做什么？"景炎随意扫了一眼，寻了块平地优雅地坐下。

"为什么不说你追着本王来这里做什么？"秦寂言随即坐下，扭头看了一眼景炎。

"皇太孙殿下，明明是你引我来的，不是吗？"景炎想，要是这个时候有两坛酒，他们两兄弟说不定还能把酒言欢。

"强词夺理。"秦寂言没有回答景炎的话，而是静静地坐在那里，景炎也没有开口，塔顶只有风吹衣袍的声响。

就在景炎以为秦寂言会一直枯坐到天亮时，只听他突然道："景炎，你到底要做什么？"

"我要做什么？"景炎愣了一下才道，"殿下不是知道我的目标吗？我现在就在朝我的目标努力。"

"要大秦的江山？要皇上的命？又或者要我的命？"秦寂言不相信景炎所说的要大秦灭亡的话。

"大秦的江山？以前想过……皇上的命也想过，当然你的命我也是想要的。可是，你真的以为，你们一家这几条命，就能赔末村整村人的性命吗？"复仇是他活着的信念，至于他想要什么？

他能告诉秦寂言，他也不知道自己想要什么吗？老皇帝的命，他必然是要取的。至于秦寂言的命？算了吧，杀了有什么意义？至于大秦的江山，他是不想要的，也要不到，他要的不过是江山易主！

秦寂言没有劝说景炎什么，只道："景炎，我希望你能想清楚自己要的是什么，别走弯路，也别让无辜的人牺牲。"

"你在教训我？"景炎俊眉微挑，略有几分嘲讽的意味。

秦寂言没有看到，就是看到了也不会在乎："是又如何？不是又如何？你要和我打一场吗？我说了，你不是我的对手。"

"没有真正交手，你又怎知我不是你的对手？"景炎站起来，虽然没有武器，可他仍不惧与秦寂言一战。

秦寂言同样站了起来，只是他仍旧没有交手的打算，而是指着前方道："景炎，知道那里是什么地方吗？"

秦寂言所指的方向，正是江南的正中心。那一块是达官贵人的聚居地，而作为江南官员的焦向笛与顾家三叔，正好也住在那里。

"你……调虎离山！"景炎的眼睛猛地睁大，气恼地看向秦寂言。

他居然中计了？

景炎随即一愣："不对，你的人是怎么进来的？"

"景炎，你不会天真地以为，你能杀光本王安排在江南的所有人吧？"秦寂言扭头看向景炎，没有嘲讽，也没有胜利者的得意，只是平静地陈述事实。

他是大秦的皇太孙，拥有的比景炎多太多。同一件事，景炎要付出百倍的努力，而他只需要抬抬手。

"这一局算你赢。"景炎输得心服口服，谁叫他的对手是大秦的皇太孙，他早该想到，"你来救千城只是个幌子，就不怕千城知道后伤心吗？"

"不，我确实是来救千城的。"秦寂言不屑在这种事情上撒谎。

"那为什么不带她走？你执意这么做的话，她根本无法拒绝。"景炎看到秦寂言孤身一人出来，十分失望。

"明知你不安好心，我为什么还要冒险？"秦寂言冷哼了一声，"再说了，你真以为我是以救千城为幌子引开你吗？你太看得起自己了。"

让人去救焦向笛与顾三叔不过是临时起意。他今天的计划只是救顾千城，不过没有成功。在景园遇到景炎，秦寂言并不意外，让秦寂言意外的是，他拒绝和景炎打一场，景炎竟然会一路追来。秦寂言自然不会放过这个机会。在景炎追上来前，他给手下的人留了记号，然后甩开两人的暗卫，把景炎引到离城中心极远的废塔来。而这个时间，足够他的暗卫联络他安排在江南的人，联手救出焦向笛与顾三叔全家。

景炎很快就想透了其中的原委，不由得叹气："非要再打击我一次，你才满意吗？"

"不，只是想让你输得心服口服。我说了，你不是我的对手。"秦寂言再次说出这句话，景炎听了却不生气，而是指着正前方说道："殿下，别高兴得太久，还不知鹿死谁手呢。你以为，得知你潜入江南后，我会没有安排？我本以为你会先去救焦向笛，没想到殿下这般痴情。"

"有准备更好，正好让本王看看你的人有多大的能耐。"秦寂言半点也不惊慌，有子车在，景炎的人再厉害也不是他的对手。

景炎道："殿下好胆识，你就算成功救走他们又如何？顾千城还在我手里。"他手上有两张互相钳制的王牌，既然焦向笛与顾三叔全家被救走了，那么，顾千城就会被重点看守，秦寂言想救她，几乎不可能。

"你不会要她的性命，本王不担心。"这一点顾千城也清楚，所以才会选择留下。

“哈哈哈……”景炎突然大笑，“殿下，你高看我了。我这样的人，为了复仇，什么都能做，别说伤顾千城，就是杀了她，我也不会眨眼。”

“你不会。”秦寂言说得十分坚定，“她的母亲是武芸，光凭这一点，你就不会杀她。”景炎除非冷血到六亲不认的地步，不然绝不会伤害他义父心心念念想要保护的人。

“殿下，你这是在告诉我，顾千城在我手中就是一颗废棋？我拿她威胁不了你？”景炎挑眉，一脸嘲弄。

“不，你能。你不是很了解吗？要不是千城能威胁到本王，你怎么可能扣留她？”景炎不能用千城的生死威胁他，却能用别的。比如：千城的清白、千城的未来……

“殿下是聪明人，和殿下说话果然省心。那么，为了千城，殿下你能付出多少？”景炎冷着脸，冷酷地拿顾千城和秦寂言做交易。景炎面无表情，可只有他自己才知道此时心有多痛！如果可以，谁愿意利用自己喜欢的女人？

“本王——保你平安离开江南。”这是他能拿出的最大的诚意，也是景炎最需要的。

“殿下爽快。”景炎不用想也知道，他撤离江南的事，必然是顾千城说给秦寂言听的。虽然这是他故意透露给顾千城知晓的，不过看到顾千城一见到秦寂言就把他卖了，心里还是有那么一点儿不是滋味。

秦寂言和景炎是对手，可也是兄弟，他们之间有斗争，可也有信任，所以即使只是秦寂言的一句话，景炎也选择相信。

“等我平安离开，便会放了顾千城。”这是景炎的承诺，同样只是一句话，但秦寂言相信景炎，一如景炎相信秦寂言。约定达成，秦寂言警告了一句：“在此期间，你最好不要伤她分毫。”

景炎粲然一笑：“不需要你说，我也会照顾好她，毕竟我和她的关系也不一般，不是吗？”

“景炎，别挑战我容忍的极限，别逼我对你赶尽杀绝。”秦寂言皱眉，一脸不满。

景炎浑不在意，继续挑衅道：“怎么？只是说说你就不满？那她与似锦的五年之约呢？你就不怕五年后她会嫁进封家？”

“本王的事，不需要你担心。”秦寂言斜了景炎一眼，“你管好自己。”说完便纵身一跃，从塔顶跳了下去。

“说走就走？果然是大秦的皇太孙。”景炎喊了一声，却没有追。

秦寂言来了，江南就不再是任由他呼风唤雨的江南了。

有意外，焦向笛与顾三叔全家被救走了！

“什么人动的手？”

“不认识，领头的人属下没有见过，武功奇高，不在主子之下。”来人单膝跪在地上，背挺得笔直，完全没有因为任务失败而惶恐不安。

“秦寂言手上还有这等高手？难怪敢孤身一人潜入江南。”景炎抬头看着远方，嘴角微扬，露出一抹浅笑。

“把消息守牢，别让人知道他们二人不在江南。你现在的任务是看守顾千城，不许她见任何人，听明白了吗？”

景炎交代完这话，转身朝景园走去，走到主院，想了想，还是去了一趟留云院，不想他还未踏进院子，就看到院外的石桌旁坐了一个人。

景炎吓了一跳，上前两步，不由得惊呼一句：“顾千城？”她不是已经睡了吗？怎么这个时候在这里呢？

“他走了吗？”顾千城示意景炎坐下。

这没头没脑的一句话，景炎却听明白了：“你知道得还真多。”

“不是你告诉我的吗？”顾千城嘴角一扯，似笑非笑。

“你就这么关心他？为了他，委屈自己留下来不说，特意在这里等我，也是为了问他的生死？”景炎刚好起来的心情瞬间又被破坏了。

“我在这里好吃好喝的，并不委屈，为什么要离开？至于关心他的生死，这不是很正常的事吗？”顾千城似乎看不到景炎的怒火，一再挑衅道。

景炎脸上的笑容一僵，随即又无事人一般问道：“如果我不说呢？”

“我三叔呢？”顾千城脸上的神情不变，只是换了一个问题。

“问完秦寂言又问你三叔，你关心的人还真多。”顾千城难道不知，这个时候如果先问一句他的安危，再问其他的事情，他什么都会说吗？

“好吧，不问我三叔，承意还好吗？”顾千城无视景炎的怒火，继续问道。

“想知道？好呀，求我！”景炎脸上带笑，不知情的人还以为他在开玩笑，事实上他是认真的——不会回答顾千城的问题，哪怕顾千城求他也没用。

“现在用不着了，我已经知道答案了。”顾千城起身，笑容满面地朝景炎道谢，“多谢景庄主解惑。”

“你……总是这么让人讨厌。”景炎并不意外顾千城说出这样的话来。他此时出现在这里，就代表着秦寂言平安地走了。

“你也没有多讨人喜欢。你知道的，我一直不喜欢你，直到不久前才对你改观，没想到事情又变成这个样子。”说实话很伤人，但顾千城仍旧选择实话实说，哪怕因此激怒景炎也在所不惜。

“你就不怕我一气之下杀了你？”景炎脸上的笑容瞬间收起，只余冰冷的杀意。

顾千城淡淡道：“秦寂言一天不死，我就不会有事，不是吗？”她能悠闲肆意地待在景园，倚仗的从来不是景炎那不知真假的感情，她有什么好怕的？

“我果然还是讨厌你多一些。”景炎嫌弃地看着顾千城，也站了起来，“我还是离你远一些好，免得我一失手杀了你。”

果然是“近朱者赤，近墨者黑”，顾千城现在和秦寂言一样讨人厌。

景炎看也不看顾千城，大步往外走，走到墙脚时突然顿住：“秦寂言离开了，放心，没有受伤。”然后在顾千城的注视下，翻墙而去。

顾千城笑了笑，满意地去睡了。得了自己想要的答案，顾千城一夜好梦是必然的，而秦寂言和景炎今晚则肯定无法入睡。

子车成功带人救出了焦向笛与顾三叔一家，这不是结束，而是开始。

焦向笛一个人还好，顾三叔一家就十分麻烦了。先不说顾三叔年纪大、走路慢，就说顾三夫人和顾承意，一个女人、一个小孩，纯粹就是拖累。子车一路且战且退，十分艰辛，要不是这一家三口还算听话，子车肯定会打得不耐烦。

就这么边打边逃，子车一行人终于来到城门口，而这个时候，守城的官兵已经收到消息，正摆出箭阵阻击子车一行人。

“大人，是弓箭手，强冲的话会有危险。”暗卫将焦向笛护在身后，扭头对子车道。

“停——”子车率先停下脚步，暗卫见状也跟着停了下来。

子车这一停，景炎的手下就以最快的速度将他们团团围住：“放下焦大人与顾大人，保你们不死。”

“就凭你们，也敢对我放狠话？”子车冷笑，脸上毫无血色。

“你们逃不——”景炎的人正欲动手，突然听到城门口传来一阵巨响，一个个炸药包飞落下来，像是长了眼似的，全往弓箭手面前落。

“快，快闪开！”排列整齐的弓箭手立刻被打散，而包围子车的一行人，也因为炸药而不得不散开。

“殿下来了，我们走。”子车一看，就知是秦寂言来接应他们，带着人就往外闯。

“带人离开，本王断后！”一身黑衣的秦寂言站在城墙上，将最后一包炸药丢下后，抽出佩剑飞身而下。

“夫人，快走。”武家的死士分别搀扶着顾三叔、三夫人和顾承意逃命。眼见就到城门口了，顾承意突然摔倒在地。

而此时，慌乱散开的弓箭手们再次聚拢，一支支利箭从左右两侧飞射而来，武家的死士忙用刀格开他面前的箭：“小少爷，能站起来吗？”

“能，啊——”顾承意咬牙站起来，刚一动就觉得天旋地转，然后发现自己已经双腿悬空、脑袋朝下。

“再叫，割了你的舌头。”子车不满地呵斥。顾承意忙捂住自己的嘴，一动不敢动。

有子车带着顾承意，秦寂言断后，暗卫和武家的死士顺利把焦向笛、顾三叔夫妻带出了城。只是在子车出城的刹那，一支利箭射向顾承意的脑袋，子车发现时已来不及挥刀，只能飞速旋转，将顾承意抱在身后，替他挡住那一箭。

利箭扑哧一声没入子车的大腿，子车却看也不看，将箭拔出，夹着顾承意就往外冲。

看到子车不断流血的大腿，顾承意大颗大颗的泪珠往外滑落，却死死地咬着自己的手，不让自己哭出来。

一行人迅速出了城，景炎的人并没有追出来，而是将城门紧闭，在城墙上架起弓弩。

“瞄准——射！”

嗖——嗖——嗖——

箭如流星，纷纷落在秦寂言身后，大半箭头都没入土里。很明显，景炎这是在还京城的那笔债！

景炎得知秦寂言派人去救焦向笛与顾三叔后，不仅在城门口派人围堵，还在城外安排了人手追杀。秦寂言好不容易走出弓弩的射程范围，又遇到一批黑衣人的伏击。

“带他们离开。”秦寂言很清楚，景炎要的是他和顾家三叔一家，而他，绝不能让景炎得逞。

“殿下小心。你们三个留下，剩下的人跟我走。”子车将顾承意丢给武家死士，然后冲锋在前，为他们杀出一条血路。

秦寂言看了一眼，几个起落就掠到后方，替几人断后。

“殿下，保重，不要逞强！”焦向笛最后离开，看了一眼被黑衣人围住的秦寂言，心里急得不行。

秦寂言拖了一刻钟才使出全力，从黑衣人的包围圈中脱身：“告诉你们家主子，这次本殿下记住了，改日定当加倍奉还。”秦寂言身形一闪，很快就隐入黑暗中。

秦寂言甩掉黑衣人，径直朝城外的大河奔去。来到江南后，他们一直暂居在船上。

秦寂言过来时，子车一行人已经收拾好，顾三叔一家似乎吓到了，喝了一碗热汤就去睡了，焦向笛没有看到秦寂言平安回来，怎么也不肯休息，执意要等。

看到秦寂言，暗卫们长长松了口气，焦向笛却在众目睽睽之下抱住他的大腿，号啕大哭：“殿下，你总算平安回来了！呜呜呜……我担心死你了，你要是有个三长两短，我可怎么活呀，我爹要是知道你为了救我以身犯险，一定会……”

“滚！”秦寂言的忍耐到了极限，一脚就把焦向笛踹飞了。

这下船舱终于安静下来，秦寂言这才对暗卫道：“立刻将消息传回京城，告诉皇上，他的心腹大臣谋反了，江南已落到景炎手里，一众官员已被斩杀殆尽。”

焦向笛一听，立刻纠正道：“啊……没有呀，景炎只杀了一小部分，其他人……”他的话还没有说完，就被秦寂言打断了：“全是死人！”

“殿，殿下……”焦向笛脸色一白，不安地说道，“你，你要血洗江南？”

秦寂言冷冷答道：“不然呢？等你一个个收服？”江南以前是周王的地盘，现在是景炎的地盘，握有实权的官员，有老皇帝的人，有周王的人，也有景炎的人，独独没有他的。现在机会放在面前，他要是不趁机安插人手，以后就再也没有机会了。

“他，他们是无辜的。”焦向笛弱弱地开口。

秦寂言冷笑：“无辜？江南有哪个官员是无辜的？他们哪个没有贪污受贿、欺压百姓？”

“不，不是这样的。寂言，江南的官员中，有很多是世家子弟，你不能动他们，不然他们的家族一定会反扑，到时候你会有麻烦的。”焦向笛这话真的是为秦寂言好，可是……

“如果你没有听清楚，本王就重申一遍——江南的官员被景炎斩杀殆尽。”血洗江南，栽赃给景炎，算是还景炎今晚的“追杀之情”。

“我……明白了。”焦向笛艰难地点头，不敢抬头看秦寂言，似乎不敢相信，他所认识的秦寂言，竟如此冷血无情。

秦寂言看了焦向笛一眼，并没有解释，只是摇了摇头。他本以为，焦向笛到了江南会迅速成长，没想到还是这么天真。先不说江南的官员贪了多少，就凭他们放任景炎夺取江南而没有一丝反抗，就该死！

在秦寂言提出江南有异却拿不出足够的证据时，老皇帝宁愿相信自己的心腹也不信秦寂言的忠告。可当秦寂言到了江南，再次告诉他江南有异之后，他就无法再相信自己的心腹了。

“司徒，这是怎么回事？”老皇帝将手中的折子摔到桌上。

司徒公公面色不变地将折子拿起来，仔细阅读……

足足一炷香的时间，司徒公公才将秦寂言的折子看完：“圣上，江南危矣，请速派大军前往。”

“朕知道江南危矣，不需要你多说，你只需要告诉朕，为何你迟迟查不到江南的情况？”老皇帝看向司徒公公的眼神透着审视与怀疑。

“圣上，奴才手中的人只在京城活动，在江南没人。”司徒公公低着头说道，虽不敢与老皇帝对视，却没有闪躲之意，坦坦荡荡。

他刚回到京城，才将手中的人安排下去，连京城都没有布置完，哪有时间和精力把人安插进江南，在层层铁网下将消息传出来？

老皇帝眉头一皱，这才想起他并没有让司徒公公去查江南的消息：“来人，宣锦衣卫首领进宫。”

锦衣卫首领事先听到了风声，进宫后不等老皇帝发问，就将这段时间呈上来的消息一一奉至老皇帝面前。最早的是半年前的，最近的则是七天前的，所有消息一字排开，不管是之前还是现在，江南报上来的消息都是平安，根本没有异常。

“送上这些，是想证明你没有失职？”老皇帝一一看完，更生气了。

锦衣卫首领不卑不亢道：“圣上恕罪，卑职有失职之罪，请圣上处置。”

“只是失职？”如果说之前老皇帝不怀疑自己的心腹，那么现在他看哪个心腹都不相信，尤其是锦衣卫首领。锦衣卫并不是第一次背叛他，首领却半点不知，这合适吗？

锦衣卫首领只当听不懂：“卑职失察，恳请圣上给卑职一个将功赎罪的机会，准卑职亲自去江南查办此事。”

“去江南？江南情况不明，你过去能做什么？”老皇帝脸色阴沉，要不是没有合适的人选，锦衣卫首领已经死了。

“卑职前往江南，亲手捉拿景炎。”锦衣卫首领说起“景炎”二字时，难得地露出厌恶与杀意。

“他在京城这么久，你都没查出他的消息，你确定能将人活捉回来？”老皇帝眼睛半眯，没有人知道他在想什么。

“卑职以性命保证，不能活捉景炎，卑职以死谢罪。”锦衣卫首领掷地有声地答道。有些

“忠诚”需要用生命来证明，他绝不会给老皇帝怀疑他、探查他的机会。

“很好，朕给你机会，来人，去把他的家人接进宫。”老皇帝冷漠地下令。

锦衣卫首领听到这话，连反驳也没有，就好像被威胁的人不是他一样，这让老皇帝稍稍满意。

“活捉景炎，朕记你大功。”老皇帝满口许诺，至于没有活捉？后果就没有说的必要了。

“卑职遵命！”锦衣卫首领毫不犹豫地起身，毅然决然地转身往外走。

锦衣卫首领离宫后，老皇帝就召封大人、焦大人和凤老将军议事。三位大人在宫门口遇上，隐约猜到了什么，一个个面色凝重，匆匆进宫。

不出三人所料，老皇帝说的果然是江南的事情。封大人一听，脸色更难看了，焦大人则比他还要惨上三分，张嘴想询问什么，最终还是不敢问出来。国家大事在前，他哪敢关心自己儿子的生死。

封大人和焦大人的表现再正常不过，老皇帝看了也不觉得有什么，倒是凤老将军听到这个消息，如遭雷击，整个人僵在原地，眼珠子凸起，好不骇人。

封大人甚至不等老皇帝开口，就先一步问道：“老凤，出什么事了？儿子在江南的是焦大人，又不是你，你一副见鬼的样子做什么？”

“我……”凤老将军张张嘴，却没有说出话来，一副失了心神的样子。老皇帝见状，眉头一皱，问道：“凤爱卿，出什么事了？”

“圣上……”凤老将军扑通一声跪下，默了默，道，“圣上，月前皇太孙殿下曾寻过老臣。”

“月前？什么事？”老皇帝身子一倾，半眯的眼睁开。

“在圣上您宣布殿下出城休养的前一天晚上，殿下到府上找过老臣。”凤老将军吞吞吐吐，一副想说又不知怎么开口的样子。

老皇帝冷哼一声：“他找你做什么？”

凤老将军跪在地上，身子颤了颤，哆嗦着说道：“殿下找老臣说有紧要任务要办，情况十分危急，还让老臣把远在北齐的于谦调回来，同时，同时……”

“同时还有什么？”老皇帝的脸色越发阴沉。

十万大军出动这种事，瞒得了老皇帝一时，却瞒不了一世，凤老将军在答应借兵给秦寂言的那晚起，就知道会有这么一天。

“回圣上的话，同时殿下还让于谦带五万人马赶往江南，说是，说是……江南有变，圣上您不信他，为保江南无事，殿下只得亲自前往，为防万一，不得不提前调遣兵马。”

“五万人马？他倒是好大的口气！你没借？”老皇帝猛地提高音量，却听不出喜怒。

“借，借了……十万！”凤老将军闭着眼睛，梗着脖子说道。

“十万人马？你居然借了十万人马？你疯了吗？凤老头你好大的胆子，谁给你的权力，让你随意调动十万人马的？”凤老将军如果没有借兵马给秦寂言，老皇帝肯定会生气，现在听到凤老将军说借了，老皇帝也生气，尤其是凤老将军一借就是十万人马，这简直是挑战老皇帝的极限。

“朕要是没有记错的话，没有朕的虎符，任何人都无法调动一万以上的人马，你这十万人马是怎么调动的？没有朕的旨意私自调兵，你这是要造反吗？！”

“圣上息怒，圣上息怒！臣，臣实在是不敢呀……”凤老将军虽一把年纪了，头却磕得砰砰作响。

“不敢什么？不敢违抗寂言的命令？不敢得罪未来的新君？哼！朕还没有死，就把朕当死人了吗？”老皇帝大怒，桌子拍得砰砰响。

“圣上息怒！”封大人和焦大人也吓得不轻，眼神复杂地看着凤老将军——凤老将军今天恐怕要倒大霉了！

三位大臣的反应，老皇帝全看在眼里，一时说不出心里是什么滋味，叹了口气道：“凤卿，你太让朕失望了！”

“老臣该死，请圣上责罚。”凤老将军大义凛然道，“老臣自知私自出兵乃大忌，可如果一切重来，老臣还是会选择借兵给皇太孙殿下。老臣一家老小的命固然重要，却比不上大秦的万里江山。江南是大秦的，任何人都不能占地为王、为所欲为。”凤老将军说得十分沉重，每一个字都说得十分缓慢，就好像即将赴死一般。

老皇帝听到这话，脸上的怒容淡了几分。封大人和焦大人见状皆松了口气，却不敢为凤老将军求情，只是跪在那里，等候老皇帝发话。

只是，时间一分一秒过去，老皇帝始终不曾开口，封大人和焦大人不知不觉间汗流浃背，也不敢抬头，只能默默地等着。

等了半天，老皇帝终于开口，却没说如何处置凤老将军，而是问封大人和焦大人：“两位爱卿怎么看？”

“江南的事吗？”封大人装傻，倒豆子一般说道，“圣上，江南到底是什么情况臣也不知。不过臣相信殿下行事自有分寸，虽说殿下私自调兵有错，可事有轻重缓急，殿下这么做也是为了大秦的江山社稷。窃以为，殿下有错，可也有功。至于如何处置殿下，臣认为得看殿下将江南的事情办得如何。要是办得好，就将功抵过，办砸了便两罪并罚。圣上，您看可好？”

封大人说得又快又急，完全不给老皇帝打岔的机会。封大人说完，焦大人又十分默契地接过话茬：“圣上，臣认为封大人这话不妥，私自调兵是多大的事？哪能说不罚就不罚？江南的事都没有查清楚，仅凭猜测就要凤老将军调兵，殿下实在是太儿戏了。虽说事出有因，可天大的事还有圣上在。殿下乃一国储君，如此行事实在有失谨慎。臣以为，圣上此次需重重处罚殿下，令其谨记这次教训，以后不犯同样的错。”

封大人和焦大人一唱一和，不管是说罚还是不罚，都把话题往秦寂言身上扯，把错和罪名全部安在秦寂言身上，努力洗清凤老将军的罪名。

“你们两个，很好……”老皇帝见二人揣着明白装糊涂，阴冷地笑了一声，“当着朕的面糊弄朕，你们真当朕死了？！”

“圣上息怒，臣不敢。”封大人与焦大人同时请罪，一副惶恐的样子。

“不敢？你们还有什么不敢的？我看你们的胆子大得很！朕问你们凤大人的事，你们却往皇太孙身上扯，你们这是见皇太孙不在，便往他身上泼脏水吗？”老皇帝嘴上说得凶狠，实则不怎么生气。

封大人与焦大人不向着秦寂言，正是他乐意看到的事。凤老将军瞒着他，不顾全族的安危，借兵给秦寂言，光这一点就足以说明凤家已完全倒向秦寂言，要是封大人与焦大人也倒向秦寂言，他这个皇帝也没有什么意义了。

“凤大人？凤大人有什么事？”封大人听到老皇帝的话，继续装傻。

老皇帝挑眉，冷着脸道：“怎么？你不认为凤大人有错？”

“圣上，殿下是储君，他要凤将军调兵，凤将军哪敢不应？”封大人摆明了是为凤老将军开脱。

“不敢不应？难道皇太孙要他调兵进京，他也应？”这才是老皇帝最愤怒的事，凤老将军和秦寂言根本没把他放在眼里。

“圣上，凤老将军他……”封大人还要说好话，就听到凤老将军高喊：“陛下，臣不敢！臣绝不敢做出调兵进京的事，恳请陛下明鉴。”

凤老将军长叩于地，不敢起身：“陛下，臣私自调兵，臣有罪，臣不敢辩解，臣请皇上降罪。”

凤老将军已打定了认罪的主意，或者说他想趁机交出兵权。凤家掌兵权太久太久，这次私下调兵也是一个导火线，若不交出兵权，老皇帝怕是晚上睡觉都无法安心。

“私自调兵，你罪无可恕。来人——”秦寂言不在这里，老皇帝的怒火自然是向着凤老将军发泄，“把他拖下去，关进大牢。”

“谢皇上不杀之恩。”凤老将军一脸是血地给老皇帝行了个礼。

“圣上……”封大人和焦大人异口同声，却被老皇帝一个冷眼打断，只能眼睁睁地看着凤老将军被侍卫押走。

老皇帝又开口问道：“江南的事，你们怎么看？”

“江南？江南的事……有殿下在，圣上大可放心，殿下必不会让圣上失望。”封大人张嘴就给秦寂言戴了一顶高帽。

老皇帝随即看向焦大人：“你呢？”

“圣上，臣的儿子就在江南为官，臣当然希望殿下顺利收回江南。”焦大人的回答更空洞。

这两人不肯说，老皇帝也不逼，继续说道：“这么说，你们是相信江南落到景炎的手里了？景炎区区一个景庄庄主、江湖游侠，他有何本事能占据江南三城？”

“普天之下，莫非王土，率土之滨，莫非王臣。景炎不过一窃贼尔，圣上不必忧心。”焦大人并不知景炎的身份，还不至于像封大人那样不安。

“说得好！整个天下都是朕的，区区一个景炎算什么？寂言既然想平息江南的内乱，便由着他去。”

就在封大人以为老皇帝打算揭过此事时，老皇帝又道：“封大人，拟旨，命骠骑将军唐勇即刻带三千兵马前往江南，与凤于谦带来的十万人马会合，共同协助寂言，早日平息江南之乱。”

老皇帝这是要骠骑将军唐勇接手凤于谦的兵马，不让凤家人沾边境之外的兵权。也许凤家在边境的兵权，很快也要被收回。老皇帝此举在封大人的意料之中，闻言只讷讷地应是，心里暗自祈祷秦寂言一定要成功，并且平安从江南回来，不然……

凤家满门，怕是不会有好下场！

第二十九章
夜袭，权臣难为

凤老将军下狱是情理之中的事，秦寂言在借兵后，就让凤老将军在他离开的第二天，进宫禀报给皇上知晓，并把所有的错都推到他身上。只是他没有想到，凤老将军不仅没有这样做，还在事发后独自扛下了大部分责任。

“老将军何至于此，本王不是那样的人……”秦寂言暗暗叹了口气。

他能理解凤老将军的选择，也能明白他为何如此。自古以来，权臣、孤臣都不好做，而且大多没有好下场。凤老将军既是手握重兵的权臣，也是孤臣，一旦引得帝王猜忌，绝不会有好下场。

凤老将军这步棋虽然冒险，却是一步好棋，以这种方式将兵权交出来，以后凤家就算是重掌兵权，也很有限。而且看在凤老将军牺牲这么大的分上，他这个储君登基后，怎么也不会亏待凤于谦这个伴读，更不会亏待风遥。

“凤家的兵权交出来也好。”秦寂言轻敲桌面，眸中精光闪现。

突然响起敲门声，秦寂言眼中精光尽敛：“进来！”

“殿下，西北战报。”暗卫进来，呈上一个盒子后快速退下。

秦寂言接过盒子，拨弄了几下便将其打开，还没有抽出里面的内容，就听到外面传来木舟破水的声音。

秦寂言飞快地将盒子锁上，塞入怀中：“什么情况？”

“殿下，我们被发现了，数百艘木舟正朝我们划来。”暗卫冲进来，一脸凝重地禀道。

“来得真快。”秦寂言听到这话并不吃惊。江南尽在景炎的掌控之中，早晚能查到他们的下落，能拖上七八天已是不易。

扭头扫了一眼书房的情况，确定没有问题后，秦寂言大步往外走去。

船外，漆黑的河面上亮起无数火把，如同繁星，顺着河流一点一点向他们靠近。

“殿下，最多一刻钟，对方就能包围我们。”暗卫已经探清敌情。

“现在开船，对方多久能追上我们？”秦寂言的船虽然停在河里，但他们对这一带的河道极为熟悉，哪怕在黑夜里也能正常行驶。

“半个时辰。此地距离岸边极近，如果靠岸的话，一刻钟内我们便能上岸。”此时，船上的水手已经在做准备，只等秦寂言一声令下，便执行他的命令。

“不必靠岸，直接闯过去。”他们要是上岸，十有八九会遇到埋伏，如果是他，也会这么做。

“遵命！”大船加速冲向叛军的船队，砰的一声巨响，打破了夜的宁静，也拉开了战斗的序幕。

小舟被撞翻，大船的速度也慢了下来，不多时就被叛军的战船团团包围。

“殿下，我们被包围了。”小舟围在大船四周，大船已无法前行。

秦寂言轻哼一声：“炸！”他等的就是这个时候。

轰！爆炸声传来，火光冲天，映得天空通红。

“他果然选择了正面迎击！”在距离战场不远处的上游，停了一艘巨大的战船，景炎此刻正站在船头，旁边则是顾千城。

“明知他会选择正面迎战，你还要在这里设伏，浪费人力？”顾千城淡漠地看着前方，眼中没有一丝情绪起伏。

“不怕一万，就怕万一。万一他选择从上游撤离呢？我得做两手准备，才有可能将他拿下。”秦寂言了解景炎，景炎也了解秦寂言。

“大军就要到了，你根本拿不住他。”顾千城扭头看向景炎，问道，“明知大军就要到了，你为什么还不走？”

江南这一片的财富、粮食、食盐……已被景炎搜刮得干干净净。这些东西足够支持十五万大军三五年，顾千城不明白，景炎还留在江南干什么？

“总要交手一次，一直逃跑不是我的风格。”理智告诉他，这个时候和秦寂言开战不是上策，可他仍选择一战。不战，他就永远不知自己和秦寂言的差距，也不知他要准备多久，才有足够的力量与大秦抗衡。

顾千城沉默，不再说话。两人就这么站在船头看着远处不断闪现的火花。夜风吹来，耳边散落的发丝随风飞舞，景炎扭头，站在原地竟忘了反应。直到顾千城发现，问他怎么了，景炎才知自己失神了。

景炎坦然自若地收回视线：“我在想，我要是把你绑在船头，秦寂言会不会束手就擒？”

顾千城没有立刻回答，而是一脸认真地看着景炎，却无法判断他是认真的还是在开玩笑，随即平静地说：“你可以试试。”

“这么说，你也想知道？”景炎挑眉，一副看好戏的姿态。

顾千城默默地移开眼，看向前方的战场：“我为鱼肉，你为刀俎。我想不想并不重要，不是吗？”

“鱼肉？任我宰割吗？”景炎面上依旧带笑，心里却有那么一点儿不是滋味。

他这两个月既没有亏待顾千城，也没有勉强她，可是她依旧不领情。既然不领情，那他就不必客气了。

“来人！”景炎突然冷下脸，待到手下的人过来后，指着顾千城道，“把她……”

景炎说到这里，停顿了一下，扭头看了顾千城一眼，见她一脸平静，终究还是将“绑起来”三个字咽了下去，盯着顾千城看了片刻，凶狠地下令：“把她带回去！”

今晚把顾千城带来就是一个错误的决定，这女人，生来就是克他的。

“是。”景炎的手下闻言，立刻上前“请”顾千城回去。

顾千城诧异地看了景炎一眼，眉头轻蹙，配合地随景炎的下属走了。直到上了岸，她才回头看向远处的河面。河面上时不时地冒出灼眼的火光，不用想也知道，这一战有多么激烈。不知秦寂言能不能平安离开？其实，正因为她在乎秦寂言，才故意表现得这么平静，她不想给秦寂言添乱。

河面上的战斗仍在继续，秦寂言想以最快的速度离开这里，只是他还来不及撕出一道口子，景炎就到了！

“殿下，现在怎么办？”暗卫见秦寂言迟迟没有回答，只得大着胆子说，“殿下，这里太危险了，请准属下护着您乘小舟离开。”

焦向笛和顾三叔一家早就被秦寂言送走了，没有这几个拖累，暗卫不认为他们一行人杀不出去。

“不必。继续闯，只要冲破叛军的防线，我们就安全了。”岸上的伏兵只会更多，与其上岸，秦寂言更乐意和景炎在水上作战。

因大秦与西胡、北齐的边境都不临海，所以并不重视水师。据秦寂言所知，江南水军已经好多年没有更换过战船，装备极差，景炎能寻出像样的战船已属不易，与秦寂言的船媲美则是绝不可能。

秦寂言稳稳地站在船头，目光如炬，看向前方，很快就看到了站在船头的景炎。

四目相接，两人眼中同时迸发出战意——今晚，必有一战！

秦寂言所在的大船迎面驶向景炎的大船，速度越来越快。砰的一声巨响，船头撞在一起，巨大的力量几乎要将两船撞飞，同时往后退去。

“啊——”惨叫声伴随着重物落地声划破夜空，船上的人因这一撞而摔得七荤八素。

秦寂言和景炎两人无视外界的一切，站在船头看着对方。在船身稍缓的那一瞬间，两人十分默契地凌空跃起，同时抽出佩剑。

剑身相撞，激起一连串的火花。

两人同时后退，落在甲板上，又同时举步向前。景炎更快一步，直接跃过撞烂的船头，跳到秦寂言的船上。

“皇太孙殿下，有没有觉得今晚的事情很熟悉？”景炎开口问道，一脸的戏谑。

今晚可以说是七夕宴的翻版，只不过七夕宴时被困的人是景炎，今晚则是秦寂言。

“你说，今晚会有人来救你吗？”景炎说话间，剑尖已刺向秦寂言。

秦寂言抬手格开景炎凌厉的一击：“本王不是你，不需要人来救。”

“等的就是你这句话，今晚就让我好好见识一下，大秦皇太孙到底有什么本事吧。”景炎一击不中，并不气馁，再次上前。

面对景炎杀气腾腾的攻击，秦寂言利落地进攻，每一招都杀气凛然。而不远处，秦寂言的水手们则加速前进，撞向景炎的战船。大船不断摇晃，景炎和秦寂言也受了影响，剑势无法按自己的心意攻击。

“你的人倒是聪明。”景炎索性后退，停了下来。

“比不上你的人忠诚。”秦寂言握着剑柄的手微松，借此缓解虎口的酸痛。

“你为什么一直留在这里，而不是等大军来了再动手？”景炎问出他的疑问。

“那不是我的风格！”这是秦寂言的回答，莫名地与景炎的回答相同。

景炎闻言一愣，随即大笑：“哈哈哈，果然，我们……”“很像”这两个字，最终没有说出来，只是眼中泛着湿意。

景炎抬手抹了一把脸，剑尖指向秦寂言：“秦寂言，我们痛痛快快地打一场，赢了你走，输了我就拿你去换江南这块地。”

“你不是我的对手！”秦寂言仍旧是这句话。

“你别太自以为是，你以为我当日在京城所展现的实力，就是我的真实实力吗？”景炎那天确实输给了秦寂言，可并不表示他今晚会输。

“今天，本王就见识一下景庄主的真实实力。”既然景炎放出这样的话，秦寂言就不会大意，这一次他没有把主动进攻的机会让给景炎，而是率先动手。

此时大船已经将景炎的战船撞得稀巴烂，水手们并不恋战，立刻朝下游驶去。也许等待他们的是另一艘更大、更强的战船，可这一刻，他们无所畏惧！

秦寂言在与景炎交手之际，不忘分心关注船上的情况，见暗卫在叛军的围攻下寡不敌众，立即虚晃一招，纵身跃向暗卫与水师交手的战场。可是，景炎哪里肯给他这个机会：“秦寂言，你还没有从容抽身的能耐。”

景炎凝气提剑，纵身跃起，眨眼之间，剑尖就已递到秦寂言的后脑勺处。寒气袭来，秦寂言却毫不躲闪，景炎惊得瞪大眼睛：“你疯了！”

眼见剑尖就要没入秦寂言的后脑勺，就在此时，奇迹出现了——不见秦寂言借力，却见他整个人突然拔高，身子微微一侧，剑尖便擦肩而过。

“纵云梯？你和云家有什么关系？”因为惯性，景炎往前走了两步，手中的剑仍旧保持着刚才的攻势。

“我母妃姓云名染。”秦寂言的身体离地面有一人之高，只见他身形一动，抬脚就踢向景炎，“我说过，你不是我的对手。”

景炎摔在地上，秦寂言加快速度冲进船舱，将冲进去的江南水师一个接一个地踢了出来。

有秦寂言出手，暗卫压力骤减，可景炎不会给他们太多的时间。

“秦寂言，你的对手是我。”景炎从甲板上爬起来，提剑杀进船舱，嘲讽道，“这些人加起来也不是你的对手，打得有意思吗？”

“别用激将法，本王从五岁起就不上当了。”秦寂言直接将面前的人踢向景炎，“要打，先让你的人退下，我陪你痛痛快快打一场。”

景炎侧身避开，笑道："秦寂言，你别这么幼稚，你做不到的事，怎么能要求我去做？"当初在京城，秦寂言还不是一样——仗着人多打他。

"看样子我们是没有办法谈了，走，出去打，这里太窄，施展不开。"秦寂言主要怕打坏里面的东西，破坏战船。

"我觉得这里挺好的。"景炎哪能如他的愿，将碍事的人踢走后，景炎挡在门口，堵住了秦寂言的路，手中的剑唰的一下指向秦寂言，"我们两个身上都有伤，也算是公平了。"

他伤了秦寂言的肩膀，秦寂言踢了他一脚。虽说秦寂言见血了，可真要说起来，他伤得还要重一些。

此处距离大船主控室只有几步，为了不让景炎破坏战船，秦寂言只得主动进攻，将景炎挡在外面。

秦寂言越不想景炎做什么，他就越想做。景炎对战船的了解不亚于秦寂言，很清楚这艘船的主控室在哪里，是以抽机会就往主控室的方向冲。两人越打火气越重，下手也越来越狠，秦寂言的身上很快就出现好几道划痕，衣摆和袖子被划成一条一条的。景炎也没好到哪里去，他左胳膊上的窟窿便是付出的代价。

"秦寂言，你个卑鄙小人！"景炎捂着左臂后退数步。在京城，景炎的左臂就受伤了，现在还没完全恢复，秦寂言一直挑他的左手下手，绝对是故意的。

"我从未说我是君子。难道你是？"秦寂言手中的剑依旧攻向景炎的左侧。

"这么说，我也不用对你客气，直接群起而攻之了？"景炎挡了一剑，只将秦寂言逼退半步。眼见秦寂言的剑又挥来，景炎没办法，只得从船舱出去。

"景庄主，难道你现在做的，就不是群起而攻之吗？"秦寂言追了出来。

在二人激战的同时，景炎的水师也没闲着，把一个接一个的木桶丢上大船。有几个木桶碎了，里面的东西流了出来，那股刺鼻的气味让秦寂言脸色大变。

"火油！"秦寂言咬牙切齿地朝景炎吼道，"你居然用火油！"

"没错，就是火油。"景炎站在船边，胸膛微微起伏，"皇太孙殿下，你不会以为我只拿这堆破小舟和你的战船打吧？江南水师是什么情况，你清楚，我也清楚，我从来没想过用他们困住你。"

"我知道你有埋伏，却没有想到你会用火油。"秦寂言很快就冷静下来，看景炎的眼神透着说不出的失望。

"用火油怎么了，成王败寇，不是吗？"景炎抬头，高傲地看着秦寂言，"秦寂言，束手就擒吧！"

"你觉得可能吗？"火油的气味越来越浓，秦寂言的眼神也越来越冷，他必须尽快为船上的众人寻退路。

"难道你非要逼我把顾千城绑在船头，才肯束手就擒吗？"景炎说出曾对顾千城说过的话，只不过，这一次的语气更强烈。

秦寂言知道景炎做得出这样的事，强压下心中的怒火，说道："景炎，记住你曾说过的话。本王保你平安离开江南，你放了顾千城。”

“不用你保，我自己也能平安离开江南。”这点自信景炎还是有的。

“你能离开，你的大军呢？西北的战事即将结束，西胡五年内都无再战的可能，你觉得没有我点头，你手上的十五万人马保得住？”为了顾千城的安危，秦寂言不在乎威胁景炎。

秦寂言会威胁，景炎也会：“有顾千城在我手中，你敢动我吗？”

“如果真到了鱼死网破的那一刻，没有什么事情是本王不敢的。”秦寂言平静地说出狠绝的话。

“果然是天家培养出来的储君，你说顾千城听到这话，该多伤心？”景炎一脸坏笑地看着秦寂言，“皇太孙殿下，我现在就让人把顾千城带出来见你可好？你说我是把她绑在船头好呢，还是绑在桅杆上好？”

“你敢！”秦寂言挥剑冲向景炎，“在你让人绑她之前，我会先把你杀了。”

“有本事你就试试……”景炎冷着脸挥剑阻挡，“至于我敢不敢，你试试就知道了。来人，把顾千城绑——”

“景炎！”秦寂言冷着脸厉声呵斥，双眼通红，似要杀人。

“哈哈哈……”景炎灵巧地避开秦寂言这一击，得意地大笑，“秦寂言，说你蠢还真蠢，你说说，你这是第几次上当了？我逗你玩呢都不知道。”

他之前确实动了把顾千城绑在船头的念头，否则也不会把顾千城带来，最后之所以放弃，是因为顾千城什么也没说、什么也没做，就那么平静地看着他，没有愤怒、没有不安、没有失望，就好像他这样做再正常不过。那一刻，他下不了手，甚至觉得自己卑鄙无耻到极致，这才让人把顾千城带走。

“逗我玩？我看你是在逗自己玩吧。”秦寂言自认还有几分眼力，至少能分出真假。秦寂言相信，景炎确实动了拿顾千城的生命来威胁他的念头。

“逗我自己玩？也许吧……”景炎大方地承认他的失败。明明知道拿顾千城威胁秦寂言有多么实用，偏偏他无法出手。明明知道，只要一点火，秦寂言就有五成的可能葬身火海，就是下不了手。

“我不就是在逗自己玩嘛，费了这么多的心力，最后……却犹豫着要不要杀你。”情感和理智相互撕扯，有那么一刻，景炎感觉自己快疯了。

“何苦呢……”秦寂言收剑，站在景炎对面。

“何苦？你说我何苦呢？既然要复仇，我就应该抛下良知、抛下善念，任生灵涂炭、血染江山。如此一来，我便是败了，亦是一代枭雄，亦能青史留名。可现在呢？我都快不知自己成了什么样子，想要复仇，却妇人之仁，连利用一个女人都要考虑再三，连杀你还要犹豫不决，我简直丢尽了我父亲的脸面，也对不起在地底哀号的族人。”景炎咬牙切齿地看着秦寂言，被身后混乱的江面衬托得无比狼狈。

“秦寂言，你说我是何苦？”今晚，秦寂言就算葬身火海，他想自己也无法高兴起来。

秦寂言无法回答景炎的问题，但他可以提供一个选择：“要杀我，今晚是你唯一的机会，一旦错过，你以后再也没有机会。”

凤于谦的大军即将抵达，焦向笛已经和凤于谦接上头，即使老皇帝亲自派人来，十万大军的指挥权仍旧在他手上。有十万大军在手，景炎对上他，一点儿胜算都没有。

“你这是让我现在就放火烧死你？怎么？放弃你的皇位了？”景炎大笑，挖苦道，“你说你这人，明明心里恨得要死，却装作一副不在意的样子，你不觉得自己活得很累吗？”

“比你轻松。要动手就快点儿，我没时间和你磨蹭。”秦寂言无意和景炎谈复仇这么沉重的话题，因为他们在京城已经说得够多了。

复仇对他们二人而言，永远是一个无解的难题——他没法杀死自己的皇爷爷，景炎则无法狠下心来毁掉大秦江山。

景炎完全无视秦寂言的催促，也没有动手的意思，而是双手背在身后，抬头望天。

这突然而来的一幕，弄得秦寂言一头雾水：“你到底要做什么？”

“我要杀你。”这一次，景炎的回答没有一丝犹豫。

“你不是我的对手。”秦寂言回头看了一眼还在与江南水师搏斗的暗卫，说了一句，“放过他们，我留在船上。”

“妇人之仁。”景炎嗤之以鼻，没有答应。

“他们是我的人，如果我死在这里，他们会忠于千城。”秦寂言知道，这个理由一说出来，景炎肯定会答应。

景炎扭头看着秦寂言：“你说服了我。”

“停战！”景炎高喊，声音让陷入混战的江南水师听得清清楚楚。

秦寂言也不耍花招，紧接着命令暗卫道：“通通下船！”

“殿下！”暗卫大喊，不肯离去。

“殿下，我不走，也不能走。”从来没有做暗卫的像他们一样，遇到危险，主子自己上不说，关键时刻还要主子留下来为他们断后，把生存的机会留给他们。

暗卫宁死也要追随的态度，并没有感动秦寂言，秦寂言看着手中的剑，冷声道：“你们这是要违抗本王的命令？”

秦寂言唰地一转身，手中的剑指向暗卫：“给你们一息的时间考虑，不跳下去，就死！”

“殿下……”暗卫一脸挣扎，秦寂言根本不管他们，转身对景炎道：“一炷香，让你的人撤离，我们打。”

“好。”景炎应得干脆，若有所思地看了远处的暗卫一眼，打了一个手势，示意江南水师撤离。

景炎一声令下，他的手下没人问为什么，全部立刻掉转方向，朝岸边走去。

相比之下，秦寂言的人就要差上三分，都站在原地，似乎在等秦寂言改变主意。

“不听话的人，要来何用？”景炎似乎在说秦寂言不会调教手下。

“让景庄主见笑了。”秦寂言大大方方地承认，没有一丝不喜。

暗卫闻言，当即脸色大变：他们只记得自责、只记得保护主子，却忘了身为暗卫最重要的一条就是——服从！

“属下罪该万死，属下这就离去，请殿下保重。”得到提点的暗卫，没有一丝犹豫，转身跳入水中。

一眨眼的工夫，船上只有秦寂言和景炎两人，秦寂言轻笑一声：“多谢！”

他的暗卫最近人情味太重了，他正考虑要不要换一批，景炎就帮他调教好了。

“一句谢谢着实没有诚意，这样好了，你让我十招。”决定了用什么方法来结束今晚的战斗，景炎脸上透着轻松，也有了嬉闹的心情。

“十招？你怎么不让我站在这里不动，等着你刺过来？”秦寂言毫不客气地反唇相讥。厚脸皮的景炎一听，十分认真地点头：“这个提议深得我心，只可惜刚刚的人情小了点儿，估计没法换你站着不动，让我活捉。”

“想要活捉我？你的野心不是一般大啊。”秦寂言这话绝对是夸奖，他欣赏有抱负、有野心的男人。

兄弟二人同时在心中道了一声“可惜”，然后同时看向对方，手中的剑缓缓举起。而景炎除了举起剑外，手中还有一个火折子：“秦寂言，今晚我们看看谁的命更大。”

啪的一声，景炎将火折子丢到远处的甲板上。甲板上全是火油，火折子一落地，甲板上瞬间燃起熊熊大火。

火海将秦寂言与景炎的身影吞噬，跳入水中的暗卫看到这一幕，嘶声大喊“殿下”，却没有一个人回去——殿下的命令，他们一定要执行！

江南水师在倾倒火油时十分仔细，大船上空白处都淋上了火油，只有秦寂言和景炎所在的位置没有遭殃。

“没有意外的话，我们有两刻钟的时间。”景炎看了一眼四周，眼含笑意，“两刻钟，足够我们一决生死。”

“动手吧。”秦寂言十分干脆地摆出迎战的姿态，完全没有主动进攻的意思。

“这是要让我十招？”景炎似乎不太相信自己所看到的。

两人交战，气氛本该十分紧张，不过景炎这话一出，所有的紧张与肃杀都消失不见。秦寂言没好气地翻了个白眼：“你想太多了，不过是让你一个先手。”

“没意思。”景炎嘴上这么说，手上的动作却没有慢下来。先发制人，既然秦寂言让了一个先手给他，他就不会客气。

秦寂言放缓呼吸，目不转睛地看着景炎，握剑的手微动。和景炎这种实力相当的对手过招，容不得半点闪失。

景炎突然一个跃起，从左侧进攻，秦寂言反应极快，身形一转便迎上这一剑。刀刃相交，发出刺耳的声音，又很快分开。

两人换了一个方位，秦寂言不再客气，主动进攻，两人很快就缠斗在一起，打得难解难分。

大火越烧越猛，很快就将整艘船都笼罩在里面。秦寂言和景炎打着打着就被困在火海中，两人却毫不在意。

船帆烧断，掉落下来，正好朝秦寂言砸来，景炎见状，生生将剑招改了方向，大喊："还不快躲开。"

"不需要你多事。"秦寂言收剑，侧身避开后，朝景炎扑去。

"忘恩负义的小人。"景炎见状，本能地挥剑还击。秦寂言没有躲避，拼着左肩挨了一剑，抬脚将朝景炎砸去的船板踢开。景炎气得脸色大变："多管闲事！"

"哼……别想太多。"秦寂言后退，踉跄落地。景炎伤了左肩，他伤了右肩，现在他们两个也算公平交战。

秦寂言见景炎迟迟不出手，没好气道："时间不多了，早点儿打完，我还有要事要办。"

大船已开始下沉，到处都是大火，他们的落脚之地越来越小。秦寂言剑无虚招，每一剑都刺向景炎的要害。景炎也不客气，招招都朝秦寂言的伤口招呼。

二人出招越来越快、越来越狠，秦寂言瞅到一个机会，左手挡住景炎的攻击，右脚则狠狠踹向他的下盘，景炎连忙退开，秦寂言再次扑上去。眼见秦寂言的剑就要招呼到自己的脸上，危急中，景炎一个下腰，往后仰倒，同时挥出一剑……

这一剑正中秦寂言的胸膛，与此同时，秦寂言也把景炎踹入了火海，两人谁也没占到便宜。

"景炎，你输了！"在景炎落入火海的那一瞬间，秦寂言纵身一跃，落到水面上的小舟上。

"秦寂言，输的是你。"气急败坏的声音从火海中传来，可见景炎此时有多愤怒。

"简直是耻辱！"景炎气狠了，挥剑将面前的障碍全部扫空。

他为了今晚这一战，准备了多久？居然在最后一刻让秦寂言逃了，自己反被困在他为秦寂言准备的火海之中。

秦寂言可以嚣张地说景炎输了，却无法说他自己赢了——右臂的窟窿、胸膛血淋淋的伤口，无一不说明他伤得有多重。

"下手真狠。"秦寂言知道景炎没有追来，半躺在小舟上，惬意地看着不远处的火海。虽然没有亲眼所见，但他也能想到景炎被困在火海中的狼狈样。

"今晚总算没有太亏，要是落到景炎手里，我还有脸回京城吗？"秦寂言颇为庆幸。景炎太骄傲了，如果他少一点骄傲、多一点卑鄙，自己今晚不一定逃得掉。就如同京城七夕那晚，如果秦寂言当时非要赶尽杀绝，景炎也逃不掉。

"何苦呢……"秦寂言看着夜空，不知是在说自己，还是在说景炎。

秦寂言临走时那一脚，虽说没有踹到要害，却伤了景炎的小腿。他跌入火海时，有那么一刻根本无法动弹。幸好从火海中穿过的速度极快，景炎只是被火灼了一下，烧了头发与衣袍，身上没被烧到。

"秦寂言一定是故意的。"景炎揉了揉酸痛的双腿，气得想骂娘。也不知秦寂言是怎么踢的，让他无法提气。这么一来，他只得老老实实地待在原地调息。

“你可真狠！怕我调兵追你吗？我还没有那么无耻。”秦寂言这次真的激怒他了，下次他再困住秦寂言，一定把那小子的头发全烧了！

“哼……”景炎冷哼一声，不情不愿地盘腿坐下调息……

秦寂言乘着小舟顺流而下，很快就到了下游，就算景炎追过来，也不一定能追上。

此时大船四周都是火，船身正一点一点往下沉。景炎调息完毕，见此情形，立刻跃出火海。就在他出来的那一霎，大船突然整个沉入水中。

“运气还没有差到极点。”景炎回头看了一眼，自嘲道。

景炎落入水中，一边奋力往前游，一边想着他和秦寂言的情况，越想越觉得命运就是一坨狗屎——他本是皇子皇孙，本该一呼百应、活在阳光下，现在呢？

老天爷居然将他和秦寂言的命运颠倒了。

“简直是玩笑！哈哈哈……”景炎放声大笑，笑着笑着就哭了出来，“我简直就是一个笑话。”

景炎一边落泪，一边奋力往前游，本可以用轻功直接上岸，可他偏偏不！因为在水里，他就算泪流满面，也不会有人知道……

第三十章
理智，西胡大乱

自从被景炎派人送回景园后，顾千城就坐立难安，要不是还有一丝理智，怕是会不顾一切地冲出去。

“也不知秦寂言怎么样了？”依她对秦寂言和景炎的了解，可以想到今晚这一战对秦寂言有多么不利。景炎向来行事谨慎，今晚必是做了万全的准备，秦寂言身边的人手有限，没有大军相助，他根本就不是景炎的对手。

“真希望他们二人都能理智一些。他们的仇人从来就不是彼此，如果他们能够冷静下来，好好谈一谈，就应该明白。现在的情况，他们二人联手才是最好的选择。”顾千城强迫自己躺在床上，只是她仍无法入睡，只能睁大眼睛看着床顶，眼中蓄满担忧。

第二天一大早，景炎提了个药箱，带着一身的伤跑来找她：“帮我包扎！”

顾千城什么都不用问，只看景炎的脸色和他身上的伤，就能猜到大致情况。知晓秦寂言无事，顾千城就彻底安心了，也不计较景炎的无理，接过药箱就包扎起来。景炎身上的刀伤不多，大多是烧伤，还有——内伤！

顾千城帮景炎包扎完，好心地提醒了一句：“你伤得不轻，最好找个大夫看看。”

“这就叫伤得不轻吗？秦寂言伤得可比我还重。”景炎一脸笑容地看着顾千城，等她开口询问，结果只等来一句：“是吗？”

“你不担心他出事？”景炎一脸诧异。

“他没死，我担心什么？”顾千城一脸欢快，三两下就将药箱收拾好了，“包扎好了，景庄主慢走。”

景炎被噎了一下，起身不是，留下也不是，思索再三，最后还是愤然起身：“顾千城，秦寂言虽然逃走了，但他受了很重的外伤，内脏出血，要是得不到及时的医治，十有八九会出事。还有，他身边的人全部被我杀了，他现在只有自己一个人，你说他有几成机会活下来？”

景炎丢下这话就走，完全不给顾千城询问的机会，成心要让顾千城急死！

景炎大步往外走，走了十几米后放缓步子，见身后没有动静，又放缓了步调，最后索性在原地等，等了半天也没有等到顾千城追上来，顿时气得不行。

诚如景炎所说，秦寂言伤得不轻，不过全是外伤，又没有泡在水里，及时止血、包扎便不会有事。上了岸后，秦寂言没有去找暗卫，而是寻了一个安全的地方养伤。

秦寂言随身携带的伤药，都是顾千城为他准备的，对外伤十分管用。不过一天的时间，胸膛处的伤口就结痂了，只要再养个两三天，他就能下床行走，唯一麻烦的是右肩的剑伤。

景炎那一剑直接将秦寂言的肩胛骨刺穿了，要是顾千城在，还能帮他缝合一下，偏偏她不在。

"得赶紧把你带回去才好。"秦寂言给肩膀上的伤换药时，脑海里浮现出顾千城抱着他，叫他先离开的画面。

"不管付出什么代价，都不会让你有事。"秦寂言单手打好结，将伤口包好，这才联系暗卫。

江南的事该了了！

暗卫在河面上与秦寂言分开后，就带着水手们在山里安顿下来，焦急地等着秦寂言联系他们。

一连三天都没有秦寂言的消息，对暗卫来说，每一分、每一秒都是煎熬，好在这种煎熬在第四天结束了。

"殿下，是殿下的信号。"暗卫终于等到秦寂言联系他们，一个个松了口气。

"收拾东西，立刻去寻殿下。"暗卫安顿好水手，便按秦寂言留下的信息，找到他的藏身处。

"殿下，属下知罪，请殿下责罚。"暗卫见到秦寂言，第一件事就是请罪。这三天，他们在煎熬，也在反省，已经认识到自己的错误了。

"回去后，重回训练地。"秦寂言也不客气，直接把人丢回去，并且没说什么时候回来。

暗卫一句话也不敢说，只点头应是。

秦寂言带着暗卫离开江南境地，去和带兵前来的凤于谦会合。焦向笛收到秦寂言的命令，先一步去寻凤于谦，赶在老皇帝派来的人之前接掌了军中事务。

"殿下说了，皇上派了人过来，你不想大权旁落的话，就暂时把兵权交给我。你放心，明面上兵权在我手中，实际上怎么做还是看你的意思。"被秦寂言狠狠调教过，焦向笛现在已经学乖不少。

"你不用一再强调，殿下的话我当然是信的。"凤于谦见焦向笛成天围着自己转，时不时就表个忠心，实在烦得不行。

他和焦向笛是什么关系？那可是穿一条裤子长大的好兄弟！再说了，他就算不信焦向笛，也会相信秦寂言。

秦寂言是什么人？那可是未来的皇帝！要杀他或者夺他的兵权，不过是一句话的事，至于如此费心思吗？

好吧，秦寂言早就坑了他们家，要不是秦寂言找他爷爷借兵，凤家的处境也不会这么艰难。

"唉……"一想到这事，凤于谦就忍不住叹了口气。但事已至此，他们家已经没有退路，现在只能等着秦寂言上位。只要秦寂言登基称帝，他们凤家也就否极泰来了。

作为好哥们，凤于谦一叹气，焦向笛就知道他在想什么，上前拍了拍凤于谦的肩膀："不要担心，我爹在京城呢，他不会眼睁睁地看着老将军出事的。"

"我就是担心爷爷，他毕竟年纪大了，我怕他吃苦头。"在自家兄弟面前，凤于谦也没有什么好装的。

私自调兵等同于谋反，没有丢命就是万幸，受苦那是必然的，这一点焦向笛也无法安慰凤于谦，只能陪着他干叹气。好在凤于谦比焦向笛冷静，很快就打起精神，和焦向笛讨论起如何应对朝廷派来的大将军。

凤于谦这次带来的人，全是凤家的精锐，对凤老将军十分信服，基本上唯凤老将军的命令是从，凤于谦联合他们抵制朝廷派来的将军并不是难事。

"把人架空不难，就怕这人回去后告状。皇上已经不信我们家，倘若知晓我手下的兵只听凤家人的命令，而不听军令，事情恐怕会更麻烦。"凤于谦这话说得直白，焦向笛就是再没有政治天赋也明白："你担心殿下会起疑？"

凤于谦大大方方地承认："没错，我担心殿下。"

"我们和殿下有多年的交情，他怎么可能不信？"焦向笛刚开始说得斩钉截铁，说着说着声音就小了，最后低头说了一句，"殿下和以前有些不同了，你小心一些也是应该的。"

凤于谦知晓焦向笛因为江南的事，心里还有些硌硬，不由得摇头："殿下从来就是一个样，从来没有变过，是你自己以前没有看明白。"

"以前殿下才不是这样的，殿下以前都不管这些事，也不会滥杀无辜。"焦向笛仔细回想之前在京城的生活，越想越觉得是这么回事。

"向笛，这些话你以后千万别再说了。殿下以前只是秦王，对皇位也没有想法，他不管这些再正常不过；可现在不同，殿下现在是皇太孙，是未来的皇帝，他若还和以前一样，恐怕会被人啃得连骨头都不剩。"凤于谦和焦向笛相反，他在战场上见多了生死，见多了阴谋诡计，一点儿也不觉得，在江南的事情上，秦寂言做得有什么不对。

焦向笛没有说话，可眉眼间透露出来的桀骜，表明他仍旧是不认同的。凤于谦叹了口气："你真的需要去前线锻炼两年，见识见识什么叫无辜，什么叫大局。'君子仁义'这一套，只能用在嘴巴上。"

凤于谦劝了焦向笛几句，便不再多言。和焦向笛心里的挣扎相比，即将到来的骠骑将军唐勇才棘手。唐勇这人杀不得，供着又是个大麻烦，一个处理不好，也许就会在秦寂言心中留下一个疙瘩。

唐勇不是老皇帝的心腹，但唐家和凤家有怨。倒不是什么私人仇恨，而是兵权之争产生的怨恨。

武将那一派系，早年是先太子的外祖家——岳家一家独大，其他一些兵权则落到凤、唐、程等家。当时唐家比凤家强，一直压在凤家上面，可是，岳家倒了后，凤家一跃成为帝王心腹，手握重权，而唐家因为当年和岳家走得稍近，被老皇帝排除在权力中心之外。这些年来，唐家一直属于二三流的家族，没有起复的机会。

唐家看着凤家越走越高，要说不嫉妒那是骗人的，唐家子弟个个教养得十分严格，才干不比凤家子弟差，只是没有机会。前些年好不容易争取到一个机会，最后还是被凤家人半路截了。虽然凤家在那场战役中付出了两个儿子的代价，却生生夺了唐家起复的机会，于是，唐家和凤家之间的矛盾越来越大。

唐、凤两家积怨已久，老皇帝这个时候把唐家的人派过来，肯定会往死里踩凤家，而唐家当年与太子外祖家也算有交情，秦寂言虽然派了焦向笛过来帮他，可当唐家也倒向秦寂言时，秦寂言未必便会站在他这边。

凤于谦还没有想出一个对策来，唐勇就带着老皇帝的命令到了，要接管凤于谦的兵马。

唐勇和凤于谦年纪相仿，论实力，估计也相当。虽然唐勇在京城没什么名气，可看人家能混到骠骑将军这个位置，就知手段非凡。唐勇各种看不惯凤于谦，不过会面后也没说什么，只是一板一眼地把圣旨念完，然后让凤于谦把兵符拿出来。

“凤小将军，接旨吧。”唐勇将圣旨卷巴卷巴就往凤于谦手里塞。凤于谦也不客气，圣旨接了，可当唐勇问他要兵符时，凤于谦十分无奈地一摊双手：“没有！”

“没有？没有兵符你如何调兵？哦……我忘了，这十万人马是你们凤家人私自调用的，难怪没有兵符。”唐勇挖苦道，不过他一说完就后悔了，立刻补救道，“凤小将军，我开个玩笑罢了，你手上的十万人马，现在由本将军接管，所以……他们不是私自调兵。”这十万人马是皇太孙殿下要用的，要说私自调兵，那不就是说秦寂言吗？

“唐小将军奉旨接手这十万人马，我自然没有异议，只是这十万人现在不归我管。”凤于谦连个笑脸也没有给唐勇。

“不归你管？你们凤家军不归你管归谁管？莫不是凤将军也来了？如果是的话，还请凤小将军引见。”唐勇也不是个善茬，一句话就点明凤于谦不配合他，就是抗旨。

“唐小将军，饭可以乱吃，话却不能乱讲。什么凤家军？这里可没有凤家军，只有大秦的兵马。”凤于谦明白，“凤家军”这三个字就是催命符，他们凤家要不起这么高的名声。

“是我说错话了，凤小将军别往心里去。如果没有别的事，凤小将军是不是得告诉我，军中现在由谁主事？”在没有接管兵马前，唐勇不想和凤于谦耍嘴皮子功夫。

“前不久，皇太孙殿下派来小焦大人，现在全军上下由小焦大人统领，唐小将军可以见一见小焦大人。”凤于谦笑得温良，唐勇却气坏了。

大秦姓焦的，又能被称为大人的就那么一家。凤于谦口中的小焦大人，十有八九就是焦向笛。在京城谁人不知，凤于谦和焦向笛是皇太孙的伴读，两人感情好得可以穿一条裤子。

唐勇不是蠢人，听到小焦大人的名字，就知焦向笛十有八九是秦寂言派来的，绝口不提接收兵权的事：“小焦大人居然在军中？我一直仰慕小焦大人的才华，现在碰上，定要见上一见。”

拿兵权很重要，成为皇太孙的心腹更重要。不用想也知道，焦向笛自然是向着凤于谦的，不管唐勇怎么说，焦向笛都不为所动，一口咬定他奉皇太孙的命令，带这十万人马赶赴江南。

当然，焦向笛也说了，他不妨碍唐勇接收兵权，但绝不允许唐勇因私心而坏了皇太孙的大事。唐勇虽然不满，却不敢与他抢兵权。不想惹怒秦寂言，又不想放弃兵权，于是唐勇一路憋着气，处处找凤于谦的麻烦，凤于谦都快被唐勇折磨疯了。

好在，这一段路不算长，就在凤于谦忍到极限时，秦寂言来了！

唐勇一心想靠秦寂言起复，连焦向笛这个代表秦寂言的文官，他都不敢得罪，更不用提秦寂言亲自来了。在此之前，唐勇和秦寂言没有任何交集，是以见到秦寂言时，唐勇不自觉地就带上几分讨好的意味，尽力将自己最好的一面表现给秦寂言看。

付出就有回报，问了唐勇几句，确定唐勇有野心，又有足够的能力后，秦寂言颇为看好此人。他不怕手下的人有野心，他是储君，手下的人想要什么，他都给得起，但前提是对方有本事拿。

“给你两万人，冲锋在前，你可愿意？”打仗的人都知道，冲锋在前基本上就是炮灰，伤亡率最高的必然是打头阵的人。

“末将愿意。”唐勇想都不想就应下了，他不怕危险，就怕没有机会。

“很好，本王等你的好消息。”这话是在鼓励唐勇，也是在暗示他，此战结束后，只要唐勇还活着，必然会受重用。

“请殿下放心，末将绝不会让殿下失望。”唐勇扑通一声跪下，重重磕头。他太需要这个机会了！

秦寂言给唐勇下令时，凤于谦和焦向笛就站在一旁，凤于谦还好，常年在军中摸爬滚打，很清楚底层有不少能干而又优秀的将士，只要给那些人一个机会，有些人甚至会做得比他还好。

焦向笛看着唐勇，半天合不拢嘴。他拥有太多，无法理解唐勇此时的心情。不过他知道唐勇很高兴，为得到一个用命去拼的机会而高兴。

“我以前果然太天真了。”焦向笛从营帐里走出来，一脸惆怅。如果现在秦寂言再说“要江南所有官员的命”，他绝对不会说出那样的话。

“你不是天真，是蠢。”凤于谦跟出来，正好听到焦向笛的话，十分不赞同。在他看来，焦向笛就是被焦大人逼着读书给读傻了。

“我是不是该去战场上锻炼两年？你这两年似乎不一样了。”焦向笛本以为自己在江南为官的日子，就是最艰难的时候。得知顾千城被景炎带走，他带人打上门，结果不仅没把人救出来，自己反倒被打了一顿。那个时候他就觉得，这世间再没有比这更难的了，现在想想，他还真是没吃过苦。

“去战场？就凭你？”凤于谦一脸鄙夷，把焦向笛气得不轻：“我怎么了？”

“不怎么。”凤于谦从上到下打量着焦向笛，“我劝你还是别去，到时候为了保护你，不知要死多少人。”

“你，你什么意思？我有那么差劲吗？”焦向笛脸红脖子粗，底气却不足。

“就是那么差。就凭你这小身板，在战场上只有喂刀子的份。焦向笛，在战场上，不会有人管你是不是皇太孙的伴读，也不会有人管你是不是焦大人的儿子，一刀下去，只怕你连说身份的机会都没有，就告别这个世界了。”凤于谦语重心长地说。

他说这些并不是为了打击焦向笛，只是让他认清现实：“你呀，好好抱紧殿下的大腿，以后少不了你的好处。”

他是不行了，凤家这个情况，必须得沉寂两三代，不然凤家就真的走到头了。想到这里，凤于谦不得不说，他十分佩服焦大人，实在太有远见了。作为未来皇帝的伴读，焦向笛不需要通透，也不需要能干，甚至没必要身居高位，只要死忠于殿下，未来就不可限量。在教养儿子方面，他们家还是差了焦家和封家一截。

凤于谦和焦向笛不知，此时秦寂言就站在他们身后。听到二人的对话，秦寂言摇了摇头，转身走回大营。叮嘱的话已没有说的必要，他们已经回不去了。

这就是成长的代价，以前他们是兄弟，什么都能说，现在以及日后，他们却只能是君臣，要说什么都得斟酌再三。

第二天，秦寂言带兵在前，而被皇上派来接收这十万大军的唐勇，则伴在左右。

十万大军还未到江南，景炎就收到了消息。

“主子，凤家军实力剽悍，都是从战场上摸爬滚打下来的，我们不宜与之正面交战，现在撤离是最好的选择。”江南的封疆大吏刘大人，是唯一一个知晓景炎身份的人，对景炎的称呼自然是“主子”。

“必须要和凤家军打一场，不打就永远不知我们差在哪里，也不知道要过多少年，我们才能赶上凤家军。”现在是一个极好的机会，这一战，不需要你死我亡，只是一次交锋，试探彼此的实力。

刘大人闻言，不再多说，只提出一点：“主子，我留下来与你一同撤退。”

“不，后方还有许多事等着你去做，你今天必须撤离。”景炎知道自己不会赢，这一战，他只要得到自己想要的东西就够了，不会死守。

刘大人还想说什么，可景炎一句“替我守好后方”，刘大人就再也说不出别的话，再三保证他一定会在荒城等景炎。

没错，景炎退守的地方，就是北齐与大秦之间的几座荒城，处于沙漠地带。北齐和大秦只派驻军守在外围，谁也没打过那几座荒城的主意，如今就便宜了景炎。

荒漠之中条件恶劣，可易守难攻，只要景炎带人进入，无论是大秦还是北齐，想要对他出兵都不是容易的事。荒漠中生存不易，可对只有十五万兵马的景炎来说，那地方已是极好。

十万大军还未到，景炎这里就做好了准备。看着景园的人进进出出，顾千城知道大战即将到来。

傍晚时分，顾千城信步走在景园的枫林里。景炎回来时，就看到身着银色披风的顾千城手拈枫叶漫步在火红的枫林中，显得特别醒目。

景炎久久移不开视线，他想，有生之年，自己怕是永远忘不掉这幅画面。

只可惜，这美好的画面不过是昙花一现，顾千城看到景炎过来，便将手中的枫叶一丢，拍拍手走了过来："景庄主找我有事吗？"

"没事就不能来找你吗？"景炎的视线越过顾千城，落在那些被她随手丢弃的树叶上。他怎么觉得，自己和那些树叶很像？

顾千城见景炎心不在焉，试探地问了一句："大军来了？"

"真聪明。"景炎立刻收回视线，脸上的笑容也比刚才更温和，"听到这个好消息，是不是很高兴？"

顾千城看景炎没有当回事，也就没什么忌讳，笑道："我要说高兴，你会不会不高兴？"

"怎么会呢，早晚要发生的事，我若为这种小事不高兴，还要不要活了？"景炎说得坦然，没有一丝阴霾。

"景庄主果然是办大事的人。"顾千城竖起大拇指赞道。她一直很佩服景炎，不管遇到什么事都能处变不惊。

面对顾千城的夸奖，景炎只是一笑，并没有顺着话往下接，而是十分有礼地询问，可否请顾千城一同用膳。

不等顾千城拒绝，景炎又补了一句："没有意外的话，这应该是最后一顿晚餐，就当是离别宴吧。毕竟日后再见，不知何年何月。"

景炎说这话时依旧在笑，顾千城却听出了一丝伤感。这一年发生了太多太多的事，他们都回不去了……

江南三城最近一直很混乱，虽说景炎并没有做出扰民之事，甚至尽力维持表面的和平，然而政权更迭、富户被抄这样的大事怎么也瞒不住，普通百姓早已从中嗅到了危险的气息，拼命往家里存粮，一个个紧守门户，生怕出事。

这天夜晚，百姓们和平时一样早早就睡了，半夜突然被一阵阵战鼓声惊醒，许多人连衣服都顾不上穿好，披了件外衣就往外跑，安静的大街小巷瞬间闹腾起来……

秦寂言带兵刚到城门外，景炎就收到了消息，第一时间在城门上等他。看到带着十万兵马杀回来的秦寂言，景炎的笑容越发淡然。

"皇太孙殿下，好久不见。"景炎居高临下道。

"景庄主别来无恙？"秦寂言冷声回道。

"本庄主很好，皇太孙殿下伤得不轻，不知好了没有？"景炎特意提起秦寂言的伤，不是关心他，而是告诉两方的人，别看秦寂言跟没事人一样，实际上受了伤，而且还是被他所伤。这么做不仅能打击敌方士气，还能助长己方的气势。

"多谢景庄主关心，不过是些皮外伤，比不得景庄主——伤筋动骨。"秦寂言没有闲情和景炎废话，待唐勇传来消息说"准备好了"，秦寂言当即下令攻城。唐勇立刻带着两万先锋冲上前，凤于谦与另一位大将从两翼进攻，为唐勇打掩护。

"冲呀！"唐勇举起大刀，一马当先。火光从他的脸上一闪而过，景炎看到那张陌生而又熟悉的脸，无声一笑："骠骑将军？皇上派来的将军，结果却为秦寂言冲锋在前，不知皇上知晓此事会多么高兴？"可惜，他看不到那画面。

面对秦寂言的进攻，景炎不急不忙地下令放箭。手臂粗的弩箭从城墙上往下射，一箭能同时穿过五六个人。

“居然把攻城弩架到城墙上，好大的手笔。”凤于谦一看就知道，景炎用来守城的利器，就是他们攻城用的弩车，像这样的弩车不易制作，损耗极大，也只有驻守边境的大军才会配备。这次凤于谦也带了几十架弩车来，却没有景炎的弩车杀伤力强大。景炎的外祖是精通机关术的墨家，就算他只学了皮毛，用来改良弩车也绰绰有余。

秦寂言不想做无谓的牺牲，立刻下令退兵。唐勇带领的先锋部队立刻撤退。

“放箭！别让他们逃走。”温润的脸上露出一丝冷意，景炎抢过一架弩车瞄准秦寂言，“皇太孙殿下，看这里！”

秦寂言闻声回头，只见景炎一松手，弩箭如同闪电般飞射而来……

“殿下！”凤于谦见状，发了疯似的冲过来，朝城墙方向大喊，“景炎，你要敢伤了殿下，老子跟你没完。”

“无事。”当弩箭离秦寂言只有一巴掌远时，他右手一拍马背，身体凌空跃起，双脚稳稳地落在了弩箭上。

“殿下……”凤于谦傻眼了。这才一年多没见，秦寂言就这么厉害了？

“厉害！”唐勇打心底佩服，终于决定彻底倒向秦寂言了。

十万将士疾速后退，之后唐勇主动向秦寂言禀报这一战的伤亡情况。

“做得很好。让大家好好休息，今晚再次攻城。”安营扎寨后已天亮，秦寂言这话说得没有错。

“是。”唐勇虽然不解秦寂言为何一再选择晚上进攻，却不敢多问。

唐勇转身退下，焦向笛拿着一封信走进来：“殿下，京城的消息。”

秦寂言展开信，只看了一眼便放下了。

信上所说正是西北之事，而有关西北的情报，他早在七天前就收到了：赵王和西胡彻底闹翻，在西胡和大秦的联手攻击下，毫无招架之力。兵败后，赵王本想自杀，秦云楚却趁机夺权，绑了赵王、德妃、赵王妃和他的弟弟们，一同交给平西郡王，说是要进宫请罪。

平西郡王立刻将情况禀给皇上知晓，同时派大军押送赵王一家进京。

赵王的二十万大军只余两万人，平西郡王既不敢用他们，也不敢杀他们，只能把他们好好养在后方，等皇上定夺。

赵王叛乱一事到此已平息，西胡尚未退兵。

西胡和大秦打了这么久，什么便宜也没得到，正打算退兵，突然爆发内乱，皇上中毒，几个皇子开始争夺兵权。西胡人都知道，风遥与几位皇子都不亲，他是皇上的人，现在皇上中毒了，他自然要带兵回京勤王保驾。

西胡皇帝清醒后，连发三诏命风遥火速带兵回京。可是他的几位皇子不允，三道诏令还未到，就发了拿风遥进京问罪的圣旨。

风遥自是不认，几番交涉下来，风遥被西胡几位皇子逼得无路可走，以“清君侧”为名拥兵自立，并迅速占据了西胡与大秦交界的三座城池。

这么一来，虽然风遥的名声依旧不佳，但至少在西胡文官眼中，风遥还没有那么十恶不赦，甚至在军中还占了一个“仁义”的名号。

西胡这一乱，风遥这一自立，西北的战事差不多就结束了，只是平西郡王还不能回来，因为风遥所占的三座城池，有一座属于大秦，也就是西北大军的大本营。这座城易守难攻，乃大秦边关要塞，他们还得夺回来才行。

第三十一章
多疑，极好的机会

西北的消息一直瞒得很好，在平西郡王和凤老将军的联手控制下，西北的消息查得出，却不一定能送出来。景炎手中的消息并非从西北传来，而是从京城传来，仅比秦寂言收到的京城传信早了一刻钟。

“西北的战事了结了！”景炎放下手中的信，忍不住叹了口气——连老天爷都在帮秦寂言。

老皇帝得知西北的消息，立刻宣平西郡王带十万大军回京，封程将军为大将军，命言倾辅助程将军，尽快收回边塞要城、反攻西胡。

西北的事情火速了结，秦寂言知晓了老皇帝的决定，半点也不觉得意外。他早就料到老皇帝会这么做，要不是这样，也不会让风遥占了大秦的一座城。只要风遥占着那座城，西北的兵力就一定会保持在二十万以上。有了西北的二十万人马和凤家的三十万人马，秦寂言还有何惧？

事情一一按秦寂言的计划进行，此刻能让他头痛的，只有江南这座主城了。

景炎准备的那些弩车、战车真的太强了。秦寂言不想牺牲太大，一直打得很保守，是以十天过去了，仍旧寻不到破城之法。

唐勇几次劝说秦寂言强攻，他有信心带人破城，可是秦寂言不同意，甚至不同意白天进攻，一连十天都是晚上进攻。

唐勇实在不明白秦寂言这么做到底有何用意，却不敢问。旁人不知秦寂言的用意，景炎却知道——晚上视线不好，秦寂言只攻城、不交手，这么一来，他就无法了解凤家军的打法，也没有办法研究凤家军的阵形。秦寂言破不了城就后退，不急不躁，看似被动，实则真正被动的人是景炎。

景炎早就命人将大量的物资运走，留在江南的粮草只够大军吃三个月，要是一直被秦寂言困在城内，他们没有粮草补给，就必须尽快撤离。

“秦寂言还真是个内里藏奸的货，明明说了要痛痛快快打一场，结果就这么憋着？”景炎被秦寂言逼得十分烦躁，眼下都有些瘀青。

秦寂言白天怎么也不肯打，每天晚上叫阵，景炎和留守江南的人便整夜不能睡，就怕秦寂言什么时候偷袭。

“秦寂言这是要逼我主动出手吗？”景炎召来谋士商议此事，“你们拿个章程出来。”

谋士们早就劝过景炎放弃江南，早些撤离，此时看景炎改变主意，一个个干劲十足，当着景炎的面，就开始商讨方案。景炎没有多说，听了一会儿便起身，把地方让给几位谋士。

战事打起的当晚，顾千城就知道了，也知道秦寂言每天都挑晚上的时候攻城，弄得百姓夜不能寐。当然，顾千城晚上一向睡得很好，除了昨晚——昨晚，秦寂言来了！

景园守卫森严，顾千城身边一直有高手潜在暗处，秦寂言夜夜出现在战场上，景炎怎么也想不到他会在半夜潜入景园来找顾千城。

秦寂言这次过来，是和顾千城商讨救她出去的事：“焦向笛与你三叔一家已经脱险，你三叔一家我派人送进城了，绝不会有危险。三天后，我会派人来救你。”

顾千城点头，一脸崇拜地看着秦寂言。秦寂言十分受用，脸上的笑容也深了几分，摸了摸顾千城的脑袋：“寻个机会露点儿消息给景炎，就说我三天后来救你。”

“为什么？”顾千城张了张嘴，只有唇形，没有声音。

“打草惊蛇，一直这么耗着也不是办法，本王等他带人出来。”三天是秦寂言给景炎的时间。

“好，我明天就去找景炎。”顾千城应道。不管秦寂言有什么打算，她只要照办就成。

第二天，顾千城就和身边的丫鬟说了，她要见景炎。不过景炎上午要补觉，下午和幕僚谈公事，直到傍晚才匆匆赶来。

“千城，你要见我？”景炎说这话时，眼睛亮亮的。

和景炎的高兴相比，顾千城就冷淡多了，摆出一个“请”的姿势，待景炎坐下，顾千城才道：“我想问景庄主一件事，同时请景庄主帮一个忙。”

“什么事？你问。”景炎接过顾千城倒的茶喝了一口。

顾千城直接问道：“银票的模板在哪里？”

景炎握杯子的手一顿，随即从容地将杯子放下，温和地说道：“是你想知道，还是秦寂言想知道？”

“有区别吗？假银票的案子是我破的。”顾千城双手放在桌上，身子微微前倾。

“有。你想知道，我可以说；秦寂言想知道，不可以。”景炎右手食指放在嘴边，轻轻晃了晃。

顾千城笑了一声：“景炎，你知道的，秦寂言不会放任假银票模板留在你手上，无论如何他都会拿回去。”

“会给他的，但不是现在。”银子他拿了三分之一，足够用了，模板也就没那么重要了。

“那这件事你和秦寂言去谈，我就不管了。”顾千城见好就收，“第二件事，帮我做一本旧书。”

“什么书？是你最近写的那些东西吗？”监视顾千城的人说，她这段时间有事没事就在写东西，写完后都藏了起来。

“是呀，我最近写的书，需要做成古书的样子。”顾千城在景庄做的事，从来没有想过瞒景炎。

“可以。”景炎爽快地应下，“不过，我有一个疑问，为什么现在才提？听你身边的人说，你应该早就写好了。”

“三天之内，你就要从江南撤离。这个时候提起，我们就不需要讨价还价了，可以十分干脆地决定成与不成。”顾千城这么说，不过是帮秦寂言传话。

“三天之内？秦寂言说的？”景炎何等聪明，顾千城一提他就明白了，“他什么时候告诉你的？”

“这是你帮我的条件吗？如果不是，我可以不回答吗？”顾千城寻景炎帮忙，但并不打算欠他太大的人情。

“你当然可以不回答，我帮你的条件，怎么可能这么简单？”秦寂言怎么给顾千城传的消息，他现在不感兴趣，他只要知道自己身边没有秦寂言安插的人就好。

“那么，你的条件呢？”顾千城问道。

景炎没有立刻回答，而是反问道：“我只要开条件，你就会应？”

“当然不是，至少得我觉得划算。不过是做一本旧书，就算你不管，我也能找到人。”

“好吧，那我就开个简单的条件——没有我的允许，不许嫁人……”景炎说这话时，一直看着顾千城，见她听到话后面露不满，又轻轻地补了两个字，“可好？”

“你要管我嫁不嫁人的事？”顾千城真被景炎吓到了，“你不觉得自己管得太宽了吗？”

“义父托我照顾你。日后，你要嫁的人最好让我提前帮你相看，你要相信我的眼光。”景炎说得诚恳，不带一丝个人情绪，“义父希望你好好的，我也希望你嫁得好，下半生顺遂安康。”

“多谢关心，但我想没有这个必要。要不要嫁人、嫁给谁，都是我自己的事，而且你我认定好坏的标准不同，你看上眼的人，我不一定愿意嫁。”景炎一句话就想拿捏她的婚嫁大事，简直是开玩笑。

“好吧。”景炎见顾千城一副没的商量的样子，只得妥协道，“这样好了，日后如有人求娶你，非正妻不嫁。”

“我顾千城只做正妻。这不是条件，这是我自己的事，景庄主还是提个别的条件吧。”不管怎么说，她的婚事都轮不到景炎做主。别说景炎，就算景炎的义父没死，也做不了她的主。她放任景炎带走武芸的尸骨，是不想让武芸的尸骨落到顾家，并不是认可了景炎的义父。

顾千城不想谈，景炎偏偏不放过：“这就是我提的条件。你只要应下此事，我便让人帮你把书弄出来，两天内定会交到你手上。”

三天后的大战，他应了。

“如果景庄主非要吃亏，我也没什么好说的。”顾千城从屋内捧出一个箱子，箱子里装着她的手稿。

“我能看吗？”景炎接过箱子，问道。顾千城不在乎地说道：“东西在景庄主手上，想看便看。”

“《夷国志》？”景炎好似没看到顾千城眼中的不满，取出手稿一看，顿时傻眼了，“《夷国志》真在你手中？”难道长生门的消息不是假的？

顾千城道：“算是吧，不过我只有半本，还是没啥用处的上半本。”对凤家这种领兵作战的将领来说，也许有点儿用处，对她真没有什么用。

“你这是……要做出整本《夷国志》？”景炎随手翻了一下，虽然没有看内容，可从手稿的厚度来看，足够制成一本书。

“老皇帝坚信这本书在我手上，可我只有半本，还被我烧了，这事我要如实说给他听，你说他会信吗？”

景炎摇摇头：“不会。”换作是他，也不会相信。

“所以，为了自保，我只能弄一本假的《夷国志》。”顾千城双手一摊，十分无辜。

“你就不怕老东西拿到《夷国志》后杀你灭口吗？”这种事老皇帝绝对做得出来。

“当然怕，所以这本书不是从我这里找到的，而是从你手上找到的，《夷国志》在你手中。”不然她为什么非要让秦寂言从江南带《夷国志》回去？

“你想让我背黑锅？”景炎满头黑线。

“怎么能算黑锅呢？《夷国志》确实是你帮我做的呀。”顾千城十分认真地看着景炎，见景炎一张俊脸皱成一团，好心安慰道，“景庄主，你别一副要死的样子，反正有没有《夷国志》，皇上都不会放过你，你索性就多背一条，反正于你而言不痛不痒。再说了，《夷国志》在你手上，可信度更高。”

“算了，说不过你，既然答应帮你，就不会反悔。”诚如顾千城说的那样，不管他做什么，老皇帝都会要他的命，多加一本《夷国志》也无所谓。

不过，背了黑锅总要拿些好处才行，景炎晃了晃手中的纸，问道：“上面几成真，几成假？”

“前半部九成真，后半部也许有一成真吧。”说到最后，顾千城渐渐消音。

“九真一假，九假一真，你还真是……”景炎听顾千城这么一说，十分不放心，指了指对面的位置说道，“你先坐着，我帮你看看。”

景炎看书的速度很快，不过一个时辰，就将顾千城的手稿看完了。看完后，景炎没有直接评论，而是一脸怪异地打量顾千城，那眼神就好像不认识顾千城一般。

顾千城被他看得心里发毛，忍不住坐正，略有几分不安地问道：“怎么了？有问题吗？”她写得十分认真，遣词造句都是按前半部的风格来的，不然也不会写得这么慢。

“有天大的问题。”景炎把字音咬得特别重。

顾千城吓了一跳：“很假吗？”

“不……”景炎摇头，一脸审视地打量顾千城，叹了口气道，“顾千城，我真的很好奇，这些年你在顾家到底学了些什么？”

大家闺秀该会的，顾千城一样不会；正常人不会的，顾千城却样样懂一点儿，偏偏又查不出她从哪里学来的。也亏得有秦寂言保她，不然就凭顾千城这般反常的表现，足以让上位者动杀心。

“什么意思？”顾千城一脸不解地看着景炎。

景炎指着盒子里的手稿道：“你写的后半部，如果不是你说九假一真，我真会相信这是真的。你写的冰城、龙凤双城、雪域、天王墓、俪山墓……十分详细，除了某些地方用词不当外，没有一丝破绽。”

“哦……我还以为我写得有问题。”顾千城松了口气，“造假就是要比真的还像真的，我要是写得太假，皇上不是一眼就能看出来？”

“最大的问题就是——你写得太真实了。要不是知道这是你杜撰出来的，我真会认为《夷国志》就在你手上，或者你到过那些地方。”见顾千城还没有意识到事态的严重性，景炎不由得加重语气道，“千城，你可知看完手稿后，我的第一反应是什么？”

“是什么？”

“把你捉起来，严刑逼问真正的《夷国志》在哪里。”景炎指着箱子里的手稿严肃地说，“你写得太真实，地宫的主人、埋藏的位置、布局、机关……每一样都十分详尽，就好像你亲自查探过一样。”

顾千城着实吓到了：“写得逼真也有问题？”

“如果是真书，自然没有问题，可是……你杜撰出来的假东西也如此逼真，真的没有问题吗？”

“我已经写出来了，怎么办？”顾千城冷静下来。

“除了我之外，别让任何人知晓这本《夷国志》是你编出来的，秦寂言也不行。我会替你扛下来，就说这本书是我找人帮你编写的。”景炎也不知自己怎么了，居然善心大发，一再帮顾千城背黑锅。

“好，谢谢。算我欠你一个人情，日后你有什么需要，直接找我，我能做到的绝不推辞。”顾千城也不矫情，爽快地许诺。

“一个人情吗？我记下了。”景炎起身拿起手边的箱子，“这书你可以放心，我让人修改一下用词，明后两天就可以给你。”景炎转身就走，刚走两步突然停下，转身问道，“对了，《长生方》有几成真、几成假？”

“十成真。”老皇帝和长生门要《夷国志》是为了什么，顾千城很清楚，她可以在别的事情上隐瞒或者篡改，对《长生方》半点也不敢改动。

“那就好。”景炎显然也知道长生门与老皇帝的打算。

景炎手底下的人十分高效，说是两天内，就真的在第三天晚上做好了。假的《夷国志》出来后，景炎看了一遍，确定无错后便给了顾千城。

“在药水里泡了两天，无论是纸张还是字迹都没有问题，再厉害的人也看不出真假。”原本的《夷国志》就是手抄本，景炎当天就让人抄好了，用的纸是从陪葬品里寻出来的古纸，几百年前的老东西，绝对经得起查证。

“还能闻到霉味。”顾千城看到高仿版的《夷国志》，眼睛一亮，“和我当时看到的真品一模一样。”

纸张泛黄、干裂，还带着霉点，甚至有些字都模糊不清，比真的还要真。

“你手下的人，真的很厉害。”不愧为造出假银票的人，真是高手，就连她这个见过真书的人也分不清真假。

“他们这点儿本事，只能作作假，你能编出那些东西，才叫厉害。”景炎再次严肃地叮嘱顾千城，“这本书的手稿我已经毁了。记住，千万别让人知晓里面的东西是你写的。”

“放心吧，我知道该怎么做。”顾千城收起脸上的笑，心中略有几分苦涩。她知道景炎说的是对的，自己哪怕和秦寂言的感情再好，有些事也不能说。

景炎见顾千城听进了自己的话，交代她这两天不要乱跑后便走了。而这次碰面，是景炎离开江南前最后一次见顾千城。他从留云院出去后，就换上铠甲去军营了。

秦寂言不是说三天吗？今晚动手虽然早了点儿，可也是三天内！

秦寂言不是第一天认识景炎，依他猜测，景炎十有八九会寻个不可能出兵的时间，杀他一个措手不及。和顾千城碰面后，他就做好了随时战斗的准备。是以，当景炎半夜突袭，秦寂言一点儿也不觉得意外。

“于谦，你带人正面迎战；唐勇，你带人从两侧攻城。”城门还未开，听到马蹄声的秦寂言，就把凤于谦和唐勇召来，立刻下达命令。

“是。”唐勇听到命令，转身就往外走，同时在心中暗道：皇太孙殿下果然料事如神，说三天内必有大战，果然就来了。

唐勇出去后，凤于谦问了一句：“就是今天了，对吗？”

“对，拿出凤家军的实力，让景炎看一看大秦的江山有多牢固。”这一战，秦寂言很重视，希望通过这一战，让景炎看到他与大秦的差距，别再做无谓的努力。

“殿下放心，我不会让你失望的，凤家军也不会让你失望。”凤于谦郑重地行礼，躬身退下。

交代完战场上的事，秦寂言对站在身侧的焦向笛道：“替于谦守好后方，别出乱子。”

“殿下放心，我会做好的。”这个时候焦向笛也不敢贫了，他知道这一战的重要性。

看着焦向笛瞬间成熟的脸和他那坚定的眸子，秦寂言点了点头，什么也没说，抓起佩剑就往外走。

城门前，熊熊燃烧的火把将黑夜照得如同白昼。景炎带着三千骑兵率先出城，一字排开，列阵于城下。

“秦寂言呢？”看到领兵在前的人是凤于谦，景炎一脸不满。

“打你还不需要我们殿下出手。”凤于谦看似好脾气，实则傲得很。

“凤家的小子，果然狂妄。”一句凤家的小子，生生把凤于谦的辈分踩低了。

“年纪不大，谱倒是挺大的。”凤于谦不知景炎的身份，当然，就是知道了，他也不会客气。

“我不想为难你，把秦寂言叫出来。”景炎面色沉稳，望向凤于谦的眼神就像在看不懂事的小孩。

“景庄主不动手，我就不客气了。”凤于谦冷冷地扫了景炎一眼，不等景炎开口便拔出剑道。

“杀！”凤于谦一声令下，身后的骑兵如同开闸的洪水，哗啦一声往前，动作整齐划一。

“不愧是凤家军，果然名不虚传。”不仅仅是兵强，就连战马也训练有素。相比之下，景炎的骑兵就弱了许多。当凤家的骑兵冲来，江南的骑兵很快就被冲散，有几匹战马甚至受了惊。

凤家骑兵一出，战事就一面倒，不过这只是暂时的，当步兵推着战车、带着盾牌出来后，凤家骑兵的优势就没有了。

地方太小了，骑兵不好施展！

凤于谦十分机警，立刻下令骑兵撤退，把路让出来，推战车、派重兵迎战……

凤于谦是凤家精心培养出来的继承人，不敢说用兵如神，但在年轻一辈中，也只有经验丰富的言倾能够与之一较高下。

景炎天资聪颖，凡事一学就会，看到凤于谦进退有度、指挥若定，终于明白秦寂言为何让凤于谦打头阵了，这是在给他学习的机会。

景炎恨恨道：“秦寂言呀秦寂言，你以为这么做，我就会感激你吗？”

景炎真的太高看秦寂言了，他没有这么好心。他让凤于谦打头阵，是为了牵制景炎，方便他带兵去断景炎的后路。

景炎留在江南城内的兵马并不多，他手中大部分人驻守在城外的军营。一来可以接应景炎，二来也能趁秦寂言攻城时，从背后来个突袭。

江南的情况，秦寂言早已烂熟于心，岂能落入景炎这么低端的圈套中？景炎主动出击，秦寂言自然要带兵去拦住他的后援与救兵。

“早就猜到你会这么做。”见秦寂言迟迟未出现，景炎就想到了。与凤于谦过了几招后，景炎抢了一匹马便走了。

“快，拦住他。”凤于谦是唯一一个知晓秦寂言计划的人，见景炎要走，当即下令将他拦住。

“凤家小子，想拦我？下辈子吧。”景炎一眨眼的工夫就杀出一条血路，在凤于谦的注视下扬长而去。

“该死！”凤于谦看着景炎渐行渐远的身影，气得大骂。

“杀！”拦不住景炎，凤于谦便把这股怒火宣泄在战场上，与唐勇配合无间，指挥大军向前推进。

凤于谦与唐勇联手攻城时，秦寂言带着七万兵马攻入了江南驻军的大本营。

景炎安排在城中的人马，只有三万余人，而城外大营则有近十二万人。七万对上十二万，江南的兵马几乎可以二打一，秦寂言却半点不惧。

景炎过来时，两边打得如火如荼，一时看不出胜负。

看不出胜负，在景炎看来，就是他输了，要知道，他不仅占据了“地利”，还占了人数上的优势，可结果呢?

“江南这些人，果然太安逸了。”景炎从后面绕到前方，脸色十分难看。

“你来了！”秦寂言看到景炎，一点儿也不意外。

“主战场在这里，我能不来吗？”景炎剑指秦寂言，“今日，我们一战定胜负。”

“本王没兴致陪你玩。”无视景炎的挑衅，秦寂言再次下达进攻的命令。

“乱臣贼子，杀无赦！”对于江南驻军，秦寂言完全没有收服的意思。

景炎在江南经营多年，谁知投降的人是真心还是假意？既然拿不准，不如全杀了。

今夜注定是个不眠之夜，无论是战场上的将士，还是城内的百姓都不可能合眼，在景园的顾千城就更不用说了。

“你说，他们会打多久？”顾千城站在凉亭上，看着城门的方向，身后是保护或者说监视她的侍女。

“奴婢……”侍女刚开口，就听到一阵打斗声传来，同时还有景园护卫的大喊声：“有刺客，快带姑娘离开，保护好姑娘。”

侍女脸色大变，连忙拉住顾千城：“姑娘，有刺客，快——”说话间，侍女拉着顾千城就往亭子下面跑。

顾千城不知来人是敌是友，也不会胡乱出手，乖乖地跟着侍女往前跑。

来人武功似乎很高，不多时打斗声就结束了，顾千城听到身后传来一阵急促的脚步声。

侍女的脚步更快了，同时大声喊道：“来人呀，有刺客，快保护姑娘。”侍女一喊，立刻就有四个护卫赶来。

“你带着姑娘快走，这里交给我们。”迎面走来的护卫拔刀挡在顾千城和侍女面前。

“来者武功高强，暗卫都不是他们的对手，你们小心。”侍女交代了一句，才拉着顾千城继续往前走。

身后很快就响起打斗声，声音越来越小，眼见快到主院了，侍女飞快地对顾千城说了一句：“姑娘放心，我们不会让刺客伤害你的。景园机关重重，那刺客有命来也没命出去。”

这是警告，警告顾千城不要动不该动的心思，不然顾千城同样没命走出去！

顾千城笑了一声，没有回答，跟着侍女一起朝主院跑去。就在她们踏上主院台阶时，顾千城突然抓住侍女的胳膊，一个过肩摔，将侍女摔倒在地：“对不起了！”

“啊——”侍女刚喊出一个字，就被顾千城一拳砸在脑袋上：“感谢你这段时间的照顾，我不杀你。”

那侍女痛得闷哼一声，晕死过去。

顾千城火速将侍女拖到角落，然后把她的衣服扒下来给自己换上。检查了一下怀中的书还在，顾千城便毫不犹豫地往外走去。

在景园待了近两个月，顾千城每天吃饱了便在景园逛来逛去，虽不敢说闭着眼睛也能走出去，但找出路对她来说真不是难事。

顾千城一路上十分顺利，眼见就到墙边了，一不留神踩到了什么，哗啦一声，无数飞石朝她砸来。

“该死！”幸亏顾千城反应快，在石头砸过来的瞬间往后倒去，打了几个滚，滚出石头的攻击范围。

石头只有拳头大，上面绑着一根银线。没撞到东西，石头弹了回去，然后又撞出来，如此反复，没有一丝空当。

顾千城从地上爬起来，抹掉脸上的灰：“居然碰到了机关，这下怕是出不去了。”她果断放弃，转身朝另一个方向走去……

闹出这么大的动静，景园的护卫不可能不知晓。

“快，西北角有异常，过去看看。”护卫的声音在不远处响起，顾千城跑得更快了。

“触到了机关，看脚印应该是女子，往西边跑了。追，许是顾姑娘。”护卫很快就查了出来，而他的话刚落下，远处又跑来两个护卫：“顾姑娘逃了，我顺着痕迹找到这里。”

“西边，追！”

顾千城这两个月被景炎当猪一样养着，体能下降许多，不过一刻钟，护卫就追了上来：“顾姑娘在前面，大家快一点儿。”

“该死。”追兵越逼越近，顾千城也越来越紧张。

“顾姑娘，你再跑，就别怪咱们不客气了。”护卫离顾千城只差十余米的距离，眼见前面就是一片林子，护卫怕顾千城进了林子后不好找，不得不出言威胁。

顾千城跑得上气不接下气，听到侍卫的话，不仅没有停下来，反倒跑得更快了。

眼见就要跑进林子，顾千城眼前一亮，咬牙加快速度，可就在此时，身后突然传来呼呼的风声，似有什么东西破空而来。顾千城心中一紧，还来不及做出反应，一柄小刀就没入她的左肩。

“啊！”顾千城痛叫一声，脚下一软，摔倒在地。这时，护卫追了上来。

“顾姑娘，别做无谓的挣扎了。”护卫的刀架在顾千城的脖子上。

“不到最后，总是不愿放弃。”顾千城语气平静，没有一丝惊慌，无视架在脖子上的刀，淡然转身。刀刃划破脖颈间的肌肤，有血珠沁出，顾千城却连眉头也没皱一下。

“顾姑娘，跟我们走吧。”护卫有所察觉，将刀偏移了两寸。

“除了跟你走，我还有别的选择吗？”顾千城轻叹口气，拔出肩膀上的小刀，顿时血流如注。

“顾姑娘……”护卫正要提醒顾千城快止血，就见顾千城身形一动，避开护卫的刀，同时将手中的小匕首掷向护卫：“我这人一向是到了黄河，也不死心。”

丢出刀子，顾千城转身就往林子里跑。

“顾姑娘，你何苦呢，我们并不会伤害你。”护卫挥刀打落顾千城掷来的匕首，立刻跟了上去。眼见距离越来越近，护卫一跃朝顾千城扑去……

“糟了！”顾千城知道这次躲不掉了，可要她这么认命又不甘心。就在她想着要如何躲开时，一道黑影突然从林中蹿出来，一把抓住她的肩膀：“跟我走！”来人声音清朗稚嫩，好似十五六岁的少年。

少年身手灵敏、反应也快，在拉住顾千城时，还朝追赶的护卫撒了一把药粉。

顾千城跟着少年跑了一段路，身后的护卫没有再追上来。

“安全了。”少年松开顾千城的手，靠在一棵大树上喘息。头顶繁盛的枝叶挡住了月光，顾千城看不清少年的脸。

“你是什么人？怎么会出现在这里？”顾千城做好了随时逃跑的准备。

“你猜。”少年一副调皮的样子，不讨厌，但也无法令人喜欢。

“你和景炎有关系吗？”这片林子依旧在景庄内，这少年能进来，绝非普通人。

“景炎是谁？不认识。”少年回答得干脆，听不出是真话还是撒谎

“不说你是谁，那为什么救我，总可以说吧？”顾千城继续询问。

“救你？不，我只是想见见你。你太难见了，我为了来见你，千里迢迢跑到江南，还在这片林子里待了数天，总不能一眼都没见着就走吧？”少年的语气里带着一丝排斥与讨厌，爱憎分明，一不小心就会令人觉得他很单纯，可是顾千城不这么想。

她没有再问，而是定定地看着对方。天色太黑，顾千城什么也看不见，但她知道，面前这个少年一定知晓她在打量他。

顾千城看了半晌，心里有了定论，放下戒备，和少年一样倚树而站：“你是武毅吧。”

少年一听，气急败坏地跳了起来：“你怎么知道我是武毅？啊……你套我的话！”

“不需要套，在你出现的那一刻，我就知晓你是谁。”顾千城故作高深地说道。

“你，你怎么知道的？不可能呀，没人认识我。”武毅一副不解的样子，刚刚的不满也收起来了，满脸不可思议的神色。

“武家的情况我了解一些，你和他们说的很像。”顾千城继续忽悠。其实，不管是武家那群女人，还是武家的探子，都没有提过武毅的事，顾千城也没有问过。

“哦……我差点儿忘了，你现在是武家探子的主子，他们当然听你的。”少年低头，语气是掩不住的嫉妒与失落，不等顾千城询问就抱怨道，“我就不明白了，你有哪点好，为什么祖母要把武家的人交给你？明明我是武家唯一的男嗣，我才是最有资格继承武家的人，可我出了一趟远门回来，什么都变了。”

顾千城没有接话，少年继续抱怨道：“我回到家，发现祖母、伯娘、婶婶、姐姐们全都不见了，只剩下一座空空的宅子。我赶到京城，才知晓皇上赦免了武家。我知道祖母她们不想留在漠北，只要给我时间，我肯定也能让武家沉冤昭雪，为什么祖母她们就不能等等呢？”

武毅说着说着就蹲了下去，双手抱膝，带着哭腔道：“我就不明白，京城有什么好？皇上有什么好？我们家被皇上害得这么惨，祖母怎么就一点儿也不恨呢？”

“你说……皇上真要英明，我们武家会落得这么惨吗？”武毅抬头，可怜兮兮地看着顾千城。可是，顾千城像是没有听到一样，无声一笑，闭目养神，待到气息平稳、肩膀上的伤止住

血，才开口道："我要走了，你呢？是继续留在这里，还是跟我一起走？"

"你也要和祖母她们一样，不要我了吗？"武毅再度开口，一副被人抛弃的小可怜模样。

"要跟我走，就收起你这副蠢样。单纯的热血少年？哼……看着恶心。"如果武毅在她没有认识景炎之前出现，也许她会上当受骗。可在见识到景炎隐忍的本事后，顾千城再也无法把武毅这个背负家族仇恨的少年当成一个不谙世事的孩子。

景炎从十五年前就开始伪装，武毅的处境比景炎还要糟，他要真的天真无邪就有鬼了。

被顾千城一语道破秘密，武毅并没有狡辩，愣了一下便站了起来："祖母看中的人，果然不简单。"他声音清冽，再不复之前的明朗阳光，甚至带着阴郁。不过顾千城刚刚被耍，现在也不敢肯定这是不是武毅的本性。

不过，不管是与不是，这少年她都甩不掉了。当然，也不是没有好处。武毅早在五天前就潜入景园，虽然无法接近中心区域，但是外围，他比顾千城熟悉呀。

有武毅带路，顾千城轻易避开了机关，也避开了追捕的护卫。

"这里的墙都不能爬，一碰就会启动机关。你会不会水？"武毅把顾千城带到东南角的湖边。

"会。"只是肩膀受了伤，不知能游多久。

"那就下水吧。"武毅十分干脆地跳下去，顾千城迟疑片刻，转身将外套脱下，把那本高仿版《夷国志》绑在背后。以防万一，顾千城早就用蜡纸将其层层包住，就是下水也不怕。

"还算有脑子。"武毅扭头看了顾千城一眼，"跟上我，要是跟丢了，死在水里，我不会管你。"

武毅一头扎进水里，飞快地往前游去，很快就把顾千城甩在后面。水里本就不好视物，加上天色又黑，不过数息的工夫，顾千城就看不到武毅的人了。

"我还真是……"顾千城钻出水面，正想说自己无能，就见身边的水波一动，武毅去而复返："笨蛋，祖母怎么就看上了你？"

武毅嘴上抱怨，却拉着顾千城往前游："拉紧我，再落下我就不管你了。"

两人再次扎入水底，有武毅拉着，顾千城省了不少力，很快就游到一个只容一人进出的小洞前面。

武毅松开顾千城的手比画了两下，让她先钻过去，他在后面帮她。顾千城点点头表示懂了。水里有阻力，洞口又小，顾千城钻过去时完全使不上劲，要不是武毅在后面推她，她怕是要卡在里面了。

"呼……"总算钻过去了，顾千城狠狠地松了口气，往右游了半米，等武毅出来。不料武毅被卡住了，他试了数次，双手却怎么也无法借力，当下便有些心急，幸好顾千城及时发现，把他拉了出来。

一番折腾下来，两人累得不行，勉强游到岸边，都没有力气再动了。休息了一会儿，顾千城走到武毅身边："起来，我们该走了。"

"不急。他关了我武家的人，我怎能不给他送点儿贺礼？"武毅站起来，月光洒在他身上，顾千城清楚地看到了他脸上的阴鸷与狠辣。

武毅发出一个信号弹，然后指着景庄的方向：“等着看好戏。”

“你想做什么？”顾千城声音微冷，熟知她的人都知道，她这是不高兴了。

“我刚到江南，还能做什么？不过是帮那个景庄主提前做他想做的事。”武毅拧了拧身上的水，一副不以为然的样子。

顾千城没有再问，默默地收回视线，转头看向景庄的方向。

没有让顾千城久等，只见大火冲天而起，瞬间吞噬了整个景庄。

“景炎……他要烧了景庄？”顾千城脸色大变，深吸了口气，才平息心中翻涌的情绪。

“不然呢？你以为凭我和我带来的几个人，就能把景庄烧了？”武毅一脸嘲讽地看着顾千城，“我远远看过那个男人一眼，他比你想象的更狠心。你以为他舍不得杀你？天真。”

武毅年岁不大，说话时的神情却老气横秋，让人无法质疑。

况且，要不是景炎想烧景庄，谁能在他的眼皮底下火烧景庄？

第三十二章
逆鳞，有些事不能原谅

火烧景庄是景炎的计划。大抵是景炎准备得太充分了，不过一炷香的时间，火势就迅猛到无法控制的地步，整个景园被大火包围，漆黑的夜空被映得通红，别说江南城内的百姓，就连远在城外的秦寂言和景炎也能看到。

“怎么回事？”看到景庄方向突然起火，景炎的眼中闪过一抹震惊：是谁打乱了他的计划？他是打算烧了景庄，却不是现在！

“景炎，你放的火？”秦寂言后退一步，剑尖指向景炎。景炎很快就冷静下来，转身看着秦寂言：“是我又如何？”

“顾千城呢？”秦寂言直接问出他最关心的事。

“当然是在景庄，不过殿下可以放心，她暂时不会有危险。”景炎面上一派从容，心底却在打鼓。

这火不是他放的，至于顾千城，他现在也不敢保证她是死是活，不过有一点可以肯定，那就是他能借此事从秦寂言手中捞一笔好处。

果然，秦寂言没有多说，收剑问道：“你想要什么？”

“皇太孙殿下真是大方。”景炎一脸嘲讽地说，“殿下这是要美人，不要江山？”

“就凭你，也能撼动本王的江山？愚蠢！”秦寂言眼眸深处隐有杀意。

每个人都有底线，每个人都有逆鳞。顾千城的安危就是他的底线，顾千城的生死就是他的逆鳞，景炎此举无疑触了他的底线、拂了他的逆鳞。

“想救顾千城，你只能答应我的条件。”景炎无比自信地说。

每个人都有弱点，而秦寂言的弱点就是顾千城。

“说！”如果条件在秦寂言能接受的范围内，他不介意退一步。

景炎道：“十年内，不得派兵追杀我。”十年的时间，足够他成长。

“做梦比较快。”秦寂言毫不客气地冷讽，“给你一个更改的机会，说一个靠谱的条件，本王可以考虑一二。”

景炎道：“就这个条件，不然没的谈。”听到景炎如是说，秦寂言二话不说，直接下令，“给本王炸！把叛贼全部歼灭，所有人官升三级！”

秦寂言此言一出，全军沸腾："末将听令，殿下千岁千岁千千岁！"

"秦寂言，你疯了！"景炎听罢，脸色大变。

"景炎，本王之前太宽待你了，以至于让你忘了，本王才是大秦的储君，这天下，只要我愿意，没有我不能做的事。"秦寂言周身萦绕着森冷的杀气，他身旁十米内，没有一人敢靠近。

"秦寂言，你疯了！我虽放火烧了景庄，可你应该明白，顾千城不会有事。"景炎试图劝说秦寂言改变主意。

秦寂言一脸不屑道："景炎，到了这个时候，你还要自欺欺人吗？这火……想必不是你让人放的吧？"

盛怒之后，秦寂言很快就冷静下来，他要是景炎，绝不会现在火烧景庄。放火烧景庄最好的时间，就是景炎准备撤兵时。这样他就必须在亲自带兵追赶景炎和赶回景庄救顾千城之间做选择。而景炎很清楚，他一定会去救顾千城。

"是又如何？不是又如何？"景炎既不承认，也不否认。

"顾千城死了，你们所有的人都要陪葬。"

像是为了证明秦寂言的这句话一般，最后一个字刚落下，爆炸声轰然响起，火光冲天，惨叫声不绝于耳。

一块碎石子从秦寂言的脸上划过，留下一道血痕，景炎的脸也被碎沙石擦出一道道细小的血痕。

"秦寂言，叫你的人住手，我这就退兵。"景炎知道，再这么打下去，只会全军覆没，所以他不想打了。

"此刻叫停？晚了！景炎，自食其果吧！"秦寂言一剑刺向景炎，景炎连忙飞身后退。秦寂言原地掉转马头，朝城内冲去。

"这里交给你们，本王要让他们全部死在这里！"秦寂言将战事交给凤家军便骑马离去。

"秦寂言，你给我站住！"景炎哪里肯让秦寂言走，不然，谁来叫凤家军退兵？

秦寂言一路纵马狂奔，将景炎甩在后面。

"秦寂言，你既然已知景庄的火不是我放的，就该知道我并不想置顾千城于死地。"他从来就没想过要顾千城的命，他只是利用顾千城罢了。

"因为你，顾千城才会陷入险境。"秦寂言的声音随着风声传来，"你现在要做的，就是祈祷顾千城平安无事，不然你就是逃到天边，本王也要让你偿命！"

秦寂言一直知道景炎的计划，也知道景炎将退守何处，他觉得让景炎去祸害北齐也挺好的，说不定有一天，他们兄弟二人还能联手把北齐给灭了，然而有些事，是他太想当然了。

"秦寂言，两败俱伤对你有什么好处？"景炎快要气炸了，他一直以为秦寂言和他有默契——默契地联手打一仗给老皇帝看。

他搬空国库、手握十五万大军，朝廷不派兵来打是不可能的，不是秦寂言也会是别人。而和秦寂言打，他们可以打一场不伤筋动骨的仗。原本一切都好好的，可这把该死的火，把一切都打乱了。

“对我有没有好处不重要，重要的是对你不利就成。”秦寂言的回答气死人不偿命。

“你……顾千城不会有事，我派人保护她了。”景炎知道，关键还在顾千城身上，“还有，你有炸药，你以为我就没有吗？我一直不用，是不想让大秦的将士做无谓的牺牲。”

秦寂言没有理会景炎，继续策马狂奔。景炎见双方的距离越来越大，只得一拍马背，纵身跃起，挥剑刺向秦寂言：“秦寂言，别发疯了。”

破空声传来，秦寂言勒住战马，挥剑格开景炎的攻击：“战场无父子，你既然选择和我正面交战，那么本王就让你见识见识凤家军的厉害。”

“这么说，这一战不是你死就是我亡了？”听到秦寂言这么说，景炎知道秦寂言是认真的，“既然如此，我也没有什么好说的，我们战场上见真章。”

“不送。”秦寂言将剑插回剑鞘，景炎却没有收手，而是挥剑横扫秦寂言的战马。

战马惨叫一声往前栽倒，秦寂言反应极快，在战马倒下前跃起，眼中闪过一抹厉色：“本王会让你明白，激怒本王的代价。”

“拿下你，这一战我必胜。我说过，我要拿你去换江南这片地。”景炎再次重申，不同于之前开玩笑的语气，这一次是认真的。

“你没有机会！”秦寂言不屑地冷哼，在景炎动手前喊道，“出来！”

景炎眉头一皱，只见一道残影闪过，一身黑衣的锦衣卫首领站在了他面前。

“是你？”虽然没有和锦衣卫首领打过交道，但景炎知道这人。

“景庄主，卑职奉皇上的命令取你性命。”锦衣卫首领没有半点情绪起伏，就好像在说今晚月色很好。

“老东西还真看得起我，居然派你出手，不怕大材小用吗？”景炎并不掩饰他对锦衣卫首领的看重。当然，景炎也知道，面前的男人，并不会因为他的话而动摇。

“昭仁太子的后人，值得！”锦衣卫首领取下背在身后的剑，将剑上的黑布一层层解开，“这把剑许久未曾见血，还望景庄主成全。”

“本庄主一定成全你。”景炎一脸严肃地看向面前的男人。他知道，这个男人的武功不比他弱，他今晚遇到强敌了。如果秦寂言和锦衣卫首领一同出手，他怕是要命丧于此。

景炎看向站在一旁的秦寂言，没有出声，秦寂言却知他想问什么：“放心，本王不会出手。你能不能活下来，端看你的本事。”

秦寂言跃上景炎骑的那匹马，对锦衣卫首领说道：“这里交给你了。”

“殿下放心，卑职定不负殿下所望。”锦衣卫首领双手抱拳，秦寂言看了他一眼，策马离去。

马蹄声渐行渐远，锦衣卫首领和景炎也动手了。这一次，两人谁也没有留后手，他们很清楚，今晚他们二人只能活一个！

江南驻军营地，没有秦寂言和景炎约束的两方人马越打越激烈。城门外，凤于谦与唐勇已逼近城门口，破城是迟早的事。

景庄内，熊熊燃烧的大火将所有的出路都堵住了，带着暗卫杀进景庄救人的子车大人，在景庄内寻找无果后，不得不放弃寻找顾千城。

“大人，顾姑娘怎么办？”暗卫看着熊熊燃起的大火，眼中闪过一抹担忧。

子车淡淡地看了暗卫一眼，警告道：“记住，顾姑娘不在景庄。”

“啊？”暗卫愣了一下，收到子车的一个眼刀子：“需要我再重复一遍吗？”

“不，不，属下不敢。”暗卫摇头，后退数步，不敢与子车对视。

“不敢就好。”子车的脸色本就不好，此时更差了，“顾姑娘是我教出来的人，她死不了。你们还愣在这里做什么？还不快去找！”

子车一副信心十足的样子，只有他自己才知道，他也不清楚顾千城有没有逃出来。火太大了，他们在庄里找不到人，再待下去只有死路一条。与其做无谓的牺牲，不如寻另一种可能。

“找？”暗卫愣了一下才反应过来，“对对对，去找，顾姑娘肯定在附近。”

暗卫不敢耽搁，在景庄外围寻找顾千城的下落。

秦寂言赶到景庄时，除了无法扑灭的大火外，什么也没有看到，就连子车也不知所终。

“该死！”秦寂言低咒一声，立刻发信号给暗卫。在暗卫赶来前，秦寂言绕着景庄外围跑了一圈，发现处处都是大火，根本没留出路，他就是想冲进去也不行。

“景炎，你个浑蛋！”秦寂言忍不住骂了一声。

今晚的火虽非景炎所放，但景庄四周的易燃物绝对是他准备的。

暗卫收到秦寂言的信号匆匆赶来，单膝跪下：“殿下！”

“顾千城呢？”秦寂言问道。

“回殿下的话，顾姑娘先一步从景庄的水路离开了，子车大人正在寻找。”暗卫沿着景庄查看了一番，发现了湖边的脚印。

“出来就好。”秦寂言暗暗松了口气，紧绷的身体稍稍放松几分，“带本王过去。”

路上，秦寂言问道：“景庄的大火是怎么回事？”

“不是景庄的人放的，应该还有第三方人马。子车大人说，极有可能是顾姑娘放的火。对了，殿下，顾姑娘并不是一个人离开的，她身边还有一个男子。”他们在小湖边发现了两个人的脚印。

“哦，你们继续找人。”秦寂言闻言，眉头微皱。暗卫点头应是，留下一人陪秦寂言，其他人继续去找顾千城。

秦寂言赶到小湖边，子车已在那里等候：“殿下请放心，顾姑娘很安全。”

“人往哪个方向走了？”秦寂言相信子车，但在没有看到人之前，再相信也没用。

“城外。”非常凑巧，秦寂言和顾千城一个进城、一个出城，偏偏两人没有遇上。

“出城？城门口全是兵马，她的胆子倒是大。”要不是没看到顾千城，秦寂言倒是想笑。

“算了，我们也出城，城内太乱。”没有意外的话，凤于谦天亮时就能破城，到时候城内必然一片混乱。

秦寂言发话了，子车自然没有意见，一行人快速来到城门口。战火依旧激烈，凤于谦和唐勇一个稳、一个猛，两人联手，打得守城的叛军毫无招架之力。

“凤于谦很不错。”秦寂言远远看了一眼，赞许地点头。

子车明白秦寂言的意思，低声道：“皇上圈禁了凤老将军，并将远在边城的凤将军召回。”凤家三位大将，除了凤于谦，全被老皇帝叫进城，个中意思不言而喻。

“派人给老将军传个信——凤于谦短时间内不会回京。”凤老将军和凤于谦的三叔不会有生命危险，但肯定会被老皇帝定罪，到时候手中的兵权自然要交出来。

至于凤于谦，秦寂言把他支走，自然不会让老皇帝降罪于他。身上没有罪名，凤于谦要继续掌兵并不是什么难事。

“属下明白。”子车对此一点也不觉得意外，他们家殿下看似冷情，对自己人其实特别照顾。

秦寂言和子车来到城门口，并没有急着出去。城内戒备森严，普通百姓根本不敢靠近，而城门外战火依旧，秦寂言和子车不认为顾千城能轻易出城，与其出城寻找，不如在城内等着顾千城上门。

正如他们所想，顾千城确实比他们更早到达城门口，只是出不去。官兵远远看到他们，就警告他们别靠近，两人只得默默地退回城内……

在秦寂言找到顾千城时，景炎与锦衣卫首领的战斗也到了白热化程度。

景炎的武功比锦衣卫首领略高一筹，狠辣程度与实战经验却不如对方。两人将各自的优势发挥到极致，一时间难分高下。

此时已是黎明，景炎很清楚，凤于谦一定能破城，到时候他的人想走就难了，所以必须速战速决。如此一想，景炎不得不加快攻势。

“你急了！”见景炎的招式又快又狠，锦衣卫首领摇了摇头。

“我不是你。”他要做的事太多了，“三招定赢输，我输了，任你处置；你输了，滚，别再缠着我。”

“好。”锦衣卫首领应得如此干脆，景炎愣了一下，随即使出狠招，手中的剑直指锦衣卫首领的心口。

就在剑尖即将刺中心口之时，锦衣卫首领往后倒下，如同不倒翁一般，以双脚为轴晃了半圈，绕到景炎身后。

他的速度很快，可是景炎更快，一招不中，转身就使出第二招：“破竹！”

这一剑，以破竹之势凌空劈下，两招之间没有任何间隙。锦衣卫首领似早就料到，同样以不倒翁的姿态，往左倒下，双脚飞快地移动，这一招又落空了。

两招落空，景炎却半点也不惊慌，第三招飞速朝锦衣卫首领刺去，目标是他的脖子。天下武功，唯快不破。景炎将“快”字发挥到极致，三招的方向、位置各不相同，却在一息之间完成，放眼天下，能做到这一步的人真的不多。

第三招出手，景炎已经预料到锦衣卫首领能够躲开。毕竟他这“不倒翁”功法可谓登峰造极，第三招对他来说不过是倒下去的事。可是，锦衣卫首领明明能躲开，却没有躲。

剑刃划过锦衣卫首领的脖子，鲜血喷涌而出。景炎的眼睛猛地睁大，可是……手比脑子反应更快，景炎按计划将剑断成两截，扑哧一声，断剑刺入锦衣卫首领的心脏！

是的，这就是景炎的第三招，目标看似是锦衣卫首领的脖子，实则是他的心脏。

第三招一出，景炎有必胜的把握，只是万万没想到锦衣卫首领居然没有躲。

“为什么？”为什么不躲？

“我是先太子的人。”血流了一身，可锦衣卫首领仍旧站在那里。

“与我何干？”对于秦寂言的父亲，景炎说不出是恨还是同情。要不是先太子，末村也不会被屠村，但先太子也是个可怜人。

“太子……不会杀……昭仁后人。”每说一个字，对锦衣卫首领来说都是一种折磨，血流得更快了。

“滥好人，你以为我会感激？”景炎嗤之以鼻，一脸不屑。

秦寂言和先太子还真是父子，一样的滥好人。

“我……本来……就要死了……”锦衣卫首领似乎想笑，可太久不曾笑过，他的表情十分扭曲。这个笑容让景炎红了双眼，他知道，秦寂言早就清楚事情会这样……

锦衣卫首领死了。当秦寂言带着顾千城与武毅出城，看到锦衣卫首领的尸首时，一点也不意外。

“你也算是求仁得仁。”秦寂言蹲下，将锦衣卫首领没有闭上的眼合拢：“放心，本王会照顾你的家人，你的儿子以后可以考科举，不用再走你的老路。”

任何一个行走在黑暗中的人，都渴望光明，锦衣卫首领也不例外，但是老皇帝不允许！

不仅老皇帝活着的时候不允许，就算老皇帝死了，也不会允许他出现在阳光下，更不会让他的儿子生活在阳光下。

锦衣卫首领以死来证明自己的清白，如此一来，老皇帝就是再怀疑，也查不到他与先太子有关，更查不到他与秦寂言有关。他是以老皇帝心腹的身份死去的，他这一生都忠于老皇帝。

秦寂言知道，锦衣卫首领这一死，他的儿子和家人就一定会无事。只要人不死，就会有未来，有他秦寂言许诺的未来。

“他是怎么死的？”顾千城虽然不认识锦衣卫首领，却认识他穿在里面的飞鱼服。

“别想太多，事情和你无关。”秦寂言知道顾千城在想什么，解释道，“他奉命暗杀景炎，但是他选择了死亡。”

“他是……”顾千城猜道，“锦衣卫首领？”

“对。”秦寂言点头。

“你的人？”

“嗯。”

“被皇上怀疑了，所以……以死明志？”

“嗯。”秦寂言除了点头，不知道自己还能做什么。

“你现在还需要顾忌皇上吗？”顾千城十分不解。兵权、政权齐握在手，秦寂言现在就差一个皇帝的名号，他想保一个人，老皇帝也要退让三分吧？

秦寂言道：“他的家人在皇上手上。他和旁人不一样，他所做的事，注定了他和他的家人都不能见光。皇上看管他的家人，也有保护的意思。”

锦衣卫首领监察百官，专做那些朝臣不便做的事，这么多年来，不知得罪了多少人，要是让人知道他的家眷在哪里，立马就会被人诛杀或者绑去威胁他。

顾千城叹了口气，没有再问。

“我们走吧。”秦寂言没有带走锦衣卫首领尸首的意思。锦衣卫首领的尸体，可以落到任何人手里，唯独不能落到他手里。

顾千城点头，两人刚迈步，就被武毅挡住了去路：“你们不怕我告密吗？”

“你会吗？”开口的是顾千城。

“为什么不会？把你们卖了，也许我也能得到赦免，重回京城。”武毅回答着顾千城的问题，眼神却落在秦寂言身上。

秦寂言冷哼一声，不屑地斥道：“威胁本王？凭你也配？”

武毅却毫不惊慌：“草民不敢威胁殿下，草民只是想知道，殿下能赦免其他人，为何独独忘了草民？可是草民做了什么，让殿下不满？”

秦寂言淡淡道：“忘记你？你算什么东西？”也值得他记得。

武毅却仍旧平静、固执地问道：“武家的暗部不是那么好掌控的，你们拿了我武家的东西，就应该付出相应的代价。”

“武家的事，你说了能算吗？”秦寂言挑眉，难得用正眼扫了武毅一眼。

十五岁的少年，脸色偏白，身形单薄，看上去十分倔强。

“武家的事我做不了主，但你们要完全接手武家暗部的势力，还得我帮忙。”最后一句话，武毅咬得极重，似提醒，又似警告。

顾千城很不满：“怎么，武家女眷刚回京城，便想过河拆桥，把暗部的人收回去？武毅，你应该知道，我虽是武家的表小姐，但论起情分，却与武家说不上亲近，我能让武家女眷回京，也能再次把她们赶回漠北。”不就是威胁吗？真当她不会？

“我不是这个意思，祖母说的话也不会更改，武家暗部已经在你手上，不过……”武毅咬着唇，一副有话却不知该不该说的模样。

“你想说什么，最好直接一点儿。至于你会不会告密，我一点也不担心，只要我愿意，我能把你永远留在这里。”顾千城所说的“留”，只是把人留下，她对武毅没有杀心。

武毅深深吸了口气，好似下了重大的决心：“顾……姐姐，武家给你的人，你就敢用吗？”

“为什么不敢？”顾千城笑了一声，反问，“他们还敢背叛我不成？”

“为什么不敢？你不是姓顾吗？！”武毅学着顾千城的口吻说道。他可以肯定，顾千城就算接手武家暗部，也不敢完全信任。

“所以呢？你是来告诉我，武家暗部的人不可信，要我主动还回去？”顾千城嘲讽道。

武毅这招用得可真是好，在她心中埋下一颗怀疑的种子，日后她每每用起武家人，都会想起武毅这句话，因为她姓顾！

武毅暗暗吸了口气，不卑不亢地看着顾千城，沉稳地说道："顾姐姐，我来找你，并不是为了武家暗部，我只是想和你谈个条件。"武毅年纪虽轻，但无论做派还是语气，都是一副大人样。

顾千城唇角轻扬，问道："说说你能付出什么？你又想要什么？"

武毅这次没有看秦寂言，他已经明白，顾千城才是做主的那个。

武毅知道顾千城不喜欢拐弯抹角，直接说道："我有办法让你完全掌控武家暗部，不用担心那些密探背叛你。"

这个提议很让人心动，顾千城没有急着问武毅要怎么做，而是问道："你要什么？"

"到时候我希望你能让朝廷赦免我。并且，你百年后，把武家的暗部还给我，或者还给我的后人。我以武家家主的名义发誓，世代效忠皇室。"

后面半句顾千城只当没听到，她只问前半句的内容："你想回京城？"

"不，我只是不想以罪人的身份待在漠北，很多事情不好办。"武毅眉头紧皱，面色微凝。

顾千城点点头："说说看，你要怎么助我全力掌控武家暗部？"这就表明她同意了武毅的提议。

"到了漠北，我自会告诉你。我想，你应该去见见武家那些人，毕竟他们以后将要为你办事，不认识你怎么行？"武毅一副"你别想否认，我早就知道"的样子。

顾千城也不隐瞒，大方地说道："没错，我是有去漠北的打算。"

"正好，我与你们一块儿去，到了漠北，我们就可以完成交易，到时候你让朝廷赦免我。"武毅一副很在乎罪人身份的样子，可是，据顾千城所知，武毅在漠北并没受什么委屈，毕竟武家就这么一根独苗，那些女人把他保护得极好。

顾千城看了秦寂言一眼，见他点头，便应下了武毅的条件。此地并非久留之地，事情谈完，秦寂言拉着顾千城的手就往前走。

清晨的第一缕阳光洒在两人身上，两人手牵手迎着朝阳一路往前走。顾千城落后秦寂言半步，秦寂言偶尔扭过头和她说话，姿态亲密，只是远远看着，就能感受到萦绕在两人之间的情意。

武毅距离他们有数十步远，就这么快一步、慢一步地跟着，黑葡萄似的眼睛沉静如水，没有一丝涟漪。

秦寂言和顾千城赶到大营时，战事已告一段落，凤家军大获全胜，不过江南驻军人太多，就算凤家军大胜，也不可能一举歼灭。

秦寂言一到大营，副将就上前来报："殿下，此战大捷，我们损失了三千人，斩杀对方近万人。"虽然一夜未睡，副将仍旧神采奕奕。

看到江南驻军惨败，景炎忍不住摇头。他本以为凭自己的十五万兵马，打对方十万人，胜券在握，现在才明白，凭他手上这些人，别说赢得此战，就连平安离开都是难事。

“少主恕罪，末将无能。”江南驻军统领颜将军见到景炎过来，立刻上前请罪。

“你可知错在哪里？”景炎停下脚步，转身问道。

颜将军一怔，想也不想就答：“我军与凤家军实力悬殊，和凤家军交手后，才知道我军有多么弱。”

“可有对策？”景炎继续问道。

颜将军重重地点头，道：“我军平时训练得不够狠，力度也太小，日后需要提高训练强度，至少要比之前严格十倍才行。”

“颜将军的提议很好，回头和你手底下的人都说说，一起寻个好法子。”景炎满意地拍了拍颜将军的肩膀，一脸赞赏。

颜将军啪地行了个军礼，一脸激动地说：“少主放心，末将定不负少主所望。”

“我相信你能办到。”景炎加重力道，又拍了颜将军一下，这才走开。

景炎走后，颜将军仍旧站在原地发傻，等到反应过来，才发现哪里不太对劲。

“我怎么觉得，我好像被少主给坑了呢？比以前严格十倍的训练是我提出来的，还要我去跟众副将商定训练一事，这，这……”我这下不得被那群兔崽子恨上？颜将军一拍脑门，火急火燎地跑去找景炎……

凤家军治军森严、训练有素，秦寂言要做什么，只须交代一声，便完成得漂漂亮亮，根本不需要他亲力亲为。

和几位副将碰面，听取战报，了解了接下来的打算，秦寂言便去找顾千城。

此时顾千城已梳洗妥当，换好了暗卫为她寻来的一套小厮穿的衣服。

秦寂言一看到顾千城，视线就落在她半长的头发上，一脸满意地揉了她的头顶：“不错，总算长起来了，不再像个野小子。”

离“长发及腰”不远了，很快就可以娶进门了……

第三十三章

血洗，黑锅背定了

凤于谦和唐勇的联合，绝对是强强联手，秦寂言和顾千城的早膳还没有用完，就传来破城的消息。

“好！凤小将军和唐将军果然没让本王失望，重重有赏。”秦寂言高兴地问顾千城，“要随本王一同进城吗？”

顾千城摇头拒绝，她太累了，只想回秦寂言的营帐睡觉。

天方亮，凤于谦就攻破了城门，带着大军入城。他并没有急着去衙门接管江南政务，而是带着几个亲信匆匆离去。

唐勇是个聪明人，一看就知凤于谦接了秘密任务，便十分尽职地守在城门口，清扫战场，接收降兵，并不急着进城，也没派人去找秦寂言邀功。

半个时辰后，凤于谦和他的亲兵回来了，身上很干净，却带着一股浓郁的血腥气。

唐勇只看了一眼，就知道凤于谦杀人去了。唐勇没有多问，只是朝凤于谦点点头，说道：“江南的兵马已全部拿下，可以给殿下送信了。”唐勇一句话便将凤于谦择干净，解释了为何没在第一时间向秦寂言汇报成功破城的消息。

和聪明人打交道就是这么轻松，凤于谦点点头，露出一个难得的笑容。

秦寂言过来时，凤于谦和唐勇已把一切收拾妥当，跟在秦寂言身后朝江南衙门走去。

到了衙门，秦寂言还未下马，就见先进去的士兵一脸惊慌地往外跑，一边跑一边喊：“不好了，将军，不好了……”

“出什么事了？”凤于谦脸色微变，举刀上前。唐勇比他慢一步，可也是呈保护之姿，站在秦寂言身侧。

小兵跪下，惊恐万分地禀道：“里面的人全死了，好多死人……血，血流了一地。”

“里面的人全死了？那可是江南的父母官呀。”凤于谦愣了一下，随即跪下，“殿下恕罪，请容卑职进去查看。”

秦寂言翻身下马，冷着脸道：“还不快去。”

待凤于谦进去后，秦寂言一甩衣袖，不满地说：“那群人眼中还有没有王法？居然敢滥杀朝廷命官！”看似自言自语，实际上却是给那群官员的死定性。

唐勇默默地站在秦寂言身后，什么话也不敢说。如果说之前只是猜测，那么他现在已经可以肯定凤于谦进城后去做什么了。不得不说，皇太孙殿下手段了得，也让人害怕——竟然血洗了整个江南官场！

江南上下数百名官员，背后或多或少都有靠山。只要靠山不倒，那些人就不会倒，等到江南平定下来，他们还能继续为官，让秦寂言想安插人都不行。可现在不一样了，江南官员全部被“叛军”杀了，官位全部空缺下来，皇太孙殿下完全可以安排自己的人过来，先把官位占住，到时候其他人再想插手就来不及了。

今天过后，整个江南就在皇太孙殿下的掌控之中了。

虽说秦寂言此举十分粗暴，而且冷血，可作为想要靠上秦寂言这艘大船的人，唐勇只想说，这样的皇太孙，让人放心追随。

凤于谦进去后没多久就出来了，脸色十分难看，一出来就跪在秦寂言面前请罪：“殿下，末将无能，里面的人全死了，一共一百九十六人，被江南叛军所杀。”

景炎以前就杀了不少官员，剩下的官员中，除了投靠他的人外，其他的都关在了衙门里，由重兵看守。景炎此举，可是大大地方便了凤于谦杀人。

“好好好，好一个景庄庄主，好一个江南抚台，拿着朝廷俸禄，却不顾百姓死活，滥杀朝廷命官。”秦寂言怒火中烧，就是远远围观的百姓，也能感受到他周身的怒火与杀气，一个个吓得跪了下来。

“这些人都是为守护江南而死，本王不能让他们白死。来人，传本王的命令，立刻剿灭叛军，所有叛党，格杀勿论！”秦寂言每一个字都说得十分重，饱含怒气。

江南的百姓从惊吓中回过神，一个个高喊着“殿下英明”“诛杀叛军”一类的话。

唐勇上前领命，低头掩去嘴角的冷笑。他知道，血洗江南官员的罪名，那位景庄主背定了！真是个可怜人……

衙门口那件事，秦寂言做得十分高调，景炎都不需要派人去查，就知道秦寂言把江南一百九十六位官员横死的账，算在了他头上。

对此，景炎倒是没啥感觉，反正他又不是第一次被秦寂言栽赃陷害，可是，景炎能忍，他手底下的人不能忍。

“少主，他们真无耻，竟然往你身上泼脏水。”颜将军一听到这个消息，当即暴怒。

“我身上的脏水还少吗？多一盆、少一盆有什么区别？”景炎并不在意替秦寂言背黑锅。

“少主，此事一旦传出去，旁人还以为你嗜杀成性。而且江南的官员背后，或多或少都有些牵连，少主真要认下这事，他们背后的人肯定恨你入骨。”景炎不仅仅是背个黑锅，还把所有的仇恨给背了下来，这事要是不说清楚，景炎就得承受那些人家的怒火。

见颜将军仍旧气鼓鼓的，景炎摇摇头：“就算我没杀他们，他们同样会恨我入骨，因为我毁了他们的仕途。现在他们死了，他们的家人说不定还会感激我，至少我成全了他们的忠义之名。”

“难道我们就这么认了？”颜将军一听，火气倒是小了不少，但仍旧心有不甘。

“认不认都无所谓，我不认，朝廷也不会放过我；认下了，朝廷也奈何不了我。”景炎既没打算认，也没打算否认。他帮秦寂言背这次黑锅，以后定是要讨回来的。

“好吧，我们听少主的。”颜将军就是有天大的不满，也只能收回。

凤于谦和唐勇本以为，秦寂言放出景炎杀光江南官员的话后，景炎一定会跳出来否认，他们都想好了应对之策，不料等了半天也不见景炎的人跳出来，这让二人十分不安。

“景庄主莫不是有什么大阴谋？”在二人看来，景炎出来否认是必然的事，毕竟血洗江南官场这个罪名不轻，倘若就此默认，他在文武百官心中就成了嗜杀之人，这样的人可不是个明主。

“不好说。景炎阴险狡诈，我们要当心一些，别落入他的圈套。”凤于谦一脸凝重地说。杀人的是他，心中的担忧自然比别人多，他怕自己做得不干净，让人顺着他查到秦寂言。

“提醒殿下一声吧，我看殿下这段时间很忙。”唐勇面露担忧，一脸希冀地看向凤于谦。

凤于谦皱眉，没好气道：“你看我干吗？”

“当然是让你去说呀。”唐勇理所当然地说道。凤于谦不干了：“不是你提议的吗？为什么要我去说？”

“你和殿下亲近一些，这种事自然是你去说才好。”唐勇意味深长地看着凤于谦，虽然什么都没有说，那意思却十分明白。就算秦寂言没有瞒着他，他也不能掺和这件事，就是知道也要当作不知。

凤于谦明白，唐勇这么做是对的，虽然不怎么高兴，还是点头道：“我知道了，这件事我会告诉殿下。”

见唐勇这么识趣，凤于谦投桃报李，道：“这两天，我会把手上的人交给你。你放心，我把人交出去，他们就是你的人了，以后我不会插手，也不会要回来。”

唐家已经许久没有带兵，手中没有兵权，也没有心腹，如果唐勇要出来，手上必须得有一支兵，虽说凤于谦舍不得凤家军，可现在舍不得也要舍。他爷爷和小叔都无法带兵，至于他，秦寂言已经暗示了，如果没有意外的话，他会跟在秦寂言身边，短时间内也不可能带兵。

凤家军早晚要交给别人，与其交给一个不认识的人，凤于谦宁可交给唐勇，至少唐勇聪明，一来就向秦寂言投诚。而且，唐家的底细他也知道，唐勇的为人和能力摆在那里，凤家军交到他手上，总不会辱没他爷爷、父亲和小叔一手训练出来的人。

“我不会亏待他们，也不会牺牲他们，在我能力范围内，一定会照顾好他们。”唐勇近乎直白地告诉凤于谦，只要凤家军为他所用，他定不会辜负。

“奸诈。”凤于谦没好气地瞪了唐勇一眼。

唐勇笑了一声，没有反驳，拍了拍凤于谦的肩膀，调侃道：“虽说你这人很惹人厌，可我也承认，你们凤家军很强，我讨厌的只有你，不会迁怒凤家军。”

如果是以往，凤于谦肯定要顶回去，可现在他着实没这个心思，拍掉唐勇的手，情绪低落地说：“以后不要再提凤家军了，凤家军没了。”

是的，没了，大秦再无凤家军，只有朝廷的军队，只有驻守江南的军队。

没有意外的话，唐勇接手凤家军后，肯定会驻守江南，因为秦寂言绝不会让唐勇把兵马带回京城。至于老皇帝乐不乐意？秦寂言先斩后奏，老皇帝不乐意也不行。

凤于谦和唐勇简单地说了凤家军的情况后，便朝大军驻扎的方向走了。显然，凤于谦需要去和他们私下告个别，至少有些事得交代清楚，不然唐勇会不好做，而与唐勇作对的人，也讨不到好。凤家军跟随凤家数十年，凤于谦总希望他们都好好的。

凤于谦把所有千户长召集起来，一次性说清楚。唐勇是奉圣命接手凤家军，这事凤家军上下都知情，不过他们一直不肯接受，再加上唐勇来了之后并不争权，凤家军本以为这事会不了了之，此刻听到凤于谦的话，一个个傻眼了，有几个甚至当众吼了起来。

“小将军，我们是凤家军，我们只认你。”

“对对对，小将军，你去和殿下说，我们只认你，别人我们不认，我们宁可辞官。”

“小将军，你可不能丢下我们，我们跟定你了，不管你做什么，我们都跟着，你要走也带上我们呀。”

“小将军，求你了，不要舍弃我们呀。”

……

在场的每一个千户长，都是凤家一手提拔起来的，心里对凤家的感激远超朝廷。这些七尺男儿，这些在战场上杀人不眨眼的军汉，此时一个个红了眼眶，有几个甚至哭了出来。从这里也能看出来，秦寂言默许老皇帝收回凤家的兵权不是没有原因的。

凤家没有反心，但他们手中的凤家军只知凤家而不知秦家，甚至只有凤家的人才能调动他们，其他人，哪怕是皇帝也无法随心调动。

在秦寂言当政期间，他放心凤于谦领着凤家军，可是，秦寂言不敢保证，日后他的继承人会不会和他一样，一如既往地相信凤家。同样，秦寂言也不敢保证，凤于谦的继承人，是不是会和凤于谦一样，永远忠于朝廷……

其实，秦寂言也是为了凤家好。凤家已经功高震主，家族地位与声誉都达到顶峰，等到凤遥回归凤家，凤家再立大功，当皇帝的都不知道要怎么赏凤家了。凤家此时急流勇退，还能保存实力，几十年后还能再起，如果继续高调下去，很可能就会从大秦消失。

这个道理，秦寂言明白，凤于谦也明白，所以他即使再不舍，也没有犹豫，甚至不需要秦寂言开口，就主动放权。

“你们别这样……”凤于谦一开口，眼泪就止不住地往下落，“我知道你们的心意，爷爷也知道。但你们要记住，你们拿的是朝廷的军饷，现在拥有的一切，都是朝廷给的，你们的忠诚要给皇上，也只能给皇上。皇上派来的唐将军你们也见过，唐将军出自陇关唐家，祖上出了数员大将，你们以后要听从他的调遣，听到没有？”

“没有！我们没听到，也听不到。”凤家军的千户长们愤愤地抹掉脸上的泪，倔强地看着凤于谦。

凤于谦深深地吸了口气，抬头看着天，将眼中的泪眨了回去：“你们给我听着，这是命令，我命令你们——从今往后，只听唐将军的命令，听到没有！”

“我们……听到了！”众人泪流满面。

“很好，你们没有丢我凤家的脸。记住，以后你们谁要是不听令，就别说是我凤家人带出来的兵，我凤家从来不带不服从命令的兵，记住了吗？”凤于谦此刻已经冷静下来，被泪水洗涤过的双眼，眼神更加坚定，也更加凌厉，就这么一眼，便足够让在场的人明白他这句话的分量。

交，就要彻彻底底地交出去，让秦寂言和唐家都记得他凤家的好。

凤于谦召千夫长说话并没有避着谁，当然也没有四处宣扬，他只是坦坦荡荡地做自己该做的事。唐勇就站在外面，听到凤于谦的话，眼中闪过一抹赞赏：凤于谦比他想的更通透。

凤于谦此举确实让秦寂言很满意，而秦寂言满意了，他还会亏待凤于谦吗？

江南官场，文官全部被杀，武将全部参与叛乱，没有参与叛乱的武将，全被景炎杀了，对于江南新任官员，秦寂言心中早有腹稿，这几天已经将各司职的人员安排好，只差武官。得知凤于谦的举动后，秦寂言只略为犹豫，就将几个原本不考虑的名字写上了。

如果凤于谦在这里，一定会发现秦寂言后来补上的这几个，全是他们凤家的旁支或者姻亲。凤家虽然把兵权交了出去，秦寂言却没有亏待他们。

江南的武官差不多满了，剩下几个不算重要的位置，秦寂言空出来，让给了其他人。秦寂言身为上位者，不会允许一家独大。制衡才是王道，没有对手，如何互相监视、相互制约？

名单写好，秦寂言把焦向笛叫来，递给他：“以本王的名义，快马加鞭送至吏部，让吏部尽快任命下来。”

“要禀报给皇上吗？”焦向笛接过信，低声问了一句。秦寂言抬眸扫了他一眼：“吏部由谁管着？”

“我父亲。”焦向笛当然明白秦寂言的意思，只是……他不希望父亲成为第二个凤老将军。焦家到他这一代，已经在收权了，秦寂言应该明白他们焦家的立场。

“既然知道吏部尚书是你父亲而不是你，你就应该明白，这不是你该关心的问题。”秦寂言冷着脸说道，倒不是生气，只是有几分失望罢了。被凤于谦敲打过，焦向笛怎么还不开窍呢？

焦向笛脸色一白，跪下道：“臣逾越了，请殿下恕罪。”

“下去吧。”秦寂言不是不罚，而是懒得罚他，反正罚了也不长进。

焦向笛默默地抹了一把汗，头也不抬地往外走，差点撞上顾千城。

顾千城摇了摇头，端着燕窝走了进来，看到秦寂言闭着眼睛靠在椅子上休息，便放轻脚步，将燕窝轻轻地放在他面前。

“焦向笛这是怎么了？”顾千城走到秦寂言身后，自发地替他按起太阳穴。

秦寂言最近很忙！整个江南一个官员都没有，秦寂言什么事都要自己做，连着好几天只睡了不到两个时辰，人看着明显消瘦了。

“看到凤家失了兵权，觉得我太狠心，所以开始防备我了。”秦寂言说得平淡，可只有他自己才知道，心里还是很不舒服的。他是收了凤家的兵权，可他不收，凤家就能保住吗？

顾千城轻轻叹了口气，劝说道："焦向笛性子单纯，想事简单，你何必和他计较？"

秦寂言叹气："他这样，我真不知要如何对他。"太单纯，反倒让人无从下手。

"丢回京城，让焦大人好好调教一番就是。他的儿子，还要你来教不成？"顾千城见秦寂言面色稍霁，便收了手，端起燕窝递到他面前，"温热的，正好可以吃。"

"你喂我。"秦寂言不肯接。

"乖，别孩子气了。"顾千城忍不住笑了。

"心情不好，不想动。你不喂，我就不吃。"孩子气就孩子气，脸皮不厚，哪有福利？

"好吧，我喂。"顾千城哭笑不得，舀了一勺递到秦寂言嘴边，"张嘴。"

"我不是小孩子。"秦寂言满头黑线，到底张嘴了。

"很甜。"伸手搂住顾千城的腰，某殿下十分满足。

"少说甜言蜜语，知道你不爱吃甜的，我没放糖。"顾千城不客气地拆台道。

秦寂言不吭声，默默地将顾千城送到嘴边的燕窝吞下。

一碗燕窝吃完，秦寂言十分不满："太少了。"天知道，某殿下从来不吃燕窝。

"明天我让厨娘多煮点儿。"顾千城放下碗，拿出帕子替秦寂言擦拭嘴角的汤汁。可帕子还未碰到他的嘴，人就跌坐在他的腿上："不用擦了，你也尝尝，看看今天的燕窝味道好不好。"话落，双唇便与顾千城的双唇紧紧地合在一起……

含着软软甜甜的双唇，秦寂言心情大好，他想：不管世事如何变化，他和千城的感情都不会变！

顾千城发誓，她只是来送燕窝的，最多等秦寂言有空的时候提一下《夷国志》的事，可为什么最后他们两个竟然滚到了办公桌上？

顾千城白了秦寂言一眼，推开秦寂言："我来找你是有事要说。"她从桌子上跳了下来，三两下就把衣服整理好了。秦寂言没有阻止，十分有风度地后退，把空间让给顾千城。

待顾千城整理好衣服，秦寂言一点儿福利也没了，颇为遗憾地收回视线，无精打采地问了一句："你是来问漠北的事吗？"

顾千城摇摇头："不是。"有武家的人在漠北，他们能查到的东西，必然是武家人愿意给他们看的东西，与其被不真实或表面的消息影响，不如亲自去看。

"是《夷国志》的事。"顾千城从怀中取出那本假书递到秦寂言面前，"看看……"

"你还真做出来了？"秦寂言看到假的《夷国志》，半点也不意外，这事顾千城说过，不过他只当顾千城说笑。要弄出一本假《夷国志》，可不是容易的事。

顾千城道："那当然，只要我想做的事，拼了命也会做成。"

"不用太拼，还有我在。"秦寂言揉了揉顾千城的头顶，然后坐了下来，慢慢翻看手中的"《夷国志》"。

秦寂言看得很快，不到半个时辰就看完了："做得很好，景炎手中可真是什么人都有。"秦寂言并没有问书中内容的来历，有些事心里明白就好，问出来得不到自己预料的答案，反倒会伤感情。

秦寂言知晓这是一本假书，他不关心内容的真假，只问一点："《长生方》是真的吗？"老皇帝和长生门的人要的只是《长生方》，只要《长生方》是真的，这本书就是再假，也是真的。

"放心，《长生方》没有问题，和《夷国志》上的完全一样。"至于长生门能不能炼出长生丹，那不是她要考虑的事。

"既然是真的，这事也就解决了。"秦寂言将手中的《夷国志》对半翻开，然后哗啦一声将书撕成两半。顾千城吓了一跳："后面的有问题吗？"

"没问题。"秦寂言将下半部丢到桌上，扬了扬手中写了《长生方》的那一半，"记住，你手上只有半本《夷国志》，我们把这半本交给皇上就行，至于剩下的半本——"

秦寂言的视线落在那半本假书上，嘴角轻扬，笑得十分好看："就说在景炎身上，我们正好以寻书为由去漠北。"

"又让景炎背黑锅？"顾千城在心里默默地为景炎点了一排蜡烛。

秦寂言挑眉，不以为然道："背个黑锅而已，于他而言不痛不痒。"

"皇上会恨死他的。"顾千城越发同情景炎了。

"皇上从来不掩饰想杀景炎的心思。"秦寂言可不认为自己做得过分，"景炎的身份摆在那里，皇上不会因为他手上没有《夷国志》放过他，也不会因为他手上有半本《夷国志》而让他多死一次。"秦寂言振振有词，顾千城一阵无语。

顾千城幽幽地看了秦寂言一眼，没有说话，可那一眼饱含深意。某殿下不高兴了："怎么？你有意见？"

"没有……"顾千城忙摇头，就是有也不能说啊。秦寂言满意地点头："没有最好。当然，有也不要说，我能猜到你想说什么。"

"暴君！"顾千城幽怨地瞪了秦寂言一眼，没好气道，"小心众叛亲离。"

顾千城不过是开玩笑，不想这话戳中了秦寂言的心，脸上的笑容瞬间凝固，自嘲道："本王早已众叛亲离。"为了那个皇位，他身边还有亲人吗？

不仅是亲人，就连打小长大的玩伴，也与他渐行渐远。

"我已经回不了头，哪怕是众叛亲离，也要走下去。"

"殿下……"顾千城承认自己心疼，可秦寂言不需要她安慰。反手握住顾千城的手，秦寂言摇头，示意她不要说："我很清楚自己在做什么。"

他比任何人都明白自己做了什么。不管付出什么，那个位置，他一定要坐上去，不然死的不仅仅是他，还有那些忠于他、支持他的人。

景炎从来没想过现在就与秦寂言决一死战。他最初出兵的目的，是想摸清凤家军的实力，了解自己与朝廷的差距。而现在则是为了让自己的兵马得到锻炼。

与凤家军交战数十次，虽说屡战屡败，景炎却能清楚地看到江南驻军的成长，无论是整体实力还是个人的作战能力，都以肉眼可见的速度增长着。

江南驻军越战越勇，也越来越不好惹，凤家军从刚开始的轻松应战，到现在须谨慎对待。

凤家军不乏聪明的人，打探到江南驻军的动向后，一个个气得大骂："江南这群人不厚道，居然拿老子当磨刀石，给他们练兵。"

一连打了数十天，每次都打得不尽兴，再加上凤于谦交出兵权一事，凤家军个个心里憋了一股气。唐勇有心缓解军中气氛，但有些事不是他想就能做到的，面对那些直性子、暴脾气的军汉，唐勇碰了几次钉子后便默默扭头，只当没有看到。

好在这样的氛围并没有持续太久。忙于政务许久没有出现的秦寂言，终于再次出现在军中，而他一出现就丢下了一颗重磅炸弹。

"养足精神，明日大战一场！明晚设宴，本王等你们凯旋。"

话不多，内容却十分强大。凤家军愣了片刻，才反应过来："殿下的意思是，明天会有一场大战？江南那群龟孙子不会再逃了？"

可惜秦寂言说了这一句话就走了，把场面留给了唐勇。唐勇不敢和秦寂言一样玩个性，十分肯定地告诉众人，明日与江南驻军一战定胜负，明日江南叛军定没有机会退回去！

唐勇说得肯定，凤家军虽然不明白为什么，却没有人怀疑，一个个摩拳擦掌，准备大战一场。

两军相隔不远，凤家军的动向景炎第一时间就知晓了。得知秦寂言准备明天大战，景炎眉头紧皱："秦寂言凭什么认定，我明天不会让大军撤回来？秦寂言敢这么说，必有原因。可是……想让我不撤兵，除非发生什么人力不可抗拒的事。"

"人力不可抗拒？我知道了！"景炎猛地站起，大步往外走……

要让景炎无法撤兵，或者撤兵也无用，只有一个原因，那就是——明天会下雨，而且还是大雨！

"果然是老天爷厚爱的人。"景炎不禁摇头苦笑。

知晓原因后，景炎立刻召来颜将军，让他们命人把埋在地里的火药挖出来，火油也收起来。用不上也不能浪费。

"少主，把火药和火油移走，我们就没有退路了。"这几天凭借火油与火药这道屏障，他们打得很欢乐。每每把凤家军撩拨得火气上头，他们就退回大本营，让凤家军看得到，打不到，气得直跳脚。

现在听到景炎说要把保命的屏障撤除，颜将军会同意才有鬼。

"明天会下大雨。"景炎直言道。

"啊？下雨？"颜将军愣了一下，转身就跑到营帐外去看天空。

颜将军在外面看了半天，怎么看都觉得明天是个大晴天，只好万分不解地走了进来："少主，今夜月朗星疏，明天应该是个好天气。"

"是呀，少主，怎么看明天都不会下大雨，莫不是……有人故意诈我们吧？"几个副将连声附和。

"不会，明天一定会下大雨，别问那么多，你们照做便是。"景炎十分肯定地说。

秦寂言前不久才欠他一个天大的人情，景炎可以肯定，秦寂言今晚的话是说给他听的，目的就是提醒他。不然，秦寂言完全可以什么都不说，明天直接杀他一个措手不及。

颜将军等人见景炎已有决断，不敢多说。虽说心中仍不认同，还是严格执行景炎的命令，不打一丝折扣。

江南驻军的动静，自然瞒不过凤家军。唐勇收到消息，立刻禀报给秦寂言知晓："殿下英明，江南驻军果然上当了，他们已经动手将火药挖出。"唐勇和大多数副将一样，并不认为明天会下雨，只当这是秦寂言的计谋。

唐勇走后，秦寂言放下手中的书，起身走到营帐外，看着江南驻军的方向自嘲一笑："果然，最了解你的人，不是亲人就是对手。"除了景炎，恐怕没人相信他说的是真的——明天真的会下雨！

人多力量大，不到半个时辰，江南驻军就把大营外围的火药全部挖出来了。

没有火药与火油的保障，一些小兵惶惶不安："万一凤家军今晚打过来怎么办？"

"没了火药，我们就没有退路了。"

"要不，我们偷偷把火药埋回去吧？"

……

这段时间，江南驻军虽说在凤家军手上占了不少便宜，心里还是惧怕的，没有火药这道保障，他们没有安全感。听到小兵们不自信的言论，景炎一点儿也不意外，只是冷着一张脸站在那里。

副将很快发现了景炎的身影，吓了一大跳，上前高声喊道："少主！"

这一声，把聊天的小兵们吓坏了，一个个扑通跪下："少主！"声音颤抖，头埋得极低，一副认错的样子。

景炎冷眼扫视一圈，一字一顿说道："你看看你们，哪有一点当兵的样子？以前和凤家军打的勇气哪里去了？这段时间，凤家军在你们手上吃了多少亏？凤家军并非不可战胜，打了这么多场仗，你们还需要怕他们吗？"

景炎的声音好似有蛊惑人心的力量，原本惶惶不安的江南驻军顿时安静下来，当景炎再次问道："告诉我，你们怕凤家军吗？"在场的将士异口同声喊道："不怕！不怕！我们不怕！"

"不怕就对了！记住，你们不比凤家军差。"景炎很满意众将士的表现，凭现在的士气，景炎相信，明日一战，他不会输！

第二天，天方亮，凤家军便排列整齐，等待出兵的命令。

今天是个大晴天。看到太阳升起，凤家军狠狠地将江南驻军嘲讽了一番。他们昨晚就知江南驻军把炸药拆了，今天就算不下雨，他们也能打个痛快。

与之相反，江南驻军看到这天气，一个个傻眼了，颜将军藏不住事，一大早就跑去找景炎，可不等他开口，景炎就先说道："相信我！"

如果秦寂言敢坑他，他绝对会把血洗江南官场的真相暴露出来，看他那皇太孙之位坐不坐得稳！

“可是，少主……”颜将军很想相信景炎，可是事实摆在眼前，要他怎么信？

景炎目光一扫，吓得颜将军立刻不敢言语。

景炎没有说话，只是换上铠甲，大步往外走去……

现在的天气是很不错，可谁敢保证下一秒不会变天？

第三十四章
有利，遵谁的旨

明明前一秒还晴空万里，可是一眨眼的工夫，天上就阴云密布，厚重的云层压得人仿佛喘不过气来。

当第一滴雨落下时，唐勇难以置信地说："天哪，真下雨了？昨晚我还以为殿下是故意骗江南驻军呢。"凤家军众人也都是一副错愕的表情。

"咳咳……殿下，我们现在怎么办？"唐勇站得笔直，比以往任何一次都要恭敬。

"下雨就不能打仗吗？"秦寂言眼眸轻抬，眼神凌厉地扫向唐勇。

"末将明白！"唐勇条件反射地行了个军礼，然后下令出兵。

而江南叛军看到天色陡变，大雨将至，都说景炎料事如神，纷纷高呼："少主英明！"

景炎趁众将士热血沸腾之际，下令出兵！

战鼓擂动，两军打得如火如荼。就在此时，关于江南文武官员的任命也一一下达，只是这份任命并没有经过老皇帝之手。

老皇帝年纪大了，又久病缠身，毕竟精力有限。他最近忙于西北之事，便忽略了江南的事，等到他知晓此事，吏部的任命书已送至各官员手中，有些动作快的已经启程到江南赴任！

老皇帝怒极，当即宣焦大人觐见："你们眼中还有没有我这个皇帝？"

"圣上，臣惶恐！臣是遵旨办事。"焦大人跪在老皇帝面前，身子微微颤抖，咬字却十分清楚，至少撇得很干净。

"遵旨？遵谁的旨办事？朕什么时候下达了对江南官员的任命？"焦大人不说还好，越说老皇帝越生气。

焦大人匍匐在地，看上去一副吓坏了的样子，可一开口便条理分明："圣上，您下旨着皇太孙监国，朝廷事务，无论大小，皆由皇太孙定夺，不必再报于您。此次对江南官员的任命，就是皇太孙的旨意，臣只是遵旨办事。"

"你，你……"老皇帝气极，可有些事能做不能说，一旦说出来，祖孙情分就没了。

焦大人趴在地上，不等老皇帝将指责的话说出来，先一步说道："圣上，江南之事，臣事先请示过圣上，圣上说一切由皇太孙定夺，臣这才敢落印。"

"你说什么？"老皇帝的满腔怒火立刻憋了回来，"你请示过朕？什么时候的事？"他怎么没有印象？

“两天前，臣收到皇太孙的旨意，就立刻进宫请示圣上。当时赵王与萧庶人都在。”萧庶人就是赵王的母妃，被秦云楚绑了回来。看在赵王、秦云楚的面子上，老皇帝没有杀她，只将其贬为庶人。当然，赵王和秦云楚现在也是庶人，被老皇帝圈禁。

“两天前？”焦大人这么一说，老皇帝脑子里有了模糊的印象。好像两天前焦大人是来见过他，只是他当时听到赵王的哭诉与自责，心中悲愤，精神恍惚，根本没有听清焦大人说了什么，就不耐烦地将人打发了，好像还真说了一句“按皇太孙的意思办”。

难道真是他点头同意的？老皇帝一时也不敢确认。老皇帝郁闷坏了，不过，皇帝是不会犯错的，错的都是手底下的人。

老皇帝气愤地拍案道：“这么大的事，你怎么就不知道多和朕说几次？”

“圣上，臣……臣……”听到老皇帝近乎无赖地推卸责任，焦大人故作惶恐地请罪，“臣知罪，请皇上恕罪。”千错万错都是他的错，皇上是不会错的。

老皇帝虽说把责任推给了焦大人，到底没有昏庸到不辨是非，见焦大人主动请罪，便罚他在家闭门思过三个月。

“谢主隆恩。”和凤老将军一比，对于这个惩罚，焦大人还是很满意的。

老皇帝虽然处罚了焦大人，发出去的任命书却无法收回，饶是他再不满，也只能捏着鼻子认了。好在秦寂言选拔江南官员时，各方面都考虑到了，并没有一味地重用自己人、安插自己的亲信。看到江南新任官员的花名册，老皇帝还是很满意的，没有再追究秦寂言和焦大人的错，这事便这么高高举起、轻轻放下了。

封大人听到这事，只在家里和封似锦说了一句：“看到焦大人没有？看着忠厚老实，其实是个内里藏奸的，你以后当心一些。”能在这样的差事中全身而退，焦大人真的不简单。

经过战争的洗礼，封似锦少了一分矜贵，多了一分稳重，听到封大人的话，点头轻笑。

焦大人虽是次辅，不过他被罚思过一事并没有引起太大的波澜，众大臣知晓这个消息，唏嘘了一阵，又议论了一阵，该干吗还是干吗。

京城的生活一成不变，江南却翻了天！

初时，景炎以为那场雨只会下一两天，不想居然持续了半个月。景炎事先也没有准备，将士们成日风吹雨淋，就是铁打的身子也受不了，江南驻军陆续有人病倒，人数一天比一天多。

“少主，这一仗我们没法再打下去了，老天爷也在帮他们。”颜将军从初时的信心满满，到现在已是不知所措。

“是呀，就连老天爷也在帮他。”景炎从不认命，此时纵然万分不甘，却不得不下达撤退的命令，“通知下去，明日退兵。”

说罢，景炎摊开江南地图，指向目标，说道：“看到这里没有？这是江南的蓄水库，一共十八个，今晚你们要做的就是炸了这些水库，炸一个算一个。”

景炎知道，他能想到的，秦寂言也能想到。秦寂言必然会安排人守在各水库处，他们今晚的行动不会轻松。

“属下明白！”

连续下了半个月的大雨，江南好几处地方都被水淹了，水库早已超出容量，景炎此刻派人去炸，无疑打算水淹江南。景炎和其手下很清楚，此举必然会造成大量无辜百姓横死，可不这样，他们怎么逃？

没有任何迟疑，景炎的手下收到命令后，当夜就背负炸药前往水库……

秦寂言照常巡视军营，唐勇陪在身侧。秦寂言看了一圈，对唐勇的能力十分满意。

虽然连下了十几天的雨，凤家军却没有一个人穿湿衣服，营帐内火堆不灭，姜汤和药茶更是顿顿都有，到现在都没有一个生病的。

“这两天多盯着水库，他们急了，什么事都做得出来。”秦寂言从十天前就提醒唐勇注意水库的问题，唐勇也一直派人盯着。

事实证明，秦寂言半点也没说错，当天晚上，山上就传来了轰隆隆的爆炸声，紧接着就是汹涌的水流声……

秦寂言虽早有准备，可架不住景炎的人不要命！十八个水库，被景炎炸毁了八个！

水库被炸，洪水倾泻而出，不过一刻钟，离水库较近的村庄就被淹了。水流涌入江河，水位涨高，堤坝承受不住，瞬间崩塌，不过一顿饭的工夫，大水就将江南城淹了。

“景炎，你个浑蛋！”秦寂言收到消息，气得快疯了。

说他心狠手辣，一夜之间血洗江南官场，可和景炎相比，他算什么？水淹江南，可是把整个江南都毁了，这让江南的百姓怎么活？怎么迎接即将到来的冬季？

“来人！”秦寂言黑着脸，恨不得把景炎大卸八块！

“殿下！”唐勇匆匆赶来，一进来便跪在秦寂言面前，“末将无能，请殿下责罚。”唐勇此时想死的心都有了，殿下一再叮嘱他注意水库，结果还是让景炎的人得逞了。

“罚？本王现在没空罚你。立刻带人治水，抢救遇难百姓。”江南新上任的官员还没到，人手不够，秦寂言身边只有凤于谦几人可用，这个时候罚了唐勇，谁给他跑腿？

“末将遵命，请殿下放心，末将定不会让殿下失望。”唐勇知道，这是一个将功赎罪的机会。

秦寂言知晓唐勇明白他的意思，没再多说，示意他退下去。

“传焦向笛来见本王。”江南发大水，要做的事情很多，救人抗洪的事唐勇可以带人做，但清点物资、安顿百姓的事，只有焦向笛能做。

焦向笛之前栽在江南，如果他能借此次机会把江南重新建设起来，回到京城也算是一份资历。日后就算爬不上次辅的位置，凭这份业绩，也能稳稳当当地升个二三品的大官。灾难是另一种机遇，这个道理焦向笛明白，面对秦寂言压来的重担，他没有退缩，只有兴奋。

江南人手少，秦寂言全副精力都放在抗洪救灾上，根本没时间管景炎与江南驻军，只留三万人盯着江南驻军，看对方的行动。

城外，江南驻军的大营内。

洪水淹城的消息一传来，一干副将又沸腾了：“少主，这可是天大的好机会，趁凤家军忙着救人，我们一举攻过去，必胜！”

“对对对，他们大部分人马都去救灾了，我们这个时候打过去，胜算十分大。”

在场的副将，八成以上主战，只有颜将军没有吭声。景炎闻言也不生气，只在众人说完后，问沉默的颜将军：“你怎么看？”

颜将军略一思索，便道：“我们此时打过去，肯定能赢，可是赢了之后能得到什么？”

整个江南被大水淹了，到处都是汪洋，他们占来做什么？

“这，这……”颜将军这话一出，提议进攻的副将们都傻眼。

有脑子灵活的，当即问道：“那我们之前和凤家军打是为了什么？为什么不早点儿撤呢？”他们无法占领江南，为何还要如此流血牺牲？

景炎似早有预料，听到副将提问一点儿也不惊讶。他没有直接回答，而是反问了一句：“我们的兵马不在江南谋反，朝廷会调凤家军来吗？”

“不会。”他们带着兵马直接撤退，朝廷也会派兵马追捕他们，但绝不会是凤家军，因为时间上来不及。

“你们也知道不会。”景炎一脸嘲讽地看着众将士，犀利地说道，“凤家军不会来，凤家军和凤将军一直守在边城，你们觉得，凭我们这十五万人马，能穿过凤家军在边城的防守，顺利离开大秦吗？”

摸清凤家军的实力也罢，提升江南驻军的战斗经验也罢，这些都是次要的，景炎的最终目的，是调走驻守在边城的凤将军与凤家军，只有这样，他才能带着手下的人顺利穿过边境，而不用担心会被凤家军追赶。

大营内有片刻的沉默，接着众副将一个个两眼放光：“少主英明！”

景炎毫不谦虚地受了众人的赞美，轻敲桌面提醒众人：“该说的都说了，收拾东西，天一亮就撤退。”

次日天一亮，景炎就带兵撤退，走得十分匆忙。

唐勇收到消息，立刻来报，问秦寂言是否要派兵追剿。

秦寂言略作思考便道：“救灾要紧，派人通知各州府，派兵缉拿叛党。”捉拿景炎的差事，还是交给别人好了。

唐勇张嘴想劝说，可看到秦寂言冷硬的面容，又将到嘴的话咽了回去，转身就去执行秦寂言的命令。

在拯救江南与追剿景炎之间，秦寂言选择了拯救江南。不管谁说起这事，都要赞一句“皇太孙殿下爱民如子”，一时间，秦寂言在民间的声誉扶摇直上。可是老皇帝收到消息后，却怎么也高兴不起来。在他看来，区区一个江南，哪里有昭仁太子的后人重要。

没过两天，秦寂言把《夷国志》送进皇宫，虽然只有半本，可正是老皇帝想要的那半本。看到《夷国志》上的《长生方》，老皇帝双眼放光：“去问问长生门的人，龙凤双城的遗址挖出来没有？有的话就把那龙凤双果带来，没有的话也先来见朕一面。”

老皇帝怕秦寂言被顾千城骗了，所以他要让长生门的人来确认《夷国志》的真假。当然，老皇帝让人手抄了一本，只说自己得到的只有手抄的半本，特请长生门的人查验真假。

至于另外半本，老皇帝一点儿也不着急。秦寂言说了，那半本疑似在景炎手里，待到江南安定下来，他就去找景炎。

老皇帝自然不会把希望全部寄托在秦寂言身上，既然知道那半本《夷国志》在景炎手上，他派人去抢就是。

“来人——”老皇帝高喊，结果喊了数句，也没看到人出现。就在他要发火之际，突然想起，他得用的锦衣卫首领已经死了。

“唉……”老皇帝当即叹了口气，心里隐隐有些后悔。后悔自己一时起疑，白白牺牲了一名得力干将。

没了锦衣卫首领，老皇帝一时找不到合适的人补上，只得将此事交给司徒公公去办。为了让秦寂言能尽快去追景炎，老皇帝对江南救灾工作十分支持，要人给人，要钱给钱，还命在家思过的焦大人前往江南，负责灾后重建之事。

秦寂言十分爽快地将江南的事务交给焦大人，然后带着凤于谦走了。

“你是不是早就料到皇上会派焦大人来江南了？”坐在驶向漠北的马车里，顾千城问出心中的疑惑。

“没猜到是焦大人。”也就是说，他知道皇上会派人来。

顾千城趴在秦寂言的腿上，皱了皱眉：“皇上就这么心急吗？他就不怕你遇到危险？”

秦寂言道：“他不急不行，他的身体很不好。”生老病死无人能掌控，老皇帝上次病倒后，虽有长生门出手相助，可也止不住身体的衰败。

“所以，他就不顾你的安危，放任你去找景炎？”顾千城面露嘲讽，“景炎能杀死锦衣卫首领，皇上就不担心他杀了你吗？”

“不止我，皇上肯定还安排了其他人。”在老皇帝身边这么多年，秦寂言多少能猜到老皇帝的想法，“他没把希望寄托在我身上，只是不想让我这么快回京。我不在京城，他才能收编西北的军队。”

“他都这么大年纪了，怎么还放不下手中的权力？”顾千城对老皇帝无语到极点。

秦寂言道：“除了权力，他还能抓住什么？”没了权力，老皇帝便一无所有。

“你以后……可千万别这样。”顾千城莫名地不安，依在秦寂言的怀里，紧紧地抓住他的手。

“不会，只要我们的儿子一成年，我就退位，绝不跟他争。”秦寂言反握住顾千城的手，一脸轻松，没有一丝不舍。

秦寂言不知，这话很快就会兑现一半！

顾千城和秦寂言从江南离开时，正值秋末冬初，当他们离漠北越来越近时，顾千城感觉冷得难以忍受。

“怎么这么冷？”顾千城裹得像个球，只露出一双眼睛，就是这样，她还嫌不够，将厚重的毛皮大衣拉紧，又往火堆旁蹭了蹭。

风就像刀子一样，肌肤只要露在外面，就会被划出一道道血痕。她长这么大，还没有到过比这更冷的地方，就是当初在西胡的冰城，也没有这么冷。

“漠北一向如此。”武毅身上穿着皮棉衣，坐在火堆边喝着小酒。在漠北这样的地方，别说十五岁的少年，就是一两岁的孩童也会喝酒，而且喝的还是烈酒。

“你现在明白为什么祖母她们一到京城，就不肯再回来了吧？”武毅说这话时十分淡漠，就好像说的是无关紧要的人一般。

“我听说漠北只有冬夏两季，冬季这么冷，夏季是不是很热？”顾千城派人来过漠北，但没有问过漠北的天气。秦寂言的人知道一些，但还是准备少了。

武毅道：“夏季……能活活把人烤熟。”所以，这样的地方没有人来，待在漠北的全是无路可走的人，能在漠北活下来的人，本事都不小，武家在漠北根本不算什么。

“这地方……你们靠什么为生？”顾千城不知漠北这样的气候，能种植什么作物。

“抢！”武毅怕顾千城不懂，补充道，“漠北耕地少，仅有的耕地都落在几大势力手上，其他人要想活下来，就拿东西跟他们换，或者抢。在漠北，能抢到也是一种本事。”

“武家在漠北的地位如何？有耕地吗？”武家的情况，秦寂言和顾千城查到的都不多。

“要是有耕地，祖母她们就不会轻易离开了。”在漠北，有耕地就是土地主，虽说没有京城繁华，却能在漠北当土皇帝。

“武家这么多年，在漠北靠什么为生？”顾千城继续问道。

武毅看了顾千城一眼，然后低头说道：“采药，还有……卖！”

卖什么，顾千城没有问，但她从武毅的神情中，大致能猜出不是什么好事。

谈话到此戛然而止，围坐在火堆旁的几人都没有吭声。凤于谦见半天没人说话，看看这个，又看看那个，默默地将温好的酒递给秦寂言。半壶烈酒下肚，小腹处涌出一股热流，秦寂言将剩下的小半壶递给顾千城：“喝吧！”

“喝醉了怎么办？”顾千城虽然有点儿酒量，可是这么烈的酒，她喝一口就得醉。

“无妨，你醉了不闹事。”

“可我真的很讨厌醉酒的感觉，脑子一片空白，完全不知自己做了什么。”顾千城嫌弃地看着酒壶，可还是认命地接了过来，闭上眼睛，以吞毒药之姿将烈酒灌下。

“头好晕。”酒劲上头，顾千城眼睛一闭就晕了过去，脑袋往火堆里栽……

秦寂言不慌不忙地把人拉到怀里。看他的动作就知道，这绝不是第一次。

秦寂言抱起顾千城就朝马车走去。

马车里早已摆好炭盆，只是为了安全着想，秦寂言和顾千城进去后，里面的炭盆就要撤出来，以免中毒。有炭盆的余温在，再加上喝了酒，抱着顾千城，秦寂言倒是不觉得冷，只是他却没有睡意。

他的人以前也到过漠北，此地虽然贫穷，但看着还算平静，至少他的人来了几次都没有发现问题，但今晚听武毅一说，就知漠北绝不如表面那般简单，尤其是漠北那几大势力，听着好像连皇上也不放在眼里。

“漠北这块地方，还真不是一般复杂，我都不知漠北有什么地方能种药材。”秦寂言将顾千城抱紧，幽深的眸子熠熠生辉——漠北是大秦的领土，不管是什么情况，都只能由大秦掌控！

顾千城早上起来时，酒已经醒了，不过脸颊依旧红红的，不是红润，而是冻的，很丑。

“丑成这样，你会不会嫌弃我？”顾千城看了看铜镜中的自己，又看了看秦寂言，越看越郁闷，“同样是风吹雨淋，为什么你和在京城时没什么两样，我却丑成这样？”

“不丑，再丑也不嫌你。”秦寂言拍了拍顾千城的脸，安慰道。

可是顾千城一点儿也没被安慰好：“说得我好像很丑似的，我明明长得还可以。”

“很美，绝世大美人。”秦寂言绝对上道，但女人无理取闹起来，能要人命，顾千城道：“虚伪，什么绝世美人，说出去我自己都不信。你要说你是绝世美人，我反倒会信。”

秦寂言长得很好看，五官精致，气质出尘，无论身边站了多少人，他永远是最出众的那个。当然，也是暗杀者的首要目标。暗杀他的人从来不会找错人，因为目标太醒目。

“……”秦寂言已经被顾千城的无理取闹折腾得快哭了。

“殿下，用膳了。”凤于谦不愧为秦寂言的得力干将，在关键时刻解救了他。

看到仓皇而逃的秦寂言，顾千城不由得笑了：“我最近好像挺无理取闹的。”拍了拍脑袋，又往脸上抹了一层防冻的药膏，把自己裹得严严实实，顾千城这才敢下车。

一开车门，刺骨的寒风扑面而来，顾千城忍不住打了个冷战。

“进了城就好了。”武毅正好从旁边过来，看到顾千城缩成一团，不由得说了一句。

顾千城道：“城内也好不到哪里去吧？”

“有城墙，会挡风。”武毅丢下这话就不理顾千城，直接坐到火堆边吃早饭去了。

一行人吃饱后，身上暖和了一些，再上路便没有那么辛苦了。

“不用赶路，我们下午就能进城。”武毅为了给众人打气，特意说道。

“不用赶路真是太好了。”这个天气赶路，简直要人的命。

确定下午就能进城，暗卫与凤于谦多了几分干劲，三两下就把东西收拾好了，一行人再次出发。只剩下最后一天的路，众人本以为就是再难走也就这样了，不想他们出发后没多久，天空就飘起鹅毛大雪。

“这雪怎么这么大？”凤于谦看到前方的路上积了一层雪，不由得瞪大眼睛。

“漠北的雪一向如此。我们得加快速度，不然到了下午，雪就得没过膝盖，那就危险了。”武毅提醒众人，而他自己则带头加速。

一路七赶八赶，一行人中午赶到了城门口。

有不少人排队进城，看上去和普通的城镇没什么区别。可走近一看就会发现，这些排队进城的人全是年轻的男子，每个人身后都背了一个箱子。

不等他们问起，武毅就说：“这些是城中的采药人，在漠北只有活不下去的人，才会去城外采药。”

“他们身后背的是药草？漠北有什么药草？”凤于谦见武毅主动提起，立刻问道。

“漠北什么药草都有，品相十分好，很多地方的药材都是漠北供应的。不过最出名的还是红腥草，据说能提升功力，许多武林人士捧着银子来漠北买，但红腥草不好找。”武毅压低声音，说得十分含糊，见凤于谦还要问，先说道，“进去了再告诉你们。”

很快就轮到顾千城一行，临行前武毅叮嘱过顾千城，让她不要露面。联想到武毅昨日所说的“卖”，顾千城多少猜到是怎么一回事，十分配合地待在马车里。

武毅上前，按人头将铜钱交给守城的人。只是，前面的人进城都十分顺利，到了武毅这里却有些麻烦。守城的人收了银子，却没有放武毅进去，而是流里流气地说：“原来是小武公子，这么久不见，去哪儿了？我们老大可是想你想得紧。”

武毅脸一黑，憋着气道：“我要进城，你们这是要坏了规矩吗？”

漠北城的规矩就是没有规矩，给了银子，这城什么人都能进，不过进去后就得遵守规矩，城内不能私斗。

“规矩？这漠北城的规矩就是我们老大定的，你跟我们讲规矩？”守城的人一脸匪气，“老大说了，让你来了立刻去见他。”

“先让我回家，我稍后就去见莫老大。”武毅站在那里，一脸倔强。

守城的人轻蔑一笑：“你这是让我们老大等你？武小弟，你有胆呀。”他伸手在武毅胸前拍了两下，看似没有使力，武毅却被拍得后退数步，一连咳了数声。

“怎么？还要我们老大等吗？”守城的人一脸嚣张，武毅低头，阴沉地说道：“让他们进城，我去见莫老大。”

“快去！至于这些人——”守城的人扫了凤于谦等人一眼，“交了钱自然能进，我们不会坏了漠北城的规矩。”

守城的人放秦寂言一行进城，武毅则被他们强行带走了，甚至不给武毅交代一声的机会，以至于进了城的秦寂言，完全不知现在要去哪里。

武毅并不曾透露武家的住址，之前来过的暗卫倒是说了一个大致的方向，只是这漠北城十分大，要没有人领路，还真是不好找。

“公子，属下找人问问。”凤于谦没有办法，只得去寻人打听。想到守城的那几人认识武毅，凤于谦便摸了几个铜板，找上对方。

“大哥。”凤于谦一脸狗腿地唤了一声“大哥”，塞了一把铜钱到对方手里，见对方没有拒绝，这才凑近问道，“大哥，跟你打听个事，你知道武家住哪里吗？”

“武家？你们是武家的什么人？”拿了钱，对方说话还算客气，只是看凤于谦的眼神充满了防备，“不知道武家那群女人已经跑了吗？”

“什么女人？我们不认识。我们在路上碰到那个叫武毅的少年，他说这里有可以治我家公子之症的药材，所以我们跟他来了。”凤于谦说得跟真的一样，守城的人嗤笑一声：“又一个上当的傻子。”

“大哥，这是什么意思？莫不是武毅骗了我们？”凤于谦脸色一变，紧张又愤怒地看向守城的人，那人却没有回答，而是晃了晃衣袖，十几枚铜钱哐当作响，意思很明显。

凤于谦咬咬牙，一脸肉痛地又给了对方十几个铜板：“大哥，还请你把事情给我们说说。我们对漠北一点儿也不了解，这地方……冷得厉害，能有什么好药材？还有那个武毅，他不是好人吗？”

守城的人拿了铜钱便道：“漠北这地方别的没有，好药倒是不少，不过前提是你们有命采得到。当然，你们要是有银子也好办。在漠北，只要你有银子，就没有买不到的东西。”

那人说这话时，眼珠子挤成一团，一脸贪婪地看向凤于谦。

凤于谦苦笑一声，双手一摊，一副可怜相：“我们家公子从娘胎里带来的病，打小就拿药当饭吃，每年不知得花多少银子。要不是现在实在没有银子了，你说我们会来漠北吗？”

守城的人见凤于谦这么一说，不耐烦道：“没银子就自己想办法采药，漠北好药多的是，只要你们有命带回来。至于武毅，他是我们老大的小舅子，放心，不是什么坏人，就是他欠我们老大一笔债，我们正找他要呢。没别的事赶紧滚，别妨碍老子赚钱。”

拿了钱，答了该答的问题，守城的人立刻翻脸。凤于谦不敢表露出自己会武功，只得狼狈后退，假装跌倒在雪地上，可怜兮兮地喊道：“武家——你还没告诉我武家在哪儿呢。”

“往西走，一路走到底，看到那半倒的房子就是了。”守城的人头也不回地走了，完全没有给凤于谦指路的打算。

打听到武家的住处，一行人便立刻西行。

漠北城很大，却十分荒凉，秦寂言一行人在路上走了近半个时辰，只看到十来个人，而这十个人里，有三个是残废。那三个残废结伴同行，深一脚、浅一脚地踩在雪地里，有一个摔倒在地上，半天都没有爬起来，而与他同行的人只是淡漠地看了一眼，便走自己的，完全没有拉一把的意思。

死气沉沉的街道、白茫茫的大雪，处处透着压抑与沉重。凤于谦觉得浑身不自在：“这里给我的感觉真不好，比战场上还让人绝望。”处处透着一股死气，完全没有一丝生活气息。

“漠北是流放犯人的地方。”秦寂言倒不觉得有什么不对。

被流放到漠北的人，几乎没有回去的可能，子子孙孙只能生活在这里，没有未来，没有明天。像武家这样被赦免回去的，整个漠北也就这一户。

“属下明白了。”凤于谦立刻闭嘴，再不敢抱怨。

雪越下越大，马车已经走不动，为安全起见，秦寂言没有让顾千城下车，而是让暗卫在前面清路——在没有弄清漠北到底是怎么回事之前，秦寂言不敢冒险。

又走了一刻钟，秦寂言一行人终于看到守城人所说的“半倒的房子”。这房子根本没法住人，只剩下几块土砖在那里撑着。

“公子，这地方没法住。”凤于谦叹气。

“等……”秦寂言刚想说“等武毅回来”，武毅便从对面走过来了。不过他的状况很不好，一路踉踉跄跄，身后的路上留下点点血迹。

凤于谦快步上前扶住武毅：“怎么了？”

“没事，被打了一顿而已。”武毅擦掉嘴角的血，拒绝凤于谦的搀扶，强撑着往前走，每走一步，都在雪地里留下鲜红的血花。

武家的房子根本无法住人，不过武毅也没打算让他们住在这里。在漠北，一到雪季，大家都不会住在屋子里，因为——

“雪太大，会把屋梁压垮。”所以漠北的房子都很矮。

“到了雪季，我们一般住在地下。”武毅熟门熟路地把秦寂言等人带到废墟下面的“洞”里。

说“洞”太寒碜了，应该说“建在地下的房子”。一间一间的格局，看上去十分规整，通风效果也很好，不过因为武家太久没有人住，走到下面依旧是冰冷刺骨。

“在漠北，大家都住在这样的地方？”凤于谦在地下住处转了一圈，眉头紧皱。

“除了莫老大，大家都住地下，安全。”武毅拖着受伤的身体点燃柴火，先将这里烧热。

凤于谦看武毅一拐一拐的样子，着实看不过去：“你先去包扎伤口，这里我们来。”

“咳咳……”武毅咳了两声，并没有拒绝，走到角落，顺着墙角坐下，整个人蜷缩成一团，完全没有上药的意思。

顾千城在四周查看了一眼，一回头就看到他，上前道：“你的伤需要包扎，别蹲在这里。”

“不用，只是皮外伤，休息一下就好了。”武毅拒绝，不是故作冷傲，而是习惯了这样的生活。

“我们对漠北不熟，你要是病倒，谁带我去见武家人？”顾千城直接把武毅拉了起来，武毅毫无防备，被她一拽，差点儿摔倒在地。

“我真的没事，我明天就带你去找人。”武毅想推开顾千城，可凭他现在的力气根本做不到。

“别和女人似的扭扭捏捏。”顾千城一把将武毅拉到中间，让他在行李上坐下。

“脱了！”武毅的外套沾了血，但没有破损，顾千城一时间也不知他伤在哪里。

武毅没有动，暗卫看了秦寂言一眼，得到秦寂言的同意，便上前把武毅的衣服脱了：“是鞭伤，伤势很重，还在流血。”棉衣、中衣、里衣，七八件衣服全部沾了血，里衣更是被血浸透，贴在了伤口上。

“把裤子也脱了，再去拿瓶烈酒来。”顾千城查看后，抬头对暗卫道。

“没事的，血不流了就好了。”武毅看着众人忙进忙出，一副自责的样子。

“不上药，伤口的血止不住。”顾千城用手指蘸了点儿血闻了闻，“鞭子上浸了药，会让你一直流血。”她就说嘛，这么冷的天，这血怎么会一直流。

“药效只有半个时辰，到时候就不会再流血了。”武毅一点儿也不意外，熟稔的语气无声地告诉众人，他不是第一次挨打。

“流半个时辰，足够要你半条命。”顾千城闻言，就知抽打武毅的人绝对是用药的高手，半个时辰要不了武毅的命，却能让他虚弱一年半载。

“死不了就行，在漠北，能活下来就是福气。”武毅话是这么说，却没有拒绝顾千城为他上药。

漠北物资匮乏，顾千城只能用他们喝的烈酒给武毅清理伤口。烈酒碰到伤口，发出刺刺声，伤口处有白色的泡沫冒出，武毅疼得五官皱成一团，身子却一动不动。

顾千城垂眸，状似无意地问道："你说的莫老大是谁？"

"北漠的土皇帝，朝廷任命的守备。"武毅略带几分嘲讽地看着秦寂言。

秦寂言眉头微皱："你说他是朝廷任命的守备？"如果他没有记错的话，朝廷一年前换了漠北的守备，新任守备应该姓钱——一个得罪了权贵，被发配到漠北的寒门官员。

"他有朝廷的文书、官印，住在官衙，不是朝廷任命的，是谁任命的？"武毅仍旧是一脸讥讽。

别人也许不知，可武毅当然清楚，莫老大并不是朝廷任命的守备。可是，那又如何？在漠北，从上到下都听他的，要说他不是漠北的守备，衙门那些人第一个不认。

"他是什么人？"秦寂言并没有将武毅的嘲讽放在眼里。

天高皇帝远，漠北既不是军事重地，也不是粮食重地，既没有税收，也不需要户部拨银，除了流放犯人外，什么用处也没有。

第三十五章
北岭，背后人……

漠北，一块被大秦百姓遗忘的土地。要不是十六年前武家人被发配于此，今天又被赦免，京城的人怕是都要忘了，在大秦的国土上，还有这么一处鸡肋之地。

武毅虽然年幼，可打小就会看人脸色，只一眼他就明白，秦寂言压根就不知漠北到底是个什么情况。武毅很快就收起心里的不满，将武家查到的情况一一说了出来。

莫老大在漠北扎根有三十多年。武家被发配到这里来时，莫老大就已经掌控了整个漠北，相当于皇帝，他说一就是一，说二就是二，没有人敢反抗。

武家来时，莫老大的势力已十分大，他将过往处理得极干净，武家也查不到，当然更多的是不敢查，怕露出马脚，被人发现武家还留下了这么一批人。

“我们只查到莫老大背后有人，是一股极大的势力，而他留在这里的原因，应该与漠北的药材有关。”武毅说完，室内再次安静下来，只有烈酒碰到伤口发出的声音。

凤于谦进来后，发现屋内静得诡异，不明所以地问了句：“这是怎么了？”

没人回答，凤于谦傻愣愣地站在那里：“你们谁发个声，告诉我怎么了？”

暗卫面面相觑，低头当作没听到。顾千城看了凤于谦一眼，继续给武毅清理伤口。

秦寂言倒是大发慈悲地理会了凤于谦，说的却是：“于谦，你今晚立刻离开，调三万兵马过来。”

“殿，殿下……今晚？我离开漠北？”凤于谦十分艰难地重复了一遍。

“对。”秦寂言虽然知道外面的环境，可漠北完全不受朝廷掌控，没有兵马镇压不行。

这时，武毅突然说道：“有了兵马也没用，你们就是调再多的兵马来，也抓不到莫老大。”

“你还有什么没说？”秦寂言严肃地看着武毅，眼中闪过一抹冷意。

武毅来之前一直不说莫老大的存在，也不把漠北的实际情况说出来，等到他们来了才说，也不知他打的什么主意。

“我知道的都说了。我说了，莫老大身后有神秘势力，他靠的不是兵马，而是那股神秘势力的支持。你拿下莫老大也没用，过不了两年，这里又会落到另一个‘莫老大’手里。”武毅脸色惨白，说话时疼得直哆嗦，却强自硬撑着。

秦寂言反问：“你又怎知本王的人守不住一个小小的漠北？”

武毅道：“人为财死，鸟为食亡。断人财路等同于杀人父母。漠北这样的地方，殿下你能看住一年两年，可是十年八年呢？这么一个毫无用处的地方，殿下花费大量的人力物力镇守，不觉得浪费吗？”

“断人财路？说说看，那些药材到底是怎么回事？”秦寂言追问道。

武毅抿着嘴想了片刻后，最终还是说道：“城外有一处山脉，这里的人都叫它北岭。翻过北岭，就是产药材的地方。那里有许多珍贵的药材，其中又以红腥草为最。每年都有很多人冒险去采，采到药后就可以回城跟莫老大换粮食。”

“我不知道你进城时有没有看到那些缺胳膊断腿的人，那些人就是采药时受的伤。在漠北，只有活不下去的人，才会去那里采药，每次十几个人结伴而去，只有一半的人能回来。武家早年也有人去采药，九死一生地回来了，也带来了那地方的秘密。”武毅说到这里便停了下来，没有往下说的打算。

秦寂言冷哼一声：“说吧，你想要什么？”

“你们去北岭时，带上我。”面对秦寂言冰冷的目光，武毅眼中闪过一抹怯意，却没有退缩。

“生死由你自己负责。”不过是多带上一个人罢了，秦寂言并不觉得有什么不可以的，反正武毅的死活不归他管。

“我不需要你们保护。”确定了秦寂言会带上他之后，武毅便继续说道，“我听回来的人说，那里有许多巨大的人面蜘蛛，每年死在北岭的采药人，就是被那些人面蜘蛛给吃了。莫老大说是让人去采药，实则是给人面蜘蛛送食物。那些人面蜘蛛似乎在守护什么，而那样东西就是莫老大和他背后的势力想要的。如果拿到那样东西，也许就能找出莫老大背后的人。”

武毅说得很平静，可顾千城就在旁边，他身上哪怕一点细小的变化，顾千城也能看到，更不用提武毅此刻全身紧绷、肌肉战栗。

顾千城停下包扎的动作，问道：“你恨莫老大背后的人？他们做了什么？”

“他们……”武毅张嘴就要说，可刚说两个字就顿住了。

武毅这次不是装模作样，而是真的不想说，可是，他既然露了口风，秦寂言和顾千城怎么可能放过？

很快，秦寂言和顾千城就从武毅嘴里知道了事情的原委。

当年，武毅的母亲怀的是双生子。到了漠北后，一度有流产的征兆。武家老夫人为了孩子，只得上门去求莫老大。在漠北，几乎没有新生儿出现，莫老大对武家这个孕妇很感兴趣，愿意出手相救，但有一个条件，那就是孩子生下来后给他。

当时，武老夫人已知晓武毅母亲腹中是双生子，便咬牙应下，孩子平安出生后，可以送一个给莫老大。有莫老大出手，孩子保住了，武毅的母亲却一直得吃莫老大指定的药材，每天一碗，不能间断。

莫老大指定的药材，对孩子没有什么影响，甚至还能从娘胎里就开始调理孩子，武家人就是想拒绝也说不出口。之后，武毅的母亲生下一对健康的男婴，莫老大当天就抱走了小的那个，留下了武毅。

武家根本不敢宣扬家里有男嗣出生，不管是武毅的出生，还是双生子的存在，知晓的人都极少，莫老大抱走其中一个孩子的事，也只有武家那几个女人知晓。

武毅说完，顾千城也帮他包扎完了，后退一步，问道："你要找莫老大背后的人，就是为了找你弟弟？"

"是。"武毅抿唇应道，一双黑眸波澜不惊。顾千城和秦寂言对看了一眼，没有多说。他们不相信武毅的话，武毅的目的绝不如他说的那般简单。秦寂言仍旧让凤于谦当夜离开，调兵前来。不管武毅说的是不是真的，有大军在，他们便能避免一些不必要的危险与麻烦。

"大军前来，会打草惊蛇。"武毅一脸不赞同，可凭他还不够格让秦寂言打消念头。凤于谦走后，武毅比之前更加沉默。

在漠北，夜晚比白天漫长，到了晚上，除了睡觉，什么也不能做。当夜，无论是秦寂言还是暗卫，都睡了一个好觉，第二天起来时，一个个神采奕奕，一扫之前的疲惫。

漠北没有集市，自然也无法买东西，顾千城和秦寂言只能吃自己带来的干粮，武毅倒是提了，他们可以找莫老大换粮食，秦寂言拒绝了。

他要等莫老大主动出现！

没有让秦寂言等太久，当天下午，莫老大就派人来找秦寂言，说是要见他。

"我陪你一起去。"武毅站起来，脸上闪过几抹不安，一副很怕莫老大的样子。

"不必。"秦寂言仍旧拒绝，叮嘱顾千城不要乱跑，只带了一个暗卫赴约。依秦寂言的武功，根本不需要带暗卫，带上一个不过是为了撑撑场面罢了。

秦寂言走后，武毅一直坐在外面，时不时就起身走两步，一副很焦急的样子。

顾千城坐在火炉旁看书，将武毅的表现尽收眼底，却什么也没说，只有眼中那淡淡的冷讽表明了她此时的心情。

武毅一直在等，等顾千城主动开口，可是两个时辰过去了，顾千城仍旧没有开口。

武毅挣扎半晌，最终还是忍不住问道："你不担心吗？"

顾千城翻书的手一顿，抬头看了武毅一眼："担心什么？"

"莫老大不是什么善良的人。"武毅说这话时，适时地流露出一点儿忐忑。

顾千城合上书，笑道："你以为殿下是好欺负的人？"

"是我想多了。"武毅低下头，一副认错的模样。顾千城笑了一声，没有说话。武毅沉默片刻，又开口道："你想什么时候去见武家的人？"

顾千城道："你什么时候方便？我无所谓。"

"等我伤好了行不行？他们在城外。"武毅说这话时，有点儿紧张，似乎在害怕顾千城责怪他，可是顾千城只是笑了一声，点头应道："可以！"

武毅暗暗松了口气，在场的人只要有眼睛的都能看到。很明显，武毅此举是做给他们看的。

此时，莫老大简单地问过秦寂言的来历后，得知秦寂言是为家中的弟弟寻药，便热情地问秦寂言需要什么药材，他可以帮忙寻来，价钱好商量。

秦寂言表明自己没有多少钱财，想采些药换钱。莫老大当即表态，秦寂言什么时候想去北岭提前说一声，他派人带秦寂言去，保证他们可以平安地满载而归。

“在家靠父母，出门靠朋友。我与小兄弟有缘，小兄弟既然到了哥哥的地盘，哥哥定不会让你吃亏，到时候一定让你高高兴兴地离开。”莫老大年约五十，虎背熊腰，身材壮硕，一副江湖豪侠的模样，言语间对秦寂言万分热情，一再表示，秦寂言在漠北有任何困难，都可以来找他，他一定会摆平。

“多谢莫老大，我定不会客气。”秦寂言很清楚，莫老大看似热情，实则是警告他安分一些，别乱走！这漠北，还真是处处都是秘密……

漠北这个地方诡异得很，在没有摸清情况前，秦寂言不打算乱动，十分配合，连着几天都没有外出。此举不仅让武毅十分不解，就是莫老大也莫名其妙。

“那人看着就不像普通人，怎么会这么听话？”莫老大得知武毅带了一群陌生人进城后，就立刻派人盯上，可惜盯了一天一夜，除了看到他们丢了一具尸体出来，什么也没有。没错，那具“尸体”，就是可怜的凤于谦。他们一行人进城时，有不少人都看到了，不“死”的话，他们无法解释，为什么会突然少了一个人。

莫老大身后站了一个小老头。小老头身矮个小，整个人就像干瘪的茄子一样。听到莫老大的话，小老头沉吟片刻，道：“老大，你说他们这一行人，是不是从京城来的？武家能回京城，不就是得了京中的贵人相助吗？”

“什么是不是，肯定就是。要不是京城来的人，你以为我为什么对他们这么客气。”莫老大一脸肃杀，完全没有面对秦寂言时的爽朗大气。

干瘪小老头一张脸皱成一团：“如果是京城来的人，可就麻烦了，要是让他们发现北岭的秘密怎么办？”

“让人盯紧了，别让他们独自去北岭。只要他们出城，你就安排人陪着，别让他们有单独行动的机会。”莫老大沉着脸吩咐道，一双虎目闪着凶光。

“老大，我们派人……”干瘪老头做出一个杀人灭口的动作。

莫老大一顿，随即摇头：“只剩最后一年了，别惹事。如果真是京城来的人，一旦死在这里，说不定会引起京城的注意，到时候引来朝廷的大军就麻烦了。”

“老大说得是。”干瘪老头一脸谄媚地说，绿豆大的小眼中闪着幽幽的精光。莫老大背对着他，没有看到他的眼神与脸上的表情不符。

武毅的伤好得很快，止住血后，没两天就好了。顾千城十分诧异，武毅解释了一句：“我在娘胎里吃了很多稀奇的药，所以比常人恢复得更快。”

“哦……”顾千城应了一声，没有继续追问。

秦寂言和顾千城是打着采药的幌子来漠北的，现在武毅的伤好了，他们也就没有理由继续窝在屋里。秦寂言让人提前一天和莫老大说他们要去北岭采药，双方约定在城门口碰面。

秦寂言知道莫老大很防备他们，却没想到莫老大会亲自前往，着实愣了一下。

莫老大看到秦寂言一行人出来，十分热情地迎上前，拱手道：“顾老弟，你来了。”

“莫老大客气了。”秦寂言十分潇洒地还了一个江湖礼。

莫老大哈哈一笑：“不客气，不客气。顾公子是贵客，我老莫虽是粗人，可也知不能怠慢了贵客。”

莫老大眼珠子一转，眼神落在包得像个粽子的顾千城身上，试探地问道：“这位就是顾公子的弟弟？怎么生了病还要出门？”

“咳咳……咳咳……”顾千城咳了两声，虚弱地行礼道，“见过莫老大。”

“哎呀，小兄弟别客气。”莫老大抬手想拍顾千城，不过他的手刚伸到一半就被秦寂言挡住了：“莫老大，舍弟身子弱，可经不起你这一拍。”

“你看我……居然忘了。”莫老大大笑一声，毫不尴尬地收回手，“顾老弟，北岭的路很难走，顾小弟身子不好，不如留在城内？顾老弟你放心，在城里没有人敢动他。”这是想留一个人做人质，可是秦寂言又怎么可能同意？

“莫老大，所谓久病成医，有些草药只有我弟弟认识，我们必须带他去，才能知晓北岭有没有对他的病情有用的药材。”秦寂言这个理由还算合理。

可莫老大还不死心：“我们这边多的是熟练的采药人，顾小弟把药名和样子说一说，我让人照着采。”

“多谢莫老大的好意，只是我家小弟爱药成痴，见着好药材就走不动，要是不把他带去，他怕是不肯吃药。”秦寂言无论如何也不会把顾千城独自留在城内。

莫老大见他一再坚持，便没有多说，只是贴心地提醒秦寂言好好照顾顾小弟，要是不舒服就说一声。

秦寂言一行人进城时坐的是马车，此刻也是驾着马车去北岭，莫老大等人则是徒步。一路上倒是十分和谐，除了顾千城毛病多，时不时要喝热茶，每隔一个时辰还要喝一次药。

莫老大一路看秦寂言熟练地服侍顾千城，一时间也弄不明白他到底是什么身份，本想问问武毅，可惜武毅一出发就以身子弱为由钻进了马车，根本不与莫老大碰面。

莫老大无奈，只能压下心中的疑惑，边走边给秦寂言介绍北岭的情况。

北岭离城三百余里，他们今天肯定没办法走到，晚上便在莫老大挑的地方露宿。晚饭是由莫老大的人准备的。接过莫老大让人送来的饭菜，秦寂言以给顾千城送饭为名，将饭菜端进马车里，然后两人啃着硬邦邦的干粮，将莫老大准备的饭菜给倒了！

至于暗卫，他们看似将饭菜都吃了，实则一口都没碰，全部倒入衣服的暗袋里了。只是苦了他们，没办法偷偷吃干粮，得饿肚子。

是夜，莫老大提出由他们的人守夜，秦寂言没同意，最后改为秦寂言一行人守上半夜，莫老大守下半夜。

秦寂言给暗卫打手势，让暗卫趁机休息，他负责守夜，因为他们下半夜肯定是不能睡的。

子夜时分，莫老大一行人醒来，和秦寂言交班：“顾老弟，好好睡一觉，养足精神，我们明天好上北岭。”

莫老大想拍秦寂言的肩膀，却被秦寂言不着痕迹地躲开了：“多谢莫老大提醒，我们去休息了。”

秦寂言进了马车，与顾千城一起睡，暗卫则回到临时搭的帐篷里。暗卫躲在帐篷里假寐，莫老大的人则在外面巡视。刚开始一切如常，一个时辰后，就有人偷偷摸摸钻进帐篷。不过，那人只是看了一眼就马上退了出去。

“老大，都睡死了。”帐篷外，是特意压低的声音。

“盯紧一点儿，别着了人家的道。”莫老大哈欠连天，声音并没有刻意压低，像是有恃无恐。

一刻钟后，莫老大的手下又窸窸窣窣地钻了进去，不知往火堆里丢了什么，很快帐篷内就飘出一股淡淡的青草香……

“快，闭气。”武毅等莫老大的人一走，就压低声音提醒，“一炷香后就没事了。”

一炷香的时间说长不长、说短不短，就在暗卫们觉得自己快憋死时，武毅终于说道：“没事了！”

这一夜很漫长，莫老大的人再没有过来。天亮时暗卫们齐刷刷地松了口气：“总算天亮了。”

起来时，不管是秦寂言还是暗卫，一个个精神极好，完全看不出他们下半夜没有睡，莫老大则一如既往地热情。

秦寂言以莫老大昨天准备了吃食为由，先一步令暗卫准备早饭。人是铁，饭是钢，在这么冷的环境下，要是吃不饱，热量不够，真的会冻死。昨天就算了，今天说什么也不能让手下饿肚子。

莫老大自认昨天算计成功，并没有坚持：“顾老弟，你这人哪点都好，就是太斤斤计较了。人情，人情，欠点人情才有人情味。”

“欠人情可以，但不能一直占你的便宜，莫老大肯陪我们来北岭，我就已经欠你的人情了。”要不是提前知晓一些漠北的情况，秦寂言真会认为莫老大是老好人。

一行人用了早饭，再次出发，没有意外的话，他们今天就能抵达北岭。

而秦寂言不知，在他们离开漠北城的第二天，就有一队人马迎着风雪进了漠北城。他们一到漠北城，就被人带到了莫老大的住处。

干瘪老头匆匆跑来，看到这一行人刚踏进门槛就跪下：“小人不知圣女、圣使驾临，有失远迎，恳请圣女、圣使恕罪！”

没错，这一行人就是长生门的圣女倪月，还有陪伴圣女而来的圣使长东。

倪月一行人出现在漠北城，与秦寂言有莫大的关系。

长生门收到老皇帝的信后，立刻派人回京查看老皇帝手中的《夷国志》，确定无误后，便立刻追踪另外半本的下落。很快，长生门就查出《夷国志》的下半部在景炎手里，便马不停蹄地派人去追。

这一追就发现事情不对——老皇帝口中去寻《夷国志》的皇太孙，根本没去追景炎，而是跑漠北去了。

长生门的人不知秦寂言打的什么算盘，安全起见，便兵分两路，一路去荒城找景炎，另一路则去漠北找秦寂言。

漠北这块地对长生门来说十分重要，长生门担心秦寂言发现了什么，为保险起见，不仅仅是长生门的圣女，就连圣使也亲自来了。

圣使长东一见到干瘪老头，就问道："最近可有陌生人来过？"

"回圣使大人的话，五天前武家那个小子，从外面带了一行人进城，说是要去北岭采药。一共七人，当天死了一人，剩下的六人四仆二主，那两位主子是兄弟。"顾千城唯一一次露面就是在城门口，包得像个粽子，完全看不出是男是女。

"武家带来的？兄弟？同行的人中，没有女子吗？"圣使长东想起顾千城，问道。

"没……"干瘪老头刚说一个字，就立刻打住，"圣使大人，小人也不敢肯定那些人当中是否有女子。那位据说病重的弟弟，只在城门口露了一面，穿得很多，看不出性别。"

圣使长东点了点头，一直不曾开口的圣女倪月冷漠地说道："没有意外，应该就是皇太孙一行人。"

"皇，皇太孙？"干瘪老头吓傻了。

圣使长东没有理会他，只问道："他们现在在哪里？"

"出，出城了，昨天去了北岭。"干瘪老头吓得瑟瑟发抖。

圣使长东露出怒容："去了北岭？你们竟敢让一群陌生人去北岭？"

"是，是莫老大说这些人来历不凡，要快点儿打发他们。"干瘪老头毫不客气地出卖了莫老大。

"莫老大呢？"

干瘪老头实话实说："莫，莫老大担心那群人别有用心，亲自带他们去北岭了，说，说是要在北岭把四个护卫除了，逼，逼那两个人滚蛋。"

圣使长东脸色稍缓："做得不错。"

倪月却仍旧一脸凝重："皇太孙行事谨慎，小心为上。"

圣使长东一听，犹豫了片刻，道："我亲自去一趟。"

"带上四大护法。"倪月虽然没有和秦寂言交过手，在龙凤双城却吃了一个大亏。

圣使长东不敢耽搁，当即带了四大护法，顶着风雪赶往北岭。

傍晚时分，秦寂言一行人抵达北岭脚下，莫老大说山脚下没有可以落脚的地方，辛苦一点儿赶个夜路，翻过一座矮峰，可以在中间的凹处休息。

莫老大说完后，武毅也点了点头，证明莫老大此言不虚。

莫老大见秦寂言没有应下，摆着一副"我是为你好"的口气劝道："顾老弟，你就算不为自己着想，也要为你弟弟着想。你弟弟身子弱，可经不得寒风吹。"

"去吧，兵来将挡。"顾千城在身后捅了捅秦寂言的腰。他们都走到这里了，就算前面有危险，也得去看看。

要翻山越岭，马车与马自然不能带过去，为了照顾顾千城，秦寂言直接将她背在身后。

山上有积雪，即使天黑了，仍旧是白茫茫的一片，不会影响视线，秦寂言背着顾千城一点儿也不吃力。

一行人只花了一个时辰，就到了山顶。下山时，为了防止顾千城摔下去，秦寂言走得很慢，在他的示意下，暗卫越过他们走在前面，两人很快便落到队伍的末尾。

莫老大时不时回头看两眼，明面上说是担心秦寂言掉队，实则是观察。背着一个裹成熊的人，还能脸不红、气不喘地上山下山，可见其本事。

秦寂言刻意与队伍保持数十米的距离，这时顾千城也不用装病了，趴在秦寂言的肩膀上，一脸欢乐地说："我可能是历史上第一个被皇太孙背着走的女人，这种感觉真好。"

秦寂言一本正经地纠正道："不，应该是历史上第一个穿这么多，还敢让皇太孙背的女人。"

顾千城不重，但是，穿成球状真的不好背，这一路走下来，秦寂言真的累了。

"殿下，你这是嫌我重吗？"顾千城故作委屈地问。秦寂言仍旧是一本正经的样子："不，本王是嫌这座山太矮了。"

顾千城笑了一声，半是认真、半是玩笑地说："怕下山后遇到危险？"

"嗯。"秦寂言重重地应了一声。顾千城十分贴心地建议道："要是不放心，现在让暗卫动手也可以，莫老大带的人虽多，却不是我们的对手。"

顾千城不过是随意一说，不想秦寂言一听，立刻停下脚步："提议不错，那就现在动手好了！"

秦寂言一向果断，放下顾千城后立刻下令："动手！"

"是。"暗卫一路保持高度戒备，听到秦寂言的话，立刻就拔出剑，轻跃上前。

"你们要干什么？"莫老大的人没想到秦寂言的人会突然动手，赶紧手忙脚乱地应战。可是他们的实力本就不如暗卫，现在又失了先机，根本没有胜算。

秦寂言看暗卫杀得欢乐，不得不出言提醒："留一个活口。"把人全杀了，他找谁问北岭的秘密？

"是。"暗卫果然收了几分，如此一来，莫老大和仅剩的两个属下也有了喘息的机会。

莫老大一边狼狈地躲闪，一边不忿地问道："顾老弟，你这是什么意思？哥哥一片好心，你这是要恩将仇报？在漠北，你杀了我，想要活着出去可不容易。"

"好心？我不过是做了你想做的事。真要好心，昨晚就不会给我们下料。"都下手杀了人，也就不用担心撕破脸的问题。

"你，你……你们都知道？"莫老大一脸惊慌，不过很快就冷静下来，"你们既然知道，就应该明白，我没有要你们的命的打算。"他昨晚下的药，不会要人的命，却会让他们吸引一些特别的东西，到时候四个暗卫就会横死北岭。

"真的没打算要我们的命吗？"秦寂言倒是相信莫老大不会要他和顾千城的命，但是武毅和暗卫的命，莫老大却没打算放过。

“当，当然……你们一看就是非富即贵，我从来没想过得罪你们这种大人物，我只想平平安安把你们送走，然后我就可以继续在漠北称王称霸。”莫老大半真半假地说道，而他说话间，两个属下已经死了，只留下莫老大一人。

当最后一个属下倒下时，莫老大慌了，手上的动作一顿，便被暗卫一脚踢飞，摔在雪上。

莫老大趴在雪地上，啃了一嘴的雪。暗卫的剑抵住莫老大的后颈，吓得他不敢动弹。

“几位到底是什么意思？不是要来北岭采药吗？值得大打出手吗？”莫老大悔得肠子都青了，早知道这群人软硬不吃，他还服什么软，直接把人解决了就是。

“和药材相比，我更好奇你在北岭藏了什么。”秦寂言缓步上前，站在莫老大面前，居高临下地问道。

“你说什么？我不懂。”莫老大脸色发白，矢口否认。

秦寂言冷哼一声：“我说什么，你懂。”

莫老大的脸色越来越白：“你，你们是什么人？就不怕死在漠北吗？”

“这不是你该担心的问题，你现在需要担心的是你自己。”秦寂言示意暗卫把尸体处理好，他带来的人太少，暂时还不想和漠北的人对上。

没有暗卫威胁，莫老大趴在雪地里偷看了秦寂言一眼，见他没说什么，便大着胆子爬起来，坐在雪地上，一脸愤恨地说道：“落在你手上，不就是死路一条，要杀就杀，少废话！”

可惜秦寂言并不把他的装模作样当回事，继续问道：“北岭藏了什么？你是谁的人？”

“你在说什么？我不懂。”莫老大眼神闪烁，没有看秦寂言，而是狠狠地瞪向武毅：“你个死小子，到底带了什么人到漠北？你难道就不怕我杀了你弟弟吗？”

“我弟弟在哪里？”武毅抿着唇，低头掩去了眼中的阴鸷。秦寂言突然动手，完全不在他的预料中，这样一来，他怎么从莫老大嘴里套话？武毅很不高兴，可这里由不得他做主。

莫老大阴笑道：“想知道你弟弟的下落，可以，让他们把我放了。”

“我做不了主。”武毅很想答应，可是他没有那个能耐。

“那是你的事。”莫老大才不管那么多。

有了威胁武毅的筹码，莫老大也不慌了。武毅抿唇，转头看向秦寂言。他还没有开口，就见球一样的顾千城走了过来：“看样子，你是什么都不打算说了。”

这个时候，顾千城不再隐瞒自己的身份，一开口就是女子的声音。莫老大当即就怔住了：“你，你是女子？你和武家有什么关系？”

在漠北，只有武家还有女人活着，而顾千城是武毅带来的，莫老大自然就怀疑她与武家有关。

“我是武家的表小姐。说吧，我的小表弟在哪里？”顾千城蹲在莫老大面前，完全不怕莫老大会突然暴起。

“你们……是为武家那个孩子而来？”莫老大试探地问道。

顾千城既没有承认也没有否认：“抢走我武家的孩子，你总得给我一个理由吧？”

“如果是为那个孩子，何至于杀我的手下，你们直接问我就是。”莫老大面露迟疑，不知该不该相信。

“莫老大早这么说，我也就不动手了。”顾千城叹了口气，一脸后悔，“莫老大，现在说也不迟，答案让我们满意的话，定当奉上一份重礼，算是为今天的事赔罪。”

顾千城这话是暗示莫老大，只要他把武家小弟的下落说出来，他的命就能保住。

这话莫老大自然是不信的，可是，秦寂言和顾千城明显只给他两条路：要么说，要么死！

没有意外，莫老大动摇了。

顾千城见状，直接问道：“我的小表弟没有死，对不对？”

“对。”莫老大想也没有想，就回答了。

“他过得还好吗？你的人可曾虐待他？”顾千城声音轻柔，如同一汪清泉，敲击在莫老大的心房。

“他……应该还好吧，没人虐待他。”事实上，莫老大自己也不知道。

“他知道自己的身世吗？身边可有教导的人？喜文还是喜武？”顾千城的声音越发轻柔，甚至带着一丝缥缈。

莫老大显然已经被催眠了，眼神不复之前的清明：“武家那个孩子不知自己的身世，他是药人，不需要人教，只需要放血就好。”

秦寂言和武毅听到这话，吃惊地看着顾千城，见她问出下一个问题：“我的表弟被你送到哪儿去了？”

“送给了主人。”

“你们主人，为什么要我家表弟？”

“从娘胎里培养的药人都死了，只有武家那个活下来了。”

顾千城的问题一个接一个，当她问道：“你的主人是谁？”

莫老大的反应十分激烈，一脸扭曲地说道：“主人……不，不能说。”

顾千城见莫老大开始排斥催眠，立刻停下来，安抚莫老大道：“好，我们不说。你现在累了，需要好好休息，闭上眼……”

顾千城一边安抚莫老大，一边继续引导他，进行下一个层次的催眠。

“闭上眼，好好睡一觉。”随着顾千城的话，莫老大果然闭上眼，就好像睡着了一样。

武毅一脸震惊地看着顾千城，就好像在看什么怪胎。

秦寂言也挺震惊的，他知道顾千城懂一些精神暗示，却不知她这么强，明明之前在神女庙，她表现出来的能力，也只能让他暂时迷惑而已，怎么才一年多的工夫，她就能催眠一个大男人了？

顾千城的催眠并没有结束，等莫老大完全放松后，就继续引导道：“现在，你要出城一趟，去城外的北岭，取一株很重要的药材。你翻过两座山，来到北岭，然后你要怎么做？”

“我要……”莫老大的嘴巴张了张，清楚地发出声音，“我要用红腥草和七色堇熬成药抹在身上，好避开人面蜘蛛。然后走到老槐树下，爬上树，打开机关，走进去……”

莫老大一直很配合，说到这里却突然顿住。顾千城眉头轻蹙，轻声追问道：“走进去呢？”

“走进去？不！不能进去，不能单独进去，会死的，主子会杀了我，杀了我！”莫老大全身都颤抖起来，一提起“主子”，就有一种发自灵魂深处的恐惧。

莫老大十分抗拒，顾千城见状忙停下来，想安抚好莫老大再询问，可是莫老大却惊恐地大叫一声，然后就晕了过去。

顾千城也疲惫地跌坐在雪地上。

“千城！”秦寂言连忙一把扶住顾千城，担忧地问，“你没事吧？”

“没事，只是有点脱力罢了。”顾千城虚弱地一笑，以眼神示意秦寂言安心。

“先休息一下。”秦寂言将人揽到怀里。

有了这些消息，秦寂言和暗卫就知道接下来该怎么办了。

把莫老大绑了，又把他的属下掩埋后，秦寂言和顾千城带着暗卫朝山下走去。他们今晚在山凹处休息，明天就去采红腥草和七色堇，然后就可以深入北岭，探查里面的秘密了。

秦寂言绝不允许有人在大秦的国土上作乱！

平西郡王带着大军从西北撤退后，封似锦紧跟着回京，唐万斤十分想念顾千城，死活不肯留在西北，闹着要跟封似锦回去。

言倾也觉得唐万斤应该回京保护顾千城，二话不说就同意了。

能回京见到顾千城，唐万斤本来很欢喜，可他回到京城后，发现顾千城不在！

顾千城不在京城事小，麻烦的是君亦安还在京城，而唐万斤回来的消息瞒不了她。

唐万斤是朝廷新封的三品将军，再加上封似锦在京城也不是一个低调的人物，二人回京那一日虽无百官迎接，却有京中的百姓十里相迎。当然，这些人几乎全是冲着封似锦而来。

“封公子，是封公子……”封似锦和唐万斤一进城，就迎来热烈欢迎。

“封公子，看这里！”大胆的姑娘们虽不敢当街示爱，却将随身携带的手帕、香包丢下。

千金小姐们只敢隔窗放话、丢香包，学子们却没有这么多忌讳，他们站成一排，在封似锦的必经之路等候。

“封公子，我们有一事相求，还请下马一叙。”一白面书生深施一礼，然后指指身后由数十人捧着的一卷超大的卷轴。

“这是？”封似锦不得不停下，翻身下马。

白面书生并没有直说，而是卖了个关子：“封公子请看——”

随着他的话音落下，数十米宽的大卷轴缓缓展开，上面是密密麻麻的字，长达百米。

“哇！”小姐们看到这一幕，一个个顿时张大嘴巴。

“好长的卷轴呀。”

“上面密密麻麻全是字，这得写多久？”

“这是我们几位学子，为战死沙场的将士们抄写的经书。”卷轴一出，立刻吸引了众人的视线，封似锦顺着卷轴看去，待看清上面所写，平静的面容出现一丝动容，双手作揖，郑重地道谢："诸位辛苦了，我代战死西北的将士们，感谢诸位。"

"封公子客气了，我们只是做了一些力所能及的事，不比封公子，以文人之身上战场。这是我们京中千余学子，为西北战死的士兵抄的《金刚经》，每人抄一遍，一共九百九十八遍，第九百九十九遍，我们留了一个位置，还请封公子能亲自写上。"领头的学子上前，将卷轴卷起，交给封似锦身后的属下。

"一事不烦二主，这卷经书我们已请云海方丈念了九九八十一天的经。最后一遍抄写好，还请封公子代我们送到西北，将经书烧给死去的将士们，以慰他们的英魂。"

这种事，虽有沽名钓誉之嫌，却不能拒绝，封似锦十分爽快地应下了。

本来没有唐万斤什么事，可是当时唐万斤多嘴说了一句："我能抄一遍吗？"

于是，封似锦身边的小唐将军也跟着火了，然后唐万斤的官职还没有授下来，就被老皇帝特别召见了。好死不死，唐万斤见老皇帝时，碰到了君亦安。

唐万斤对君亦安有过朦胧的好感，不过那份好感已在西北消磨殆尽，此时看到君亦安他只有一个反应——完了！

他忘了借兵去灭药王谷了，现在问老皇帝要兵马还成吗？唐万斤悔得肠子都青了，后来老皇帝说了什么、给他加封了什么官职全部不记得了，心里只有一个念头——赶紧去找千城！

唐万斤甚至没去吏部领官服，从皇宫一出来就跑了。

"唐万斤，你给我站住！"君亦安只比唐万斤晚一步出来，一路小跑，刚看到唐万斤的身影，就被唐万斤发现了。

"惨了，要是被小媳妇带回药王谷，我就死定了。"唐万斤逃得更快了。

"唐万斤，你给我站住！"君亦安从来没有想过，有朝一日唐万斤看到她竟然会逃跑，"唐万斤，你有本事别被我抓住！"

君亦安一路追着唐万斤出了宫门，看到唐万斤骑马跑了，君亦安当即跳上马背，两人不顾京城的规矩，直接在大街上纵马。

等巡城的士兵接到消息赶过来时，两人已经一前一后纵马出城了。

消息传回京城，众人傻眼了。

"唐万斤疯了？居然一个人逃了，他就不怕出事吗？"平西郡王看似不知唐万斤的秘密，事实上他知道得比谁都多。

封似锦刚回京，忙得不可开交，等到唐万斤出了城才收到消息。封似锦摇摇头，无奈又羡慕地说："还是你好。"

想去哪儿就去哪儿，无拘无束，不受任何人掌控……

第三十六章

灭口，这是我长生门的地盘

长生门从季诺那里得知药王谷有个不死之人，在季诺的误导下，一直认为是顾千城，结果发现不是。现在看到君亦安紧追着唐万斤而去，长生门的人心生怀疑，立刻派人盯上君亦安与唐万斤。

唐万斤事先从封似锦那里得到消息，以为顾千城在江南，当下不顾君亦安的穷追不舍，日夜赶路，赶往江南。

就在唐万斤马不停蹄地赶往江南时，诈死的凤于谦也从漠北赶回江南，准备从江南调三万人马过去。

如果没有太大的意外，两人十有八九会遇上……

在凤于谦与唐万斤拼尽全力赶路时，秦寂言和顾千城来到了莫老大所说的老槐树下。

“莫老大，是你主动说，还是我问你？”顾千城挑眉，看向被暗卫制住的莫老大。

“你们到底是什么人？”被暗卫废了武功的莫老大，一脸颓废地看着秦寂言和顾千城，眼中满是懊悔。

顾千城走到莫老大面前：“你知道我们是谁又能如何？你以为你能把消息传出去？”

“至少让我做个明白鬼。”莫老大忙别开脸，不敢看顾千城的眼睛，引得顾千城失笑：“不需要看着我的眼睛，我要你说你也得说。”

顾千城上次给莫老大催眠时已经将暗示埋下，顾千城现在只需要激发暗示，就能催眠莫老大。

“我不会说的，你们杀了我吧。”莫老大愤愤地别过脸，不相信顾千城的话。

“何必和我作对呢，最后吃苦的人只会是你。”顾千城摇了摇头，眼神落在莫老大的左胳膊上。

遇到人面蜘蛛时，莫老大想借人面蜘蛛害顾千城，结果关键时刻顾千城催眠了他，他傻傻地帮顾千城挡了一记，虽不致命，左胳膊却被人面蜘蛛划出一道很深的口子。

在没有任何麻醉的情况下，顾千城把莫老大的伤口缝了起来，莫老大痛得晕了过去，却被暗卫弄醒，如此反复，简直比死还可怕。

莫老大一看到顾千城瞄上他的胳膊，不禁头皮发麻，说话的时候直哆嗦：“你，你，你想干什么？”

“提醒你该说了。”顾千城声音轻柔，有蛊惑人心之意，显然正在催眠莫老大。

“我，我……”莫老大一脸的挣扎，他不想说，更不想看自己受伤的胳膊，眼睛却不受控制，脑子也比平时迟钝。

“我数三声，你要不说，就别怪我不客气了。”顾千城不给莫老大缓冲的时间，话刚落下，就开始数起来，“三、二——”

“别，别数，我……”莫老大真的怕了被顾千城催眠，那种意识不受控制的感觉，简直比死还可怕。可就在他妥协时，顾千城突然打了一个响指，啪的一声，莫老大又一次被催眠。

“真抱歉，你配合我也不敢相信。”顾千城毫无歉意地说，那副理所当然的模样惹得秦寂言失笑。

顾千城斜了秦寂言一眼，就命令莫老大去开启老槐树上的机关。莫老大虽然意识不清，手脚却很灵活，三两下就爬到了树上。

就在此时，忽然响起嗖嗖嗖的破空之声，数道银光直朝秦寂言、顾千城射来。

“小心！”秦寂言抱着顾千城堪堪避开，暗器打空，落在地上，众人这才看清，是三把银质的飞燕镖。

秦寂言和顾千城站稳，正欲寻找发射暗器之人，就听到一声惨叫，紧接着就见莫老大从树上摔了下来。

老槐树有数十米高，莫老大已经快爬到顶了，从上面笔直地摔落，虽不至于摔成烂泥，却也血流一地、脑浆四溅。

暗卫和武毅纷纷别开脸，顾千城却不在意，仔细看了一遍，说道：“不是暗器，是脑子炸开而亡。”

“什么？”这话引起了武毅的注意，武毅不顾恶心，上前盯着脑浆查看，眼睛睁得直直的，一脸吃惊的表情。

秦寂言和顾千城察觉了武毅的异常，只是他们此时没空追问，秦寂言将顾千城挡在身后，看向暗器射来的方向：“什么人？出来！”

没让秦寂言等太久，一道白色的身影唰的一下出现在他眼前。来人全身都被白色包裹，与雪地融为一体，只露出一双眼睛。

“皇太孙殿下。”来人一步步走近，白色的唇微动，扯出一抹僵硬的笑容，这笑容让秦寂言和顾千城感到莫名的熟悉。

“你是……长生门的人？”顾千城猜测道。

白色身影略微转头，视线落在顾千城身上，冷冷地说道：“顾姑娘的眼神真好，在下乃是长生门的圣使长东。”

没错，这白色身影就是长生门的圣使长东，他一路追过来，直到今天才找到秦寂言和顾千城。

“这是我长生门的地方，还请皇太孙殿下与顾姑娘移驾！”眼中闪过一抹杀意，长东摆出一个杀人灭口的手势。

秦寂言冷冷地看向长东："在本王的地盘上叫本王走，长生门好大的口气。"

长东打小长在长生门，虽知帝王权势，但对帝王和皇室中人，却不像普通人那么恐慌，闻言高傲地一笑："大秦建国不过一百多年，有什么资格在这里说这是你的地盘？"

"哦？这里已经存在不止一百年了？"秦寂言立刻就明白了对方的意思。

长东傲慢地说："北岭的存在，远比你大秦皇室久远；我长生门的历史，也不是你大秦皇室可比的。皇太孙殿下，我奉劝你一句，还是快些离开好，不然枉死于此地，可就白瞎了你投的好胎。"

听到长东意图激怒他的话，秦寂言只是淡淡地哼了一声："长生门，果然好大的口气。"

"我们有实力说这话，皇太孙殿下在龙凤遗址，不是见识过我长生门的手段吗？"长东淡色的眸子闪着诡异的光芒。

长生门一直怀疑龙凤果落到了他二人手里，可惜长东想要诈秦寂言的话，还得等下辈子。

"龙凤双城？你们长生门发现的废墟？借我大秦的五千人什么时候还？"秦寂言压根不提遗址的事，直接提出另一个长生门不会在意的重点，"本王一向小气，借了我大秦五千人，如果不能及时如数还上，本王会连本带利亲自去讨！"

"你们皇帝都没有说什么，你一个皇太孙有什么资格说这话？真以为你是皇太孙，就一定会成为未来的皇帝吗？只要我长生门愿意，可以让你们大秦皇帝长生不死，到时候任你本事再大，也熬不到做皇帝的那天。"如秦寂言所愿，话题被他带到沟里去了，长东还没有发现他此时问的全然不是重点。

"本王很期待你们长生门的手段。"秦寂言完全不受长东威胁，顾千城甚至笑了出来。

长东恼羞成怒，冷眼瞥向顾千城："你笑什么？"

"笑你们想太多。长生不死，简直是笑话！"顾千城不客气地冷哼，"你们要真有本事让皇上不死，还会费尽心机寻找《长生方》吗？"

"你知道得很多！"长东眼睛半眯，一副要杀人灭口的架势。

顾千城又笑："你不知道《夷国志》在我手中吗？你不知道皇上手中的半本《夷国志》是我给他的吗？"

这事长东还真不知，闻言想起季诺的话，不由得问道："黄金圣果是不是在你手上？"

"什么黄金圣果？我不认识，就算认识也没用，我这人贪嘴，看到好吃的都会直接吃了。"顾千城一脸无所谓地说道。

这理所当然的态度，可把长东气狠了："你……你们很好！天堂有路你不走，地狱无门你偏要闯，我便成全你们！"

长东话落，便直接朝顾千城出手！

顾千城侧身一闪，不仅灵巧地避开了长东的攻击，还朝他撒了一把白色粉末。

顾千城不屑道："你们长生门果然欺善怕恶。"

"你……"长东没想到顾千城不仅能躲开他的攻击，还能反击，虽不知顾千城撒的是什么，却本能地闪身躲开了。

就在这么一刹那的工夫，秦寂言寻到了机会，身形如同闪电一般掠过，下一秒，就看到落在地上的飞燕镖突然飞了起来，齐刷刷地朝长东背后射去。

扑哧一声，飞燕镖刺入长东的背部。

“卑鄙无耻。”被自己的暗器所伤，长东凶狠地瞪向秦寂言，使得他原本有些寡淡的五官扭曲起来。

这样的威胁对秦寂言来说不痛不痒：“你们长生门的人这么笨，是怎么从海上过来的？”

“想探听长生门的秘密？你们太天真了，我是不会说的。”长东不蠢，自然明白秦寂言的意思。

“不说，本王就打到你说为止。”秦寂言的话刚落下，暗卫便齐刷刷地抽剑扑向长东。

长东的实力虽然在秦寂言之上，可他现在受伤了，身手远不如之前灵活，四个暗卫对付他绰绰有余。

长东见自己不是暗卫的对手，便想冒死闯出重围，秦寂言见状，毫不客气地将手中的剑掷出，正中长东的要害。

“你们……”长东捂着受伤的心口，眼睛瞪得滚圆，“暗箭伤人，太卑鄙了！”

“长生门的人竟然这么天真？”秦寂言轻蔑地扫了长东一眼，上前将剑抽出，顿时血流如注。

长东本以为秦寂言要取他的性命，他也做好了死的准备，不料秦寂言唰唰四剑斩断了他的四肢，让他如同烂泥一样无法动弹，紧接着顾千城替他止住血：“半个时辰，足够问话。”

“你们这群恶魔，有本事就杀了我。”长东喘息不止，雪白的衣袍与银发沾满污秽。

“比不上你们长生门杀人如麻。”顾千城说罢，转身就走，暗卫开始逼供。

暗卫拿着小刀卡在长东的嘴巴里：“别乱动，也别想咬舌，你看到他了没有？”暗卫指了指莫老大，“他就想咬舌自尽，最后却只是白白受苦。”

咔嚓一声，暗卫敲掉长东的牙齿，抽出小刀，在抽出时“不慎”将他的嘴角划破了。

“啊——”长东惨叫一声，表情扭曲地说，“你们别白费心机了，我什么都不会说。”

“你还不知我们想知道什么，就确定自己不会说吗？”暗卫聊天似的说道，然后指向武毅，“看到他没有，武家的小子。十五年前，长生门从漠北带走了一个药人，那人在哪里？”

“你们……是为了寻找药人？”听到这话，长东眼睛睁得大大的，忍不住在心里骂莫老大愚蠢。和这里的秘密相比，一个药人算什么？不过是一个药人，皇太孙想要，给他就是，长生门最不缺的就是药人。

“不然我们千里迢迢来漠北做什么？为了找你们长生门吗？你们太看得起自己了。”暗卫一板一眼地忽悠他。

“放了我，我会把人送过来。”有活命的机会，长东当然不想放过。

暗卫摇头：“我们不信你。人在哪里？我们自会去找。”

“不能说。”在这一点上，长东十分坚持。

暗卫指着后面的山壁问道：“是不是在后面？”

“不是。”长东回答得很爽快，“后面是药田，不能见光，别打开。”这话看似在哀求，但在场的都是聪明人，知道长东是在激他们去打开山壁上的门。

“雕虫小技。”秦寂言不屑地冷哼。

心思被人拆穿，长东狼狈地移开视线：“你们别想从我嘴里问出什么，我是不会说的。”

暗卫根本不将长东的反抗放在眼里，他们要做的就是摧毁长东的心理防线，之后的事顾千城自有办法。

在顾千城的指点下，暗卫将刀子扎在人体最痛却又不会致命的部位：“据说这个穴位，能让人的痛感增强百倍，不如你来试试？”暗卫一脸平静地说着残忍的话。

“啊——”长东痛得在地上打滚，惨烈的叫声响彻北岭，如同魔音穿脑。

武毅不自在地别过脸，看到顾千城平静的面容，心里不禁有些发毛：顾千城似乎比他想的残忍，这样的人，他真的能控制住吗？可是，他还有退路吗？武毅咬着唇，心里闪过一抹不安，面上却不敢露出半分。

约莫一炷香后，长东终于受不了剧痛的折磨，声嘶力竭地大喊：“我说，我说，你们要找的人——”

嘭的一声，长东的脑袋突然炸开，鲜血和脑浆喷了一地。

“死了？”顾千城脸色有些白。倒不是她胆子小，而是脑袋突然炸开的画面着实让人无法接受。

“站着别动，我去看看。”秦寂言拍了拍顾千城的肩膀说道。秦寂言没发现四周有人，可是长东突然死去，让他不得不再查看一遍。

起落间，秦寂言的身影消失在视线中。顾千城等了片刻，没有等到人来，便在暗卫的陪同下查看长东的尸体。

长东的身上没有任何伤痕，只有脑袋被炸碎了，死状和莫老大一样。顾千城戴上手套和口罩，拿出一根小铁丝，蹲在地上仔细地翻看那摊脑浆……

“呕……”暗卫忽然觉得胃里很不舒服，可看到顾千城认真的样子，没有人敢躲开。

顾千城一点一点地查看着，终于在一团脑浆中发现了一只小虫子的尸体。这只虫子只有小拇指的指甲盖那么大，和脑浆一个颜色。

“这只小虫子，就是致命的关键。”顾千城将小虫子挑出来，仔细研究起来。

“虫子？”好奇心压下了恶心感，暗卫齐刷刷地扭头看向顾千城手中的死虫子。秦寂言回来正好看到这一幕，有几分不喜地说：“你怎么又碰这些东西？”

顾千城心无旁骛，没有注意到秦寂言的不满，见他回来，忙招招手：“你快过来，我知道他们的死因了。”

“哦？怎么死的？”秦寂言蹲在顾千城身旁问道。

“这只虫子，你看，就在他的脑子里。虫子爆炸的瞬间产生的力量极大，足以将脑袋炸碎。”顾千城用匕首从虫尸上划过，只留下一道极浅的痕迹。而这把匕首本是削铁如泥的利器，可想而知这只虫子的身体有多么坚硬。

顾千城道："这只虫子是自爆而亡的，那股力量能将这么坚硬的虫子炸穿，要炸开大脑又算什么？"

"有道理。"秦寂言抬头扫了一眼，见四个暗卫齐齐盯着他们看，武毅则一个人站在后方，便起身问道，"那是什么虫子？"

"我……"武毅刚一开口，就被秦寂言打断："想好了再回答，你应该清楚本王的手段。"

武毅低头道："我知道，有一种蛊虫叫忠心蛊，母蛊由主人养着，子蛊种于属下脑中，只要手下的人有了背叛的念头，子蛊就会自爆，和他们的死状一样。"

"你是说，他们是因为有了背叛的念头，所以自爆而亡？"秦寂言确认道。

"是的。"武毅老老实实地说。

秦寂言继续问道："你是怎么知道的？"

"我……"武毅犹豫一下，说道，"我之前不是和顾姐姐说，有办法让她掌控武家暗部吗？其实用的就是忠心蛊。武家有一只一直传下来的忠心蛊，只要顾姐姐拿到母蛊，就能控制手下所有的人，要他们生就生、要他们死就死，这样他们才不敢生出背叛的念头。"

所以，武家人才能将暗部一直留到今天，哪怕武家败落了，暗部也不会解散，因为他们不敢背叛。

"忠心蛊？"秦寂言咀嚼着这三个字，眼中闪过一抹嘲讽，看向顾千城，"你怎么看？"

"不怎么看，回去再说。"顾千城摘掉手套，就着雪擦了擦手，便将口罩取下。

"擦擦。"秦寂言将一块干净的帕子递到顾千城面前，见她有些心不在焉，出言安慰道，"忠心蛊的事回头查查，别轻易下决定。"

顾千城点了点头，将脏帕子与手套、口罩丢掉，暗卫立刻将其焚烧。

顾千城看了一眼粗壮高大的老槐树，说道："我们先看看这山壁里有什么。"

机关就在老槐树上，莫老大临死前应该就是要去开机关，才会引得子蛊自爆。

"属下前去查看。"暗卫不需要秦寂言吩咐，轻轻一跃，就跳到老槐树上。

老槐树十分粗壮，连最小的树枝也有手臂般粗细，承受一个人的重量完全不成问题。暗卫眨眼的工夫就爬到了莫老大死前到达的位置，只是一时寻不到机关在哪里。

顾千城站在树下往上看，想着自己要是设计机关，为了不让人发现，会如何做？

"你仔细检查一下那些树杈，看看有没有不一样的地方。"顾千城建议道。

"属下明白了。"暗卫点头，一根根树杈摸过去，几乎把老槐树的枝节都敲打了一遍，可是一无所获。

"再看看主干。"秦寂言道。暗卫又去查主干，可是仍旧没有变化。

"奇怪，怎么会没有呢？"顾千城皱眉思索片刻，突然眼前一亮，"我知道了！"

"你知道什么了？"秦寂言赶紧问道。

"我们的方向错了。"顾千城指着老槐树，有点小兴奋地说，"莫老大虽然一直在说老槐树，但没有说机关就在树上。他虽然爬上了老槐树，可并不表示他是去开机关。”

顾千城双眼亮晶晶的，秦寂言十分配合，装作好奇的样子追问：“所以呢？”

“所以，机关并不在老槐树上，你们看这棵树……”顾千城指着老槐树延伸到山壁上的树枝，“这棵树不知活了几百年了，枝枝叶叶十分茂盛，可是伸向山壁的侧枝只有这么孤零零的一段。”

秦寂言顺着顾千城所指看去，发现情况果然和顾千城说的一样，便示意暗卫过去看看。

暗卫爬过去，试着去摸山壁，把能够着的地方都摸了个遍，却什么都没有发现。

“我去看看。”说话间，秦寂言已跃上树枝，顾千城提醒道：“你晃晃那截树枝，那截树枝抵在山壁上，肯定是有原因的。”

“好。”秦寂言站在树枝上，跺了跺脚，轰隆一声巨响，离地数十米高的山壁上突然多了一道门。

“进去看看。”秦寂言让暗卫在前、武毅居中，他带着顾千城断后。

暗卫和武毅都有功夫在身，爬树不过是小儿科，就连顾千城也是爬树的好手，只不过秦寂言嫌顾千城穿得太多，爬树不好看，所以一把将人拎起，然后跃上树梢。

“你就不能让我自己爬吗？”顾千城的脖子都被勒疼了，十分委屈。

“爬到哪一年？”秦寂言毫不客气地说，“等天暖了，少穿点儿。”

“知道了，知道了。”一提穿得多，顾千城就想哭。

秦寂言摇头轻笑，没有多说，等到暗卫与武毅进去后，便拉着顾千城走到入口，就在这时，里面传来了暗卫惊恐的叫声……

“我们快去看看。”秦寂言拉着顾千城，快步走过通道，一眼就看到了被困在中间的暗卫与武毅，而困住他们的，是一群全身长着绿毛、行动僵硬、没有生气的怪人，或者说绿毛僵尸更恰当。

“长生门的人居然研制出了僵尸！”秦寂言和顾千城的猜测一样，看到这群绿毛人，第一反应就是僵尸。

僵尸又称活死人，是另一种长生不老。不过，几乎没有人尝试，因为成为活死人后，除了活着，和死人没什么区别，只是一具行尸走肉罢了。

“先解决了这群怪物再说。”顾千城看暗卫与武毅似有不支，催促道。

绿毛怪物行动呆滞，双腿无法弯曲，双手也只能做简单的动作，杀伤力最大的武器就是手上的指甲和嘴里的獠牙。

这些绿毛怪物的速度并不快，杀伤力也不强，本不是暗卫的对手，偏偏暗卫被它们困得动弹不得。

暗卫看到秦寂言和顾千城出现，眼前一亮：“殿下，小心有毒。”

暗卫和武毅一时大意，被绿毛怪物嘴里的尸气喷中，失了先机，这才被绿毛怪物压制。

“戴口罩。”顾千城看到绿毛怪物嘴里吐着尸气，立刻拿出口罩递给秦寂言，同时也给自己戴上。

绿毛怪物吐的尸气只有小小一团，要正对着口鼻才有效果。秦寂言护住口鼻，绿毛怪物的尸气根本奈何不了他。秦寂言很快就把这群绿毛怪物杀得一干二净，然后扫了暗卫一眼："出息！"

"这只是一个意外，我们后面小心一些就好。"顾千城帮暗卫说了句好话，同时将苏合香丸递给秦寂言，"含一粒，我们去里面看看。"

略作收拾，由暗卫打头，秦寂言和顾千城一行人继续往前走。四周全是山壁，黑漆漆的不透光，转了几个弯后，突然眼前一亮，一座美轮美奂的宫殿矗立在眼前，宫殿外镶嵌着大小不一的夜明珠。

"长生门居然在山里面建了一座宫殿，还有这么多夜明珠？"顾千城震惊了。

把一座山掏空，还不让山体倒塌，可不是一件简单的事，更不用提建了一座宫殿。最主要的是，这外面镶嵌的夜明珠极多，没有一万也有八千。

山里只有这一条路，秦寂言和顾千城要想弄清楚长生门到底在做什么，只能走进宫殿，不然就得放弃。

"要不要进去？"顾千城问秦寂言。这座宫殿处处透着诡异，也不知里面有什么危险。

秦寂言道："都走到这里了，怎么可以退缩？"就算有危险又如何？长生门想要他的命，还没那么容易。

暗卫一听，立刻上前道："属下先去查看。

"把这个带上。"顾千城给了每人一颗苏合香丸和一颗辟秽丹，"需要就点燃。"

"多谢顾姑娘。"全副武装后，暗卫举着两支火把往里走。

朱红的大门有些暗沉，暗卫将火把举近，发现大门上有暗纹。仔细看才发现，这些暗纹是一些祥云图案，就像浮雕一样，看上去十分逼真。

"你们站到这里来看。"站在最后的暗卫似乎发现了什么，兴奋地喊其他几个人过来。

"你看到什么了？"三个暗卫一同凑过来，"什么也没有呀。"

"咦，我刚刚还看到了呢。"站得稍远的暗卫一脸不解，"难道是光线的缘故吗？你们站在这里，我举着火把过去看看。"抢过同伴的火把，暗卫跑到门前，人站在一旁，只将火把伸到门前。

"看到了，看到了，是三清道尊。"另外三个暗卫眼睛一亮，一脸震惊。

四人活宝似的，引来秦寂言和顾千城的好奇，两人上前，正好看到门上的元始天尊、道德天尊和灵宝天尊三人的宝相。

"道家的人？"秦寂言眉头微皱，脑子里想着大秦比较有名的道家门派都有哪些。

"好精美的雕工。"顾千城关注的重点完全偏了，秦寂言听到这话，不由得错愕，愣了片刻才笑道："你要是喜欢，我回头征集能工巧匠，让他们按你的要求做，肯定比这个更好。"

"咳咳……"顾千城有些不好意思道，"我就是看看，咱们先说正事。"

"有什么正事，一幅画罢了，能说明什么？"秦寂言示意暗卫将门推开，先进去再说。

这两扇门有城门那么高，看上去极其笨重，四个暗卫用上吃奶的力气，门却纹丝不动！

秦寂言实在看不下去了，叹了口气，道："好了，停下吧。"

暗卫立刻松手，熟练地上前请罪："属下无能，请殿下责罚。"

"不，你们不是无能。"秦寂言说得十分诚恳，暗卫一听，眼睛一亮，可是秦寂言话锋一转，说道，"你们是蠢！"

"啊？"暗卫一愣，不解地看向秦寂言。

"门推不开，你们不会翻墙进去，从里面打开吗？"秦寂言说道。

"这，这，这也行？"暗卫齐齐扭头看向身后的大门。有了秦寂言的提醒，暗卫翻墙而入。行动前，顾千城不放心，便提醒了一句："你们当心一些，有危险立刻下来。"

"顾姑娘放心，我们不会有事。"暗卫自信满满地说道。

轻功最好的暗卫轻松跃上墙头，可他还没有站稳，就大叫了一声："啊——怪物！"然后，身子往后一倒，砰的一声落下。

"怪物，有怪物，好可怕。"暗卫仍旧惊魂未定。

"你看到什么了？"其他三人问道。

那名暗卫正想回答，就听到顾千城平静地说道："一张人脸！"

"对对对，就是一张人脸。"那名暗卫连连点头，随即又愣住了，"顾姑娘，你是怎么知道的？"

"那张脸在那儿！"顾千城指着从墙头露出来的一张人脸说道。暗卫顺着顾千城所指看去，这一看彻底傻眼了："啊啊啊……人面蜘蛛！"

"我一站到墙头，它的脸就对上了我，当时太突然了，我才吓得摔了下来。"暗卫冷静下来，终于为自己辩解了一下，然后主动请缨，"殿下，我去杀了它。"

"去吧。"秦寂言自然不会反对。

暗卫斗志高昂，拔剑就要冲上墙头，不料扒在墙头的人面蜘蛛发现了他的动作，居然从墙头跳了下来。

啪的一声，人面蜘蛛灵巧地落地，立刻做出攻击的姿势。这只人面蜘蛛十分高大，浑身黑亮，每一条腿都有成年人的胳膊那么粗，上面长满了利刺。

"你们一起上，小心一些，别被它的蛛丝粘上，可能有毒。"顾千城想到长生门的那个蜘蛛女，心中暗自猜测：那个蜘蛛女养的蜘蛛，会不会就是一只小号的人面蜘蛛？

"多谢顾姑娘提醒。"暗卫杀气腾腾地发起攻击，一剑刺在人面蜘蛛身上，却被人面蜘蛛用腿挡住。

哐的一声，剑被反弹回来，而蜘蛛腿上却连一点儿划痕都没有，可见其坚硬程度。

"攻击它的腹部。"四人调整战术，两人防守、一人诱敌、一人主攻，配合十分默契。

秦寂言十分满意：暗卫总算会用脑子了。

人面蜘蛛实力强悍，可暗卫也不是吃素的。四人联手，很快就寻到一个近身的机会。主攻的暗卫一剑刺入它的腹部，众人都以为人面蜘蛛必死，不料剑尖只没入半寸就再也进不去了。至于人面蜘蛛，竟然连血都没有流，对它来说只是擦破了一点儿皮。

“好了，我们再试。这次攻击它的眼睛，我就不信它的眼睛也这么硬。”暗卫们再次进攻，可就在此时，墙头上蓦地出现了一排人脸！

那排人面蜘蛛少说也有四五十只，一字排开，趴在墙头上，那画面令人毛骨悚然。一只就这么棘手，这一排人面蜘蛛的出现，可把暗卫吓了一跳。

“殿下，你们快走，属下断后。”暗卫咬牙，再次朝人面蜘蛛刺上一剑。

“你们能撑多久？”不是秦寂言看不起暗卫，实在是人面蜘蛛太多，凭暗卫的能力，不出一刻钟就会被这些人面蜘蛛分尸。

“我们拼死也会撑到殿下离开这里。”暗卫咬牙道。

秦寂言摇了摇头，没有说话，而是将剑抽出。武毅见状，也把自己的武器拿了出来。他的武器是一根短棍，不知他在哪里动了一下，那短棍居然变成一杆枪。

墙头上的人面蜘蛛还没有跳下来，秦寂言也没有急着动手。顾千城打量四周后说道：“殿下，别杀那只蜘蛛，抓活的。”

顾千城说的是被暗卫围攻的那只蜘蛛，和墙头上的相比，这只看着更大、更亮，估计实力最强。

“你要催眠它？”秦寂言一听，就明白了顾千城的打算。

“我试试看，要真能催眠它，我们就会多一个助力。”畜生总比人好催眠。

“好，我来试试。”秦寂言对暗卫道，“你们协助我。”

“是，殿下。”暗卫立刻散开，分别从左右两侧攻击人面蜘蛛。

面对五人的合力攻击，人面蜘蛛很快就招架不住，脑袋被秦寂言敲了一下。

砰！这一声特别响，人面蜘蛛痛得眼睛和鼻子都扭曲了。

砰！又一下，人面蜘蛛痛得直接趴下。

秦寂言却不肯放过它，一下接一下地敲个不停，直把人面蜘蛛敲得晕了过去。

“殿下，你再敲下去，它就要死了。”顾千城怕秦寂言把它敲死，忙出声提醒。

“本王有分寸，死不了。”话虽如此说，秦寂言还是收了剑，“它现在动不了，你过来。”

这只人面蜘蛛明显没有死，墙头的人面蜘蛛也没有下来，就这么一直趴着，似乎在等着什么……

顾千城注视着人面蜘蛛的眼睛。这一刻，她的眼睛很美，却无人敢直视，就怕坠入她的双眼之中，从此迷失自我。

顾千城没有说话，只是一直用眼睛盯着人面蜘蛛，渐渐地，众人发现人面蜘蛛似乎没有刚才那么凶猛了，样子也有些呆。

秦寂言知道，催眠成功了，只是能不能让这只人面蜘蛛为他们所用还是个问题。

啪啪！顾千城拍了两下巴掌，趴在地上的人面蜘蛛竟站了起来。

啪！顾千城又拍了一下巴掌，人面蜘蛛乖顺地趴在地上。

“成了。”顾千城说罢，对着人面蜘蛛拍了两下巴掌，人面蜘蛛站了起来；打了一个响指，人面蜘蛛掉了个头，动作虽然有些僵硬，却十分迅速。

啪啪啪！顾千城一连拍了三下，只见刚刚还一动不动的人面蜘蛛猛往前冲，一头撞向墙壁，轰隆一声巨响，把墙撞出一个窟窿。

有几只趴在墙头的人面蜘蛛被撞得摔了下来，其他的则纷纷跳了回去。

确定人面蜘蛛冲进去后，顾千城吹了一声口哨。声音不大，但很尖锐。而随着口哨声响起，墙内突然发出砰砰砰的巨响。透过墙上的大洞，能看到里面的人面蜘蛛已经打成一团。

"顾姑娘，是你让它们打起来的？"暗卫惊奇地问道。

"没有呀，我只催眠了一只，想让它打其他的蜘蛛。我也不知道它们为什么会互相殴打。"里面的蜘蛛不是一对多，而是在打群架。

等到战斗结束，地上全是人面蜘蛛的尸体，除了被顾千城催眠的那只还活着，其他的人面蜘蛛都死了。

啪！顾千城轻拍一下，人面蜘蛛趴在地上，一副有气无力的样子，看上去十分乖巧。

"杀了它。"顾千城开口。

"啊？"暗卫愣了一下，"顾姑娘，你说杀了它？"

"对。我不能确定它什么时候会清醒，为安全起见，杀了它。"这只人面蜘蛛现在看似温驯，可一旦催眠效果消失，就会恢复本性，到时候说不定会更加凶残。

"是。"暗卫不敢多说，跳到人面蜘蛛头顶，一剑刺了下去。扑哧一声，绿色的黏液喷了出来，暗卫翻身跃下。

人面蜘蛛吃痛，瞬间清醒，那张原本还有些呆萌的脸立刻变得凶残无比，猛地朝面前的人扑去，幸亏暗卫早有防备，先一步跳开。

"呜，呜……"受了致命一击，人面蜘蛛已是强弩之末，没蹦跶两下就死了。

没了人面蜘蛛的阻碍，一行人顺利走进宫殿内。暗卫从一堆蜘蛛尸体中挑了几截脚爪，拿在手上当武器。

走过这片尸体，便是一座正殿，正殿大门紧闭，不需要秦寂言说，暗卫便上前推门。

老旧的木轴转动，发出沉闷的声响，门竟然开了，室内的景象露在众人面前。

"咦？"这么容易？

里面很明亮，不是想象中的正殿，而是一片药田。在药田一侧，有一个弯腰浇水的人，那人一直没有回头……

第三十七章
受伤，没知识真可怕

看到屋内那人的刹那，不管是秦寂言还是顾千城都愣了一下——这地方居然有人？

长生门建一座这么华丽的宫殿，就是为了种药？

不过，当务之急是先弄清这个人。为安全起见，秦寂言和顾千城没有急着进去，而是站在门口等，等那人回头，只是，等了半天，也不见那人有反应。

暗卫有些不耐烦："喂，你能听到我们说话吗？"没有反应！

"难道是哑巴、聋子？可也不对呀，就算是哑巴、聋子，见到光总该有反应啊？"

"莫非还是瞎的？"

"不会这么惨吧？你看他，浇水的动作十分精准，不像是眼盲的。"

……

暗卫你一言我一语地说了半天，那人只顾着浇水，根本不转身，就好像他们不存在一样。

"殿下，请准属下去查看一二。"暗卫请命。

"哎。"秦寂言轻应一声，顾千城则提醒了一句："小心。"

"顾姑娘放心，属下知道怎么做。"暗卫先用武器在地上敲了两下，确定没有问题才敢往前迈步。

花了近一刻钟，暗卫才走到药田旁。

"这些药草很新鲜，不过属下一样也不认识。"暗卫看了一眼，对秦寂言和顾千城禀道。

秦寂言依旧只是应了一声，顾千城说道："别动那些草药，先弄清那个人的情况。"

"是。"暗卫站在浇水的人身后，伸手拍了拍他的背。正常情况下，浇水人必会受惊回头，可是那人却无动于衷，依旧重复着提水、浇水的动作，浇完这一片，就提起水桶，机械地往前走。

"怎么会没反应？"暗卫快步跟了上去，一手按住那人的肩膀，本着先发制人的原则，暗卫一个过肩摔，砰的一声把人放倒。

浇水人倒在地上，手脚保持着往前迈步的姿势，十分诡异。浇水人非常年轻，只有二十岁左右，脸色惨白，双唇也淡得没有血色，衬得双眸越发漆黑，就像两个黑点，点缀在眼眶里面。

“这，这是人吗？”暗卫站在他身旁，脚有些软。他刚刚伸手碰了对方，这人身上冰冷得几乎没有温度。

“活死人罢了。”秦寂言和顾千城走了过来，顾千城上前查看那人，发现那人还有气息，只是非常微弱，正常情况下，这么微弱的气息，无法支撑一个人“活”着。

“活，活死人？可是他会动呀。”浇水人倒在地上，看上去就像一个假人。

“你们拿刀戳戳他，看看会不会流血。”顾千城也搞不懂这人是死是活。

暗卫拿刀一戳，没有血流出。

“戳手腕的动脉处。”顾千城继续支招。暗卫立刻蹲下，握住浇水人的手：“他的手跟死人似的，没有一丝温度。”

一刀划下，伤口很深，有少量的血流出，但是颜色很浅。

“这是活人还是死人呀？”暗卫丢开浇水人的手，发现他的伤口很快就愈合了。

“不是说了——活死人嘛。”顾千城站起来道，“这里估计是长生门研究活死人或长生术的地方。这些草药我也不认识，一样挖一株带走。”她都把《本草纲目》背完了，却认不出这里的草药。

暗卫闻言，立刻挖出草药，小心地包好，装进包袱里。然后指着浇水人问道：“姑娘，这人怎么办？”

顾千城道：“给他一个痛快吧。”

“是。”暗卫手起刀落，浇水人立刻没了气息。顾千城看了一眼，便道：“走吧，去其他的地方看看。”

秦寂言和顾千城往里走，他们不知，在他们走后，一群小蜘蛛从角落里爬了出来，三两下就将浇水人的尸体分食了。

这座宫殿完全是按皇宫建造的，正殿、偏殿、花园……布局精巧、别致，只是殿里没有任何摆设，全部种满药草。

和前殿的十种药草种在一起不同，后面每一殿只有一种药草，都有一个活死人在浇水。这些活死人看着身高、年纪都差不多，只是长相不同。

顾千城和秦寂言每到一殿，都会挖一株药材，然后将浇水的活死人斩杀。而他们却不知，在他们走后，那些活死人的尸体都会被分食。

宫殿很大，一行人就这样一个接一个地逛着，既不觉得饿，也不觉得时间流逝，直到他们来到最后一座大殿，顾千城才发现不对劲：“殿下，你有没有发现，我们进来的时间不短了，可是我们都不饿，而且走了这么久，我们也不累？”要不是还有意识、知道痛，顾千城都要怀疑自己也成了活死人。

秦寂言脸色微变，问向暗卫：“我们进来多久了？”

四个暗卫对视一眼，同时摇头：“具体的时间，属下也不记得了。”

秦寂言眉头微皱，一直如隐形人一般存在的武毅突然开口道：“我估算了一下，我们在这里至少待了四个时辰。”

“四个时辰？将近一天的工夫，我们居然感觉不到饿？”要说没有问题，顾千城都不信。

秦寂言沉默片刻，说道：“这座宫殿怕是有什么不妥之处，我们原路返回。”

“好。”顾千城没有异议，暗卫更是不会说什么。

这宫殿疑点太多，即使只剩最后一座大殿，他们也不想冒险去闯。可是一往回走，秦寂言和顾千城就发现，他们找不到原来的路了。

“宫殿的位置发生了变化。”秦寂言打小生活在皇宫里，对每一座宫殿都十分了解。

“我们在每一座殿中都拔了一株药草，进去看看。”顾千城怕这些殿又是新的。

走进去，殿内没有人，也没有尸体，要不是挖草药的那个坑还在，他们都要怀疑这是进了另一座新殿。

“尸体呢？”暗卫二话不说，立刻分头查找，顾千城也上前仔细查看地面的情况。

“这里有昆虫爬过的痕迹，很多很多。”顾千城很快就在尸体倒下的地方有所发现，“殿下，你看——”

众人顺着顾千城所指的方向看去，只见屋顶、房梁上全是密密麻麻的小蜘蛛，一张张小白脸挤成一团，千百只眼睛紧盯着众人。那画面说不出来的可怕，饶是胆大如顾千城，也被吓了一跳。

“去其他殿看看。”秦寂言拉着顾千城，转身就往外走。

众人一座座殿走过去，毫不例外，每间殿的顶上都布满了小人面蜘蛛，活死人的尸首也不见了，唯一值得庆幸的是，这些小人面蜘蛛并没有攻击他们。

众人转了数圈，终于来到他们进入的第一间大殿，却发现出口不见了，找不到离开的路。顾千城看向秦寂言：“是阵法还是迷宫？”如果是阵法的话，只能靠秦寂言了；要是迷宫，她还能想想办法。

“不知道，看不出布阵的痕迹。”如果是布阵大师的手笔，秦寂言也没有办法破解。

“这么说来，我们必须进入最后一间大殿了？”顾千城无奈地说。

众人花了不少时间，一路找到最后一间大殿。当暗卫打开门，立刻从里面溢出一股奇异的花香，与花香同时传来的，还有诡异的嘶嘶声。

众人抬头望去，入眼所见，全是绝望、愤恨、扭曲的目光！

“啊！”在看到殿中景象的那一霎，顾千城吓得将脸埋进秦寂言怀里，“殿下……”

“别怕，别怕……”秦寂言搂紧顾千城，脸色微变，不过很快就恢复如常。

“太可怕了。长生门这是在做什么？”暗卫完全不敢相信自己所看到的，就是一直很冷静的武毅，这时也脸色大变。

最后一座宫殿很大，里面没有种药草，而是“种”满了活人。一个个十五六岁的少女，全被种在坛子里，上半身露在外面，双腿埋在土中。露在外面的身子，包括手上、脸上，都长满了藤蔓。

这些藤蔓好像是从她们的身体里长出来的，除了眼睛，其他地方都被红花绿叶遮住，有几枝甚至从她们的耳朵、鼻孔里长了出来。

这些藤蔓的叶子特别绿、花朵特别红。在每朵花的中心，都有一只奇怪的虫子。它们贪婪地吸食着花蜜，随着它们的动作，坛子里的少女发出痛苦的嘶嘶声，却说不了话，因为她们没有舌头！

屋内至少有上百个坛子，每个坛子里都有一个这样的少女，即使说不了话，但她们喉咙里发出来的声音，却足以让人头皮发麻。

暗卫很快就冷静下来，问道：“她们这是在养虫子——蛊虫？”

“应该是的，北齐不就做过吗？只是没有成功罢了。”顾千城想到了神女庙的案子。

“殿下，现在怎么办？”暗卫请示秦寂言。

秦寂言沉默片刻，说道：“都杀了。”

“她们活着比死了更凄惨，死了也好，给她们一个痛快。”顾千城叹了口气。

里面的人……她救不了，也无法救。

“嘶……嘶……”如同蛇喘气一般的声音再次传来，这一次比刚才更急切，像是在急着表达什么。

“等一下。”顾千城叫住暗卫，站到门口与坛中人对视，“你们是不是想告诉我什么？”坛中人无法说话，但她们听得到，顾千城一说，她们便发疯似的点头。

顾千城试着问道：“不想死？要我们救你们？”坛中人齐齐摇头。

“那是要做什么？”顾千城再次问道。坛中人除了头外，其他的部位都无法动弹，只能用眼睛死死地盯着自己身上的花与绿叶。

这让顾千城怎么猜？顾千城想了许久，才想到一个可能：“你们是想让我们弄死你们身上的虫子？”

“嘶嘶……”少女们齐齐点头，身上的叶子也跟着颤动。可就在顾千城以为她懂了对方的意思时，坛子里的人又摇头，急切地想表达什么，可每次都只能发出嘶嘶声。

顾千城只好向秦寂言求助：“殿下，你能猜出来吗？”

“你都猜不出来，我怎么猜得出来？”秦寂言默默望天。

“殿下，你这么聪明，帮着想一想行吗？”顾千城开始给秦寂言戴高帽。秦寂言哪里愿意把心思花在这种事情上，想也不想就摇头：“我想不到，要不你催眠她们？”

“殿下，别开玩笑了。你没看到她们一个个痛苦到扭曲的样子吗？我根本不可能催眠她们。”

“嘶嘶……”坛子里的人又动了起来。这一次，她们齐齐看向地下，那眼神，既恐惧又愤怒、既怯懦又无畏，十分复杂，可是……顾千城懂了。

“地上有能威胁你们的东西？”顾千城试着问道。坛中人点头，眼泪流了出来。

坛中人将意思表达出来了，顾千城却没有动，因为她不敢保证坛中人不会害他们。

秦寂言命暗卫挖开土看看，嘱咐他们小心行事。坛中人见顾千城迟迟不进去，又发出急促的嘶嘶声。顾千城没有理她们，甚至连看都不看一眼。她有善心，但不会因为行善而害了自己，她的任何善举，都以保全自己为先。

“嘶嘶……”顾千城越是不动，坛子里的人动得越厉害。秦寂言见状，突然笑了，上前揽住顾千城道：“我以为，你会相信她们。”

“除了你，我不轻易相信任何人。”顾千城扭头，与秦寂言四目相对，两人眼中不约而同地染上笑意。

秦寂言的神情为之一柔：“为什么不信她们？她们不是很惨吗？”

“她们是很惨，值得同情。但有人曾经告诉过我，处境凄惨的人不一定心地善良。像她们这种长期处于痛苦折磨中的人，内心早已扭曲，比起获救，她们也许更乐意牺牲我。”长期受压迫、受虐待的人，心里或多或少会滋生恶意，在顾千城看来，这些女人就是如此。

“你说得很对，她们看你的眼神，根本不像看恩人，而像看仇人。”秦寂言厌恶地瞟了一眼便收回视线。

“她们早就死了，在被装入坛中的那一刻。”即使明知坛中人有坏心，顾千城仍旧无法厌恶她们，不过是一群可怜人罢了。

“等你登基了，发兵攻打长生门吧，那种为求长生而随便牺牲他人性命的地方不该存在。”长生门杀人已经不止一次了。

“等我们从漠北回去，我便登基。”秦寂言伸手抚着顾千城的长发，“正好头发也长了，可以绾髻了。”

“早就可以绾髻了好不好？”虽然还没有及腰，可也不短了。

“哦……这是在提醒本王早点儿娶你进门吗？就这么急着嫁给我？”手指轻勾顾千城的长发，秦寂言笑得十分灿烂。

顾千城顿时被迷住了，到嘴的话也忘了说，就这么看着秦寂言的笑颜失神：秦寂言笑起来真好看……

“殿下，有发现！”在殿门口挖土的暗卫突然大叫起来，破坏了秦寂言和顾千城之间的美好气氛。

两人一怔，立刻分开，一脸严肃地看去，只见暗卫从泥土中挖出一颗鸡蛋大的白卵。那白卵水嘟嘟的，好似轻轻一戳就能冒出水来。

“这是什么？”顾千城看向坛中的人。那些人不约而同地用仇视的目光看着那颗白卵。

“看样子和蛊虫有关，弄死吧。”顾千城对蛊不了解，也不想带着一个危险物乱跑，所以弄死最省事。

“顾姑娘，这东西看着软嘟嘟的，却刀枪不入。”为了证明自己的话，暗卫拿刀戳了戳。

“刀枪不入？那就用火，这玩意儿水嘟嘟的，咱们把它烤干。”顾千城的话刚说完，暗卫就把白卵丢在了地上。那白卵落地时弹了一下，又在地上滚了几圈。

暗卫脱了一件外衣，在衣服上淋上火油，点燃，然后将白卵踢到火堆里。

白卵遇火，立刻发出嗞嗞声，像是油被榨干的声音，里面有什么东西在不断地挣扎。不过，不管里面的东西怎么动，都无法破卵而出。

白卵很快就被火烤得只有鹌鹑蛋那么大了，而里面的东西也不动了，似乎死了。就在此时，坛中人突然发出凄厉的嘶嘶声，好像正承受着巨大的痛苦。坛子里的人拼命挣扎，身上的叶子和花朵不断地颤抖，看向顾千城的眼里全是恨意……

顾千城并不放在心上，笑了一声便移开视线，去看地上越烤越小的白卵。

白卵已经无法动了，外面那层皮已被烤黑，再烤下去似乎也不会有什么效果。

“砸碎。”一直没开口的秦寂言终于发话了，暗卫立刻找来一块青石，砰的一声砸在卵上。

移开石头，白卵已被压成渣渣。这时，坛中人已经不出声了，全都惊恐地瞪大眼睛看着自己身上的花朵与叶子。

“进去看看。”秦寂言再次下令，暗卫一看，大惊失色：“殿下，花心里的虫子死了，这些人都变老了！”虫子死了不可怕，可怕的是一群花季少女竟瞬间变成了老妪，这还真不是一般的吓人。

“变老？花草有没有更娇艳？”秦寂言一下就抓住了关键点。

暗卫拼命地点头：“有有有，花比之前更红了，像血似的。”

“果然是吸人精血的东西。”秦寂言和顾千城对视一眼，同时点头，转身走进大殿。

两人走进来时，大殿里静悄悄的，坛子里的女人全部死了。

“死了也好，省得我们动手。”顾千城叹了口气，转头问武毅，“那颗白卵是母蛊？”

武毅没想到顾千城会问他，愣了一下才道：“我，我不知道。”

“武家不是有一个母蛊吗？你怎么会不知道？”顾千城又问，语气轻柔，就像闲聊一样，武毅却感受到了危险，暗自吸了口气才道：“我没见过，需要你手上的令牌，才能看到母蛊。”

“是吗？”顾千城反问，一副不相信的样子，武毅点头应了一声。顾千城没再追问，转而去看坛子里的人。

在瞬间吸干了人的精血后，缠绕在人身上的花草变得娇艳无比，不过只有短暂的一刹那，花与叶很快就变得暗黄、干枯。

“一日看尽花开花落。”顾千城感慨了一句，看着她们露在外面的上半身，因为没有支撑而渐渐往坛子里沉，摇了摇头。

“回头把这里烧了吧。”顾千城不知道长生门还有多少这样的地方，可看到了他们总不能什么都不做吧?

“好，我们先出去，别留在这里。”秦寂言拥着顾千城往外走。

“我饿了。”一出来，顾千城就摸着肚子叫饿，她这么一说，秦寂言也觉得饿了。

顾千城十分开心地说：“终于有正常人的反应了，要是一直不渴、不饿、不困，我都怀疑我已经死了。”

突然而来的饥饿感，让众人没法继续找出路，只得坐在一旁先吃东西，补充体力。刚吃完，众人又感觉犯困了。

“我们将近三四天不曾睡过，确实需要休息了。”秦寂言一开口，暗卫立刻就去寻适合休息的地方。可翻遍整座大殿，他们也没有找到一个能睡觉的地方，暗卫无奈，只能拆了殿里的门窗，临时搭了三间屋子。

"大家都困了，睡吧。"这三间屋子，秦寂言和顾千城一间，剩下的暗卫与武毅分。

秦寂言和顾千城怕睡着后无法算时间，挖了好几堆干土捏碎，用来做沙漏计时……

一切准备妥当，两人这才安心地睡下。

没了坛中人与浇水人，这偌大的殿中除了顾千城一行人外，再也没有其他的活物。众人一睡着，整座宫殿就变得死气沉沉，没有一点儿人气，就连殿中的小人面蜘蛛，也不知何故一一死去。

秦寂言和顾千城这一觉睡得特别踏实，等到他们醒来，计时用的沙漏已全部漏空。

"怎么会睡得这么沉？"秦寂言万分不能理解，别说这里不安全，就算是个安全的地方，他也不可能睡得和死猪一样，听不到一点儿动静。

顾千城苦着一张脸说道："幸亏那些蜘蛛没有出来咬我们。"

"都不知道在这里待了多少天，我们得尽快寻到出路。"秦寂言四处查看了一下，没发现人和动物的痕迹，一时间也有些庆幸。

"确实得早些离开，这地方太诡异了，不是正常人该待的地方。"顾千城十分赞同，只是这出路却不是那么好找的。

在秦寂言和顾千城到处找出路时，凤于谦和唐万斤已经带着大军包围了漠北城。

唐万斤日夜兼程，一路上几乎不吃不喝不睡，不仅把君亦安甩开了，还比凤于谦早一步赶到江南。他费了不少工夫才让唐勇相信他的身份，可唐勇只肯收留唐万斤，死活不告诉唐万斤秦寂言和顾千城的下落。

唐万斤气炸了，当着唐勇的面发威，直接把江南的城门砸了！唐勇虽知唐万斤力大无穷，看到这一幕还是惊呆了。

要不是凤于谦正好赶到，唐勇怕是要和唐万斤打起来。在凤于谦的周旋下，唐勇终于放过了唐万斤，可还是要他赔钱。

"砸城门的事我不计较，可城门必须赔。我记得当时他砸了京城的门，赔了几百万两，我要得不多，去掉一个零，随便赔个五十万两就成了。"唐勇十分干脆地说。

唐万斤一听，怒了："五十万两？你去做梦吧。"他一辈子，不，是几辈子的俸禄，也赔不起呀，现在可没有一个药王谷当冤大头。

"不赔钱，你就别想走。"唐勇在秦寂言面前好说话，不表示在唐万斤面前也好说话。

"呵呵……不让我走？好呀，那我就把这江南城砸烂！了不起这官我不做了，你们能拿我怎样？"在军营混久了，唐万斤多少也混出了一点儿痞气。

凤于谦眼见唐万斤与唐勇斗鸡似的吵起来，不由得摇头："我说你们两个，差不多就行了，看在同是一家的分上，各退一步。"

"谁跟他一家？"唐勇一脸不屑。唐万斤也傲娇地别开脸："我要去找千城，你想要赔偿，就找千城要去。"

“你……你把顾姑娘当什么了？让我去找顾姑娘赔，你脸够大的！”唐勇可是知道顾千城是什么身份。

“你这人怎么这么不干脆，给你赔偿不要，不给你又叽叽歪歪的。”唐万斤一巴掌将大木桌拍碎，无事人一般对凤于谦道，“千城在哪里？快带我去见她。药王谷的人发现我了，要让他们找到我，我就完蛋了。”

“你……”凤于谦的视线还停留在被唐万斤拍碎的桌子上。

“你说——你带不带我去？”唐万斤急了，他真怕被带回药王谷。

“带，带，带……”要不带，他会不会落得和那张桌子一样的下场？凤于谦在唐万斤的“淫威”下，果断决定把他带上。

唐勇的意见被忽视了，至于赔偿——

“找千城要去。”唐万斤发现，一搬出千城，唐勇就不说话，十分嘚瑟，有事没事就把顾千城的名号报出来，唐勇气得险些吐血。

凤于谦挑了三万精锐带走，一路快马加鞭、日夜兼程，好歹在第十七天赶到了漠北，可是，到了漠北，却发现他们家殿下不见了。

经过多方打听，凤于谦这才知道秦寂言同莫老大进了北岭，至今没有出现，而莫老大也没有回来。

有人在北岭寻到了莫老大属下的尸体，莫老大几人却没有找到，应该是失踪了，也有可能被人面蜘蛛给吃了，尸骨无存。

凤于谦傻眼了，完全不能接受这个事实。

“这不可能，千城不会失踪。”唐万斤第一个不信，闹着要凤于谦去北岭找人。

北岭并不大，在当地人的带领下，凤于谦和唐万斤带着三万兵马，一天就把北岭翻了个遍，把那些人面蜘蛛全杀了。

可是，他们没有找到秦寂言一行人的踪迹。

“继续找，就是挖地三尺，也要找到殿下。”凤于谦绝不相信秦寂言被人面蜘蛛吃了，留下一半人和唐万斤在北岭继续找，而他则带着另一半人，将漠北城和莫老大的住处给围了。

长生门的圣女倪月，这段时间也在寻找圣使长东和莫老大的下落，结果人还没有找到，就被大军围住了。

倪月暗道不好，飞速传消息给长生门的人，让他们联系老皇帝，把此事压下去。

北岭的秘密，绝不能暴露！

事实上，在倪月发现莫老大和圣使长东相继消失时，就知道秦寂言发现了北岭的秘密。甚至还进入了山中的那座殿里。倪月知道那座殿的存在，却不知里面有什么，只知凡是进去的人，都不可能活着出来。

随后，莫老大、长东几人一个月都没有出现，倪月就知他们肯定是死在里面了，成了殿中的肥料，是以倪月并没有太担心，只是安排人善后。为了保住北岭的秘密，别说杀死一个皇太孙，就是杀了老皇帝，长生门也能毫不犹豫地动手。

只是倪月万万没想到，善后之事还没做好，秦寂言的人就带兵到了漠北。

“居然做了两手准备，皇太孙果然是谨慎之人。”倪月虽然担心保不住北岭的秘密，到底还算冷静。在她看来，大秦皇太孙都死了，这些兵又能猖狂几天？等到老皇帝圣旨一下，这些兵就是再忠诚，也不可能继续在北岭找人。

只是，让倪月没有想到的是，老皇帝的圣旨还未到，秦寂言就出现了！

当凤于谦和唐万斤看到灰头土脸的秦寂言和顾千城时，差点儿没认出来。

“殿，殿下，你，你真是殿下？”凤于谦指着秦寂言，手直哆嗦。

和凤于谦不同，唐万斤眼里只有顾千城。看到顾千城后，唐万斤愣了好久也不敢上前：“千城，你怎么变成这个样子了？我都认不出你了。”全身是泥，只有一双眼睛还算明亮，这真是他认识的顾千城吗？

“你们怎么来了？”顾千城刚从山里爬出来，又累又饿，看到凤于谦和唐万斤等人也愣住了。

他们在山里待了多久啊？怎么一出来，世界都不对了？

“你们都失踪一个多月了，我们能不来吗？”凤于谦听到顾千城的话，立刻控诉道。

“什么？我们在里面待了一个多月？”这次轮到顾千城傻眼了，她感觉没待几天呀。

“是呀，我都从江南把兵马带来了，还在北岭找了五六天，也没找到你们的踪迹，我都快吓死了。”凤于谦是真害怕呀，要是秦寂言有个万一，他和凤家就完了。

秦寂言看顾千城和凤于谦大有继续说下去的架势，忙接过话题：“这些事稍后再说，我们先去梳洗休息。”

“对对对，先去梳洗休息。”凤于谦反应过来，立刻让人在原地搭营帐、提水、烧水、准备干净的衣服……

秦寂言拉着顾千城就往营地走，不过走之前，他也没有忘记交代凤于谦，让他派人把这座山给围了。山里那座宫殿，他们之前人少拆不了，现在总能拆了吧？

凤于谦看到秦寂言和顾千城从半山腰跑出来，就知道这座山有猫腻，当即就命士兵戒严此地，闲杂人等不得靠近，同时封锁消息，任何人都不得将秦寂言和顾千城出来的消息外传。

可是秦寂言和顾千城出现的动静实在太大，倪月当天下午就收到了消息。得知秦寂言和顾千城确实闯进了山中的宫殿，还平安地出来了，顿时惊得摔掉了手中的杯子：“宫殿曝光了！快传消息回去，调人马过来！”

“是。”长生门的人没想到秦寂言和顾千城居然能活着出来，一时间慌乱不安。

秦寂言和顾千城梳洗过后，又换上了干净的衣服，这才看得出人样。

凤于谦问道：“殿下，你们遇到了什么？怎么会从山中间跑出来？”

秦寂言没有说话，慢条斯理地喝着手中的汤。顾千城默默地放下汤碗，说道：“那座山中间有一座宫殿，我们在里面被困了一个月。”

“啊？那座山被人掏空了，还在里面建了一座宫殿？”凤于谦完全不敢相信。

“不信你可以自己进去看看，要是被困在里面出不来也没关系，只要学我们挖条地道就好了。反正那座殿四面都是山，不管从哪个方位挖，最后都能出来。”没错，秦寂言和顾千城被困在殿中，怎么都找不到出路后，便决定挖一条路。

套用顾千城那句话：“这世间的路都是人走出来的，没路我便造一条路。”

在顾千城的“鼓吹”下，秦寂言和暗卫一起，开始了艰难的挖路之旅。

不过，事实证明顾千城是对的，他们出来了！

就在长生门想着如何才能阻止秦寂言和大军离开、保住北岭的秘密时，秦寂言已有所行动：“让人守好漠北城，记住，不许任何人进出。”

旁人给长生门面子，他秦寂言却一点儿面子也不会给。“尤其是莫老大府上的人，全部给本王拿下，违抗者杀无赦！”

“殿下放心，我一来便命人接管了漠北城。城中所有人都处在监视中，除了莫老大府上一个叫倪月的女人之外，其他人都十分安分。”凤于谦虽说一直在找人，也不是什么事都没有做。

“倪月？长生门的圣女也来了？”自从上次差点儿被长生门的人弄死后，顾千城就开始关注长生门的人。

“听里面的人叫她圣女，想来应该就是此人。”凤于谦虽然没把人拿下，知道得却不少。

“现在可以把人拿下了。”秦寂言对倪月可是一点儿也不客气。

秦寂言命凤于谦回漠北城拿人，唐万斤则跟着他去砸山。凤于谦一脸郁闷，很想问一句为什么，可他还没有问出口，就听到顾千城说：“原本还想着漠北这穷乡僻壤的，恐怕找不到制炸药的材料，现在唐万斤来了，就可以不用炸药了。”

凤于谦十分想留下来，看唐万斤拳头碎大山，可是……公务要紧呀。

“真是太可惜了。”带着说不出来的遗憾，凤于谦率领一小队人马回漠北城捉拿倪月。

而此时，倪月正在莫老大的府上等长生门的救援过来。至于逃跑，就算想到了，倪月也不敢走。凭她的身份，落到秦寂言手里也许还有一条活路，可要是就此跑了，放任北岭的秘密曝光，长生门一定不会放过她。

她不能离开漠北，所以现在只能赌——赌秦寂言忌惮长生门，不敢抓她，或者不敢伤害她。所以，凤于谦一抓一个准。

“长生门圣女？”凤于谦真没想到，这差事这么简单，看到倪月的刹那，甚至愣了一下。

“既已知晓我的身份，还不速速退下。”倪月冷着一张脸，神情肃穆，自有一股神圣不可侵犯之姿。

“退下？”凤于谦突然一笑，“又遇到一个脑子不清楚的。算了，本将军懒得与你废话，将人拿下。”

士兵听令，一拥而上。倪月凝眉，厉声呵斥：“住手！”

士兵被倪月的气势镇住，停在原地。

“你们胆敢与长生门为敌？”倪月拧眉，心里隐有几分不安。

“区区一个长生门算什么？胆敢谋害殿下，就是十个长生门我们也敢抄。”凤于谦懒得与倪月废话，一挥手，“把人拿下！”

“是。”士兵们持枪上前，倪月深深地吸了口气，知道今天这一战免不了。

倪月时不时看向远方，可惜直到她被凤于谦刺伤并关进牢笼，也没有等到长生门的援兵。

凤于谦拿下倪月后，便立刻赶回北岭。他当然是想亲眼看一看唐万斤“表演”徒手碎大山的绝技。

这种事可不是天天有的，说不定错过这个村，就没有这个店了。

凤于谦不顾寒风，七赶八赶地朝北岭跑去，可是唐万斤已经“表演”完了，山却还在！

凤于谦一直想看唐万斤“表演”徒手碎大山，而秦寂言要的只是毁掉山中的宫殿，而不是砸了整座山。

秦寂言让暗卫把唐万斤带到宫殿里，直接把那些宫殿给轰了！至于宫殿里的夜明珠——

“手下留情！”顾千城想到夜明珠的事，急急忙忙跑进来，可是晚了一步，等她跑进来时，宫殿已在唐万斤一拳之下轰然倒塌，上面的夜明珠直接变成粉末。

“好浪费呀。”顾千城心疼得快哭了。

“千城，怎么了？”唐万斤一脸不解，砸出血的右手以肉眼可见的速度痊愈。暗卫看到这一幕，啧啧称奇，不过没有表现出异样。

“夜明珠呀，好值钱的。”顾千城心疼坏了。

“钱？”一提到钱，唐万斤想起一件事，“对了，千城，我在江南把城门给砸了，你回头记得帮我赔钱呀。那个姓唐的说要我赔钱，我答应赔了，让他找你要。”

顾千城反应过来，气坏了：“什么？唐万斤，你又去砸人家的城门了？我不是告诉过你，要学会控制力道吗？”

当日她可是利用唐万斤砸城门一事，狠狠地敲了药王谷一笔，也不知焦大人会不会借机敲她一笔，要知道现在江南可归焦大人管。

大水淹了江南，江南正处在灾后重建之时，处处都缺钱，焦大人临危受命，要不借机敲顾千城一笔，那绝不是他的作风。

焦大人找不着顾千城，便把唐万斤砸城门的损失一一记上，然后一式两份，一份送到宫里给皇上看，一份送到顾家要银子。

焦大人计算损失的方法，正是顾千城当初提供给封大人的算法。当时京城的城门还没有砸碎，顾千城就能算出数百万两的赔偿，现在江南的城门都被唐万斤砸碎了，依焦大人的“精明”，算出数百万两，那绝对是分分钟的事。

看在秦寂言的分上，焦大人已经给顾千城少算了一些，只算了一百六十万两，可是这笔银子对于顾家来说，无疑是天文数字。

顾老太爷看到焦大人催缴银子的账单，直接愣住了：“一百六十万两？这，这怎么可能？”

“千城欠的银子，为什么要我们赔？”顾家除了顾三叔外，其他人都是这个反应。

最后还是顾三叔出面，说他们愿意承担，只是现在没有这么多银子，请允许他们慢慢还。

顾三叔是庶出，本就没有多少产业，当户部派人来催银子时，顾三叔砸锅卖铁、顾三婶把嫁妆全卖了，才凑出十万两。而被顾三叔远嫁的千梦，听到这事也送来两万两，就连在庄子上养胎的窦氏，也让人送了五千两过来。

顾老太爷犹豫再三，将自己最后的私藏全部卖了，凑了五十多万两。顾老太爷让顾家二爷出一点儿，又让顾承志代表大房出几万两。可是顾二叔直接说没银子，甚至还怪顾老太爷没把私房留给他这个亲儿子，而是给了顾千城这个败家的。顾承志心里也怪顾老太爷没把东西留给他，反倒卖了给顾千城还债，只是嘴里不敢说。

当顾老太爷让他出银子时，顾承志十分犹豫："祖父，就算我把大房的家产全卖了，大姐姐也不会原谅父亲和母亲，我真的要帮她出银子吗？"

顾老太爷本以为，在他的悉心教导下，顾承志已经成长了，没想到他居然会说出这样的话来。顾老太爷失望透顶，也觉得自己失败至极。他一手教导出来的继承人，现在正蹲大牢；他手把手教导的孙儿，仍旧不改自私自利、目光短浅的本性。

"罢了，罢了，随你吧。"顾老太爷本想将各种利弊一一分析给顾承志听，没想到在关键时刻，他眼中只有自己的利益，根本不在乎家人，这些话也就不用说了。

最后，只有顾老太爷、三房、千梦和窦夫人出了银子，勉强凑出六十万两，把零头给付了，后面的银子三房答应每年付五万两，可以算利息。

户部同意了，契约由顾三叔亲手画押，以后这笔银子要是顾千城不认账，就全部由顾家三房承担。对此，顾承意和顾三婶一句怨言都没有："我们一家的命都是千城救的，没有千城就没有我们的今大，别说一百万两，就是要我们的命，我也给。"

顾二叔得知此事，明里暗里嘲讽了顾三叔无数次，说顾三叔是个蠢蛋，背了这一百多万两的债，一辈子都得给顾千城卖命。

顾三叔听到这话，摇头不语，顾老太爷则忍不住叹气："一群蠢货，到现在还看不明白。日后，有的是他们后悔的。"

至此，顾老太爷是真的放手了，不再管顾承志。

第三十八章
铁血，武家留下来的人

山中这座宫殿由高人布阵，一旦有人走进去便会触动阵法，怎么也走不出来。可当一座座大殿被唐万斤砸成粉末后，什么迷宫、阵法，通通都是渣，在天生神力面前，什么问题都不叫问题。

“果然是一力降十会，以后去哪儿我都要带上你。”看到将他们困了一个月的迷宫被唐万斤夷为平地，顾千城再次泪奔。

“好，以后你去哪里我都跟着。你不知道，我一到京城就遇到了小媳妇，差点把我吓死。幸亏我跑得快，要是被小媳妇抓回去，我就惨了。”唐万斤拉着顾千城诉说路上的艰苦。

可惜，顾千城现在只惦记唐万斤砸城门的事：“所以，你一跑到江南就放松了，然后一高兴就把城门给砸了？”

也不知焦大人会让她赔多少银子。她虽说赚了一些银子，但产业大部分在江南，这次江南水灾，她也是损失惨重呀。

“才不是因为高兴呢，我是着急，着急。小媳妇一直在后面追我，那个叫唐勇的浑蛋又不肯说出你在哪里，我一急就把城门给砸了。”唐万斤说完，低头认错。

“以后你的俸禄都归我了，还债！”顾千城终是不忍责怪唐万斤。

“我从来就没领过俸禄，你拿去吧，全给你了。”得了特赦令，唐万斤满血复活，一溜烟跑去找暗卫玩了——当然是玩砸山了，他要试试自己能不能将这座山给砸了。

不过，唐万斤砸了几十拳，也没把这座从中间挖空的山给砸塌。

顾千城凑热闹地看了两眼，就制止了唐万斤的蠢行。

“砸完了就回城。”秦寂言一向不爱凑热闹，事后才出现。凤于谦刚赶回来就听到这句话，当即泪奔……

于是，刚跑来的凤于谦，再次随秦寂言赶回漠北。而此时的漠北城已全部在秦寂言的掌控中。守城的人早已换成凤家军，秦寂言等人一出现，凤家军便立刻打开城门请众人进城。

秦寂言进城后，第一件事不是审问长生门的人，而是治理漠北城。

“派人清点人口，我要知晓漠北还有多少人，以及所有人的情况。”秦寂言命人画出漠北的地形图，清点城内人口与来历，统计粮食……

秦寂言是治国的人，治理一座小小的漠北城根本费不了多少工夫。不过三天，漠北城就重新建立了秩序，焕发出生机。

解决完漠北的事，秦寂言终于有时间审问倪月了，而顾千城也抽空和武毅一起去看武家留在漠北的人……

圣女倪月五官精致，眉目如画，哪怕身陷囹圄，仍旧有一身圣洁之美。可惜这些在秦寂言眼中一点儿用处都没有。征用了莫老大的刑房，秦寂言让凤于谦把倪月带上来，直接挂在了刑架上："先给她淋桶冰水清醒清醒。"

漠北虽然停了雪，天气仍旧冷得彻骨，一桶冰水淋下去，能把人冻成冰棍。

"皇太孙殿下，你要问什么？"倪月见秦寂言直接让人淋冰水，不得不主动开口。寂言却一副没有听到的样子，见侍卫拎着水过来也不阻止。

倪月脸色微变："皇太孙殿下，长生门与大秦一向友好，你这么做，就不怕皇上怪罪吗？"

依旧得不到秦寂言的回答，侍卫将整桶冰水给她兜头浇下，冷得彻骨，倪月大叫了一声，直接晕了过去，脸色白得像鬼。

"搬火盆进来。"秦寂言并非真想要倪月的命，不过是给她一个下马威，让她明白——想要少受苦就乖乖合作。

侍卫一连搬了七八个火盆进来，刑房的温度陡然升高，倪月这才感觉自己活了过来。

"皇太孙殿下，我记住了！"倪月的嘴唇直哆嗦。

秦寂言以眼神示意凤于谦上前审讯。凤于谦按秦寂言事先交代好的，从长生门追杀顾千城之事开始，一直问到龙凤双城的事。

倪月刚刚吃了大亏，知道自己不配合会受更多的苦，所以只要不涉及背叛的问题，全部有问必答。

"我们会追杀顾千城，是因为季诺说他们发现了不死之人，而那个人与殿下有着莫大的关系。我们探查过后，将目标锁定在顾千城身上，结果发现不对。

"龙凤双城里有龙凤果，不过我们进去时，龙凤果已经不见了。我和几位圣使一致认为，龙凤果在你手上。

"北岭秘殿的事我知道得不多，那是长生门在大秦的基地，已存在数百年。"

"至于还有多少基地，别说我不知道，就是知道也不能说。殿下进过北岭秘殿，知道里面的情况，我虽是长生门的圣女，却和其他人没什么两样。"倪月晃了晃冻僵的手，指向自己的脑袋，"殿下如果执意要问，你应该知道，你什么也得不到。"

这就是长生门的手段，从不担心有人背叛，一只小小的蛊虫，便能令人不得不忠心。

"长生门果然好手段。"见问得差不多了，秦寂言站起来道，"于谦，带其他人出去。"

"是。"凤于谦将人都带走了，刑房里只剩下秦寂言和倪月。倪月冷傲地说："殿下还想知道什么？我知道的都会说。"

"十五年前，大秦先太子之事。"他要知道是长生门盯上了他父王，还是大秦有人勾结长生门。

“十五年前？对不起，那时我才两岁。”倪月垂眸掩去眼中的情绪。

“不肯说？”秦寂言一看就明白了。倪月摇了摇头：“是不能说。殿下想知道的事，无法从我这里得到答案。”换句话说，她一开口就会死，甚至都不能想这件事。

“半点用处都没有，本王留你何用？”秦寂言神情自然，语气平淡。

“我欠殿下一份人情，来日必还。”倪月这话说得模棱两可，看似意味深长，却又什么都没有。

“长生门的圣女，果然是聪明人。”秦寂言要是因为这么一句话就放过倪月，那他就不是秦寂言了，“你觉得本王需要你的人情吗？”

“殿下，每个人都有身不由己之时，也不是每一个人都会认命。”她不是一个会认命的人，所以有一天也许可以派上用场。

“胆子很大。”居然敢拐弯抹角地告诉他，她对长生门不满。

“殿下有机会去看一看，就会明白我为何会这么说了。”倪月垂眸，神情透着哀伤。

长生门用蛊虫控制门人，可见长生门是不可能对他们好的，而像倪月这样的人，心底恐怕也是不甘愿的。

“本王姑且信你一次。”秦寂言转身离去，交代凤于谦把人带走，“别让人死了。”

“是，殿下。”凤于谦给侍卫打了个手势，然后随着秦寂言往外走，“殿下，接替漠北的官员半个月后才能到，我们什么时候离开？”

秦寂言道：“留下三百人守城，我们明天离开。”他必须尽快赶回京城，不能让长生门的人抢先。

“明天？顾姑娘那里的事怎么办？”凤于谦惊了一跳，毕竟他们此次来漠北最主要的事就是见武家的人。

“武家的人，千城今天就能解决。”武毅在宫殿里露了许多破绽，秦寂言见顾千城把唐万斤带上，就知顾千城不信武毅。

武毅把顾千城和唐万斤带出城，来到了一座废弃的矿山里。

“这是一座废弃的铁矿，里面的铁几十年前就被挖空了，所以一直没有人过来。”武毅用石子在废矿上面摆出一幅图，看着像弯月。

没多久，空旷的荒地突然出现鸟叫声，紧接着武毅也发出一声鸟叫，一看就是在对暗号。

“一炷香后，会有人来接我们。”武毅跟顾千城解释道，一副坦荡的模样。顾千城点点头，没有说话。

一炷香后，从废矿里走出一个全身漆黑的人。来人盯着武毅看了半天，不说话，用手比画了一下，看似在问武毅“怎么带了陌生人过来”。武毅用手语回应对方，同时说道：“是京城的顾姐姐，奶奶和你们说过。”

“是主子？”来人以手语问道。武毅点头，那人扑通一声跪下，给顾千城磕了三个头。

“让他起来。”顾千城知道对方表达的意思，却一直当作不知。武毅解释道：“顾姐姐，这是在给新主子见礼，这礼你得受。”

待到来人磕完头，武毅才将人扶起来，以手语道：“带我们进去，新主子要见你们。”

那人连连点头，十分恭敬地在前方引路。

武毅走在前面，顾千城要往前时，唐万斤拦了一下：“千城，这里安全吗？”

唐万斤声音很大。武毅脚步一顿，回头道：“顾姐姐要是不放心，我这里有一把匕首。武毅将匕首递给顾千城，同时走到顾千城面前，摆明了拿自己当人质。

顾千城笑着摇头：“不必，我相信你。”

顾千城说得很轻，看武毅的眼神也很温柔，武毅却莫名地觉得不安。暗自吸了口气，将这股不安压下，武毅平静地说道：“顾姐姐放心，他们都是暗部的人，你是他们的主子，他们绝不会伤害你。”

“可他们更听你的话呀。”唐万斤一向有啥说啥。

顾千城似笑非笑地看着武毅，武毅神色微慌，急忙解释道：“顾姐姐，我只是跟他们熟一些，以后我就不会再接触他们了。”

“好，我记住你的话了。”顾千城顺着武毅的话应下。

武家暗部不管以后会不会交给武家，她都不会让武毅再和他们接触。当然，要是武毅不打算把这批人交给她，那么这批人就永远待在这里好了！

一行人继续往里走，废矿很大，也很深，而且里面不止一条道，九曲十八弯的，要不是有人带着，根本找不到正确的路。

在狭长的通道里走了足足半个时辰，顾千城和唐万斤终于看到了阳光。

“前面就是。”武毅立刻说道。

顾千城和唐万斤走出通道，站在一块平地上。这里貌似是个小山谷，环境十分不错。

“啊啊……”带路的人突然转身，朝武毅比画了一通。

“顾姐姐，他说让我们等一下，他去把其他人召集过来。”武毅尽责地翻译，顾千城点了点头：“好。”

武毅朝引路的人打了个手势，那人朝顾千城行了个礼，便再次钻进通道里，而武毅也朝顾千城拱了拱手：“顾姐姐，我去取母蛊。”

“去吧。”顾千城一脸平淡，看不出什么情绪。这样的顾千城让武毅很不安，可已经走到这一步了，他只能硬着头皮走下去。武毅欠身退下，同样钻入身后的通道里，留下顾千城与唐万斤站在山谷中。

看着折回废矿的两人，唐万斤一脸不解：“千城，他们不是你的属下吗？为什么不直接带我们过去，而是让我们在这里等？”

“因为他们没把我当主子看。”顾千城眼含笑意，唐万斤却觉得不妥：“千城，你不生气吗？”

“为什么要生气？”顾千城笑着反问，唐万斤傻眼了，挠了挠后脑勺：“我不知道。千城，你也不知道吗？”

“我知道，所以我不生气。”顾千城说完，唐万斤更蒙了，想继续问，不过看顾千城一脸高深地负手看着通道内部，唐万斤就乖乖地闭嘴了。

没有让顾千城等太久，武毅很快就从通道里走了出来。

看到顾千城含笑的眸子，武毅颇不自在地低下头，将手中的盒子捧到顾千城面前，说道：“顾姐姐，母蛊就在里面，你要现在打开吗？”

“不急。”顾千城示意唐万斤接过盒子。武毅犹豫了一下，才将盒子给了唐万斤。见顾千城没有打开的意思，武毅又道：“顾姐姐，你不在他们来之前，先让母蛊认主吗？”

“不急。”还是这两个字，武毅只得沉默地退到一边。

三个人站在外面一言不发地等着，约莫一刻钟后，通道里传来脚步声，听声音至少有数百人。

随着脚步声越来越近，一股酸臭味扑面而来。顾千城扭头，看到一个接一个脏兮兮的人从通道里走出来。顾千城秀眉微拧，眼中闪过一抹诧异：这废矿到底有多大？居然能住这么多人？

这些人个个面黄肌瘦，这么冷的天，身上只穿了一件破单衣，只能勉强蔽体，赤足踩在地上，身上有多处冻伤。

走出来的人十分有规矩，出来后站得笔直，眼神平静，神色自若，看上去极普通，却自有一股精气神。

窝在漠北十几年，依旧能看出不凡，可见这群人真的很不错，难怪武家有底气。

等到这些人全部走出来，已是两刻钟后。他们一字排开，每排站三十个人，一共站了二十一排，不过最后一排没有站满，只有十八人。也就是说，这破旧的废矿里一共住了六百一十八人。

“就这些人？”见没有人再走出来，顾千城问道。

此时从人群中走出一个四十岁左右的中年人，衣着稍好，脚上还有一双鞋子。此人的相貌极其普通，是那种丢在人群里不会让人多看一眼的普通人，而这样的人最适合做暗探。

“主子，这里只有六百一十八人，不过我们在外面还有一些人，得出去后才能与他们联系。”他们这六百来人，以前都是负责各处的小头目，负责引进、培养、安插探子。

“外面还有多少人？”明明已经接手了武家的暗部，顾千城却一无所知，想来就觉得好笑。

“外面现在只有三千余人，最多时曾有数万人。”三千人听起来很多，可想想大秦、西胡和北齐有多大，分散到各地、各城、各镇，能有几个人？

“三千余人？这数量少了些。”至少比武家说给她听的少了。

“这些年一直没有新血，人手只少不多。”中年人低头，一副愧疚的样子。

“哦。”顾千城应了一声，表示知道了，随即好像突然想起什么似的，问道，“我问什么你都答，你怎么知道我没有骗你？”就凭一块破令牌吗？她是不信的。

“老夫人在离开前曾告诉属下，说新主子是一位姓顾的姑娘，会手持令牌而来。主子由武少爷带来，身上又有令牌，属下不敢怀疑主子的身份。”中年男人不卑不亢道。

“虽然草率了一些，却还算有理。”也就是说，这一关过了。

今日是顾千城收服武家旧部的日子，但又何尝不是武家旧部努力争取顾千城认可的日子？凡事都是双面的，顾千城要展现出足够的实力，证明自己可以驾驭武家旧部，能给他们带来新生。同样，武家旧部也要表现出实力，证明他们值得顾千城为他们寻一条生路。

初步交涉下来，双方还算满意，不过也仅限于此。至少顾千城还不敢肯定，自己愿不愿意用这些人。

顾千城接过唐万斤手中的盒子，对中年人道：“你们每个人，包括在外面的那三千人，身上是不是都有忠心蛊？”

“是的。”中年人双手作揖，低头说道。

“你们心里怨吗？”将心比心，如果她被种下忠心蛊，只能成为任人摆布的棋子，她一定会怨恨那个人。

中年人神色一慌，扑通一声跪下道：“属下不敢。”

是“不敢”，而不是“不会”。

“好一句不敢，起来吧。”这个回答，很得顾千城的心。

“谢主子。”中年男人站起来，背微弯，以显示忠诚。

“这就是母蛊？”顾千城嘴角轻扬，无声一笑，扬了扬手中的木盒问道，“能控制你们所有人生死的母蛊？”

中午男人抬头看了一眼，眼中闪过一抹畏惧：“回主子的话，是的。”

“很好。”顾千城取出武老夫人给的令牌，“只有这块令牌才能将盒子打开，对不对？”

“是的。”中年男人抬头看了一眼，然后飞快地低头。

“取出母蛊后，我要如何控制它？”顾千城继续问道。

“回主子的话，是吞服。母蛊只有指甲片大小。”中年男人恭敬地答道。

“原来是吞服呀，明白了。”顾千城举着盒子走到武毅面前。

武毅身子不由自主地一震，诧异地看着顾千城：“顾姐姐？”

“武毅，帮我拿着。”顾千城一脸温柔，却不容拒绝地说道。

“这……”武毅略有迟疑。

“怎么？不肯？”顾千城脸上的笑容瞬间消失，冰冷的眼神直击武毅的心脏。武毅只感觉脑子一蒙，等他反应过来时，手已握住了盒子……

武毅的手在颤抖，却不敢表现出来，只能竭力保持冷静，以免被顾千城看出什么来。

顾千城从始至终都笑语嫣然，看似平和，实际上一举一动都带着迫人的威慑力。那些人甚至不敢抬头看她，总感觉那双美丽的眼睛能将一切看透。

盒子交给武毅后，顾千城拿出令牌，放在盒子凹下去的地方，那个位置正是放令牌用的。

分毫不差，令牌与盒子卡在一起，接着只听到啪的一声，盒子开了。

“开了！”武毅抬头看着顾千城，琥珀色的眸子闪着一丝亮光。

“武毅，你原来见过母蛊吗？”顾千城接过武毅手中的盒子，却没有急着打开。

武毅摇头，顾千城笑道：“没关系，今天可以看一看。”

顾千城将盒子打开，里面有一个透明的罐子，罐中装着澄澈的液体，里面养着一只小虫。

“这就是母蛊？”顾千城举起瓶子，对准光亮处。

“是。”武毅低头说道。

顾千城又问：“要是它死了，这些人，包括外面的三千人会如何？”

“一起死。”武毅毫不犹豫地说道。

“真是神奇的东西。”顾千城赞了一句，举起瓶子问武毅，“这要怎么用？”

武毅仍旧低着头说道：“直接吞服即可。”

“还真是简单。是不是任何人拿到它，都可以吞服？”顾千城又问。

武毅不明白顾千城怎么有这么多问题，可现在他只能回答：“不是的，它只认武氏血脉。顾姐姐，你也有武氏的血脉。”

“原来如此……我就说嘛，真要那么简单，武家的暗部怎么能叫武家暗部？”顾千城一副“我明白了”的样子，却并没有吞服母蛊。

“唐万斤——”顾千城唤了一声，不知神游到哪里的唐万斤突然回过神来，赶紧应道：“千城，你叫我？”

“拿下他！”顾千城突然变脸，指着武毅说道。

“顾姐姐，你……”武毅不承想顾千城说变就变，吓了一跳，本能地反抗，可是唐万斤的动作比他更快。

“别动！”像拎小猴子一样，唐万斤将武毅拎了起来。

“顾姐姐，你要做什么？”武毅面上冷静，背上却直冒冷汗。

武家旧部的人看到这一幕，气氛有一瞬间的凝固，不过很快就平静下来，就像不曾看到唐万斤为难武毅一样。认顾千城为主，从这一点来看，他们似乎都做到了。

“放心，你既然叫我一声‘顾姐姐’，又是武家唯一的男嗣，我定不会要你的命。”顾千城语气轻柔，武毅稍稍松了口气。

“顾姐姐，我差点儿被你吓死。”武毅脸色微白。

“平生不做亏心事，夜半不怕鬼敲门。你怕什么？”顾千城这话听着像是安慰，可更像是警告。

“武家人的血？”顾千城随手将盒子连同令牌一起丢在地上，举着手中的玻璃瓶，朝武毅走去。

“顾，顾姐姐，你……”武毅身子颤抖，哪怕他一再告诫自己，不能抖，可仍旧控制不住内心深处的恐惧。

“别担心，借你一滴血用。”顾千城拿出一把匕首，示意唐万斤将武毅放下来。顾千城直接抓住他的手，割出一个小口子。血珠冒出，顾千城将血滴在玻璃瓶上。只听一声闷响，玻璃瓶开了，里面的液体如同一阵烟般冒了出来。

“顾姐姐，快吞下，养液干了，它就会死。”武毅连忙催促。

“好。”顾千城举起玻璃瓶，却没有往自己嘴里送，“唐万斤，卸了他的双臂。”

随着她的话音落下，只听见咔嚓声响起，武毅惨叫了一声。

“少主！”武家暗部的人站不住了，瞬间拥了过来。

“唐万斤，给我打。”顾千城抬脚一踢，直接将武毅踹趴下。

“好咧！”当武家旧部冲上来时，唐万斤一挥胳膊，就把人扫出去了。

“不，不，不可能！”武毅跌倒在地，一副难以接受的样子。

“你是说你下的药吗？武毅，在对我出手之前，最好先把我身边的人搞清楚。连我身边有什么人都不知道，就敢对我下手，你胆子很肥呀。”顾千城一把捏住他的下巴，就要将瓶里的虫子灌进他的嘴里。

“顾姐姐，我知道错了，求你，不要呀……”武毅毕竟是个十五岁的少年，顾千城此举真把他吓坏了，此时再也顾不得其他，只知求饶。

“少主，少主！你这个妖女，还不快放开少主！不，你不能这么做！”武家暗部的人，刚刚还对顾千城异常恭敬，现在却对她破口大骂。

“妖女？果然是好称呼。”顾千城听到这话，毫不犹豫地将虫子灌进了武毅的嘴里。

“啊——不要，不要呀……”武毅大哭，可惜为时已晚，虫子一入口就消失了。

顾千城将手中的玻璃瓶丢弃，居高临下地对武毅说道：“控制武家暗部的母蛊？哼！当我是傻子吗？”

“你……”武毅愤恨地瞪了顾千城一眼，便趴在地上狂呕。

“顾千城，我记住你了！”武毅吐了半天无效，阴狠地瞪着顾千城，那眼神似要将她千刀万剐。

“少主，少主！”武家暗部的人见到这一幕也不打了，一个个跪在地上。

“少主，都是属下没保护好你呀。”六百多人个个一脸悔恨，看顾千城的眼神就像淬了毒一样。

被六百多人用仇恨的眼神看着，顾千城却无事人一般拍了拍手：“好一个主仆情深，我今天可算是长见识了。”

“哼！卑鄙无耻。”唐万斤虽然没弄明白怎么回事，但他并不蠢，一看就知这些人包括武毅，对顾千城都不是真心的。

武毅艰难地站起身，脸色惨白地看着顾千城：“为什么？”为什么不信他？他这一路表现得还不够好吗？

“无关信任与否，而是我一开始就没打算用蛊虫控制武家暗部。我虽然想要一批绝对忠于自己的手下，但不会用这种残忍的方法。”也就是说，不管武毅给她的是不是真正的母蛊，她都不会要。

“我也在赌，赌你到底有多大的野心。如果你今天把真母蛊给了我，那么——这些人就会永远只听你的话，而我只须和你做个交易就行，偏偏你的野心太大。”野心大不是最主要的，最主要的还是武毅没有与野心相匹配的实力。

“呵呵……”武毅听着听着，突然笑了出来，“你说，一切都是我自作自受？我会被下忠心蛊，也是自找的？”

“难道不是吗？”顾千城反问。

“原来今天的一切都是我自找的！哈哈哈……”武毅笑着笑着就哭了，“可我做错了什么？我们武家世代忠良，最后落得什么下场？你看看，他们原本有数千人，可现在只剩下六百人。整个漠北，除了我武家，连一个女人也没有，你知道这是为什么吗？因为她们全被凌虐而死，我的亲娘……就在我面前，被一群浑蛋污辱致死，那时我才六岁，我才六岁呀……”

武毅说着说着，整个人蜷缩起来：“我生在这里，长在这里，看尽世间丑恶的一面。我以为世界就是这样的，可是当我逃出漠北，才知道外面的世界根本没有这么可怕，外面的人可以吃饱穿暖，可以一家和和乐乐地生活。可是，我的一切却被剥夺了，我的人生全被毁了，难道我不能报复吗？”

“你想报复谁？我吗？”可恨之人，必有可怜之处。武毅是被逼成这样的，而把武毅逼成这样的人，就有老皇帝的份。

“难道我不该报复你吗？”武毅抬头，一脸泪水地看着顾千城，“你给了我们希望，又让我们处于绝望之中。”

“我？”顾千城诧异地指着自己。武毅抹掉脸上的泪，站了起来：“一年前，你写信来漠北，老祖宗告诉我们，你不是普通人。我们都在期盼你的到来，期盼你来救我们。为了引你来漠北，老祖宗在给你的信上画上了日月当空的图案，可是你呢？你在哪里？你根本不管我们的死活。我们每天都在等你来，你却在京城享福，你只在需要我们的时候，写封信问一句，不需要时便任我们自生自灭。”

“你们画那幅画，是为了引我来救你们？”顾千城眼睛瞪得大大的，摇了摇头，“看到那封信时，我以为武家在漠北过得很好，好到不将皇帝放在眼里，所以才敢有恃无恐地画上日月当空的图案。我根本不知道你们需要解救，要不是跟你来到漠北，我都不知道漠北的情况。”

“借口，这些都是借口！如果你把我们放在心上，岂会不管我们？给你送信的人，肯定会把我们的情况说给你听！”武毅根本不相信顾千城的话，一味地指责她。

顾千城懒得解释：“你说是借口便是借口吧，我无须和你说这些，反正事情已经这样了。武毅，不管你怎么想，我只想告诉你，我不欠武家什么，而且我不认为一年前的我有能耐救武家，如果你要恨，那就恨吧。”

顾千城心里没来由地烦闷，看了武毅一眼，又扫了一眼武家旧部，疲惫地对唐万斤道：“唐万斤，我们走吧。”

这地方，她就不该来！

顾千城心里很不舒服，她真没想到，有人曾把她当成救世主，她却让他们失望了。当然，她不是因为自己没有及时救出武家人而郁闷，而是因为武毅的指责而郁闷。武家人之所以沦落至此，又不是受她牵连。作为武家的外孙女，她帮武家是义，不帮武家也没有立场指责她，毕竟她母亲之所以会死，也与武家有关，不是吗？

顾千城明白归明白，可听到武毅说的那些话，心里仍不免有几分难受。

“唐万斤，你说我是不是做错了？”顾千城与唐万斤一前一后地走在通道里。

唐万斤不知顾千城问什么，愣了一下才道：“做错了什么？把蛊虫喂给武毅吃吗？可是你不喂给他吃，自己就得吃呀。”

顾千城道：“他就是不吃，我也不会吃的。”

“那也没有错，是他们太坏了，千城是不会错的。”唐万斤前半句说得义正词严，后半句就直接是谄媚狗腿了。

顾千城乐了：“对，我是不会错的。”

虽然唐万斤什么也没说，但顾千城心中的那点儿郁闷立刻消散了。

她同情武毅，也同情武家人的遭遇，但只是同情，再多就没有了。而武毅今天的举动，却把她对武毅的最后一丝情谊给磨没了。以后不管武家如何，她都不会再插手，至于武家暗部，不着急——这么一大批人，要是不能为她所用，秦寂言绝不会允许他们活在世间，包括武毅！

顾千城能想到的问题，武毅岂会想不到？顾千城一走，他就知道他们完了。

“我们无路可走，秦寂言绝不会放过我们。”武毅脸色发白，满脸都是绝望。

他败了，败得一塌糊涂，败得没有东山再起的可能。

“少主，我们愿为少主而死。”六百一十八人齐齐跪在武毅面前。

武毅道：“死？就这么死了，武家怎么办？老祖宗她们怎么办？我得罪了顾千城，顾千城不会放过她们。”

“那，那我们现在怎么办？”领头的中年人看着武毅，一脸不平，“难道我们要向皇帝投诚？”那他们这十六年来所受的苦算什么？笑话吗？

“哈哈……”武毅摇头，“你们太高看自己了，向皇上投诚还不如自杀。”

“少主，我们不怕死。”暗部的人异口同声说道，武毅亦道：“我也不怕死，可是……我怕武家毁在我手上。”

“少主……”暗部的人哽咽着唤了一句，却被武毅打断：“好了，什么都别说了，让我自己好好想想。”他可以，一定可以找到一条出路。

武毅一屁股坐在地上，眼神呆滞地看着远方……

顾千城与唐万斤进来时特意记了路，还记了通道里软筋散的味道。要说武毅也是倒霉，遇到顾千城和唐万斤这两个变态。诚如顾千城所言，他对顾千城还不够了解，要是他查清了唐万斤的来历，今天这出戏就不会这么唱了。

“武毅估计后悔死了，要是我们一到漠北，他就带我来见武家人，说不定事情不会变成这样。”至少那时候她不知忠心蛊的存在，身边也没有唐万斤这个牛人。

“果然是人算不如天算。”顾千城感慨万千，唐万斤一脸莫名：“什么算不算的，就不能不这么麻烦吗？千城，我们回去的时候，能不能顺便去一趟药王谷呀？”

“要带兵去灭了药王谷吗？”唐万斤一开口，顾千城就懂了。

“对对，赶紧灭了，万一下次遇到小媳妇怎么办？逃起来好累呀，我不想再逃了。”唐万斤一脸委屈地说。

顾千城点点头：“行，我和殿下说一声，让凤于谦陪你走一趟。”

“太好了，以后再也不用担心小媳妇把我抓回去了。”唐万斤拍了拍胸口，一副松了口气的样子。顾千城摇头失笑。

两人边说边走，很快就走到了出口。重见光明，两人脸上都带着喜色，而顾千城脸上的笑容更大，因为秦寂言站在门口等她。

“殿下，你怎么来了？”顾千城跑向秦寂言。

秦寂言快步上前，握住她的手笑道：“我来接你。”

“接我？我看你是来看笑话的吧？”顾千城一听，就知秦寂言话中隐含的意思，不由得白了他一眼。

“什么看笑话，我是来看你整治坏人的。”别说不是，就算是，秦寂言也不会承认。

“明明就是想看我的笑话嘛，直接说就是，我又不会生你的气。”顾千城一脸大方地说。

秦寂言反手扣住顾千城的手，一脸真诚地说：“早就知道会是这样，凭你的聪明，怎么可能让人看笑话？你肯定在气势和实力上直接碾压了他们，是吧？”

“算你会说话。”顾千城晃了晃两人交握的手，笑得开怀。

秦寂言拉着顾千城不疾不徐地往前走，身后的护卫十分默契地保持五步以上的距离，同时把“讨人厌”的唐万斤挡在身后，免得这个没眼色的家伙破坏气氛。

“我真不明白武毅在想什么，他和武家过得不好是我的错吗？他凭什么指责我没来救他们？我还没有指责他们没去京城救我呢，我在顾家过得也不好呀。”见到秦寂言，顾千城还是忍不住抱怨了两句。

秦寂言道：“有些人不肯承认自己的懦弱无能，便习惯把错误推到别人头上，你呀……以后离他远一点儿。”

“他现在也算是得到报应了，害人终害已。”看到长生门那两人的死法，顾千城还能不了解忠心蛊的厉害之处吗？

“怎么？怕我报复他？”顾千城这么说就是想放过武毅，可是秦寂言不想。

顾千城轻叹了口气，低头道：“他在景园救过我。要不是有他在，我当时不一定能逃出来。”顾千城没有为武毅求情，只是把这件事说出来。

“行，这次放过他，但是下不为例。”秦寂言握紧顾千城的手，顾千城吃痛，眉头皱成一团，却没有呼痛，而是点头道：“放心，不会有下次。”

“这话我记住了，要是有下次……”秦寂言用饱含深意的眼神看着顾千城。

“再有下次，你会怎样？”顾千城本能地问道，然后她就听到秦寂言附在她耳边说道：“再有下次，定让你三天三夜下不了床。”

“咳咳……”顾千城一阵猛咳，“殿，殿下……下次能不能别突然说这种话。”

“哪种话？让你下不了床的话？不就是把你绑在床上吗，你想到哪里去了？”秦寂言一边给顾千城拍背，一边调侃道。

“你……好吧，我输了。”秦寂言脸皮越来越厚，顾千城果断转移话题，“殿下，长生门的圣女说了什么？”

“她说——我想知道的她都不能说，不是她不想，而是不能。”秦寂言没有再逗顾千城，边走边道。

“她也被种了忠心蛊？”顾千城有一丝意外。

“真假难断。”哪怕倪月再配合，秦寂言也是不信她的。

顾千城问道：“你打算怎么处理她？”

秦寂言道：“先关起来，要找到长生门的老巢，说不定还要靠她。”

顾千城又问：“带回京城？”

“如果你是长生门的人，你觉得我会怎么做？”秦寂言反问。顾千城想了一下，说道：“如果我是长生门的人，我猜你肯定把人带回京城了，但是也不排除把人留在漠北的可能。”

“所以，我决定……把人送给景炎。”秦寂言突然提出一个让顾千城十分意外的选择：“把人送给景炎？”

秦寂言眉飞色舞道：“你看，你也想不到我会这么做。”

顾千城点点头：“确实出人意料，正常人都不会这么做。”

“不管是漠北还是京城，都不安全。长生门的人神出鬼没，不管把人关在哪里，他们都能救走，唯有把人丢给景炎，他们想不到，也找不到。”

当然，这只是原因之一，最重要的原因是，秦寂言知道景炎也一直在找长生门，把人丢给景炎，任其折腾，十天半个月不行，一年半载总能撬开她的嘴吧？

此地距离漠北城颇远，顾千城和武毅是骑马来的，秦寂言知晓后，舍不得顾千城被风吹，便驾着马车急急地出来接她。

两人上了马车后，秦寂言将一直煮着的红枣茶取下，给顾千城倒了一杯：“温温手。”

“怎么准备了红枣茶，你不是不爱喝吗？”顾千城捧着杯子，眉眼间都是暖意。

秦寂言平时极少说什么哄人的话，也很少做什么哄人的事，但只要和她有关，哪怕再小的事，都记得一清二楚——顾千城的小日子就在这几天，得好好养着。

“又不是我自己喝。”秦寂言取出一壶酒，“我喝酒。”两人一人饮茶，一人饮酒，虽不曾言语，却自有一番温情。

全身暖暖的，马车一晃一晃的，顾千城不由得犯起困来。秦寂言见她一副懒懒的样子，便将中间的茶几移开，示意顾千城躺到他怀里。

手指绕着顾千城的长发，秦寂言问道：“武家旧部，你有什么打算？”如果不能为顾千城所用，那就没有存在的必要。

顾千城懒洋洋地说：“再给武家一次机会吧，如果在我们离开漠北之时，他们还没有行动，你就随便处置，不必管我。”

“依你。”秦寂言眉也不抬地说道。

顾千城似乎知晓秦寂言的打算，闷笑道："会不会觉得我太善良，心太软？"

秦寂言摇摇头："不会。你知道自己在做什么就行。"

顾千城道："放心，我不会让你难做的，我只是想给他、也给我自己一个机会。武家暗部的人毕竟不少，真要从头开始培养，可不是容易的事。"她不会做让秦寂言为难的事，可在许可的范围内，她还是想要点儿特权。

武毅此举着实可恶，如果他不姓武的话，那么他当场就死了，可他姓武，她愿意给他一次机会。当然，他要是抓不住，她也不会心软。

马车缓缓前行，车厢里十分温暖，而秦寂言的怀抱更是让人依恋，顾千城迷迷糊糊地睡着了。等到她醒来，发现自己躺在床上，屋内亮着一盏小灯，外边一片漆黑。

"殿下？"顾千城刚睡醒，脑子还有点儿迷糊，揉了揉眼睛，寻找秦寂言的身影。

秦寂言正在外屋看书，顾千城一醒，他便听到了动静，放下书走进来，先给顾千城倒了杯水："醒了。来，喝杯水。"

"喂我。"顾千城伸手，却不是接杯子，而是搂着秦寂言的腰，顺便打个哈欠。

秦寂言无奈地一笑，小心地将杯子送到顾千城嘴边："小心点儿，别洒了。"

顾千城乖乖地点头，娇气又乖巧的样子就像猫一样，看得秦寂言心里痒痒的。

"饭菜在外面温着，你是出去吃，还是端进来？"顾千城中饭、晚饭全错过了，此时必然饿了。

"我不喜欢房间有饭菜味，"话锋一转，顾千城又道，"但是我又不想动，怎么办呢？"

"真拿你没办法。"秦寂言摇了摇头，让顾千城坐好，转身去取帕子给她净脸，然后拿出一件大披风，将她整个裹了起来，只露出一个头。

顾千城全程笑眯眯地配合，秦寂言一个公主抱，将人抱起来："抱你出去吃，行不行？"

"太行了。"顾千城拿脑袋蹭一蹭，以示欢喜。

"乖乖坐着，很快就好了。"秦寂言将顾千城抱到矮榻上，将人放下。

顾千城用力点头："放心，我是乖乖城，殿下不让我动，我就不动。"秦寂言一个没忍住，笑了出来："好，我的乖乖城最听话了。"

秦寂言快速而高效地将饭菜摆好，然后把人搂到自己怀里。

看到秦寂言用勺子将饭菜送到自己嘴里，顾千城并没有急着吃，而是故作夸张地说："未来的皇帝亲自喂我吃饭，幸福死了。"

秦寂言笑吟吟道："幸福就多吃一点儿。"吃饱了，才有力气。

顾千城一口将饭菜全吞下，慢慢咀嚼，然后赞道："好吃，还要吃！"

"张嘴。"秦寂言夹了一筷子菜，然后很认真地说，"吃饭的时候少说话，那两个'吃'字可以不说。"

"好……还要……"话一说完，顾千城的脸就红了。

秦寂言十分满意，又一勺子饭递到顾千城嘴边："乖，满足你。"

顾千城嘴里有饭菜，根本没法说话，只能睁着水汪汪的大眼看着秦寂言。

“知道了，还要是吧？张嘴。”秦寂言继续歪解顾千城的意思，一口饭、一口菜地喂着。

顾千城好不容易将饭菜咽下，弱弱地建议道：“殿下，我可以自己吃。”

“不用，你好好享受就成。”秦寂言无视顾千城的请求，继续喂饭。

不张嘴？不配合？

“乖乖城，张嘴……刚刚还说你是我的乖乖城，怎么又不听话了？”秦寂言说着说着，自己都忍不住笑了。

还不张嘴？那就威胁：“吃饱了吗？要是吃饱了，我让人把饭菜撤了。”

“我没饱，还要……”顾千城还没说完，就被秦寂言打断了：“说到这里就够了。”

然后一勺饭就将顾千城嘴里的话全堵了回去。

在秦寂言贴心的服侍下，顾千城吃得饱饱的。一吃饱就更不愿意动了，任由秦寂言服侍她漱口，然后抱着她，念书给她听。

特意压低的声音，好像自带立体环绕的效果，从四面八方钻进她的耳朵里，抑扬顿挫。“好听。”顾千城不吝赞美。

“满意本王今晚的表现吗？”秦寂言看了一眼沙漏，两刻钟过去了，顾千城应该消完食了，做点儿剧烈的运动应该没有问题。

“十分满意，明天继续。”顾千城在秦寂言脸上烙上一吻，“这是赏你的，明天要做得更好哦！”

“为了对得起你的赏赐，我今晚就会做得更好！”秦寂言将手中的书丢在矮榻上，一把将人抱起。

“抱我去哪儿呀？”完全没有危机感的某人懒懒地问道。

“运动运动，好消消食。”秦寂言大步往内室走去。顾千城终于发现不对劲了，睁大眼睛看着秦寂言：“回房间运动？”

“原来千城要做房间运动，放心，本王会满足你的。”秦寂言一脸坏笑，将人放在床上。

“殿下……你这是把我喂饱了好吃吗？”顾千城泪奔，她还以为秦寂言就是嘴上占占便宜，哪里知道他真会下手。

“对呀。喂饱了你，现在轮到你喂饱我了。”秦寂言大大方方地应道，轻轻一扯，便将包在顾千城身上的披风扯下，随手丢在地上，然后将人压住。

今夜很长，而顾千城睡得很饱，吃得很饱，精神好得不能再好，足够他吃饱……

第三十九章
机会，本就是稍纵即逝

一整晚的折腾，顾千城不知道自己什么时候睡着的，也不知道睡着后发生了什么，反正她一睁开眼，就发现自己不在屋内，而是在马车上。

“殿下？”要不是看到秦寂言坐在身边，她都要怀疑自己被绑架了。

“醒了？”秦寂言见顾千城醒来，立刻放下书，殷勤地将人扶起来，然后帮她按揉腰间，“有哪里不舒服吗？”

顾千城娇嗔地瞪了秦寂言一眼：“哪里都不舒服。”

“这么严重？下次小心些。”秦寂言知道顾千城这是使小性子呢，转念想想自己确实过了些，马上乖乖认错，同时奉上温水一杯，“来，喝口水润润嗓子。”

“哼，无事献殷勤，非奸即盗。”顾千城说是这么说，还是就着秦寂言的手喝了起来。

“慢慢喝，别呛着。”服侍了顾千城一晚上，秦寂言已经有不少经验，这些小事做起来越来越顺手。

“殿下，我们这是去哪里？”顾千城懒懒地靠在秦寂言怀里问道。

“回京城。”秦寂言没有隐瞒顾千城。

“回京？今天就走？”顾千城愣了一下，不过很快就缓过来了，“早点儿离开也好，漠北这地方实在不适合住，在这里待久了，心都会扭曲。”

“我以为你会生气。”秦寂言都做好了哄顾千城的准备，不料她居然一点儿也不介意。

“生什么气？你不会以为，我因为武家的事而跟你怄气吧？”她有这么蠢吗？为了一个算计过她的人，跟秦寂言置气。

“之前以为会，现在看来，是我想多了。”秦寂言大大方方地承认，换来顾千城毫不客气的嘲笑：“殿下，你真的想多了。你答应给武毅一个机会已经足够，而机会这种东西，本就是稍纵即逝的，武毅没抓住也不能怪我。”

秦寂言一听，心情大好，伸手就将人搂到怀里：“本王的乖……”话还没有说完，马车突然停了下来。

“殿下，前方有人拦路。”侍卫上前说道。

“什么人？去看看。”秦寂言脸色一沉，十分不满。

顾千城笑了一声，说道：“我猜，是武毅。”

“猜对没有奖，我也这么认为。”秦寂言捏了捏顾千城的脸颊，“武家人还是很聪明的。”

“太聪明了，其实我不喜欢。”至少她不喜欢武毅。

“不喜欢丢一边就是，没人能勉强你。”区区一个武家，秦寂言还不放在眼里。

“殿下，是武毅带人跪在前方。”侍卫站在马车外说道。

“把人带过来。”秦寂言问怀中的顾千城，“你打算怎么处理？”

“武毅手中肯定有忠心蛊的母蛊，我问过唐万斤，他说蛊虫对他无效，等会儿武毅要是交出母蛊，就交给唐万斤吧，武家旧部以后就由他负责。”顾千城虽然和唐万斤认识的时间不长，但她相信他。

“唐万斤？倒是个不错的人选。”和顾千城一样，秦寂言也很信任唐万斤，尤其是唐万斤很听顾千城的话，绝不会背叛顾千城。

“殿下、顾姑娘，人带来了。”侍卫再次出声。

“武毅拜见殿下，拜见顾姑娘。”武毅扑通跪到地上。

“顾姑娘？你倒是聪明。”顾千城听到这称呼，不由得嘲讽道。知道她不会顾念姐弟之情，连姐姐也不叫了。

马车外，跪在地上的武毅眼中闪过一抹懊悔，不过很快就收起来了：“武毅辜负了顾姑娘的信任，请顾姑娘处罚。”

“处罚？看在你救过我一次的分上，这次饶过你。走吧，我不想见到你。”如果武毅只是为了寻一条生路，那么有她这句话，武毅可以走了。

“多谢顾姑娘不罚之恩。”武毅不敢再叫她“顾姐姐”，说道，“武毅此次除了请罪，特奉上忠心蛊的母蛊，恳请顾姑娘收下。”

说话间，武毅将顾千城丢下的那块令牌拿了出来，双手奉上。

侍卫接过，掀开帘子递上。秦寂言看到那块令牌，问道：“母蛊在里面？”武家人还真是阴险，母蛊交到顾千城手里，却不说出来。

“是的，母蛊就在令牌里面，捏碎令牌就能拿到母蛊。”母蛊一直在顾千城身上，要不是这样，武毅也不会处心积虑地接近顾千城。他想控制顾千城，更想把母蛊拿回来，却没想到结果竟变成这样。

如果说顾千城原先只有七分厌恶武家的话，那么看到武毅递上来的令牌后，就增至十分。

“你们武家是在耍我玩吗？”一个把母蛊给了她，却不告诉她忠心蛊的事；一个把忠心蛊的事告诉她，却想骗她吃下忠心蛊，把她当傻瓜。

“武毅也是不得已而为之，还请顾姑娘恕罪。”武毅低着头，闷声说道。

“好一个不得已！你们的不得已，与我何干？”顾千城愤愤地将令牌丢出去，“武毅，拿着你的母蛊消失在我面前，我不想再看到你。”

令牌摔落在地，武毅却纹丝不动：“顾姑娘，我知道你厌恶我，求你看在芸姑姑的分上，原谅我一次。当年芸姑姑成亲时，祖父曾用整个武家给芸姑姑陪嫁，求求你看在祖父和芸姑姑的分上，给我和武家旧部一个机会。我以性命发誓，永远忠于你，绝不背叛，如违此誓，我武毅死无葬身之地。”

顾千城道：“拿我娘说事？你不提还好，你们武家人在算计我时，有没有想过我娘姓武，我也是武家的外孙女？”

“顾姑娘……”武毅一脸惨白，可刚说话就被顾千城打断了：“武毅，别拿我娘和她的嫁妆说事。武家拿整个武家给我娘陪嫁？哼，武家这么做，真是因为疼爱我娘，还是已知武家保不住了，这才把东西交给我娘，好让我娘日后还给你们？”如果没见识过武家人的手段，不知武家暗探的身份，顾千城也许会相信，可是现在，她无法不用最大的恶意，去揣摩武家的用心。

“顾姑娘，不是这样的，祖父是真的疼爱芸姑姑。”武毅想解释，可惜此时说什么都无用。

“我说了，别再提我娘。”顾千城从头到尾都没有露面，一直隔着帘子和武毅说话，“至于你说的忠于我，你不过是没有选择，怕被殿下灭门，只得求我。”

“求你再给我一次机会，这次我一定不让你失望。”除了这句话，武毅不知还能说什么。他什么都没有了，骄傲、尊严，通通没有了。

“罢了，既然你有这份心，我就成全你。”顾千城是真的厌烦和武毅掰扯，“唐万斤，你知道母蛊怎么用吧？”

“知道。”唐万斤听到顾千城的话，立刻将令牌捡起来，正要捏碎，就听顾千城提醒道：“动作轻一点儿，别捏死了。”

“顾姑娘，”武毅眼中闪过一抹惊慌，“母蛊很重要。”换句话说，这母蛊顾千城不应该交给别人。

“你不会以为，你们还配认我为主吧？”顾千城讥讽道。

“顾姑娘，武家，武家……”武毅眼中闪着泪光，叩拜在地上，却是泣不成声。

他后悔了。如果昨天他及时收手，是不是今天就不会落到这个地步？

如果一开始他不是抱着别的心思接近顾千城，是不是就不会磨掉顾千城对武家的好感？

可顾千城全然不放在心上，冷冷地说道：“武毅，记住了，以后没有武家！”

“是。”武毅颤抖地说道，而此时唐万斤已经将母蛊服下，武毅闭上眼睛，不敢将情绪流露出来。

而吃完母蛊的唐万斤，一脸不爽地抱怨：“千城，不好吃，没有味道呀。”

“不是给你吃味道的，去见见你的人，你不是要灭了药王谷吗？正好带上他们。”顾千城真为唐万斤的性子头痛，不过现在有武毅在，她也可以放心了。唐万斤单纯，武毅奸诈，而且武毅不能背叛唐万斤，不是吗？

“武毅见过主子，愿为主子效劳。”即使万般不甘，可此时已成定局，武毅除了效忠外，再也没有第二条路可走。

唐万斤看着跪在脚下的武毅，有片刻的失神，然后故作凶狠地说：“千城说你……很聪明，但是很坏，不过千城告诉我不用怕，你要敢对我使坏，就让我捏死你。”

武毅忙道：“武毅不敢，请主子放心，武毅绝不敢对主子有坏心。”有忠心蛊，他根本不可能背叛唐万斤。

“很好，我记住你的话了，起来吧。千城说了，你以后就跟我混了，放心，以后谁欺负你，你就告诉我，我帮你揍他。”唐万斤哪里懂得御下，要不是武毅被下了忠心蛊，顾千城是绝不会把武毅这样的人交给唐万斤的。

“谢谢主子。”武毅站起来，心中的不满稍稍淡了几分。这个主子虽然蠢了一些，可到底不会让他太难堪。顾千城对武家还是有情的，不然不会选择这个人当他的主子。

唐万斤拍了拍武毅的肩膀：“好了，跟我走吧。”

“咳咳……是！”唐万斤那力气，即使有所收敛，依旧能把人拍死。

“这两人，相处得还挺好的。”马车内，秦寂言笑着调侃。

“武毅心高气傲，满身戾气；唐万斤随性亲和，纯真质朴。有忠心蛊在，他们两人会相处得很好，而且有武毅在，药王谷的事你就不用担心了。”武毅就是来自漠北的恶狼，有他在唐万斤身边，唐万斤如虎添翼。

为了帮唐万斤剿灭药王谷，顾千城不仅把武毅和武家暗部全部给他用，还派了一万兵马给他，任其差遣。

离去前，顾千城对武毅说了一句：“我不希望这件事与朝廷扯上关系，你明白吗？”武毅愣了一下才反应过来，双手抱拳，低头说道：“武毅明白，定不会让您失望。”

顾千城见武毅这般懂事，也没有为难他，大方地许诺：“放心，我不会为难武家的女人。”

“谢谢顾姑娘。”除了这句话，武毅不知道自己还能说什么。

顾千城与唐万斤分道扬镳，唐万斤虽然万般不舍，转念想到药王谷不灭，他就没法安心过日子，再不舍也得咬牙去。

“千城，等我灭了药王谷，就再也不怕他们了，我就可以跟着你到处玩了。”

唐万斤带走一万兵马后，秦寂言和顾千城身边只剩下一万多人，而这一万多人，顾千城和秦寂言并不打算全部带回京城。

“留下三百亲兵，其余的你带回江南。”秦寂言没让凤于谦跟着他进京，而是让他先去江南“躲一躲”。凤于谦要是回京，老皇帝必然不会让他继续领兵。

“最多三个月，本王必会召你进京。”秦寂言轻描淡写地说道，凤于谦却大吃一惊。

最多三个月？那就是说，三个月内，殿下必然会登基称帝？

“臣，等着殿下召见。”凤于谦心中激动，差点儿就说错了话。

秦寂言但笑不语，只是挥挥手，示意他离去。

继唐万斤带人走后，凤于谦再次带人离开，只给秦寂言留下三百亲兵，秦寂言和顾千城就带着这三百亲兵赶回京城。

秦寂言特意提前写了折子，告诉老皇帝他回京的日子，可是秦寂言进城这日，城门口竟然无人迎接。

“这是下马威吗？”顾千城看着城门口的人马，不由得笑了，老皇帝还真是个老小孩。

“是呀，下马威。谁让本王得罪了长生门，害得他没了续命的丹药。”秦寂言并不意外老皇帝给他难堪。

“长生门的胆子也是大，居然敢断皇上的药。”最搞笑的还是，老皇帝受了威胁，居然没有翻脸杀人，脾气好得让顾千城吃惊。

“纵有滔天权势，无命享受又有何意义？长生门握住了皇上的命脉。”对于一个将死而怕死的人来说，没什么比续命更重要。

秦寂言的马车一路走到城门口，侍卫取出令牌：“皇太孙殿下的车驾，让道。”

“皇太孙殿下？这，这……小人并没有收到皇太孙殿下回来的消息。”守城的士兵一脸为难，却没有让开。

侍卫脸色微变：“没有收到命令？皇太孙的令牌你可认识？还不快让开。”

扑通，守城的士兵腿一软就跪了下来：“大人恕罪，小人日前收到命令，说是任何人进出城都要严格检查，排队进出，皇，皇太孙殿下也不例外。”特别强调皇太孙殿下，可见这个命令就是给秦寂言下的。

“皇太孙殿下的马车，你也要查？”在皇城为难皇太孙，真的不嫌自己活得太长吗？

“大人恕罪，小人也是奉命办事。”守城的小兵快吓哭了。

“奉命？奉皇命吗？”侍卫反问。小兵连连点头：“是，是皇上的命令，五天前皇上下旨，所有进出城的马车都要严格检查，人人都须排队，就，就是皇太孙殿下也不能例外。”“胡说八道，皇上怎么会让人查皇太孙的车驾？”侍卫火气来了，一把将小兵拉起来，抡起拳头就要打过去。就在这时，秦寂言说道：“放了他，本王倒要看看，谁敢查本王的马车！”

“殿下饶命，殿下饶命，小人，小人不敢。”不仅仅守城的小兵，就连秦寂言带来的侍卫也纷纷跪下，高喊：“殿下息怒。”

“哼！进城！”秦寂言冷哼一声，直接下令进城。守城的小兵跪在地上，看着渐行渐远的马车，连头都不敢抬。他该做的都做了，该说的都说了，是皇太孙殿下不让他检查，可不是他抗旨不遵。

秦寂言无视老皇帝的旨意强行进城，此举虽然维护了面子与尊严，却也授人以柄——抗旨不遵！

“皇上是故意的，恐怕现在就有大臣进宫弹劾你。”进了城，顾千城才开口说道。

“无所谓，他得意不了几天。”秦寂言毫不在意地说道。他本就打算回京即位，老皇帝此举让他更加坚定了这个念头。

“我知道你早有准备，可他现在还是皇上，你自己小心一些。”进了城，顾千城脸上的笑容也淡了几分。

“他不会要我的命。”这一点自信，秦寂言还是有的。

顾千城道：“但他能囚禁你，也能废了你，依你的身份，要是坐不上皇位，只有死路一条。”老皇帝如果想杀秦寂言，完全不需要自己动手。

秦寂言闭上眼睛，坚定地说：“我会……先下手为强！”

“不管你要做什么，我都会站在你这边，只有一点……”顾千城抱着秦寂言的胳膊，“殿下，别让我担心。”

从古至今，改朝换代都不是什么简单的事，秦寂言说得虽然轻松，但顾千城怎会不知个中凶险？

秦寂言道：“我一定会坐上那个位置，你就安心吧。”如果是以前，他不愿、也不屑去争，可现在不行。他有家，他要给自己的妻子和孩子最好的一切。

“我信你。”顾千城合上眼，就这么靠着秦寂言，直到抵达秦王府。

顾千城下车时傻眼了，扭头看向秦寂言：“殿下？”怎么没送她回家？这不符合秦寂言的行事风格呀！

“待在秦王府，顾家不安全。”老皇帝不会要他的命，却可能要顾千城的命，他和顾千城的关系已经瞒不下去了。

顾千城没有立刻答应，想了一下才道：“好，我待在秦王府。”

秦寂言展颜一笑，拍了拍顾千城的头：“果然是本王的乖乖城，很乖。”

顾千城满头黑线，用力拍开秦寂言的手：“不许在人前动手动脚。”

“害羞了？那人后可以吗？”秦寂言附在顾千城的耳边说道。

“你够了，再闹下去我可不住了。”顾千城恼怒地说，不过脸蛋红扑扑的，一点儿杀伤力也没有。

“不闹，不闹，本王送你回去休息。”想到即将进宫见老皇帝，秦寂言脸上的笑容淡了几分。

顾千城见状，握住他的手说道：“殿下，你还有我。”老皇帝算计他、防备他，但她不会。

“不是还有，而是——我只有你。”秦寂言握住顾千城的手，十指紧扣，“千城，我只有你。”整个皇室的人都与他有血缘关系，可他们是他们，他是他，从来都是不相干的人。

“殿下……”莫名地，顾千城眼睛一酸。

“犯傻了吧？”秦寂言在顾千城的脑门上弹了一记，“这也哭？真是笨死了。”

顾千城没有说话，而是紧紧握住秦寂言的手，无声地告诉他：不管发生什么事，他们还有彼此！

秦寂言将顾千城送到住处后，便立刻回到主院，梳洗更衣，准备进宫。

秦寂言刚一出门，就遇到宫里的宣旨太监：“皇太孙殿下，圣上命你即刻进宫。”宣旨太监言辞虽然恭敬，却少了几分客气。

秦寂言脚步不停，直接从宣旨太监身边走过，等到宣旨太监回神，秦寂言已经上了轿。

宣旨太监脸色微变，想到秦寂言现在仍是皇太孙，又硬生生忍住了。

当秦寂言来到正殿，老皇帝却没有见他，而是派司徒公公出来传旨："传圣上口谕，殿下骄纵顽劣、抗旨不遵，去宫门口跪两个时辰再来。"

"皇上要本王在宫门口跪两个时辰？"秦寂言语气平静地问道，可殿外的侍卫听到这话，却一个个挺直脊梁，全身绷紧。

"是。"司徒公公微微弯腰，以示恭敬，"天子犯法，与庶民同罪。圣上说殿下当日抗旨不遵，私自出城，现在又无视圣意，强行进城，如此纨绔不堪，不处罚如何平民愤？"

一顶大帽子扣下来，秦寂言确实该重罚。可从古至今，有哪个皇子皇孙进出城还要任由小兵检查的？

秦寂言闻言，不怒反笑："好一个平民愤，皇爷爷现在在哪里？本王要先见皇爷爷。"

"殿下没有在宫门口跪满两个时辰，圣上不会见殿下。"司徒公公不卑不亢道。

老皇帝的态度十分明确，秦寂言今天非跪不可，非受罚不可，否则又是抗旨不遵！

诚如顾千城所言，老皇帝现在还是皇上，他若想找秦寂言的麻烦，随便找个理由就能名正言顺地处罚他。好比现在，老皇帝给秦寂言扣了一个抗旨不遵的罪名，却只罚他跪，不知情的人听说此事，还要说老皇帝看重秦寂言，对他罚得太轻。要知道，抗旨不遵可是要杀头的，和杀头相比，跪两个时辰算什么？

在旁人看来，老皇帝这么做是偏袒秦寂言，他要是不知好歹，再次抗旨不遵，那可就是恃宠而骄。

看来今天这场罚跪，秦寂言跪也得跪，不跪也得跪！

老皇帝的意思秦寂言明白，确定司徒公公不会让他进去，秦寂言没有多说，转身就往外走。他不是不能硬闯，只是硬闯又会给老皇帝留下一个把柄，太不划算。

"殿下……"司徒公公见秦寂言这般干脆，心有不安，不由得唤了一声。

秦寂言脚步一顿，转身道："司徒公公可还有事？"

"奴，奴才……只想和殿下说一声，圣上是心疼您的，也是向着您的。"只是秦寂言这次做的事让老皇帝很不满。

"本王知道了。"秦寂言留下这么一句话，转身就走。

司徒公公看着秦寂言的背影，不由得叹气。

"司徒，进来。"不给司徒公公太多时间感慨，老皇帝在里面唤道。

司徒公公不敢停留，转身就往殿内走去，跪下道："圣上。"

"他走了？"老皇帝问的自然是秦寂言。

"是的，殿下往宫外走了。"司徒公公如实回道。

老皇帝皱眉，又问："他说什么了吗？"

"殿下什么也没说，只说知道了。"司徒公公如实回答。

"混账东西，犯了那么多错，居然什么也不说，他就不能服个软吗？"老皇帝听到秦寂言没有求情，心里十分不高兴。

他确实是气秦寂言给他惹事，不听话，明明说去找《夷国志》，结果居然跑到漠北去了，还把长生门的药谷给端了，又把人家圣女抓走了，而且怎么都不肯交出来，真让人生气。

“圣上，殿下说了想进来见您，是奴才把殿下拦住了。”而司徒公公会拦下秦寂言，是因为老皇帝提前有过交代。

“你不让他进，他就不能多说两句吗？他是朕的孙儿，朕还能要他的命不成？”除非秦寂言造反，不然老皇帝绝不会要他的命。

“圣上，你又不是不知殿下的脾气，他这脾气，和先太子一模一样，虽然执拗，可最孝顺不过。圣上说不肯见殿下，要殿下去跪，殿下哪里敢惹圣上不高兴。”司徒公公见老皇帝并不是真的气秦寂言，便为他说了几句好话。

“太子是个好的，可惜去得早了。”老皇帝想起太子，不由得陷入深思与后悔。和现在的几个儿子一对比，老皇帝越想越觉得先太子好，可是人都死了，再好又能如何？

老皇帝长叹道：“你说……寂言这性子，怎么跟他父王一样，都不喜欢求情、解释呢？”

“圣上，殿下这是孝顺。”司徒公公不知还能说什么。其实他知道，圣上此举看似落了殿下的面子，却也让殿下与老皇帝离了心。

司徒公公收敛心神，打起精神应付老皇帝的询问，只是老皇帝问了几句话后，外面就有人来通报，长生门的圣使求见。秦寂言前脚进宫，长生门的圣使后脚就来了，可见其消息之灵通。

“快宣。”一听长生门的圣使来了，老皇帝就将秦寂言的事丢在脑后。

“见过圣上。”长生门的圣使并没有跪拜，而是简单地作了个揖，老皇帝似已习以为常。

“圣使免礼。”老皇帝对长生门的圣使十分客气。

“多谢圣上。圣上，您的药我们的人已快马加鞭送到京城，我一收到便急急进宫，还请圣上原谅我们送晚了。”长生门的圣使真是不见兔子不撒鹰，之前老皇帝没有对付秦寂言的举动，长生门就一直说海上风浪大，他们的船出了意外，老皇帝的药短时间内送不过来。现在秦寂言一进宫就被老皇帝罚了，长生门就把药送进来了。

老皇帝心里虽然硌硬得要死，却不得不故作感激：“圣使辛苦了，来人呀，赏！”

赏赐早就准备好了，各式珍宝、名贵的药材如流水一般赐给长生门的圣使，老皇帝不心疼，而长生门的圣使也不曾客气。

以珍宝换药，这是再正常不过的交易！

长生门与老皇帝之间的“交易”完成后，双方都极为满意，长生门的圣使毫不客气地提出另一件事。

“不知皇太孙殿下是否将《夷国志》的下半本带回来了？”圣女对长生门来说固然重要，但比不上《夷国志》。

老皇帝一心想着处罚秦寂言，把《夷国志》的事给忘了，听到圣使提起，皱眉道：“朕还没见他。”不过，老皇帝认为秦寂言是拿不到下半本《夷国志》的，秦寂言压根就没去找景炎，怎么找《夷国志》？

“不知殿下在哪里？可否让我见一见殿下？”圣使看着老皇帝请求道。

老皇帝皱眉，面露不满。他罚秦寂言去宫门口跪两个时辰的事，并不是什么秘密，长生门的圣使此刻提出要见秦寂言，打的是什么主意？

老皇帝闭口不言，可是长生门的圣使却没有就此放弃，再次说道：“恳请圣上准我见一见皇太孙殿下，我有重要的事向他打听。”

“什么事这么重要，非要现在见他不可？”老皇帝同意长生门的圣使见秦寂言，但不是现在。

“事关我们长生门圣女的下落，另外还有龙凤果的消息。”长生门的圣使很清楚什么能打动老皇帝，果然，他这句话一说出来，老皇帝立刻来了精神：“龙凤果和寂言有什么关系？”

“圣上许是不知，皇太孙曾到过龙凤遗址，甚至比我们先一步进去，先一步出来。”长生门圣使直接将秦寂言卖了。

老皇帝冷着脸道：“你这意思是说，寂言得到了龙凤果？你们之前不是说，龙凤果已经到手了吗？”这前后明显矛盾的话，让老皇帝无法不怀疑长生门。和长生门相比，自然是自家的孙儿更可靠。

“圣上，我们是拿到了龙凤果不错，可是皇太孙也到了龙凤遗址，我想知道，皇太孙殿下为何会出现在龙凤遗址。”长生门圣使立刻就把话圆了过来，可是老皇帝心中已经起疑。

老皇帝问道：“你们有什么证据，可以证明寂言去过龙凤遗址？”他的孙儿，他可以处置，长生门的人却不能随意污蔑。

“这……”长生门的圣使傻眼了。

“没有证据就不要胡乱说话，朕的孙儿脾气不好，到时候……”后面的话老皇帝没有说，可流露出来的杀气，充分表明了他的不满。

“是，是我的不是，还请圣上恕罪。”长生门的圣使立刻低头请罪。老皇帝也不是真的想与长生门撕破脸，见对方退让，老皇帝也轻轻放下：“念你初犯，朕不与你计较。”

“多谢圣上。”圣使暗暗松了口气，可也没有就此放弃，“圣上，能否容我当面问问皇太孙殿下，我们的圣女在哪里？”

“改日再说。”老皇帝直接拒绝，而且不留余地。长生门的圣使一听，只得将剩下的话全部咽下，然后告辞离去。

长生门的圣使离去后，司徒公公仔细服侍老皇帝用药，老皇帝用了药有些犯困，准备好生休息，不想还没躺下，殿外就传来一阵喧闹声。

“圣上，不好了，不好了……”太监边跑边叫，一脸惶恐地冲进殿内。

司徒公公脸色大变：“混账，谁不好了？”

“奴才该死，奴才该死。”太监猛磕了两个头，道，“是，是长生门的圣使不好了，长生门的人在宫门口与侍卫打了起来，圣使，圣使的双腿被皇太孙殿下给，给……削断了。”太监说到这里，脸上现出惊恐的样子。

“寂言削断了圣使的双腿？好好的，寂言怎么会对圣使动手？”老皇帝差点就要晕倒了。

“奴才只知圣使对殿下不敬，殿下一怒之下便削断了圣使的双腿。还有，还有圣使带的人，双腿也全部断了。”太监的身子止不住地颤抖。

秦寂言把圣使的双腿削断后，命人将圣使挂在宫门上，对跪在他身后的满朝文武和皇后嫔妃道：“大秦上下，除了圣上外，任何人都没有资格受本王的跪礼，敢受本王的跪礼，便与圣使做伴去。”

没错，跪在宫门口的人，并非只有秦寂言，还有文武百官、后宫嫔妃，就连守宫门的侍卫也跪在了地上，没有一个人敢站起来。

老皇帝一听到长生门的圣使出事了，气息就开始不稳，喘了许久才缓过劲来。

“喊打喊杀，他可真是出息了。”老皇帝气极，直接让人抬龙辇来，他要亲自去看看。

虽说老皇帝也不待见长生门的圣使，但是在没有拿到长生丹之前，他自然不会与长生门撕破脸。现在，秦寂言二话不说就削断了长生门圣使的双腿，他这个当皇帝的有必要前去安抚一二。

龙辇很快就抬来了，司徒公公小心地扶着老皇帝上了龙辇：“圣上，您当心。”

“你说他怎么这么不省心？朕刚刚才说他孝顺，一眨眼的工夫，就给我捅了个大娄子。”老皇帝坐上龙辇，一路催促抬龙辇的太监快点儿，再快点儿……

太监一路狂奔到宫门口，龙辇落下，当老皇帝下了龙辇，他们跪下后就不想起来了。

不，不应该说不想起来，而是他们在准备起来时，突然听到老皇帝说：“你们怎么都跪在这里？怎么回事？”

一群太监齐齐抬头望去，这一抬头，就看到宫门外跪了一排人，个个都很面熟。

这是怎么一回事？

“参见圣上，万岁万岁万万岁。”宫门口的侍卫本来就跪在地上，见老皇帝过来了，便直接叩拜。

“你们这是怎么了？”老皇帝在司徒公公的搀扶下往前走，看到宫门口跪着的那一排人，还有挂在宫门上一直惨叫、不断滴血的长生门圣使，不由得面露怒色。

秦寂言抬头看着老皇帝，神色平淡地说：“皇爷爷，寂言奉旨罚跪。”即使跪着，他依旧是最醒目的那个。

“那你们呢？”老皇帝指着跪在秦寂言身后的文武大臣问道。

“圣上，臣身为内阁首辅，却没有及时劝说殿下，以致让殿下犯错，臣有罪，臣请罪。”封大人代众大臣开口。

此言一出，身后的百官异口同声道：“臣等有罪，请圣上责罚。”

老皇帝冷冷地看着封大人等大臣，心里气极，却什么也没有说，而是转头看向皇后以及她身后的嫔妃：“你们呢？又是怎么回事？”

“殿下幼年丧母，臣妾身为殿下的皇奶奶，没有教导好殿下，以致让殿下犯错，臣妾有罪，请皇上责罚。”皇后一脸淡漠地请罪，丝毫不在意皇上会如何处罚她。秦寂言得臣心、得军心、得民心，大局已定，她还需要犹豫吗？

“你们这是要陪他一起受罚了？”老皇帝指着秦寂言，手指直颤抖。他的臣子、他的后妃，全部不听他的话，都向着另一个人，真是好，好，好！

“臣等愿与皇太孙殿下一同受罚。”封大人和皇后等人异口同声道，其余人则是附和。

“好，好，你们要请罚，朕成全你们，所有人都在这里跪满四个时辰，否则谁也不许起来。”老皇帝怒极，不管那些老臣受不受得了，直接下令。

“臣等领命。”众大臣包括皇后都没有怨言，秦寂言却开口道：“皇爷爷不可。皇后娘娘身子不好，倘若跪上四个时辰，怕是会有危险。周大人、王大人已年过五十，实在跪不了这么久，还请皇爷爷收回成命。”

“怎么？不是你让他们跪下的吗？现在还要为他们求情？”前一刻老皇帝还觉得秦寂言孝顺，此刻却怎么看怎么不顺眼。

太可气了，这是逼宫！

封大人一听，立刻说道：“圣上错怪殿下了，不是殿下让老臣跪下的，是老臣自知有错，甘愿受罚。”

皇后也不甘示弱：“圣上，此事与殿下无关，还请圣上明察。”

“你，你们……”老皇帝看到这些人全把罪名往自己身上揽，气得差点吐血。

“圣上息怒。”众臣子与嫔妃关切地说道。

“你们忤逆不驯，让朕怎么息怒？”老皇帝咳了几声才缓过劲来，可一听到封大人等人接下来的话，老皇帝又气狠了。

封大人说：“臣等不敢忤逆圣上，定会跪满四个时辰，请圣上息怒。”

看似顺从，实则是打老皇帝的脸……

要在场众人跪满四个时辰，是老皇帝刚刚一怒之下说出来的，现在老皇帝要是收回成命，会非常打脸，可要是不收回成命，一旦闹出人命，他这名声绝对会臭。

老皇帝瞪眼：“你们这是要逼朕？”

面对老皇帝的质问，封大人和皇后只会说一句话，那就是：“臣（臣妾）不敢，请圣上息怒。”就这么一句话，根本不给老皇帝台阶下。

“好，你们很好！”自己一手养大的孙儿，联合自己的文武大臣和后宫嫔妃给自己难堪，这一刻老皇帝深深感到自己的失败。

“朕老了，果然是老了！”老皇帝踉跄后退，浑浊的眸子里闪着冰冷的杀意，“你们要跪，朕成全你们，来人——”

“奴才在。”司徒公公弯腰。

“去，调禁军过来，将这些人，这些……”老皇帝一句话没有说完，两眼一翻就晕了过去。

“皇上，皇上！”司徒公公吓了一跳，连忙扶住老皇帝，“来人呀，圣上晕倒了。”

司徒公公急得大喊大叫，可是在场的人像没听到一样，全跪在地上，秦寂言不起来，他们就不起来。

堂堂帝王，晕倒在文武百官和后宫嫔妃面前，却没有一个人管，这绝对是身为帝王最大的悲哀。

“圣上，圣上……”司徒公公悲从中来，可他再悲伤又能如何？司徒公公没有办法，只能跪下来，对秦寂言道：“殿下，殿下……圣上晕倒了。”

“还不快宣太医。”秦寂言抬眸，冷冷地说道。

“殿下，你……”司徒公公见秦寂言仍旧不动，不由得瞪大眼睛。

“皇爷爷要本王跪满两个时辰才能起来，本王不敢抗旨不遵。”秦寂言不疾不徐地说道。封大人和皇后叹了口气，也跟着说道：“圣上要臣（臣妾）跪满四个时辰，没有圣上的命令，臣（臣妾）不敢起来。”所以，不是他们看到皇帝晕倒而不管，实在是无能为力。

司徒公公叹气：“殿下，事有轻重缓急呀，请以圣上的龙体为重。”

“既然司徒公公这么说，众位大人还有皇后娘娘，你们都快快起来吧。”秦寂言可没想过真跪两个时辰，说话间自己就站了起来。

而秦寂言一起来，其他人亦纷纷起身。

“谢主隆恩，谢皇太孙殿下。”众臣和嫔妃纷纷谢恩，谢的却不是老皇帝。

总之，今天这一出戏，恶人老皇帝做了，好人却是秦寂言做了。而且经此一事，满朝文武都算是站在秦寂言这边了，他们就是想反对秦寂言也不行了。

秦寂言起身，立刻上前扮演好孙儿，一把将老皇帝扶起来：“皇爷爷，您没事吧？”

“来人呀，来人呀，快宣太医。”秦寂言高喊，立刻就有小太监去跑腿。

司徒公公叹气：“殿下，先送圣上回寝宫吧。”

“龙辇太慢，本王背皇爷爷过去。”秦寂言将人背在身后，不过走之前不忘对众大臣道，“众位大人放心，皇爷爷只是晕了过去，众位早早回去，有事本王自会通知诸位。”

“谢殿下，臣等告退。”文武百官没有多说，秦寂言一下令，他们转身就走。

至于皇后等人，秦寂言也有安排：“皇后娘娘和众位娘娘想必都累了，来人，送皇后娘娘回宫。另，着人通知禁军，封锁宫门，任何人不得进出。”

这就是不允许任何人接触晕倒的老皇帝，也不允许任何人将消息传出去。

“末将领命。”不知何时出现的禁军统领跪在秦寂言面前，司徒公公看到此人，脸色大变，秦寂言扫了他一眼，冷冷一笑。

把事情安排好，秦寂言便背着老皇帝回寝宫，而宫门口的人也一一散去，至于挂在宫门口的长生门圣使，这个时候谁管他们？没有老皇帝护着，长生门算什么东西？

按说，当时跪在宫门口的人那么多，事情根本瞒不住，奇怪的是，京城上下，没有一个人议论半句，就好像宫门口的事不曾发生一样。

秦寂言把老皇帝送到寝宫，直接把司徒公公请了出去，然后亲自照料老皇帝。

太医很快就确诊，老皇帝旧疾复发，病情十分严重，需要静养，最好不要有人打扰。太医此言一出，直接隔绝了老皇帝与外人接触的可能。而实际上，老皇帝在半个时辰后就醒了。

老皇帝在位数十年，当年也是一层层杀上来的，当他看到身边没有一个熟悉的人，就知道自己被软禁了。

“朕没有想到，你会出手。”老皇帝自己坐起来，靠在床头，看着站在他面前的秦寂言，眼神复杂。

“我有想要保护的人，不得不出手。”秦寂言脸色平静，没有夺位成功的得意，也没有软禁自己亲爷爷的心虚。

“你这是怨朕没有早早让位？寂言，朕一早就提出禅位，是你不肯即位，现在又闹了这么一出，你可知自己在做什么？”老皇帝气极，如果他此时有力气，一定会狠狠地打秦寂言一巴掌。

“皇爷爷，我一直很清楚自己在做什么。”秦寂言不怒不喜，神色淡漠地说，“皇爷爷，您觉得依我的个性，会心甘情愿地做一个没有实权、任您摆布的傀儡吗？”

“你……是说朕禅位后也会握权不放？朕是那样的人吗？”老皇帝气得直喘气，却没有人上前为他顺气。

秦寂言就像没有看到一样，嘲讽道：“皇爷爷，难道您不是这样的人吗？”

老皇帝是什么样的人，秦寂言比他更清楚。老皇帝不肯承认，秦寂言也不会和他争辩。

在老皇帝发怒之前，秦寂言上前替老皇帝拉好被子：“皇爷爷说什么就是什么，好好休息，其他的事情我自会处理好，皇爷爷不必担忧。”

“你，你要做什么？”老皇帝拉住秦寂言的手，颤声问道。

秦寂言轻轻抽出自己的手：“皇爷爷，我要即位。”

“即位？你，你真的要……”老皇帝震惊地看着秦寂言。

“皇爷爷，都走到这一步了，你觉得我们祖孙二人还能回去吗？”秦寂言后退一步，平静地看着老皇帝。

“皇爷爷，当年我父王不曾夺位，您都让人杀了他，现在我已经做到这一步了，您说我要是不坐上皇位，会有怎样的下场？”

“你，你……知道些什么？”老皇帝脸色大变，惊恐地看着秦寂言。

秦寂言摇了摇头，说道：“皇爷爷，昭仁太子的后人都出现了，你不会以为十六年前的事，还瞒得住吧？”

“是景炎告诉你的？”老皇帝眼露凶光，好像要吃了秦寂言一样。

“算是吧。”秦寂言想到当年老谭面馆的案子，还有西胡大牢的事。景炎，比他想象中藏得还要深。

“咳咳……”老皇帝一通猛咳，好半天才平复下来，“是你放走了景炎，对不对？”

“昭仁太子的后人，需要我放吗？”秦寂言既不承认，也不否认。

“京城那次，若非你想放过他，他怎么可能逃脱？原来你在那个时候就知道了末村的事，就知道了你父王的死因。你这是在报复，对吗？”老皇帝挣扎着想要起来，最终却跌倒在龙床上。

秦寂言深深地看了老皇帝一眼，闭上眼睛：“皇爷爷，我从来没想报复您，真要报复，我不会等到现在。”

“不是报复，那你现在是做什么？你软禁朕，你要篡位，你知不知道，这是谋反，朕，朕可以杀了你！”老皇帝气愤地大喊，可惜没有一个人回应。

面对老皇帝的怒火与指证，秦寂言始终平淡如常，不疾不徐地说：“皇爷爷，我是你一手教导的，我很清楚遇到这样的事，你会怎么做。为了活下去，我只能选择即位。”

“你好……你很好。朕栽在你手上，无话可说。”知道权力与亲情都无法拿秦寂言怎样，老皇帝的情绪再次失控，“滚滚滚，滚出去，朕不想再看到你，滚出去。”

秦寂言也不生气，从善如流道：“孙儿告退。”

秦寂言一出去，立刻就有宫女太监走进来，殷勤地服侍老皇帝。

“滚出去，朕不需要你们服侍！叫司徒进来，听到没有，叫司徒进来。”老皇帝在寝殿内大喊大叫，可是，服侍他的宫女太监却像木头人一样，站在原地一动不动。

老皇帝怒极，随手抄起玉枕，砸向离自己最近的太监：“都聋了吗？没听到朕让你们滚出去？没听到朕让你们叫司徒进来吗？”

玉枕正中对方的脑门，血当即溅了出来，那太监痛得发出嗬嗬声，嘴巴一张，就看到嘴里黑洞洞的，没有舌头。

“你，你，你们……”老皇帝两眼一翻，再次晕了过去。太监见状，只是将他扶好，收拾好寝殿内的碎片，然后去请太医……

秦寂言从老皇帝的寝宫出来后，并没有直接离去，而是来到关押司徒公公的地方。

“司徒公公，近来可好？”秦寂言在司徒公公对面坐下，神态从容，语气自然。

“皇太孙殿下找奴才何事？”司徒公公跪在秦寂言面前，言语生疏，少了以往的亲近。

秦寂言并不在意，只道：“本王知道你手上有一支人，说说你的条件。”既然出手了，秦寂言就要将老皇帝手中所有的势力清除干净。

“殿下，老奴是圣上的人。”所以，不管什么条件，他都不会答应。

“放心，皇爷爷出宫安养晚年，本王会许你一同随行。”前提是司徒公公将他手中的人交出来。

司徒公公突然笑了一声：“殿下，我说出来你会信吗？”

“本王记得父王曾提过你，本王会信。”是会信而不是相信。

“先太子确实对奴才有恩，可是奴才只有一个主子。”无论如何，他都不会背叛皇上。

秦寂言听到这话，略有几分失望，抬眸看了司徒公公一眼，没有再劝说，起身道：“既然如此，本王成全你的忠心。来人——”

秦寂言转身，背对着司徒公公，对面前的人命令道：“废了他。”

只要人不死，司徒公公手中那支人马就不会交给别人。只要有时间，他总能查出来……

第四十章
佩服，只做一件事

控制了宫廷与老皇帝，事情就成功了一半，但这个时候高兴还是太早了。

秦寂言从来不是一个拖泥带水、瞻前顾后的人，既然已经动手，他就不会迟疑、后悔，哪怕撞得头破血流，也会咬牙走到底。

秦寂言见过司徒公公后，就来到议政殿，封大人和凤老将军早已等候多时。

“殿下。”两人见到秦寂言，快步上前行礼。

“两位大人不必客气。”秦寂言虚扶了一把，待两人起身，才道，“坐下说。”

而他自己，则毫不客气地坐在龙椅上。对此凤老将军和封大人半点也不意外。

“今日本王召两位大人进宫，是想说说皇爷爷的病情。”秦寂言开门见山地说道。凤老将军和封大人直接问道：“殿下，不知圣上是否安好？”

秦寂言慢条斯理道：“皇爷爷龙体欠安，太医说需要静养，任何人不得打扰。”

秦寂言这话一出，凤老将军和封大人还有什么不明白的，两人毫不迟疑地跪下：“圣上龙体违和，无法处理国家大事，恳请殿下即刻即位，以安大局。”

“皇爷爷只是身体欠佳，养上一段时间就好了。”就算做得再过分，面子功夫也要做足。三跪三请，就算他再不乐意，也得把这个姿态摆出来。

封大人太清楚自己此时该怎么接话了：“殿下，圣上早已写好传位诏书，是殿下孝顺，一直不肯即位。然，圣上此刻身体不适，殿下即位，让圣上得以静养，才是最好的孝顺。”

话从封大人口里说出来，就好像秦寂言不赶紧即位，就是不孝顺老皇帝一般。

在凤老将军和封大人面前，秦寂言也不矫情，推辞一次后便道：“皇爷爷怕是没有精力上明日的早朝。”

“臣请殿下监国，早日即位。”封大人闻弦歌而知雅意，立刻表示明日早朝前，他会把事情办好。到时候百官必会跪求秦寂言即位，而理由同样是老皇帝身体不好，好让圣上好好养病。

封大人和凤老将军的配合，都在秦寂言的意料之中，和凤老将军和封大人通气后，便让两人回去。

凤老将军没啥想法，秦寂言说让他回去，他便回去，倒是封大人很贴心地提了一句，说秦寂言今晚怕是有许多事情要处理，让封似锦进宫伴驾。说得好听是伴驾，实际上是封家送一个人质进来，好让秦寂言安心。毕竟皇权更迭乃大事，稍有不慎就会满盘皆输，封大人知道秦寂言相信他，可他不能肆无忌惮地挥霍这份信任。

“准。”秦寂言没有拒绝。

送走两位大人，秦寂言没有再见任何朝臣，而是与皇后一起，将宫里的人清了一批。

凡是老皇帝的心腹，赵王、周王的探子，顾贵妃和五皇子的人，不可靠、不可信的人，秦寂言全部清了，一个不留。

一夜之间，宫内直接少了四分之三的人，各个殿都空荡荡的，后宫妃子身边大多只留下一两个宫女。有些事先不知情的，比如顾贵妃等人，哭着喊着要见老皇帝，可是办差的侍卫压根不拿正眼看她们，直接把人挡了回去。至于服侍的人不够，过段时间自会补足。

清宫廷，清禁军，清奸细……

这一夜，不仅仅是禁军、太监很忙，就是锦衣卫也忙得不可开交。

锦衣卫是最早投靠到秦寂言阵营的人，以前，锦衣卫只能隐在暗处，现在秦寂言稳坐皇位，锦衣卫自然不需要再藏着掖着，直接明刀明枪地站到秦寂言身侧。作为秦寂言手中最快也是最强的一把刀，秦寂言剑之所指，便是他们身之所向。

是夜，锦衣卫穿梭在大街小巷，以最快的速度控制了所有可疑的人员，凡反抗者，一律杀无赦。

“原来锦衣卫早就投靠了殿下，我就说殿下怎么这般从容。”锦衣卫一动，京城消息稍微灵通些的人，就明白是怎么回事了，不知有多少老家伙正在家里独自感慨。

“殿下高瞻远瞩，臣佩服。”封似锦进宫后，看到秦寂言一一布局，由衷地赞道。

“有什么好佩服的？本王从五岁起，就只做了这么一件事，要是做不好都不应该。”秦寂言半点不觉得这有什么值得骄傲的。他前半生几乎都在为这件事做准备，即使他不争的那几年，也在韬光养晦、积蓄力量，因为他很清楚，倘若没有足够的力量与权势，新皇登基之后，必然不会放过他。

“许多人一生也不见得能做好一件事，而殿下可不仅仅做了这一件事。”秦寂言不仅夺得了皇位，还赢得了美人心！

江山美人都在手，这世间怕是再也找不到一个比秦寂言更幸福的男人了。

封似锦看着秦寂言淡淡一笑，转身继续处理自己手上的事务。

秦寂言看了他一眼，淡漠地收回视线，提笔在明黄的绢布上落笔。他很忙，没时间管封似锦的小情绪。

这一夜，秦寂言和封似锦忙得没有合眼。除了他们，京城还有许多人没有合眼，因为他们心情忐忑，根本无法入睡。

“真没想到，皇太孙不出手则已，一出手便雷厉风行，一点儿喘息的机会也不给旁人。”平西郡王双手背在身后，站在窗前看着皇宫的方向发呆。

没让儿子回京，果然是英明的选择。他们言家凭军功封了王，已经足够，不需要从龙之功来锦上添花。

封家。封老爷子正与封大人对弈，封老爷子执黑子，随手落下一子："所有人都小看了殿下，殿下比我们认为的藏得还深，谁都不曾想到，殿下在京中会有这么大的势力。"

封大人道："殿下手中的底牌极多，不过这样也好，殿下一登基，便能稳坐皇位。"

"圣上这次棋差一着，我原以为不会这么快，没想到他一进宫便动手了，这性子，也不知像谁。太子可不是这般性急的人。"封老爷子和封大人下棋完全不需要思考，闭着眼睛落子也能赢。

封老爷子飞快地落下一子，封大人则拿着棋子，盯着棋盘思索起来。

"殿下像圣上，圣上当年也是雷厉风行的性子，太子却太仁和了。要是太子有殿下这份果断与狠绝，就不会落得那样的下场。"脑子想棋局去了，说话自然也就不经大脑了。

"咳咳……"封老爷子没好气地看着封大人，"有些话，即使在家里也不能说。"

"儿子知错。"封大人忙站起来认错。

今夜，像封家父子这样坐在一起讨论秦寂言的人家不知有多少，不过他们讨论来、讨论去，都是佩服秦寂言的能耐。

是夜，顾千城收到暗卫送来的信："顾姑娘，殿下说今晚无法回来，请你安心休息。等过了明天，一切便成定局。"

"我知道了。"顾千城听到这话，就知秦寂言有必胜的把握，提到嗓子眼的心总算落了下来。接过暗卫递来的信，顾千城示意暗卫退下。

展开来，锋芒毕现的字迹浮于纸上：待本王为你铺一条直通后宫的锦绣大道！只这么一句，便将秦寂言的自信展露无遗。

"殿下，你可真是……"顾千城摇摇头，将纸按原来的折痕折好，装回信封，贴身放好。

"既然你这般自信，我自然信你。"顾千城轻笑，犹豫了一下，还是决定去书房找本书看。哪怕有了秦寂言的信，她今夜也是睡不着的。

书房的藏书十分丰富，顾千城寻了一圈，最终还是找了一些案件来看。

秦寂言书房里的卷宗都是六扇门送过来的，全是精挑细选的大案、密案、要案，外面根本看不到。顾千城看着看着就入迷了，直到老管家敲门，提醒顾千城："顾姑娘，时辰不早了，还不休息吗？"

"什么时辰了？"顾千城转了转酸痛的脖子，抬头问道。

"子时三刻。"老管家站在门口，神色拘谨，不似以往从容。

"这么晚了？"顾千城打了个哈欠，"殿下那里有消息传过来吗？"

"没有。宫里一切平静，京城也很平静。"老管家低声说道，末了又劝道，"顾姑娘，你这么坐着也不顶事，不如早点儿休息，明日说不定还要进宫。"

"老管家，你想多了，我明天肯定进不了宫，殿下还有的忙呢。"顾千城站起来动了动脖子，"我现在就是躺在床上也睡不着，你让厨房给我送碗汤，我有些饿了。"

"是。"老管家躬身退下。不多时，就有下人送来一碗热汤。顾千城端起碗，发现汤里有只小虫子，最可怕的是，这只虫子还是活的！

“王府的下人怎么这么不仔细？”顾千城看着碗里的虫子，顿时没了胃口，“端下去吧，我不喝了。”

“奴婢该死，请姑娘恕罪。”送汤的侍女扑通一声跪了下来。

“下去吧。”顾千城没说什么处罚的话，她只是借住的客人，没资格处罚下人。

“是，是。”侍女端着汤慌忙退下，出门时差点儿撞到老管家，吓得侍女再次跪下请罪。

“怎么回事？”借着回廊的烛光，老管家看到不曾动过的汤，皱眉问道。

“回管家的话，汤里有只虫子。”侍女将汤碗端起，奉到老管家面前。

老管俯身眯眼看着侍女手中的汤，好半晌没有收回视线，直到侍女的手都酸了，端着盘子的手开始发抖，老管家才叹气道：“端回去吧。”

“是，是。”侍女如蒙大赦，跑得飞快。老管家望着侍女离去的身影重重地叹了口气：没喝也好……

最紧张、最让人不安的，莫过于大局敲定的前一刻！

秦寂言逼宫的当晚便是最危险、最难熬的时刻，只要过了今晚，明日早朝上名分一定，大局就定下来了，谁也改不了。如果他之前没有收服文武大臣、没有收拢兵权、没有拉拢皇后、没有得到锦衣卫的支持，那么今天根本不可能成功。一天一夜的时间，他控制了皇宫、控制了京城、控制了所有有异动的官员。

早朝前的半个时辰，一切都井然有序，没有一丝意外，秦寂言就知道——事情成了。

“呼……”秦寂言吐了口气，虽然一夜未睡，仍旧神采奕奕，浑身都散发着斗志。只是一夜，这个男人身上便有了君临天下的霸气。

不，应该说这个男人身上一直有君临天下的霸气，只是被他收了起来，从不示人，只在君临天下的这一刻才显露出来。

真的藏得很深！封似锦忍不住感慨，又忍不住佩服。

“来人，更衣！”就在封似锦感慨之际，秦寂言已做好了上早朝的准备。

随着秦寂言一声令下，殿里的太监、宫女捧着皇太孙的服侍鱼贯而入，沉默却细致地替秦寂言换上朝服。

封似锦见状，亦退到偏殿，准备换上朝服。他回京城后，老皇帝就升了他的官，现在是一个五品小官，有幸能上早朝，能见证这历史性的一刻。

大秦每日一小朝会，三日一大朝会，七日一休沐，今天正值大朝会，文武百官都会上殿。

“早朝的时辰快到了，这时候，寂言已经在为上朝做准备了吧？”老皇帝半夜醒来，在窗前坐了一夜。看着黑夜被白昼取代，看着漆黑的天色渐渐变亮，老皇帝的眼神越发黯淡，浑身都透着一股死气。他强势了一辈子，大权在握了一辈子，做梦也没想到，有朝一日会被自己的孙儿囚禁。

“朕防着所有人，独独没有防备你。”老皇帝闭上眼睛，重重地叹了口气。

“朕真没想到你会做到这一步。同时朕亦很欣慰，你不愧为朕亲手教导出来的孩子。朕相信大秦在你的治理下会越来越强盛，朕也算对得起江山社稷了。”此时说得再多都是自欺欺人，可若没有这些自欺欺人的话，老皇帝怕是会疯掉。

当沉重的宫门打开，文武大臣排成两列依次入殿。

满殿寂静，不管平日多么高调、张狂的人，此刻皆沉默地站在殿中，有不少人脸色不佳、眼睛血红。没办法，昨天那场震动实在太大了，在场的人就是消息再不灵通，这时候也知道发生了什么事。

百官到列，不多时就传来太监尖锐的声音：“皇太孙殿下驾到，跪！”

“殿下千岁千岁千千岁。”众大臣齐齐跪下，齐声喊道。

“众爱卿免礼。”秦寂言看着匍匐在地的百官，一脸平静，眼中没有一丝波澜。

“谢殿下，千岁千岁千千岁。”众臣起身，太监一扬拂尘，再喊：“圣上龙体欠安，皇太孙殿下监国。有事启奏，无事退朝。”

太监的话一落下，便有礼部尚书出列：“臣有事启奏。”

“何事？”就算是演戏，也要做足全套。

“殿下，圣上龙体欠安，无法处理国家大事。之前圣上便已立下禅位诏书，臣请殿下为了江山社稷，即刻即位，以安民心。”礼部尚书点题后，便洋洋洒洒地说了一大堆秦寂言现在即位对大秦、对天下的好处，说得秦寂言要是不即位，就对不起天下百姓似的。末了，礼部尚书又以同样的请求结尾：“臣请殿下即刻即位，以安民心。”

礼部尚书的话引来众朝臣的附和，在场的官员不管是不是已经倒向秦寂言，在大势所趋之下，没有一个人反对。

秦寂言看了一眼，轻描淡写地拒绝道：“不可。”而他这一声拒绝，马上引来朝臣一而再、再而三的请求：“臣请殿下即刻即位！”

“为了江山社稷，为了黎民百姓，臣请殿下即刻即位。”

三拒三请，在文武百官的再三恳求下，秦寂言万般无奈，只得“违心”地应下。

“为了江山社稷，为了天下苍生，孙儿不孝了。”秦寂言一撩衣摆，朝龙椅的方向跪下。

秦寂言做足了姿态，请罪的话一出，立刻就有朝臣为他辩驳：“殿下言重了，殿下为了能让圣上安心静养，这才不得不提前即位，实在是再孝顺不过。”

“圣上的传位诏书在此，殿下不是不孝，而是大孝。”

……

一番劝说之后，秦寂言终于“打开心结”，众朝臣欢欣鼓舞，高喊：“恭迎新帝即位，皇上万岁万岁万万岁。”

大殿内的声音一出，外面的侍卫、太监紧随其后，高喊：“皇上万岁！”

恭迎新帝即位的声音，以大殿为中心朝四周传播，宫内其他人，不管秦寂言听不听得到，看不看得见，一一跟着跪下。

“终于即位了。”年迈的皇后听到外面的喊声，眼中闪过泪花。这一次，他们陈家押对了宝，没有意外的话，至少又能富贵一代。

宫里的人最早收到消息，哪怕被软禁的顾贵妃，也早早收到了消息。顾贵妃跌坐在椅子上失声大哭：“新帝即位了，他的儿子，他的儿子即位了。武芸，武芸，我还是输给了你，我输给你了。”

秦寂言虽然软禁了老皇帝，却没有虐待他，老皇帝仍旧住在原来的寝宫，虽说身边没有一个心腹，消息不灵通，可发生这么大的事，他不可能不知道。

“即位？这就即位了？竟然不给朕翻盘的机会？”老皇帝大笑，笑得发苦。

皇太孙是他下诏书立的，禅位诏书是他写的，寂言即位名正言顺，他就是站出去反对也没有立场。

“罢了，罢了，你即位也好。”老皇帝闭上眼睛，不断告诉自己要面对现实。

宫外的人很快也收到了消息。

被圈禁的赵王一家，被废的五皇子……

“哈哈哈，寂言，最后的赢家果然是你。”秦云楚自从被圈禁后，又过上了醉生梦死的生活，那西北出色的表现好像昙花一现。

“我不后悔，我不后悔！寂言，你听到没有，我不后悔！”秦云楚一个踉跄跌坐在地上，酒坛碎了一地。

曾经，寂言拿他当兄弟，帮他去顾家退亲，带他去求医，他曾经，曾经……

可现在说这些都没用了。

“寂言，你听到没有，我不后悔！还有，顾千城，我告诉你，我秦云楚做过的事，永远不会后悔！啊……”秦云楚失声大喊，歇斯底里。天知道他有多后悔，后悔得快要疯了。

顾家也收到了消息，顾老太爷只是叹了一声：“千城的眼光果然是最好的，我不如她。”

“爹，皇太孙即位了，皇太孙殿下即位了。”顾二叔一脸欢喜地跑了进来，“爹，皇太孙和千城交情匪浅，这一次我们顾家要翻身了。”

顾二叔是不见兔子不撒鹰的人，一见秦寂言登基，立刻掏出二十万两银票：“爹，这是我的一点意思，您看……千城欠户部的银子，是不是要还了？”

比顾二叔慢一步的是顾承志，他同样拿着一个盒子来见顾老太爷，可惜他还没开口就被顾老太爷拒绝了：“户部的银两不需要你们还，你们就是去了户部也不会收。”

锦上添花哪比得上雪中送炭？这两人此时才知讨好千城，晚了。

“祖父，您帮帮孙儿，孙儿以后全听祖父的。”顾承志扑通跪下，委屈地说道。

顾老太爷却是心比铁硬：“晚了！承志，祖父再教你一个理——做过的事别后悔，后悔也于事无补。”

秦寂言即位，真是几家欢喜几家愁。不过，不管顾家人如何，顾千城绝对是高兴的。

“事情暂时告一段落了。”顾千城打开书房的门，看着明亮的天空，笑得比初升的太阳还要灿烂。

“殿下，恭喜你！”顾千城默默地在心中说道。

可惜，秦寂言现在没时间出宫，也不好接顾千城进宫。秦寂言在大殿上同意了文武大臣的请求，接受了朝臣的参拜，他就已经是新帝了。可是即位还有一系列仪式要办，举行完登基大典才算名正言顺。

因为老皇帝之前一直嚷着禅位，虽说秦寂言从来没有当真，可臣子听到这话，就算明知是假的也得好好筹备，万一新帝真即位了，他们无法在短时间内筹办出登基大典，岂不是要得罪新帝？是以，在秦寂言接受朝臣参拜的当天下午，礼部尚书与钦天监就来找秦寂言。前者是来禀报秦寂言，登基大典已筹备妥当，随时可以举行，昭告天下。后者则是来告诉秦寂言，明天就是吉日，错过明天，得等半个月才有吉日。

如此一来，不需要秦寂言开口，便有礼部尚书请求明日举行登基大典。

秦寂言没有应下，礼部尚书黯然离去，不过回头以封大人为首的文官，就齐齐地跪在殿前，请求新帝明日举行登基大典！

盛情难却，秦寂言只得“勉强”同意了朝臣的请求。

新帝的登基大典，没有人敢糊弄，别说底下的人提前做足了准备，就是没有，也必须在一天之内办好。

“圣上，明日的登基大典，一定能如期举行。”礼部尚书再三保证。

“圣上，绣衣局的八百绣女同时动手，明天天亮之前，一定能把龙袍绣好。”所有的东西都好准备，唯独龙袍最麻烦。

“圣上，明日大典上的祭文，几位太傅已在准备。”

“圣上，末将已安排人严守太庙，绝不会让可疑人员混入。”

……

秦寂言的即位太过突然，登基大典准备得也很突然，许多大臣事先都没有准备，就连封大人也不免手忙脚乱，唯独秦寂言淡定如常。

从早到晚，秦寂言身边就没有断人，这拨大臣刚进殿，下一拨大臣又在外面等候，每个人都有一大堆的事汇报，有一大堆的忠心要表。

这样的情况下，秦寂言别说回一趟秦王府见顾千城，就是吃口热饭都难。

好不容易到了晚上，秦寂言可以休息一下，刚吃上一口热饭，就有太监来报：“圣上，太上皇从今早开始绝食，怎么劝也不肯进食。”

“太上皇可有什么要求？”秦寂言接过太监递来的帕子擦了把脸。

“太上皇说，要见陛下。”太监低着头，小心翼翼地说。

“走吧。”秦寂言没让老皇帝久等，做戏要做全套，反正老皇帝也没几天可活了，他何不把孝子贤孙演到底？

老皇帝就住在正殿，秦寂言从办公的地方走过去，只需要一刻钟。秦寂言在动身时就让太监传膳，等到秦寂言进殿，太监也把老皇帝的膳食端了进来。

秦寂言走进殿内，挥了挥手，示意殿内的人都退出去，这才上前说道：“皇爷爷，听说您不肯用膳，是膳食不满意，还是服侍您的人不尽心？”

老皇帝倚着床头而坐，听到秦寂言开口，转过身看了他一眼，浑浊的眸子没有一丝光彩。

"皇爷爷，您怎么了？哪里不舒服？"秦寂言一脸担忧地问道。

"寂言，司徒呢？"老皇帝开口，声音虚弱无力，完全没有平日的精神与气势。

秦寂言俯身替老皇帝调整靠背："皇爷爷放心，司徒公公很好，我询问他一些事，问清了就让人把他送过来。"要是没问清，那就对不起了，司徒公公永远不会出现。

"你已登基，文武百官都支持你，还需要防着朕吗？"老皇帝精神萎靡、语气低落。

"皇爷爷，你知道的，孙儿从来不是一个拿大的人，我喜欢稳稳当当的。"秦寂言端起放在床头的热粥，坐在老皇帝身侧，"皇爷爷，您一天没有吃东西了，我让御膳房的人熬了鱼粥，您吃一点儿可好？"

秦寂言亲自将粥吹凉，送到老皇帝嘴边，老皇帝却犯倔，扭头道："朕不吃。"

"皇爷爷，太医说您的身体很虚弱，不吃的话，哪来的精神？"秦寂言耐心地举着勺子。

"没有精神，不正是你想要的吗？等朕死了，没有一个太上皇压在你头上，你这皇位不是坐得更稳当？"老皇帝冷冷地看着秦寂言。

他一再告诉自己要面对现实，可看到秦寂言还是忍不住生气。事情发生得太快了，他还没弄明白是怎么回事，就被秦寂言囚禁起来，他甚至想不明白秦寂言为什么会动手。

"皇爷爷，您何必拿自己的身体怄气，我明日就要举行登基大典，到时候……无论发生什么事，我都是皇帝。"所以，老皇帝真要死的话，那也是白死。

"明天？这么快？你这是早就准备夺位了？"老皇帝瞪大眼睛看着秦寂言，抬手挥开他的手。勺里的粥洒在被子上，秦寂言看了一眼，将粥碗放下，好脾气地解释道："皇爷爷，登基大典是礼部有准备。"

"好好好，你们真的很好！原来你早有准备，就等着今天。"老皇帝气得直喘气，秦寂言却没有上前为他顺气的打算。

秦寂言站起来道："皇爷爷，您误会我了。我根本没打算一回京就即位。"他本打算过两天再即位，至少要先把京城的事顺一顺，可惜老皇帝不给他时间。

老皇帝眼睛一瞪："你什么意思？"

"皇爷爷，我只想告诉您，走到今天这一步，是您逼我的。"最后五个字，秦寂言说得极慢。

直到秦寂言走了，老皇帝依旧沉浸在这句话中："朕到底逼了你什么？罚你跪在宫门口吗？朕承认，此举伤了你的颜面，可你就为了这么一件小事而逼宫？寂言，你知不知道，你这样做，让朕很失望？"老皇帝靠在床头，眼眸紧闭，泪珠滑落……

"朕错了吗？不，朕没有错，朕不会错！你肯定早有二心，昨天的事不过是个借口，就算没有昨天的事，也会有其他的事。寂言，别把错推到朕的头上，朕没有错！"老皇帝愤怒地喊道，而他一说完便是一阵猛咳。太监与宫女见状，默默地上前服侍，却无人安慰半句。

安抚好老皇帝，秦寂言回到殿内，本以为自己终于可以吃上一口热饭，不想膳食刚端上来，就有太监来报，凤老将军求见。

"宣。"凤老将军半夜前来，必有要事。

“老臣参见陛下，万岁万……”

“老将军不必多礼，请起。”这就是皇帝与皇太孙的区别，秦寂言是皇太孙时，凤老将军只需作个揖就好，现在得跪下。

“谢陛下。”凤老将军干脆利落地起身，又干脆利落地说道，“陛下，老臣深夜求见，是有要事禀报。”

秦寂言抬手道：“你们都下去吧。”殿下的太监一一退下，守在门外的侍卫也后退数步，确保既能保护秦寂言，又不会听到里面的对话。

“陛下，老臣这段时间一直盯着长生门，自昨日陛下杀了他们的圣使后，长生门便一直动作不断，今晚更是动作频频。”明日就是秦寂言的登基大典，长生门这个时候动作频频，不用想也知是冲着什么事来的。

“他们可曾与宫里的人接触？”秦寂言担心老皇帝为了把他拉下马而与长生门接触。

“老臣无能，没有查到他们与宫中人来往的证据。”凤老将军不敢说有，也不敢说无，他没有查到并不表示没有。

“盯紧些。朕的周王叔呢？他留在京中的人可有动作？”周王被老皇帝赶到偏远的地方去了，可并不表示他的势力就清除了。

“周王的人暂时没有动静，陛下放心，老臣已调三万兵马驻于城外，一旦城中有异，大军便会立刻进城。”必要的时候，可以用武力镇压。

在绝对的实力面前，什么阴谋诡计都是纸老虎，秦寂言乃名正言顺即位的，就是调大军镇压也没人说一句不是。

“朕担心皇爷爷会有动作。”他对所有人都名正言顺，可一旦老皇帝出现，在人前说了什么，他就不是名正言顺了。

凤老将军眼睛一眯，提议道：“陛下要是不放心，可以宣封老大人进宫陪太上皇。他与太上皇的交情很好。要是封老大人不够，还可以把顾老爷子叫上。顾家虽然没了爵位，可顾老爷子曾救过太上皇一命，有他们二人陪着，太上皇也不会多想。”

“两位老人家年纪大了些。”秦寂言也有此意，只是封老爷子毕竟年纪大了，真要在宫里出了事，他可不好向封家交代。

“陛下要是不放心，可以让两家的孩子陪着进宫。”凤老将军这是不把封老爷子推进宫不甘心。

凤老将军这个提议十分好，秦寂言当天晚上就让人去传口谕，让封老爷子、顾老太爷明天一早进宫陪太上皇，同时暗示顾老太爷把顾千城带上。至于顾千城那里，秦寂言让暗卫去说了一声，让她明早回顾家，与顾老太爷一同进宫陪太上皇。

封老爷子和顾老太爷都是人精，秦寂言虽然没有明说，他们却都知道，秦寂言这是让他们看着太上皇，别让他在登基大典上捣乱。

封老爷子得到口谕后叹了口气：“圣上这一路走来，也不容易。”不仅要防那些叔叔、堂兄，就连一手养大他的太上皇也不得不防。

顾老太爷倒是没这么多感慨，顾家现在已经没落了，这个时候进宫对他来说是天大的机会。

“现在只希望圣上能看在千城的面子上，多多照顾我们顾家。”

顾千城半夜收到秦寂言派人传来的消息，就再也没有睡。在秦寂言举行登基大典这天进宫陪伴老皇帝是什么意思，顾千城自然明白。

“明天一定要看住太上皇，保护好封老爷子。”顾千城知道，这就是她的任务。

为了完美地完成这个任务，顾千城找暗卫要了不少小东西，全部贴身藏着。待顾千城做好准备，天已蒙蒙亮，顾千城梳洗罢，换好衣服，就坐着秦王府的马车去了顾家。

此时，顾家上下正聚在顾老太爷的院子里。

“大小姐来了，大小姐来了。”守在外面的仆人欢喜地喊着。

“老太爷可曾起身？”顾千城轻声问道，结果不等下人回答，顾家二叔、三叔以及顾承志就从里面走了出来。

“千城，你回来了。哎哟哟，快让二叔看看，这才半年不见，你可又漂亮了。”顾二叔一脸夸张地说。

顾三叔则内敛许多，和往常一样点头，算是打了招呼。

顾承志脸色微红，硬着头皮上前叫了一声：“大姐姐。”

“二叔、三叔。”整个顾家，顾千城也就亲近顾三叔这一房。

她无意与顾家人为难，但也不愿意给顾家人脸面，淡淡地问道：“承志也在，承意呢？”

“承意前些日子着凉了，我没有让他起来。外面冷，我们进去说。”顾三叔侧身一步，给顾千城让出路来。

顾二叔见状，大惊小怪道：“你看我……居然把路给挡住了，千城，你可千万别怪二叔，二叔这是看到你太高兴了。”

顾千城淡淡说道：“不会。”看在承欢的面子上，只要顾二叔不过分，她也不会在人前让他没脸。

顾三叔让道，顾千城也不客气，直接走在前面，想起之前在秦王府听到的事，便问了一句：“三叔，我听说焦大人从江南给我寄了一张账单，是怎么回事？”

说起这事，顾二叔和顾承志的脸色都不太自在。顾三叔并非落井下石之人，当下便把事情经过说了一遍，也说了家里还了六十万的零头，不过没说这笔银子是谁出的。

“焦大人可真够狠的，一扇城门敲诈我一百六十万两。”顾千城肉痛，可顾家人已经认罚，她就是再肉痛也得忍。

“千城，你不用担心，现在户部可不敢向你要银子。”顾二叔一脸嘚瑟地说。

虽说顾千城还没有封妃，可他们这些人心里跟明镜似的，顾千城一进宫，必是要封妃的。

顾千城没有理会顾二叔，示意丫鬟上前：“三叔，这里有两百万两，你帮我把银子还了，剩下的留着给承意。”

顾二叔一听两百万两，当即两眼放光。亏了，亏死了！早知道千城这么有钱，当初他就不该省呀。

“这……三叔不能要，我们现在只欠户部一百万两，不需要这么多。”顾三叔却不敢接，他不知道顾千城有多少银子，怕这些银子是秦寂言给的，有心劝顾千城留些银子在手上，可当着顾二叔和承志的面，他又不好说这种话。

“三叔拿着吧，都是我自己的银子。我在江南有些产业，虽然被大水淹了，可过两年就好了。”她有钱，只是不愿意拿出来给顾家人用罢了。顾家都是白眼狼，她不乐意养。

顾三叔不再推辞，只道多出来的银子要还给顾千城。顾千城笑了一声：“三叔，那是我给承意的，以后承欢也有。”

听到承欢也有份，顾二叔当即双眼放光，顾三叔也不再拒绝，只有顾承志一脸不忿。

可顾承志就是再不忿也不敢说什么，更何况他们现在已走到门口，大家都打住了，他就是有千般不满、万般不甘，这个时候也不能说。

“哟，千城你可回来了，想死二婶了。”顾二婶在屋内见到顾千城，夸张地扑了过来，不过还没近身，就被顾千城身旁的丫鬟挡住了。

“二婶，对不起，我身上的衣服不禁碰，皱了就没法进宫了。”顾千城可不喜欢顾二叔和顾二婶，要不是看在承欢的面子上，她真不想搭理这二人。

窦氏也从庄子里回来了，见到顾千城，恭敬地唤了一声：“大小姐。”

“二娘回来了，听说二娘生了个儿子，恭喜二娘。”顾千城直接承认了窦氏儿子的身份，并让人奉上礼物，“这是给小弟的，二娘先替他接着。”

“谢谢大小姐。”窦氏一脸惊喜。顾千城这句“小弟”，便是认可了她儿子的身份，有了这句话，她儿子就不比嫡出的承志差。

顾承志的脸色越发难看，可这时大家的注意力都在顾千城身上，哪有人关心他高不高兴，好在这时老太爷出来了。

老太爷一出来，便示意众人都散了，顾千城什么话都没说，行了个礼，便上前搀着老太爷往外走……

第四十一章
惧内，千城美美哒

顾千城和老太爷将时间掐得刚刚好，他们到时，宫门刚打开，秦寂言专门派了人在宫外等着。

“老爷子，太上皇还未起来，您先去安康殿休息一会儿，到时候会有人去请您。”太监客气而疏离地说道。

顾千城给了他一个分量不轻的荷包：“多谢公公，劳烦公公叮嘱下面的人，好好照顾我家老太爷。”

“顾姑娘客气了，这，这……奴才不敢收。”派来接顾千城的人，自然是秦寂言的心腹，哪里敢要她的荷包。

“给你就拿着。”顾千城眉头微皱，太监不敢多说，连连道谢，一再保证会让人照顾好顾老太爷。

“谢谢公公。”顾千城并没有因为对方客气而傲慢。

“姑娘客气了，姑娘这边请。”太监一脸惶恐，弯着腰给顾千城引路。顾千城没有说什么，只是慢慢地走着。

这就是身份、地位带来的差距，顾千城想到第一次七夕宴进宫时的艰难，不由得叹息。权势真是个好东西，难怪那么多人拼着命不要，也要去抢那个位置。

知晓顾千城要进宫，秦寂言早就挥退了身旁的太监，独自在殿内等着。听到外面有脚步声响起，秦寂言忙起身亲迎。

看到盛装的顾千城拾级而上，缓步而来，秦寂言不由得怔在当场。顾千城今天穿得十分华贵，金色的束腰宫裙，将她的好身材展露无遗。

看着顾千城一步步朝自己走来，秦寂言觉得自己的心越跳越快。当顾千城走到他面前，他便直接握住她的手，将人带到怀里：“很美。”

“衣服美还是人美？”殿内无人，顾千城伸手反搂住秦寂言。

“朕挑的衣服能不美吗？”没错，顾千城身上的衣服是秦寂言亲自挑的。

“原来是衣服美呀。”顾千城故作失望地说。

秦寂言笑了一声，捏了捏她的鼻子：“朕这么有眼光的人，挑的衣服都这么美，相中的人能不美吗？”

顾千城轻笑一声：“你这是夸我还是夸你呢？”

“有什么区别吗？”秦寂言抱着顾千城，久久不愿意动。

秦寂言低头在顾千城的脸上蹭了蹭：“明明才一天一夜不见，可我怎么感觉就像过了一年那么漫长。”

顾千城感慨道：“因为昨天特别漫长。”只一天，却恍若隔世，再见时她仍旧是她，秦寂言却已是皇帝。

“好在一切都过去了。”许是察觉到顾千城的不安，秦寂言加重力道，将她抱得更紧，“待朕平定各方，便立刻娶你进宫，立你为后。”

顾千城摇摇头：“我不急。”她并不担心秦寂言不娶她，她担心的是秦寂言会娶很多人。

秦寂言道：“朕急，朕的后宫还是空的。”不知为何，他心里总有一股不安，所以想早点把人娶进门。

“怎么，你还想把后宫填满？”顾千城抬头，杏眸一瞪，带着三分娇蛮、七分风情。

秦寂言心念一动，低头在她的唇上轻啄一下：“朕哪里敢，朕惧内。”

“算你识相。”顾千城踮起脚，在秦寂言的下颌落下一吻，“赏你的。”

“谢皇后娘娘赏赐。”秦寂言打趣道。

一番笑闹下来，两人的心情好了不少，秦寂言说道：“时辰不早了，陪朕去用早膳。”

“就知道会这样，我特意留了肚子。”顾千城出门前吃了点儿东西，不过再吃一些还是没问题的。

皇帝的膳食一向精致、种类繁多，虽说秦寂言觉得浪费，但刚刚登基，他也不会在这种小事上做调整，于是就便宜了顾千城。

御厨的手艺棒棒的，顾千城这一吃就吃撑了：“吃太饱，不想动，怎么办？”

“在这里睡吧，等朕回来。”秦寂言坐到顾千城身旁，给她揉肚子。

“不行，我要帮你看住太上皇，今天很重要，绝不能让他给你添乱。”今天文武大臣、重兵都在太庙，皇宫的守卫相对薄弱，太上皇要有动作，今天是最好的机会。

“朕是让你进宫陪朕的，有封老爷子在，不会有事。”封家的暗部秦寂言是见过的，实力不俗，看住老皇帝不成问题。

“封老爷子年纪大了，而且……他和太上皇的交情摆在那里，没必要让他冲在前面。”反正太上皇一直看她不顺眼，她不介意让太上皇再不顺眼一点。

“就你好心。”秦寂言明白顾千城的用意，虽然不怎么满意，却没有阻止。

顾千城讨好地一笑：“我和老爷子的交情摆在那里，以前我出事时，老爷子明里暗里护了好几次，我怎么能眼睁睁看着他为难？”

和顾老太爷相比，她和封老爷子更亲，虽然两人相处得并不多。

“朕知道，你放手去做，朕在后面给你撑腰。”秦寂言看了一眼沙漏，知道自己该走了。

封老爷子、顾老太爷和顾千城三人来到太上皇的寝宫，太监上前将两位老人扶进去，顾千城则默默地跟在身后。太上皇这个时候已经起身，正在用早膳，看到顾千城三人进来，只是抬眸看了一眼，便继续吃自己的饭，完全不将这三人看在眼里。

封老爷子很清楚自己今天为何而来，并不将太上皇的冷淡放在心上，上前跪拜："老臣拜见太上皇。"

封老爷子都跪下了，顾老太爷和顾千城自然不能站着。三人跪拜，老皇帝却视而不见，仍旧慢条斯理地用着早膳。

罚跪，这是顾贵妃惯用的伎俩，顾千城没想到太上皇居然用女人的招数，不由得看了他一眼。

罚跪这种招数，对顾千城来说不算什么，封老爷子和顾老太爷却撑不住，不过一刻钟，两人便摇晃起来，尤其是顾老太爷，脸色苍白如纸。

顾千城知道，再这么跪下去，别说顾老太爷，就是封老爷子也要丢半条命，到时候别说看着太上皇，恐怕连自保都做不到。

顾千城怕出事，悄悄扯了扯顾老太爷的衣摆，朝他使了个眼色：这个时候，就该装晕。

顾老太爷懂顾千城的意思，却没有配合，而是摇了摇头。

装晕，那是欺君。如果是以前，他还敢拼一拼，可现在，太上皇厌恶他至极，一旦被太上皇发现他装晕，顾家就没有活路了。

顾千城叹气，手指悄悄往上指，提醒顾老太爷，他今天进宫是奉上面那人之命，而上面那人为何宣顾老太爷进宫，顾老太爷难道不明白吗？真要跪到晕过去，坏了秦寂言的事，那就不是顾老太爷能担待的了。

果然，看到顾千城所指，顾老太爷脸色微变，一时间犹豫不决。

顾千城摇头叹气，不再看顾老太爷。她真是要被气死了，要是顾老太爷和封老爷子一起晕过去，到时候她一个人不仅要防着太上皇，还要照顾这两个老人，这是想累死她吗？

顾老太爷见顾千城一脸不满，心里已经松动，可就在他准备假装晕倒时，跪在他们前面的封老爷子突然晕倒了！

"老爷子！"顾千城手疾眼快，在封老爷子倒下时猛地扑上去，拿自己当肉垫挡了一下。

顾千城扶着封老爷子，惊慌失措地哭喊道："老爷子，您没事吧？您千万别吓我呀，您要是有个三长两短，我怎么跟封大人和似锦交代？老爷子，您快醒醒呀。"

封老爷子虽然身子健朗，到底是老人，跪了这么久，身体真有些吃不消。要不是封老爷子悄悄拉了她一下，顾千城真以为他晕过去了。

太上皇始终没有吱声，就那么居高临下地看着顾千城演戏，好像在看小丑一样。

顾千城知晓封老爷子是装晕，当即冷静下来，说道："太上皇，封老晕倒了，求您宣太医救救封老，要是封老在宫里出事，封大人和封似锦该多伤心呀。"

顾千城这话明摆着就是威胁太上皇。要是让那两位得知封老爷子因被太上皇罚跪而出事，绝对会和太上皇死磕到底，到时候太上皇就算推翻了秦寂言，想收拢政权也不容易。

果然，顾千城的威胁奏效了，太上皇握着筷子的手紧了紧，砰的一声，重重地将碗放在桌上，大声说道："你们都是死人吗，没看到封老太爷晕倒了？还不快把人扶起来。"

可是，没有人动。

顾千城见状，忙道："太上皇，请允许民女将封老扶起来。"

"把人扶到矮榻上去。"老皇帝没有为难顾千城，主要是怕封老爷子出事。

"老太爷，帮我一把，我一个人扶不动。"不管怎样，顾千城都不会让顾老太爷一个人跪在那里，这要是传出去，她这个孙女可以直接被唾沫淹死了。

顾老太爷看了太上皇一眼，见太上皇没有异议，这才颤抖着爬了起来。可是，他自己都站不稳，怎么去扶封老爷子？

顾千城叹气，也不指望顾老太爷了，反正不用继续跪着就好。

顾千城力气不小，可是扶着封老爷子还是很吃力。等她把封老爷子扶到矮榻上，人已经喘粗气了，却没办法休息，因为顾老太爷还站在那里迈不动步子。

顾千城强忍着烦闷，又把顾老太爷扶到矮榻上休息。

安顿好两位老人，顾千城也不管太上皇怎么想，直接给顾老太爷倒了杯茶，然后对太上皇说道："太上皇，封老爷子晕了过去，不知可否请太医来看看？"

"太医？放心，他死不了。就是朕死了，他也死不了。"太上皇压根没有为封老爷子传太医的打算，在他看来，晕倒的封老爷子，比清醒的封老爷子好对付多了。

不管封老爷子是真晕还是假晕，这时候都必须是真晕！太上皇这话，直接堵死了让封老爷子醒过来的可能，可封老爷子晕倒了，谁来劝说太上皇？谁来与太上皇周旋？

不好，上了封老爷子的当了！顾千城眼睛猛地瞪大，扭头看向封老爷子……

许是察觉到顾千城的视线，封老爷子适时睁开眼，笑得如同狐狸，就差没有说：跟我斗，你还嫩了点儿。显然封老爷子是不会主动醒过来了，就算太医来了也不一定会醒过来。

顾千城很想骂他一句老狐狸，可是封老爷子又闭上眼，完全不将顾千城的怒火当回事。

于公于私，他都不会和太上皇对上。

被摆了一道，顾千城气极，不抱希望地跟太上皇请示："太上皇，民女略懂医术，可否让民女一试？"

"你觉得朕会让他醒过来？或者说，他愿意醒过来？"太上皇站起来，转身看向顾千城。

显然太上皇已猜到封老爷子十有八九是装晕了，也猜到了封老爷子的立场。封老爷子两不相帮，或者说，他不掺和秦寂言和太上皇之间的斗争。

顾千城道："太上皇，封老是累晕的，很快就能醒来。"

"醒过来？"太上皇冷笑一声，"顾千城，朕知道寂言一直器重你，朕今天倒要看看，没有封老爷子帮你，你怎么阻拦朕出宫。"

"太上皇在说什么，民女不懂。"顾千城装傻。

"不懂没关系，你很快就懂了。"太上皇扭头看向窗外，"还有半个时辰吉时就到了，你说朕要是在太庙现身，在文武大臣面前指责寂言软禁、谋害朕，寂言的登基大典还能办下去吗？"

“您……赶不到。”顾千城看了一眼脸色发白的顾老太爷和装死的封老爷子，就知道这两人都不会出力，只得独自面对。

“要不要赌一把？”太上皇笑得一脸和气，那样子好似胜券在握。

顾千城心里不安，面上却半点不露，悄悄移动脚步，将顾老太爷挡在身后：“我不赌。”

“必输的局，确实不用赌。来人……”太上皇信心满满地说，而随着他的话落下，破窗声与破门声响起，一群身着禁军服侍的人冲了进来。

就在此时，殿内的太监、宫女突然动了，一个个身形矫健地挡在禁军面前，看他们的动作，就知个个都是练家子。

“快带圣上离开。”为首之人杀出一条血路，直冲老皇帝而去。可是这些聋哑的太监、宫女极为棘手，想杀过去并不容易。而且已经有人放了信号弹通知秦寂言，速度之快，让人来不及阻止。

“这群人怎么这么难缠？”为首之人立刻吹了一声口哨，外面响起一阵脚步声。

“居然有这么多人？太上皇果真不简单。”太上皇这盘棋下得太大了，他们还是低估了太上皇。

情况紧急，顾千城飞快地对封老爷子说：“老爷子，您不帮忙不要紧，可不能再装晕了。我家老太爷就交给您了，你们两个可得好好的。”顾千城说罢，便拿出一把匕首，扑向太上皇身边的两个侍卫。

“你居然擅带凶器进宫？”太上皇看到顾千城手中的匕首，还有她那杀人的招式，不由得暗自心惊。他真不知顾千城有这等本事，刚刚还在暗自嘲讽寂言天真，派两个老头和一个小姑娘来看他，真能看住他吗？

顾千城没有回答老皇帝的话，手中的匕首舞得飞快，直击侍卫的胳膊，唰的一声切断了他的胳膊。收回匕首时，顾千城反手往里一划，将自己身上的银丝腰带划断，在原地一转，身上那件奢华雅致的金色宫装立刻飘落在地，露出穿在里面的银丝铠甲。

“你果然早有准备。”太上皇看到顾千城的装扮，就知她才是今天最难缠的那个。

“我只是以防万一。”确实是如此，因为她和秦寂言都没有想到，封老爷子会不愿意与太上皇对上。

封老爷子默许了儿子、孙子倒向秦寂言，自己却不肯与太上皇正面对上，这让顾千城十分郁闷，却也能理解。让儿子、孙子倒向秦寂言，是为了封家，也可以说是为了江山社稷；而自己不愿意与太上皇对上，那是个人的情义与忠诚。

“太上皇，你今天出不去！”顾千城倾身上前，无视侍卫砍过来的大刀，一刀捅进对方的腹部。

侍卫的刀砍在顾千城的肩膀上，却没有伤她半分，而顾千城手中的匕首则整个没入对方的腹部，鲜血溅了顾千城一身。顾千城抹了一把脸，毫不停顿，转身走向太上皇。

“你，你，你别过来……”太上皇看到顾千城逼近，莫名地感到害怕。

“太上皇，对不起了。”太上皇久病缠身，哪里是顾千城的对手，不过是轻轻一跃，顾千城就将太上皇扣在手里，手上的匕首抵在太上皇背后，可是，就在顾千城拿下太上皇时，顾老太爷也落入了对方手中。双方手上各有人质，战斗就此停下。

“放开陛下。”太上皇的人举刀架在顾老太爷的脖子上，威胁意味十足。

顾千城眉头微皱，扫了一眼，发现封老爷子在太监和宫女的保护下，已平安移到她身侧，这才松了口气。

顾千城上前一步，举刀抵在太上皇的心口：“放开我家老太爷。”

“大胆，还不快放了陛下。”太上皇的人见状又怒又怕。太上皇要是有个三长两短，他们就完了。

“想要我放了太上皇？可以，先放了我家老太爷。”顾千城见对方在顾老太爷的脖子上割出一道血痕，也不客气，稍稍加重力道，匕首尖刺进太上皇的肌肤里。

“住手！”太上皇吃痛，怕顾千城真会伤他，急切地出声。

顾千城的眼中闪过一道冷光，冷冷说道：“太上皇，让你的人放了我家老太爷。”

“不可能，你先放了朕。”太上皇虽然怕死，可并不蠢，要是没有顾老太爷在手，顾千城还会有顾忌吗？

“同样的话，还给你。”顾千城绝不会放了太上皇。

第一轮谈判破裂，顾千城道：“太上皇，就这么耗着吧，我耗得起。”等到登基大典结束，秦寂言带着兵马过来，他们这些人就没有活路了。

太上皇的人没有出声，一双双利眼扫向顾千城，等待救人的机会。

顾千城心中一惊，抬脚将落在地上的腰带踢起来，一把抓住，然后绑住太上皇的双手。

“你，你要干什么？顾千城你可知，你现在所做的事，可是诛九族的大罪。”太上皇快气疯了，他活到这么大，还没有被人束过双手。

“诛九族？那也要太上皇有能耐下这个旨意。”顾千城根本不把太上皇的威胁放在眼里，绑住太上皇后，又从身上摸出一根细钢丝，缠在太上皇的脖子上。

冰冷的钢丝缠在脖子上，太上皇似察觉到死亡的逼近，身子绷得紧紧的：“顾千城，你别乱来，伤了朕你也活不了。”

“你放心，只要你好好配合，我必然不会伤你。”顾千城一手握着钢丝，一手握着匕首，不管哪只手一动，都能要太上皇的命。

太上皇的人本想伺机救人，可现在这个情况根本不可能，只得气愤地说：“顾千城，你想要什么？”

“我想让你们——滚出去！”顾千城轻扯钢丝，这一用力，便勒出一道血痕。太上皇极力克制，才没有失态地叫出来。

“顾千城，你别乱来。”来人怕顾千城伤了太上皇，忙道，“你放了圣上，圣上必会饶你和顾家一命。你若肯帮圣上，圣上必然给顾家封赏，新帝能给你的，圣上能给你双倍。”

“没错，顾千城，你想要什么尽管说，你的祖父也在此，朕以天子之尊起誓，只要你帮朕，朕许你永世荣华、顾家百年富贵。”为了自己的性命，为了再掌大权，太上皇不惜起誓。

“皇上对我有知遇之恩，不管如何，我都不会背叛皇上。”这个皇上指的是秦寂言。

“你就这么肯定他能坐稳皇位？朕能安排人进宫，自然能派人去太庙毁了他的登基大典。”太上皇一脸自信地说。

“只要太上皇不出现在太庙，不管什么人出现，都是乱臣贼子。”秦寂言在外人眼中，是名正言顺地登基，只要太上皇没有出现，谁也不能质疑。

“是吗？如果有人带着朕亲笔所写的圣旨，指证寂言囚禁朕，逼宫夺位呢？”太上皇一脸傲慢地说道。顾千城笑道：“那一定是假的。封老，您说呢？”

顾千城并不想拖老爷子下水，但她此刻需要老爷子劝说、点醒太上皇。

封老爷子不由得叹了口气：“非扯上我不可，有意思吗？”

顾千城长叹道：“我说的话太上皇不会信，老爷子，您劝劝太上皇吧。皇上是顺应天命，太上皇根本没有胜算，何必做无意义的牺牲。”

“唉……”封老爷子又叹了口气，不过他这次没有躲，而是上前一步，对太上皇道，“太上皇，千城说得很对，您就放手吧。”

“怎么，你也认为朕没有胜算？”太上皇看着封老爷子，眼神就像淬了毒一样。

“太上皇，圣上是按您的旨意即位的，名正言顺。”虽说新帝登基的手段过激了一些，可太上皇既然做了退位的打算，何不退得痛快些，哪至于搞得祖孙相残？

太上皇道：“按朕的旨意？朕确实下旨让他即位了，可他是怎么做的？他是逼宫，他是夺位！朕绝不会将皇位传给一个逼宫夺位的人，朕今天就要在世人面前，拆穿他的真面目。”他要的不是一个架空他、不把他当回事的继承者。秦寂言逼宫夺位，一旦得逞，他这个太上皇还有话语权吗？

太上皇越说越激动，甚至不顾脖子上的钢丝，随着他的语气越来越激烈，脖子上的血越流越多。

顾千城不得不好言相劝：“太上皇，你何必自欺欺人。先不说你安排的人能不能闯进太庙，就算能闯进去又如何？到时候只要圣上说是假的，那圣旨就是假的。”

“那是朕亲自下的圣旨，谁敢说是假的！咳咳……”太上皇一激动，当即咳出一口血来。

“太上皇！顾千城，太上皇要是有个三长两短，我们定会将你碎尸万段。”太上皇的人又急又怒，可太上皇在顾千城手里，他们根本不敢乱动。

顾千城心里虽然担心，面上仍旧强硬：“放心，只要你们不乱动，太上皇就死不了。”

为免太上皇真出事，顾千城不顾太上皇的意愿，强行将太上皇扶到椅子上坐下，手中的匕首再次对准太上皇的脖子：“太上皇，你少说两句话。”

太上皇啪地挥开顾千城的手，笃定地说道：“顾千城，少威胁朕，你不敢杀朕，杀了朕，你和顾家都毁了，就是寂言也保不了你们。”

“我不敢杀你，但敢废了你，太上皇要试试吗？”顾千城的刀子抵在太上皇的腹部，“太上皇应该知道，我擅长验尸，而验尸的人都了解人体，我能在一个人身上扎三百下还保证他不死，太上皇要不要试试？”

“你没有那个胆量，你可知伤朕的罪名？”太上皇心里有所顾忌，面上却不敢表露出来。

“我有没有那个胆量，太上皇可以试试。”顾千城把玩着手上的匕首，刀尖时不时从指间划过。

“难怪寂言喜欢把你带在身边，你确实和一般的大家闺秀不同。”即使太上皇极不喜欢顾千城，却不得不承认她确实有本事。

“多谢太上皇夸奖。”顾千城手中的刀如同活物，转了数圈后，又指向太上皇。

太上皇眯着眼道：“顾千城，你说……朕让人把顾家上下都杀了如何？”

顾千城道：“太上皇，您应该查过，也知道我在顾家过的是什么日子。”也就是说，太上皇要灭顾家请便，拿顾家威胁她，完全无用。

“看不出来你竟是如此铁石心肠之人，这世间就没有你在乎的人和事吗？”

“有的，但是……你伤不了他。太上皇放弃吧，我不会让你走的。”顾千城好言相劝。

又一次谈判破裂，双方再度陷入僵局，就在此时，门外突然响起一阵脚步声。

“有人来了。”太上皇的人身形一动，握刀的手不由得紧了紧。

砰！本就摇摇欲坠的门，直接被踹成碎片，殿外的人冲了进来，人未到，声先至：“你们怎么还没出来？皇上呢？”

这一批人做武者打扮，胸前有一个长生的标志，不用问也知是长生门的人。

“顾千城？你居然挟持皇上，还不快把皇上放了。”长生门的人看清殿内的情况后，举刀指向顾千城。

在长生门的人进来的那一刻，顾千城就进入备战状态，把缠在太上皇脖子上的细钢丝拉紧：“别动，再动我就杀了他。”

“杀？哼！你手上那人可是大秦的皇帝，你敢杀他？”长生门的人一脸嘲讽，举剑往前，离顾千城越来越近。

顾千城眼中闪过一抹担忧，扭头看向封老爷子：“老爷子，长生门的人都打进门了，您还不动手吗？”

顾千城的催促声刚落下，太上皇威胁的声音就响起：“你敢！封明修，你敢动朕，朕就灭封家九族。”

“太上皇，长生门不是好相与的。”封老爷子苦口婆心地说道，可惜太上皇根本不把他的劝说听进耳中：“这是朕的事，不需要你管。管好你自己，别逼朕不念情分，灭封家满门。”

太上皇这句话并非空话，就算他这次争夺失败，凭他数十年的经营，不顾后果地派人灭封家满门也不是多难的事。

顾千城听到这话，再不敢劝，她怕呀，万一封老爷子因她的劝说而动手，然后太上皇转身把封家灭了，她不是成了罪人？

没想到封老爷子不需要顾千城劝说，就站了出来：“太上皇，老臣无法坐视长生门的人插手我大秦的内政。”

“这么说，你们封家是要与我长生门为敌了？”长生门的人嘲讽地看向封老爷子，“别说皇上，就是我长生门，要灭你们封家，也是抬手间的事。”

长生门的人还威胁起顾千城：“还有，顾家是吧？我长生门记下了。今天的事要是不成，封家和顾家将不复存在。”

“好大的口气，区区一个长生门，你以为我会怕吗？我倒要看看，是谁先不复存在。”顾千城相信长生门说到就能做到，所以，她必须先下手为强，先一步毁了长生门才行。

“我长生门说到做到，我再给你最后一次机会，放了皇上，我饶过封家与顾家。”长生门的人再次将剑指向顾千城。

“想要我放了太上皇？除非我死。”顾千城拉起太上皇，走到封老爷子身旁。

“敬酒不吃吃罚酒。好，那你就去死吧。”长生门的人二话不说，举剑朝顾千城刺去。

“小心！来人，快，拦住他们！”封老爷子脸色大变，再不顾忌太上皇，张口下令。

数道黑影从封老爷子身后蹿出，可是他们终归晚了一步，等他们出招时，剑已经逼到顾千城面前。

千钧一发之际，顾千城身形一动，将太上皇拉到自己面前！

噗！剑确实刺伤了人，不过是太上皇。从来都是旁人挡在太上皇面前，为太上皇当肉盾，这是太上皇第一次给人挡剑。太上皇瞪大眼睛，好半晌都回不过神。封老爷子也没好到哪里去，看顾千城的眼神就像在看怪物。

“顾千城，你……”太上皇吃痛，张口就要大骂，顾千城抢先吼道：“长生门刺杀太上皇，来人呀，拿下刺客！”

“混账，混账！”太上皇气得大骂，可他刚被刺了一剑，哪里还有力气说话。

顾千城仍旧扣着太上皇，同时对太上皇的人道：“你们是要与长生门同流合污，还是改邪归正，拿下长生门的人戴罪立功？”

太上皇的人不说话，也不动。

顾千城又道：“你们只要拿下长生门的人，并指证长生门刺杀太上皇，我保你们全家不死。”

太上皇的人仍旧不动，眼中却满是挣扎。眼见这些人就要被顾千城说动，太上皇突然插了一句：“背叛朕，九族皆灭。朕有能耐灭封家，也就能灭你们九族。”

“卑职誓死效忠圣上。”一剂重药下去，这些人再不敢左右摇摆，顾千城暗道一句倒霉。

长生门与封家暗部打了起来，太上皇的人也不甘示弱，与殿中的太监、宫女打了起来。眼见太上皇那边就要占上风，真正的皇宫禁卫终于杀了进来，带头的人是秦寂言的暗卫。

暗卫很快便杀到顾千城面前：“姑娘，我们来晚了。”

暗卫身上还带着血，一看就知经过了一场恶战，顾千城担心地问道：“怎么回事？你们被人拦住了？”

“宫内突然多出好多武林高手，京城近郊的军队又突然杀进宫，我们费了一番工夫才杀进来。”暗卫解释。

“皇上那里怎么样了？”顾千城问了一句，太上皇亦瞪大眼睛看向暗卫。

军队自然是太上皇调来的，太上皇在位五十多年，即使大部分将领倒向了秦寂言，手上仍有一股不小的势力。只是时间太过紧迫，太上皇无法把其他人调来，只能从近郊调那几个还忠于他的人带兵进京救驾。

“姑娘放心，皇上早有准备，带头的楚世子假传圣旨，已被拿下。”暗卫这话与其说是讲给顾千城听的，不如说是告诉太上皇。

“你说什么？假传圣旨？顾千城，朕要杀了你！”太上皇一激动，就忘了自己脖子上有伤，猛地上前，直到脖子上传来剧痛，太上皇这才反应过来，踉跄两步，差点跌坐在地。

“回太上皇的话，楚世子拿了一张圣旨，说皇上逼宫夺位、软禁太上皇，而现在太上皇好好的，楚世子不是假传圣旨是什么？”暗卫面无表情。

“你，你们……”太上皇气得全身直发抖，却不敢再动。

暗卫只当没看到，继续说道：“多谢顾姑娘保护太上皇，请将太上皇交给卑职，接下来的事卑职会处理。”

暗卫绝对是睁眼说瞎话，可在场的人除了封老爷子和顾老太爷外，其他的都是自己人，他们说顾千城是救驾，就是救驾。

“你们，你们这是……要软禁朕，朕不会放过你们。”太上皇气得嘴唇直哆嗦。

顾千城默不作声，封老爷子暗自叹气，暗卫仍旧面无表情道：“太上皇受伤了，你们没长眼睛吗？还不快去给太上皇请太医。”

暗卫打了个手势，几个太监与宫女快速上前，从顾千城手中接过太上皇。

“放开朕，放开朕！你们这群贱奴，放开朕。”太上皇气得抬脚踹人。

顾千城解开太上皇脖子上的钢丝，却没有解开他被缚住的双手，而太监宫女也没有给太上皇松绑的意思，他们半是搀扶半是抬，将太上皇抬到了龙床上。

“放开朕！你们忤逆犯上，当诛九族。”太上皇的脸憋得通红，脖子上的血越流越快，嘴里仍旧在骂，“朕不承认他是大秦的皇帝，朕要废了他！朕要将他贬为庶民……”

太上皇越骂越难听，顾千城对暗卫道：“给太上皇点哑穴，就说太上皇伤了脖子，无法说话。”

太上皇骂得正爽，突然被暗卫一点，再也说不出话来，只是不停地挣扎。

“总算安静了。”顾千城淡定地别开脸，看向正与长生门激战的侍卫：“你们动作快一点，别让长生门的人逃了。”

“是。”底下的侍卫听到顾千城的话，再次加快动作。

有暗卫带来的人相助，局面很快就平定下来，太上皇的人一一伏诛，长生门的人全部被抓，一个个脑子炸开而死，顾千城根本没有问话的机会。

“时隔十六年，又见到长生门的人死在我面前。”封老爷子摇头叹息，神情萎靡。

顾千城见状，忙上前问道：“老爷子，您还好吧？”

“不好。以后这样的事别再叫上我，我已归隐田园，不会再踏入宫门半步。”封老爷子很不高兴地带着自家的暗部往外走。

今天，他最终还是对太上皇出手了。虽说太上皇变了，他到底还是背叛了太上皇，对不起太上皇这么多年来的保护，也对不起太上皇对封家的恩情。所有人都可以说太上皇不好，但他不能，他们封家不能。太上皇对不起先太子，对不起新帝，可从来没有薄待他们封家，他们封家是受了太上皇的恩情才有今天。

封老爷子越想越伤心，本就不算健朗的身子当即佝偻起来，顾千城忙追了上去，挡在封老爷子面前，一脸歉疚地说：“老爷子，今天的事是我不好，您别生气，我保证再也不会有下次。”

封老爷子一向喜欢顾千城，此刻见她这般，不由得叹气：“今日之事怪不得你。”这事要怪就怪新帝与太上皇，要不是这祖孙二人争斗不休，他们这些局外人怎么会牵扯进皇家之争？

顾千城道：“可您老却是因为我才出手的。”

“谁说我是为了你而出手的？我是为了大秦的江山社稷，要不是长生门的人出现，今天你就是死在这里，我也不会出手。”

“老爷子高风亮节，千城佩服。”除了这句话，顾千城不知还能再说什么。

“佩服的话就不用说了，有机会劝劝皇上，和太上皇服个软。太上皇年纪大了，就顺着他一点儿吧。”封老爷子不好直说太上皇没几年好活，只能隐晦地提醒。

“老爷子放心，我会尽力劝说陛下。”顾千城不敢保证，只能含糊地说。

得到自己想要的答案，封老爷子也不多待，拍了拍顾千城的肩膀：“行了，你忙，后边的事还多着呢。”

最后一句话，显然一语双关，顾千城隐约听出一点儿弦外之音，可不等她仔细回味，暗卫就在后面叫道：“顾姑娘，顾老太爷晕倒了。”

“老爷子，我不送您了。”顾千城一惊，匆忙给封老爷子行了个礼，转身跑到顾老太爷身旁：“老太爷，您没事吧？您千万别吓我。”

面对太上皇的威胁，她可以面不改色地说不在乎顾家，实际上却是在乎的，至少她在乎承欢、承意，也许她对老太爷也是在乎的吧，只是老太爷一次次伤了她的心，让她不得不把老太爷推到“外人”之列。

顾千城脸色发白，颤抖地扣住顾老太爷的手腕，发现脉搏平稳，这才松了口气：“没事，只是晕了过去。”

顾千城在暗卫的帮助下，小心地将老太爷扶到榻上，取出随身携带的银针给他扎了两针。

“千，千城……”顾老太爷悠悠醒转，“顾，顾家，保，保……”

“老太爷，千城不孝，让您受惊了。”顾千城接过暗卫递来的温水，小心翼翼地喂给顾老太爷，“您放心，我不会让人灭了顾家，顾家也是我的家。”她厌恶的不过是渣爹、继母和不断算计她的祖母。

“好，好，祖父相信你。”顾老太爷听到顾千城的保证，终于松了口气。

老太爷放下了心中记挂的事，不再强撑，说了两句又晕了过去。

顾千城让人安排好车马，亲自把老太爷送回顾家，交代顾三叔好好照料后，又立刻去了封家。她相信，不管是老皇帝还是长生门，都有能耐灭了顾家和封家，封老爷子不放在心上，她却不敢大意……

番外一
秦寂言

我，大秦的皇长孙，生而高贵，注定不凡，离那张龙椅只有一步的距离，命运却跟我开了一个大玩笑。

在我还没有成长前，我的父亲——大秦的太子殿下，那个受万民景仰、声势直逼帝王的太子殿下死了，死得很不光彩，死得无比屈辱！

我的母亲，那个在江湖上有巨大的背景却在朝堂上毫无助力的女子，没有任何选择，追随我的父亲一同去了，只留下年幼的我。

所有人都说，我的父母很恩爱，母亲是受不了父亲惨死的消息，追随父亲而去，但我知道，母亲是为我而死的。

我的母亲不是皇爷爷想要的儿媳，她在江湖上呼风唤雨，在朝堂上却没有一丝助力。我的皇爷爷不喜欢她，自然也就不会喜欢由她生下的我。

母亲说："言儿，你皇爷爷不喜欢我，如果我活着，他会更讨厌我，顺便也不会喜欢你。"

母亲说："言儿，在大秦，在这座皇宫里，母亲是没用的，母亲保护不了你，也给不了你那个位置。在大秦的皇宫，在大秦，能保护你的只有你皇爷爷。"

母亲说："言儿，你要记住，在你皇爷爷面前，你要做一个普通的孩子，不惦记皇位，对他没有一丝怨恨，他给就接，不给也不求，明白吗？"

母亲说："言儿，母亲对不起你，但只有母亲死了，你皇爷爷才会毫无顾忌地宠着你；只有母亲死了，你皇爷爷才会因为愧疚而护着你。"

母亲说："言儿，你始终要记得，你皇爷爷首先是皇上，其次才是你的爷爷。你需要他的保护，却不能相信他，明白吗？"

母亲说："言儿，你父亲和我都是爱你的，我们不能陪你，却会用另一种方式爱你，你明白吗？"

母亲说："言儿，求你不要恨母亲，也不要恨你父亲，我们都不想丢下你一个人，我们没有选择。"

母亲说："言儿，言儿……"

母亲在自杀前的那一晚，抱着我说了很多很多，我记住的却不多，只记得父亲不要我了，母亲也不要我了，我以后只有皇爷爷了……

那夜之后，母亲死了，一把火烧了东宫，烧了跟我父母有关的一切。自此，整个大秦的皇宫，再也找不到我父母的身影。

从那之后，一向对我冷淡的皇爷爷，把我养到膝下，教我写字，给我念书，甚至抱着我与大臣商议国事……

我是皇爷爷亲手教大的，不说我的堂兄弟们，就是我的叔叔们，也对我充满了嫉妒，恨不得我死一万遍。

但他们不知，在他们嫉妒我的时候，我有多么羡慕他们。羡慕他们可以天天看到自己的父母，羡慕他们可以承欢于父母膝下，而我呢?

宫里与父母有关的一切全烧了，我父母甚至没有留下一张画像，渐渐地，我都记不起父母长什么样了。

对父亲最后的记忆，停留在他身着铠甲，背对我和母亲，策马离去的场景；对母亲最后的记忆更是单薄，每每想起她，只记得东宫那照亮了半边天空的大火。

父亲丢下我，母亲丢下我，与叔伯兄弟为敌，与皇爷爷貌合神离，我以为，我秦寂言这一生注定孤苦无依，哪怕没有登上皇位，也只能做个孤家寡人，但是我遇到了她——那个明媚动人的女子，那个百折不弯的女子，那个在任何时候都能挺起脊背的女子，那个面对任何伤害都能笑着说没事的女子，那个遇到任何危险都能无所畏惧的女子，那个……

让我那么喜欢、那么爱的女子。

在遇到她之前，我从来没有想过，我秦寂言还有喜欢别人的能力，我秦寂言会那么爱一个女人，爱到可以为她倾覆江山，可以为她屠戮千里，可以为她行尸走肉地活下去，可以为她失去自我。

顾千城，遇见你是我秦寂言此生最大的幸福，你是我秦寂言此生最大的救赎，遇见你便是遇见了全世界。

番外二
景炎

我无数次在想，我是谁？我到底为谁而活？

我是江南最大的庄园——景庄的庄主，我是名满江南的大才子景炎，我是当朝探花景炎，但我也是——大秦昭仁太子的后人！

我的爷爷是大秦的昭仁太子，那个皇位是我爷爷的，却被秦寂言的先人阴谋篡夺。我的爷爷，本该是大秦最尊贵的男人，却永远不能提自己的名字，甚至不能在人前现身，只能悄无声息地死在大秦边境的一个小村庄。

我爷爷死前对我们说，不要复仇，不要复位，大秦的百姓经不起一次又一次的战火，就这样吧。

打一出生就是山野小子的我，从来没有想过复仇，也没有想过去争那个位子。无他，那个位子、那座皇城离我太遥远了，那时我的世界只有后山的小鱼池。

我爷爷、我父亲，还有我，我们都只想在这个小村子过简单的生活，但我们把人性想得太简单了。他们抢了我家的东西，我们不计较，那些抢了东西的恶人却怕事情暴露，露出他们卑鄙无耻的假面，为此他们不惜赶尽杀绝！

末村上下数百人，我的亲人、我的朋友、我的玩伴全死了，一个个全死了，死在我面前……

我活下来了，但我只要一闭眼，他们惨死的画面就浮现在我眼前，他们伸出手，求我救他们：“居安，救我，救我……”

居安——我父亲给我起的名字。我姓墨，名居安。我父亲说，我们要居安思危，也要安心地居住在这里。

我的父亲、母亲从来没想过跟秦家人争什么，我们放下了所有的仇恨，我们甚至抛弃了“秦”这个姓氏，秦家人却不肯放过我们，那群窃国的小人，他们为了隐藏自己的罪行，把真正的主人打死了。

整整一个村子的人全死在我面前，无数个日夜，我睁着眼到天亮，一直不敢合眼……

我以为我会死，却没有想到，我被景庄庄主收养了。那是一个很博学、很有魅力的男人，他潇洒磊落、肆意张狂，他教会了我很多很多，却独独没有教会我放下仇恨。

他教了，我学不会。

景炎这个名字，是我自己起的。炎，是仇恨的火苗不断上升，永不熄灭！

秦家人不死绝，我永远不会恢复本名，我会一直用景炎这个名字去复仇……

再后来，那个男人死了，我继承了景庄，我开始戴着温润端方、才子风流的假面，在江南扬名，在京城扬名，步入官场，一步步挑起大秦诸皇子之争……

我不止一次告诉自己，我景炎的世界只有复仇，没有情爱。

但我遇见了那个女子——那个养父心上人的女儿，那个养父希望我娶的女子，那个坚强到让人心疼的女子，那个聪慧到让人咬牙的女子，那个让我觉得像我母亲的女子，那个……

让我心动，却让我不得不放弃的女子。

顾千城，遇上你是我的劫。此生，我最后悔的事就是悄悄关注你，而比之更后悔的，是放弃你、错过你……

番外三
唐万斤

我是一个永生不死的人，不管是挖我的心脏、断我的四肢、抽干我的血，还是把我的头颅剁下来，我都不会死，我会一直活着，活到……

我也不知道什么时候!

我一直不明白，为什么会有人去追求永生不死。永生不死有什么好的?

因为永生不死，我被父母抛弃，独自长大;

因为永生不死，我被药王谷的人，当成一株取之不尽的草药养大;

因为永生不死，我成了怪物，被人觊觎、被人抢夺、被人虚情以待;

因为永生不死，我只能活在方寸间，没有思想、没有未来。

在遇到顾千城之前，我活得像一株会动的药草。除了会说话，我与药草没有什么区别，周边的人只会从我身上索取需要的血、肉，从来没有人关心我需要什么。

也是，不过是一株高级一点儿的药草，他们为什么要在乎药草在想什么?想要什么?

在遇到顾千城之后，我才知道原来人生可以这么精彩，原来这才是真正的人该过的日子。

顾千城，是我遇到的人当中，唯一一个把我当人看的。她把我当成活生生的人看待，她教我控制自己的力气，教我像正常人一样生活。她教会了我很多很多，却从来没有想过从我身上索取什么，甚至我主动奉到她面前，她也不要。

她说，我是一个人，一个普通的人。如果我自己都惦记自己身上的血肉，旁人更会肆无忌惮。

我听顾千城的，忘记自己身上独特的地方，和普通人一样生活。

那几年我过得很开心，除了老得慢一点儿外，我和普通人没有什么区别。我不需要再拿出我的血肉，去换他人的笑颜;更不需要担心有人惦记我的血肉，把我肢解了，然后我活过来，再次肢解我……

这事千万不要告诉顾千城，我初到药王谷的时候，药王就是这么对我的。

当时的我，在他眼里不是人，是一株行走的药草，是一个怪物。他为了弄清我身上的神奇之处，一次次将我肢解，把我身上的肉切得一块一块的……

我很疼，但我死不了。

药王切下什么，我就会长出什么，一次又一次，周而复始。

在痛到极致的时候，死不了是一件很痛苦的事，我不明白，为什么有人会不惜一切地追求永生不死？永生不死，到底有什么好的？

看着身边的人一个个离我而去，看着我熟悉的人一个个老死，看着熟悉的地方一一消失，看着……

所有我熟悉的人、熟悉的事、熟悉的物、熟悉的地方都不见了，我被这个世界遗弃了，我被所有人抛弃了。

我没有了朋友，没有了亲人，我什么都没有了，我想死，我想和他们在一起，哪怕是深埋于地下，我也高兴。

可是，我还活着，永生不死地活着，我死不了，陪伴我的只有永远的孤寂！

我不想活，我想要来生，来生再认识顾千城，再见到顾千城……

顾千城，你不要丢下我好不好，我一个人真的好怕！